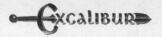

Herausgegeben von
Melissa Andersson
und
Gerd Rottenecker

Joanne Bertin

DER LETZTE
DRACHENLORD

Roman

Ins Deutsche übertragen von
Joannis Stefanidis

Knaur

Die amerikanische Originalausgabe erschien 1998 unter dem
Titel »The Last Dragonlord« bei Tor Books, New York

Besuchen Sie uns im Internet:
www.droemer-knaur.de

Deutsche Erstveröffentlichung 5/99
Copyright © der Originalausgabe 1998 by Joanne Bertin.
Published in agreement with Baror International, Armonk,
New York, USA.
Copyright © der deutschsprachigen Ausgabe 1999 by
Droemer Knaur Verlag, München.
Alle Rechte vorbehalten. Das Werk darf – auch teilweise –
nur mit Genehmigung des Verlags wiedergegeben werden.
Umschlagkonzept: Melissa Andersson
Umschlaggestaltung: Agentur Zero, München
Umschlagillustration: Bob Eggleton, »The Last Dragonlord«
Lektorat: Michael Ballauff/Harald Jösten, Kiel
Satz: Ventura Publisher im Verlag
Druck und Bindung: Clausen & Bosse, Leck
Printed in Germany
ISBN 3-426-70139-1

4   5   3

PROLOG

Der Sturm war nun ganz nahe. Der Magier hörte das Donnergrollen und den aufkommenden Wind durch den nahen Pinienwald brausen. Leise singend kniete er vor dem Steinaltar und dem, was darauf lag, nieder. Dann nahm er seine silberne Kristallkugel und betrachtete das Geschehen, das sich in der zerfließenden schwarzen Tinte offenbarte.

Er sah, daß die Barke zu schlingern begann, als die ersten Wellen gegen den Rumpf schlugen. An Bug und Heck flatterten die Seidenbanner im Wind. Obwohl die Farben gedämpft aussahen, wußte er, daß die Banner von königlichem Rot waren. Die Wellen stiegen höher, während das Wasser des Uildodd sich verdunkelte und den bleiernen Himmel reflektierte.

Mehr … Nur ein wenig mehr …

Jetzt!

Eilig stellte er die Kristallkugel ab und nahm einen Dolch. Mit der freien Hand packte er den Haarschopf des Jünglings, der gefesselt und geknebelt auf dem Altar lag. Ohne auf die ihn entsetzt anstarrenden Augen zu achten, zog er mit einer geübten Bewegung den Kopf des Jungen zurück und schnitt ihm die Kehle durch; dabei sang er ununterbrochen vor sich hin.

Er fing das Blut in einer Schale auf, die aus demselben Stein gemeißelt war wie der Altar. Teilnahmslos betrachtete er, wie das Blut über seine Finger floß. Als das tödliche Rinnsal versiegt war, nickte er knapp. Sein Diener zog den Leichnam vom Altar.

Die Magie veränderte sich, wurde gespannter, drängender. Er öffnete einen kleinen Kasten, der neben der Schale lag. Als erstes nahm er ein Stück Holz heraus, das ungefähr der Form der Barke entsprach und in einen Streifen königsrote Seide gewickelt war. Holz und Seide stammten von der Barke, die er in der Kristallkugel gesehen hatte. Er legte beides in die blutgefüllte Schale.

Dann entnahm er dem Kasten eine kleine Tonflasche, aus der er drei Tropfen Wasser des Uildodd in die Schale träufelte. Das darin schwimmende Blut kräuselte sich, als würde eine sanfte Brise darüber hinwegwehen.

Der Himmel verdunkelte sich, während der Sturm immer näher rückte und Donner das Land überrollte. In der Schale schwappten die Wellen höher. Das grob geschnitzte Holzstück schaukelte hin und her, wie von einer unsichtbaren Hand geführt. Zufrieden sah der Magier die erste und danach weitere winzige rote Blutwellen über das »Heck« der »Barke« fließen.

Er hob die Stimme, verwob den Blutzauber zu einem Netz des Todes. Behutsam streckte er einen Finger aus. Langsam und mit tiefer Befriedigung berührte er das Holzstück und drückte das hintere Ende hinunter. Blut spülte darüber hinweg, Miniaturwelle um Miniaturwelle, während er unablässig das Heck der nachgebildeten Barke unter der Oberfläche hielt.

Das Holzstück versank und tauchte nicht wieder auf. Der Singsang des Magiers endete in einem Ton des Triumphes.

Er trat vom Altar zurück und spürte nun, daß die Temperatur gefallen war. »Mach sauber«, befahl er seinem Diener, während er seine Hände an einem feuchten Tuch abwischte, das der Mann ihm hinhielt. Dann ging er den steilen Hügel hinunter zu der Stelle, wo er seinen Umhang liegengelassen hatte.

Als er ihn aufhob, fiel eine silberne Halskette heraus. Er fing sie auf und ließ die schweren Glieder einen Moment durch seine Finger gleiten, bevor er sich das Stück umlegte.

Lächelnd berührte er die Kette an seinem Hals. Schon bald würde er sie für immer ablegen können.

Die ersten Regentropfen fielen.

1. KAPITEL

Der Drache glänzte im Licht der untergehenden Sonne. Seine Schuppen funkelten, als er zu dem Schloß emporflog, das die Bergspitze krönte. Sein Blick wanderte ein Stück zur Seite auf eine ebene, vom vergehenden Tageslicht in Schatten gehüllte Fläche, die vor einer schroffen Felsklippe endete. Die mächtigen Flügel leicht schräg gestellt, legte sich der rote Drache in eine sanfte Kurve – lautlos, anmutig, tödlich – und hielt direkt auf sein Ziel zu.

Er landete; seine Klauen kratzten über den Felsboden, ein schrilles Geräusch in der kristallklaren Luft. Roter Nebel legte sich um ihn, und der große Drache wurde eine geisterhafte Erscheinung; der Nebel zog sich zusammen, dann löste er sich auf. Zurück blieb die Gestalt eines hoch aufgeschossenen Mannes.

Linden strich sich eine Haarsträhne aus den Augen, sein Blut noch berauscht vom langen Flug und dem Zauber der Verwandlung. Er lief über den schattigen Landeplatz. Als er die erste Stufe der Steintreppe erreichte, die zum Schloß Drachenhort hinaufführte, ertönte eine alte, aber klare, kräftige Stimme.

»Drachenlord.«

Linden blieb stehen und sah nach oben. Am Treppenabsatz stand ein älterer Kir, in dessen silbergrauem Pelz die letzten Sonnenstrahlen schimmerten. Sein kurzschnäuziges Gesicht war ausdruckslos.

Sirl, der persönliche Diener der Herrin, die über Schloß Drachenhort und die Drachenlords gebot, begegnete seinem Blick. »Die Herrin schickt nach Euch«, sagte der Kir.

Weshalb? fragte sich Linden. Er hob zur Bestätigung eine Hand, stieg die Treppe hinauf, mit seinen langen Beinen jeweils

7

drei Stufen auf einmal nehmend. Es war schon lange her, daß seine Herrin nach ihm geschickt hatte.

Als er oben ankam, verneigte sich Sirl vor ihm. »Folgt mir bitte, Drachenlord«, sagte er. Dann wandte er sich um und führte den verwunderten Linden zum Hort.

Während sie durch die weißen Marmorhallen von Schloß Drachenhort schritten, sprachen sie kein Wort. Schwebende Lichtbälle aus Kaltfeuer, die von verschiedenen Drachenlords in die Luft gehängt worden waren, beleuchteten den Weg. Nach einer Weile erreichten sie die Turmgemächer, die ausschließlich der Herrin des Horts vorbehalten waren. Sirl öffnete die Tür und bedeutete Linden einzutreten. Linden ging in den Raum, gefolgt von dem Kir, der die Tür hinter ihnen schloß.

Der Raum wurde ebenfalls von schwebenden Kaltfeuern erhellt; ihr Licht schien die goldenen Seidenfäden in den fünf Wandteppichen in Flammen zu setzen. An vier Wänden hingen Darstellungen von fliegenden Drachen: einer vor einem strahlend blauen Himmel, ein anderer vor einem Sonnenuntergang, ein dritter vor einem nächtlichen Sternenmeer und der vierte vor den schroffen Gipfeln eines Höhenzugs. Der Teppich an der fünften Wand zeigte eigenartigerweise eine Jagdszene: einen Hirsch, ein Rudel kläffender Hunde, drei Jäger, alle für immer erstarrt in ihrer ewigen Hetzjagd durch den Wald. Vielleicht ein Andenken an das Leben seiner Herrin vor ihrer Ersten Verwandlung? Linden bezweifelte, daß er es je herausfinden würde. Die Wandteppiche waren die einzige Dekoration in dem spärlich eingerichteten Raum.

Die Herrin saß in einem hochlehnigen Holzstuhl. Ihre langen Finger umschlossen eine Teetasse, als verzehrten sie sich nach deren Wärme. In dem kalten Licht sah sie unwirklich aus. Selbst die ihn musternden blassen Albinoaugen schienen farblos zu sein. Sie winkte ihn heran.

Er betrachtete sie, während er auf sie zuging. Er wußte, daß sie sehr jung gewesen war – gerade fünfzehn –, als sie ihre Erste

Verwandlung erlebt hatte. Ihresgleichen alterte langsam; wie viele Jahrhunderte mochten vergangen sein, bis die ersten der Myriaden feiner Fältchen in ihrem Gesicht erschienen waren? Nach mehr als sechs Jahrhunderten sah sie immer noch wie achtundzwanzig aus.

Unbewußt berührte Linden das weinfarbene Mal, das seine rechte Schläfe überzog. Es war sein Kennmal, so wie die eisige Blässe das Kennmal seiner Herrin war. Er hatte es gehaßt, bis er herausgefunden hatte, was es bedeutete: Er war einer der großen Werdrachen, ein Diener und Schutzherr der Menschen. Ein Drachenlord.

Linden kniete vor seiner Herrin nieder. Er neigte den Oberkörper vor, die Hände auf den Schenkeln, bis seine Stirn beinahe den Boden berührte – der Herrschergruß eines Clansmannes der Yerrin. Er richtete sich wieder auf und schüttelte den Kopf, um seinen langen Haarzopf auf den Rücken zurückzuwerfen. »Herrin?« fragte er.

Sie musterte ihn einen Moment. Dann sagte sie: »Ja, ich hatte recht. Du bist der dritte.«

Linden runzelte die Stirn, während er sich von Sirl eine Tasse Tee reichen ließ. Was meinte sie mit …

Ein Gedanke durchfuhr ihn, und er verstand. Lleld, die kleinste aller Drachenlords, hatte sich zum Frühstück verspätet und anschließend von irgendwelchen Neuigkeiten und Gerüchten geplappert. Linden dankte den Göttern, daß er ihre Wette nicht angenommen hatte. Manchmal wurden Llelds wilde Behauptungen wahr, und er hatte keine Lust, seine Fuchsbrosche zu verlieren.

Die langen blassen Finger seiner Herrin klopften gegen die Tasse. »Du hast nie einem Gericht beigesessen, nicht wahr, Linden? Vielleicht ist es an der Zeit, Kleiner …« Sie verstummte, als er die Augen verdrehte. »Du frecher Tunichtgut, du weißt genau, wie ich das meine!« wies sie ihn gutmütig lächelnd zurecht.

Linden verbarg sein Grinsen, indem er einen Schluck Tee trank. Mit einer Größe von knapp zwei Metern überragte er jeden auf Schloß Drachenhort. Seine Herrin selbst reichte ihm kaum bis zur Brust. Aber mit gerade sechs Jahrhunderten hinter sich war er nun mal der jüngste Drachenlord, der »Kleine«. Und, zu seinem Verdruß, vermutlich auch der letzte.

»Bestimmt hast du längst gehört, daß heute morgen ein Gesandter aus Cassori eingetroffen ist, oder?« fragte sie.

Linden nickte. »Lleld erwähnte es beim Frühstück. Sie hatte es von einem der Diener gehört. Geht es um die Regentschaft? Ich dachte, die Sache sei längst entschieden.«

»Das dachten wir alle. Zum Glück traf der Gesandte vor Zusammentreten des *Saethe* ein, und ich hatte noch Zeit, um mich mit den Echtdrachen zu beraten.«

Natürlich, am nächsten Morgen sollten die Herrin und der Rat der Drachenlords – der *Saethe* – die Echtdrachen in einer Angelegenheit konsultieren, welche die Drachenlords mit zunehmender Sorge erfüllte. Denn seit Lindens Erster Verwandlung war kein neuer Drachenlord hinzugekommen. Und es gab keinerlei Hinweise darauf, daß sich dies in näherer Zukunft ändern würde. Dies erklärte, warum die Herrin in so großer Eile die Richter bestimmte – falls Lleld wieder richtig geraten hatte.

Laut sagte er: »Die meisten Mitglieder der cassorischen Königsfamilie sind mittlerweile gestorben, oder?«

»Ja, alle bis auf einen kleinen Jungen, Prinz Rann, und zwei Onkel, einer von königlichem Blut, der andere mit anderweitigen Ansprüchen auf den Thron.«

Linden dachte nach und nippte dabei an seinem Tee. Dann sagte er: »Beide Onkel des Jungen erheben Anspruch auf den Thron.« Eine weitere von Llelds Voraussagen, die sich nun bewahrheitete.

»Genau. Und offenbar können beide gewichtige Argumente für ihre Forderungen vorbringen.«

Er fuhr fort: »Also ist der Gesandte aus Cassori gekommen,

um einen Urteilsspruch der Drachenlords zu erbitten.« Als die Herrin nickte, lächelte er. »Das hat Lleld vorausgesagt und auch, daß Ihr Kief und Tarlna als Richter entsenden würdet, da sie Cassorier sind und dergleichen schon früher getan haben.«

»Lleld«, sagte die Herrin gereizt, »ist ein wenig vorschnell. Eines Tages wird sie falsch raten. Aber nicht dieses Mal. Kief und Tarlna werden tatsächlich nach Cassori gehen. Und du mit ihnen, denn ich habe entschieden, daß du der dritte der drei erforderlichen Richter bist.« Die Herrin stellte ihre leere Tasse auf den flachen Tisch neben dem Stuhl. Sirl kam und räumte sie ab.

Linden versuchte, sich nichts anmerken zu lassen. Eine Mission mit Tarlna, die ihm – ihren strikten Wertvorstellungen folgend – bei jeder Gelegenheit vorwarf, nicht über die einem Drachenlord geziemende Würde zu verfügen. Na großartig. Er fragte sich, womit er das verdient hatte.

Aber als Drachenlord war er verpflichtet, dem Gericht beizusitzen. Aber warum er, ein Angehöriger des Yerrin-Clans, der zudem der jüngste und unerfahrenste aller Drachenlords war? Sicher, er sprach Cassorisch, trotzdem gab es andere Drachenlords, die in derlei Dingen erfahrener waren als er. Eigentlich hätte einer von denen gehen sollen.

Er sagte nichts.

»Ihr drei werdet morgen früh aufbrechen. Da wir keine Zeit verlieren dürfen, werdet ihr euch verwandeln und nach Cassori fliegen. Der Hof hat die Stadt über den Sommer noch nicht verlassen. Die Thronanwärter werden euch in Casna vor dem großen Palast erwarten.« Die Herrin lächelte. »Ich weiß, daß du lieber Shan reiten würdest, aber ich fürchte, Cassori duldet keine Verzögerungen.« Sie bedeutete Linden aufzustehen.

Er bot ihr den Arm an, als sie sich aus dem Stuhl erhob und mit ihm aus dem Raum ging.

Sie blieben am Saaleingang stehen und sahen dem Tanz zu, der allabendlich nach dem Essen begann. Die Herrin hatte sich bei ihm eingehakt und wiegte den Kopf im Takt der Musik.

Linden sagte: »Herrin, wenn ich fragen darf ... Warum habt Ihr mich zum Richter ernannt? Kief und Tarlna sind Cassorier. Ich aber nicht.« Er wartete, während sie über eine Antwort nachsann.

Schließlich sagte sie: »Weil mein Gefühl mir sagt, daß du der Richtige bist, Kleiner.« Kelder, ihr Seelengefährte, trat aus der Menge der Tanzenden heraus und kam auf sie zu. Sie reichte ihm die Hand.

Als Kelder sie zum Tanz führte, sah die Herrin zurück. »Aber ob diese Aufgabe dich braucht«, sagte sie, »oder du diese Aufgabe, kann ich dir nicht sagen.«

Auf dem Weg zu seinen Gemächern kam ihm von der anderen Seite des Flures die gute Lleld entgegen.

»Hallo, Kleiner«, sagte sie grinsend und blieb stehen.

»Du genießt es, mich so nennen zu können, stimmt's?« entgegnete Linden, unfähig, sich ein Lächeln zu verkneifen. Llelds Kennmal war ihre Größe; die kleine Drachenlord-Frau war nicht größer als ein zehnjähriges Kind. »Du warst heute abend nicht beim Tanz«, sagte er.

»Äh, nein – ich hatte etwas anderes zu tun«, entgegnete sie.

»Also erzähle, hatte ich recht?«

Er nickte. »In jedem Punkt.«

Sie seufzte bedauernd. »Schade, ich wünschte, du hättest die Wette angenommen.«

»Ich habe dazugelernt«, sagte er trocken.

»Du wirst also der dritte Ritter sein.« Sie legte den Kopf in den Nacken und sah gespannt zu ihm auf.

»Wieder richtig, du rotschopfiger Winzling«, sagte er lachend.

»Ich hoffe, es wird nicht allzulange dauern.«

»Oder todlangweilig werden. Das sind Regentschaftsdebatten

nämlich meistens«, sagte Lleld. »Und manchmal dauert es Jahre, bis eine Einigung erzielt wird. Schade nur, daß dies keines der Märchen von deinem Freund Otter ist. Dann würde die Sache nämlich um einiges spannender werden.«

Eines von Otters Märchen. Das hatte ihm – neben Tarlnas Gesellschaft – gerade noch gefehlt. Leicht gereizt fragte Linden: »Und was habe ich verbrochen, daß du mir so was wünschst, du halbe Portion?«

Lleld grinste bloß. »Ähm – ich muß weiter. Es wird spät.« Ohne ein weiteres Wort wandte sie sich ab und schlenderte den Flur hinunter.

Kopfschüttelnd ging Linden zu seinen Gemächern. All die Dinge, die Lleld vorhersagte … Und sie hatte viel zu unschuldig ausgesehen, als sie gerade weitergegangen war.

Als er seine Gemächer betrat, sah er, daß sein Diener Varn bereits für ihn gepackt hatte. Vermutlich hatte Sirl etwas verlauten lassen.

Varn sah auf. »Die Jungen schlafen schon. Sie wollten sich verabschieden und sind so lange wie möglich wach geblieben, aber …« Lächelnd schüttelte er den Kopf.

»Sag ihnen, daß es mir leid tut«, sagte Linden. Und es tat ihm wirklich leid; er mochte die Zwillingssöhne seines Dieners.

Der goldpelzige Kir richtete sich auf, nachdem er die letzte Schnalle des Lederbündels verschlossen hatte. »Sie werden die Kissenschlachten vermissen«, sagte Varn grinsend. »Doch ich muß Euch warnen. Sie wollen, daß Lleld bei der nächsten großen Schlacht auf ihrer Seite kämpft. Ich glaube, sie versuchen, sie mit einem Honigkuchen zu bestechen.«

Linden lachte und schüttelte den Kopf. »Die kleinen Teufel. Das erklärt, wo Lleld war. Danke für die Warnung. Na ja, ich denke, ich werde nicht allzulange fort sein.«

»Das hofft Ihr«, sagte Varn, während er Lindens kleine Harfe in dem dafür vorgesehenen Kasten verstaute.

Linden saß vor der breiten Holzbalustrade des Balkons. Hinter ihm stand die Tür zu seinen Gemächern offen, etwa zehn seiner weit ausholenden Schritte über den Balkon entfernt. Er schaute in die Nacht hinaus und genoß die erfrischende Kühle und den würzigen Duft der nur im Dunkeln aufblühenden Callitha-Blüten in den Gärten unter ihm.

Varn war längst zu seiner Frau und seinen beiden Söhnen nach Hause gegangen. Vor dem Schlafengehen blieb nur noch eines zu tun. Llelds letzte Bemerkung hatte ihn auf die Idee gebracht. Linden schloß die Augen und bereitete sich darauf vor,»seinen Ruf in den Wind zu legen«, wie die Drachenlords es ausdrückten.

Er ließ seinen Geist in die Ferne schweifen, auf der Suche nach jemand Bestimmtem. In Gedanken offenbarte sich ihm ein schwaches Kräuseln, das vage Bild eines Meeres, das Flüstern des Windes im Segel, ein sanft hin und her schaukelndes Schiff. Zu seiner Überraschung bedurfte es all seiner Kraft, um die Verbindung herzustellen. Der Barde war viel weiter entfernt, als Linden geglaubt hatte.

Die Verbindung löste sich wieder; die Entfernung war zu groß, Linden wollte den Versuch gerade abbrechen, als er plötzlich eine drängende Kraft spürte.

Was war das? Dann wurde es ihm klar: Der Gesuchte war an Bord eines Schiffes. Der Ausbruch magischer Energie mußte bedeuten, daß Merlinge – Fischmensch-Wesen – in der Nähe waren. Oft schwammen sie einem Schiff tagelang hinterher. Ihre Zauberkraft schien die seine zu verstärken.

Er zögerte nicht, diesen Zufall für seine Zwecke zu nutzen. *Otter?* fragte er.

Ein wortloser Schwall der Freude – und dann: *Linden? Linden, bist das tatsächlich du?*

Linden lächelte. *Ja, ich bin es, alter Freund. Morgen früh verlasse ich Drachenhort.* Schnell berichtete er dem Barden alles, was er wußte. *Ich werde in Drachengestalt hinfliegen. Ich*

14

dachte, danach könnten wir ein wenig herumreisen. *Ich würde kurz zurückkommen und Shan holen und dich anschließend irgendwo treffen.*

Otter sagte: *Du nimmst Shan nicht mit? Hast du ihm schon eröffnet, daß du ohne ihn reisen wirst? Ich wünschte, ich könnte dabeisein, wenn du es ihm sagst.*

Linden verzog das Gesicht bei der Vorstellung, wie sein llysanischer Hengst auf die Nachricht reagieren würde. *Ich dachte, ich werde bis morgen früh warten. Wahrscheinlich wird er versuchen, mich zu beißen. Wohin fährst du?*

Otter antwortete: *Ob du es glaubst oder nicht, wir sind unterwegs nach Casna.*

In Otters Geiststimme schwang ein verschlagener Unterton mit, den Linden nur allzugut kannte. Der Barde führte etwas im Schilde. Linden überlegte, was es diesmal war, und fragte: *Was tust du auf See?*

Ich habe einen Verwandten in Thalnia besucht. Vielleicht erinnerst du dich an ihn – Rotfalk, ein Wollhändler. Die beste Freundin seines Sohnes Raven ist Kapitän eines Handelsschiffes, ein Mädchen aus der Kaufmannsfamilie Erdon aus Thalnia. Ich habe sie gefragt, ob ich mitsegeln könne. Mir war mal wieder nach etwas Neuem zumute. Sie hatte nichts dagegen.

Rotfalk? Raven? überlegte Linden einen Moment. *Ah! Jetzt erinnere ich mich an die beiden, besonders an den kleinen Jungen; rote Haare und eine Leidenschaft für Pferde.*

Otters Kichern kitzelte in seinem Geist.

Kleiner Junge? Der Bursche ist jetzt fast so groß wie du, zum Kummer seines Vaters. Schade, daß er nicht mitfährt; ihr beiden würdet euch gut verstehen.

Linden nickte und vergaß – wie so oft –, daß Otter ihn nicht sehen konnte. Es kam ihm vor, als stünde der Barde direkt neben ihm. *Und was willst du in Casna?*

Zufälligerweise ist das der erste Hafen, den die Seenebel anläuft. Ich hatte vor, nach Drachenhort zu kommen, um dich dort rauszuholen und ein wenig mit dir herumzureisen. Arme Maurynna. Als sie davon gehört hat, wollte sie unbedingt mitkommen. Sie hat versucht, ihren Onkel zu überreden, ihr einen Überlandtransport zu geben, aber davon wollte er nichts wissen.

Linden fragte sich, wer Maurynna war, dann entschied er, daß sie der Kapitän sein mußte. Und anhand des Tones in Otters Geiststimme glaubte er zu ahnen, was der Barde im Schilde führte. *Otter, was für einen Unsinn heckst du wieder aus?*

Das geht dich nichts an, Jungchen. Dann, nachdenklich: *Oh, Götter, es ist schon so lange her.*

Linden seufzte. Er hatte vergessen, wie lang die Jahre einem Echtmenschen erschienen. Das war Teil des Drachenlord-Zaubers; nicht gefangen zu sein in den Grenzen der Zeit. Jahre flogen dahin wie Tage – gleichzeitig ein Segen und ein Fluch.

Er massierte seine Schläfen. Selbst mit Hilfe des Merling-Zaubers begann sein Kopf zu brummen. Er sagte: *Kief und Tarlna fliegen mit mir.* Ein Anflug von Niedergeschlagenheit durchfuhr ihn. Er hoffte, daß Otter es nicht spürte.

Tarlna? Was für ein Glückspilz du bist, sagte Otter. *Aber Maurynna wird entzückt sein; drei Drachenlords in Casna!*

Linden hob eine Augenbraue. *Oh?* war alles, was er sagte, doch sein Tonfall sprach Bände. *Wann werdet ihr dort sein?*

Ich würde sagen, in etwa zwanzig bis dreißig Tagen, vielleicht früher; wir kommen gut voran, sagt man mir. Wir haben Thalnia vor zwei Tagen verlassen und nach etwas gesucht, das Maurynna die »Große Strömung« nennt. Ah, Linden, kann ich dich um einen Gefallen bitten?

Jetzt würde es kommen. *Natürlich. Was?*

Hättest du etwas dagegen, wenn ich sie dir vorstelle? Sie wäre völlig hingerissen.

O Götter. Bestimmt wieder eine, die sich einen Drachenlord-Mann angeln wollte. Er hoffte, daß sie nicht zu der Sorte gehörte. Was auch immer, sie war Otters Freundin; er konnte ihm den Gefallen nicht abschlagen. *Nein, ich habe nichts dagegen.*

Ich sollte dich aber warnen, denn du bist einer ihrer Helden. Sie hat schon immer die Drachenlord-Geschichten geliebt, vor allem die über Bram und Rani und den Kelnethischen Krieg. Wenn sie dich trifft, geht ihr Kindheitstraum in Erfüllung, denn du bist nicht nur ein Drachenlord – du bist ein Abkömmling von Bram und hast an dessen und Ranis Seite gekämpft.

Lindens Magen zog sich zusammen. Dies würde schlimmer werden als sonst.

Kief und Tarlna. Nach kurzem Zögern sagte Otter: *Tut mir leid, Linden. Es wird schwer für dich werden, oder?*

Linden senkte den Kopf. Auf Drachenhort konnte er irgendwie ignorieren, von seelenverwandten Paaren umgeben zu sein. Immer wenn es ihm zuviel wurde, konnte er zu seinen Freunden in die umliegenden Dörfer entfliehen oder in die Berge reiten. Aber in Casna würden Kief und Tarlna die einzigen Leute sein, die er kannte. Und ihre Bindung war eine der stärksten am Hort. Ihre Gesellschaft bedeutete, daß ihm ständig Salz in eine offene Wunde gestreut wurde. Vielleicht würde er in Casna ja jemanden kennenlernen, der ihm ein wenig Ablenkung verschaffte.

Er hätte wissen sollen, daß der Barde seinen kurzen Anflug von Einsamkeit bemerken würde. Er versuchte, die Situation aufzuheitern. *Na ja, wenigstens bin ich nicht der Bedauernswerte, der mit Tarlna zusammen ist.* Um die Stimmung weiter zu heben, erzählte er Otter, was Lleld vorhin gesagt hatte.

Der Barde lachte. *Diese Zwergin. Du hast mit Tarlna schon genug im Kopf. Eine verrückte Magierin ist das letzte, was du brauchst.*

Trotzdem wäre mir die Magierin lieber, sagte Linden.

Die magische Energie der Merlinge versiegte. *Otter, ich kann die Verbindung nicht länger halten.*

Ich verstehe. Soll ich im Palast nach dir fragen? Man kennt mich dort. Ich habe oft für die Königin Desia gespielt.

Ja, erwiderte Linden. *Bis bald.* Er ließ die Verbindung verklingen, leise stöhnend wegen der Schmerzen, die sich hinter seinen Augen breitgemacht hatten. Der Duft der Callitha-Blüten kehrte zurück und verdrängte den Geruch salziger Luft aus seinem Geist. Er saß noch lange da und schaute nachdenklich in den Nachthimmel.

2. KAPITEL

Linden wandte sich zähneknirschend um und trat ans Fenster des kleinen Besprechungszimmers, ohne Tarlna weiter zu beachten.

Draußen trugen Varn und einige andere Diener das Gepäck der in Kürze aufbrechenden Drachenlords zum Landefelsen. Er starrte auf ihre winzigen Gestalten, die den Pfad hinuntertrotteten. Und er zählte noch einmal bis zehn, bemüht, sich nicht zu wünschen, daß sie Tarlnas Gepäck ins grüne Tal unter ihnen fallen lassen sollten.

Dann sagte er: »Zum letzten Mal, Tarlna, ich werde das Amtsgewand *nicht* tragen. Wenn wir in Cassori sind, ja – aber nicht heute.«

Mit zorniger Stimme sagte sie: »Man könnte meinen, Ihr würdet Euch schämen …«

Linden drehte sich um. »Ich schäme mich nicht. Ganz im Gegenteil. Aber verflucht noch mal, das Gewand ist unbequem!« Er verschränkte die Arme vor der Brust und starrte sie unversöhnlich an.

Tarlna starrte zurück. Sie hatte die Arme in die Seiten gestemmt. Ihre blauen Augen funkelten, die langen blonden Locken waren nach hinten geworfen. Ihre Finger hielten den Gürtel so fest umschlossen, daß sich die Silberplättchen in ihre Haut bohrten. Ihre Lippen öffneten sich, und in ihren Blick trat ein unheilvoller Glanz.

Linden wußte, daß Tarlna dabei war, eine besonders hinterhältige Gemeinheit zu ersinnen – selbst für ihre Verhältnisse. Er setzte alles auf einen letzten Versuch und sagte mit unschuldigem Blick: »Was ist, wenn es regnet? Das würde die Seide ruinieren.«

Ihre blauen Augen verengten sich.

Linden fragte sich, ob er jetzt besser das Weite suchen sollte. Wenn Tarlna erriet, daß er sich über sie lustig machte ...

Kiefs Stimme kam von der Türschwelle. »Er hat recht, Liebste. Laß uns erst ankommen. Und in Casna werden wir alle unser offizielles Amtsgewand tragen.« Grinsend schlenderte er in den Raum. »Nicht wahr, Linden?«

Linden raunte zustimmend. Kief, der klein und zierlich war, sah jünger aus als Linden, doch tatsächlich war Kief um vieles älter als er. Und als Ältester würde Kief die Delegation nach Cassori leiten.

Tarlnas funkelnder Blick traf nun ihren Seelengefährten. Kief lächelte und zuckte mit den Schultern. Sie ging auf ihn zu.

Linden schlenderte zur Tür. Gerade als Tarlna mit seltsam weicher Stimme fragte: »Weshalb gibst du ihm auch noch recht«, schlüpfte er aus dem Zimmer und beeilte sich, soweit wie möglich von der unausweichlichen Explosion wegzukommen. Draußen angelangt, seufzte er erleichtert ...

Dann fiel ihm ein, daß er Shan noch immer nicht von seiner nahenden Abreise unterrichtet hatte. Sehnsüchtig sah er zum Hort zurück. Lieber würde er noch einmal Tarlna gegenübertreten, als seinem Hengst die unerfreuliche Nachricht überbringen zu müssen.

Es war kühl und dunkel in den Steinställen. In der Luft hing der Geruch frischen Heus. Linden blieb stehen und atmete tief durch. Er schloß die Augen; der Geruch weckte Erinnerungen an Bram und Rani in ihm. Er lächelte versonnen, dann schlug er die Augen auf und ging weiter. Er blieb vor Shans Stall stehen. Der Stall war leer.

»Shan!« rief er.

Im Ausgang zur Koppel erschien ein großer schwarzer Kopf. Der Hengst wieherte eine Begrüßung und schritt herein. Seine Ohren waren nach vorn gestellt, und in seinen dunklen Augen lag ein intelligenter, fragender Blick. Er senkte den Kopf über die Stalltür, um sich kraulen zu lassen.

Linden tat ihm den Gefallen. *O Götter,* dachte er. Er glaubt, wir würden ausreiten. Er räusperte sich.

»Äh, Shan? Es gibt ein Problem in Cassori ...«

Shan neigte den Kopf zur Seite. Seine Ohren wedelten hin und her. Er stieß ein tiefes Brummen aus und nickte.

»Sie streiten sich um die Thronfolge, und ich bin einer der Richter.«

Shan schnaubte freudig. Offenbar gefiel ihm der Gedanke an eine lange Reise.

Linden trat einen Schritt nach hinten. »Ich muß nach Casna *fliegen,* und das heißt ...«

Er sprang zurück, als der große Kopf hervorschnellte. Das Gebiß des Hengstes schnappte zu und verfehlte nur knapp seine Schulter.

»Tut mir leid, aber so lautet nun mal der Befehl der Herrin. Du weißt genau, daß ich lieber reiten würde ...«

Shan drehte sich um und wedelte beleidigt mit dem Schwanz.

»Wag es ja nicht ...« Linden starrte auf einen frischen Haufen Pferdemist, als Shan zur Koppel hinaustrottete.

»Was erwartet Ihr?« sagte eine Stimme. »Wenn ihr Drachenlords darauf besteht, nur Llysanyaner zu reiten ...«

Linden drehte sich um und sah, daß Chailen, der Stallmeister, ihn beobachtete. Der Kir schaute mißmutig.

»Ihr wißt, daß er sich bis zu Eurer Rückkehr unmöglich aufführen wird«, sagte Chailen. »Die Stallburschen empfinden es als Strafe, seinen Stall saubermachen zu müssen, wenn Ihr ihn allein laßt.« Chailen seufzte. »Ach, was soll's. Shans Mist wegzumachen wird sie auf Trab halten. Ich bin gekommen, um Euch zu sagen, daß Varn nach Euch schickt. Es ist soweit.«

Als Linden den ausgetretenen Pfad hinunterschritt, sah er, daß am Kopf der Steintreppe, die zum Landefelsen hinunterführte, eine vertraute Gestalt auf ihn wartete.

»Bist du hier, um dich von uns zu verabschieden?«

»Nein, um zu sehen, was Shan von dir übriggelassen hat«, sagte Lleld und musterte ihn von oben bis unten. »Du bist mittlerweile geübt darin, ihm auszuweichen, nicht wahr?«

Linden zuckte zusammen, als er sich all der Momente entsann, in denen er nicht so schnell gewesen war. Dann sagte er: »Dieses Mal habe *ich* Neuigkeiten für *dich*. Erinnerst du dich an Otter? Ich werde ihn herbringen.«

Lleld klatschte freudig in die Hände. »Oh, wie schön! Er erzählt immer so gruselige Märchen über böse Magier.«

»Leider ist diese Reise keines dieser Märchen«, sagte Linden.

»Wie langweilig«, spottete Lleld. »Das wäre doch viel spannender.«

Bevor Linden etwas entgegnen konnte, rief ihn eine Stimme vom Landefelsen. »Ich muß los«, sagte er und stieg die breiten Steinstufen hinunter.

Sie rief ihm nach: »Wetten, daß deine Reise eines von Otters Märchen ist, Kleiner? Ich wette meinen Dolch mit dem Kristallgriff gegen deine Fuchsbrosche!«

»Nein!« rief er zurück. »Bei meinem Glück würdest du vermutlich gewinnen!«

Lleld bog sich vor Lachen.

Linden ging kopfschüttelnd weiter. Lleld und ihre Ideen! Er erreichte rechtzeitig den Landeplatz, um Kief noch an den äußersten Rand des Felsvorsprungs treten zu sehen.

Der Luftstrom aus dem Tal blies dem kleineren Drachenlord die feinen braunen Haare aus dem Gesicht. Kief bückte sich und rückte die Tragegurte an seinem Gepäck zurecht, dann sagte er etwas zu dem Kir-Diener neben ihm, das Linden nicht hören konnte. Der Diener rannte zurück.

Kief hob seine sechsfingrigen Hände und schloß die Augen. Ein entrückter Ausdruck legte sich über sein Gesicht. Um ihn herum begann die Luft zu flimmern. Roter Nebel bildete sich; die Umrisse seines Körpers bebten und zerflossen. Der Nebel breitete sich aus, wurde dunkler und nahm die Gestalt eines geisterhaften Drachens an.

Einen Herzschlag später kauerte ein brauner Drache am Felsrand. Er hob einen Vorderfuß, die sechs Klauen fest um die dicken ledernen Tragegurte geschlossen, und zog das Bündel zwischen seine Vorderbeine. Dann hob er mit einem Satz vom Felsrand ab und stieg mit weit ausgebreiteten Flügeln in die Höhe.

Diener eilten mit Tarlnas Gepäck heran. Sobald sie verschwunden waren, hinkte Tarlna zum Felsrand. Sie blieb einen Moment stehen, um zu ihrem Seelengefährten hinaufzuschauen.

Auch Linden sah hoch. Der braune Drache hing am Himmel, die Flügel reglos, und glitt in langgezogenen Kreisen dahin, während er auf die anderen wartete.

»Viel Glück, Linden.«

Die Stimme seiner Herrin kam von hinten. Eine tiefere Stimme wiederholte ihre Worte. Linden sah über die Schulter.

Kelder und die Herrin standen beieinander, sie bei ihrem Seelengefährten untergehakt, den Kopf zur Seite geneigt. »Mein Gefühl sagt mir, daß du in dieser Angelegenheit etwas unternehmen mußt, aber ich weiß nicht, was. Ich wünschte …«

Ein klirrender Schrei unterbrach sie. Gemeinsam sahen sie zu, wie Tarlna, jetzt ein blaßgelber Drache, vom Felsen sprang. Varn und einige andere Kir trugen Lindens Gepäckbündel herbei.

Die Herrin fuhr fort: »Geh nur, Kleiner. Und nochmals viel Glück.«

Linden lief zum Felsrand. Varn half ihm, seine Bündel zu ordnen. Ein schneller Händedruck, ein geflüstertes »Viel Glück«,

23

dann rannte Varn nach hinten. Zu Lindens Belustigung wichen alle etwas weiter zurück als bei den anderen beiden.

Du meine Güte, so groß bin ich nun auch wieder nicht! dachte er.

Er leerte seinen Geist, verdrängte alle Gedanken, um die Verwandlung voll und ganz auszukosten. Er spürte, wie sein Körper und Geist dahinschmolzen. Einen Moment lang war er gewichtslos, nicht mehr als ein Lufthauch, ein Staubwölkchen, das beim leisesten Windstoß verwehen würde. Falls ihn in diesem Augenblick etwas ablenkte oder kaltes Eisen die Nebelwolke durchbohrte, aus der er gerade bestand, wäre er verloren.

Ein prickelndes Grausen durchzog ihn, ein alter vertrauter Freund, der dem Wunder der Verwandlung ein wenig Würze verlieh.

Dann, wie immer so schnell, daß er den Moment, in dem es geschah, nie genau festmachen konnte, verflogen die eigenartigen Wahrnehmungen, und er war wieder von fester Gestalt.

Er reckte seinen langen Hals herum. Vielleicht war er tatsächlich relativ groß; er nahm fast doppelt soviel Raum ein wie die beiden anderen Drachen. Seine geschuppte Haut, weinrot wie sein Kennmal, glänzte im Sonnenschein. Er hielt sein Gepäck fest in den Klauen und lauschte einen Moment. Der Wind rief; er sprang und flog ihm entgegen.

Das seidige, sinnliche Gefühl der Luft, die über seine Flügel strich, betörte ihn. Mit wenigen Schlägen erreichte er den Aufwind, auf dem Kief und Tarlna dahinglitten. Er stieg der Sommersonne entgegen. Die Luft war warm und schmeckte auf seiner Drachenzunge wie Honig und Wein. Er warf den Kopf zurück und begann mit schallender Stimme zu singen.

Kief und Tarlna stimmten ein. Ihr Dreigesang schmetterte durch die Lüfte und hallte von den Berggipfeln wider, während einer nach dem anderen wendete und gen Süden flog.

3. KAPITEL

Als sie aus ihrer Kajüte trat, schüttelte Maurynna noch ein wenig benommen den Kopf. Sie hatte vergangene Nacht einen seltsamen Traum gehabt; schade, daß er beim Aufwachen immer schwächer geworden war, bis er nur noch aus vagen Bildern bestanden hatte, die sich auflösten, sobald sie versuchte, sich an Einzelheiten zu erinnern.

Sie atmete tief durch; am frühen Morgen war der salzige Duft des Meeres besonders intensiv. Diese Zeit des Tages war ihr schon immer die liebste gewesen. Und nun, da sie Kapitän ihres eigenen Schiffes war, genoß sie sie um so mehr.

Sie sah auf die breiten goldenen Spangen an ihren Handgelenken hinunter – ihre Rangabzeichen. Sie konnte es noch immer nicht glauben. Vom Ersten Maat zum Kapitän in weniger als zwei Jahren; sie hätte nie gedacht, daß es so schnell gehen würde.

Drei Fahrten unter ihrem Kommando hatten nicht gereicht, um ihre Begeisterung über ihre neue Position zu dämpfen. Manchmal wachte sie mitten in der Nacht auf und glaubte, Onkel Kesselandts Geschenk – die *Seenebel* und die kleine Teilhaberschaft am Familienunternehmen – wäre bloß ein Traum gewesen. Dann fiel ihr ein, daß es wahr war, und sie schlief glückstrahlend wieder ein.

Der Wind blies Maurynna die langen schwarzen Haare ins Gesicht. Sie warf sie zurück und winkte den Seeleuten an Deck und in der Takelage zu. Am Hauptmast flatterte das blaugrüne Erdon-Banner im Wind: ein Silberdelphin, der aus einem Meer smaragdfarbener Seide sprang.

Sie rief dem Ersten Maat auf dem Vierteldeck zu: »Alles im Lot, Master Remon?«

Remon sah über die Brüstung, eine Hand am Steuerruder.

»Aye, Käpt'n. Kara meldet eine ruhige Nacht mit scharfem Wind. Wenn es so weitergeht, erreichen wir Cassori einige Tage früher als erwartet.«

»Danke, Master Remon. Ich hoffe, es *geht* so weiter.« Maurynna lief übers Deck, blinzelte nach Steuerbord in die Sonne, zufrieden mit sich und der Welt. Bislang war die Fahrt gut verlaufen. Und wenn die erste Hälfte ein Omen für den Rest der Reise war, hätte sie am Ende sogar hervorragende Arbeit geleistet. Soviel zu den Einwänden der Seniorpartner, daß sie mit neunzehn Jahren – fast zwanzig, wie sie stets betont hatte – viel zu jung für soviel Verantwortung sei.

Sie hätte fast einen kleinen Freudentanz aufgeführt, entsann sich aber, daß dies unter der Würde eines Kapitäns war. Statt dessen lehnte sie sich fröhlich summend an die blankpolierte Reling.

Die Tür von Otters Kajüte schwang auf. Der Yerrin-Barde kam heraus und reckte gähnend die Arme in die Höhe. Als er sie sah, kroch ein Grinsen auf sein verschlafenes Gesicht.

»Du siehst müde aus heute morgen«, sagte sie, als er zu ihr trat. »Hast du nicht gut geschlafen? Du hast dich früher zurückgezogen als ich.«

»Ich habe spät abends noch mit einem Freund gesprochen«, sagte Otter, »und danach konnte ich nicht einschlafen.« Sein Grinsen wurde breiter.

»Mit wem?« fragte sie neugierig. »Remon?« Sie wußte, daß sie falsch lag. Der Erste Maat blieb nur selten so lange wach; er mußte bei Tagesanbruch das Ruder übernehmen. Außerdem verhieß Otters Grinsen, daß es sich um jemand anderen handelte.

Sein Blick wanderte umher. »Ein wunderschöner Morgen, nicht wahr? Ich werde ein wenig übers Deck spazieren.«

Maurynna stieß sich von der Reling ab und versperrte ihm den Weg. »Nicht bevor du mir verrätst, mit wem du gesprochen hast.« Sie zupfte dem Barden am strubbligen Bart. »Du hältst mich zum Narren – ich sehe das. Du hast dann immer diesen eigenartigen Glanz im Blick. Also, raus mit der Sprache!«

Er tat beleidigt. »Du verletzt mich, Rynna. Du kennst mich seit deiner Kindheit und …«

»Genau, ich kenne dich, Otter!«

Er lehnte sich an die Reling und sah lachend auf die Wellen hinaus. Maurynna wandte sich um. Sie wußte, daß sie nur abzuwarten brauchte.

Hinter ihr hißte die Mannschaft ein weiteres Segel, ein unzüchtiges Lied auf den Lippen, um den Rhythmus der Arbeit zu halten. Die knarrenden Seile und das Flattern des Segeltuches gehörten zur Melodie.

Beim letzten »Ho!« der Männer schaute Maurynna über die Schulter und sah, wie der Wind das blaue Segel aufblähte. Die *Seenebel* schoß mit einem Ruck nach vorn. Ängstlich packte Otter die Reling. Maurynna folgte der plötzlichen Bewegung des Schiffes mit dem Körper und gab vor, seine Unruhe nicht zu bemerken.

Sie sagte: »Also, wer war dieser mysteriöse Freund?«

Allmählich lockerte sich Otters Griff um die Reling; er sagte: »Erinnerst du dich, was uns in Assantik der Händler, der gerade aus Cassori eingetroffen war, erzählt hat?«

»Gajji? Darüber, wie die cassorische Königin starb? Tragisch, daß die Vergnügungsbarke in einem Sturm gekentert ist, aber was hat das mit deinem Freund zu tun?«

»Um genau zu sein, eine ganze Menge.« Otter lächelte, offensichtlich darauf aus, daß sie ihn anflehte weiterzureden. Als sie nichts dergleichen tat, nickte Otter ihr väterlich zu. Seine Augen blitzten schelmisch. »Du wirst es herausfinden, wenn wir in Casna sind.«

Als sie protestieren wollte, hob Otter warnend die Hand. »Und wenn du mir drohst, mich über Bord zu werfen, werde ich noch länger warten, bevor ich es dir verrate. Hmm – vielleicht sollte ich mir damit sowieso bis zu deinem Geburtstag Zeit lassen.«

Maurynnas unbefriedigte Neugier brachte sie fast um. Verfluchter Otter! Er wußte, daß sie nicht in der Mannschaft herumfragen würde, um herauszufinden, mit wem er gesprochen hatte; dies würde ihr Ansehen als Kapitän schmälern. Was ihr Ehrgefühl betraf, war sie noch neu genug, um äußerst empfindsam zu sein.

»Du – du … Bah! Wieso habe ich bloß zugestimmt, einen unausstehlichen, nichtsnutzigen und rundherum anrüchigen Yerrin-Barden mit an Bord zu nehmen …« Am liebsten hätte sie Otter jedes Barthaar einzeln ausgerissen.

Und der Barde kannte jeden ihrer Gedanken, als würde er in ihr wie in einem Buch lesen. Sie sah es in seinen verschmitzt lachenden Augen. Sie grummelte etwas Unflätiges auf Assantisch und stolzierte davon.

Otter lehnte sich wieder lachend an die Reling.

Nein, sie würde nicht herumfragen. Aber sie würde die Ohren spitzen, falls sie einen der Männer über das Gespräch reden hörte.

Trotzdem ließ das Rätsel sie nicht los. Mit wem von der Besatzung hatte Otter gesprochen? Was hatten sie im Hafen gehört, das ihr entgangen war? Und was kümmerte es einen ihrer Männer, was in Cassori geschehen würde? Sie stieg zum Vierteldeck hinauf und ließ ihren Ärger von der klaren Seeluft fortblasen.

Nun gut, tröstete sie sich. Was immer Otters Überraschung diesmal sein mag, das Warten wird sich bestimmt lohnen. Es lohnt sich immer. Aber muß er immer ein linkisches Spiel daraus machen?

4. KAPITEL

Die Wiese war mit Scharen von Schaulustigen bevölkert, die auf die Ankunft der Drachenlords warteten. Sie drängten sich hinter einer Doppelreihe rotgewandeter Palastwachen, die den größeren Teil der Wiese freihielten. Die Wappenröcke der Wachen leuchteten wie Blutspritzer vor dem satten Grün des Rasens. Hier und da ragten Banner aus dem Gedränge, rot, blau und goldfarben, schlaff in der reglosen, brütendheißen Luft. Menschen aller Stände standen Schulter an Schulter und redeten laut durcheinander. Weinverkäufer zwängten sich durch die Menge und verbuchten nie gekannte Gewinne. Es schien, als wäre ganz Casna gekommen, um die sagenumwobenen Drachenlords landen zu sehen.

Kas Althume stand unter Prinz Peridaens Baldachin und erfreute sich des kühlenden Schattens. Als Großhofmeister der königlichen Ländereien und Besitztümer standen ihm derlei Annehmlichkeiten zu; ihm wäre nicht danach zumute gewesen, unter den im Sonnenschein schwitzenden Schaulustigen zu stehen. Trotzdem ärgerte es ihn, daß er in der Öffentlichkeit nicht beim Prinzen sitzen durfte. Zu stehen tat seinem verletzten Oberschenkel nicht gut. Er tröstete sich mit dem Gedanken, daß die Wunde bald verheilen würde, und massierte sie behutsam.

»Schmerzt Euer Bein wieder?« fragte der Prinz. »Ich wünschte, Ihr würdet mir verraten, wie es passiert ist.«

Kas Althume schüttelte den Kopf. »Mein Bein ist nicht wichtig. Das dort ist wichtig. Seht Euch dieses dumpfe Narrenvolk an«, sagte er voller Verachtung. Er neigte sich zu Peridaen hinunter. »Es könnte ebensogut ein Jahrmarkt sein. Schaut nur, wie willig sie die Ankunft derer erwarten, die sie seit Jahrhunderten in Ketten legen. Und sie freuen sich sogar.«

Peridaen zuckte mit den Schultern. »Die zählen nicht. Und

29

wenn die Bruderschaft gewinnt, wird hier und heute das Ende eingeläutet, und die Drachenlords werden sich ein für allemal aus den Angelegenheiten der Echtmenschen heraushalten. Glaubt Ihr, Euer Mann hat Pelnar schon erreicht?«

»Pol? Er brach an dem Tag auf, an dem feststand, daß die Drachenlords angehört werden würden. Ohne unvorhergesehene Zwischenfälle sollte er bald dort eintreffen. Leider wird es eine Weile dauern, bis er den gefunden hat, den wir brauchen«, sagte Kas Althume.»Man munkelt, der alte Nethuryn sei untergetaucht.«

Anstella, Baronesse von Colrane, die rechts von Peridaen saß, fragte:»Kas, wenn er zurückkehrt, glaubt Ihr wirklich, daß …«

»Sei still, Anstella«, fiel Peridaen ihr ins Wort.

Sie warf den Kopf zurück.»Verbiete mir nicht den Mund, Peridaen. Ich bin kein Kind. Die Diener sind außer Hörweite. Außerdem können sie mich bei dem Lärm sowieso nicht verstehen.«

»Echtmenschen können Euch nicht verstehen«, sagte Kas Althume.»Aber können Drachenlords Gedanken lesen, ein Vorhaben spüren? Und wenn, aus welcher Entfernung können sie es? Vergeßt nicht, dies ist eines der vielen Dinge, die wir nicht über sie wissen. Versucht, möglichst an nichts von alldem zu denken.«

Anstella senkte betreten den Kopf.

Kas Althume sah an ihr vorbei zu dem Festzelt, in dem sich die meisten der jüngeren Adligen aufhielten. Ein Mädchen fiel ihm auf. Sie hatte dieselben eleganten Züge und dasselbe kastanienbraune Haar wie die Baronesse. Doch anders als die Baronesse, die kunstvoll geflochtene Witwenzöpfe hatte, trug das Mädchen die Haare offen. Sie sah gelangweilt aus. Geringschätzig verzog sie die Lippen, während sie mit einem anderen Mädchen redete.

Doch ihre Hände widersprachen ihrer scheinbaren Gleichgültigkeit, denn ihre Finger drehten unablässig die sie zierenden Ringe. Kas Althume sah, daß sie genauso aufgeregt war wie alle anderen auch.

»Wie ich sehe, läßt Sherrine sich nicht von der Aufregung anstecken«, sagte er und trank einen Schluck würzigen Wein aus einem Silberkelch.

»Sie weiß, was sich gehört, im Gegensatz zu diesen hirnlosen Dingern«, sagte Anstella mit einer abfälligen Handbewegung. »Ich habe sie gut erzogen. Die anderen wollen sich natürlich einen Drachenlord angeln.«

Also hatte sie seinen Sarkasmus nicht bemerkt; das hatte er auch nicht erwartet. Anstella hörte – und sah – nur das, was sie hören und sehen wollte. Trotz ihres Ehrgeizes minderte Anstellas Unbedarftheit ihren Nutzen für die Bruderschaft. Bedauerlich, daß Peridaen sich mit ihr eingelassen hatte.

»Und wenn die Richter allesamt Frauen sind?« fragte Peridaen. »Welche Tränen der Enttäuschung!« Seufzend griff er sich mit einer Hand ans Herz. Von der Bewegung verrutschte das große Amethyst-Amulett, das er stets trug. Der Edelstein funkelte purpurn.

Kas Althume lächelte mitleidig. »Selbst wenn, würden auch männliche Drachenlords eintreffen. Meines Wissens sind Drachenlords nur ungern von ihren Seelengefährten getrennt; zweifellos werden die Richter die ihren mitbringen. Es könnten also bis zu sechs Drachenlords bei uns eintreffen.«

»O Götter«, sagte die Baronesse voller Abscheu. »So viele?« Ihre Lippen verzogen sich wie die ihrer Tochter.

»Beruhigt Euch, Mylady. Wahrscheinlich werden es nur vier sein. Ich vermute, daß zwei der Richter Seelengefährten sind; der vierte wird den dritten Richter einfach nur begleiten«, erklärte Kas Althume.

»Also werden die jungen Dinger doch zu ihrer Chance kommen«, sagte Peridaen und strich sich über den Bart.

»Unwahrscheinlich. Es heißt, ein Drachenlord, der einen

Seelengefährten hat, sei gegen Verführung immun.« Kas Althume nippte wieder am Wein.

»Schade. Sonst hätten wir ein wenig Unruhe unter ihnen stiften können.« Peridaen wandte sich auf seinem Stuhl um. Er winkte einen Diener heran, der ein Tablett mit Gebäck trug. Der Junge eilte herbei. Der Prinz wählte ein Stück aus, dann eilte der Diener wieder außer Hörweite.

»Gut geschult«, sagte Kas Althume.

»Darauf bestehe ich«, sagte Peridaen und sah wieder auf die Wiese hinaus. »Hmm – schade, daß selbst Eure magischen Kräfte nicht für einen Liebestrank ausreichen, mit dem man einen Drachenlord becircen kann. Ach so, ich vergaß. Weil wir nicht wissen, ob sie Magie spüren können, mußtet Ihr Eure Versuche einstellen. Verdammt! Und Rann tobt munter durch die Gegend. Wenn das so weitergeht, wird niemand glauben, daß er krank ist. Kas?«

Verärgert über Peridaens Annahme, seine Magie würde nicht für einen Drachenlord ausreichen, wandte Kas Althume den Kopf und blickte quer über die Wiese in den Pavillon der Herzogin Alinya, der Übergangsregentin von Cassori. Er sah den jungen Prinzen mit seinem Wolfshund herumtollen. Er sagte: »Ich werde veranlassen, daß er mehr von dem Mittel erhält. Vermutlich hat er heute morgen nicht seine tägliche Dosis bekommen. Es wird nicht wieder vorkommen.«

»Ich kann noch immer nicht glauben, daß Desia das getan hat«, sagte Peridaen gereizt. »Wenn ich es nur gewußt hätte …«

»Ihr hattet wirklich keine Ahnung, daß sie für den Fall ihres Todes Beren zum Thronfolger ernannt hatte?«

»Nicht die geringste. Das war die böseste Überraschung seit langem«, sagte Peridaen. Sein Blick verfinsterte sich.

Kas Althume zuckte mit den Schultern. Es war ein Rückschlag gewesen, richtig, aber er hatte die Gelegenheit genutzt, um einen noch ehrgeizigeren Plan zu schmieden. Man mußte stets bereit sein.

Ein Raunen aus der Menge ließ ihn aufschauen. Leute rannten umher, einige schrien vor Aufregung, alle deuteten nach Norden. Er schützte seine Augen mit der Hand vor dem gleißenden Sonnenlicht. Einen Augenblick später erkannte er am tiefblauen Himmel drei einzelne Punkte. Er hielt nach einem vierten Ausschau, konnte aber keinen entdecken.

»Ich dachte, es kämen mindestens vier«, sagte Anstella. Kas Althume konnte nicht heraushören, ob sie enttäuscht oder zufrieden war.

Er antwortete nicht. Statt dessen beobachtete er die näherkommenden Drachen. Und wunderte sich.

Zwei Drachen, der eine braun, der andere gelb, flogen nebeneinander. So groß sie seinen Menschenaugen auch erschienen, im Vergleich zu dem dunkelroten Drachen hinter ihnen waren sie klein. Ihre Schuppen glänzten im Sonnenschein. Die drei kreisten über der Menge, anmutig wie Schwalben, und verdunkelten einen Moment die Sonne.

Kas Althume konnte den Windstoß ihrer mächtigen Flügel spüren, während ihre Schatten über ihn hinwegglitten. Die plötzliche Brise ließ überall auf dem Feld die Banner flattern. Als die Drachen sie passiert hatten, erschlafften sie wieder. Leute schrien und duckten sich, obwohl die Drachen hoch über ihnen waren. Die Drachen landeten ein gutes Stück von der Menschenmenge entfernt im Gras.

Sie ließen ihre Gepäckbündel fallen, die sie zwischen den Vorderbeinen getragen hatten, und falteten ihre Flügel. Dann traten sie mehrere Dutzend Schritte auseinander, ein wenig ungelenk durchs Gras staksend. Ihre Klauen pflügten durch das Grün. Der gelbe Drache hinkte; sein rechtes Hinterbein war etwas kürzer als das linke.

Und noch immer nahte am Himmel kein weiterer Drache, um sich seinen Gefährten anzuschließen.

»Ich verstehe das nicht«, sagte Kas Althume. Tief im Innern verspürte er eine verstörende Beunruhigung. Die Drachenlords hatten ihn eines Besseren belehrt. Und er war an den Rand des überdachten Geländes geeilt, als würde er zur gewöhnlichen Herde der Narren gehören. Daß Peridaen und Anstella dasselbe getan hatten, war nur ein kleiner Trost. »Wo ist der vierte? Es sollte wenigstens noch einer mehr da sein.«

Auf dem Feld war jeder Drache plötzlich in roten Nebel gehüllt, was den Schaulustigen weitere Rufe und Schreie entlockte. Kurz darauf standen an derselben Stelle drei menschliche Gestalten. Einer überragte die beiden anderen um mehrere Haupteslängen. Auf dem Rücken des Mannes, der sich nun zu den anderen gesellte, sah Kas Althume den langen Clan-Zopf der Yerrin.

Kas Althume glaubte, eine Antwort zu ahnen. »Peridaen, ich muß sehen, wer die Drachenlords sind. Falls der dritte der ist, der ich glaube …«

Peridaen nickte überrascht. »Da ich einer der Thronanwärter bin, muß ich unsere … *hochverehrten Gäste* wohl begrüßen …« er spie die Worte aus »… und mich anständig benehmen. Niemand wird es seltsam finden, wenn Ihr mitkommt. Aber was, wenn …«

»Wenn ich recht habe, haben uns die Stümper einen großen Gefallen getan.« Kas Althume erinnerte sich wieder an Peridaens Zweifel. Wir werden ja sehen, ob ein Drachenlord meinem Zauber gewachsen ist! »Und seid liebenswürdig«, fuhr Kas Althume fort. »Aber keine Sorge, Ihr werdet Euch nicht lange verstellen müssen.« Er schüttelte den Kopf in gespieltem Bedauern. »Ganz und gar nicht.«

5. KAPITEL

Sherrine eilte in ihr Schlafgemach, überrascht von dem Halbdunkel, das ihr dort begegnete. Ihr Kleid klebte feucht an ihrem Körper. Sie war verschwitzt, hatte Kopfschmerzen und wollte nichts sehnlicher als ein kühles Bad.

»Tandavi«, rief sie.

Keine Antwort.

Sherrine runzelte die Stirn, ein überhebliches, leichtes Stirnrunzeln, das sie viele Male vor dem Spiegel geübt hatte. Wo steckte das dumme Zimmermädchen nur? Nichts war aufgeräumt, sogar die schweren Brokatvorhänge waren noch zugezogen.

Wütend betrachtete sie das ungemachte Bett und die Kleider, die sie anprobiert hatte und die noch immer herumlagen, achtlos über die Stuhllehnen geworfen. Das dunkelgrüne Seidenkleid, eines ihrer Lieblingskleider, lag zerknüllt auf dem Fliesenboden. Sherrine hob es auf und warf es auf einen Stuhl.

Dumme Kuh. Wie kann sie es wagen zu gehen, ohne – oh, ich weiß. Ich hatte ihr erlaubt, auf die Wiese zu gehen; das dumme Ding war so aufgeregt wegen der Drachenlords.

Sherrine rümpfte die Nase, froh darüber, über derlei Torheiten zu stehen. Nachdem gestern ein Kundschafter mit der Nachricht zurückgekehrt war, daß die Drachenlords ihre Reise ein Stück nördlich von Casna unterbrochen hatten und heute in der Stadt eintreffen würden, hatten alle nur noch ein Thema gekannt: Drachenlords, Drachenlords, Drachenlords. Tandavi war genauso schlimm wie all die Narren am Hof.

Mürrisch zog sich Sherrine das hellblaue Leinenkleid über den Kopf und ließ es zu Boden fallen. Sollte Tandavi es aufheben. Nur im Unterrock setzte sie sich aufs Bett und schlüpfte aus ihren Satinschuhen.

Das aufgeregte Gerede, als all die einfältigen jungen Dinger den Mann erblickt hatten, in den sich der rote Drache verwandelt hatte! Zweifellos würde auch Tandavi bei ihrer Rückkehr nur von Linden Rathan reden.

In ihrem Hinterkopf merkte eine leise Stimme an: Aber du mußt zugeben, daß er ziemlich gut aussieht.

Sie dachte über ihn nach, während sie die kunstvoll verzierte Holzschatulle auf dem Nachttisch aufklappte, den Lavendelbeutel herausnahm und ihn sich unter die Nase hielt. Sie schloß die Augen und inhalierte den Duft, der sogleich ihre Kopfschmerzen linderte.

Schade, daß er ein Drachenlord war. Nicht daß sie das gestört hätte – ganz im Gegenteil; Sherrine teilte nicht den Fanatismus ihrer Mutter für die Bruderschaft. Für sie war die Bruderschaft lediglich ein Weg zur Macht.

Sie dachte an den Moment, als sie den Drachenlord zum ersten Mal gesehen hatte. Trotz des komischen Muttermals an seiner Schläfe war er ein wirklich gutaussehender Mann. Eine Affäre mit ihm könnte amüsant sein. Und ihn den anderen Mädchen am Hof wegzuschnappen! Der Gedanke entzückte sie.

Leider konnte sie ihn nicht in die Tat umsetzen. Ihre Mutter wäre entsetzt.

Ein vorsichtiges Klopfen an der Tür riß sie aus den Träumen. Die Tür wurde einen Spalt geöffnet; Tandavi spähte ins Zimmer.

»Verzeiht, Mylady«, begann das Zimmermädchen, »ich dachte, ich wäre vor Euch zurück.«

Sherrine war nicht danach zumute, verständnisvoll zu sein.

»Wie kannst du es wagen, mein Schlafgemach in einem solchen Zustand zu hinter …« Sie verstummte, als von unten ungewohnte Geräusche nach oben drangen. Stirnrunzelnd versuchte sie, etwas davon zu verstehen.

Die Stimme des Hausdieners, überrascht, aber respektvoll;

das Klacken von Stiefelabsätzen auf dem Fliesenboden – es sind mehrere Männer, dachte sie – und das leise Rascheln von Satinschuhen; im Salon ertönte eine tiefe Stimme, dann eine Frauenstimme, die sie sofort erkannte.

Was macht Mutter hier im Stadthaus? Sie wohnt doch bei Prinz Peridaen. Wieso ist sie nicht dorthin gegangen? O Götter, sagt nur, daß sie sich gestritten haben und sie nun wieder hier einziehen will.

Verärgerung stieg in ihr auf. Seit ihre Mutter im Prinzenpalast auf der anderen Seite des Uildodd wohnte, war Sherrine uneingeschränkte Herrin im Stadthaus der Colranes. Mittlerweile betrachtete sie es als ihr Eigentum. Es schmeckte ihr nicht, die Kontrolle nun wieder an ihre Mutter abtreten zu müssen. Und nichts weniger würde ihre Mutter erwarten.

Die anderen Stimmen … Sie glaubte, erraten zu können, um wen es sich handelte. Eine Zusammenkunft also, bevor sie in den Palast weiterfuhren.

Und mit den Drachenlords in Casna konnte es für ihre Mutter, Prinz Peridaen und seinen stets präsenten Großhofmeister nur einen Grund für eine Zusammenkunft geben.

Dies war eine Angelegenheit der Bruderschaft.

Und sie hielten es nicht für nötig, sie mit hinzuzuziehen – in ihrem eigenen Haus!

Sherrine grub ihre Fingernägel in die Handflächen, wütend wegen der ihr zuteil werdenden Geringschätzung. Dann lächelte sie, ein bloßes Auseinanderziehen ihrer Mundwinkel. Da sie die Herrin dieses Hauses war, sollte sie die charmante Gastgeberin spielen, oder?

Sherrine winkte Tandavi heran. »Hole mir eine Schüssel kaltes Wasser und ein frisches Kleid. Ich muß meine Gäste begrüßen.«

Während er zu dem Stadthaus geführt wurde, das einer der cassorischen Adligen ihm für seinen Aufenthalt zur Verfügung stellte, vergegenwärtigte sich Linden noch einmal die Dinge, die sie bisher wußten.

Einer der Thronanwärter war Prinz Peridaen, der Bruder der verstorbenen Königin. Er war eine Zeitlang nicht hier gewesen, sondern hatte Pelnar bereist und war erst wenige Tage nach dem Tod der Königin zurückgekehrt.

Gute zeitliche Abstimmung, dachte Linden spöttisch. Sicherlich war dies seinem Rivalen Beren, dem anderen Onkel des jungen Prinzen Rann und zugleich Herzog von Silbermärz, äußerst ungelegen gekommen. Denn Berens vor zwei Jahren verstorbener Zwillingsbruder war der Gatte der verblichenen Königin gewesen.

Bei normalem Lauf der Dinge hätte Prinz Peridaen die Regentschaft zugestanden. Doch scheinbar besaß Beren eine schriftliche Ermächtigung der verstorbenen Königin, die ihm im Falle ihres Ablebens den Thron zusprach.

Bis zu Königin Desias Tod hatte keines der Mitglieder des Cassorischen Rates von dem Schriftstück gewußt. Doch aus dem wenigen, das er bislang erfahren hatte, hörte er heraus, daß die meisten Ratsmitglieder es für echt hielten.

War Berens frühzeitige Ernennung also eine weise Vorsichtsmaßnahme der Königin gewesen? Oder trieb hier jemand ein falsches Spiel?

Sherrine ging zum Arbeitszimmer, gefolgt von einem Diener, der auf einem Tablett eine Flasche Wein und vier Silberkelche trug. Hinter der Tür klangen Stimmen. Ohne zu zögern, öffnete Sherrine sie und trat ein.

Sie schritt mit hoch erhobenem Haupt über die gemusterten Steinfliesen zum Tisch, der das schmal geschnittene Zimmer dominierte. Überrascht – und verärgert – schauende Gesichter wandten sich zu ihr um. Sie hatte richtig geraten, wer gekommen war: ihre Mutter, Prinz Peridaen und Großhofmeister Kas Althume. Bevor einer der Anwesenden etwas sagen konnte, schenkte sie dem Prinzen einen tiefen, eleganten Hofknicks; einen weiteren für ihre Mutter, einen weniger tiefen für Kas Althume.

Auf ihr Zeichen kam der Diener ins Zimmer. Er stellte das Tablett auf den Kirschholztisch. Sherrine entließ ihn und schenkte den Wein selbst ein. »Entschuldigt, Eure Lordschaft, Mutter, Großhofmeister, daß man Euch noch keine Getränke serviert hat. Meine Dienerschaft hat es versäumt, mich über meinen hochgeschätzten Besuch zu informieren. Und ich möchte mich für meine Verspätung entschuldigen. Ich möchte nicht den Anschein erwecken, nicht voll und ganz hinter der Bruderschaft zu stehen.« Sie nahm am Tischende gegenüber von Prinz Peridaen Platz, sah ihm mit klimpernden Lidern in die Augen und genoß die sichtliche Verärgerung ihrer Mutter. Peridaen nickte ihr würdevoll zu.

So, und jetzt gebt zu – falls ihr es wagt –, daß ihr mich nicht dabei haben wolltet.

Anstella herrschte sie an: »Weshalb glaubst du, daß dieses Gespräch etwas mit der Bruderschaft zu tun hat, Mädchen?«

Sherrine sagte nichts, sondern ließ ihren Blick für sich sprechen: Sei nicht töricht, Mutter.

Prinz Peridaen hob seine elegant geschwungene Augenbraue. Eine Hand bedeckte seinen Mund. Sherrine war sicher, daß er dahinter ein Lächeln verbarg.

Sie senkte den Blick, Demut vorgaukelnd. »Darf ich fragen, worüber Ihr gesprochen habt? Ich würde nur zu gern wissen, was die mir an Erfahrung und Weisheit überlegenen Mitglieder der Bruderschaft beschäftigt.« Sie sah den Prinzen bewundernd an, bevor sie wieder den Blick senkte und durch ihre langen Wimpern hindurch die Anwesenden beobachtete.

Eitel wie er war, erlag Peridaen ihrer Schmeichelei. »Wir sprachen über die Möglichkeit, einen der Drachenlords mittels Magie außer Gefecht zu setzen.« Sein Blick streifte Kas Althume.

Aus dem Augenwinkel sah Sherrine Kas Althumes schnippische Handbewegung, mit der er Peridaen das Wort verbot. Der Prinz schwieg.

Das Gesehene ließ sie vor Schreck beinahe vom Stuhl fallen. Den Prinzen von Cassori, der stets streng darauf achtete, von allen mit der ihm geziemenden Ehrerbietung behandelt zu werden, unterwürfig einem Befehl seines Großhofmeisters folgen zu sehen, war ungeheuerlich.

Also lagen die Dinge nicht so, wie es schien. Sie war nicht dumm, auch wenn ihre Mutter das Gegenteil behauptete. Anstella von Colrane weigerte sich anzuerkennen, daß ihre Tochter – und Hauptkonkurrentin um den Titel der schönsten Frau am Hofe – ihr in allem ebenbürtig war. Für den Augenblick reichte es Sherrine, ihrer Mutter die Illusion zu lassen. Sie rief sich ins Gedächtnis, was sie über den Mann wußte, der zur Linken des Prinzen saß.

Seit der Prinz vor einigen Wochen von seinen Erkundungsreisen zurückgekehrt war, war der mysteriöse Kas Althume nicht mehr von seiner Seite gewichen. Am Hof hieß es, er sei ein pelnarischer Aristokrat, ein verarmter Freund des Prinzen, dem dieser den Posten des Großhofmeisters gegeben hatte.

Wenn Kas Althume ein Großhofmeister ist, bin ich eine Küchenmagd. Laut sagte sie: »Magie? Zu welchem Zweck?«

Anstella fuchtelte ungeduldig mit den Händen. »Was glaubst du wohl? Die Bruderschaft möchte mehr über die Drachenlords erfahren. Wir müssen ihre Schwächen herausfinden – sie müssen welche haben.«

Sherrine verkniff sich ein Gähnen. Immer wollte die Bruderschaft mehr über die Drachenlords erfahren. Und niemals schien der richtige Zeitpunkt gekommen, um dem Wissen die entsprechenden Taten folgen zu lassen.

Alles war so verdammt langwierig. Aber ihr konnte die Bruderschaft gestohlen bleiben. Sie wollte einfach nur wissen, was die drei planten. Wenn sie den Plan für ihre Zwecke nutzen konnte …

Peridaen sagte: »Linden Rathan ist der einzige Drachenlord ohne Seelengefährtin. Und vorhin habe ich noch über einen Liebestrank gescherzt ...«

Das war ein Geschenk der Götter. »Ein Liebestrank ist völlig unnötig«, sagte Sherrine. »Wenn, wie Ihr sagt, der Drachenlord keine Seelengefährtin hat, ist er bestimmt einsam.

Eure Lordschaft, bin ich nicht die Tochter meiner Mutter? Es heißt, ich sei ihr wie aus dem Gesicht geschnitten. Und Ihr würdet die Schönheit meiner Mutter doch nicht leugnen? Sie ist von Barden besungen worden.« Sie schenkte ihrer Mutter ein falsches Lächeln, sich voll darüber bewußt, wie sehr es Anstella – die ohne jeden Makel war – ärgerte, daß man ihre Tochter ebenso schön fand wie sie.

Alle Zurückhaltung aufgebend, fuhr Sherrine fort: »Glaubt Ihr ernsthaft, dieser einsame Drachenlord könnte einem Techtelmechtel mit dem schönsten Mädchen am Hofe widerstehen? Ich werde ihn nach allen Regeln der Kunst verführen und alles nur Mögliche von ihm erfahren und herausfinden, wie wir am besten zuschlagen sollen.«

Sie faltete die Hände und wartete. Sie hegte keinerlei Zweifel, daß sie imstande war, ihre Idee in die Tat umzusetzen.

»Ich hätte nicht gedacht, aus deinem Mund einen solchen Unsinn zu hören«, sagte Anstella scharf.

Obwohl sie derlei erwartet hatte, trafen diese Worte sie. Sie wünschte, daß ihre Mutter ihr nur ein einziges Mal widerspruchslos zustimmen würde. Doch so sehr sie dies auch wünschte, dieses Mal gab nicht die Zustimmung ihrer Mutter den Ausschlag.

Es war die Zustimmung des Prinzen, die sie brauchte – und mehr noch Kas Althumes, wie sie vermutete. Während ihre Mutter mit Prinz Peridaen debattierte, betrachtete Sherrine das Profil des angeblichen Großhofmeisters, der mit einem seiner langen Finger die Maserung des Tisches nachzeichnete.

Er war so dünn, daß es fast an Magerkeit grenzte; seine

Augen, bedeckt von schweren, hängenden Lidern, schauten gelangweilt, fast schläfrig. Seine hellbraunen Haare waren zurückgekämmt und fielen glatt auf die Schultern. Seine Nase war gerade, die Nasenflügel flach.

Seine Kleider waren – wie stets – dunkel und altmodisch geschnitten. Die bunten, auffallenden Gewänder der Hofschönlinge waren nicht sein Stil. Er kleidete sich bewußt unauffällig, entschied Sherrine; nichts an ihm ließ einen aufblicken, nichts an ihm blieb in Erinnerung.

In der von ihm gewählten Rolle war ihm nur ein Fehler unterlaufen: die Qualität der Stoffe, aus denen seine Kleidung geschneidert war. Sie waren viel zu teuer für einen Mann, der angeblich vom Wohlwollen des Prinzen lebte; Sherrine wußte, daß Peridaen nicht *so* großzügig war.

Sie fand dieses Mißgeschick interessant. Unbewußte Eitelkeit? Der Unwille, auf die ihm seiner Meinung nach zustehenden Annehmlichkeiten zu verzichten? Sie würde es zu gegebener Zeit herausfinden. Für den Augenblick reichte es aus, zu wissen, daß der Mann mehr war, als er vorgab zu sein.

Wie zur Bestätigung ihrer Mutmaßungen, räusperte sich Kas Althume. Sofort verstummten ihre Mutter und der Prinz und wandten sich zu ihm um.

Er murmelte: »Wir haben nichts zu verlieren, falls sie keinen Erfolg haben sollte.« Nachdenklich legte er sein Kinn auf die gefalteten Hände.

Ihre Mutter öffnete den Mund, als wollte sie ihm widersprechen. Kas Althume schaute finster zu ihr hinüber, und sie schloß den Mund wieder.

Dies beeindruckte Sherrine mehr als alles andere, was sie von dem Mann bisher gesehen hatte.

Vorsichtig sagte Peridaen: »Hmm. Stimmt, Kas, aber … Wir wissen Euer selbstloses Opfer zu schätzen, Lady Sherrine, aber wenn Ihr genauer darüber nachdächtet, würdet Ihr es widerwärtig finden und Euch eines Besseren besinnen.«

Sie rief sich Linden Rathans Gesicht ins Gedächtnis und hätte beinahe laut aufgelacht. Opfer? Sie konnte haben, was sie begehrte und zugleich ihre Position in der Bruderschaft stärken. Sie beglückwünschte sich zu ihrer Gerissenheit.

»Zum Wohle der Bruderschaft läßt sich jedes Opfer ertragen, mein Prinz«, sagte sie.

Der Prinz schaute wieder zu dem anderen Mann hinüber. Kas Althume zuckte mit den Schultern und nickte. Das Blitzen in den Augen ihrer Mutter verhieß nichts Gutes, aber Sherrine wußte, daß die ältere Frau nicht wagen würde, dem Mann zu widersprechen. Sie hatte gewonnen.

Wehe dem ersten Diener, der meiner Mutter über den Weg läuft, dachte sie spöttisch.

Prinz Peridaen erhob sich. Sherrine beeilte sich, es ihm nachzutun. Ebenso Anstella. Kas Althume blieb sitzen.

Zum zweiten Mal innerhalb kürzester Zeit ignorierte Peridaen einen Verstoß gegen die königliche Etikette. Sherrines Neugier wuchs ins Unermeßliche.

Peridaen strich über seinen Bart und sagte: »Morgen abend veranstalten wir zu Ehren der Drachenlords einen Ball. Ich werde Euch Linden Rathan vorstellen. Danach reden wir weiter.« Er reichte Anstella eine Hand. »Komm, meine Liebe, wir fahren zum Palast.«

Sherrine senkte den Kopf und verneigte sich, während der Prinz und ihre Mutter an ihr vorbeigingen. Sie verließen den Raum, ohne sich umzuschauen. Sherrine richtete sich auf.

Kas Althume stand vor ihr.

Als ihr Blick zum ersten Mal direkt den seinen traf, lief Sherrine ein eisiger Schauer über den Rücken. Sie hatte niemals so kalte Augen gesehen. Ihr stockte der Atem. Es war, als wäre sie durchs Eis gebrochen und würde nun in klirrend kaltem Wasser ertrinken.

Mit einem Flüstern, das klang wie verwehendes totes Laub,

sagte er: »Vergeßt nicht – Ihr tut dies für die *Bruderschaft*.«
Dann ging auch er.

Sie taumelte zu ihrem Platz zurück und stürzte den restlichen
Wein hinunter. Nun wußte sie es. Die Götter mochten ihr
beistehen, sie wußte, was der Mann war. Trotz der Sommerhitze
zitterte sie. Sie fragte sich, ob sie nicht *zu* gerissen gewesen war.

6. KAPITEL

Ihre Hände zitterten, als sie den Schlüssel ins Vorhängeschloß der Truhe schob. Wenn Beren sie hier entdeckte, war alles verloren. Jeder der Geladenen war bei dem Festball, in der Hoffnung, einen Blick auf die Drachenlords zu erhaschen. Es galt entweder jetzt oder nie.

Da! Das Schloß sprang auf. Lady Beryl öffnete die Truhe. Zu ihrer Bestürzung lagen darin unzählige Pergamentrollen. Oh, gütige Götter, würde sie jede einzelne überprüfen müssen?

Ein Geräusch im Flur ließ sie zusammenzucken. Sie legte eine Hand auf ihre Brust und spürte darunter ihren rasenden Herzschlag. Aber das Geräusch wiederholte sich nicht, und niemand kam herein. Schließlich wurde ihr klar, daß sie wieder atmen konnte.

Dies war viel schwieriger, als sie angenommen hatte. Aber sie konnte die Sache niemand anderem anvertrauen. Es war zu wichtig. Ihr Herr mußte die zusätzliche Zeit bekommen.

Sie hoffte nur, daß sie ihm nicht schadete; sie hatte ihren Plan nicht mit ihm abgesprochen. Sie sah wieder in die Truhe. Dieses Mal versuchte sie, logisch vorzugehen.

Wie sie sah, waren die Pergamentrollen mit verschiedenfarbigen Schleifen zusammengebunden. Aber nur eine trug eine Schleife von königlichem Rot. Die mußte es sein.

Vorsichtig nahm Beryl die Rolle auf, ihre Finger mit einem Stück Seide bedeckend, das sie eigens zu diesem Zweck mitgebracht hatte; wer wußte schon, welche Zauberkräfte die Drachenlords besaßen? Würden sie es spüren, falls sie tatsächlich das Pergament selbst berührte?

Sie schob das Schriftstück in einen ihrer langen Ärmel, zwischen Kleid und Unterkleid, und drückte es an den Körper.

45

Nun würde sie es an dem Ort verstecken, den sie vor Tagen ausgewählt hatte, einem Ort, den niemand finden würde.

Linden seufzte erleichtert. Der scheinbar nie enden wollende Ball war fast vorüber, und der letzte cassorische Adlige war ihm vorgestellt worden. Nun standen Kief, Tarlna und er auf einer Galerie, von der sie den großen Ballsaal unter ihnen überblicken konnten.

Linden hatte dergleichen noch nie gesehen. Galerien für Minnesänger hatte es selbst in der kleinen Burg seines Vaters gegeben. Aber er hatte noch nie von einer Galerie gehört, die den Ehrengästen vorbehalten war. Hier und dort standen kleine Rundtische mit bequemen Stühlen. Größere Tische hielten Erfrischungen bereit, so daß sich die Ehrengäste für Speisen und Getränke nicht nach unten bemühen mußten. Breite, weitgeschwungene Marmortreppen führten an beiden Enden der Galerie zur Tanzfläche hinunter.

Alles war sehr elegant: die kunstvollen Ornamente am Treppengeländer, die hellen Wandteppiche an den Granitwänden, die brennenden Fackeln in ihren goldenen Haltern.

Und sie hatten nicht einen ruhigen Augenblick.

Jedesmal, wenn er oder einer der anderen Drachenlords an die Balustrade trat, wuchs Lindens Sympathie für die Bestien in den Jahrmarktkäfigen. Die Hälfte der Leute schien direkt unter ihnen zu stehen und nur darauf zu warten, daß einer der Drachenlords hinuntersah. Selbst aus dieser Entfernung – und trotz der Musik – konnte er das Raunen hören, das sich jedesmal erhob, wenn einer von ihnen sich der Balustrade auch nur näherte. Mißmutig registrierte er, daß das Juchzen und Kichern allein ihm zu gelten schien. Während er wartete, bis der Diener seinen Kelch mit Wein gefüllt hatte, versuchte er zu entscheiden, ob er sich mehr wie ein dressierter Wolf oder eher wie ein Tanzbär vorkam.

Hört auf, so mürrisch zu schauen, sagte Kiefs Geiststimme.

Gereizt entgegnete Linden: *Wieso? Ihr wärt auch nicht so gelassen, wenn man Euch so anstarren würde. Aber die Leute sehen, daß Ihr mit Tarlna hier seid, und halten sich zurück. Es wäre nicht schlecht, wenn noch jemand dabei wäre, um sie ein wenig abzulenken.*

Ich habe das auch durchgemacht, vor Tarlnas Erster Verwandlung. Es wird Euch nicht umbringen, Kleiner. Macht nicht solchen Wirbel. Kiefs Lachen tönte in seinem Kopf.

Linden war verärgert. Er wußte, daß Kief ihn für einfältig hielt. Aber es störte ihn nun mal, daß die meisten Frauen ausschließlich seinen Rang sahen und nicht den Menschen dahinter. Er hatte schon vor vielen Jahren akzeptiert, daß er nur allzuoft als Trophäe betrachtet wurde, eine Eroberung, um Rivalinnen auszustechen.

Er akzeptierte es, aber er mußte es nicht mögen.

Aus dem Augenwinkel sah Linden Prinz Peridaen die Treppe hinaufkommen. Da die betagte Herzogin Alinya sich früh zurückgezogen hatte, war als ranghöchstes Familienmitglied nun der Prinz ihr Gastgeber. Linden war aufgefallen, daß Peridaen und Herzog Beren von Silbermärz, der andere Thronanwärter, sich den ganzen Abend geflissentlich aus dem Weg gingen.

Peridaen wurde von zwei Frauen flankiert, auf einer Seite vom Ratsmitglied Baronesse Anstella von Colrane, auf der anderen von einem Mädchen. Die Jüngere hielt den Blick tugendhaft gesenkt. Ein weiterer, in dunklem Grau und Grün gekleideter Mann folgte ihnen; er kam Linden bekannt vor.

Linden überlegte kurz, dann fiel ihm ein, wer der Mann war: Peridaens Großhofmeister. Sein Äußeres entsprach seiner Position; aus seinem hageren Gesicht war nichts herauszulesen. Die Geheimnisse seines Herrn waren dahinter gut verborgen. Seine schwere silberne Amtskette funkelte im Schein der Fackeln.

Peridaen und Anstella führten das Mädchen zu Kief und

47

Tarlna und stellten es den Drachenlords vor. Die fünf unterhielten sich. Der Großhofmeister stand wortlos daneben. Linden wußte, daß man das Mädchen danach ihm vorstellen würde. Gähnend fragte er sich, ob sie eine von der kichernden Sorte war. Das wäre zumindest besser als eine von denen, die zu Tode erschrocken vor ihm erstarrten, als würde er sich gleich in einen Drachen verwandeln und sie verschlingen.

Er wartete höflich, als Peridaen und das Mädchen auf ihn zukamen. Er neigte den Kopf und sagte:»Eure Hoheit.«

Peridaen deutete eine Verbeugung an.»Euer Gnaden, darf ich Euch Anstellas Tochter, Sherrine von Colrane, vorstellen?«

Als die Frau ihm die Hand reichte, entschuldigte sich Peridaen.

Im Geiste Peridaen für seine Unverfrorenheit verfluchend, richtete Linden seine Aufmerksamkeit auf das Mädchen und ergriff die ihm dargebotene Hand. Als sie sich vor ihm verneigte, registrierte er beiläufig, daß sie wunderschöne kastanienbraune Haare hatte. Ein betörender Waldlilienduft stieg ihm in die Nase.

Das Mädchen hob den Kopf. Lange Wimpern verbargen ihre niedergeschlagenen Augen.

Linden zuckte überrascht zusammen. Götter, dieses Mädchen war atemberaubend. Er hatte selten solche Schönheit gesehen. »Lady Sherrine, es ist mir ein Vergnügen, Euch kennenzulernen.« Ausnahmsweise hoffte er, daß die Worte nach mehr klangen als nur nach höflicher Geistlosigkeit. Es wäre ein Jammer, wenn sie sich als dummes Ding erweisen sollte.

Ihr Blick traf seinen. Zu seiner Überraschung kicherte sie weder, noch rang sie nach Luft. Kühle Belustigung lag in ihrem Blick. Ihr Aussehen fesselte ihn. Ohne es zu merken, beugte er sich ein Stück zu ihr hinunter.

»Ihr ehrt mich zutiefst, Drachenlord. Ich danke Euch.« Ihre Stimme war dunkel, wohltuend für seine Ohren.

Hörte er da ein Lachen in ihren Worten? Sie zog ihre Hand einen Moment früher zurück, als ihm lieb war.

»Ich würde Euch ja gerne in Cassori willkommen heißen, Euer Gnaden« – sie neigte den Kopf zur Seite –, »aber ich bin sicher, daß Ihr dies heute abend schon zur Genüge gehört habt.« Dann lächelte sie, ein schelmisches Lächeln, das zugleich verschwörerisch und mitfühlend war.

Er grinste. Das Mädchen hatte Geist. »Vielleicht; andererseits, vielleicht auch nicht, Mylady. Wenn Ihr …«

Doch jemand anders kam auf sie zu, mit Tochter, Nichte oder Schwester im Schlepptau. Linden fluchte stumm.

Sherrine lachte – ein Klang so lieblich wie das Plätschern eines Baches – und verneigte sich wieder vor ihm. »Euer Gnaden«, sagte sie neckisch, »vielleicht sollten wir uns ein anderes Mal treffen.«

Sherrine entschwand, bevor er sie daran hindern konnte, und warf ihm über die Schulter einen fragenden Blick zu. Dann eilte sie die zweite Marmortreppe hinunter, während die Herzogin von Blaken ihm ihre vor Angst erstarrte Tochter in die Arme schob.

Sobald er sich des Mädchens und der unaufhörlich plappernden Mutter entledigt hatte, trat Linden an die Balustrade, um nach unten zu schauen. Ausnahmsweise störte ihn die Unruhe nicht, die sein Erscheinen auslöste. Seine Blicke suchten unter den Gästen nach einer kastanienbraunen Haarmähne.

Sherrine war nirgends zu entdecken.

Er trank in Ruhe seinen Wein aus. Als sie gegangen war, hatte eine Herausforderung in Sherrines Blick gelegen, so deutlich, als hätte sie es laut ausgesprochen: Ihr werdet mich wiedersehen, und zwar wenn ich es wünsche.

Ihre Keckheit amüsierte ihn. Ebenso die Herausforderung. Er glaubte, daß es ihm Spaß machen würde, ihr Spiel mitzuspielen – und sie gewinnen zu lassen. Vielleicht würde es ihm helfen, seine Einsamkeit eine Weile zu vergessen. Er stellte den leeren Kelch ab und ging zur Treppe.

Maurynna trug den aus Messing gefertigten Winkelmesser unterm Arm. Sie war mit ihren Berechnungen längst fertig, konnte sich aber nicht durchringen, in ihre Kajüte zurückzukehren. In den letzten beiden Nächten war sie ihr wie ein Käfig vorgekommen. An Deck, umgeben vom vertrauten Sternenhimmel und dem nachtschwarzen Ozean, waren ihre widerstreitenden Gefühle etwas leichter zu ertragen.

Morgen bei Sonnenuntergang sollten sie die Große Strömung erreichen, die sie erst nach Norden tragen würde und dann nach Osten an den Küsten der nördlichen Königreiche entlang. Der nächste Anlaufhafen war Casna. Der Gedanke an die Entscheidung, die sie spätestens dort würde treffen müssen, verursachte ihr Unbehagen.

Seit Otter ihr von seiner Absicht berichtet hatte, nach Norden zum Drachenhort zu reisen, hatte sie den unsäglichen Drang verspürt, ihn zu begleiten. Zu jedermanns Überraschung – vor allem zu ihrer eigenen – hatte sie vorgeschlagen, einen Überlandtransport zu leiten.

Du hast so schwer dafür gearbeitet, ein eigenes Schiff zu bekommen, schalt sie sich, und bei der ersten Gelegenheit, einen Drachenlord kennenzulernen, willst du es verlassen. Und wofür? Vielleicht ist Otters Freund gar nicht dort – Otter hat es selbst zugegeben. Und selbst wenn dieser Freund Linden Rathan ist, wer sagt denn, daß du ihn mögen würdest? Vielleicht ist es manchmal besser, einen Traum einen Traum bleiben zu lassen.

Aber ... Drachenlords! Und dann auch noch der Drachenlord aus den Geschichten, die sie am liebsten mochte – selbst wenn er sich in den Geschichten über Rani eo'Tsan und Bram Wolfson noch nicht verwandelt hatte.

Vielleicht war der Zeitpunkt gekommen, einen alten Kindheitstraum wahrzumachen.

Sie hörte Stiefelschritte hinter sich. Es war keiner der Seemänner; sie waren barfüßig. Es konnte also nur eine Person sein.

»Warum bist du noch wach, Rynna?« fragte eine musikalische Stimme aus der Dunkelheit, dann trat Otter zu ihr. Im fahlen Licht der Decklampe traf sein Blick den ihren, sein Kopf fragend zur Seite geneigt. Er fragte freundlich: »Worüber machst du dir Sorgen?«

Sie zuckte mit den Schultern, um ihre Überraschung zu verbergen. »Warum glaubst du, ich würde mir Sorgen machen? Ich, ähm – ich habe nur daran gedacht, wie sehr ich mich freue, meine Cousine Maylin wiederzusehen. Und Kella. Sie muß jetzt ein großes Mädchen sein.«

Er schnaufte verächtlich. »Ich kenne dich, seit du als kleines Mädchen mit meinem Großneffen vor dem Kaminfeuer gespielt hast. Glaub mir, ich sehe, wenn du dir Sorgen machst. Du ißt nicht und starrst die ganze Zeit, auf den Lippen kauend, ins Leere. Genau wie jetzt. Also, was liegt dir auf dem Herzen?«

Kindheitserinnerungen stiegen in ihr auf: sie und Raven zu Otters Füßen sitzend, während er ihnen vor dem Kamin seine Geschichten erzählte, die meisten davon über den letzten Drachenlord. Linden Rathan war seit Ewigkeiten ihr Held …

Dann platzte es aus ihr heraus: »Otter – zum Henker mit der *Seenebel!* Und zum Henker mit meiner Familie! Ich möchte dich nach Drachenhort begleiten.«

So. Sie hatte es gesagt. Sie wartete darauf, daß Otter sie eine törichte Närrin schimpfen würde. Und er hätte allen Grund dazu.

Doch bis auf ein überraschtes Seufzen sagte der Barde eine Weile nichts. Als er schließlich sprach, war seine Stimme leise und klang besorgt. »Rynna, das willst du doch nicht wirklich, oder?«

Sie packte den Winkelmesser so fest, daß es ein Wunder war, daß sie das Messing nicht verbog. »Doch. Nein. Ich weiß es nicht. Es ist einfach, daß … Seit du zum ersten Mal davon gesprochen hast, habe ich den Drang, Drachenhort zu sehen, einen Drachenlord kennenzulernen, *ihn* kennenzulernen. Es reißt mich entzwei. Ich möchte mein Schiff behalten; es würde mich umbringen, es zu verlieren. Aber noch mehr möchte ich – o Götter, ich weiß nicht, was ich möchte.«

Doch sie wußte es. Sie wollte dem Kindheitstraum folgen, der ihrer Seele keine Ruhe ließ.

»Hast du jemandem aus der Mannschaft davon erzählt?«

Maurynna verzog das Gesicht. »Natürlich nicht. Ich bin vielleicht verrückt, aber nicht dumm.«

Er lachte. »Dann belasse es dabei. Denn ich verspreche dir folgendes: Ich werde dir Linden vorstellen, und du wirst die Gelegenheit bekommen, ihn richtig kennenzulernen. Was immer ich dafür tun muß, ich werde es tun.«

Das verschlug ihr den Atem. »Otter, soll das ein Witz sein?«

»Nein, meine Liebe, das ist kein Witz. Du hast das Wort eines Barden.«

Er lächelte sie sanft an. Sie konnte nichts sagen. Otter liebte es, seine Späße mit ihr zu treiben, doch dies meinte er tatsächlich ernst. Tränen schimmerten in ihren Augen.

»Danke. Dann werde ich mich gedulden.« Ihre Stimme klang rauh. Sie wandte sich ab und schaute auf die nächtliche See hinaus, bevor er die verräterische Nässe auf ihren Wangen sehen konnte.

Als sie sich gefaßt hatte, fragte sie: »Glaubst du, ich mache einen Fehler? Wäre es besser für mich, ihn nicht kennenzulernen? Er ist schon so lange mein Held. Linden Rathan – er ist doch kein, ich meine, er ist doch kein gemeiner Kerl oder dergleichen, oder?«

Wieder schnaufte Otter verächtlich. »Natürlich ist Linden kein gemeiner Kerl. Ich würde ihn dir nicht vorstellen, wenn er einer wäre, ob Drachenlord oder nicht. Bei den Höllen des Gifnu, ich würde mir nicht seit vierzig Jahren seine Gesellschaft zumuten, wenn ich ihn nicht mögen würde.«

Andere Ängste erwachten in ihr. Was, wenn er *sie* nicht

mochte. Und worüber würde sie mit einem magischen Wesen sprechen, das über sechs Jahrhunderte alt war?

Die erste schob sie beiseite und stellte sich die zweite Frage.

Otter schüttelte den Kopf. »Du wirst sehen, daß er gar nicht so anders ist als du, Rynna.«

Verwirrt fragte sie: »Was meinst du?« Wie konnte Linden Rathan nicht anders sein? Er war ein Drachenlord, magisch, nahezu unsterblich.

Otter wartete eine Weile, als würde er seine nächsten Worte mit äußerstem Bedacht wählen. Schließlich sagte er: »Linden hat mir einmal erzählt, daß mit einem Drachenlord bei seiner Ersten Verwandlung etwas geschieht. Er konnte es nicht besser beschreiben als mit den Worten ›Man fällt aus der Zeit heraus‹. Ich nehme an, er meint, daß ein Drachenlord nach seiner Ersten Verwandlung wie ein Echtdrache heranwächst – unglaublich langsam. Verglichen mit einem Echtdrachen, ist Linden noch ein Baby, obwohl er schon sechshundert Jahre alt ist.

Er war bei seiner Ersten Verwandlung nicht viel älter als du – gerade achtundzwanzig –, und im Laufe der Jahre habe ich oft vergessen, daß er um vieles älter ist als ich. Sicher, manchmal sehe ich in seinen Augen etwas unvorstellbar Altes, doch im nächsten Moment ist es schon wieder verschwunden.«

Otter hob einen Arm, deutete auf die *Seenebel* und den sie umgebenden Ozean und sagte: »Und was eure Gesprächsthemen angeht … Erzähl ihm von deinem Schiff, Maurynna; erzähl ihm vom Segeln und wie das Meer im Sturm aussieht. Erzähl ihm, wie es war, als du zum ersten Mal in einen Hafen eingelaufen bist. Erzähl ihm von den verschiedenen Wellenarten und was sie bedeuten. Erzähl ihm, wie die Möwen im Morgengrauen klingen. Er ist nicht oft gesegelt und lernt gerne dazu. Sei nicht überrascht, wenn er fragt, ob er irgendwann mit dir fahren darf.«

Maurynnas Gedanken überschlugen sich. Sie konnte nichts sagen; zuviel ging ihr durch den Kopf. Linden Rathan? An

Bord der *Seenebel?* Das wäre wirklich ein wahr gewordener Traum.

Sherrine versteckte sich hinter einer Säule. Sie spähte dahinter hervor, achtete darauf, von niemandem gesehen zu werden, und verbarg sich wieder, leise lachend.

Linden Rathan kam die Stufen hinunter. An der Art, wie er den Kopf in verschiedene Richtungen wandte, sah sie, daß er jemanden suchte.

Und sie hatte keinerlei Zweifel, nach wem er suchte. Sie war zufrieden mit sich. Sie hatte bei ihm genau den richtigen Ton getroffen: angstlos, ungezwungen, herausfordernd. Sie hatte gesehen, wie der Ausdruck in seinen Augen von gelangweilt zu interessiert wechselte, als sie gewagt hatte, ihn zu necken.

Sie sah wieder hinter der Säule hervor. Er war auf den Stufen stehengeblieben. Ihr Blick glitt anerkennend über ihn hinweg. Das offizielle Amtsgewand eines Drachenlords stand ihm ausgezeichnet. Keiner der jungen Männer, die sie kannte, wäre fähig, die altmodisch geschnittene schwarze Robe mit den wallenden, an den Enden gezackten Ärmeln und dem dunkelroten Seidenfutter zu tragen. Selbst auf einem Maskenball sähen sie darin lächerlich aus.

Nicht so der große Drachenlord. Er trug die Robe mit einer unbewußten Würde, die ihn ... - sie suchte nach dem richtigen Wort; *schneidig* -, ... die ihn schneidig aussehen ließ. Wie der Held in einem Märchen.

Er war nun am Fuß der Treppe angelangt und würde sich gleich unter die Gäste begeben.

Sich im Schatten haltend, schlich Sherrine aus dem Saal. Es gehörte nicht zu ihrem Plan, daß er sie heute abend wiederfinden würde.

Sie würde *ihn* finden. Und *sie* würde den Zeitpunkt und den Ort bestimmen. Sie glaubte, daß sie sich auf das Treffen freute.

Etwas in seinem Gesicht hatte ihr instinktiv gefallen, vielleicht die Güte in seinen dunklen Augen.

Sie schüttelte den Kopf. Pah! Sie klang schon genauso schlimm wie Tandavi. Dieses kleine Techtelmechtel war reines Geschäft. Beziehungsweise Teil des Krieges, wie ihre Mutter sagen würde; des Krieges zwischen Echtmenschen und Werdrachen.

Trotzdem, sie hoffte, daß sie nicht lange würde warten müssen.

7. KAPITEL

Mailyn zog gerade den letzten Brotlaib aus dem Ofen, als ihre kleine Schwester Kella in die Küche gerannt kam. »Maylin! Rate mal, was passiert ist? Rate, rate, rate!« juchzte Kella, aufgeregt herumhopsend.

Maylin nahm die Schürze von ihrem drallen Bauch und fragte:»Woher soll ich das wissen, du kleine Kichererbse? Sag's mir.«

»Mama hat gesagt, weil wir neulich nicht bei der Ankunft dabeisein konnten, dürfen wir zusehen, wie die Drachenlords die Prozession entlangreiten, bevor wir ihr im Geschäft helfen müssen! Heute tritt zum ersten Mal der Rat zusammen.«

Die Schürze flog durch die Küche, verfehlte aber den Haken an der Wand und glitt unbemerkt auf den Steinboden hinunter. Maylin stieß einen Freudenschrei aus und nahm Kellas Hand. »Komm! Steh nicht so herum. Wir müssen uns beeilen, wenn wir einen guten Platz bekommen wollen.«

Sie riefen etwas zum Abschied und stürmten aus der Tür. Lachend rannten sie durch Casnas Straßen, in denen es zu dieser frühen Stunde noch angenehm kühl war. Ab und zu blieben sie stehen, um zu verschnaufen – aber nicht lange. Jedesmal trieb sie ihre Aufregung weiter, bevor sie richtig zu Atem gekommen waren.

»Ich weiß einen guten Platz«, sagte Maylin bei einer dieser Pausen, zwischen jedem Wort nach Luft japsend. »Unter der großen Ulme, die, wo die Gasse hinter den Tempeln auf die Prozession trifft. Es dauert noch eine Weile, bis sie zum Palast reiten, und wir können im Schatten warten.«

»Ja!« stimmte Kella zu und sauste los wie ein abgeschossener Pfeil.

Maylin stöhnte auf und rannte ihr hinterher. Wenigstens war

es noch kühl genug, um zu rennen; noch hatte sich die brütende Hitze, von der Casna seit mehr als zwei Wochen heimgesucht wurde, nicht über den jungen Tag gelegt.

Trotzdem rasselte Maylins Atem, als sie zu Kella aufschloß. Sie nahm ihre Schwester wieder bei der Hand und verfiel in einen gemächlicheren Trab.

Obwohl sie sich beeilt hatten, sahen sie an ihrem Ziel, daß zahllose Schaulustige dieselbe Idee gehabt hatten. Die Prozession – die breite Prachtstraße, die zum Palast führte – war auf beiden Seiten mit Menschen verstopft.

»So ein Mist«, sagte sie mürrisch, als sie die Menschenmenge sah. »Kella, halt dich an meinem Kleid fest und laß es auf keinen Fall los.«

Kella folgte der Weisung ihrer Schwester; Maylin tauchte in die Menge der Schaulustigen ein. Sie schob und drückte, Kella wie eine Klette im Rücken, und zwängte sich zwischen den dichtgedrängten Zuschauermassen hindurch. Ein unfreundlicher Bauerntölpel in einem groben Baumwollhemd wollte sie nicht vorbeilassen, obwohl er ohne weiteres über ihren Kopf hätte schauen können, selbst wenn sie direkt vor ihm gestanden hätte. Als er sich umdrehte, um sie anzufahren, hob sie das Gesicht, die Augen weit aufgerissen, damit er sie genau sehen konnte. Erschrocken wich er vor ihr zurück und machte das Zeichen gegen den bösen Blick. Maylin nutzte den Moment, um listig grinsend an ihm vorbeizuhuschen.

Richtig gesehen – meine Augen haben zwei verschiedene Farben. Und du Narr glaubst, dies wäre der böse Blick. Dabei ist es bloß ein Merkmal, das in meiner Familie von einer Generation zur nächsten vererbt wird.

Schließlich blieb sie vor einem rot uniformierten Rücken stehen; jemand schob sie von hinten, und sie stieß gegen die Palastwache. Die Wache drehte sich um und runzelte die Stirn. Erschrocken starrte Maylin zu dem Mann hoch, Kella hing noch immer an ihrem Kleidzipfel. Aber das Stirnrunzeln wurde zu

einem freundlichen Lächeln, und der Mann sagte:»Hoppla, zwei
kleine Dinger wie ihr könnt ja überhaupt nichts sehen. Kommt,
stellt euch zwischen Tully und mich. Beeilt euch, da kommen
sie.«

»D-danke«, stammelte Maylin, als die Palastwache zur Seite
trat, um ihnen Platz zu machen. Sie nahm Kella auf den Arm,
damit die Kleine besser sehen konnte, und wandte den Kopf,
um die Prozession entlangzuschauen.

Die breite Straße war vom Königsrot der Palastwachen und
vom Blaurot der Stadtgarde gesäumt. Die Männer hielten die
Menschenmenge zurück, aus der sich plötzlich freudiges Geschrei erhob. Jetzt konnte Maylin sehen, wie eine Reihe von
königsrot gewandeten Palastwachen Schulter an Schulter die
Straße hinuntermarschierte. Die Spitzen ihrer aufrecht gehalte-
nen Lanzen glänzten in der Sonne. Hinter ihnen saßen drei
Gestalten auf Pferden.

»Kella! Da sind sie! Siehst du sie?«

Kella nickte stürmisch; Maylin hob sie ein Stück höher, damit
ihre Schwester besser sehen konnte. Mit angehaltenem Atem
beobachtete sie die Reiter.

Zwei waren Männer – auf der rechten Seite ein kleinerer, der
größere auf ihrer Seite der Straße –, und in der Mitte ritt eine
Frau. Sie sahen wunderschön aus in ihren prachtvollen Amts-
gewändern.

Der kleine Mann hatte braune Haare und ein schmales,
freundliches Gesicht. Er war zierlich und alles in allem von
äußerst unauffälliger Erscheinung. Das soll ein Drachenlord
sein? Er sieht aus wie einer von Vaters Handelsreisenden, dachte
Maylin.

Die Frau hatte hellblonde Haare, die in wallenden Locken
über ihren Rücken fielen. Sie war schön, mit vollen roten
Lippen, doch zwei scharfe Falten an den Mundwinkeln verliehen ihrem Gesicht einen harten Zug; Maylin nahm an, daß mit
ihr nicht zu spaßen war.

Wie hießen die drei noch gleich? Ach ja, Kief Shaeldar und Tarlna Aurianne, die Seelengefährten. Der dritte ist Linden Rathan. Rynna wird vor Neid platzen, wenn ich ihr das erzähle! Hoffentlich erreicht sie Casna, bevor alles vorbei ist.

Sie richtete den Blick auf den, der als der Letzte Drachenlord bekannt war, während die drei langsam näherkamen. Der alles beherrschende Eindruck war seine Größe; Linden Rathan war hünenhaft und breitschultrig, wie fast alle Yerrin, die sie gesehen hatte. Er war blond, wie Tarlna, doch sein Haar hatte die Farbe schimmernden Goldes, wie bei so vielen seiner Herkunft. Es war dick und strubbelig und zu einem langen Clanzopf geflochten.

Als die Drachenlords an der Stelle vorbeikamen, an der sie standen, begann Kella, ihnen mit ihrer niedlichen hohen Stimme zuzujubeln und so stürmisch zu winken, daß Maylin sie beinahe fallengelassen hätte.

Linden Rathan schien die plötzliche Bewegung zu bemerken, denn er sah direkt zu ihnen. Kella winkte noch stürmischer. Zu Maylins andauernder Verwunderung lächelte Linden Rathan und winkte zurück und rief: »Hallo, Kleine!«

Kella schrie entzückt auf und grub verlegen kichernd das Gesicht in Maylins Haare. Die Umstehenden lachten. Linden Rathans Lächeln wurde breiter; er winkte ihr noch einmal zu, bevor er und die beiden anderen Drachenlords weiterzogen.

Bald konnten sie nur noch die Rücken der Drachenlords erkennen. Der magische Augenblick war vorüber. Plötzlich merkte Maylin, wie schwer ihre Schwester war. Stöhnend setzte sie Kella ab und schüttelte ihre schmerzenden Arme.

Kella hüpfte auf und ab. »Hast du das gesehen, Maylin? Hast du das gesehen?«

»Natürlich habe ich es gesehen. Wir müssen Mutter unbedingt erzählen, wie Linden Rathan dir zugewunken hat«, sagte Maylin. »Und wenn du weiter so grinst, bricht dein Gesicht auseinander, Kichererbse.«

»Er hat mich ›Kleine‹ genannt«, sagte Kella.

»Ich habe es gehört.« Maylin nahm ihre Schwester bei der Hand und führte sie durch die sich auflösende Menschenmenge. »Vergiß nicht, es Rynna zu erzählen, wenn sie hier ist.«

»Dauert es noch lange, bis sie kommt?« fragte Kella, während sie sich ihren Weg durch die verwinkelten Gassen bahnten. »Ich wünschte, Vater hätte nicht zu einer seiner Handelsreisen aufbrechen müssen. Er hätte die Drachenlords auch gerne gesehen.«

»Er wird ziemlich enttäuscht sein, daß er sie verpaßt hat. Und ich hoffe, daß Rynna bald eintrifft; sie würde die Drachenlords so gerne sehen. Aber der Kapitän des anderen Erdon-Schiffes, das vor einigen Wochen hier war, konnte uns nur sagen, daß sie ›irgendwann zur Sonnenwende‹ hier einlaufen würde, ich weiß also nichts Genaues.«

Kella fragte: »Werden wir mit ihr herkommen, damit sie Linden Rathan auch zuwinken kann?«

»Auf jeden Fall, Kichererbse, wenn er noch hier ist. Da sind wir – Mutter wird es kaum glauben!«

»Ich fürchte«, sagte Kief, als er durch die einen Spalt geöffnete Tür in den Sitzungssaal spähte, »daß dies kein gutes Omen ist. Der Ratsvorsitzende … Wie heißt er noch gleich?«

»Wassilor«, half Tarlna ihm. »Großkanzler Wassilor. Welch unglückliche Fügung.«

»… redet noch langatmiger als die anderen«, vollendete Kief den Satz. »Den Ratsmitgliedern fallen gleich die Augen zu.«

»Oh, verflucht«, sagte Tarlna. »*So* habe ich mir das nicht vorgestellt.« Ihr mürrischer Blick glitt über die Wände des Vorzimmers, als würde sie sich fragen, wie lange sie das alles noch würde ertragen müssen.

Linden tänzelte von einem Fuß auf den anderen. Es war tatsächlich kaum auszuhalten. Zuerst mußten sie in diesem muffigen kleinen Raum herumstehen, während irgendwelche aufgeblasenen Wichtigtuer irgendeinen Unsinn daherfaselten, dann würde der Herold sie namentlich ankündigen und einen nach dem anderen dem Rat vorstellen.

Welch eine Idiotie. Sie hatten diese Adligen alle schon am Vorabend kennengelernt. Aber *nun* mußte alles genau nach Protokoll ablaufen.

Zum Henker mit dem Protokoll. Er wollte endlich anfangen. Er schob die Ärmel hoch. Verdammte Dinger, immer waren sie im Weg. Er wünschte, sie müßten die Roben nicht zu den Sitzungen tragen. Schon letzten Abend beim Festball hatte er von ihnen genug gehabt. Die ganze Zeit über hatte er nur darauf gewartet, einen Ärmel in die Bratensauce zu tunken. Meistens passierte es; manchmal glaubte er, sie hätten einen eigenen Willen.

Und die knallengen Kniehosen zwickten.

Er sehnte sich nach seiner flauschigen weiten Yerrin-Hose und seinen bequemen Stiefeln, die im Stadthaus auf ihn warteten. Und nach einer Tunika mit vernünftigen Ärmeln.

Dennoch, die schwarz-rot-silbernen Amtsgewänder waren beeindruckend – und notwendig. Sie würden die Ratsmitglieder daran erinnern, daß vor ihnen Drachenlords zu Gericht saßen – seit alters die Gesetzesbringer. Ohne diese Erinnerung könnten einige Mitglieder des Rates nur allzu leicht vergessen, daß die drei anwesenden Richter nicht bloß zwei oder drei Jahrzehnte, sondern viele Jahrhunderte alt waren.

Er rückte seinen mit zwei Rubin-Drachenköpfen besetzten formellen Halsreif zurecht. Sein Clanzopf verfing sich in den Plättchen des breiten Silbergürtels. Er zerrte den Zopf heraus.

Verdammte Maskerade.

Tarlna fauchte: »Ich hoffe, Ihr seid dort draußen würdevoller. Ihr zappelt herum wie ein Kind!«

Sie kam auf ihn zu und fuhr fort, ihn zu beschimpfen. Linden versank in Erinnerungen an den letzten Abend, so daß Tarlnas Wortschwall ungehört über ihn hinwegplärrte. Im Laufe der

Jahrhunderte war er darin Experte geworden. Er fragte sich, wann er Sherrine wiedersehen würde. Die Erinnerung an ihr Parfüm und an ihre blitzenden Augen neckte ihn von neuem. Währenddessen ließ Tarlna ihrer Unbill freien Lauf.

Im Sitzungssaal ertönte die Stimme des Herolds. »Verehrte Ratsmitglieder – Seine Gnaden, Drachenlord Kief Shaeldar!« Kief öffnete die Tür und ging hinein.

Der Ausruf des Herolds »Ihre Gnaden, Drachenlord Tarlna Aurianne!« beendete Tarlnas Schimpftirade. Sie humpelte los. Linden seufzte erleichtert. Dann rief der Herold seinen Namen aus, und nun war er an der Reihe, vor den Cassorischen Rat zu treten.

Zum ersten Mal sah er den Saal, in dem er in den kommenden Wochen wahrscheinlich einen Großteil seiner Zeit verbringen würde. Er war länger als breit; an der linken Wand reichten Fenster vom Boden bis zur Decke. Die Sonne schien herein und warf einen seidigen Glanz über die blankpolierten schwarzweißen Bodenfliesen.

Am anderen Ende des Saales stand ein gewaltiger schwarzer Marmorkamin. Er fragte sich, ob sie darin jemals einen Ochsen geröstet hatten. Die übrigen Wände waren mit dem dunklen Tafelholz verkleidet, das er bisher in jedem cassorischen Raum gesehen hatte. Er fragte sich, ob dies ein Gesetz vorschrieb.

Die Absätze seiner hohen, steifen Stiefel klackten auf den Fliesen. Er zählte die sonnenbeschienenen Rechtecke, über die er schritt: eins, zwei, drei, vier, fünf. Der Sonnenschein auf seinem Gesicht war angenehm.

Der Tisch stand näher am Kamin als an der Vorzimmertür, daher mußte er ein gutes Stück gehen, um ihn zu erreichen. Wieder kam er sich vor wie auf einem Präsentierteller.

Ein Tanzbär; ich komme mir vor wie ein Tanzbär.

Kief und Tarlna kehrten ihm den Rücken zu. Neugierige Gesichter sahen an den älteren Drachenlords vorbei und musterten ihn. Den meisten von ihnen konnte er einen Namen zuordnen. Er mied Herzogin von Blakens anklagenden Blick.

Zu seiner Überraschung kam der junge Prinz Rann nach vorne, um ihn zu begrüßen. Es war das erste Mal seit dem Nachmittag ihrer Ankunft, daß er das Kind sah. Er war über die Veränderung schockiert, die sich in nur zwei Tagen vollzogen hatte. Zugegeben, das Kind hatte auch zuvor alles andere als robust ausgesehen – aber jetzt!

Das Gesicht des kleinen Jungen war kreidebleich, unter seinen Augen hingen dunkle Ringe. Obwohl er gerade sechs Jahre alt war, lief er wie ein entkräfteter alter Mann.

Linden unterdrückte ein Stirnrunzeln, damit der Junge nicht dachte, es gelte ihm. Statt dessen sagte er mit seiner Geiststimme zu den beiden anderen Drachenlords: *Warum ist der Junge hier? Er sieht krank aus. Selbst ein gesundes Kind hat auf einer Ratssitzung nichts verloren!*

Er hat das Recht, hier zu sein, sagte Kief. *Immerhin ist es sein Schicksal, über das wir entscheiden.*

Wenn wir ihm erlauben hierzubleiben, werden wir tatsächlich sein Schicksal entscheiden. Wir würden ihn zu seinen Eltern ins Grab schicken! Kief, seht doch, der Junge steht kurz vor einem Zusammenbruch.

Kief antwortete nicht. Linden zügelte seinen Zorn, als sich der junge Prinz vor ihm verneigte. Er verbeugte sich seinerseits. Dann reichte er Rann die Hand. Überraschtes Gemurmel erhob sich vom Tisch ob dieser Abweichung vom Protokoll. Tarlna glühte vor Wut. Linden beachtete sie nicht. Statt dessen schaute er prüfend auf den jungen Prinzen hinunter.

Rann musterte ihn ebenso, seine Augen blickten zu ernst in seinem ausgemergelten Gesicht. Dann legte er seine Hand in Lindens. Sein Blick war nun vertrauensvoll, ohne Angst, selbst als seine kleine Hand in Lindens riesigem Gegenstück verschwand. Linden ging mit ihm zu dem leeren Stuhl neben Herzogin Alinya am Tischende neben dem Kamin. Der Stuhl war viel zu hoch für ein Kind; Linden hob den jungen Prinzen hoch und setzte ihn darauf.

Linden zwinkerte ihm zu, als sich der Junge ins Stuhlkissen schmiegte. Als Dank erntete er ein schelmisches Grinsen, das die zahlreichen Lücken im Gebiß des jungen Prinzen offenbarte. Linden ging um den Tisch herum, um seinen Platz neben Kief einzunehmen. Er ignorierte das ihn begleitende Getuschel und hoffte, daß seine Miene nicht seinen Zorn verriet.

Der Herold stellte ihnen die am Tisch sitzenden Männer und Frauen vor. Jeder verneigte sich, als sein oder ihr Name genannt wurde, als letzte die beiden Thronanwärter.

Prinz Peridaen hatte die geschmeidige Eleganz eines Windhundes. Um sein Kinn lief ein kurzer Bart. Seine dunklen Haare, nach der neuesten Mode gelockt, reichten ihm bis auf die Schultern. Seinem offenen Gesichtsausdruck nach zu urteilen, war Peridaen ein vernünftiger Mensch.

Der Bruder des verstorbenen Gemahls der Königin saß dagegen mit verkniffenem Mund und finsterem Blick da. Beren von Silbermärz hatte das cassorische Gesicht, das man überall im Land sah: rund, breite Wangenknochen, stupsnasig. Im Augenblick hatte es beinahe dieselbe Farbe wie seine feuerroten Haare. Er sah aus, als würde er gleich explodieren. Dennoch besagte die fahrige Art, wie er sich mit der Zunge über die Lippen fuhr, daß mehr dahintersteckte als bloßer Zorn.

Linden runzelte die Stirn, als er Berens Blick traf und der Mann ihn grollend ansah, bevor er eilig wegschaute. Die Götter wußten, daß Cassori keinen Hitzkopf als Thronfolger brauchen konnte. Und wieviel Geduld würde er mit einem Kind aufbringen? Beanspruchte er den Thron nur, um Macht über Rann zu erlangen? Wenn das Ermächtigungsschreiben der verblichenen Königin gültig sein sollte und Rann starb, würde Cassoris Thron auf Dauer diesem Mann zufallen.

Ich frage mich, ob Rann auf sein eigenes Betreiben hin anwesend ist. Der Junge sieht todkrank aus. Wie praktisch, wenn er eines natürlichen Todes sterben sollte – hervorgerufen durch völlige Erschöpfung.

Herzogin Alinya, Berens Großtante, saß am anderen Ende des langen Tisches den Drachenlords gegenüber. Bis die Frage der Thronfolge entschieden war, war sie Herrscherin über Cassori. Das Alter hatte sie schrumpfen lassen, doch in ihren hellblauen Augen lagen Stolz und Entschlossenheit, und ihrem Auftreten haftete nichts Schwächliches an.

Alinya hieß sie willkommen. »Verehrte Drachenlords, ich möchte Euch noch einmal dafür danken, daß Ihr uns zu Hilfe gekommen seid. Alle Anwesenden sind übereingekommen, daß wir Eurer Entscheidung uneingeschränkt folgen werden ...« Sie warf den beiden Thronanwärtern rechts und links neben ihr eindringliche Blicke zu. Berens Miene verfinsterte sich wieder. Peridaen nickte demütig lächelnd.

Die Herzogin sprach den Satz zu Ende: »Eurer Entscheidung darüber, wer die Regentschaft übernehmen wird, bis Rann alt genug ist, um selbst zu regieren.« Sie legte dem Jungen eine faltige Hand auf den Kopf und strich ihm zärtlich übers Haar. Rann schmiegte sich in ihre Berührung wie ein junger Hund.

»Da wir bereit sind und alle Anwesenden zugestimmt haben, unseren Urteilsspruch anzunehmen, sollten wir nun beginnen«, sagte Kief Shaeldar.

Linden lehnte sich in seinen Stuhl zurück und massierte seinen Nacken. Angesichts des Schneckentempos, mit dem die Dinge voranschritten, ging er davon aus, daß er für den Rest seines Lebens in Cassori bleiben mußte. Im Augenblick lobpreiste jemand die Hingabe, mit der die verstorbene Königin das Land regiert hatte. Er unterdrückte ein Gähnen.

Der Mann leierte weiter: »Und zweifellos hätte unsere geliebte Königin den Bruder ihres ...«

Lord Duriac sprang auf. »Wäre die Königin nicht so nachlässig gewesen, müßten wir hier nicht unsere Zeit vergeuden! Eine vorschriftsmäßige Ernennung eines Thronfolgers in Anwesenheit von Zeugen – so hätte sie vorgehen sollen. Dann müßten wir uns jetzt nicht mit einem sogenannten *Ermächtigungsschreiben* herumärgern, das aus dem Nichts aufgetaucht ist.«

Beren von Silbermärz – drei Plätze entfernt von Duriac – schlug seine großen Fäuste auf den Tisch. »Nennt Ihr mich einen Lügner, Duriac?« brüllte er.

Linden spannte sich, bereit, eine Prügelei zu verhindern. Doch statt dessen weckte ein leises, kaum hörbares Wimmern seine Aufmerksamkeit. Rann hatte sich in seinem Stuhl zusammengekauert und kaute ängstlich auf den Lippen. Tränen schimmerten in seinen Augen.

Duriac lächelte affektiert und sagte: »Die Silbermärz-Familie hat schon immer den Thron von Cassori gewollt. Wollt Ihr, was Eurem Bruder nicht vergönnt war – nämlich König zu werden?«

Beren sprang schreiend auf. Duriac schrie etwas zurück. Eine Gräfin erhob sich und stellte sich zwischen die beiden Männer. Alle begannen gleichzeitig zu reden. Kief mahnte den Rat zur Ruhe, doch seine schwache Stimme wurde übertönt. Rann ließ weinend den Kopf auf die Knie sinken.

Linden stand auf. Seine tiefe Stimme schnitt durch den Lärm. »Meine Herren, Euer Benehmen ist äußerst unschicklich. Entschuldigt mich bitte, ich wünsche ein Gespräch mit Prinz Rann.«

Bevor jemand reagieren konnte, ging er zu Ranns Platz. Rann, dem Tränen über die Wangen liefen, sah zu ihm auf. Linden widerstand dem Drang, den Jungen hochzunehmen und ihn zu trösten. Rann war zwar noch ein Kind, aber er war auch ein Prinz und mußte gemäß der höfischen Etikette behandelt werden.

»Eure Hoheit, würdet Ihr Euch bitte mit mir zurückziehen? Ich wünsche, allein mit Euch zu sprechen«, sagte Linden.

Rann nickte und stellte sich auf seinen Stuhl. Linden nahm ihn hoch, um ihn auf dem Boden abzusetzen, doch Ranns dünne

Ärmchen schlangen sich um seinen Hals. Nun, wenn der Junge getragen werden wollte, war Linden dazu mehr als gewillt. Er trug ihn zu der Seite des Saals, wo die Tür zum Vorzimmer noch offenstand. Er überlegte einen Moment, ob er Rann dort hinbringen sollte, blieb aber statt dessen mit dem Jungen auf dem Arm ein Stück von den Ratsmitgliedern entfernt vor einem Fenster stehen.

Kief fragte: *Linden, was tut Ihr?*

Tarlna schickte ihm eine wortlose Rüge.

Linden ignorierte die unverhohlene Verärgerung der älteren Drachenlords. *Ich tue nur, was von Anfang an hätte getan werden müssen. Das Kind sollte nichts Schlechtes über seine verstorbenen Eltern hören. Kief, bitte – mischt Euch nicht ein.*

Er spürte, wie Kief mit sich rang, dann seine resignierte Zustimmung und Tarlnas Empörung über seinen unvorhergesehenen Alleingang.

Er saß mit einem Bein auf der breiten Fensterbank und wandte dem Rat absichtlich den Rücken zu. Sollten sie ihn ruhig unhöflich finden; er war sich nicht sicher, ob er seine Miene würde kontrollieren können, und wollte ihnen nicht seine Gefühle verraten. Er legte den Riegel um und drückte das Fenster auf.

Das Fenster ging zu den Gärten hinaus. Linden sah hinaus und wartete, daß Rann, der den Kopf an seiner Schulter vergraben hatte, zu weinen aufhörte. Linden strich dem Jungen übers Haar und wiegte ihn sanft hin und her.

Ein schwerer, lieblicher Rosenduft strömte herein. Er sah, daß die Rosenbeete und ihre Lavendelabgrenzungen so arrangiert waren, daß sie einen Irrgarten aus Rot, Rosa, Weiß und Purpur ergaben. Bienen, die aus dieser Entfernung nur die scharfen Augen eines Drachenlords sehen konnten, sirrten zwischen den Blüten umher. Träge fragte sich Linden, wo sich die Bienenstöcke befinden mochten; bestimmt im Kräutergarten der Palastküche.

Eine Brise kam auf und wehte den strengeren Lavendelduft herein. Mit ihm und dem schluchzenden Kind auf dem Arm kehrte eine Erinnerung zurück, die Linden längst vergessen geglaubt hatte.

… Er zog die Tür des kleinen Landhauses hinter sich zu und rief:»Götter, ist das kalt da draußen!« Und dann rannte ihm Ash entgegen, stolperte und stieß mit dem Kopf gegen die Tischplatte.

Er hob das weinende Kind hoch und küßte die Beule.»Psch, psch, du kleiner Racker, nicht weinen. Der Schmerz ist gleich vorbei.« Er warf Ash so lange in die Luft, bis der kleine Junge zu lachen anfing.

»Hör auf, Linden«, mahnte Bryony ihn lächelnd.»Wenn du ihn so aufregst, wird er nie einschlafen!«

Lachend umarmte er den Jungen und drückte ihn liebevoll an sich.»Hast du die Decken rausgeholt? Auf dem Heimweg habe ich einen Ring um Schwester Mond gesehen. Morgen früh haben wir bestenfalls nur schweren Frost.«

»Ja«, antwortete Bryony, »frisch gewaschen. Hier – man riecht noch den Lavendel, in den ich sie gelegt habe.«

Er sog den Duft tief ein, während er den Jungen in dem kleinen Kinderbett sorgsam zudeckte. Die Wolle duftete frisch und sauber.

»Gute Nacht, kleiner Racker«, sagte er und küßte ihn auf die Stirn, dann hielt er ihm eine Wange hin, auf die Ash ihn küßte, bevor Linden zurücktrat.

Er betrachtete die nun am Bettchen kniende Bryony. So sehr er seinen Stiefsohn auch liebgewonnen hatte, er wollte eigene Kinder. Er stellte sich vor, neue kleine Bettchen zu bauen, wie das, das er für Ash gezimmert hatte.

Doch bisher hatten er und Bryony kein Glück gehabt. Vielleicht heute abend …

Statt dessen war ihre Ehe in die Brüche gegangen. Linden verschloß seine Gedanken vor dem Schmerz, den Bryonys höhnende, ihn absichtlich kränkenden Worte hervorgerufen hatten.

Pantoffelheld. Du bist kein richtiger Mann. Hätte er es nur damals schon gewußt.

Rann hob den Kopf, und Linden kehrte in die Gegenwart zurück. Er wartete, während Rann ein- oder zweimal aufstieß und sich schließlich beruhigte.

»Möchtet Ihr wirklich hier sein, Eure Hoheit?« fragte Linden.

Rann zögerte. Linden sah, wie der Prinz um eine Antwort rang. Schließlich sagte er: »Nein, Drachenlord. Einige Leute sagen schlechte Dinge über meinen Papa und meine Mama.« Rann schluckte ein Schluchzen hinunter. »Onkel Peridaen findet auch, daß ich nicht hier sein sollte.«

»Und warum seid Ihr dann hier?«

Rann rutschte unbehaglich in seinen Armen umher. »Weil Onkel Beren sagte, daß hier über meine Zukunft entschieden werde.«

Linden erschrak ein wenig, als er hörte, wie Rann Kiefs Worte wiederholte. Er fragte sich, ob sein früherer Verdacht etwas vorschnell gewesen war. Mag durchaus sein, dachte er, dennoch ist es eine zu große Belastung für das Kind.

Dann flüsterte ihm Rann ins Ohr: »Am liebsten wäre ich draußen mit meinem Wolfshund Bramble und meiner Pflegerin, Gevianna.«

Linden grinste und fragte sich, was Gevianna wohl dazu sagen würde, in Ranns Gunst hinter einem Wolfshund zu liegen. Er fragte: »Was ist mit Euren Spielkameraden?«

Rann schüttelte den Kopf. »Im Augenblick gibt es im Palast nur zwei Kinder von Dienern. Und Onkel Peridaen sagt, mit ihnen zu spielen sei unter meiner Würde.«

Linden zog die Augenbrauen hoch. Tatsächlich? dachte er. Zum Teufel damit; wenn es nicht unter der Würde eines Drachenlords ist, dann auch nicht unter der eines Prinzen. »Ich kenne zwei kleine Jungen, mit denen Ihr, glaube ich, gerne spielen würdet.«

Ranns müdes Gesicht erstrahlte.

Linden verfluchte sich dafür, daß er in dem Jungen solche Vorfreude geweckt hatte. Er sprach zu Ende: »Aber sie sind zu weit weg.«

Der Junge nickte und sank wieder in Lindens Armen zusammen, das freudige Strahlen in seinen Augen verlosch.

Der kleine Prinz brauchte ein paar Spielkameraden. Linden nahm sich vor, den einen oder anderen für ihn zu finden. Und ihm war klar, daß er den Jungen nicht bei diesem Gezänk dabeihaben wollte.

Im Geiste sprach er zu den anderen: *Ich möchte Rann nicht hier haben. Dies ist kein Ort für ein Kind.*

Tarlna sagte: *Sein Onkel hat um seine Anwesenheit gebeten – Und der andere will ihn nicht hier haben! Kief, als Ältester seid Ihr der Leiter unserer Delegation. Um Himmels willen, erspart dem Jungen diese Tortur,* forderte Linden.

In Kiefs Geiststimme lag aufrichtiges Bedauern, als er sagte: *Wenn die Mehrheit des Rates seine Anwesenheit wünscht, Linden, dann muß er –*

Linden rief: *Zum Henker mit dem Rat! Ich mache das nicht mit! Wenn Ihr in dieser Sache nicht hinter mir steht, werde ich nach Drachenhort zurückkehren. Ich möchte nicht für das Leid dieses Kindes verantwortlich sein. Selbst als ich Krieger war, habe ich nie einem Kind etwas zuleide getan. Und das wird auch so bleiben.*

Ihr begebt Euch auf dünnes Eis, sagte Tarlna. Ihre Geiststimme klang kalt. *Unsere Herrin wird nicht erfreut sein.*

Unsere Herrin kann mich ruhig bestrafen, wenn sie das für richtig hält. Also, steht Ihr in dieser Angelegenheit hinter mir oder nicht?

Er fühlte, wie sich die beiden zurückzogen. Er biß sich auf die Lippe und zwang sich, nicht weiter zu diskutieren.

Schließlich sagte Kief: *Da wir Eure Sturheit kennen, haben wir wohl keine andere Wahl. Schön, Linden, Tarlna und ich stehen hinter Euch. Ich muß gestehen, daß das Kind nicht gut aussieht. Vielleicht ist es tatsächlich besser, wenn es nicht anwesend ist.*

Linden schritt zu seinem Platz zurück, während Kief verkündete: »Verehrte Ratsmitglieder, wir sind der Ansicht, daß Prinz Rann bei dieser Debatte nicht dabeisein sollte. Er ist krank und würde nur unnötig leiden.«

Linden wußte, daß er richtig gehandelt hatte, als Rann gegen ihn sank und erleichtert seufzte. Aber einen Moment lang glaubte Linden, daß Beren ihn zum Duell fordern würde. Das Gesicht des Herzogs von Silbermärz war vor Zorn purpurn angelaufen.

Peridaen sah überrascht, aber zufrieden aus. Mit ruhiger, freundlicher Stimme sagte er: »Vielen Dank, Euer Gnaden. Ich habe von Anfang an gesagt, daß mein Neffe für eine Regentschaftsdebatte nicht kräftig genug ist. Er braucht Ruhe. Soll ich ...« Er stand auf.

Beren ebenso. »Setzt Euch, Peridaen. Wenn irgendwer mit Rann geht, dann ...«

Doch Linden ging bereits zur Tür. Er öffnete sie und sah hinaus. Die beiden Wachen vor dem Sitzungssaal fuhren herum, die Hände an den Schwertgriffen; dann sahen sie ihren Prinzen auf Lindens Arm. Linden trat in den Gang und schloß die Tür hinter sich.

»Hallo, Hauptmann Tev, Hauptmann Cammine«, sagte Rann, den Kopf wieder an Lindens Schulter gelehnt. Er gähnte.

Die Wachen salutierten und sagten: »Eure Hoheit«, dann rührten sie sich.

»Schickt nach Prinz Ranns Pflegerin ...« Linden sah fragend zu Rann hinunter.

»Gevianna«, beendete Rann den Satz mit einem leicht verdrossenen Unterton, der Linden zuvor nicht aufgefallen war.

71

»Danke, Eure Hoheit«, sagte Linden tonlos.

Auf ein Nicken ihres Vorgesetzten hin eilte die jüngere Wache – eine Frau – den Gang hinunter. Linden wartete mit Rann auf dem Arm, dankbar für die kurze Ruhepause. Der Hauptmann nahm wieder seinen Posten ein, zu pflichtbewußt, um sich von Geringerem als einer Invasion des Palastes ablenken zu lassen.

»Ich hasse so was«, murmelte Linden. Er hoffte, daß Gevianna noch eine Weile auf sich warten ließ.

Rann hob den Kopf. »Mein Papa und meine Mama auch. Wenn ich König bin, werde ich nie zu einer Ratssitzung gehen. Ich werde Soldat. Warst du wirklich ein Krieger, Drachenlord, mit Bram und Rani – wie es in den Geschichten heißt? Es gab mal einen Yerrin-Barden, der für meine Mama gesungen hat; er hat mir einige Geschichten erzählt.«

Linden lächelte. »Das klingt nach meinem Freund Otter. Er ist gerade unterwegs nach Casna, und wenn Ihr möchtet, werde ich ihn bitten, daß er Euch ein paar neue Geschichten erzählt.« Er erwiderte Ranns freudiges Strahlen. »Ja, ich war in Brams und Ranis Kriegerverband. Es war tiefer Winter, als ich von zu Hause fortrannte, um mich ihnen anzuschließen. Damals war ich gerade sechzehn und dumm wie ein Tor, sonst wäre ich auf der Burg meines Vaters geblieben – wenigstens bis zum Frühling.«

Rann lachte. Selbst Hauptmann Tev gestattete sich ein flüchtiges Grinsen.

Der Junge lehnte sich an ihn und flüsterte geheimnisvoll: »Es gab auch einige unheimliche Stellen – die über den Harfner Satha. Ich habe davon Alpträume bekommen. Otter hat nicht viel über ihn erzählt, aber ... Satha war nicht richtig tot, oder?«

Linden spürte, wie das Blut aus seinem Gesicht wich, sobald er den Namen des untoten Harfners und Heilers hörte. In Gedanken wies er sich zurecht: Verdammt noch mal! Du bist keine sechzehn mehr und brauchst dich vor ihm nicht zu fürchten. Hör auf, so töricht zu sein!

Obwohl er gegen die aufwallende Angst ankämpfte, rann kalter Schweiß zwischen seinen Schulterblättern hinunter, als zum zweiten Mal an diesem Tag eine vergessen geglaubte Erinnerung in ihm aufstieg.

... Der Gestank von Sathas verwestem Fleisch und die entsetzliche Stimme, die in seiner aufgeschlitzten Kehle pfeifend vor sich hin röchelte ...

Aber am schlimmsten war die Erinnerung daran, wie sich Satha über ihn beugte, während er tödlich verwundet am Boden lag.

... brennend kalte, blutverschmierte Finger, die über die Ränder der klaffenden Wunde strichen, und der darauf folgende Gestank verwesten Fleisches, als er in Finsternis versank, den Qualen der Heilung entrinnend ...

Linden sah Rann in die Augen. »Nein«, log er. Es kam ihm nicht leicht über die Lippen, doch wenn eine kleine Notlüge den Jungen beruhigte, log er nur zu gern. Eines Tages, wenn Rann älter war, würde er zurückkehren und ihm die Wahrheit erzählen. »Satha war nicht tot.« Er lächelte; es fühlte sich falsch an.

Er dankte den Göttern, daß in diesem Moment die Wachfrau zurückkam und ihn vor weiteren Fragen rettete. Cammine nahm ihren Posten vor der Tür ein, den Blick in die Richtung gewandt, aus der sie gekommen war.

Eine hagere junge Frau bog um die Ecke. Sie hatte ein verhärmtes Gesicht mit verkniffenen Lippen, die vermutlich noch nie gelächelt hatten.

Linden blinzelte überrascht. Diese Gevianna sah nicht aus wie jemand, der mit einem kleinen Jungen und einem Wolfshund herumtollen würde.

Wie sich herausstellte, war es nicht Gevianna, denn Rann seufzte und sagte: »Guten Tag, Lady Beryl.« Und zu Linden: »Drachenlord, das ist meine Gouvernante.«

»Lady Beryl«, begann Linden, »Prinz Rann geht es …«

Lady Beryl unterbrach ihn. »Kommt, Eure Hoheit. Es ist Zeit für Euren Unterricht.«

Die dünnen Arme drückten kurz seinen Hals, dann löste sich Rann von ihm und bat, abgesetzt zu werden. Linden tat, wie ihm geheißen. Die Gouvernante nahm Ranns Hand und wandte sich um – aber Linden sah noch, wie ihr Gesichtsausdruck wechselte. Nun sah sie aus wie eine Katze, der aus einem Baum ein junger Vogel vor die Pfoten gefallen war.

Sie ging so schnell, daß Rann fast rennen mußte, um mit ihr Schritt zu halten.

Linden rief ihr nach: »Lady Beryl, Prinz Rann sollte sich am besten …«

Sie ging weiter. »Ich glaube, ich weiß, was für das Kind am besten ist, Drachenlord.« Sie ließ die Anrede wie eine Obszönität klingen. »Guten Tag.«

Er starrte ihnen nach, bis Rann und seine Gouvernante um die Ecke verschwanden, dann sah er zu den beiden Wachen hinüber. Sie starrten blicklos ins Leere.

»Hm.« Nachdenklich betrachtete er Hauptmann Tev, eine Augenbraue hochgezogen. Nach einer Weile erwiderte Tev seinen Blick. Der Hauptmann nickte leicht und lächelte gezwungen, dann öffnete er ihm die Tür.

Es schien, als würde Lady Beryl von Drachenlords nicht viel halten. Als er wieder in den Sitzungssaal ging, fragte er sich, wie viele andere Leute in Casna ebenso empfanden.

8. KAPITEL

Das Gartentor stand offen. Die leichte Brise trug den Rosenduft aus dem Irrgarten herbei. Irgendwo in der Dunkelheit
läutete ein Glockenspiel, das an einem der Pfirsichbäume hing.
Linden hatte sich vom Tisch abgewandt und sah in den warmen
Abend hinaus, den Stiel eines Silberkelchs zwischen den Fingern rollend.

Er hatte von solchen Glockenspielen noch nicht gehört, bevor
er nach Casna gekommen war. An dem Abend, an dem er sie
zum ersten Mal vernommen hatte, hatte ihn der liebliche Klang
in den Garten gelockt, wo er so lange gesucht hatte, bis er seinen
Ursprung entdeckt hatte. Betört hatte er Aran, den Hausdiener,
herbeigerufen und ihn befragt.

»Die Glockenspiele stammen aus Assantik, Euer Gnaden«,
hatte der Diener ihm erklärt. »Die ersten hat vor zwei Jahren
ein Händler mitgebracht. Sie wurden unter den Adligen sofort
populär. Ein angenehmer Klang, nicht wahr, Eure Lordschaft?
Sehr beruhigend.«

In der Tat. Linden gähnte. Er durfte nicht vergessen, seiner
Herrin einige mitzubringen; sie würden ihr gefallen. Und Lleld
auch. Er trank einen Schluck und genoß den Wein und das
melodische Läuten.

Die Erinnerung an Ranns erschöpftes Gesicht zerstörte den
friedvollen Augenblick. Lindens Nacken und Schultern ver-
krampften sich, als er an das Gezänk der Ratsmitglieder dachte.
Ärgerlich schüttelte er den Kopf.

Was macht den Jungen bloß so krank? Gibt es denn im Palast
keinen Heiler, der sich um ihn kümmert?

Linden lehnte sich in seinen Stuhl zurück, die Beine von sich
gestreckt. Er starrte auf seine Stiefelspitzen und traf eine
Entscheidung.

Verflucht, es muß im Palast einen Heiler geben – und ich werde mit ihm oder ihr reden. Noch heute abend.

»Aran«, rief er. Als der Hausdiener erschien, sagte Linden: »Sage Hauptmann Jerrel, daß ich wünsche, in den Palast zurückzukehren, aber ohne volle Eskorte. Er und ein zweiter Soldat sind genug.«

Die junge Frau zog den Umhang mit der Kapuze enger um ihren Körper, während sie durch den vom Sternenlicht erhellten Garten eilte. Götter, wie sehr sie diese Treffen haßte! Es kam ihr immer so vor, als würden finster blickende Augen sie beobachten, Augen von Kreaturen, deren Namen man besser nicht aussprach.

Schließlich gelangte sie in den Teil des Gartens, der als »Damenlaube« bekannt war. Ihr entfuhr ein erleichtertes Seufzen, als sie dort eine Gestalt erkannte. Wenigstens würde sie heute nacht nicht warten müssen, während ihre Fantasie ihr vorgaukelte, daß irgendwelche Geister und Dämonen durch die Dunkelheit huschten.

»Du hast dich verspätet.« Die wohlartikulierte Stimme klang kalt und anmaßend.

»Verzeiht mir, Baronesse. Ich konnte nicht früher fort.« Sie verneigte sich.

Baronesse von Colrane rümpfte die Nase. »Laß mich nicht noch einmal warten.« Unter ihrem Umhang zog sie ein kleines Fläschchen hervor. »Hier. Die neue Mixtur für den Jungen. Sieh zu, daß er sie einnimmt; du warst in letzter Zeit ein wenig sorglos damit. Er hat sie ein- oder zweimal nicht bekommen.«

Die junge Frau verneigte sich von neuem und nahm das Fläschchen entgegen. »Ich versuche mein Bestes, Mylady. Aber manchmal ist die Heilerin oder sein Schüler da, wenn es für den Jungen an der Zeit ist, seine tägliche Dosis einzunehmen, und dann bleibt mir keine Wahl.« Dann nahm sie all ihren Mut zusammen: »Mylady … dieses Mittel – es ist doch nicht …

giftig, oder?« Sie starrte auf das schwarze Tonfläschchen in ihrer Hand, als könnte es sich in eine Schlange verwandeln.

»Gewissensbisse, Mädchen? Du steckst schon zu tief in der Geschichte, um jetzt einen Rückzieher zu machen. Außerdem, was soll sonst aus deinem nichtsnutzigen Bruder werden?« Und nach einer Pause: »Wenn das Geld ausbleibt, mit dem er seine Spielschulden bezahlt?« Die Baronesse lächelte kalt.

Die Götter konnten es bezeugen, sie traute diesem Lächeln nicht. Sie traute der ganzen Geschichte nicht. Und was den Tod der Königin betraf, hegte sie einen ganz bestimmten Verdacht.

Aber was konnte sie tun? Die Lady hatte recht; sie war zu tief in die Sache verstrickt, als daß sie jetzt einfach Schluß machen konnte. Und das Geld ... Ihr blieb keine Wahl; wenn Kerrivel seine Spielschulden nicht bezahlte, landete er im Gefängnis. Und das würde ihren Vater umbringen.

Die Baronesse fuhr fort: »Aber falls es dich beruhigt: Das Mittel, das du Rann gibst, ist nicht giftig. Es soll ihn bloß ruhigstellen. Frage nicht, warum das wichtig ist. Das geht dich nichts an.«

Erneut verschwand die Hand der Adligen unter ihrem Umhang. Als sie wieder zum Vorschein kam, lag in ihr ein Beutel, in dem es klimperte. Sie warf ihn der jungen Frau zu. »Ab sofort wendest du dich an Prinz Peridaens Großhofmeister, wenn du mehr brauchen solltest. Ich habe Besseres zu tun. Geh jetzt.« Die Baronesse wandte sich um; das Signal, daß das Treffen beendet war.

Die junge Frau verneigte sich noch einmal vor dem ihr zugewandten Rücken und eilte davon, in einer Hand das Tonfläschchen, in der anderen den Münzbeutel.

Den gesamten Rückweg über beobachteten die Augen sie, bohrten sich tief in ihre Seele.

Ihre Lehrlinge nannten es ihre »Höhle«; eines höfischen Heilers nicht würdig. Doch Tasha fühlte sich wohl in dem kleinen

Raum, der ihr als Arbeitskammer diente. Keiner der heute Lebenden wußte, weshalb er so seltsam geschnitten war. Aber als Tasha an den Hof gekommen war und den Raum zum ersten Mal betreten hatte, hatte sie sich sofort in ihn verliebt. Vollgestellt mit Regalen, in denen sich Bücher und Behälter mit medizinischen Kräutern und Heilölen stapelten, war der bienenstockförmige Raum ihr Fluchtpunkt.

Dieser Tage erschien er ihr wie ein Gefängnis.

Die Öllampe flackerte und drohte zu verlöschen. Das Kinn auf eine Handfläche gestützt, seufzte Heilerin Tasha und zündete an der vergehenden Flamme ein Stück Holz an. Bedächtig hielt sie das glimmende Holz an den Docht einer neuen, vollen Öllampe, um sich sodann wieder ihren Büchern zu widmen. Drei Bände lagen aufgeschlagen vor ihr auf dem Arbeitstisch – und keines half ihr herauszufinden, was Rann fehlte. Einige seiner Symptome paßten zu einigen der beschriebenen Krankheiten – andere wiederum nicht. Die Behandlungsvorschläge für diese Krankheiten halfen nicht – oder machten Rann noch kränker.

Sie preßte die Handballen in die Augen und unterdrückte ein Gähnen. So sehr es ihr auch mißfiel, sich einzugestehen, daß ihre heutige Suche ebenso ergebnislos endete wie die der vorherigen Abende, so klar war ihr auch, daß sie zu müde war, um konzentriert weiterzuarbeiten. Sie mußte sich bald hinlegen. Nicht auszudenken, daß sie das gesuchte Heilmittel übersah, nur weil sie zu erschöpft war.

Hätte der Schreiber, der diese Bücher kopiert hatte, nur nicht eine so winzige Handschrift gehabt. Vermutlich hatte er Tinte und Pergament sparen wollen, der Geizhals. Sie hatte nicht mehr die Energie, ihn gebührend zu verfluchen.

Sie schloß kurz die Augen und las danach weiter, bis der Docht bereits zur Hälfte heruntergebrannt war. Nur noch ein paar Minuten …

Ein leises Türklopfen ließ sie aufschrecken. Ihr Kopf fuhr hoch. Verflixt und zugenäht, sie war tatsächlich eingeschlafen.

»Ja?« sagte sie und sah schlaftrunken zur Tür. Bitte – kein Notfall. Nicht heute. Ich bin zu müde.

Jemand stand direkt hinter dem Türrahmen in der Dunkelheit – scheinbar ein Riese. Tasha überlegte, wer am Hof so groß war. Dann trat der Mann aus dem Schatten. Ohne sein Amtsgewand erkannte sie ihn erst nicht. Dann sah sie, wer er war, und starrte ihn sprachlos an.

Sobald sie die Fassung zurückgewonnen hatte, sprang sie auf. »Euer – Euer Gnaden!« stammelte sie. Plötzlich kam ihr ein beunruhigender Gedanke. »O Götter, Ihr seid doch nicht krank, oder?«

Linden bedeutete ihr, sich wieder zu setzen. »Mir geht es gut, danke. Heilerin ...« Er sah sie fragend an.

Ihre Zunge schien sich zu verknoten, doch schließlich brachte sie ihren Namen heraus. »Tasha.«

Er nickte. »Heilerin Tasha, mein Besuch ist rein informativ, nehmt also ruhig wieder Platz. Ihr seht – wenn ich das sagen darf – erschöpft aus.«

Dankbar sank Tasha auf ihren Stuhl. Sie fuhr sich mit einer Hand übers Gesicht und sah automatisch auf die Bücher vor ihr.

Der Drachenlord fragte freundlich: »Ihr sucht nach Antworten wegen Rann?«

Sie nickte.

Er zog den einzig verfügbaren Stuhl von der Wand und stellte ihn umgedreht vor den Schreibtisch. Er setzte sich, die Arme auf der Lehne verschränkt, die Beine auf beiden Seiten von sich gestreckt. »Was fehlt dem Kind?«

Tasha biß sich auf die Zunge, um nichts Schnippiges zu entgegnen. Ranns Onkel und der halbe Hof stellten ihr zehnmal am Tag dieselbe Frage. Und sie konnte dem Drachenlord nicht mehr sagen als den anderen auch.

Doch zumindest lag kein ärgerlicher Unterton in seiner Frage, nur aufrichtige Neugier – und ein Anflug von Traurigkeit. Sie entsann sich, daß Rann ihr erzählt hatte, wie nett der Drachenlord zu ihm gewesen sei.

Er macht sich ernsthafte Sorgen. Die Erkenntnis überraschte sie. Sie hatte immer geglaubt, Drachenlords wären entrückte Wesen ohne Gefühl. Zu sehen, daß sie dieselben Gefühle wie Echtmenschen empfanden, bewegte sie. Dennoch ersparte sie ihm ihre Frustration und sagte nur bitter: »Ich weiß es nicht.«

Linden Rathan schien über ihre Worte nachzudenken. Er sah auf seine Hände hinunter und rieb mit dem Daumen die Knöchel der anderen Hand. Das Licht der Öllampe schimmerte in seinen hellen Haaren. Schließlich fragte er: »Ist Euch so ein Fall schon einmal untergekommen?«

Tasha zuckte mit den Schultern. »Ja und nein. Seine Symptome sind rätselhaft. Manchmal scheinen sie auf etwas hinzudeuten, dann wieder auf etwas völlig anderes. Und ganz gleich, was ich versuche – ob medizinische Kräuter, Öle oder ein Heilritual –, nichts hilft. Manchmal verschlechtert ein Heilritual seinen Zustand sogar.«

Sie schob die Ärmel hoch. In dem schwachen Lichtschein wirkten die efeufarbenen Tätowierungen auf ihren Unterarmen tiefschwarz. Sie hob die Arme, damit er sie besser sehen konnte.

»Selbst ein Meisterheiler kann nicht alles kurieren«, sagte Tasha. »Und wie Ihr seht, befinde ich mich erst im Fünften Rang. Ich fürchte, ich bin nicht gut genug für den kleinen Rann.« Das Eingeständnis schmeckte wie bittere Galle.

Kopfschüttelnd sagte Linden: »Macht Euch keine Vorwürfe, Heilerin. Es gibt Krankheiten, die selbst ein Drachenlord oder gar ein Echtdrachen nicht heilen kann – trotz ihres Heilfeuers. Nur die Götter vermögen alles zu kurieren.«

Tashas Verzweiflung verflog wie Nebel im Sonnenschein. Wieso war sie nicht früher darauf gekommen? »Drachenlord, wärt Ihr bereit – o Götter, das ist es! Bitte, Euer Gnaden, Ihr müßt es versuchen!« rief sie.

»Mich verwandeln und mein Heilfeuer einsetzen? Möglicherweise hilft es ihm nicht – es könnte sogar gefährlich für ihn sein.«

Sie hätte am liebsten geschrien. Es war eine Möglichkeit – er mußte es versuchen. Er mußte, verdammt noch mal! Dann entsann sie sich seiner letzten Worte und zügelte ihre Gefühle. »Was meint Ihr damit, es könnte gefährlich sein?«

Seine dunkelgrauen Augen trafen die ihren. »Habt Ihr mir nicht gerade gesagt, daß ein Heilritual seinen Zustand manchmal verschlechtert? Um wieviel? Und wenn man die Heilkraft erhöhte, würde das seinen Zustand in gleichem Maße verschlechtern? Ich könnte ihn damit umbringen.«

Die Götter mochten ihr beistehen, der Mann hatte recht. Und Ranns Zustand war nicht so schlecht, daß er ein solches Risiko rechtfertigen würde. Zumindest noch nicht. »Ihr habt recht, Euer Gnaden.«

Einen Moment sah er aus, als wäre er in Gedanken ganz woanders; dann verzogen sich seine Mundwinkel zu einem vagen Lächeln. »Entschuldigt. Mir fiel gerade ein, was mir eine Freundin erzählte, kurz bevor ich Drachenhort verließ. Es klingt töricht, ich weiß, aber … Könnte es sein, daß Ranns Erkrankung magischen Ursprungs ist?«

Was immer Tasha erwartet hatte, dies bestimmt nicht. Einen Moment starrte sie den Drachenlord mit offenem Mund an. »Soll das ein Scherz sein?«

»Ein Scherz? Nein. Aber ich nehme den Gedanken auch nicht wirklich ernst. Ich dachte nur, daß …« Er zuckte mit den Schultern.

Tasha lächelte. »Euer Gnaden, wenn Magie im Spiel wäre, hätte ich es bei einem der Heilrituale, die ich gewagt habe, gespürt. Nein, ich denke nicht, daß es sich um Magie handelt – ganz gleich, wieviel Unglück über Ranns Familie gekommen ist.«

Auf seinen fragenden Blick hin sagte Tasha: »Ranns Vater starb vor zwei Jahren bei einem Jagdausflug. Nur die Götter wissen, wie sich ein so großes Wildschwein im Unterholz verbergen konnte. Die ansässigen Dorfbewohner hatten nicht einmal gewußt, daß sich eins in der Gegend aufhielt, ganz zu schweigen von einem so großen. Glücklicherweise ist dem Tier seitdem niemand mehr zum Opfer gefallen. Das Pferd von Prinz Vanos – Ranns älterem Bruder – lahmte. Er stieg ab, um im Huf nach dem Stein zu suchen. Sein Vater – der Gatte der Königin – blieb bei ihm, während der Rest der Jagdgesellschaft weiterritt.

Vanos erzählte mir später, daß er das Wildschwein erst sah, als es ihn umstieß und zubiß. Sein Vater warf sich auf die Bestie, nur mit seinem Dolch bewaffnet, und schlug das Tier nach einem schrecklichen Kampf in die Flucht, aber er wurde dabei so schwer verletzt, daß er anschließend verblutete. Ich glaube, Vanos hat sich nie verziehen, daß statt seiner sein Vater starb. Er hat sich von dem Unglück nie erholt, und als im selben Jahr die Winterkrankheit kam, fiel er ihr rasch zum Opfer.«

Tasha starrte an Lindens Schulter vorbei ins Leere. Sie hatte Vanos nicht helfen können, genauso wie sie nun seinem jüngeren Bruder nicht helfen konnte. In Gedanken sah sie Vanos' graues, eingefallenes Gesicht, die Folge ihrer heilerischen Unzulänglichkeit. Sie schüttelte den Kopf, um den Gedanken zu verdrängen, und klappte die vor ihr liegenden Bücher zu.

»Kam der Sturm plötzlich auf, an dem Tag, als die Vergnügungsbarke sank?«

Die Frage kam aus heiterem Himmel. Tasha schrak zusammen. Sie hatte vergessen, daß sie nicht allein war.

Verwirrt von der plötzlichen Wendung, die das Gespräch nahm, blinzelte sie Linden Rathan fragend an. »Was? Ach so – nein, der Sturm hatte sich lange angekündigt. Eigentlich war er gar nicht schlimm, Euer Gnaden. Deswegen war es für uns alle so ein Schock; die Barke hatte schon heftigere Stürme überstanden.« Die Erinnerung rief ein schmerzhaftes Stechen in Tashas Magen hervor. Gut, daß er sie auch an dieses Unglück erinnert hatte. Sie starrte den Drachenlord an und wollte nun mehr hören.

Er schwieg. Aber nicht lange. Halb zu sich selbst sagte er: »Ich hätte die verfluchte Wette doch annehmen sollen.«

Als sie fragte, was er gesagt habe, entgegnete er: »Nichts, ich habe nur laut gedacht, Heilerin.«

Er stand auf und schob den Stuhl an seinen ursprünglichen Platz zurück. »Vielen Dank, daß Ihr Euch die Zeit genommen habt. Ich hoffe, Ihr werdet bald ein Heilmittel finden, um Ranns willen und für Euren Seelenfrieden. Ich lasse Euch nun allein, damit Ihr Euch endlich hinlegen könnt.« Er wandte sich um und ging zur Tür.

Tasha hatte den unterschwelligen Befehlston in seiner tiefen Stimme bemerkt. Sie nickte. Er hob eine Hand zum Abschied. Einen Augenblick später war er verschwunden, wieder eins geworden mit der Dunkelheit.

Tasha erschrak. Götter, wie konnte sich ein so großer Mensch so leise bewegen und so schnell verschwinden? Es war wie in einem Bardenmärchen – vielleicht besaß er einen Umhang, der ihn unsichtbar machte oder etwas in der Art.

Der Gedanke erinnerte sie an das, was er über Magie gesagt hatte. Ein Frösteln kroch ihr über den Rücken. Danke, Euer Gnaden. Nun würde sie von *diesem* Unsinn Alpträume bekommen.

Doch dank der Götter war es genau das: Unsinn. Sie gähnte. Der Drachenlord hatte recht; sie sollte sich jetzt hinlegen. Erschöpft blies sie die Lampe aus.

9. KAPITEL

Sie wartete im Sonnenpavillon und massierte ihre Schläfen
in langsamen gleichmäßigen Kreisen, um die Spannung
abzubauen, die dieser Tage ihr ständiger Begleiter war. Es war
spät. Der Raum war stickig von der Hitze, die sich während des
Tages in den Steinfliesen gesammelt hatte. Ihr Kopf schmerzte,
und sie wollte nichts weiter als zu Bett gehen. Wenigstens hatte
sie es geschafft, vor ihm hier zu sein. Sonst hätte er sich wieder
aufgeregt.

Zum Glück war der Sonnenpavillon verlassen. Früher hatte
sie sich hier oft zu den Damen gesellt, die – über ihren Stickar-
beiten schnatternd wie Spatzen – den Pavillon tagsüber bevölkerten, doch seit Königin Desias Tod ging sie den Leuten soweit
wie möglich aus dem Weg.

Die Tür öffnete sich. »Beryl?« fragte eine leise Stimme.

»Hier«, erwiderte sie.

Durch den Schatten sah sie eine Gestalt auf sich zukommen
und in den gelblichen Lichtschein treten, den die Öllampe neben
ihr warf.

Herzog Beren von Silbermärz setzte sich neben ihr auf die
Bank. »Wie ging es Rann, als du ihn verlassen hast?«

»Einigermaßen, obwohl er von heute morgen noch immer
erschöpft aussah. Ich ging, als Alinya kam, um ihn zu Bett zu
bringen. Ich glaube, er war noch ganz verstört von den Dingen,
die er bei der Ratssitzung hören mußte.«

»Ich weiß, aber es ging nicht anders.« Beren schlug seine
große, fleischige Faust in die Handfläche. »Dieser verdammte
Drachenlord! Ich will, daß Rann soweit wie möglich unter
meiner oder deiner Aufsicht bleibt.«

Sie tätschelte Berens Hand. Für einen Moment legten sich
seine Finger um ihre. »Wenigstens war ich vor Gevianna da.

84

Und falls es dich beruhigt, Beren, ich glaube, der Drachenlord hat es nur aus Sorge um Rann getan. Der Junge klammerte sich an ihn wie ein Ertrinkender an ein Seil.«

Er zog seine Hand weg und beugte sich vor, die Ellbogen auf den Knien, das Gesicht in den Händen, die Finger in die roten Haare gegraben. »Du hast bestimmt recht, Liebste, aber trotzdem. Hätte dieser Idiot Corvy bloß nicht darauf bestanden, die Sache von Drachenlords entscheiden zu lassen. Und die Mehrheit des Rates hat ihm auch noch zugestimmt! Ich bin sicher, daß ich sie auf meine Seite hätte ziehen können. Verdammte Drachenlords!«

Beren drehte den Kopf ein Stück, so daß sie sein Gesicht sehen konnte. Sorgenfalten, die vor wenigen Monaten noch nicht dagewesen waren, zerfurchten seine Stirn und die Augenpartie, und an seinen Schläfen schimmerten die ersten grauen Strähnen.

Der Anblick tat ihr weh. Er war ein Landadliger, am glücklichsten im Sattel, auf der Jagd oder wenn er seine Ländereien inspizierte. Beren war nicht geschaffen für diese Art von Intrigen. Sie wünschte, sie könnte ihm etwas sagen, das die Furcht aus seinen Augen vertrieb. Könnte sie ihn doch nur zur Vernunft bringen …

»Liebster«, begann sie, »du hast keine Beweise gegen Peridaen. Nicht die geringsten.«

Beren blickte störrisch. »Immerhin hat die Königin ihn fortgeschickt.«

»Auf Betreiben deines Bruders. Du weißt genau, daß sie Dax nichts abschlagen konnte. Und trotzdem hat sie Peridaen nicht ins Exil verbannt, wie Dax es vorgeschlagen hatte. Sie erwog sogar, ihn zurückzurufen. Ist dir jemals der Gedanke gekommen, daß dein Bruder einfach nur eifersüchtig auf Peridaen war, weil er so großen Einfluß auf Desia hatte?«

Beren schnaubte. »Mein Bruder war weder eifersüchtig, noch war er ein Narr. Er wußte etwas über Peridaen. Leider weiß ich nicht, was. Nur deswegen wollte er ihn im Exil sehen. Ich muß herausfinden, was Dax wußte.« Er atmete tief durch. »Du sagst, ich hätte keine Beweise gegen Peridaen. Das ist richtig. Ich frage mich bloß, welche Beweise er gegen mich hat – und wie er an sie herangekommen ist. Und morgen wird der Rat – o Götter, Beryl«, sagte er mit zitternder Stimme, »was, wenn die Drachenlords es herausfinden?«

Als sich die Ratsmitglieder am folgenden Morgen vor dem Sitzungssaal einfanden, sagte Kief zu Herzog Beren: »Eure Lordschaft, wie ich weiß, befindet sich das königliche Ermächtigungsschreiben in Eurem Gewahrsam. Würdet Ihr es bitte holen lassen?«

Berens Gesicht erblaßte, doch mit gefaßter Stimme entgegnete er: »Selbstverständlich, Euer Gnaden.« Er winkte einen Diener heran. Doch als der Mann zu ihm trat, brachte Beren keinen Ton heraus.

Was ist los mit ihm? fragte Linden die anderen.

Ich weiß nicht, antwortete Kief. *Er mußte doch wissen, daß wir danach fragen würden.*

Gerade als Linden den Herzog fragen wollte, ob alles in Ordnung sei, sagte Beren zu dem Diener: »Geh in meine Gemächer und trage meinem Hofmeister auf, daß er das Schriftstück herbringen soll.«

»Jawohl, Eure Lordschaft.«

Beren sah dem davoneilenden Diener nach. Einen Moment lang dachte Linden, Beren würde ihn zurückrufen. Dann, mit einer Miene, als müßte er gleich vor den Henker treten, drehte Beren sich um und ging in den Sitzungssaal.

Die drei Drachenlords tauschten fragende Blicke aus. Kief zuckte mit den Schultern und zog die Brauen hoch, als wollte er sagen, ›Wir werden es ja bald herausfinden‹, und folgte Beren.

Sie fanden es nur allzubald heraus. Der Rat hatte gerade begonnen, verschiedene Punkte zu erörtern, als die Tür aufgestoßen wurde. Ein Mann, den Linden nicht kannte, stand im Türrahmen. Er trug die schwere silberne Amtskette eines Hofmeisters, daher ahnte Linden, wer er war. Das Gesicht des Mannes war leichenblaß. Den Blick auf den Herzog gerichtet, hob er die leeren Hände.

Beren stand auf. »Vatrinn – was soll das bedeuten? Wo ist das Schriftstück?«

Der Hofmeister öffnete den Mund, doch anfangs brachte er keinen Ton heraus. Dann keuchte er: »Eure Lordschaft, es ist verschwunden.«

Wäre die Küchenkatze auf den Ratstisch gesprungen und hätte einen Vortrag gehalten über die Unterschiede zwischen den neun Höllen des Yerrin-Glaubens und den drei Höllen, von denen cassorische Priester sprachen, die Ratsmitglieder hätten nicht überraschter schauen können. Verblüfftes Schweigen legte sich über den Saal.

Herzog Beren war der erste, der die Stimme wiederfand. Den Blick auf Peridaen gerichtet, rief er: »Ihr! Was habt Ihr mit meinem Ermächtigungsschreiben gemacht?«

Peridaen, alle Eleganz vergessend, schüttelte entrüstet den Kopf, was seine sorgfältig arrangierten Locken durcheinanderbrachte. Sein Mund stand offen wie bei einem Provinzler, der auf einem Jahrmarkt ein zweiköpfiges Kalb erblickt. »Beren – ich schwöre Euch, ich habe keine Ahnung, wo es ist!«

Im Sitzungssaal brach Chaos aus.

Entweder sagt er die Wahrheit, sagte Tarlna, *oder er ist der überzeugendste Lügner, den ich je gesehen habe!*

Dasselbe gilt für Beren, fügte Kief an. *Seine Fassungslosigkeit war echt, ich bin ganz sicher.*

Ihr Unbehagen war durch die Geistesverbindung deutlich zu spüren. Linden bedauerte, es noch steigern zu müssen, aber es mußte gesagt werden. *Keiner der beiden lügt; ich würde darauf schwören. Bei den Höllen des Gifnu, ich würde sogar mit Lleld wetten, so sicher bin ich.*

87

Die drei Drachenlords tauschten verwirrte Blicke aus.

Könnte es nicht ein erklärbares Versehen gewesen sein? fragte Linden. Nicht daß er einen Moment daran glaubte. Aber wenn es keiner der beiden gewesen war, wer dann?

Ihr meint, ein Diener hat das Schriftstück verlegt? fragte Tarlna mit einem Anflug von Ironie.

Linden zuckte mit den Schultern. *Es wäre die einfachste Erklärung.*

Ihr habt recht. Aber ich fürchte, wer immer das getan hat, will damit einen Bürgerkrieg heraufbeschwören. Nun denn – wir werden das Spiel nicht mitspielen. Wir werden es als eine Art Versehen behandeln. Es auf einen Diener zu schieben wäre wohl das beste; natürlich wird es niemand glauben. Aber wir werden sie zwingen, es hinzunehmen oder offen gegen uns zu rebellieren. Anschließend fahren wir fort, als wäre nichts geschehen, sagte Kief. Im Geiste seufzend, fügte er an: *Das macht unsere Aufgabe viel schwieriger – und langwieriger.*

Der zierliche Drachenlord stand auf und rief die aufgebrachten Adligen zur Ruhe. Unterdessen fuhr Linden fort, in den Gesichtern der Anwesenden nach Hinweisen zu suchen – und fand keine.

Wer hat das getan? Und warum? Und was kam als nächstes?

10. KAPITEL

Linden lenkte sein Pferd durch die Stadttore und nickte den salutierenden Wachen zu. Außer ihnen schien ihn niemand ohne sein Amtsgewand zu erkennen – zum Glück. Er war einfach ein weiterer der zahllosen Yerrin, die das ganze Jahr über ihren Geschäften in Casna nachgingen.

Kurz darauf war er aus der Stadt heraus. Er dankte den Göttern, daß für diesen Tag keine Sitzung angesetzt war. Casna erdrückte ihn; er mußte eine Weile ausbrechen.

Zu dieser frühen Stunde war die staubige Straße noch voller Karren und Kutschen, die allmorgendlich den großen Stadtmarkt belieferten. Er ritt zwischen den Gefährten durch, um sogleich gegen einen mit Zwergrüben beladenen Karren zu stoßen. Im nächsten Moment mußte er einem Wagen ausweichen, auf dem gegerbte Tierhäute gestapelt waren. Die Kutscher um ihn herum verfluchten einander und jeden sonst, der das Pech hatte, in dem Gedränge festzusitzen. Als er sich vor einen Wagen mit Baumstämmen schob, empfing ihn eine Schimpftirade, die aber abrupt endete. Aufgrund des erstaunten Seufzers, der den eindrucksvollen Verunglimpfungen folgte, nahm Linden an, daß der Kutscher gesehen hatte, wer der »Yerrin-Hurensohn« tatsächlich war.

Er sah grinsend zurück und salutierte. Die Kutscherin hätte ohne weiteres in Brams und Ranis Kriegerverband gepaßt.

Die schweren Holzräder und die scharrenden Pferdehufe wirbelten den Straßenstaub auf. Da kein Wind blies, hing der Staub wie Nebel in der Luft. Er kitzelte ihm in der Nase, juckte in seinen Augen und legte sich über Haare, Haut und Kleider. Der Wallach schnaubte und warf mißmutig den Kopf hin und her.

Nach zwei oder drei Meilen wurde die Straße leerer. Linden

ritt einfach drauflos. Die Leute, an denen er vorbeikam, schienen ihn für einen der Ihren zu halten. Er hatte kein bestimmtes Ziel im Sinn. Er wollte einfach reiten und nachdenken.

Bei den Ratssitzungen war ihm einiges seltsam vorgekommen, das er jedoch nicht konkret benennen konnte. Merkwürdigerweise hatten weder Kief noch Tarlna etwas gespürt. Er war fast soweit, seine Ahnungen als Unsinn abzutun, doch etwas hinderte ihn daran. Aber auch dieses »etwas« verriet ihm nicht, was vor sich ging. Es nagte einfach an ihm.

Er war nicht glücklich. Und dieses idiotische Pferd trug nichts dazu bei, diesen Zustand zu ändern. Jedesmal, wenn seine Gedanken abschweiften und er die Zügel lockerte, lief das Pferd schnurstracks auf den nächstbesten Grasflecken zu. Schlecht erzogener Gaul. Er konnte ihn nicht eine Sekunde frei laufenlassen, so wie er es mit Shan zu tun pflegte.

Es ist ungerecht, dieses arme Tier mit einem Llysanyaner wie Shan zu vergleichen. Immerhin ist es eines der wenigen Pferde in Casna, das jemanden von deiner Größe tragen kann, schalt er sich. Du solltest dich nicht beschweren.

Trotzdem vermißte er Shan. Wäre sein Hengst hier, könnte er ihm von seinen Problemen erzählen. Natürlich konnte Shan nicht antworten, aber er nickte an den richtigen Stellen. Und mit Shan zu reden, half Linden, die Dinge klarer zu sehen. Linden fragte sich, wieviel der Hengst tatsächlich verstand.

Etwa eine halbe Meile weiter zweigte ein schmaler Weg von der Straße ab. Er führte nach Osten, was bedeutete, daß ihm die Sonne direkt ins Gesicht scheinen würde, aber soweit er sehen konnte, war der Weg menschenleer.

Von plötzlichem Entdeckerdrang getrieben, lenkte Linden sein Pferd in den schmalen Weg hinein. Es gefiel ihm, daß niemand zu sehen war. Er wollte alles hinter sich lassen, das ihn an das Gewimmel in Casna erinnerte. Kief würde ihm wahrscheinlich die Ohren waschen, weil er ohne Eskorte und ohne sein Großschwert, Tsan Rhilin, aufgebrochen war. Aber die Gesellschaft von ein oder zwei stummen Wachen wäre an diesem Morgen unerträglich gewesen, und das Großschwert war zu auffällig.

Dennoch trübte allein der Gedanke an Kiefs – und zweifellos auch Tarlnas – Verärgerung Lindens Stimmung. Er trieb den Wallach zu schnellem Galopp an.

Zu seiner Überraschung war es plötzlich ein Vergnügen, das Pferd zu reiten. Mit seinen geschmeidigen, weit ausholenden Schritten schien es förmlich über den Boden zu fliegen. Das entschädigte zumindest für den schlurfenden Gang und das steifbeinige Traben des Wallachs. Schade, daß er in den Straßen der Stadt nicht galoppieren konnte.

Die Sonne stieg höher. Als der Weg nach einer Weile nach Süden bog, verringerte Linden das Tempo. Er roch Salz in der Luft und nahm an, daß er sich der Küste näherte.

Er ließ den Wallach gemächlich traben. Zwar schien ihm die Sonne nicht mehr in die Augen, aber sie stand nun so hoch, daß es drückend heiß wurde. Der Weg bog wieder nach Osten. Linden überlegte, ob er ihm folgen oder nach Norden in die Wälder reiten sollte, die er aus der Luft gesehen hatte, als sie in Casna angekommen waren.

Er war sicher, daß der Weg bald an den Meeresklippen entlangführen würde. Vielleicht gab es irgendwo einen Strand, zu dem er hinunterklettern konnte. Der Gedanke an ein erfrischendes Bad gab den Ausschlag.

Er ritt weiter. Und wünschte bald, er hätte Wein und etwas zu essen mitgenommen. Oder wenigstens einen Wasserschlauch. Die Sonne und die salzige Luft machten ihn durstig.

Der Weg führte in einer Viertelmeile Entfernung an einer Art Monument aus kreisförmig angeordneten Steinsäulen vorbei, die auf einer wie ein Schiffsbug ins Meer ragenden Landzunge standen. Er ritt darauf zu, um das Monument näher in Augenschein zu nehmen. Die Steinsäulen, neun an der Zahl, standen friedvoll in der Sonne. In ihrer Mitte thronte ein mächtiger

Trilith. Ihre Schatten lagen wegen der fast senkrecht stehenden Mittagssonne nahe an den Sockeln. Hinter ihnen glitzerte die See.

Linden fragte sich, wer sie aufgestellt hatte, und warum. Die Steinsäulen waren von einer so starken Aura des Ewigen umgeben, daß er sich im Vergleich dazu jung vorkam. Er stieg vom Pferd und band die Zügel an einer verkümmerten, windschiefen Fichte fest, dann lockerte er den Sattelgurt und ging zu den Säulen.

Sie überragten ihn mindestens um das Doppelte. Er blieb vor dem Trilith stehen und legte eine Hand auf die Oberfläche. Der Stein war angenehm kühl. Aus seinem Innern drang ein schwaches Pulsieren, das – er war sich ganz sicher – nur magischen Ursprungs sein konnte. Es glich dem Summen der tiefsten Saite einer Harfe – doch keine Harfe konnte einen so tiefen Ton erzeugen. Er spürte es in den Knochen, schwach, aber deutlich: eine der Erde innewohnende Zauberkraft wie die seine.

Die Zauberkraft schlummerte tief im Innern des grauen Triliths und hatte seltsamerweise eine beruhigende Wirkung auf ihn. Er legte die Stirn an den rauhen, kühlen Stein und ließ all seine Frustration über den Rat und seine Sorgen wegen Rann an die Oberfläche seiner Gedanken treten. Es schien ihm, als würde seine Verdrossenheit aus ihm herausgesaugt und in den Stein fließen.

Einen Moment dachte er, daß sich das Pulsieren veränderte. Er preßte beide Hände gegen den Stein und konzentrierte sich mit all der ihm gegebenen Kraft. Nein, nein, nichts hatte sich verändert – glaubte er zumindest.

Er trat von dem Trilith zurück und lief durch den Säulenkreis zum Klippenrand. Dort sah er, daß ein schmaler Pfad zum Strand hinunterführte, aber er war höllisch steil. Mit Schwertern markiert, konnte es der Pfad sein, den Gifnu, Herrscher der neun Höllen, einen verurteilten Königsmörder mit seinem Opfer auf dem Rücken hochklettern ließ.

Nein, wenn er den Pfad wieder hinaufstieg, wäre die Abkühlung dahin, die ihm ein Bad im Meer verschaffen würde. Er
mußte sich noch etwas gedulden.

»Bah«, sagte er und ging zu seinem Wallach zurück.

Es war das ferne Glitzern zwischen den Bäumen, das ihn auf
die Idee brachte. Ein Echtmensch hätte es nie gesehen. Linden
erkannte es sofort: eine Lichtspiegelung auf einem Bach, der
sich nördlich von ihm durch den Wald wand. Linden ritt den
Wallach dem Versprechen von Schatten und Wasser entgegen.

Dabei studierte er die vor ihm liegende Umgebung. Sein
unnatürlich scharfer Blick bestätigte, daß zwischen den Bäumen genügend Gras wuchs. Er konnte den Wallach festbinden,
den Sattel abnehmen und das Tier guten Gewissens eine Weile
allein lassen.

Und er würde sich auf die Suche nach einem geeigneten Ort
zum Schwimmen machen.

Er hob mit kurzen, kraftvollen Flügelschlägen von der Felsklippe ab.

Das war Freiheit! Er stieg der Sonne entgegen, genoß ihren
Glanz auf seinen Schuppen, den über seine Flügel streichenden
Wind, die schiere Kraft seines Drachenkörpers. Als er hoch
genug war, legte Linden die Flügel dicht an den Körper und
rollte vergnügt um seine Längsachse.

Danach flog er den Küstenstreifen entlang, im Geiste eines
von Otters Liedern anstimmend.

Er hatte bereits ein gutes Stück zurückgelegt, als ihm tief
unten ein Strand auffiel. Eine Zeitlang schwebte er auf der
Stelle, gefesselt von dem herrlichen Anblick.

Es war ein wundervoller Spielplatz für Kinder, mit eigenartig
geformten Felsen zum Klettern und Verstecken. Rann würde es
mögen, dachte er. Er mußte sich diesen Ort merken, wenngleich
er bezweifelte, ob dies dem Jungen nützen würde. Er konnte

Rann nicht in Drachengestalt herbringen, und es war zu weit von Casna entfernt, um herzureiten.

Trotzdem, es konnte nicht schaden, sich den Strand näher anzuschauen, für alle Fälle ...

Er brummte zufrieden. Dort, direkt unter ihm, bildeten die Felsen ein perfektes Schwimmbecken. Er landete und verwandelte sich. Einen Moment später entledigte er sich seiner Kleider.

Glücklich seufzend stürzte er sich in die Fluten.

Es war an der Zeit, nach Casna zurückzureiten. Das hieß jedoch nicht, daß er den kürzesten Weg nehmen mußte. Es machte keinen Sinn, die Wohltaten seines Bades mit einem Ritt auf einer staubigen, in gleißenden Sonnenschein getauchten Straße gleich wieder zunichte zu machen. Er würde durch den Wald zurückreiten. Er fürchtete nicht, sich zu verirren. Aus alter Gewohnheit hatte er sich die Umgebung von Casna eingeprägt, als sie hergeflogen waren, und wußte in etwa, welchen Weg er zu nehmen hatte.

Götter, was für ein Kundschafter er gewesen wäre, hätte er diese Funktion ausüben können, als er mit Bram und Rani zusammen gewesen war. Aber als Kundschafter hätte er natürlich nicht an ihrer Seite kämpfen können. Seine Aufgabe wäre gewesen, eine friedvolle Siedlung zu finden, sinnierte er, bevor er sich wieder in einen roten Drachen verwandelte. Eigentlich bereute er nicht, daß er nicht schon früher in seinem Leben ein Drachenlord geworden war.

Mit einem kraftvollen Sprung hob er sich in die Lüfte und flog entlang der Küste zurück.

Nach einer Weile sah er die Klippe, von der er zuvor gesprungen war. Sein kurzer Urlaub war beinahe vorüber. Er landete auf dem Klippenrand und lief zum Wald zurück.

Der im Schatten der Bäume dösende Wallach war nicht erfreut, als er zur Arbeit zurückgerufen wurde. Er schnappte halbherzig nach Linden, als dieser ihm den Sattel auf den Rücken legte.

»Stell dich nicht so an«, raunte Linden, während er die Gurte festzog, die Satteltaschen zurechtrückte, aufstieg und in den Wald hineinritt.

Linden ritt nach Westen. Im Wald gab es Eichen, Eschen, Birken, Buchen und Ahornbäume. Er fühlte sich entspannt und zufrieden und wäre am liebsten nicht nach Casna zurückgekehrt.

Doch irgendwann mußte er sowieso zurück – und Kief erklären, weshalb er ohne Eskorte losgeritten war.

Nicht daß ich wirklich einen Leibwächter bräuchte.

Gerade als er dies dachte, knackte es hinter ihm im Unterholz. Jemand kam herangeritten. Und er hatte Tsan Rhilin nicht mitgenommen. Die Götter mochten ihn strafen.

Linden zog das Pferd in einer engen Drehung herum. Eine Hand griff nach dem Großschwert, das, wie er wußte, nicht da war. Er ließ die Hand sinken, als er – sich wie ein Narr vorkommend – den »Angreifer« sah.

Sherrine warf ihre kastanienbraunen Haare zurück. »Habe ich Euch erschreckt, Drachenlord? Entschuldigt!« Ihre Stimme klang dunkel und einladend, obwohl ihre Augen ihn auszulachen schienen. Der Duft ihres Waldlilienparfüms erfüllte die Luft.

Lächelnd wünschte er sich, daß jeder, der während seines langen Lebens von hinten an ihn herangeschlichen war, einen so reizenden Anblick geboten hätte. »Guten Tag, Lady Sherrine. Verzeiht, ich habe Euch nicht bemerkt.«

Sie zog die Stirn in Falten, doch dahinter lag ein Lächeln wie Sonnenschein hinter einer Wolke. Sie fragte: »Darf ich mich Euch anschließen, Drachenlord, oder reitet Ihr lieber allein?« Ihre Augen schienen zu sagen: »Ich hoffe nicht.«

Ihr Blick brachte sein Blut in Wallung. Ganz klar, das Mädchen war auf ein Abenteuer aus. Ihm gefiel ihre Unbekümmertheit – und ihre Schönheit. Es war eine Ewigkeit her, daß er mit einer Frau zusammengewesen war. Vielleicht würde sein Aufenthalt in Cassori interessanter werden, als er gedacht hatte.

»Ich wäre hocherfreut«, sagte er.

Sie ritt zu ihm heran. Ihr Duft war betörend. Hochinteressant, in der Tat.

»Gefällt Euch Euer Aufenthalt in Casna, Drachenlord?« fragte sie und ritt ein Stück voraus. »Abgesehen von den Ratssitzungen natürlich.« Sie sah über die Schulter zu ihm zurück, im Blick eine Mischung aus Belustigung und Anteilnahme.

Linden ließ den Wallach zu ihr aufschließen. »Mein Aufenthalt würde mir besser gefallen, wenn es mehr Augenblicke wie diesen gäbe und dafür weniger Sitzungen«, sagte er.

Sie lachte. »Mutter sagt, die Sitzungen seien furchtbar langweilig. Besonders wenn der alte Lord Corvy losposaune.«

Linden schnitt eine Grimasse. Mit seinem großen borstigen Schnauzbart sah Corvy aus wie ein mißlauniges Walroß – und klang auch wie eines. »Stimmt. Obwohl, als Baron Chardel drohte, Corvy die Zunge abzuschneiden, wenn er nicht endlich zur Sache käme, wurde es fast interessant. Aber nur fast.«

Sherrine lachte. »Seid dankbar, daß Ihr nicht dabei wart, als Corvy und Chardel um die Sümpfe stritten, die zwischen ihren Ländereien liegen. Chardel wollte sie trockenlegen, um mehr Weideland zu gewinnen. Corvy war dagegen.«

»Wieso? Klingt doch vernünftig.«

Sie zuckte mit den Schultern. »Weil es die Frösche vertrieben hätte.«

Linden war nicht sicher, ob er sie richtig verstanden hatte. »Frösche?«

Sherrine nickte. »Corvy liebt Froschschenkel, und der Gedanke, auf seine Lieblingsspeise verzichten zu müssen, machte ihn fast wahnsinnig. Sie haben sich monatelang angegiftet. Ich dachte, Mutter würde ihren Sitz im Rat zurückgeben. Sie läßt zu Hause noch immer keine Froschschenkel servieren.«

Im Geiste sah er die beiden starrsinnigen alten Männer miteinander streiten. Lachend sagte er: »Danke für die Information. Bei der nächsten Sitzung werde ich versucht sein, ›Quak, Quak‹ zu flüstern, wenn Corvy das Wort ergreift.«

Sherrine lachte und erzählte ihm mehr über die Adligen am cassorischen Hof: über Lord und Lady Trewin, die beide eine Leidenschaft für assantikkanische Keramiken hegten; über die Rennpferd-Rivalität zwischen Lord Duriac und Lord Sevrynel, dem Grafen von Rockfall, der auch für seine spontanen Festbankette bekannt war, die er aus den nichtigsten Anlässen gab. »Und aus irgendeinem Grund hat niemand etwas dagegen. Die meisten Leute finden es amüsant und gehen eigentlich nur hin, um zu sehen, was er dieses Mal feiert.« Über Lord Altian, der »flinke Finger hat und den man ständig beobachten muß, wenn er einen zu Hause besucht«; und über seine arme Schwester, Lady Dovria, die die meiste Zeit damit zubrachte, all die Dinge zurückzubringen, die ihr Bruder »versehentlich aus verschiedenen Häusern mitgenommen hat«; über die Bemühungen der Herzogin von Blaken, ihre sechs Töchter unter die Haube zu bringen, sowie über zahllose andere Marotten und Eigenheiten der cassorischen Adelsgesellschaft.

Linden lauschte amüsiert. Sherrines Erzählungen waren bildhaft und lustig und zeigten ihm die menschlichen Seiten der Leute, mit denen er Tag für Tag zu tun hatte. Er nahm sich vor, Kief und Tarlna vor Lord Altian zu warnen.

Das Pferd nutzte seine Unaufmerksamkeit dazu, sich wieder an einen Busch heranzumachen. Seufzend zog Linden den Kopf des Tiers hoch. »Dummer Gaul«, sagte er. »Ich wünschte, Shan wäre hier.«

»Shan?« fragte Sherrine.

»Mein Llysanyanischer Hengst. Ich konnte ihn nicht mitnehmen.«

Sherrine nagte an ihrer Unterlippe. Dann, als hätte sie sich zu etwas durchgerungen, sagte sie: »Drachenlord, die Geschichten über Eure Rasse ... äh, klingen so, als wären Eure Pferde, äh, mehr als bloß Pferde.«

Linden hatte das eigenartige Gefühl, daß sie ursprünglich etwas anderes hatte sagen wollen. Er überlegte, was er ihr antworten sollte. Die Drachenlords ließen Echtmenschen soweit wie möglich im unklaren über ihre Stärken und Schwächen. Und selbst den wenigen Echtmenschen, denen sie vertrauten – wie Otter zum Beispiel –, erzählten sie nicht alles. Doch Linden fand, daß er dem Mädchen von den Llysanyanern erzählen konnte. Natürlich nicht alles.

»Nun, zum einen sind sie äußerst intelligent. Natürlich können sie nicht so denken, wie wir es tun«, sagte er und entschuldigte sich im Geiste bei Shan, »aber sie sind wesentlich intelligenter als ein Pferd wie dieses.« Mit einem Kopfnicken deutete er auf den Wallach. »Bei dem da ist das allerdings nicht sehr schwierig, obwohl ich zugeben muß, daß er ein ausgezeichneter Galopper ist.

Zum anderen sind sie äußerst langlebig. Shan und ich sind jetzt seit mehr als einem Jahrhundert zusammen. Wir haben uns aneinander gewöhnt.«

»Ein Jahrhundert?« fragte Sherrine. »Haben sie magische Kräfte?«

Linden lächelte schulterzuckend und gab vor, es nicht zu wissen. Er hatte ihr bereits alles gesagt, was er sagen konnte.

Sie waren nun tief im Wald, umgeben von einem Meer weißer Birken. Linden ritt wahllos zwischen ihnen hindurch. Die Kühle und der erdige Duft des feuchten Waldbodens belebten ihn.

»Das habe ich gebraucht«, sagte er. »Ich war zu lange in der Stadt eingepfercht.«

»Drachenlord«, sagte sie, »möchtet Ihr meinen Lieblingsplatz hier im Wald sehen?«

Er zog eine Braue hoch. Er konnte sich vorstellen, welches Spiel sie spielte, und beschloß, mitzuspielen und sie gewinnen zu lassen. »Gern, Lady Sherrine«, sagte er. »Bitte, reitet voraus.«

Sie trieb ihre gescheckte graue Stute nach vorn. Kurz darauf bog sie in einen schmalen Waldweg ein, der sich zwischen vereinzelten Felsblöcken und umgestürzten Bäumen hindurchwand. Mehr als einmal mußte Linden sich ducken, um nicht von einem tiefhängenden Ast aus dem Sattel geworfen zu werden.

Sie gelangten an einen Bach. Sherrine ritt ins Wasser und lenkte ihre Stute bachaufwärts. Linden folgte ihr.

Auf beiden Seiten wurden die Uferböschungen immer höher, während die Pferde gemächlich durch das plätschernde Wasser trotteten. In der Ferne hörte Linden einen Grünfink, dessen fröhliches Lied das Plätschern zu erwidern schien.

Der Bach schlängelte sich um eine Biegung nach der anderen. Die jetzt steil aufragenden Uferböschungen versperrten die Sicht nach vorne. Sherrine sah ein- oder zweimal zu ihm zurück, um sich zu vergewissern, daß er noch hinter ihr war. In der Ferne hörte er einen Wasserfall.

Als die Uferböschungen so hoch waren, daß er sie mit hochgerecktem Arm nicht mehr überragen konnte, wurde das Rauschen des Wasserfalls lauter. Er ritt um eine letzte Biegung und hielt überrascht sein Pferd an.

Die Uferböschungen öffneten sich zu einer kleinen Talsenke in der Form eines Dreiecks mit nahezu senkrecht aufragenden Felswänden. Oben säumten Birken und Erlen den Rand, und an den Wänden rechts und links von ihm ragten zwischen den Farnen und borstigen Büschen schroffe Felsvorsprünge hervor.

Sie hatten das Dreieck an einem der »Eckpunkte« betreten. Die ihnen gegenüberliegende Felswand war nahezu kahl. Hoch oben schoß Wasser aus einem Spalt und fiel tosend von einem Felsvorsprung zum anderen, bis es auf dem Boden der Talsenke den Bach bildete.

Der Bach teilte die Talsenke in zwei ungleiche Hälften. Rechts von ihm war kaum Platz zum Laufen. Links von ihm bedeckten Inseln von Farnkraut und längliche, grasbewachsene Erdhügel den Boden. Bodenefeu sprenkelte das Gras; die winzigen purpurnen Blüten leuchteten auf dem satten Grün. Er konnte den Efeu riechen, wo Sherrines Pferd ihn zerstampft hatte.

»Gefällt es Euch, Drachenlord?« fragte Sherrine, als sie abstieg.

Linden folgte ihrem Beispiel. »Sehr sogar. Es duftet herrlich – so kühl und frisch. Ich wünschte, wir hätten ein Picknick dabei.«

Listig grinsend griff Sherrine in die Satteltaschen. Er sah neugierig zu, als sie einen Weinschlauch herausholte und ihn in das kalte strömende Wasser legte.

»Ihr trinkt Euren Wein doch gut gekühlt, nicht wahr, Drachenlord?« fragte sie und griff erneut in die Satteltaschen.

»Ja«, antwortete er und verkniff sich ein Lachen, denn Sherrine hatte zwei Trinkkelche, einen frischen Brotlaib und ein großes Stück Käse herausgeholt. Und eine Decke. Diese schlaue Füchsin hatte genau gewußt, was sie tat! Bestens vorbereitet auf ein Picknick! Er konnte nicht umhin, darüber zu lächeln, wie hübsch er ihr in die Falle gegangen war.

Dennoch fragte er sich, was sie später von ihm erwarten würde, wenn es an der Zeit war, nach Drachenhort zurückzukehren.

Sie warf ihm einen Blick über die Schulter zu. Ihr Lächeln war schwindelerregend.

Wohlige Wärme breitete sich in ihm aus. Trotzdem zögerte er. Am besten, er brachte es offen zur Sprache. »Lady Sherrine«, begann er.

Sie lachte ihn an. »Oh, Drachenlord – schaut nicht so besorgt! Fürchtet Ihr, ich könnte hierin mehr sehen als ein harmloses Abenteuer?«

»Ja«, sagte er, erleichtert wegen seiner Aufrichtigkeit.

Sie lächelte. »Fürchtet Euch nicht. Ich bin nicht so dumm zu glauben, daß Ihr Euch in einen Echtmenschen verlieben könntet.« Sie breitete die Decke aus. »Und«, sagte sie, unter gesenkten

Augenlidern neckisch zu ihm aufschauend, »was macht Euch so sicher, daß Ihr der einzige seid, mit dem ich mich amüsiere?«

Linden lachte. Das Mädchen hatte Geist. »Ihr habt völlig recht. Solange Ihr mir diese Freiheit ebenfalls einräumt. Und ich muß Euch warnen, denn ein Freund von mir kommt nach Casna. Wenn er hier ist, werde ich einen Großteil meiner Zeit mit ihm verbringen. Er ist mein ältester Freund unter den Echtmenschen.«

Sherrine strich die im Gras liegende Decke glatt. »Danke für die Warnung, Drachenlord. Ich denke, wir werden uns bestens verstehen, wo jetzt alles geklärt ist.«

Er nickte. »Ich werde die Pferde anbinden«, sagte er. »Und Sherrine – nennt mich bitte Linden.«

Dieses Mal war ihr Lächeln pure Wollust.

Er ging zu den Pferden und lockerte die Sattelgurte. Nachdem er sich vergewissert hatte, daß die Tiere fest angebunden waren, bückte er sich und nahm den Weinschlauch aus dem Bach.

»Du meine Güte«, murmelte er. »Die habe ich das letzte Mal als kleiner Junge gejagt!« Er setzte sich, zog Stiefel und Leinensocken aus und rollte die Hosenbeine hoch. Dann watete er ins Wasser, den Blick starr nach unten gerichtet.

»Was tut Ihr, Drachenlord? Äh, ich meine, *Linden?* Was kann man da drin jagen?« fragte Sherrine. Sie stand am Ufer und sah ihm zu.

Lindens Hand schoß ins Wasser. »Die hier«, sagte er und hielt lachend seine Beute hoch. Der Flußkrebs versuchte, ihn mit seinen Scheren zu zwicken. »Au!« rief Linden und ließ ihn fallen. Er hielt einen Finger hoch und betrachtete ihn reuevoll. »Aus der Übung«, sagte er.

Sherrine fragte: »Dann empfinden Drachenlords also dieselben Schmerzen wie Menschen?«

Linden zeigte ihr die kleine Wunde, die der Flußkrebs ihm beigebracht hatte. »Ja, bis auf den Schmerz des Verbrennens; Feuer kann uns nichts anhaben.« Und es hat Euch nicht zu interessieren, meine neugierige Füchsin, daß zuviel Rauch uns ebenso tötet wie einen Echtmenschen.«

»Ich lasse die Krebse besser im Bach«, sagte er und hob den Weinschlauch auf. »Das da scheint mir viel interessanter.« Mit einem Kopfnicken wies er auf die ausgebreitete Decke und die darauf arrangierten Trinkkelche, den Brotlaib und den Käse. Linden kniete nieder und füllte die Kelche mit Wein.

Er hob seinen Trinkbecher. »Auf Euch, Lady Sherrine – und auf einen unverhofft schönen Tag.« Auf einen Ellbogen gestützt, streckte er sich auf der Decke aus.

»Ihr ehrt mich«, sagte sie und fütterte ihn mit einem Stück Käse.

Er schloß die Augen. Oh, sehr interessant ... Ihre Finger strichen zärtlich über sein Kinn. Er schlug die Augen auf und fütterte sie im Gegenzug. Sie wechselten sich ab, einander anlachend.

Er neckte sie mit einem Stück Brot, das er ihr knapp außer Reichweite hinhielt, als sie ihn in den Finger biß. Er schnippte das Brot fort und drückte sie herunter. »Füchsin!«

Sie legte den Kopf zurück, die Lippen geöffnet. Er küßte sie. Ihr Mund war warm und weich. Sie zog ihn näher. Ihre Hände kraulten seine Haare und liebkosten seinen Rücken.

Er küßte sie leidenschaftlich. »Das wird dich bessere Manieren lehren, Füchsin!« sagte er schließlich und ließ sich wieder auf die Decke sinken. Er betrachtete sie aus halb geschlossenen Augen. Ein Helldunkel aus Licht und Schatten tanzte über ihr Gesicht.

Sie beugte sich über ihn und knabberte an seinen Lippen. »Ich bin sehr gut erzogen worden, Drachenlord«, sagte sie formell. Doch als wollte sie ihm das Gegenteil beweisen, glitt ihr Mund über seinen Hals, ihre Zungenspitze auf seiner Haut. »Du schmeckst nach Salz. Bist du im Meer geschwommen?«

Linden nickte. Er drehte den Kopf ein Stück, so daß sich ihre Lippen wieder trafen. Er zog sie zärtlich an sich, jedoch gewillt, sie loszulassen, falls sie zögerte. Er wollte sie, aber er würde sie nicht zwingen.

Doch sie wollte ihn ebensosehr wie er sie. Seine Hände glitten unter ihr Kleid. Ihre Haut war weich und glatt.

»Ja?« flüsterte er gegen ihren Mund.

»Ja«, antwortete sie.

Linden lag auf dem Rücken, einen Arm unter dem Kopf, den anderen um Sherrine geschlungen. Sie lag ausgestreckt neben ihm, ein Bein über seine geworfen, den Kopf an seiner Schulter. Ihre Finger strichen über die lange Narbe, die quer über seine Brust zur rechten Hüfte hinunterführte. Linden schnurrte, als sie das Ende der Narbe über dem Oberschenkel erreichte. Unersättlich wie er war, drohte ihre Berührung ihn erneut in Wallung zu bringen.

»Hör auf damit, sonst verspäte ich mich zu meinem Treffen mit Kief und Tarlna.«

Sie lachte. »So schnell wieder bereit? Ich habe zwar gehört, daß Drachenlords weit stärker sind als normale Männer, aber ich hatte keine Ahnung, daß ...«

Er unterbrach sie mit einem raschen Kuß. Lachend sagte er: »Oh, Sherrine, was soll ich nur mit dir machen? So etwas Freches wie dich habe ich noch nie erlebt.«

Sie schmiegte sich an ihn. »Stimmt es? Ich meine, daß Drachenlords viel stärker sind als Echtmenschen?«

Linden sagte: »Hast du nie die Barden-Geschichten über uns gehört? Die Antwort lautet ›ja‹ – es ist genauso wie in den Geschichten.«

»Und schneller?«

»Ja.«

Nun drehte sie sich auf den Bauch und stützte sich auf die Ellbogen. Ihre weit geöffneten Augen sahen ihn unschuldig an. »Und kannst du wirklich Gedanken lesen?«

Linden setzte sich auf und lächelte. »Wieso? Hast du etwas

vor mir zu – stimmt etwas nicht?« fragte er, als sie plötzlich heftig zitterte.

»Nein, nur ein Kälteschauer. Es wird kühler, findest du nicht? Und mußt du wirklich so schnell aufbrechen?«

»Möchtest du dein Kleid anziehen? Nein? Und ja, ich muß wirklich bald los – aber nicht sofort.« Er strich mit der Hand über ihren Rücken und stoppte knapp über den Pobacken. Mit einem Finger fuhr er um das weinrote Muttermal, das sich dort befand. Es war so groß wie sein Handteller.

»Nicht«, sagte sie und drehte sich hastig von ihm weg. »Es ist häßlich.«

Linden hob eine Braue. »Findest du? Ich nicht.«

Er sah, wie ihr Blick zu seinem Kennmal wanderte. Sie errötete, als ihr klar wurde, was sie gesagt hatte. Linden sah mit Interesse, daß das brennende Dunkelrot in ihrem Gesicht bis zu ihren Brüsten hinunterreichte. Er bedauerte, daß er nicht mehr Zeit hatte, um das Phänomen zu untersuchen.

»Ich bin nicht beleidigt«, sagte er und gab ihr einen Kuß. »Vor meiner Verwandlung fand ich mein Mal auch häßlich. Aber jetzt nicht mehr. Und du bist wunderschön, Sherrine.«

Das war sie tatsächlich. Linden war im Laufe der Jahrhunderte nur wenigen Frauen begegnet, die ihr an Schönheit gleichkamen.

»Meine Mutter sagt, es sei häßlich.«

Linden biß sich auf die Zunge. Es stand ihm nicht zu, ihre Mutter eine Närrin zu nennen. »Wir sollten uns anziehen«, sagte er sanft. »Ich möchte Kief und Tarlna nicht warten lassen.«

Sie kleideten sich schweigend an. Als er ihr aufs Pferd half, fragte Linden: »Würdest du wieder mit mir hierherkommen?«

Ein Lächeln ließ ihren Blick erstrahlen. »Ja«, sagte sie. »Das wäre schön. Das wäre wunderschön ...«

Kas Althume sah von der Kristallkugel auf. »Es hat funktioniert«, sagte er. »Sherrine hat ihn gefunden.«

»Und?« wollte Peridaen wissen.

Anstella beugte sich vor. »Ja?«

Kas Althume schob die Kristallkugel von sich. »Sobald sie sich trafen, war nicht mehr viel zu erkennen«, sagte er. Er stand auf und streckte sich, dann fuhr er nachdenklich fort: »Es scheint, daß Drachenlords von einem Zauber umgeben sind, der verhindert, daß man ihnen nachspioniert. Sobald er auftauchte, wurden die Bilder unscharf und verschwommen. Aber …«, sagte er triumphierend, »es scheint, als hätte Sherrine nun ihr kleines Abenteuer, das sie und wir gewollt haben.«

11. KAPITEL

Die Kühle der Morgendämmerung lag noch über Schloß Drachenhort, als Varn und Chailen gemeinsam die hohe Steintreppe erklommen. Im Osten erhellten die ersten rötlichen Streifen den Himmel. In der Ferne sahen sie die ersten Bauern auf den Feldern.

Nebelschwaden hingen über den kleinen Urzha-Feldern und den Kanälen, die sie voneinander trennten. Der Nebel stieg abends von den sonnenerwärmten Wasserwegen auf und schützte die empfindlichen Knollenpflanzen vor der Kälte. Wie immer fand Varn es unheimlich, zu sehen, wie seine Nachbarn durch den Nebel huschten und – mal in Dunst gehüllt, dann wieder gut sichtbar – wie Gespenster von einer Feldinsel zur nächsten sprangen.

»Es muß dir ziemlich ruhig vorkommen, wo Linden jetzt weg ist«, sagte Chailen.

»Stimmt. Und die Zwillinge vermissen die Kissenschlachten.« Varn grinste und fuhr fort. »Für dich gilt wahrscheinlich genau das Gegenteil, was?«

Chailen setzte eine verdrossene Miene auf. »Sehr lustig. Aber du hast recht, in den Ställen ist es alles andere als ruhig. Seitdem Linden fort ist, führt Shan sich wie ein Berserker auf. Und ein Hengst seiner Größe, der fest entschlossen ist, einem das Leben schwerzumachen ... Warum können Drachenlords keine normalen Pferde reiten?« lamentierte er. »Warum müssen es unbedingt Llysanyaner sein? Diese verdammten Biester sind einfach zu gerissen.«

Varn lachte, als sie den Innenhof erreichten. »Ich helfe dir mit den Türen.«

»Danke, die klemmen oft.«

Wortlos überquerten sie den gepflasterten Innenhof der Stallungen. Das einzige Geräusch war das Klacken ihrer Stiefel auf den Steinen. Als sie am Stall ankamen, wartete Varn, während Chailen die Türriegel zurückschob. Er konnte das gedämpfte Scharren und Schnauben der Pferde und Llysanyaner hören. Gähnend packte er den Eisenring am linken Türflügel. Chailen griff nach dem rechten.

»Fertig?« fragte Chailen. »Zieh!«

Die Gelenkbolzen klemmten, doch schließlich schwangen die schweren Türen knarrend auf. Keuchend sagte Chailen: »Ich vergesse ständig, dem Schmied zu sagen, daß ...«

Ein lautes Wiehern übertönte ihn, als sich etwas Schweres von innen gegen die Türen warf. Die Kir stürzten zu Boden.

Varn hob gerade rechtzeitig den Kopf, um noch ein großes schwarzes Wesen vorbeijagen und vom Innenhof verschwinden zu sehen. Das Klappern der Hufe verklang auf der Straße.

Hinter dem anderen Türflügel erklang eine bittere Stimme: »Llysanyaner. Warum, bei allen Göttern, müssen sie bloß diese elenden Llysanyaner reiten?«

Varn, der seinen wackligen Beinen noch nicht so recht traute, kroch zu der Stelle, wo der Stallmeister am Boden lag. Chailen setzte sich auf und klopfte sich den Staub von den Kleidern.

»Bist du verletzt?« fragte Varn.

»Nur in meiner Ehre«, sagte Chailen. »Man sollte mich zum Stallburschen degradieren. Er war gestern abend zu folgsam. Ich hätte wissen müssen, daß er etwas ausheckt.«

»Das war Shan, oder?«

»Wer sonst?« Dann, mit einem listigen Glanz in den Augen, der nicht zu seinem unschuldigen Blick paßte, sagte Chailen: »Mann, was wird sich Linden freuen.«

Beide Kir fielen lachend auf den Hosenboden zurück.

Die drei Drachenlords ritten gemeinsam mit ihrer Eskorte die breite Prachtstraße zum Palast hinunter. Bereits zu dieser frühen

107

Morgenstunde lag die Hitze wie ein bleiernes Tuch über der Stadt. Linden seufzte und nestelte an seinem schweren Amtsgewand herum. Es war furchtbar, an einem so heißen Tag derart schwere Kleider tragen zu müssen.

Vielleicht konnte er sein zweites Gewand irgendwie verschwinden lassen. Dann konnte er an jedem zweiten Tag normale Kleider tragen, während das Gewand und die Hose gewaschen und zum Trocknen aufgehängt wurden. Es war ein netter Traum, denn seine Herrin würde seinen Kopf wollen, falls er ihn wahr machte. Neiranalische Bergseide war schrecklich teuer.

Ich habe über diese Steinsäulen nachgedacht, die Ihr gestern entdeckt habt, sagte Kiefs Geiststimme. *Tarlna und ich stammen aus dem Norden Cassoris. Ich habe das Monument nie gesehen. Wir könnten es uns anschauen, sobald dies hier vorüber ist. Was meinst du, meine Liebe?* Er musterte seine Seelengefährtin von der Seite.

Ich würde es gerne sehen, sagte sie, *aber nur in Begleitung einer vollen Eskorte.*

Sie warf Linden einen strafenden Blick zu. Er zuckte mit den Schultern. Sie fuhr fort: *Ich frage mich, wer es gebaut hat und warum, und ob es noch weitere gibt.*

Linden sagte: *Warum fragen wir nicht einfach?* »Hauptmann Jerrel«, sagte er laut. »Ich habe gestern bei meinem Ausritt an der Küste ein Monument aus kreisförmig angeordneten Steinsäulen entdeckt. Wißt Ihr etwas darüber?«

Obgleich Jerrel überrascht aussah – Linden konnte es ihm nachfühlen; die Frage war aus heiterem Himmel gekommen –, antwortete er: »Nur wenig, Euer Gnaden. Niemand weiß, wer sie gebaut hat und welchem Zweck sie dienen. Einige Leute behaupten, es sei ein magischer Ort, eine Art Glücksstätte.«

Linden nickte; dies paßte zu dem, was er an dem Trilith empfunden hatte. »Redet weiter. Ich bin an solchen Dingen, ähm, interessiert.«

Der Hauptmann sah beklommen aus. Es war offensichtlich, daß er allem, was mit Zauberei zusammenhing, lieber aus dem Weg ging. »Mehr weiß ich darüber nicht, Euer Gnaden. Es soll eine Art Glücksstätte sein – das Gegenteil von dem anderen Monument in den Wäldern. Zumindest heißt es in den Überlieferungen, daß es ein zweites Monument gibt. Niemand, den ich kenne, hat es je gesehen. Vielleicht existiert es gar nicht.

Angeblich ist dieses zweite Monument verflucht. Die alten Leute behaupten, daß es Pech bringt, wenn man nur davon spricht. Nur gut, daß Ihr es nicht entdeckt habt, Euer Gnaden, falls es wirklich existiert. Angeblich liegt es von den Steinsäulen aus irgendwo landeinwärts entlang der Krähenroute. Und ganz gleich, ob es existiert oder nicht, niemand betritt diesen Teil des Waldes, wenn er nicht unbedingt muß. Menschen fühlen sich dort unbehaglich.«

Linden fragte: »Woher wißt Ihr das alles, Jerrel?«

Der Soldat grinste. »Mein Großvater jagte mir mit diesen Geschichten immer Angst ein, Euer Gnaden. Er erzählte von unheimlichen Schattenwesen, die den Ort angeblich heimsuchen. Als junge Spunde haben meine Freunde und ich einander immer herausgefordert, dort mitten in der Nacht hinzugehen. Glücklicherweise ist der Ort zu weit entfernt – sonst hätten wir es womöglich wirklich versucht! Hin und wieder hört man heute noch Geschichten darüber.«

Die drei Drachenlords sahen einander fragend an.

Habt Ihr etwas in der Art gespürt, fragte Kief.

Ehrlich gesagt, nein. Ich habe mich in dem Teil des Waldes, in dem ich mich aufhielt, sehr wohl gefühlt.

Er mußte verträumt geklungen haben, denn sowohl Kief als auch Tarlna musterten ihn mit hochgezogenen Brauen und murmelten »Oh?«, um sich anschließend bedeutungsvolle Blicke zuzuwerfen.

Linden versuchte, nicht zu lächeln. *Ich habe bei meinem*

109

Ausritt Lady Sherrine von Colrane getroffen. Wir haben an ihrer Lieblingsstelle im Wald gepicknickt. *Gepicknickt,* wiederholte Tarlna süffisant. *Natürlich.* Kief verbarg ein Lächeln hinter vorgehaltener Hand. Linden hätte schwören können, daß er ihn kichern gehört hatte.

Dann sagte Tarlna laut: »Ihr werdet Eure anderen Damen eifersüchtig machen.« Mit einem Kopfnicken deutete sie auf den Straßenrand.

Linden blinzelte verwirrt. »Meine anderen –? Oh – sind wir schon da?«

Er sah zu der großen Ulme hinüber, die an der Kreuzung der Hauptstraße und einer kleinen Seitenstraße stand. Unter dem Baum standen zwei Mädchen; er hatte sie fast jeden Morgen auf dem Weg zur Ratssitzung gesehen. Aus ihren Kleidern schloß er, daß sie aus einer wohlhabenden Kaufmanns- oder Künstlerfamilie stammten. Er vermißte sie, wenn sie einmal nicht da waren. Sie waren die einzigen Gesichter, die er in den Menschenmassen erkannte, die allmorgendlich die Straße säumten, um die Drachenlords vorbeiziehen zu sehen. Irgendwie stachen sie aus der Menge heraus.

Wie gewöhnlich trug die ältere – ein fülliges Mädchen von fünfzehn oder sechzehn – die kleinere auf dem Arm, damit sie besser sehen konnte. Mit ihren braunen Locken und den Stupsnasen sahen sie eindeutig wie Schwestern aus.

Das jüngere Mädchen sah ihn und winkte. Er winkte zurück und erwiderte ihr Grinsen. Wie jeden Morgen fing das Mädchen an zu kichern. Ihre Schwester setzte sie ab und winkte ebenfalls. Obwohl er sich in seinem Sattel umdrehte, verlor Linden die beiden aus dem Blick, als sie weiterzogen.

»Ich frage mich, wer die beiden sind«, sagte Linden zu niemand Bestimmtem.

Kief zuckte mit den Schultern. »Ich bezweifle, daß Ihr das jemals herausfinden werdet. Den beiden werden wir wohl kaum im Palast begegnen, oder?«

»Nein«, stimmte Linden ihm zu und dachte: Zum Glück. Ich wünsche niemandem, sich in diese Schlangengrube begeben zu müssen, schon gar nicht diesen süßen Mädchen.

Er würde sich eben damit begnügen müssen, den beiden jeden Morgen zuzuwinken – und sie um die Einfachheit ihrer Leben zu beneiden.

12. KAPITEL

Kas Althume betrat das Studierzimmer, in dem Peridaen und Anstella über einer Partie Schach saßen. Da er sah, daß die beiden in ihr Spiel vertieft waren, ging er ans Fenster, das auf Peridaens Anwesen am Fluß hinausging. Einen Moment starrte er in die Dunkelheit hinaus, dann zog er die schweren Vorhänge zu.

Peridaen schaute auf. »Angst vor Spionen?«

Kas Althume zuckte mit den Schultern. »Schon möglich. Immerhin haben wir einen im Haus des älteren Drachenlords. Warum sollte Beren oder jemand anders nicht einen auf uns angesetzt haben?«

Anstella führte einen Zug aus. »Schachmatt«, sagte sie. Während Peridaen das Spielbrett studierte, fuhr sie fort: »Schade, daß Linden Rathan es vorzieht, in der Stadt zu wohnen. Wir hatten für ihn solch ein schönes Anwesen ausgewählt.«

Grummelnd legte Peridaen seinen König auf die Seite. »In das wir einen Spion hätten einschleusen können, genau wie in Durians Haus. Aber nein, Lady Gallianna – eine von Berens Befürwortern – mußte ihm ja ihr Stadthaus anbieten.« Er machte eine Pause. »Dumme Kuh.«

Anstella lachte. »Noch eine Partie, Peridaen? Nein? Aber meine Herren – wir haben doch einen Spion bei Linden Rathan.«

»Wen?« fragten beide gleichzeitig.

Sie lächelte. »Sherrine. Während wir hier reden, ist sie bei ihm. Er hat sie zum Abendessen zu sich eingeladen. Und es würde mich ziemlich überraschen – und enttäuschen –, wenn wir sie vor morgen früh wiedersähen.«

Sherrine setzte sich auf, ihre Haare fielen über ihre Brüste. Sie beugte sich über Linden, der neben ihr auf dem Bett lag.

»Linden, du sagst, du tanzt gerne, und trotzdem tust du es nie. Oder so gut wie nie. Warum?«

Er lachte und nahm eine ihrer Brustwarzen zwischen Daumen und Zeigefinger. Sie stöhnte unter der Berührung auf. »Hör auf damit«, sagte sie mit belegter Stimme. »Du willst mich nur ablenken.« Sanft schob sie seine Hand von sich.

Er legte die Hand auf ihre Hüfte. »Weil ich befürchte, daß dir meine Antwort nicht gefallen könnte. Und ja, ich versuche, dich abzulenken. Es macht Spaß.« Er grinste sie an.

»Bestie«, sagte sie. »Willst du mir sagen, ich wäre eine schlechte Tänzerin?«

»Nein, überhaupt nicht. Du bist bloß zu klein für mich, meine Füchsin. Das gilt natürlich nicht für die beiden«, seine Hand wanderte wieder zu ihren Brüsten, »nicht für die wichtigen Dinge, aber beim Tanzen stört es. Alle Frauen hier sind zu klein.«

»Sind wir nicht. Du bist zu groß.« Sie küßte ihn und richtete sich wieder auf. Die nächsten Worte lagen ihr schwer im Hals. Dennoch mußten sie heraus. Ihre Mutter wäre stinksauer, falls sie es nicht wagte. Jedesmal, wenn sie von einem Treffen mit Linden zurückkam, löcherte ihre Mutter sie nach neuen Informationen. Und jedesmal schimpfte Anstella sie eine Närrin, weil sie nichts Neues herausgefunden hatte. Es kostete sie alle Geduld, die Sticheleien ihrer Mutter stillschweigend über sich ergehen zu lassen.

Als ob Mutter mehr erreichen würde!

Schließlich hatte der Drachenlord die Tochter erwählt, nicht die Mutter. Bei jeder Schimpftirade beglückwünschte Sherrine sich insgeheim dazu, während sie artig den Mund hielt.

Trotzdem, sie mußte etwas herausfinden, das sie weitergeben konnte. Daher setzte sie eine möglichst unschuldige Miene auf und fragte: »Stimmt es, daß Drachenlords gegen Magie immun sind?«

»Sherrine!« sagte er lachend. Doch sie nahm einen Unterton der Verärgerung wahr, den sie bei ihm bislang nicht gehört hatte. Es machte sie befangen. »Du bist neugieriger, als jede Katze, jedes Frettchen oder selbst ein Barde sein könnte!« Er richtete sich auf und streckte sich. »Ich möchte noch Wein, du auch?« In seiner Hand flammte ein Kaltfeuerball auf. Er warf ihn in die Luft.

Ihr stockte der Atem. Dies war etwas, an das sie sich nicht gewöhnen konnte, es erschreckte sie jedesmal von neuem. »Ja«, sagte sie, obwohl sie keinen Wein wollte. Der in der Luft hängende Feuerball warf flackernde Schatten auf seinen nackten Körper und den Clanzopf, der bis zwischen seine Pobacken hinunterhing. Sie sah das Spiel der Muskelberge, die bei jedem Schritt an seinen Beinen hervortraten.

Sie biß sich auf die Lippe; sie hatte ihn verärgert. Ihn richtig verärgert. Sie sah es an seinem Gang, daran, wie er seine Schultern hielt.

Ein Anflug des Bedauerns stieg in ihr auf. Plötzlich erschien es ihr schäbig, ihn wie eine billige Spionin auszuhorchen. Vielleicht war es am besten, wenn eine andere Frau aus der Bruderschaft ihn betrog.

Dann drehte er sich um und reichte ihr lächelnd einen Weinkelch. In ihrem Hals bildete sich ein Kloß. Und ihr wurde klar, daß sie ihn niemals einer anderen Frau würde überlassen können.

13. KAPITEL

Seit fast vier Wochen hier, und noch immer diese Hitze. Linden lag ausgestreckt auf dem Bett und konnte in der stickigen Schwüle nicht länger schlafen. Er sehnte sich nach der kühlen Morgendämmerung auf Schloß Drachenhort.

Es half nichts, von allen immer wieder versichert zu bekommen, daß das Wetter ungewöhnlich sei, daß normalerweise eine kühle Meeresbrise den Sommer in Casna erträglich mache.

Er wandte den Kopf und betrachtete die leere Betthälfte neben sich. Dazu reichte seine Energie gerade noch. Nur gut, daß Sherrine die beiden letzten Nächte mit ihrem anderen Liebhaber verbracht hatte. Obwohl er ihre Gesellschaft genoß und die Angewohnheit reizend fand, störte es ihn dennoch, daß sie sich bei dieser Bullenhitze im Schlaf an ihn klammerte. Er wußte nicht mehr, wie oft er sich seit Beginn ihrer Affäre sanft aus ihrer Umklammerung befreit hatte, nur um wenig später aufzuwachen, weil sie sich von neuem eng an ihn schmiegte. Für so etwas war es zu heiß.

Gähnend überlegte er, ob er aufstehen oder im Bett bleiben sollte, bis der Diener ihn weckte. Das klebrige Laken in seinem Rücken gab den Ausschlag. Vielleicht war es im Garten kühler.

Er stand auf, fand eine Hose und entschied sich vorerst gegen Strümpfe, Stiefel und Tunika. Aus einem Krug goß er lauwarmes Wasser in die Waschschüssel und spritzte es sich ins Gesicht und auf die Brust; von Erfrischung konnte keine Rede sein. Er studierte sein nasses Gesicht im Spiegel und rieb sich über die rötlichen Bartstoppeln. Später war noch Zeit genug zum Rasieren, entschied er. Leisen Schrittes ging Linden durch das Haus. Aus der Küche konnte man das Klappern des Geschirrs hören, doch ansonsten war es still. Er öffnete das Gartentor.

Draußen war es etwas besser. Zwar schien selbst der Tau

unter seinen nackten Füßen lauwarm zu sein, aber wenigstens war die Luft frischer. Er schlenderte zwischen den Zierbüschen umher, die zu verschiedenen Tiergestalten zurechtgestutzt waren. Wie immer amüsierte er sich über den Fuchs, der vor einer Gans flüchtete.

Ein dunkler Streifen am westlichen Himmel weckte seine Aufmerksamkeit. Regenwolken? Bitte, Götter, laßt es Regenwolken sein! Wir könnten eine Abkühlung vertragen.

»Drachenlord?« rief eine leise Stimme.

Linden sah über die Schulter. Eine der Hausangestellten stand in der Tür. Als sie erkannte, daß er sie gehört hatte, fuhr sie fort: »Euer Morgenbad ist fertig.«

»Danke, Vesia, ich komme gleich.« Er sah noch einmal zum Himmel hoch und hoffte auf einen Sturm.

Etwas stimmt nicht. Der Gedanke riß Otter aus dem Schlaf. Noch nicht völlig wach, griff er nach seinen Kleidern und versuchte, sich darüber klarzuwerden, was nicht in Ordnung war. Erst als er aufstand und automatisch das Schaukeln der *Seenebel* ausbalancieren wollte und dabei beinahe hingefallen wäre, merkte er, daß der Schiffsrumpf reglos im Wasser lag.

»O Götter, was ist los?« murrte er und zog sich so schnell wie möglich an. Er stolperte aufs Deck hinaus und torkelte, sich den Schlaf aus den Augen reibend, zur Reling. Die See bot einen glasigen, öligen Anblick, der ihm nicht gefiel. »Rynna?« rief er besorgt.

»Hier oben auf dem Vierteldeck, Otter. Komm her und sieh dir das an!«

Als er das Vierteldeck betrat, sah er, daß Maurynna, Master Remon und Kara, der Zweite Maat, gerade ihre Unterredung beendeten.

»Dann sind wir uns also einig. Es sieht nicht nach einem schlimmen Sturm aus. Er könnte uns weiter aufs Meer hinaustreiben, als uns lieb ist, aber immer noch besser, als an die

Küste getrieben zu werden. Wir werden vor ihm hersegeln«, sagte Maurynna. »Und ich möchte, daß wir soviel Segel setzen, wie wir verantworten können. Warum sollen wir den Sturm nicht für uns nutzen? Master Remon, Ihr habt das Kommando.«

Otter war erschrocken. »Ein Sturm? Du meinst, ein Sturm zieht auf, und du läßt die Segel oben? Du wirst nicht ankern und abwarten, bis der Sturm abflaut?«

Maurynna sagte grinsend: »Genau. Glaub es oder nicht, aber es ist sicherer, vor einem Sturm herzusegeln. Außerdem kommt er aus Westen, was bedeutet, daß er uns nach Osten treiben wird – und ein Stück nach Süden, aber das spielt keine Rolle –, und Osten ist die Richtung, in die wir wollen. Wir werden viel früher in Casna sein. Hast du auf einem Schiff noch nie einen Sturm erlebt?«

Otter fuhr mit der Zunge über seine trockenen Lippen. »Nein.«

Maurynna sah nach achtern. »Nun, es wird halb so wild. Es sieht nicht allzu schlimm aus.«

Er folgte ihrem Blick und starrte zum aschgrauen Himmel empor. Am Horizont zogen gigantische schwarze Sturmwolken auf. Nicht allzu schlimm? Für ihn sah es aus wie der Zorn der Götter. Er schluckte. »Ich gehe in meine Kajüte.«

Sie hielt ihn am Ärmel fest. »Otter, sei gewarnt: Während des Sturms kann ich niemanden entbehren, der deine Kajüte saubermacht, und hinterher wahrscheinlich auch nicht.«

»Was?« Und als ihm die volle Bedeutung ihrer Worte dämmerte: »Oh, Gifnus verdammte Höllen.«

Mit einem Kopfnicken deutete Maurynna auf die Steuerbordreling. »Ich denke, dort dürfte während des Sturms der sicherste Platz für dich sein. Kara, holt Otter einen Öltuchumhang aus dem Frachtraum und bindet ihm eine Sicherheitsleine um.«

Maurynna ging vom Vierteldeck, um den Rest der Mannschaft zu unterrichten. Otter wartete mürrisch an die Reling gelehnt darauf, daß der Zweite Maat zurückkehrte. Obwohl er

117

wußte, daß ein Barde stets offen sein sollte für neue Erfahrungen, würde er auf diese lieber verzichten.

Da er schon mal auf den Beinen war, beschloß Linden, an diesem Morgen früher als üblich zum Palast zu gehen. Falls Rann schon aufgestanden war, konnte er vor der heutigen Sitzung eine Weile mit dem Jungen spielen.

Rann war tatsächlich schon wach und spielte im Garten mit seinem Wolfshund und einer schlanken jungen Frau mit rundem, freundlichem Gesicht. Das mußte Gevianna sein. Im Gegensatz zu Lady Beryl paßte es zu ihr, mit Rann und dem Wolfshund herumzutollen, fand Linden.

»Drachenlord!« rief der junge Prinz freudig und rannte ihm entgegen. Bramble, der Wolfshund, lief neben ihm her.

Linden nahm Rann und warf das lachende Kind in die Luft. Verdammt, der Junge war ja nur noch Haut und Knochen! »Habt Ihr schon gefrühstückt, Hoheit?« fragte er.

»Ja. Aber wenn du Hunger hast, Drachenlord, kann Gevianna dir etwas bringen«, sagte Rann ihn mißdeutend.

»Nur wenn Ihr auch noch etwas eßt«, sagte Linden und sah den Blick der Pflegerin. Sie lächelte dankbar.

»Ich werde Brot und Käse bringen«, sagte sie und erhob sich aus dem Gras. Sie bedachte die beiden mit einem Hofknicks und eilte davon.

Rann sah ihr einen Moment nach, dann wandte er sich wieder zu Linden um. »Drachenlord«, sagte er schüchtern, »können wir ein Spiel spielen, während wir auf sie warten?«

»Klar«, sagte Linden und setzte Rann ab. »Was möchtet Ihr spielen?«

»Verstecken. Du versteckst dich, und Bramble und ich müssen dich suchen.«

»Toll. Aber wollt Ihr Euch nicht lieber verstecken?« fragte Linden, der sich an seine Kindheit erinnerte. Er hatte es immer gehaßt, der Suchende zu sein.

Rann seufzte verdrossen. »Bramble verrät mich immer«, sagte er mißmutig. »Er kann nicht stillsitzen.«

Linden verkniff sich ein Lächeln. »Verstehe. Nun denn, Ihr schließt die Augen und zählt, und ich verstecke mich.«

»Ja!« Rann legte die Hände über die Augen und begann, laut zu zählen. »Eins. Zwei. Drei …«

Linden wandte sich um und rannte so leise wie möglich durch den Garten. Er duckte sich hinter den tiefhängenden Zweigen einer Trauerweide. Das konnte für Rann nicht allzu schwierig sein, und solange er stillsaß, würde der übermütige Wolfshund ihn nicht entdecken. Linden zog die Zweige ein Stück auseinander.

Rann nahm die Hände von den Augen und rief voller Enthusiasmus: »Ich komme!« Aber der Junge war erst wenige Schritte gelaufen, als Lady Beryl hinter einer Hecke hervorkam und ihn am Arm packte. Sie zerrte ihn unter wildem Protestgeschrei fort. Bramble folgte ihnen mit hängendem Kopf und eingezogenem Schwanz.

Es ging so schnell, daß Linden nichts sagen konnte. Als er die Stelle erreichte, wo er Rann zurückgelassen hatte, waren der kleine Prinz und seine Gouvernante verschwunden.

Gevianna erschien mit einem Tablett auf dem Arm. Sie sah ihn an und fragte seufzend: »Lady Beryl, Euer Gnaden?«

Linden nickte. »Woher weißt du, daß …«

»Sie tut das ständig, Drachenlord. Sobald ich Rann einen Moment aus den Augen lasse, fällt sie über ihn her, selbst wenn bis zu seinem Unterricht noch Zeit ist. Ich könnte schwören, daß sie uns nachspioniert.«

»Tatsächlich?« sagte Linden leise. »Danke, nein, Gevianna, ich bin nicht hungrig.« Er winkte die Pflegerin fort.

Sie ging. Linden stand allein unter dem wolkenverhangenen Himmel und dachte nach.

Otter versuchte seinem Magen zu sagen, daß nichts mehr in ihm sei, doch sein Magen weigerte sich, ihm zuzuhören. Otter beugte sich wieder über die Reling und versuchte, alles hinauszuwürgen, was er je in seinem Leben zu sich genommen hatte. Als sein entleerter Magen erschöpft aufgab, sank Otter entkräftet aufs Deck, einen Arm um die Reling geschlungen, die Augen geschlossen, und rollte sich zusammen wie ein kranker Igel.

Es dauerte eine Weile, bevor er seine Umgebung wieder bewußt wahrnahm. Zuerst dachte er, das herumspritzende Wasser stammte vom niederprasselnden Regen. Doch als einige Spritzer auf seine Lippen fielen und sein umnebelter Verstand »Salz!« schrie, überwand er sich und hob den Kopf.

Und wünschte, er hätte es bleibenlassen. Eine riesige grüne Wasserwand war kurz davor, aufs Heck der *Seenebel* niederzukrachen. Maurynna und der Erste Maat standen mit dem Rücken zum Heck, die Gefahr nicht ahnend. Aufgeregt deutete er auf die riesige Welle hinter ihnen.

Die Welle stieg höher, ihr Rand kippte über, um das kleine Schiff zu verschlingen – und verschwand. Augenblicke später erhob sie sich von neuem.

»Was zum …«, rief Otter entgeistert.

Endlich bemerkte Maurynna sein frenetisches Armrudern. Sie sah zu der hinter ihr emporsteigenden Welle zurück und nickte bloß. Die Hände um den Mund gelegt, rief sie ihm zu: »Keine Sorge! Die erwischt uns nicht! Es sieht nur so aus, weil wir im Augenblick am Tiefpunkt der Dünung sind. Die Wellen schießen unter uns durch – schau!«

Er zog es vor, nicht hinzuschauen. Doch fasziniert von dem Schauspiel, gelang es ihm nicht, den Blick von den tosenden Wellen zu lösen, die sich jedesmal von neuem anschickten, die *Seenebel* in Treibholz zu verwandeln.

Maurynna arbeitete sich Hand über Hand an den quer übers Vierteldeck gespannten Sicherheitsleinen zu ihm vor. Eine der

Leinen fest gepackt, griff sie mit der anderen nach seiner Schulter. »Wie geht es dir?«

»Ich fühle mich, als müßte ich sterben und würde fürchten, daß ich es nicht kann«, scherzte Otter schwach.

»Ehrlich gesagt, du siehst schrecklich aus. Ich glaube nicht, daß der Sturm noch lange dauert, und sobald er vorbei ist, gehst du in deine Kajüte.« Ein Windstoß blies ihr die langen schwarzen Haare übers Gesicht. Sie strich sie fort. Ihre zweifarbigen Augen blitzten vergnügt.

»Du genießt den Sturm!« rief er verwundert.

Sie schien überrascht. »Natürlich. Die ganze Mannschaft genießt ihn. Dies ist kein wirklich schlimmer Sturm, Otter; sieh doch, wie viele Segel wir gesetzt haben. Und wir kommen prächtig voran. Mit ein bißchen Glück sind wir morgen in Casna.«

»Die Götter mögen mir beistehen«, stöhnte Otter. »Das Mädchen und ihre Mannschaft sind verrückt. Bringt mich wohlbehalten an Land, und ich werde nie wieder einen Fuß auf ein Schiff setzen.« Zum Glück habe ich ihr nicht erzählt, was in Casna auf sie wartet. Sonst hätte sie alle Segel gesetzt und ihre Mannschaft zusätzlich noch paddeln lassen. »Ich sollte mit der Überraschung bis zu deinem Geburtstag warten. Das wäre nur gerecht.«

Aber Maurynna lachte bloß und kämpfte sich wieder zum Steuerruder zurück. Unterdessen rief sie ihm zu: »Vergiß nicht, Otter – du sagst mir, was die Überraschung ist, sobald wir in Casna sind!«

14. KAPITEL

Linden, der links neben Kief saß, beugte sich vor und studierte das Dokument, das vor ihnen auf dem Tisch lag. Tarlna, rechts von Kief, tat dasselbe.

Das ist also das Schriftstück, das Beren die Regentschaft zuspricht, dachte Linden.

Das Dokument war erst an diesem Morgen aufgetaucht. Ein verwirrt dreinblickender Archivar hatte es in den Sitzungssaal gebracht und Kief überreicht.

»Ich verstehe nicht, wie es in die Schublade gelangen konnte, Drachenlord«, hatte der perplexe Ferrin gesagt, während Kief die königsrote Schleife von der Pergamentrolle zog und sie glattstrich. »Es war reiner Zufall, daß wir es überhaupt gefunden haben. Hätte der Zahlmeister nicht einige alte Steuerrollen überprüfen müssen ...« Der Mann zuckte mit den Schultern.

War es letztlich doch bloß ein Versehen gewesen? Denn wäre es absichtlich getan worden, hätte der Dieb das Dokument zerstört und wäre nicht das Risiko eingegangen, daß es jemand fand.

Sie würden es wahrscheinlich nie erfahren.

Er las es ein zweites Mal. Angeblich handelte es sich um Königin Desias Handschrift, und ein Blick auf die anderen königlichen Dokumente, die auf dem Tisch ausgebreitet lagen, schien zu bestätigen, daß das Schreiben tatsächlich von der verstorbenen Königin verfaßt worden war.

In diesem Abschnitt sind die a nicht ganz identisch, sagte Tarlna und kreiste mit einem Finger einen Absatz ein. *Seht ihr den Unterschied?*

Kief blätterte die anderen Seiten durch. Schließlich wählte er zwei aus und sagte: *Aber sie stimmen mit den a auf diesen Seiten überein. Vielleicht hat Desia dies nicht in einem Zug* geschrieben. *Möglicherweise hat sie einen Teil an ihrem Schreib-tisch verfaßt und den anderen auf – ich weiß nicht –, auf einem Tablett auf ihrem Schoß oder etwas in der Art. Das würde den leichten Unterschied erklären.*

Linden nickte, dann schaute er auf, als eines der Ratsmitglieder leise hüstelte. Bis dahin war es im Sitzungssaal still gewesen, die Stille nur untermalt vom Atmen der Anwesenden, dem verstohlenen Scharren ihrer Füße und dem gelegentlichen Rükken ihrer Stühle. Vierzig Augenpaare trafen das seine. Vierzig anklagende Blicke sagten: »Warum braucht Ihr so lange? Fahrt endlich fort!«

Nur ein Augenpaar mied seinen Blick: Berens. Der Herzog starrte gedankenverloren ins Leere.

Linden fragte ihn aus heiterem Himmel: »Herzog Beren, Prinz Peridaens Anhänger behaupten, Ihr hättet das Schriftstück gefälscht. Ist das wahr?«

Berens Blick traf seinen. Obwohl ihm vor Ärger das Blut ins Gesicht stieg, sagte der Mann mit ruhiger, fester Stimme: »Euer Gnaden, ich habe in meinem Leben niemals etwas gefälscht. Jeder, der etwas anderes behauptet, lügt.«

Er sagt die Wahrheit, dachte Linden. *Trotzdem – irgend etwas stimmt hier nicht.*

Maurynna stand an ihrem Lieblingsplatz am Bug, die blankpolierte Reling in den Händen, und studierte den Küstenstreifen. Sie roch bereits die sonnenbeschienene Erde und den Duft von Feldern und Bäumen.

Vertraute Landmarkierungen kennzeichneten die letzten Meilen bis zum Hafen. Zuerst die Turmruine auf einer Klippe, dann der scheinbar so einladende Strand, in dessen Wasser sich Felsen verbargen, die schärfer als Haifischzähne waren.

Dann kam die alte Festung – einst zum Schutz vor den seit Jahrhunderten verschwundenen Piraten gebaut –, die ihr sagte, daß die Mündung des Uildodd nicht mehr weit war.

Sie sah zur Sonne hoch, als sie schließlich in den Uildodd hineinfuhren. Sie würden Casna lange vor Sonnenuntergang erreichen.

Es ist schön, Tante Elenna und Onkel Owin wiederzusehen. Und Maylin und Kella! Ob Kella sich wohl an mich erinnert? Maurynna balancierte gegen das Auf und Ab des Schiffes, den Blick starr auf das braune Flußwasser gerichtet. Ihr kam ein betrüblicher Gedanke: Ich wünschte, ich hätte hier statt in Thalnia aufwachsen können. Die Vanadins stehen mir viel näher als alle anderen aus der Familie, seit Vater und Mutter tot sind.

Der Bootsmann bellte seine Befehle. »Alle Segel einholen, außer das Besan«, rief er mit einer Stimme, die vom jahrelangen Kommandieren heiser war.

Sie lauschte den Schritten der Seemänner, die hinter ihr mit nackten Füßen übers Deck stapften. Bald würde die *Seenebel* anlegen. Dann würde sie persönlich das Entladen des assantikkanischen Palmweines überwachen und sich anschließend – endlich – zum Haus ihres Onkels begeben und ein ausgiebiges Bad nehmen.

Sie fuhr sich mit der Hand durch die Haare. Sie waren steif vom Salz. Das Bad würde ihnen guttun. Bald war es soweit. An Steuerbord kamen bereits die Docks in Sicht.

Sie hoffte nur, daß Otter mit seiner Überraschung nicht bis zur Sonnenwende warten würde. Obwohl sie sicher war, daß die Überraschung – was immer es sein mochte – ein schönes Geburtstagsgeschenk sein würde, glaubte sie nicht, daß sie es so lange aushalten konnte. Nicht mit all den geheimnisvollen Andeutungen, die er gemacht hatte. Wenn er mich so lange auf die Folter spannt, werde ich ihn erwürgen müssen.

»Ein Königreich für deine Gedanken, Rynna«, sagte Otter, der plötzlich hinter ihr aufgetaucht war.

Sie drehte sich um. Er stand breitbeinig da, die Knie gegen das Schwanken des Schiffes leicht eingeknickt. Eine Hand spielte mit dem Ledergurt seines Harfenkastens, der diagonal über seine Brust hing.

Maurynna lächelte listig. »Du würdest sie nicht mögen«, sagte sie.

Er lachte. »Willst du mich noch immer erwürgen? Wenn du das tust, kann ich dir nicht Linden Rathan vorstellen.«

»Na schön, dann lasse ich es eben – aber nur, weil du versprochen hast, daß ich ihn eines Tages kennenlernen werde. Götter – den Drachenlord kennenlernen, der Bram und Rani kannte! Aber bis dahin ... statt dessen vielleicht eine Woche Krähennest.«

»Denke nicht mal dran, meine schreckliche Seemöwe.« Otter wurde ernst. Er sagte: »Rynna, falls ich es vergesse, wenn es soweit ist – ich weiß, wie gerne du Linden über seine Zeit mit Bram und Rani befragen möchtest, aber ganz gleich, was du tust, frage ihn nicht nach Satha. Er hat noch immer – ah, lasse es einfach. Wenn er von sich aus damit anfängt, meinetwegen. Aber frage ihn nicht.«

Erstaunt wegen des plötzlichen Themenwechsels, fragte Maurynna: »Warum nicht?«

»Ich weiß nicht, ob ich es dir sagen soll.« Der Barde fuhr sich mit einer Hand durch die eisengrauen Haare. »Ach, was soll's – du kannst es ruhig wissen.

Rani erweckte Satha nach ein oder zwei Jahrhunderten aus einem Zauberschlaf. Doch in seiner Zeit hatte Satha Feinde gehabt. Bram und Rani nahmen an, daß sich jemand an ihn herangemacht und ihm die Kehle aufgeschlitzt hatte, bevor sich die volle Schutzwirkung des Zaubers entfalten konnte. Aber der Zauber war so stark, daß Sathas Seele trotz der tödlichen Verwundung an seinen Körper gefesselt blieb – und sein Körper begann natürlich allmählich zu verwesen. Als Satha schließlich erweckt wurde, entsetzte sein Anblick selbst die furchtlosesten Krieger. Vielleicht kannst du dir vorstellen, wie er auf einen sechzehnjährigen Jungen gewirkt haben muß, der niemals die

Burg seines Vaters verlassen hatte, bis er von zu Hause fortrannte, um sich Bram und Rani anzuschließen.

Dann wurde Linden eines Tages von einem Schwertstreich getroffen, der Rani gegolten hatte. Die Verwundung hätte ihn getötet, wäre Satha nicht zur Stelle gewesen. Dazu mußt du wissen, daß Satha, als er noch wirklich lebendig gewesen war, sowohl Heiler als auch Harfner war. Du weißt ja, wie sehr ein Heilritual schmerzt, selbst bei einem erfahrenen Heiler. Satha«, endete Otter, »ging nicht behutsam mit Linden um.«

Trotz des Sonnenscheins lief Maurynna ein Schauer über den Rücken. »Ich hatte immer gedacht, daß Satha untot war, sei …«

»Das Hirngespinst eines Barden? Leider nicht. Es ist wahr.«

Otter starrte aufs Wasser hinaus. Maurynna musterte ihn und fand, daß er vom Sturm noch immer blaß und erschöpft aussah. Er fuhr fort: »Es gab einmal eine Zeit, da begleitete Linden mich auf meinen Sangesreisen. Ich mußte ihn oft mit irgendwelchen Gegenständen bewerfen, um ihn aus einem Alptraum aufzuwecken. Beim ersten Mal hatte ich herausgefunden«, er drehte sich wieder zu ihr, und nun lag ein nervöses Flackern in seinem Blick, »daß man einen Drachenlord nicht wachrütteln sollte.« Er machte eine Handbewegung, die einen durch die Luft segelnden Menschen darstellen sollte. »Linden ist unglaublich stark.«

Maurynna mußte bei der Vorstellung lächeln.

Die *Seenebel* hatte die Docks nun fast erreicht, und Maurynna ging auf die Brücke, um das Anlegemanöver zu überwachen.

Die letzten Segel wurden eingeholt, und der Schiffsrumpf stieß gegen den Landungssteg. Die Seemänner warfen den wartenden Dockarbeitern die Taue zu. Es waren weniger Arbeiter da als gewöhnlich. Maurynna fragte sich, ob es Ärger mit der Hafengilde gab. Sie runzelte die Stirn. Der assantikkanische Wein mußte so schnell wie möglich ins Lagerhaus. Wenn er zu lange in der heißen Sonne stand, würde er sauer werden.

Otter riß sie aus ihren Gedanken: »Ich habe noch nie einen

Hafen mit so wenig Arbeitern gesehen.« Er blinzelte in die Nachmittagssonne. »Gehen wir jetzt zu deinem Onkel?«

Maurynna seufzte lächelnd. »Otter, bring mich nicht in Versuchung. Du weißt genau, daß ich hierbleiben muß, bis der Wein entladen ist.« Otters halbherziges Angebot, ihr zur Seite zu stehen, lehnte Maurynna ab. »Nein. Aber es wäre schön, wenn du schon vorgehen und die Familie von unserer Ankunft unterrichten würdest.«

So weiß ich wenigstens, daß du ein wenig Ruhe bekommst. Tante Elenna wird dich anschauen und dich sofort ins Bett verfrachten. Viel Spaß, falls du versuchst, ihr zu widersprechen!

Otter versuchte vergeblich, nicht erleichtert auszusehen.

Maurynna zog die goldene Spange von ihrem rechten Handgelenk. »Hier, nimm das als Beweis; sie kennen dich nicht. Nimm dir eine Kutsche und sag dem Fahrer, daß er dich zu Owin und Elenna Vanadins Haus bringen soll. Es liegt in einer kleinen Straße hinter der Krämergasse. Sag ihnen, sie sollen mit dem Abendbrot und einem Bad auf mich warten.«

»Mach ich«, sagte Otter. Er schob die Spange in seine Gürteltasche. »Keine Sorge, ich passe gut darauf auf.«

»Danke«, sagte Maurynna. »Wir sehen uns später im Haus.«

Otter ging die Laufplanke hinunter. Maurynna entdeckte eine Dockarbeiterin, die sie kannte. »Jebby, wo sind alle? Wieso sind so wenige Arbeiter hier?«

Obwohl sie für cassorische Verhältnisse groß war, reichte die stämmige Vorarbeiterin des Löschtrupps Maurynna kaum bis an die Schultern. Jebby schüttelte den Kopf, ihr sonnengegerbtes Gesicht schweißüberströmt, und wischte sich mit dem Handrücken über die Stirn. »An allen Docks sind zuwenig Arbeiter, Käpt'n. Ständig laufen neue Handelsschiffe ein. Scheinbar gehen die Kaufleute davon aus, daß zwischen Sonnenwende und den Ratssitzungen alles nach Casna strömt. Und sie haben recht. Die Stadt platzt aus allen Nähten. In den Tavernen ist nicht mal mehr Platz, um den Ellbogen zu heben.«

Jebby nestelte an ihrer Gürteltasche herum und zog ein Stofftuch heraus. Sie band es sich um die Stirn. »Ich mache mich besser an die Arbeit.« Sie stapfte davon und rief: »Na los, ihr faulen Ratten! Bewegt eure lahmen Ärsche!«

Maurynna sah reumütig an sich hinunter. Ihre zweitbeste Tunika und eine gute Hose – nein, sie wollte die Sachen nicht ruinieren. Und sie sollte die zweite Spange besser abnehmen, sonst würde sie damit irgendwo hängenbleiben. Sie nahm ihre Haarnadeln aus der Gürteltasche. Während sie ihre langen Haare zu einem Dutt zusammenraffte und die Nadeln hineinschob, rief sie: »Gib mir ein paar Minuten, um mich umzuziehen, Jebby, dann komme ich euch helfen.«

Sie wandte sich um und ging zu ihrer Kajüte.

Die Ratssitzung war beinahe vorüber, als Linden ein Kitzeln im Hinterkopf spürte. Einen Augenblick fragte er sich, was es wohl sein mochte, dann erkannte er es: das Gefühl eines echtmenschlichen Geistes, der versuchte, mit ihm Kontakt aufzunehmen. Und er kannte nur einen Geist, der dafür in Frage kam. Er brachte Tarlna, die ihm gerade etwas sagte, zum Schweigen, indem er sich mit den mittleren zwei Fingern an die Stirn tippte – der Hinweis eines Drachenlords, daß er sich im Geiste mit jemandem unterhielt. Tarlna nickte und führte einige Ratsmitglieder von ihm fort.

Otter! Du bist schon in Casna?

Ja, den Göttern sei Dank, kam die müde Antwort.

Die Erschöpfung, die er durch die Geistesverbindung wahrnahm, alarmierte Linden. *Was ist los? Bist du krank?*

Nicht mehr, seit der Sturm vorüber ist. Ich bin einfach zu alt für solche Eskapaden, Jungchen.

Linden erinnerte sich an die dunklen Sturmwolken, die er am Vortag gesehen hatte. *Ihr seid in den Sturm geraten? Das tut mir leid. Aber was mir noch viel mehr leid tut, ist, daß der Sturm es nicht bis Casna geschafft hat.*

Die nächsten Worte klangen schon eher nach dem Otter, den er kannte. *Dann hättest du das verdammte Mistwetter abkriegen sollen und nicht ich. Dieser verrückten Maurynna und ihrer Mannschaft hat es sogar Spaß gemacht. Sie behaupten, der Sturm sei überhaupt nicht schlimm gewesen.*

Linden hätte über Otters wütenden, ungläubigen Tonfall beinahe laut aufgelacht. *Wo bist du?*

Ich bin gleich unterwegs zu Maurynnas Familie, den Vanadins in der Krämergasse. Aber erst muß der Kutscher noch unser Gepäck aufladen. Sollen wir uns später irgendwo treffen?

Nein, sagte Linden entschlossen. *Du bist erschöpft. Widersprich mir nicht, Otter. Du vergißt, daß ich durch die Geistesverbindung mehr fühlen kann als du. Und mir gefällt nicht, was ich fühle. Du bist völlig erschöpft. Wenn du bei den – Vanadins, sagtest du? – bist, wirst du etwas Leichtes essen und dich anschließend sofort hinlegen. Das ist ein Drachenlord-Befehl, verstanden?*

Jawohl, Euer Gnaden, kam die müde – und erleichterte – Antwort.

Sag mir Bescheid, wenn du angekommen bist. Ich will sicher sein, daß du in einem Stück dorthin gelangst. Ansonsten bis morgen.

Bis morgen.

Linden beendete die Verbindung. Er war nun allein im Sitzungssaal, unschlüssig, was er als nächstes tun sollte. Sherrine hatte am Abend wieder etwas anderes vor. Er konnte sich nicht beschweren. Sie traf sich mit ihm wesentlich öfter als mit ihrem anderen Liebhaber, und ihre gelegentliche Abwesenheit machte ihre Treffen um so reizvoller. Trotzdem freute ihn Otters Ankunft, und er war ein wenig frustriert, daß er sich nicht sofort mit seinem ältesten Echtmenschenfreund treffen konnte. Was sollte er mit dem Abend anfangen?

Ihm kam eine Idee. Wie war noch der Name dieser thalnianischen Kaufmannsfamilie? Erdon! Das war es.

129

Er ging an den kleinen Nebentisch, auf dem Pergament, Tinte, Schreibfedern und Siegelwachs für die Ratsmitglieder bereitlagen. Er setzte sich und schrieb eine kurze Nachricht.

Sherrine,
der Freund, von dem ich dir bei unserem ersten gemeinsamen
Nachmittag erzählt habe, ist in Casna eingetroffen. Wie ich
dir bereits damals sagte, werde ich den Großteil meiner
freien Zeit mit ihm verbringen, denn wir haben uns seit
einigen Jahren nicht gesehen. Du wirst ihn mögen, wenn
du ihn kennenlernst. Bis dann,
Linden

Er faltete den Pergamentbogen, erhitzte kraft seiner Gedanken einen Stab mit Siegelwachs, ließ es auf die Nachricht tropfen und drückte seinen Daumen hinein.

Fertig; er würde einen Diener finden, der Sherrine die Nachricht überbrachte, und anschließend nach Hause reiten und etwas Bequemes anziehen. Da er Otter nicht besuchen konnte, würde er sich eben das Schiff anschauen, auf dem der Barde angekommen war.

15. KAPITEL

Es waren einfach nicht genügend Dockarbeiter da. Maurynna fluchte, während sich die Fässer auf dem Landungssteg schneller stapelten, als die Männer sie auf die Lastkarren laden konnten. Noch eine Weile in der Sonne, und sie würde Palmweinessig verkaufen.

Verdammt. Sie brauchte mehr Arbeiter.

Sie sagte zu Jebby: »Sobald wir dieses Faß entladen haben, möchte ich, daß du jedes Dock nach zusätzlichen Hilfskräften absuchst. Schick sie alle her.«

Die cassorische Frau nickte. »Wie Ihr wünscht, Käpt'n. Aber ich glaube nicht, daß ich viel Glück haben werde. An den Docks ist soviel los wie noch nie.«

»Tue, was du kannst.« Maurynna wischte sich über die feuchte Stirn. »Fertig?« rief sie.

»Fertig!« kam die Antwort aus dem Schiffsbauch.

Sie, Jebby und zwei Dockarbeiter senkten die großen Hebezangen in die Ladeluke. Auf den Ruf »Hoch!« begannen sie, das Seil Elle um Elle hochzuziehen, bis das Faß auftauchte. Gehalten von den Hebezangen, schwang es gemächlich in der Luft.

Mit dem Seil in Händen, lief Maurynna quer übers Deck, bis das Faß über dem Landungssteg hing. Sie ließen es langsam herab, bis ein Dockarbeiter es mit dem Bootshaken einfing und vorsichtig hinunterzog. Andere Arbeiter lösten die Hebezangen und rollten das Faß zu den anderen.

Jebby trottete die Laufplanke hinunter und machte sich auf die Suche nach weiteren Arbeitern. Maurynna spähte durch die Frachtluke in den Schiffsbauch hinunter. Drei Gesichter schauten zu ihr auf.

»Ich möchte mit dem Entladen noch eine Weile warten. Dort unten ist es kühler als hier oben; ist besser für den Wein. Wir brauchen mehr Arbeiter, sonst stehen die Fässer zu lange in der Sonne.«

Einer nach dem anderen kletterten die Männer an Deck und folgten ihr auf den Landungssteg. Besorgt betrachtete sie die dort herumstehenden Fässer. Wenn sie die Lieferung verlor, würden gewisse Herrschaften in Thalnia ihre goldenen Spangen fordern.

»An die Arbeit!« Sie beugte sich zu einem Faß hinunter. Drei Männer eilten herbei, um ihr zu helfen.

Kurz darauf war sie schweißüberströmt. Die flickenbesetzte Tunika klebte an ihrer Haut. Um ihr Elend noch zu vergrößern, schien ihr aus Westen die Sonne in die Augen, so daß sie ständig blinzeln mußte und langsam Kopfschmerzen bekam.

Sie stöhnte erschöpft, während sie und die anderen das nächste Faß vorsichtig auf die Seite kippten, es zum wartenden Lastkarren rollten und die Rampe hochschoben. Sie trieb die Arbeiter gnadenlos an, schonte weder sich noch die anderen.

»Vorsicht!«

Maurynna schaute auf. Ein bereits auf dem Karren stehendes Faß senkte sich über den Rand der Ladefläche; die Rampe verrutschte. Zwei Männer versuchten, das Faß zurückzudrücken.

»Haltet es fest!« rief sie und eilte zu Hilfe. Mit durchgedrückten Armen versuchte sie, das Faß wieder hochzustemmen.

Es half nichts. Das Faß drückte sie Stück für Stück in die Knie. Das Holz preßte sich gegen ihre Wange. Sie konnte kaum atmen. Wenn sie jetzt nicht zur Seite sprang, würde das Faß sie erschlagen, wenn es herunterkippte.

Eine tiefe Stimme sagte: »Ich habe es. Laßt los«, und auf wundersame Weise verschwand das sie niederdrückende Gewicht.

Maurynna glitt aus und stürzte. Sie saß auf dem Boden und sah mit offenem Mund zu, wie ein großgewachsener blonder Mann das Faß auf den Lastkarren zurückschob.

Ganz allein.

Verblüfftes Wispern erhob sich. Maurynna blinzelte ungläubig. Wo hatte Jebby *den* aufgetrieben? Götter – es war ihr gleich! Er war mindestens soviel wert wie drei normale Männer. Sie stand auf.

Er war einer der größten Yerrin, die sie je gesehen hatte. Seine Kleider waren von guter Qualität, allerdings nicht neu. Aber warum verdingte sich ein Yerrin als Hafenarbeiter?

Ganz gleich. Der Mann war stark wie ein Bulle. Sie hoffte, daß er intelligenter war. Ihre traurigen Erfahrungen hatten sie jedoch gelehrt, daß Stärke und Intelligenz selten Hand in Hand gingen.

Der Mann drehte den Kopf zur Seite, als hätte ihn jemand gerufen, doch Maurynna hatte nichts gehört. Er lächelte sie an und fragte: »Seid Ihr verletzt? Nein? Gut. Wenn Ihr mich bitte entschuldigen würdet.« Er ging weiter.

»Hey!« rief sie. »Wo willst du hin? Bleib hier, wir sind noch nicht fertig.«

Er blieb stehen und schaute verwirrt zu ihr zurück, dann deutete er auf sich.

O Götter. Groß und dumm wie ein Tor. »Ja, du! Beweg deinen Hintern hier rüber und tu was für deinen Lohn!«

Ein eigenartiges Lächeln umspielte seine Mundwinkel. Dann zog er seine Tunika aus, warf sie achtlos zur Seite und kam zurück.

»Was soll ich tun?« fragte er.

»Was wohl?« fragte Maurynna ärgerlich. »Fässer aufladen. Und halte dich ran!«

»Na dann, auf geht's«, sagte er grinsend.

Sie war sich nicht sicher, wie es geschah – oder wann –, aber bald fiel ihr auf, daß der neue Mann sie zu seiner Arbeitspartnerin gemacht hatte. Gemeinsam rollten sie die Fässer heran, und gemeinsam rollten sie sie auf den Lastkarren.

Sie schob nur einen Bruchteil des Gewichts – und sie nahm

an, daß der Mann nicht mal dieses bißchen Hilfe benötigt hätte. Seine Kraft war beeindruckend. Trotzdem ...

Sie mußte sich eingestehen, daß es Spaß machte, mit ihm zu arbeiten. Irgendwie schien es ihr, als würden sie sich schon seit Jahren kennen. Sie beobachtete ihn aus dem Augenwinkel.

Sein Clanzopf war geflochten wie bei einem Adligen: Raven hatte ihr einmal erklärt, welche Art von Zopf welchen Clan repräsentierte. Sie war sich nicht sicher, aber sie glaubte, daß die weißen, blauen und grünen Bänder in seinen Haaren die Farben des Schneekatzen-Clans waren. War er von seinem Clan verstoßen worden? Sie fragte sich, ob sie ihn dazu bringen konnte, ihr seine Geschichte zu erzählen. Lächelnd ersann sie einen absurden Vorwand nach dem anderen, um sich später mit ihm treffen zu können.

Er sah ihr Lächeln und zwinkerte ihr verschmitzt zu. Sie schlug den Blick nieder.

Er ist nichts weiter als ein gewöhnlicher Hafenarbeiter, schalt sie sich. Vielleicht sogar ein Ausgestoßener.

Egal. Ihr Blick wanderte zu ihm zurück.

Eine breite, häßliche Narbe lief von seiner linken Schulter quer über seinen Brustkorb und verschwand an der rechten Hüfte in seiner Hose. Von Neugier erfüllt, fragte sie sich, woher die Narbe stammte. Sie wollte alles über ihn erfahren.

Sie dachte: Götter, sieht er gut aus. Ich mag sogar sein Muttermal, und fragte sich, weshalb er sie so anzog.

An seinem Blick sah sie, daß er dasselbe empfand. Sie überlegte, wie sie ihn treffen konnte, ohne daß ihre Familie davon erfuhr. Die wäre entsetzt darüber, daß sie sich mit einem Hafenarbeiter einließ.

Endlich waren alle Weinfässer verladen. Maurynna glaubte, daß die Fässer noch rechtzeitig ins Lagerhaus gelangen würden – dank des neuen Mannes. Sie rief eine Pause aus und entsandte einen Helfer mit einer Nachricht für Danaet, dem Vertreter der

Erdons in Casna. Wenig später kehrte der Helfer mit einigen Lagerarbeitern zurück, die ein paar kleine Bierfässer, Krüge, Brot und Käse mitbrachten.

Die Mannschaft machte sich über die Speisen her. Ein Arbeiter brachte ihr einen Krug Schwarzbier und ein Stück Brot. Sie nahm beides mit aufs Schiff, denn sie wollte nachsehen, was noch im Frachtraum lag.

Hinter ihr erbebte die Laufplanke. Sie drehte sich um und sah, nicht wirklich überrascht, den großen Yerrin hinter sich stehen. Ihr fiel ein, daß sie noch immer nicht seinen Namen kannte; sie fragte ihn danach.

Er schien sie nicht zu hören. Sein Blick glitt über das Schiff, und er fragte: »Wo wollt Ihr hin?«

»In den Frachtraum. Ich will nachsehen, was dort noch ist und vor Einbruch der Dunkelheit entladen werden muß.« Sie biß in ihr Brot.

Er tat dasselbe und spülte den Bissen mit einem Schluck Schwarzbier hinunter. »Warum benutzt Ihr keine Fackeln?«

Sie lächelte. »Zu teuer. Und wir haben noch lange nicht Neumond, das hilft also auch nicht. Du arbeitest noch nicht lange an den Docks, oder?«

Er schien sich beinahe zu verschlucken. »Stimmt«, sagte er mit einem eigenartigen Unterton. »Ich – ich war eine Zeitlang Soldat. Gesegelt bin ich nur zwei- oder dreimal – kurze Reisen.«

Sie sah, daß er sich alle Mühe gab, nicht laut loszuprusten. Sie fragte sich, worüber er sich so amüsierte. Aber da er sich nicht über sie zu amüsieren schien, fragte sie nur: »Möchtest du den Frachtraum sehen?«

Er nickte. Sie legte Brot und Bierkrug beiseite und lief übers Deck zur Ladeluke, die in den Schiffsbauch hinunterführte. Als sie die Leiter hinabstieg, folgte er ihr dicht.

Maurynna rieb sich die Augen, dankbar für das wohltuende Halbdunkel. »Ahhh«, seufzte sie erleichtert. »Es tut gut, nicht mehr in die Sonne blinzeln zu müssen«, sagte sie, als sie sich umdrehte.

Und ihm direkt in die Arme lief.

Ein Teil von ihr war überrascht; der andere Teil hatte gewußt, daß dies geschehen würde. Einer seiner Arme legte sich um ihre Hüfte. Die andere Hand strich zärtlich über ihre Wange.

Ich reiche ihm gerade bis zum Kinn, dachte sie. Und: Ich sollte dies nicht zulassen. Er glaubt, ich wäre bloß eine Hafenarbeiterin. Ich kenne noch nicht mal seinen Namen!

Es überraschte sie, daß sie keine Angst hatte vor dem, was er vermutlich tun würde. Sie vertraute ihm – und irgendwie schien es ihr, als sollte es geschehen.

Seine Lippen trafen ihre, anfangs zögerlich, dann entschlossen. Sie spürte sein Begehren – was sie hätte alarmieren sollen. Statt dessen merkte sie, wie tief in ihr dasselbe Gefühl aufloderte.

Der Kuß war vorüber, bevor sie hatte aufhören wollen. Sie starrte zu ihm hoch, sprachlos, die Augen weit aufgerissen. Irgendwie hatten sich ihre Hände in seinem Nacken getroffen.

Ein wenig atemlos – und überrascht – sagte er: »Ich hoffe, ich habe Euch keine Angst ...«

Er verstummte und stieß einen überraschten Stoßseufzer aus, dann drehte er ihr Gesicht in das Licht, das durch die Ladeluke hereinfiel. Er sah ihr in die Augen und fing an zu zittern.

»Götter, steht mir bei«, flüsterte er mit gepreßter Stimme. »Mylady, Eure Augen ... Ich sehe gerade zum ersten Mal Eure Augen ... Sie sind ... Sie haben zwei unterschiedliche Farben.«

Irritiert versuchte Maurynna sich aus seiner Umarmung zu befreien, doch er hielt sie fest, sich seiner Kraft scheinbar nicht bewußt. Sie sah, daß alle Farbe aus seinem Gesicht gewichen war.

Sie wurde wütend. Gleich würde er das Zeichen gegen den bösen Blick machen. Sie sagte: »Die unterschiedlichen Augenfarben werden in meiner Familie vererbt. Meine Mutter hatte

136

sie, und eine Cousine hier in Casna hat sie auch. Wenn du das häßlich findest, kannst du ...« Sie versuchte, sich von ihm loszumachen.

»Häßlich! Die Götter sind meine Zeugen, Ihr habt die schönsten Augen, die ich je gesehen habe!«

Jetzt bebte er am ganzen Körper. Er schien wie jemand, der von den Göttern ein kostbares Geschenk erhalten hatte.

»Ich verstehe nicht ...«, sagte sie unbehaglich. »Was –?«

Er legte ihr einen Finger auf die Lippen. »Falls ich recht habe, werde ich Euch bald alles erklären, Mylady, und ...«

Stampfende Schritte auf Deck unterbrachen ihn. Instinktiv wich Maurynna einen Schritt zurück. Wenn das Danaet war, würde er in die Luft gehen, falls er sah, daß sie mit einem Dockarbeiter ... Und nur die Götter wußten, was geschehen würde, wenn Danaet es ihrer Tante erzählte.

Der Yerrin ließ sie los.

Maurynna trat an die Leiter und sagte, nach Worten ringend: »Wir sollten am besten ... Ich meine ...«

Er nickte. »Ihr habt recht.« Seine rauhe Stimme verriet, daß er das Gegenteil wollte. »Na dann«, sagte er und schob sie die Leiter hoch.

Sie sprang aus der Ladeluke wie ein Korken aus einer Flasche. Sie entsann sich ihrer Kapitänswürde und ging gemessenen Schrittes übers Deck, ohne auf die neugierigen Blicke zu achten, die ihr einige der Seemänner zuwarfen. Sie mußte sich nicht umdrehen, um zu wissen, daß der Yerrin direkt hinter ihr war.

Sie räusperte sich zweimal, bevor sie sicher war, daß ihre Stimme nicht versagen würde. »Zurück an die Arbeit!«

Wieder war der Yerrin an ihrer Seite, so oft es die Situation erlaubte. Sie wagte nicht, ihn anzuschauen. Sie hatte Angst davor, was die anderen in ihren Augen lesen würden.

Maurynna bekam nicht mit, als er verschwand, nur daß es irgendwann kurz vor Sonnenuntergang war. Sie suchte den Landungssteg nach ihm ab und stieg sogar in den Frachtraum hinunter, für den Fall, daß er sie dort wieder alleine zu treffen gehofft hatte.

Aber ihr Yerrin war verschwunden.

Verwirrt ließ sie die Arbeiter länger schuften, als sie es normalerweise getan hätte. Dann waren Fackeln eben teuer ... vielleicht würde er zurückkommen ...

Doch nun lag das leere Schiff hoch im Wasser, und von dem Mann war weit und breit nichts zu sehen. Es gab keinen Grund, noch länger am Hafen zu bleiben. Die Arbeit war erledigt. Sie war müde und enttäuscht und sehnte sich nach der Behaglichkeit ihrer Familie.

Vor dem Lagerhaus traf Maurynna auf ihre wartende Cousine. Das jüngere Mädchen saß auf einem Pferd der Familie und hielt die Zügel eines zweiten in der Hand.

»Ich dachte, du würdest zu müde sein, um zu laufen, Bohnenstange«, rief ihre Cousine fröhlich. »Dein Freund, der Barde, erzählte uns, daß du helfen mußtest, die Ladung zu löschen.«

»Dank dir, Maylin«, sagte Maurynna und schwang sich in den Sattel. Sie war völlig erschöpft. »Du hast ja keine Ahnung. Wie geht es Otter?«

»Er hat uns von eurem Sturm erzählt. Er sah so mitgenommen aus, daß Mutter ihn sofort zu Bett geschickt hat.«

»Otter ist ohne Widerspruch zu Bett gegangen? Götter, der Sturm muß ihm mehr zu schaffen gemacht haben, als mir bewußt war. Bin ich froh, daß er sich hingelegt hat.« Maurynna ließ den Kopf kreisen, um ihre Schultermuskeln zu lockern.

Sie hörte kaum zu, als Maylin ihr erzählte, wie sehr sich die Familie freue, daß sie sicher nach Casna gelangt war und daß ein leckeres Abendbrot auf sie warte. Statt dessen fragte sie sich, wie viele Docks sie würde absuchen müssen, bis sie ihren Yerrin wiederfand.

16. KAPITEL

Linden? Linden?«
Linden schaute auf. »Was? Tut mir leid, ich habe nicht zugehört.«

»Das geht schon den ganzen Abend so«, sagte Kief trokken. »Ihr seid in Gedanken meilenweit weg.« Er lehnte sich zurück, so daß der Diener die Teller vom Tisch räumen konnte.

»Träumt Ihr von Sherrine?« fragte Tarlna. Ihr Grinsen war der blanke Hohn.

Linden schüttelte den Kopf und lächelte versonnen. »Nein, ich habe heute jemanden kennengelernt.« Es so auszudrücken erschien ihm ein wenig unloyal, doch falls seine Vermutung stimmte ...

»Du meine Güte«, spottete sie. »Dann hat Sherrine also eine Rivalin? Das gibt es doch nicht.«

Linden erhob sich vom Tisch. »Wollen wir den Wein im Gartenpavillon trinken? Es ist ein wunderschöner Abend.«

Mit seiner Geiststimme fuhr er fort: *Dort sind keine Diener. Ich muß mit Euch beiden über etwas reden.* Er ließ in der Geistesverbindung einen Hauch seines Hochgefühls aufblitzen.

Kief und Tarlna wechselten bedeutungsvolle Blicke. Kief sagte: »Warum nicht?«

Tarlna erhob sich aus ihrem Stuhl, einen Weinkelch in der Hand. »Eine wundervolle Idee, Linden.« Sie nahm die Hand, die Kief ihr darbot.

Sie sprachen nicht, während sie durch die Räume der Residenz am Uildodd schritten, die Kief und Tarlna zur Verfügung gestellt worden war. Als sie die verglasten Türen zum Garten erreichten, schüttelte Linden den Kopf.

Er sagte: »Ich glaube, daran werde ich mich nie gewöhnen.

139

Als ich noch mit Bram und Rani zusammen war, war Glas äußerst selten. Heutzutage setzen die Leute eine Scheibe nach der anderen in ihre Türen und wandhohen Fenster ein.«

»Ich weiß, was Ihr meint«, sagte Kief. »Ich habe Glas auch erst lange nach meiner Ersten Verwandlung gesehen.«

Sie traten nach draußen in die warme Dunkelheit. Einer der Diener folgte ihnen mit einer Weinkaraffe.

»Schon gut, Harn. Wir bedienen uns selbst. Gib mir einfach den Wein«, sagte Kief.

Der Mann stand in der Türschwelle und klammerte sich an die Karaffe wie ein Ertrinkender an einen Holzbalken. Ein nervöses Lächeln huschte über seine sonst so ausdruckslosen Züge. »Das ist sehr großzügig, Euer Gnaden, aber es wäre mir ein Vergnügen …«

Linden nahm ihm die Karaffe aus der Hand. »Wir möchten dich nicht von deinen sonstigen Pflichten abhalten, Harn. Mache dir keine Gedanken um uns.«

Harn fuhr sich mit der Zunge über die Lippen. »Aber …«

»Kein aber«, sagte Kief. Seine Stimme klang freundlich, ließ jedoch keinen Widerspruch zu.

Harn zog sich zurück.

Sie schlenderten über den Kiesweg, der zum Pavillon führte. Kief schüttelte den Kopf. »Ich mag es zwar, wenn ein Diener mit Eifer bei der Sache ist, aber manchmal …«

»Falsch, Liebster«, sagte Tarlna. »Hast du nicht seinen Gesichtsausdruck gesehen, als er wieder reinging?«

»Nein«, sagte Kief.

»Ich auch nicht. Was war damit?« fragte Linden.

»Ärger. Ärger und …« Tarlna machte eine Pause, bevor sie mit nachdenklicher Stimme fortfuhr. »Haß.«

Kief stieß einen leisen Pfiff aus. »Ich wünschte, das hätte ich gesehen. Glaubst du, er ist einer von denen, die der Ansicht sind, daß sich Drachenlords aus den Angelegenheiten der Echtmenschen heraushalten sollten?«

140

Tarlna überlegte. »Möglicherweise.«

Linden hob eine Augenbraue. »Ich frage mich, ob es in Cassori viele von der Sorte gibt?«

»Glaube ich nicht, Linden. Solche Leute sind zwar ein Ärgernis, aber sie stellen schon seit Jahrhunderten keine Bedrohung mehr dar«, sagte Kief. »Nicht seit Ankarlyns Tod und der Zerschlagung der Bruderschaft. Und abgesehen von einigen Wirrköpfen, die hin und wieder unter dem Namen agieren, wurde die Bruderschaft niemals wieder zum Leben erweckt.«

»Um sie zu erwecken, bräuchten sie einen Magier, der Ankarlyn ebenbürtig ist«, bemerkte Tarlna. »Und von so jemandem habe ich noch nie gehört.«

»Ich auch nicht«, sagte Kief. »Den Göttern sei Dank.«

»Wie wahr«, sagte Linden.

Sie traten durch einen gewölbten, von Geißblattreben umrankten Torgang. Vor ihnen lag der Pavillon, dahinter floß der Uildodd. Mondlicht fiel aufs Wasser.

Lindens Blick folgte dem Lichtschein zu den Docks. Er glaubte, die *Seenebel* zu erkennen. Sein Herz klopfte aufgeregt. Er hoffte, daß sie nicht verärgert war, weil er sich ohne ein Wort davongestohlen hatte. Er hatte sich nicht in einem Wirrwarr aus Halbwahrheiten verstricken wollen. Doch der Anblick des Schiffes weckte in ihm wieder das Gefühl, das in ihm aufgekommen war, als er mit seiner Seelengefährtin Fässer aufgeladen hatte und sie – rein zufällig – mit den Schultern zusammengestoßen waren.

Seine Seelengefährtin. Er schwelgte in der Erinnerung an ihre wunderschönen Augen.

Tarlnas scharfe Stimme schnitt durch die Nacht. »Linden, Ihr wart derjenige, der herkommen wollte. Warum steht Ihr also da und starrt aufs Wasser hinaus? Dort gibt es nichts zu sehen. Und das Lächeln auf Eurem Gesicht sieht außerordentlich dumm aus, nur daß Ihr es wißt.«

Linden schrak zusammen und spürte die aufwallende Hitze

in seinem Gesicht. Er murmelte: »Verzeihung. Möchte jemand noch Wein?«

Sie hielten ihm ihre Kelche hin. Linden schenkte erst ihnen ein, dann sich selbst. Sie setzten sich.

Er fragte sich, wie er anfangen sollte. Er hatte sich seit Jahrhunderten nicht so unsicher gefühlt; wie ein Halbwüchsiger, der sich zum ersten Mal verliebt hatte. Er kam sich wie ein Narr vor.

»Raus mit der Sprache, Linden. Was ist so wichtig, daß wir deswegen extra hinausgehen mußten? Warum konnten wir nicht im Geist miteinander reden, wenn uns niemand hören soll?« fragte Kief.

»Ich ... äh, ich ...«

Verdammt, die beiden würden ihn wirklich dämlich finden. Warum hatte er nicht im Geiste zu ihnen gesprochen? Aus dem einfachen Grund, weil er seine Gefühle nicht mit ihnen teilen wollte. Und wenn er im Geiste zu ihnen sprach, würde er ihnen seine Gefühle offenbaren, ob er es wollte oder nicht. Sie waren zu stark, um sie zu verbergen.

Tarlna beugte sich vor, ihr Blick durchdringend, und musterte ihn lange. Als sie sprach, war ihre Stimme so sanft, wie er es bei ihr noch nie gehört hatte.

»Es ist etwas sehr Wichtiges, nicht wahr, Linden? Etwas, das man mit niemandem teilen möchte. Ich habe vorhin Eure Aufregung gespürt. Sagt es uns, wenn Ihr soweit seid.«

Er nickte und schaute wieder aufs Wasser hinaus. Dann fragte er: »Wie fühlte es sich an, als Ihr Euch kennengelernt habt?«

»Ahh«, entfuhr es Kief. In seinem Ausruf schwang der Tonfall überschwenglichen Glücks mit.

Linden wandte sich zu Kief und Tarlna um und sah, wie die beiden, in Erinnerungen schwelgend, einander anlächelten. Er spürte den nur zu vertrauten Anflug von Neid und Traurigkeit, der ihn in Gegenwart von Drachenlord-Paaren so oft überkam.

Kief sagte: »Wir haben irgendwie ... *zusammengepaßt*. Ich kann es nicht besser ausdrücken. Es hat sich einfach *richtig* angefühlt, als müsse es so sein.«

Linden verdrängte seine Traurigkeit. Mit vor Aufregung gepreßter Stimme sagte er: »Ich glaube, ich habe heute meine Seelengefährtin kennengelernt.«

Endlich hatte er es gesagt und es sich selbst eingestanden. Sein Herz begann wieder wild zu klopfen. Seine Seelengefährtin. Niemals wieder allein sein müssen – Götter, es war schwer zu glauben.

Er fuhr fort: »Ich bin ganz sicher. Es hat sich genau so angefühlt: *als müsse es so sein.*« Er schloß die Augen. Ein beinahe schmerzhaftes Begehren stieg in ihm auf.

Eine Hand packte seine Schulter. Er öffnete die Augen und sah Kief vor sich knien. Das Gesicht des älteren Drachenlords war voller Sorge.

»Linden, hört mir zu. Es tut mir leid, es tut mir aufrichtig leid, aber wer immer es ist, sie kann es nicht sein. Die Echtdrachen haben nichts von einem neuen Drachenlord erwähnt. Und sie sind die ersten, die das Verschmelzen der Seelen spüren. Es sei denn – o Götter, bitte nicht.« Kiefs Stimme zitterte. »Es sei denn, es ist wie bei ...«

Linden wußte, woran Kief dachte; seine betroffene Miene verriet ihn. Ein eisiges Frösteln kroch Linden über den Rücken, und sein Magen zog sich zusammen. Daran hatte er überhaupt nicht gedacht. »Ihr meint, wie bei Sahleen? Der Drachenlord, der einen Echtmenschen als Seelengefährtin nahm?«

Ihm fiel die Geschichte ein – und ihr tragisches Ende. Im Geiste sah er den armen Sahleen an einem Ast baumeln.

Ohne zu merken, daß er mit seiner Stimme sprach, flüsterte er: »Welchen Sinn hat das Leben, wenn die Seelengefährtin gegangen ist? Warum müssen Echtmenschen nur so früh sterben?« Trotz der abendlichen Wärme war ihm plötzlich eiskalt.

»Hat sie ein Kennmal?« fragte Tarlna.

Er griff nach ihren Worten wie ein Ertrinkender nach einem Seil. »Ja! Ihre Augen. Sie haben zwei unterschiedliche Farben: Eins ist blau, das andere grün. Sie sagt zwar, dies werde in ihrer Familie vererbt, aber das heißt nicht, daß es nicht trotzdem ihr Kennmal sein kann. Ich bin nicht die einzige Person – ob Echtmensch oder Drachenlord – mit einem Muttermal wie diesem.« Er faßte sich an die Schläfe. »Selbst Sherrine hat ein ähnliches auf dem Rücken. Und habt Ihr mir nicht mal erzählt, daß alle Mitglieder Eurer Familie Hände mit sechs Fingern haben, Kief?«

»Ähm, ja«, sagte Kief, der noch am Boden kniete. »Aber die Echtdrachen …«

Tarlna explodierte. »O Kief! Vergiß die Echtdrachen! Irgendwie haben sie ihre Geburt nicht gespürt.«

Sie sprang auf und beugte sich über ihren Seelengefährten. »Verstehst du nicht, was passiert ist? Zum ersten Mal haben sich zwei Seelengefährten getroffen, bevor *beide* zum Drachenlord geworden sind.«

Kief kippte um und landete auf dem Hosenboden. Er starrte zu Tarlna hoch. »Die Götter mögen uns beistehen, Liebste – du könntest recht haben.«

»Natürlich habe ich recht«, sagte Tarlna. »Und klapp deinen Mund zu, du siehst aus wie ein Fisch. Wir sollten uns lieber darüber Gedanken machen, was wir in der Angelegenheit tun wollen?«

Verwirrt fragte Linden: »Was meint Ihr? Sie ist meine Seelengefährtin. Ich werde es ihr sagen, ihr den Hof machen und …«

»Nein!« sagte Kief. »Genau das dürft Ihr nicht tun – nicht bevor wir mehr über sie wissen.« Er stand auf und klopfte den Staub von seinen Kleidern.

Finstere Wut stieg in Linden auf, eine so überschäumende Wut, daß es ihm angst machte. Bevor er wußte, was er tat, sprang er Kief an, seine Hände nach dem Hals des älteren

Drachenlords ausgestreckt. Im letzten Moment merkte er, was mit ihm geschah.

Er hing in den Klauen von Rathans drakonischer Wut. Am ganzen Leib zitternd, bekam er sich allmählich wieder unter Kontrolle und zwang sich, seine Hände fortzunehmen.

Kief sah ihn ungerührt an. »Wehrt Euch gegen ihn, Linden«, sagte er leise. »Rathan ist im Moment sehr gefährlich für Euch. Für Euch und Eure künftige Seelengefährtin.«

»Warum?« fragte Linden. Seine Stimme war heiser vor Schmerz. »Warum sollte ich noch länger warten? Ich warte seit sechs Jahrhunderten darauf, die Person mit der anderen Hälfte meiner Seele zu treffen – länger, als jeder andere Drachenlord hat warten müssen. Und Ihr wagt es, mir zu sagen, daß ich noch länger warten muß? Warum?«

»Denkt nach! *Sie hat sich noch nicht verwandelt!* Überlegt doch mal, was das bedeuten könnte – Ihr wißt doch, was einem Drachenlord zustoßen kann.«

Als ihm die Bedeutung von Kiefs Worten dämmerte, trat er einen Schritt zurück. »O Götter. Ich – ich verstehe. Ich kenne die Geschichten, aber ich hatte sie vergessen.«

»Ich nicht«, sagte Kief grimmig, »denn ich habe so etwas in meinem ersten Jahrhundert als Drachenlord erlebt. Und ich möchte das nicht noch einmal erleben müssen. Ihr mögt zwar oft eine unerträgliche Nervensäge sein, Linden, aber ich würde Euch nur ungern verlieren. Vor allem nicht auf diese Weise.«

»Setzt Euch«, befahl Tarlna. »Ihr seht aus, als würdet Ihr gleich in Ohnmacht fallen oder Euch übergeben. Ich möchte Euch weder das eine noch das andere tun sehen. Also setzt Euch und nehmt einen Schluck Wein.«

Linden gehorchte ihr. Vermutlich hatte Tarlna recht; er fühlte sich wirklich schwach auf den Beinen. Sie reichte ihm den Kelch.

»Danke«, sagte er und trank. Dann schloß er für einige Minuten die Augen und konzentrierte sich auf die Form des

Kelches in seiner Hand. Das Rascheln von Stoff sagte ihm, daß sich die anderen auch wieder hinsetzten. Als seine Atmung wieder gleichmäßig war, schlug er die Augen auf und sah die beiden an.

»Danke Euch beiden. Ich bin mir zwar der drohenden Gefahr bewußt, aber dennoch muß ich sie wiedersehen. Versteht Ihr das?« fragte er. Wenn Kief den Namen seiner Seelengefährtin herausfand und ihm verbot, sie wiederzusehen ...

Kief seufzte. »Ja, wir verstehen. Es wäre grausam, sie so nah zu wissen und nicht einmal mit ihr reden zu können. Aber gebt auf Rathan acht, Linden. Bis Eure Seelengefährtin die Erste Verwandlung erlebt, ist er für Euch gefährlicher als ein Dutzend finsterer Magier. Übrigens, wie heißt Eure Seelengefährtin eigentlich?«

Linden sah betreten zu Boden. »Ich weiß es nicht. Ich hatte keine Gelegenheit, sie nach ihrem Namen zu fragen. Wir haben zu schwer gearbeitet.«

»Trinkt noch etwas Wein. Ihr seid noch immer ganz blaß«, sagte Tarlna. Argwöhnisch fügte sie an: *»Gearbeitet?«*

Er hielt es für das beste, nicht näher darauf einzugehen.

Kief sagte: »Es wird sehr schmerzhaft für Euch werden, Linden. Jeder Eurer Instinkte, jede Faser Eures Körpers wird Euch anstacheln. Es ist wie ein innerer Zwang für einen Drachenlord, sich mit seinem Seelengefährten zu vereinigen. Ich beneide Euch nicht. Götter – ich wünschte, wir könnten Euch irgendwie helfen.«

»Das habt Ihr bereits«, entgegnete Linden, »indem Ihr mir das gesagt habt. Genauso wie Lleld, als ich ihr von ...« Er räusperte sich. Selbst nach so langer Zeit fiel es ihm schwer, darüber zu sprechen. »Als ich ihr nach meiner Ersten Verwandlung von Bryony erzählte.«

»Ah«, sagte Tarlna und schenkte ihm Wein nach. »Trinkt. Diese Bryony – ich glaube, Ihr habt sie einmal erwähnt. War sie die Frau, die Euch verlassen hat?«

Linden stürzte den restlichen Wein in einem Zug hinunter. »Ja.«

Tarlna schüttelte den Kopf. »Sie muß sich schwarzgeärgert haben, als sie später herausfand, daß Ihr ein Drachenlord seid.« Boshaftes Gelächter begleitete ihre Worte.

»Oh, Götter – ja. Es war drei Jahre später, und sie hatte wieder geheiratet, deswegen konnte sie keine Ansprüche an mich stellen.« Er beugte sich vor, die Ellbogen auf die Knie gestützt, verloren in der Vergangenheit.

»Also, wie habt Ihr Eure namenlose Seelengefährtin heute kennengelernt?« fragte Tarlna schroff.

»Ich ging zum Hafen, um mir das Schiff anzuschauen, auf dem Otter hergekommen ist. Sie ist Vorarbeiterin einer Löschmannschaft und dachte, ich wäre ein Dockarbeiter. Sie meinte, ich solle meinen Hintern bewegen und etwas für meinen Lohn tun.« Linden lachte. »Und so habe ich beim Löschen der Ladung geholfen.«

Tarlna kniff die Augen zu. Sie wirkte entnervt. »Linden, Ihr seid ein hoffnungsloser Fall.«

Kief lachte. »Also deswegen habt Ihr Euch verspätet.« Dann sagte er ernst: »Erzählt es ihr nicht, bis Ihr sie besser kennt. Falls sie eigensinnig ist, könnte sie versuchen, ihre Verwandlung frühzeitig zu erzwingen. Das hätte katastrophale Folgen. Andererseits würde es für Euch und sie die Sache erleichtern, wenn sie verstünde, was mit ihr geschieht, und die Geduld hat, den natürlichen Lauf der Dinge abzuwarten. Sie wird Euch ebensosehr brauchen wie Ihr sie.«

»Ich werde Otter fragen, ob er mir helfen kann, sie zu finden. Ich weiß, ich weiß«, sagte Linden, die Vorbehalte der beiden anderen voraussehend. »Er ist kein Drachenlord, und dies ist eine Drachenlord-Angelegenheit. Aber er muß sie für mich finden. Ein Drachenlord, der nach einer Hafenarbeiterin sucht, würde nur unnützes Geschwätz verursachen. Und vergeßt nicht – er ist ein Barde. Wenn nötig, weiß er seinen Mund zu halten.«

Er verstummte. Götter, ich hoffe, ich kann mich zurückhalten. Nein, ich muß mich zurückhalten. Ich wünschte, ich könnte sofort mit Otter reden.

Doch als er versuchte, eine Geistesverbindung herzustellen, merkte er, daß Otter bereits fest schlief. Dieses Mal würde er den Barden nicht aufwecken; es reichte, wenn er am nächsten Morgen mit ihm sprach.

Er seufzte. Sechs Jahrhunderte. Sechs lange, einsame Jahrhunderte – und nun das. Eine Erinnerung überkam ihn. Wieder hörte er Rani sagen: »Was man unbedingt möchte, ist niemals leicht zu bekommen.«

Er merkte nicht, als Kief und Tarlna aufstanden und gingen und ihn allein ließen mit seinen Gedanken, dem Fluß und der warmen Nacht.

Im Lichtschein der einzigen Binsenlampe schimmerten die ausgeblichenen weißen Schlafkammerwände wie Elfenbein. Schatten lagen über den Ecken des Raumes, in die das Licht der kleinen Lampe nicht vordrang.

Maylin saß auf ihrem Bett. Kella, die lange vor Maurynnas Ankunft eingeschlafen war, lag zusammengerollt in ihrem.

Maurynna saß im Schneidersitz auf einer Matratze, die zwischen die beiden Betten gelegt worden war. Ihr Nachthemd war hochgerutscht und entblößte ihre langen schlanken Beine. Sie hatte ihre Haare über eine Schulter geworfen, so daß sie ihr in den Schoß fielen. Die goldenen Spangen an ihren Handgelenken glänzten im Lichtschein, während sie ihre feuchten Haare durchbürstete.

Bürstenstrich um Bürstenstrich um Bürstenstrich. Maylin blinzelte, beinahe hypnotisiert von den ruhigen, rhythmischen Bewegungen. Ihr Bett knarrte, als sie ein Stück zur Seite rutschte, um ihre Cousine besser beobachten zu können.

Halb gesenkte Lider verbargen die zweifarbigen Augen in dem braungebrannten, herzförmigen Gesicht. Maylin beneidete ihre Cousine um die Aristokratennase – das genaue Gegenteil von Maylins Stupsnase –, auch wenn sie nicht ganz gerade war, das Überbleibsel eines kleinen Unfalls an Deck der *Seenebel*.

Als Maurynna die Bürste in die andere Hand nahm, rutschte ihr das Nachthemd von der Schulter. Der Unterschied zwischen dem braungebrannten Hals und der helleren, honigfarbenen Haut darunter war verblüffend. Ein verträumtes Lächeln umspielte Maurynnas Lippen.

Es war dieses Lächeln, das Maylin Sorgen bereitete. Dasselbe Lächeln hatte ihr schon Sorgen bereitet, als Maurynna beim eilig zubereiteten Abendbrot vom Löschen der Schiffsladung berichtet hatte.

Irgend etwas stimmt hier nicht, dachte Maylin. Dieser Dockarbeiter hat schwer geschuftet – warum sollte er sich davonstehlen, bevor er seinen Lohn ausgezahlt bekommt? Vielleicht ist er gar kein Dockarbeiter – aber warum hat er dann beim Löschen von Maurynnas Ladung geholfen? Und mich stört, daß sie im Grunde nichts über ihn erzählt hat. Klang überhaupt nicht nach Rynna. Keine lustigen Beschreibungen. Kein bißchen darüber, wie er aussieht – außer daß er groß und stark ist –, ansonsten nur, daß sie den ganzen Tag zusammen gearbeitet haben. Und ständig das verträumte Lächeln auf ihrem Gesicht.

Maylin fragte sich, was der Barde zu Rynnas Verträumtheit sagen würde. Er schien ein schlauer Kerl zu sein. Sie würde ihn morgen fragen. Nun aber war es an der Zeit für ein wenig Ablenkung.

»Wir haben Linden Rathan gesehen«, sagte sie ein wenig angeberisch und deutete mit einem Kopfnicken auf die schlafende Kella.

Der entrückte Ausdruck verschwand von Maurynnas Gesicht. »Was? Wo?«

Maylin grinste. »Hast du es nicht gehört? Drei Drachenlords sind in Casna. Sie leiten die Debatte um den Thronfolger. Die beiden anderen sind Kief Shaeldar und Tarlna Aurianne.«

Maurynna starrte sie mit offenem Mund an. »Aber, aber –
oh, dieser Hund! Jetzt verstehe ich! Ich werde ihn erwürgen«,
zischte sie. »Er hat es die ganze Zeit gewußt.«

»Wer?« fragte Maylin verwirrt. »Linden Rathan?«

»Nein, Otter. Schon gut, ich erkläre es dir später. Erzähl weiter
von den Drachenlords. Bitte.«

»Wir sehen ihn fast jeden Morgen – solange Mutter uns
entbehren kann.«

Als sie den sehnsüchtigen Blick in den Augen ihrer Cousine
sah, bereute Maylin, daß sie so schnell mit der Sprache rausge-
rückt war. Gut, daß Mutter ihr schon erlaubt hatte, Rynna am
nächsten Morgen zur Prozession zu bringen.

»Wo – und wie?« wollte Maurynna wissen.

Maylin erwärmte sich für ihre Geschichte. »Die Ratssitzungen
fangen fast jeden Tag um neun an. Am Morgen der ersten
Sitzung ließ Mutter uns zur Prozession gehen. Wir schafften es
gerade noch. Sie waren früher da, als ich dachte. Zum Glück
ließen uns zwei nette Wachen in die erste Reihe durch. Wir
hatten perfekte Sicht.«

Maurynnas Augen wurden groß. Ein leises »Ohhhhh« entfuhr
ihr.

Maylin kniete nun auf dem Bettrand und sah zu Maurynna
hinunter. »Aber jetzt kommt das Beste! Ich hielt Kella auf dem
Arm, damit sie besser sehen konnte, und sie hat natürlich
gewinkt. Linden Rathan hat zurückgewinkt und ›Hallo, Kleine‹
gerufen. Seitdem winkt er uns jedesmal zu, wenn wir da sind,
egal ob er allein ist oder die anderen Drachenlords dabei sind.
Ich glaube, er hält nach uns Ausschau. Immer wenn er uns sieht,
lächelt er.«

»O Götter«, flüsterte Maurynna mit geschlossenen Augen und
streichelte zärtlich über den Bürstengriff, der die Form eines
Drachens hatte.

Für Maylin klangen die Worte wie ein sehnsüchtiges Flehen.
»Mutter braucht uns zwar morgen, aber sie meinte, daß wir dich

150

zur Prozession bringen dürfen. Ich hätte Kella das erzählen lassen sollen – eigentlich ist es ja ihre Geschichte –, aber ich konnte nicht abwarten. Tu einfach überrascht, wenn sie es dir erzählt.«

Maurynna nickte. Die zweifarbigen Augen öffneten sich; sie funkelten. Maylin fragte sich, warum ihre Cousine plötzlich so hochmütig wirkte.

Ihre Frage wurde beantwortet, als Maurynna in gespielter Bescheidenheit sagte: »Habe ich dir erzählt, daß Otter mir versprochen hat, mich Linden Rathan vorzustellen? Sie sind Freunde, weißt du.«

»Was!« Maylins Ausruf ließ Kella im Schlaf grummeln. Reumütig schlug Maylin eine Hand vor den Mund.

Maurynna nickte wieder. »Aber ich weiß nicht, wann er mich ihm vorstellt, und ich würde Linden Rathan gerne schon früher sehen. Glaubst du, daß er morgen früh da sein wird?«

»Wahrscheinlich. Ich glaube, morgen ist wieder eine Sitzung. Sie scheinen sich vier- oder fünfmal hintereinander zu treffen, dann machen sie zwei oder drei Tage Pause – Mutter meint, damit sich die Gemüter abkühlen. Es heißt, der Rat stehe kurz vor dem Auseinanderbrechen. Und das würde Krieg bedeuten. Nur dank der Drachenlords ist es bisher nicht soweit gekommen.« Maylin zitterte bei der Vorstellung. Ihr Blick traf den ihrer Cousine.

Maurynna machte das Zeichen zum Schutz vor allem Bösen. »Bleibet fort, ihr finsteren Geister«, sagte sie. »Laß uns hoffen, daß die Drachenlords einen Krieg verhindern können.«

Die nächsten Augenblicke verstrichen in sorgenschwerer Stille. In der kleinen Schlafkammer mit ihren vom Alter gedunkelten Deckenbalken sollte die Möglichkeit eines Bürgerkriegs in weiter Ferne scheinen. Doch zum ersten Mal glaubte Maylin, daß es tatsächlich geschehen konnte. Etwas hing in dem Raum wie ein undurchdringlicher Schatten. Selbst die farbenfrohen Ofenkacheln schienen dunkler.

Dann vertrieb Maurynna die düstere Stimmung. Sie fuhr fort, ihre Haare zu bürsten, und fragte fröhlich: »Wie sieht er aus?«

Da sie nur einen »Er« meinen konnte, begann Maylin: »Er ist groß ...«

Maurynna starrte ins Leere, wieder das verträumte Lächeln im Gesicht. Die Bürste blieb auf halber Höhe in den Haaren hängen.

Mit einiger Verspätung fiel Maylin ein, daß die Beschreibung auch auf den Dockarbeiter paßte. O Götter, Maurynna würde doch nicht – nicht mit einem gewöhnlichen Dockarbeiter, oder? Wie sollte sie fragen, ohne Maurynna zu kränken? Maylin überdachte das Problem und fand keine zufriedenstellende Lösung. Dann also einen Frontalangriff.

»Du siehst aus wie ein liebeskrankes Kalb«, sagte Maylin. »Du denkst wieder an diesen Dockarbeiter, stimmt's? Du brauchst es gar nicht abzustreiten. Du bist so rot wie die Uniform einer Palastwache. Was ist zwischen euch beiden vorgefallen?«

Soweit es überhaupt möglich war, wurde das Rot in Maurynnas Gesicht noch eine Spur intensiver. »Was meinst du mit ›vorgefallen‹?«

»Streite es nicht ab.« Maylin verschränkte die Arme. »Maurynna, als du von ihm erzählt hast, wurde dein Blick ganz starr. Und die ganze Zeit lächelst du so merkwürdig. Du hast doch nicht vor, dich mit ihm ...«

»Einzulassen?« Maurynnas Blick grollte wie ein Sturm vor dem Ausbrechen.

Maylin zählte ihre Atemzüge. Eins, zwei, drei ... Sie kam bis zehn, bevor die Gefahr verstrichen war. Der Ärger schmolz dahin und wich einem Ausdruck der Verwirrung.

»Ich weiß es nicht. Er ist – er ist ... Er hat einfach etwas an sich«, sagte Maurynna. »Besser kann ich es nicht erklären – nicht mal mir selbst. Ich kenne nicht mal seinen Namen; er hat ihn mir nicht gesagt. Er ist ein adliger Yerrin; ich habe seinen Clanzopf gesehen.« Sie hockte sich auf die Knie und blies das

Binsenlicht aus. In der plötzlichen Finsternis gestand sie: »Er hat mich geküßt, als wir im Frachtraum waren.«

Maylin seufzte. Das war schlimmer, als sie befürchtet hatte. »Rynna – nimm dich in acht!« warnte sie. Sie wartete, bis das Rascheln des Bettzeugs verklungen war. »Wenn er ein Adliger ist und jetzt am Hafen arbeitet, muß er ein Ausgestoßener sein. Willst du für ihn wirklich alles aufs Spiel setzen, für das du dich abgerackert hast? Bitte, wirf dein Leben nicht weg. Versprich es mir.«

Die Stille zog sich immer länger hin. Maylin schlief ein, während sie auf ein Versprechen wartete, das nie gegeben wurde.

17. KAPITEL

Harn schlich durch den Flur. Er hatte keine Angst vor knarrenden Dielenbrettern. Die flauschigen Teppiche dämpften jeden seiner Schritte. Er blieb vor dem Schlafgemach der beiden Drachenlords stehen.

Arrogantes Pack. Weil er sie nicht hatte begleiten dürfen, hatte er den ganzen Abend unter dem gestrengen Blick des Majordomus im Haus herumwuseln müssen. Ihm hatte sich keine Gelegenheit geboten, ihnen zu folgen. Er fragte sich, worüber sie gesprochen hatten. Der jüngere Drachenlord war verschwunden, ohne noch einmal ins Haus gekommen zu sein. Die beiden anderen hatten verstört ausgesehen und sich sofort zurückgezogen. Vermutlich war dies seine einzige Chance, herauszufinden, was geschehen war.

Die anderen Hausangestellten waren alle unten. Er hoffte, daß niemand nach oben kam. Normalerweise führten ihn seine Pflichten nicht hier hinauf, daher hatte er keine plausible Erklärung parat, falls man ihn entdeckte. Trotzdem, er mußte das Risiko eingehen. Sein Herr war an allem interessiert, was die Drachenlords sagten oder taten.

Er legte ein Ohr an die massive Eichentür. Anfangs vernahm er nur gedämpftes, unverständliches Stimmengemurmel. Dann wurde das Gemurmel deutlicher; anscheinend hatten sich die Drachenlords der Tür genähert. Harn verstand den Namen »Sherrine«. Gespannt lauschte er weiter.

Der Mann sagte nun: »Glaubst du, daß Linden es schafft, sich von ihr fernzuhalten, wo er es jetzt weiß?«

Ein langgezogenes Seufzen, dann sagte die Frau: »Ich weiß nicht, aber ich hoffe es. Wir sollten ihm jedoch nichts vorschreiben. Du weißt, wie sturköpfig er sein kann. Vielleicht wird das andere Mädchen ihn ablenken.«

Überrascht trat Harn einen Schritt von der Tür zurück. Warum sollte sich der junge Drachenlord plötzlich von Lady Sherrine fernhalten? Meinem Herrn und dem Prinzen wird das nicht gefallen. Und wer ist das ›andere Mädchen‹?

Er legte das Ohr wieder rechtzeitig an die Tür, um Kief Shaeldar sagen zu hören: »Ich denke, wir können Linden vertrauen. Ich glaube, er wird stark genug sein und das Richtige tun. Und die Sache geht nur die beiden etwas an. Ich werde mich nicht weiter einmischen. Götter, ich wünschte, unsere Herrin wäre hier. Dies ist eine gefährliche Situation für einen heranreifenden Drachenlord ...«

Erschrocken hielt Harn den Atem an. Er hörte einen der beiden auf die Tür zukommen. Hastig drehte er sich um und eilte den Flur hinunter. Seine Schritte wurden fast vollständig vom Teppich verschluckt.

Als er um die Ecke bog, hörte er, daß die Tür zum Schlafgemach der Drachenlords geöffnet wurde. Kief Shaeldar rief: »Ist da jemand?«

Harn fluchte. Er schlich in eines der ungenutzten Schlafgemächer. Sein Herz raste, während er an der Tür lehnte und lauschte. Niemand schien ihn zu verfolgen. Er entspannte sich.

Verdammt! Anscheinend stimmten die Geschichten über das phantastische Gehör der Drachenlords. Noch etwas, das er seinem Herrn berichten konnte.

Er grinste. Kas Althume würde hochzufrieden mit ihm sein. Lady Sherrine ein neuer Drachenlord! Welch eine Ironie. Die Mutter verstrickt in die Machenschaften der Bruderschaft, während die Tochter –

Die Tochter gehörte zum Feind.

Sobald sich alle schlafen gelegt hatten, würde er ein Pferd nehmen und verschwinden. Neuigkeiten wie diese konnten nicht warten.

»Was war denn?« fragte Tarlna, als Kief schulterzuckend die Tür hinter sich schloß.

»Ich dachte, ich hätte etwas gehört. Hab's mir wohl eingebildet. Wahrscheinlich bin ich ein bißchen durcheinander wegen Linden. Stell dir vor – der erste neue Drachenlord seit sechshundert Jahren!«

»Ist sie das wirklich?« fragte Tarlna, nachdenklich eine gelockte Haarsträhne um die Finger zwirbelnd.

Kief runzelte die Stirn. »Was meinst du?«

»Überleg doch mal. Schon vor Lindens Geburt wurden mit jedem verstrichenen Jahrhundert weniger Drachenlords entdeckt. Anfangs störte es keinen; derartige Schwankungen hatte es schon früher gegeben. Aber war es in Wahrheit vielleicht der Anfang vom Aussterben der Drachenlords?

Wie wir wissen, ist keinem der Älteren die Geburt dieses Mädchens aufgefallen; selbst keinem der Echtdrachen. Wie viele wie sie hat es gegeben? Und woher sollen wir wissen, daß sie seit Linden die einzige ist?« Sie betrachtete ihren Seelengefährten und sah, wie er plötzlich die volle Bedeutung ihrer Worte verstand.

Seine Augen wurden groß. »Gütiger Gott. Es könnte Tausende – Zehntausende – gegeben haben …«

»Und da die meisten unserer Art sterben, bevor wir alt genug sind für die Erste Verwandlung, wissen wir nichts von ihnen«, sagte Tarlna. »Daher bleibt die Frage: Ist dieses Mädchen wirklich der einzige heranreifende Drachenlord?«

18. KAPITEL

Linden warf sich die ganze Nacht im Bett herum und fand keinen Schlaf. Irgendwann im Morgengrauen gab er den Kampf auf. Er schlang die Bettdecke um seinen Körper und setzte sich ans Fenster.

Kief hatte recht. Er durfte seine künftige Seelengefährtin nicht in Gefahr bringen. Um ihrer Sicherheit willen mußte er sich zusammenreißen. Doch der bloße Gedanke an sie war schon quälend. Im Moment hatte er Rathan unter Kontrolle, aber wie lange würde das anhalten? Ihm war klar, daß er sich nicht ganz und gar von ihr würde fernhalten können. Alles in ihm schrie nach ihr.

Götter, es würde nicht leicht werden. Er rutschte auf seinem Stuhl umher. Die Decke rutschte von seinen Schultern; er ignorierte die Kühle auf seiner Haut. Draußen wurde es langsam hell. Gähnend überlegte er, ob er sich noch einmal hinlegen sollte, bevor die Diener kamen, um ihm sein Morgenbad einzulassen.

Er sah zum Bett hinüber. Nein, aufzustehen war die Mühe nicht wert. Er lehnte sich zurück.

Urplötzlich war Rathan da und trieb ihn vor Verlangen fast in den Wahnsinn. In ihm loderte die rasende Leidenschaft zweier sich vereinender Drachenlords, während Rathan ihn anstachelte, seine Seelengefährtin zu suchen und mit ihr zu verschmelzen. Linden schrie auf vor Schmerz. Mit tiefen, langsamen Atemzügen rang er seine drakonische Hälfte nieder. Rathan zog sich zurück, sein Zorn glimmte wie heiße Kohle.

Lindens Stimmung war auch nicht besser. Er konnte Rathans Zorn nicht gänzlich abschütteln. Er warf die Decke aufs Bett, zog eine Hose an und riß die Tür auf.

»Aran! Was zur Hölle ist mit meinem Bad?« brüllte er. Aus

den Schlafquartieren der Dienerschaft erhob sich überraschtes Stimmengemurmel. Kurz darauf erschienen zwei halbbekleidete Diener im dunklen Flur. Sie starrten ihn mit müden, rotgeränderten Augen an.

»Nun?« forderte er. Ein Teil von ihm schalt sich, daß er seinen Mißmut an den Dienern ausließ. Er ignorierte es. »Ich will mein Bad und mein Frühstück – sofort!«

Aran, der Majordomus, kam in den Flur; seine Haare standen wirr in alle Richtungen ab. »Jetzt gleich? Aber ...«

»Ja, jetzt gleich, verdammt noch mal!« Linden stapfte in sein Zimmer zurück. Im Flur tuschelten die Diener aufgeregt, erstaunt über die plötzliche Verwandlung ihres ansonsten stets gutgelaunten Drachenlords.

Er konnte nicht länger warten. Er rief Kief mit seiner Geiststimme. Der ältere Drachenlord erwachte murrend.

Kief, sagte Linden und versuchte, den Aufruhr in seinen Gedanken niederzuhalten. *Tut mir leid, daß ich Euch aufwecke.*

Kiefs schlechte Laune verflog. Mitfühlend sagte er: *Rathan macht Euch zu schaffen, stimmt's? Möchtet Ihr, daß wir die heutige Sitzung auf den Nachmittag verschieben, so daß Ihr Eure Seelengefährtin suchen könnt? Um Euretwillen wünschte ich, daß wir die Sitzung ganz und gar absagen könnten, aber ...*

Linden war erleichtert. *Schon gut. Gebt mir einfach den Vormittag. Ich muß zumindest anfangen, sie zu suchen; sonst würde ich den Verstand verlieren, glaube ich.*

Ihr habt bis mittag Zeit, sagte Kief. *Und viel Glück, Kleiner.*

Linden flüsterte »Danke«, dann rief er im Geist seinen Freund, den Barden. *Otter? Otter, ich brauche deine Hilfe.*

Otters Antwort war so klar, daß Linden annahm, der Barde sei bereits aufgestanden. *Jetzt, Jungchen? Es ist noch früh.*

Jetzt, sagte Linden.

Bin schon unterwegs.

Obwohl sein Zorn abgeflaut war, war Linden noch immer schlechtgelaunt. Denn ganz gleich wie vorsichtig er seine Harfe transportierte, wenn er in Drachengestalt war, rissen ihm doch immer einige Saiten. Um sich bis zu Otters Eintreffen abzulenken, hatte Linden beschlossen, neue Saiten auf das Instrument aufzuziehen.

Das war ein Fehler. Die verfluchten Saiten wollten ihm einfach nicht gehorchen. Sie rutschten immer wieder aus der Halterung, was seine bereits angeschlagene Gemütslage nur weiter verschlechterte. Er zwang sich, ruhig zu bleiben.

Die Tür knarrte, als sie ein Stück aufgeschoben wurde. »Was?« raunte er, erhielt aber keine Antwort. Statt dessen wurde die Tür weiter aufgeschoben. Er machte sich nicht die Mühe aufzuschauen. Sobald Aran in Reichweite war, würde er den Mann für seine Unverfrorenheit zurechtstutzen, ohne Erlaubnis eingetreten zu sein.

»Na – heute morgen haben wir aber besonders gute Laune, was?« sagte eine trockene Stimme.

»Otter!« Linden sprang auf und hätte beinahe die Harfe fallen gelassen. »O Götter, bin ich froh, dich zu sehen!«

Otter sah ihn prüfend an, während er die Tür schloß. »Die rennen da draußen herum wie ein aufgeschreckter Hühnerhaufen. Was hast du mit ihnen angestellt?«

Der Barde setzte sich auf einen der Stühle. »Gib her, bevor du sie zerbrichst. In deiner Laune und mit deiner Kraft wirst du dieses schöne Instrument noch zerbrechen.«

Dankbar legte Linden die Harfe auf Otters Schoß und sah zu, wie Otter mit geübten Fingern die restlichen Saiten aufzog, bevor er das Instrument vor sich abstellte.

»Also, Linden, warum zitierst du mich zu dieser unfrommen Stunde hierher?« Er zupfte ein paar Töne auf der Harfe. »Hervorragendes Instrument.«

»Danke«, sagte Linden. Er war sich nicht sicher, wie er anfangen sollte. Er murmelte etwas Unverständliches und stand auf. Aus irgendeinem Grund hatte ihn die Episode mit Harn am vergangenen Abend nachdenklich gestimmt. Als er mit Bram und Rani zusammen gewesen war, hatte er gelernt, derartige Gefühlsregungen ernst zu nehmen. Nur so konnte ein Krieger überleben. Er ging zur Tür und sah in den Flur hinaus. Niemand war zu sehen. Er schloß die Tür wieder und setzte sich gegenüber von Otter auf einen Stuhl.

»Ärger?« fragte Otter.

»Ich glaube nicht. Nur ein sonderbares Gefühl.« Er zögerte einen Moment, dann sprang er ins kalte Wasser. »Ich brauche deine Hilfe. Der Kapitän deines Schiffes – sie hieß Maurynna, oder? –, würde sie wissen, wer ihr Schiff entladen hat? Nachdem wir gestern miteinander gesprochen hatten, bin ich zum Hafen gegangen, um mir das Schiff anzusehen. Jetzt muß ich die Vorarbeiterin der Löschmannschaft finden, die gestern die Fracht entladen hat.«

»Die Vorarbeiterin der Löschmannschaft?« Otter schien irritiert. »Warum? Hat sie dir etwas gestohlen?«

Wieder überkam Linden das alles verzehrende Hochgefühl. Leise sagte er: »Mein Warten ist vorüber, Otter.« Er sah, wie sich ein freudiges Strahlen über Otters Gesicht legte.

»O Götter. Linden, du machst doch keine Witze, oder? Nein, natürlich nicht; nicht über so etwas. Endlich hast du sie gefunden.« Otters Augen blitzten verdächtig. »Wie ist ihr Name?«

Linden seufzte. »Weiß ich nicht. Wenn ich sie nach ihrem Namen gefragt hätte, hätte ich ihr auch meinen nennen müssen. Glaubst du, daß deine Kapitänsfreundin heute vormittag auf dem Schiff ist? Ich – ich würde sie gerne nach der Vorarbeiterin fragen.«

»Das solltest du tun! Sollen wir sofort gehen, oder ist für den Vormittag eine Sitzung angesetzt?« fragte Otter.

»Nein. Der Rat tritt erst mittags zusammen.«

Otter stand auf. »Na dann los. Vielleicht ist sogar deine

Seelengefährtin da, falls sie gestern mit dem Löschen der Ladung nicht fertig geworden ist. Falls nicht, werden wir sie suchen. Und wenn wir sie nicht finden, werden wir Maurynna fragen. Sie wird hocherfreut sein, dir helfen zu können.«

Linden sprang auf. »Gut.«

»Rynna! Nicht so schnell! Ich habe nicht so lange Beine wie du«, murrte Maylin. »Wir haben genug Zeit.«

Sie war verärgert. Mit ihren langen Beinen hatte Maurynna einen weit ausholenden Gang, aber Maylin und Kella kamen nach ihrer Mutter: klein und rundlich; »kleine Rebhühner«, wie Vater zu sagen pflegte. Sie konnte einfach nicht mit dem Tempo mithalten, das Maurynna vorgab.

Besonders bei diesem Wetter. Die Hitze war drückend, die Luft so schwül, daß man kaum atmen konnte.

Maylin hatte keine Lust, mit hochrotem Kopf und keuchend wie ein Nilpferd bei der Prozession anzukommen. Kella, die auf Maurynnas Schultern saß, hatte keine derartigen Sorgen.

Maurynna lief langsamer. »Tut mir leid«, sagte sie.

Die Entschuldigung klang ernstgemeint, so daß Maylin besänftigt war. »Schon gut. Ich verstehe dich ja, aber es wäre mir peinlich, wenn ich vor Erschöpfung in Ohnmacht falle, gerade wenn er an uns vorbeikommt. Bei meinem Glück wäre wahrscheinlich auch Lady Sherrine dabei. Sie begleitet ihn gelegentlich.«

»Wer ist Lady Sherrine?« fragte Maurynna.

»Bloß die schönste Frau am Hof.« Maylin schaute sich um, bevor sie mit leiserer Stimme weitersprach: »Und eine blöde Ziege. Sie kauft fast den gesamten Vorrat von Mutters Waldlilienparfüm – was gut ist, denn der Duft wird so sehr mit ihr assoziiert, daß ihn niemand sonst am Hof kauft. Wahrscheinlich trauen sich die Frauen nicht, da man denken könnte, sie würden mit Lady Sherrine konkurrieren. Zum Glück erwerben ein paar

161

wohlhabende Kaufleute den Rest. Ehrlich, Lady Sherrine ist eine richtige Zicke.«

Kella kicherte.

Maylin fuhr fort: »Man munkelt, daß er mit ihr eine Affäre hat – was, wie ich finde, seinen bemerkenswert schlechten Geschmack beweist. Aber vermutlich zeigt sie sich ihm nur von ihrer besten Seite. Und Kella, wage ja nicht, Mutter zu erzählen, was ich über Lady Sherrine gesagt habe.«

Kella nickte. »Mach ich nicht. Aber wenn sie so gemein ist, warum hat er dann mit ihr eine Aff … Aff …« Ihre Miene verzog sich. »Was ist dieses Aff-Ding?«

Maurynna lächelte. »Affäre, Kichererbse. Das heißt, daß sie …«

Amüsiert wartete Maylin ab, wie Maurynna sich herauswinden würde.

»Daß er ganz oft mit ihr zusammensein will«, erklärte Maurynna. »Und der Grund dafür ist, daß er sehr einsam sein muß. Er ist nämlich der einzige Drachenlord ohne eine Seelengefährtin.«

»Aber warum ist Linden Rathan einsam? Hat er keine Freunde? Was ist eine Seelengefährtin? Und warum gibt es Drachenlords?«

»Was, du weißt nicht, wieso es Drachenlords gibt, Kichererbse?« fragte Maurynna. »Wo ist nur dieser verrückte Barde, wenn man ihn braucht? *Er* sollte dir das erklären.«

Maylin zuckte mit den Schultern. »Er ist in aller Frühe aus dem Haus gegangen. Erzähl du es ihr – sonst gibt sie keine Ruhe.«

Maurynna sagte: »Na schön, Kichererbse, dann hör gut zu. Vor langer, langer Zeit lebten die Menschen in vielen verschiedenen Clans und Stämmen, und zwischen ihnen herrschte Frieden.

Aber ein Schamane – aus einem Clan, der eines Tages Yerrin genannt werden sollte – begann, sich das geheime Wissen des

Bösen anzueignen. Und er wurde immer ehrgeiziger. Vielleicht war er von einem Dämonen besessen, ich weiß es nicht, aber Rottwald Bereson wollte das ganze Land beherrschen, und fortan wurden Kriege ausgefochten, wo zuvor Frieden geherrscht hatte. Dann versuchte er, mit seiner Schwarzen Kunst Dinge zu erschaffen, die der Krieg ihm nicht geben konnte. Aber sein Zauber versagte. Im Land wüteten zügellose dunkle Mächte, und die Zeiten waren wahrhaft böse. Selbst die Echtdrachen litten darunter.

Aber etwas Gutes hatte das alles. Irgendwie entstanden durch all die Zauberei die ersten Drachenlords, und wer, glaubst du, war der erste?« fragte Maurynna.

»Wer?« wollte Kella wissen.

»Rottwalds eigener Sohn, Foxx, aus dem Foxx Morkerren wurde. Sein Vater versuchte, ihn für seine Zwecke zu benutzen, aber Foxx rebellierte gegen die endlosen Kriege. Er und seine Seelengefährtin, Morga Sanussin, besiegten Rottwald in einer großen Schlacht, und danach machten sie sich an die langwierige Aufgabe, den Frieden wiederherzustellen. Foxx Morkerren versprach, daß ein Drachenlord niemals in einen Krieg ziehen würde. Statt dessen wollten sie fortan Kriege verhindern und auf diese Weise der Menschheit dienen.

Er und Morga waren so gütig und weise, daß sich im Gegenzug die Führer der Clans und Stämme verpflichteten, die jungen Drachenlords zu ehren und ihren Ratschlägen zu folgen. Und so werden noch heute die Drachenlords gerufen, wenn ihr weiser Rat gefragt ist.«

»Ooh«, sagte Kella. »Ich mag die Geschichte. Erzählst du sie mir irgendwann noch mal?«

»Nein, das soll Otter tun; er kann das viel besser. Aber wenn du unbedingt wissen möchtest, was ein Seelengefährte ist: Ein Drachenlord wird geboren, wenn eine Drachenseele sich mit der eines Menschen zusammenschließt, bevor dieser auf die Welt kommt. Bei der Geburt teilen sich beide Seelen in zwei Hälften.

Ein Seelengefährte ist die Person, zu der die beiden Seelenhälften wandern. Alle Drachenlords haben einen Seelengefährten – alle außer Linden Rathan. Deswegen wird er der Letzte Drachenlord genannt.«

»Das ist traurig. Er ist so nett«, sagte Kella. »Ich möchte seine Freundin sein. Glaubst du, das würde ihm gefallen? Ich winke ihm immer zu, und er winkt zurück. Er nennt mich ›Kleine‹.«

Maurynna lächelte. »Ich glaube, er hätte dich gern zur Freundin«, sagte sie. Dann wurde ihre Stimme vor Aufregung heiser: »Schau – wir sind fast da.«

Eine einzelne Ulme stand an der Straßenecke, der sie sich näherten. Eine der Wachen stand in ihrem Schatten.

»Geh ruhig voraus«, sagte Maylin, »ich weiß, daß du es kaum erwarten kannst.«

Maurynna nahm Kella von ihren Schultern. »Das letzte Stück mußt du laufen.«

»Wollen wir um die Wette rennen?« fragte Kella.

»Meinetwegen.«

Maylin schüttelte den Kopf. »Du willst bei dieser Hitze rennen? Du bist verrückt.«

Maurynna lachte. Kella rief: »Auf die Plätze, fertig, los!« Das kleine Mädchen rannte so schnell sie ihre Beine trugen. Maurynna trabte direkt hinter ihr.

Maylin, die in einem der Hitze angemessenen Tempo ging, sah den lachenden Läuferinnen nach. Kella erreichte den Baum als erste. Maurynna sagte etwas zu dem Wachposten, der unter der Ulme stand.

Wieso standen heute keine Leute an der Straße? Hatten sie schon genug von den Drachenlords?

Der Wachposten schüttelte den Kopf. Maurynnas Schultern sackten herunter. Dann drehten sie und Kella sich um und trotteten mit hängenden Köpfen zurück.

Maylin blieb stehen. »Was ist los?« fragte sie, als die beiden sie erreichten.

»Der Wachposten meinte, die Sitzung beginnt heute erst am Mittag«, sagte Maurynna.

»O nein.« Maylin sah ihre Cousine an und las ihre Gedanken. »Rynna, ich wünschte, wir könnten mit dir warten, aber Mutter braucht uns. Aber wenn du …«

Maurynna schüttelte den Kopf. »Ich bin versucht, aber es wäre dumm, hier stundenlang herumzustehen. Geht ruhig ins Geschäft zurück. Ich glaube, ich werde zum Schiff gehen.«

Maylin suchte ihren Blick, doch Maurynna sah sie nicht an, sondern drehte sich um und ging.

»Arme Rynna«, sagte Kella.

»Ich habe ein schlechtes Gewissen«, sagte Maylin. »Ich meine, ich schraube ihre Erwartungen in die Höhe, und dann so was. Ich wünschte, sie würde uns begleiten.« Sie wird diesen Dockarbeiter suchen, ich bin mir ganz sicher. Hoffentlich stellt Otter sie bald Linden Rathan vor. Er ist vermutlich der einzige, der sie von diesem Kerl fernhalten kann.

Bis auf einige an Deck arbeitende Seemänner lag der Landungssteg der *Seenebel* verlassen da. Das Wasser glitzerte. Möwen kreisten über dem Schiff, ihre Schreie schrill in der morgendlichen Stille.

Otter schüttelte den Kopf. »Sieht nicht gut aus, Jungchen.«

Linden fragte hoffnungsvoll: »Haben sie noch nicht angefangen? Sollen wir auf sie warten?«

»Sie sind fertig. Siehst du, wie hoch das Schiff im Wasser liegt? Es ist leer. Vermutlich arbeitet die Löschmannschaft an einem anderen Schiff.«

»Verdammt«, sagte Linden enttäuscht.

Otter klopfte ihm auf die Schulter. »Keine Sorge, wir werden sie schon finden. Das sagt mir mein Gefühl.«

Linden lächelte verdrossen. »Hoffentlich hast du recht.«

»Ich weiß, daß ich recht habe. Laß uns am Fluß entlanggehen.

Am Wasser ist es wenigstens etwas kühler. Also – nach Norden oder nach Süden?«

»Norden«, sagte Linden und dachte an die kühle, saubere Luft von Drachenhort.

Als sie am Hafen ankam, bereute Maurynna, daß sie gelaufen war. Sie hätte zum Haus zurückgehen und ein Pferd nehmen sollen. Vor ihr ragte das Gebäude des Erdon-Lagerhauses mit dem Silberdelphin an den Türen auf. Sie öffnete eine der schweren Türen, dankbar für die Kühle dahinter, und schleppte sich zu einer Kiste. Mit einem Plumps ließ sie sich darauf nieder, wischte sich mit dem Unterarm über die schweißnasse Stirn und sagte an die in Hörweite umstehenden Arbeiter gerichtet:»Seeleute sollten nicht zu Fuß gehen – schon gar nicht bei solcher Hitze.«

Die Arbeiter lachten. Einer sagte:»Niemand sollte bei diesem Wetter zu Fuß gehen müssen, Käpt'n. An Tagen wie diesen beneide ich euch Seeleute darum, übers offene Meer schippern zu können.«

Danaet kam aus dem Büro. Die Arbeiter machten sich wieder an ihr Tagewerk.»Ich dachte, ich hätte Eure Stimme gehört, Käpt'n Erdon. Könnte ich mit Euch sprechen – im Büro?«

Verwundert folgte Maurynna dem Mann. *Käpt'n Erdon?* Aus Danaets Mund?

Sobald sie das Büro betraten, schloß Danaet die Tür. Etwas sagte Maurynna, daß sie nicht mögen würde, was er ihr zu sagen hatte.

Direkt wie immer kam Danaet sofort zur Sache.»Einige Dockarbeiter tuscheln über Euch, Rynna – über Euch und den großen blonden Kerl, mit dem Ihr gestern gearbeitet habt. Wer ist er?«

Maurynnas Gesicht wurde heiß.»Ich weiß nicht. Ich dachte, das könntet Ihr mir sagen. Jebby hat ihn geschickt. Sie wird es wissen.« Sie senkte den Blick, unfähig, Danaets ärgerlichem Starren standzuhalten.

»Ich habe Jebby gefragt; sie hat überall gesucht, aber niemanden gefunden, den sie Euch hätte schicken können.«

Einen Moment war Maurynna zu überrascht, um etwas sagen zu können. »Was? Aber wenn sie ihn nicht hergeschickt hat, dann ...«

»Dann ist er kein Mitglied der Hafengilde. Und Ihr wißt, wie die Gilde über Arbeiter denkt, die ihr nicht angehören. Die Gilde könnte sich künftig weigern, für uns zu arbeiten, und was machen wir dann? Ich hoffe nur, daß er nicht den vollen Lohn erhalten hat.«

»Er hat gar nichts bekommen«, sagte Maurynna. Sie nickte dem entgeisterten Danaet zu. »Ich dachte, daß Jebby ihn geschickt hätte und daß er Mitglied der Gilde wäre, und wollte ihm dasselbe zahlen wie den anderen. Aber er verschwand, lange bevor ich die Männer auszahlte. Er bekam nichts, geschweige denn einen vollen Lohn.«

Danaet fluchte. »Verdammt. Dann muß er ein Dieb sein. Wahrscheinlich hat er unsere Waren ausspioniert und sich obendrein die Schlösser und so weiter angesehen, während er hier war.«

Maurynna wurde wütend. »Danaet, wer immer er war, ich weiß, daß er kein Dieb ist. Er kann gar nicht im Lagerhaus gewesen sein – nicht mal in der Nähe –, denn er war praktisch die ganze Zeit an meiner Seite.«

»Das habe ich gehört«, sagte Danaet trocken. »Trotzdem glaube ich, daß er ein Dieb ist. Mädchen! Was für Freunde Ihr Euch immer zulegt! Der Kerl ist wahrscheinlich genauso schlimm wie dieser Flunder, oder wie er heißt. Und selbst wenn er kein Dieb ist, was fällt Euch ein, einem Dockarbeiter schöne Augen zu machen? Das ist äußerst unschicklich. Wahrscheinlich ist er von seinem Clan verstoßen worden. Verdammt noch mal, Ihr seid Mitglied einer der mächtigsten Kaufmannsfamilien in den Fünf Königreichen. Wollt Ihr wirklich, daß sich die Leute darüber den Mund zerreißen, daß Ihr Euch mit einem gewöhnlichen Dockarbeiter einlaßt?«

Zähneknirschend stand Maurynna auf. Nur das Wissen, daß Danaet es gut mit ihr meinte, gab ihr die Kraft, sich die Worte zu verkneifen, die ihr auf der Zunge brannten.

»Ihr täuscht Euch in ihm. Und ich tue, was ich für richtig halte, danke.« Als sie den verletzten Ausdruck in Danaets Gesicht sah, bekam sie ein schlechtes Gewissen. Seufzend ging sie mit zwei langen Schritten durchs Büro und umarmte ihn freundschaftlich. »Danaet, bitte sorgt Euch nicht. Ich muß ihn wiederfinden, das ist alles. Irgend etwas war eigenartig … Glaubt mir, ich weiß, was ich tue.«

Danaet seufzte. »Hoffentlich. Ich möchte nicht, daß Ihr verletzt werdet oder daß man Euch das Schiff wegnimmt. Und spart Euch, an den anderen Docks zu suchen, Rynna. Man hat ihn nirgendwo am Fluß finden können.«

Maurynna blieb an der Tür stehen. »Woher wißt Ihr das?«

Wieder seufzte Danaet. »Ich bat Jebby, ihn zu suchen. Ich wußte, daß Ihr ihn wiedersehen wollt, und ich wollte verhindern, daß Ihr von einem Dock zum nächsten rennt. Das wäre unschicklich. Und dort draußen gibt es genügend Leute, die für Eure Kapitänsspangen töten würden.

Mein Ehrenwort – er arbeitet an keinem der Docks. Und keine andere Löschmannschaft kennt jemanden, auf den die Beschreibung auch nur annähernd zutrifft.«

19. KAPITEL

Drei Docks, Jungchen«, sagte Otter, »und wir haben sie noch immer nicht gefunden.«

Sie lenkten ihre Pferde durch die dicht bevölkerten Straßen am Wasser. Zu Otters Belustigung drehte sich hin und wieder jemand um und starrte Linden nach. Immer schüttelte die Person den Kopf, fest davon überzeugt, daß sich ein Drachenlord nicht unter das gemeine Volk an den Docks begeben würde.

Es gab Händler, gutgenährt und aalglatt, Seemänner mit dem wankenden Gang, der von langen Monaten auf See kündete, und Myriaden anderer Leute, einige statthaft, andere, denen Otter nur ungern in der Dunkelheit begegnet wäre. Alle trotteten schwerfällig dahin und stöhnten über die Hitze.

Otter wischte sich den Schweiß von der Stirn. Die Luft war so drückend schwer, daß er sich vorkam, als würde er unter Wasser atmen. Er hatte nicht gewußt, daß es in Casna so schwül werden konnte. Mit etwas Glück würde bald ein Sturm für Abkühlung sorgen; wenigstens würde er sich dieses Mal an Land befinden. In der Zwischenzeit betrachtete er sehnsuchtsvoll jede Taverne, an der sie vorbeikamen. Leider hatte Linden nur wenige Stunden, um nach seiner Seelengefährtin zu suchen. Er würde den Drachenlord nicht bitten, seine kostbare Zeit in einer Taverne zu vergeuden.

Um sich von der Hitze und seinem Durstgefühl abzulenken, fragte Otter: »Wirst du es ihr sagen, wenn du sie findest?«

Linden schüttelte den Kopf. »Zu gefährlich. Ich wollte es ihr sagen und ihr den Hof machen, aber Kief hat mich daran erinnert, wie gefährlich das sein könnte.«

Otter horchte auf. Dies war etwas, das er über Drachenlords noch nicht gewußt hatte – und dank Linden wußte er wahr-

scheinlich mehr über sie, als jeder andere lebende Echtmensch.
»Gefährlich?«

»Ja. Manchmal passiert es sogar, daß zwei Drachenlords –
zwei reife Drachenlords – einander umbringen, wenn sie sich
vereinen. Für einen kurzen Augenblick verschmelzen ihre Seelenhälften, dann trennen sie sich wieder. Falls nicht ...«

»Moment mal. ›Wenn sie sich vereinen‹? Du meinst, im Bett?«
Auf Lindens Nicken hin merkte Otter an: »Was soll dann das
Gerede über eine Art mystische Zeremonie? Du meinst, es geht
einfach nur um – Jungchen, daraus kann ich kein Lied machen!
Höchstens eins, das man nur in schummrigen Tavernen grölt.
Sind die anderen Geschichten über Drachenlords auch nur
Schall und Rauch?«

»Nun, nicht alle. Aber uns Drachenlords gefällt es so. Je
weniger Echtmenschen über uns wissen, desto besser«, sagte
Linden.

»Natürlich«, sagte Otter. »Aber wenn du sie nicht kriegen
kannst, wird es dir schlechtgehen, stimmt's? Er biß sich auf die
Zunge, bevor er schelmisch grinsend hinzufügte: »Du hast es ja
nie mit dem Zölibat gehalten.«

Lindens wütendes Schnauben ließ ihn seine Spitzzüngigkeit
beinahe bereuen.

20. KAPITEL

Seid Ihr ganz sicher, Kas?« fragte Prinz Peridaen. »Ich kann es kaum glauben. Das ist unfaßbar. Ist auf Euren Mann Verlaß?«

»Ja«, antwortete Kas Althume. »Harn und sein Bruder Pol stehen seit Jahren in meinen Diensten. Harn hörte die älteren Drachenlords von einem neuen Drachenlord reden – einer Frau. Nach dem, was sie sagten, denke ich, daß dieser neue Drachenlord Linden Rathans Seelengefährtin ist. Aus irgendeinem Grund meinen sie, daß er sich nicht mit ihr vereinen solle. Und sie hoffen, daß das ›andere Mädchen‹ – wer immer das sein soll – ihn von ihr ablenkt.«

Peridaen stand vor dem Spiegel im Ankleideraum des Prinzenpalasts und nestelte an seinem Umhang herum. »Heißt es in den Legenden nicht, daß die Vereinigung von Seelengefährten eine bestimmte Zeremonie beinhaltet? Vielleicht muß diese Zeremonie auf Drachenhort durchgeführt werden.«

Kas Althume überlegte. »Das ist anzunehmen. Die dabei entfesselten Kräfte müssen beträchtlich sein. Vermutlich gibt es auf Drachenhort spezielle Wächter, die dafür sorgen, daß die Kräfte nicht außer Kontrolle geraten. Der Ort ist uralt und voller Magie.« Er nahm Peridaens schwere goldene Amtskette vom Tisch und legte sie dem Prinzen um. »Stellt Euch vor, Peridaen: Die Bruderschaft hat einen eigenen Drachenlord als Spion. Wie ironisch.«

»Ist tatsächlich Sherrine dieser neue Drachenlord? Sie scheint kein Kennmal zu haben«, sagte Peridaen.

»Vielleicht sind nicht alle Kennmale äußerlich, wer weiß. Falls Linden Rathan sich nun plötzlich von ihr fernhält – kommt Anstella vor der Sitzung her?«

Jemand klopfte an die Tür. Peridaen legte die Hände über die

Augen und sagte mit tiefer, geheimnisvoller Stimme: »Laßt mich sehen – die Dunstschleier lüften sich. Ja! Anstella wird vor der Sitzung herkommen.« Er ging zur Tür und öffnete sie. Anstella von Colrane trat ein. Peridaen begrüßte sie mit einem flüchtigen Kuß und schloß die Tür.

Kas Althume lächelte. »Sehr gut, Eure Lordschaft. Selbst ich brauche eine Kristallkugel. Ihr habt den Beruf verfehlt.«

Peridaen grinste. »Die Zauberkunst überlasse ich Euch, Kas.«

Anstella sah von einem Mann zum anderen. »Ihr beiden scheint bester Dinge zu sein. Ist etwas geschehen?«

»Falls wir recht haben, wirst auch du gleich bester Dinge sein, meine Liebste«, sagte Peridaen und schlang einen Arm um ihre Taille. »Kas?«

»Anstella, hat Sherrine irgend etwas Ungewöhnliches an sich? Abgesehen von ihrer ungewöhnlichen Schönheit?« fragte der Magier und verneigte sich vor dem Ursprung ebenjener Schönheit.

Anstella nahm das Kompliment mit einem Lächeln und einem flüchtigen Kopfnicken zur Kenntnis. »Zum Beispiel?«

Kas Althume zuckte mit den Schultern. »Ein Muttermal oder etwas in der Art.«

Ein spöttisches Lächeln umspielte ihre Mundwinkel. »Ja, das hat sie. Ein weinrotes Muttermal – wie Linden Rathan –, aber auf dem Rücken. Warum?«

Kas Althume sah Peridaen lächeln. Es war das Lächeln eines hungrigen Wolfes. Er wußte, daß seines genauso aussah. »Wie Linden Rathans, was?«

Dann legte Peridaen die Stirn in Falten und sagte: »Das muß nichts bedeuten. Es gibt viele Leute, die solche Muttermale haben und keine Drachenlords sind. Im übrigen stimmen die Kennmale der beiden anderen nicht überein.«

Der Magier widersprach: »Doch, das tun sie, Peridaen. Denkt nach. Beides sind körperliche Deformierungen. Vielleicht müssen sich die Kennmale von Seelengefährten nur irgendwie

172

ergänzen.« Er schlug sich die geballte Faust in die Handfläche. »Es gibt so vieles, was wir über sie nicht wissen, was sie vor uns verbergen! Verdammt!«

Seine Miene glättete sich. »Falls Kennmale sich tatsächlich gleichen oder sich irgendwie ergänzen müssen, hieße das, daß Sherrine der neue Drachenlord sein könnte. Und ich würde alles darauf wetten, daß das der Fall ist. Das würde einem der grundlegenden Gesetze der Magie folgen – dem Gesetz der äußerlichen Entsprechung.«

»Was?« rief Anstella empört. »Sherrine – ein Drachenlord?«

Peridaen lachte. »Ganz recht, meine Liebe. Und ich fürchte, daß deine Tochter ihrem Drachenlord-Liebhaber für eine Weile entsagen muß. Genau gesagt, hoffe ich das sogar. Es würde unsere Vermutung bestätigen. Aber sag ihr, daß sie nicht traurig zu sein braucht; es ist nicht für lange.«

»Danach kann sie auf ewig mit ihm zusammen sein«, sagte Kas Althume. »Aber verratet es ihr nicht; noch nicht. Das würde die Dinge nur unnötig komplizieren. Und falls Ihr es irgendwie bewerkstelligen könnt, Peridaen, verzögert den Fortgang der Sitzungen noch einmal.«

»Schon wieder?« fragte Peridaen seufzend. »Wenn das so weitergeht, werden die Drachenlords ahnen, daß etwas im Gange ist, Kas.«

»Es geht nicht anders. Die Übersetzung ist äußerst schwierig.«

»Wovon handelt sie?« wollte Anstella wissen.

Kas Althume lächelte wieder. »Von diesem und jenem. Und von etwas, das hoffentlich mehr ist als bloß eine alte Legende.«

Die Baronesse legte hochmütig den Kopf in den Nacken, als sie sich beim Prinzen einhakte. »Nicht sehr hilfreich. Aber ich lasse Duriac seit zehn Tagen Chardel bearbeiten. Gestern abend sagte er, daß er ihn nicht mehr lange reizen müsse, bis der alte Narr ihn angreift.«

Der Magier nickte. »Gut. Sagt ihm, daß er sich das für eine

der folgenden Sitzungen aufheben soll. Warum sollen wir nicht den größtmöglichen Nutzen daraus ziehen?«

Peridaen blieb an der Tür stehen. »Ihr habt vorhin Harns Bruder erwähnt. Hat er sich schon aus Pelnar gemeldet?«

Kas Althume sagte: »Nein, noch nicht. Das letzte, was ich von ihm gehört habe, war, daß Nethuryn untergetaucht sei. Aber keine Sorge; wenn nötig wird Pol ganz Pelnar auf den Kopf stellen. Er wird uns bringen, was wir brauchen.«

Peridaen nickte. Er und Anstella verließen das Zimmer.

Als sich die Tür hinter den beiden Cassoriern schloß, schob Kas Althume die Finger ineinander, streckte die Arme aus und ließ zufrieden seine Fingerknöchel knacken. Ja, auf nach Hause und weiter an der Übersetzung der einzig bekannten Kopie von Magier Ankarlyns Abhandlung arbeiten. Die Abhandlung, die das Wissen enthielt, mit dem man eine Attacke der Drachenlords überlebte.

21. KAPITEL

Irgendwo hinter der hohen Umzäunung des Gartens sang eine Nachtigall. Die Nacht war heiß und stickig, die Luft geschwängert mit dem Duft der Rosen, die entlang der Umzäunung wuchsen. Die schmale Sichel des zunehmenden Mondes hing, mit den Hörnern nach oben, tief am Himmel. Es reichte nicht für das, was Maurynna vorhatte.

Sie beugte sich über den Brunnenrand. Unter ihr lag undurchdringliche Schwärze, dunkler als die sie umgebende Nacht. Laut einigen von Otters Geschichten ging, wenn man die Reflektion des Mondes im Wasser sah, eine Münze hineinwarf und sich etwas wünschte, dieser Wunsch tatsächlich in Erfüllung.

Eine Münze lag in ihrer Hand. Doch ganz gleich, was sie tat, sie fand keinen Winkel, aus dem sich die blasse Mondsichel im Wasser unter ihr spiegelte.

Was soll's – ist wahrscheinlich besser so. Bei meinem Glück funktioniert es sowieso nur bei Yerrins – schließlich handelt es sich um eine Yerrin-Legende –, und ich hätte eine wertvolle Münze weggeworfen. Trotzdem …

Sie hielt die Münze in den Brunnenschacht. Bevor sie ihren Entschluß wieder ändern konnte, ließ sie sie in die Tiefe fallen. Einige Momente später vernahm sie ein leises, musikalisches »Plink«, als die Münze ins Wasser fiel.

»Das war dumm«, sprach sie in den Brunnen hinein.

Hinter ihr fragte eine tiefe Stimme: »Was war dumm?«

Ihr Herz machte einen Freudensprung. Sie erkannte die Stimme. Bevor sie sich umdrehen konnte, legten sich kräftige Arme um sie. Sie ließ sich von ihm halten, schmiegte sich an ihren Dockarbeiter, während er an ihrem Ohr knabberte. Ihre Hände kamen hoch und legten sich auf seine.

Ihre Finger berührten das Ende der Ärmel an seinen Handgelenken. Zu ihrer Überraschung waren die Ärmel zackenförmig. Sie fand das eigenartig, denn dieser Stil war lange aus der Mode. Neugierig geworden, tastete sie weiter und hätte beinahe überrascht aufgeseufzt, als ihre Finger den dicken, geriffelten Stoff fühlten.

Es war neiranalische Bergseide. Onkel Kesselandt hatte ihr einmal einen Ballen davon gezeigt, den einzigen Ballen, den er sich je hatte leisten können.

Dann mußte ihr Dockarbeiter wohlhabend sein, obwohl er ein Ausgestoßener war. Oder stand er sich nach wie vor gut mit seinem Clan und hatte sich nur zum Spaß in niedere Gesellschaftsschichten hinabbegeben? Sie hoffte nicht; sonst war sie für ihn vermutlich nichts weiter als eine kleine, billige Ablenkung.

Er lachte leise, sein Mund an ihrem Ohr. »Wenn du nur wüßtest, wo ich dich heute überall gesucht habe.« Seine Wange lag an ihrer.

Seine Worte erfüllten sie mit einem wohligen Glühen. »Ich habe dich auch gesucht. Aber was tust du hier? Wenn meine Tante wüßte, daß ich mit einem Dockarbeiter ...«

»Was sollte sie gegen einen deiner Kollegen haben?« Er klang verwundert. »Du ...«

Dann war er also tatsächlich ein Dockarbeiter. Dies zu wissen war eine Erleichterung. Sie verdrängte die Frage, wie er sich neiranalische Bergseide leisten konnte.

Sie sagte: »Ich arbeite nicht an den Docks. Ich – ich wollte nichts sagen, als mir klar wurde, daß du mich für eine Dockarbeiterin hieltest. Ich fürchtete, daß ...« Es war ihr zu peinlich, den Satz zu Ende zu sprechen.

»Daß ich mich zurückgezogen hätte?« Seine Stimme klang verständnisvoll. »Hätte ich nicht. Aber wenn du keine Dockarbeiterin bist, was bist du dann? Und wie ist dein Name?« Er strich ihr zärtlich über die Wange.

»Maurynna Erdon. Ich bin Kapitän der ...«

Er schüttelte den Kopf, dann lachte er. »O Götter! Und ich wollte dich durch Otter fragen lassen, ob du *dich selbst* suchen könntest!« Noch immer leise lachend, knabberte er wieder an ihrem Ohr.

Otter? Woher kannte er Otter?

Verwirrt versuchte sie, sich umzudrehen, doch seine Arme schlossen sich fester um sie. Sie wandte den Kopf zu ihm herum.

Er küßte sie – zumindest den Teil ihres Mundes, den er erreichen konnte. »Du hast mich gesucht? Obwohl du Kapitän eines Schiffes bist?« fragte er.

»Ja«, gab sie zu. »Das habe ich.«

Einen Moment schwieg er. Nach einem weiteren Kuß sagte er: »Ich muß dir ebenfalls etwas gestehen, Maurynna.«

Zu hören, wie er ihren Namen aussprach, war wie eine zärtliche Liebkosung. Sie schmolz dahin.

Er fuhr fort: »Ich bin auch kein Dockarbeiter.«

Er ließ sie los und trat einen Schritt zurück. Als sie sich umdrehte, blendete sie ein helles Licht. Sie fragte sich, wo er plötzlich die Fackel herhatte.

Als sich ihre Augen an die Helligkeit gewöhnt hatten, sah sie einen kleinen Feuerball zwischen sich und ihm in der Luft hängen. Sie löste den Blick von dem Wunder und reichte ihm eine Hand.

Und hielt fassungslos inne. Er stand mit einem wissenden, schiefen Lächeln vor ihr.

Trotzdem sie sie nie zuvor gesehen hatte, kannte sie seine Kleider nur zu gut. Hatte Otter sie ihr nicht Hunderte Male beschrieben?

Schwarzer Robenumhang, Kniehosen und Stiefel. Um die Taille ein breiter Gürtel aus flachen, ineinander verzahnten Silberplatten. Obwohl er die Hände in die Seiten gestemmt hatte, so daß das seidene Innenfutter der breiten Ärmel nicht zu sehen war, wußte sie, daß es blutrot sein würde. Ein silberfarbener, zwei Finger breiter Stickbesatz umfaßte den viereckigen Halsausschnitt seines Umhangs.

»Bist du wahnsinnig?« entfuhr es ihr entsetzt. »Das ist die Kleidung eines Drachenlords! Wenn man dich darin erwischt, wissen nur die Götter, was mit dir geschehen wird!«

Lächelnd hob er eine Hand und berührte etwas an seinem Hals: einen schweren silbernen Halsreif. Die Enden waren Drachenköpfe. Ihre Rubinaugen glänzten im Lichtschein des Feuerballs.

Ihr war schwindlig, als hätte sie gelegen und wäre zu schnell aufgestanden. »O Götter, das ist ein Kaltfeuer, nicht wahr? Du – du bist ...«

»Linden Rathan«, sagte er leise. »Verzeih, daß ich dich getäuscht habe. Aber manchmal ... manchmal möchte ich, daß man mich um meiner *selbst* willen akzeptiert, nicht nur wegen dem, was ich verkörpere.« Ein plötzliches schiefes Lächeln. »Ich fürchtete, du würdest dich ... zurückziehen.«

Sie gewann ihre Fassung zurück. »Euer – Euer Gnaden«, stammelte sie und hob ihr Kleid, um einen Hofknicks zu vollführen.

»Nicht!« Er ergriff ihre Hände. »Bitte – nicht«, sagte er. »Nicht zwischen uns. Niemals zwischen uns.«

Er zog sie sanft zu sich und legte ihre Hände in seinen Nacken. Maurynna bewegte sich wie in einem Traum. Seine Arme schlangen sich um ihre Hüften.

»Du darfst mich nie wieder ›Euer Gnaden‹ nennen, Maurynna«, sagte er. »Nenn mich einfach Linden.«

Sie sah zu ihm auf, noch immer unfähig, zu verstehen, daß all dies real sein sollte. »Linden«, sagte sie. »O Götter, ich kann es nicht glauben.«

Dann küßte er sie. Wieder und wieder.

Falls dies ein Traum war, hoffte sie, nie aus ihm zu erwachen.

Doch seine kräftige, pulsierende Wärme war real. Ebenso die trockene Stimme, die plötzlich aus der Dunkelheit erklang.

»Wie ich sehe, habt ihr beiden euch bereits bekannt gemacht«, sagte Otter. »Und ich nehme an, Linden, daß du deine ›Dockarbeiterin‹ gefunden hast.«

22. KAPITEL

Ich bin mir nicht sicher, ob ich das wirklich glaube, sagte Otter im Geiste zu Linden. *Es ist einfach zu sehr wie in einem Bardenmärchen.*

Und du bist ein Barde, entgegnete Linden, lautlos lachend. *Hast du keinen Glauben? Irgendwoher müssen die Märchen ja kommen.*

Er steckte seine Finger zwischen Maurynnas. Er wußte, daß er wie ein Tölpel grinste, aber es war ihm gleich. Nach so langer Zeit ohne Hoffnung endlich seine Seelengefährtin zu finden ...

»Du solltest den Rest der Familie kennenlernen«, sagte Otter. »Es würde Maylin beruhigen.«

»Wie meinst du das?« fragte Maurynna, während Linden fragte: »Wen?«

»Maylin ist Maurynnas Cousine.« Otter verschränkte die Arme vor der Brust. »Als ich nach Hause kam und nach dir suchte, Rynna, nahm sie mich beiseite und meinte, ich solle versuchen, dich zur Vernunft zu bringen. Anscheinend macht sie sich Sorgen, weil du dich in einen gewöhnlichen Dockarbeiter verliebt hast.«

»Otter!« rief sie beschämt.

Linden legte Maurynna einen Arm um die Schultern. »Nun, dann sollten wir sie wohl beruhigen. Aber ich finde, Otter, daß es nett wäre, sie vorher zu warnen.«

Ein schelmisches Grinsen legte sich auf Otters Miene. »Ich kann es kaum erwarten, Maylins Gesicht zu sehen. Sie war ... ziemlich aufgebracht über Dockarbeiter, die vorgeben, mehr zu sein, als sie tatsächlich sind.«

Otter machte auf dem Absatz kehrt und lief fröhlich summend zum Haus zurück. Linden wandte sich zu Maurynna um. »Geben wir ihm etwas Zeit, dann gehen wir auch rein. Glaubst du, Maylin wird noch etwas einzuwenden haben?« scherzte er und schmiegte seine Wange an ihre Stirn.

»Ich weiß nicht. Vermutlich wird sie das alles nicht glauben. Mir jedenfalls fällt es ziemlich schwer«, sagte Maurynna mit bebender Stimme.

»Keine Sorge, Liebste. Du hast genug Zeit, dich an den Gedanken zu gewöhnen.« *Jahrhundertelang.*

Als Otter das Haus betrat, stürmte Maylin auf ihn zu und zog ihn ins Vorderzimmer.

»Und? Hast du sie gefunden? Hast du sie zur Vernunft gebracht?« wollte sie wissen. Sie musterte ihn argwöhnisch. »Du warst nicht lange fort. Jedenfalls nicht lange genug für einen Streit mit Rynna.«

Bevor er antworten konnte, kam Maylins Mutter Elenna ins Zimmer. Kella hing an ihrem Rockzipfel. »Rynna zur Vernunft bringen? Maylin, was geht hier vor? Entweder deine Cousine träumt abwesend vor sich hin, oder sie sucht wie eine Furie die Stadt ab. Und denk ja nicht, daß ich nicht gehört habe, wie du sie ausgeschimpft hast.«

Otter fragte sich, wie eine Frau, die aussah wie ein winziger Vogel, so streng klingen konnte. Das Dilemma erkennend, in dem Maylin steckte – sollte sie ihre Cousine verpetzen oder die Schimpftirade ihrer Mutter über sich ergehen lassen –, beschloß Otter, daß es an der Zeit war, die Dinge aufzuklären.

»Maylin macht sich Sorgen, weil Maurynna sich in einen Dockarbeiter verliebt hat. Sie hat heute in der ganzen Stadt nach ihm gesucht, stimmt's, Maylin?« sagte der Barde, ohne auf Maylins wütenden Blick wegen seines scheinbaren Verrats zu achten.

Elennas Augenbrauen verschwanden fast unter den angegrauten braunen Stirnlocken. *»Dockarbeiter?«* Sie richtete den Blick auf ihre ältere Tochter. »Du hast davon gewußt und mir nichts gesagt?«

Maylin preßte die Lippen zusammen und funkelte Otter wütend an.

»Wie der Zufall es wollte, suchte der ›Dockarbeiter‹ auch nach *ihr*«, fuhr Otter fort. »Ich habe ihn hergebracht, und sie haben sich draußen im Garten gefunden.« Was nichts als die reine Wahrheit war.

»Otter«, sagte Elenna in so drohendem Ton, daß sich seine Nackenhaare aufstellten, »Ihr solltet es besser wissen. Wenn Kesselandt und die anderen das erfahren, könnte Maurynna schlimme Schwierigkeiten bekommen. Sie könnte sogar ihren Kapitänsrang verlieren. Die Erdons stehen über Dingen wie Liebschaften mit gewöhnlichen Dockarbeitern. Am besten, ich schicke diesen Emporkömmling nach Hause und rede ein ernstes Wort mit dem Mädchen.«

Otter versperrte Elenna den Weg und hielt Maylin fest, als sie versuchte, an ihm vorbeizukommen. »Ähm, Elenna – es ist ein ziemlich ungewöhnlicher Dockarbeiter. Ich glaube, es wäre klüger, ihm etwas Leckeres zu essen anzubieten – frisches Brot und Käse – und vielleicht Euer hervorragendes, selbstgebrautes Schwarzbier als Willkommenstrunk.«

Elenna starrte ihn entgeistert an. »Wie bitte?«

Otter nickte, sein Spiel genießend. »Mein Wort als Barde. Kommt, ich helfe Euch sogar beim Tischdecken.«

Während er Elenna und Maylin half, die Speisen und das Geschirr aufzutragen, weigerte sich Otter, ihre immer bohrenderen Fragen zu beantworten. »Ihr werdet schon sehen.«

Aber als er die Haustür aufgehen hörte, besann Otter sich eines Besseren. Es war klüger, sie zu warnen, bevor einer von ihnen vor Überraschung in Ohnmacht fiel. »Der Mann, den Maurynna beim Entladen ihres Schiffes kennenlernte, ist kein Dockarbeiter. Er war nur am Hafen, um sich das Schiff anzuschauen, auf dem ich herkam. Er fand die Verwechslung amüsant und sagte Maurynna nicht, wer er wirklich ist. Er ist Linden Rathan.«

182

»Was!« entfuhr es Elenna. Fassungslos schlug sie eine Hand vor den Mund, während Stiefelschritte im Flur erklangen.

Kellas Lippen formten ein überraschtes O.

»Das kann nicht sein!« flüsterte Maylin bestimmt. »Er hat eine Affäre mit Lady Sherrine von Colrane!«

Nun war es an Otter, überrascht zu sein – und besorgt. »Was?« entfuhr es ihm, unbewußt Elenna imitierend.

Aus dem Flur drang Maurynnas Stimme herein. »Ich glaube, sie sind da drin. Ich habe sie reden gehört.«

Maurynna erschien in der Tür. Sie glühte vor Glückseligkeit. Otter glaubte, noch nie eine so schöne Frau gesehen zu haben. Der Ausdruck in ihren Augen traf ihn mitten ins Herz und inspirierte ihn zu einem neuen Lied.

Linden sah über ihre Schulter hinweg ins Zimmer. »Ihr seid die beiden, denen ich jeden Tag zuwinke«, sagte er überrascht und folgte Maurynna.

Ein kleiner Wirbelwind sauste an Otter vorbei. Linden bückte sich und hob Kella hoch.

»Hallo, Kleine!« sagte der Drachenlord frohgelaunt. »Endlich lerne ich dich und deine Schwester kennen.«

Otter hielt sich zurück. Ich würde zu sehr nach einem Herold klingen, wenn ich ihn offiziell vorstelle. So ist es besser, dachte er bei sich, während Linden lachend und ungezwungen die Frauen der Vanadin-Familie begrüßte, die ganze Zeit Kella auf dem Arm. Lächelnd sah Otter, wie die freie Hand des Drachenlords bei jeder Gelegenheit nach Maurynnas griff, selbst nachdem sie sich zum Essen hingesetzt hatten.

Die anfangs etwas steife Unterhaltung wurde entspannter, als die Vanadins Linden allmählich als einen der ihren akzeptierten. Sie redeten stundenlang. Auf Maylins Frage »Wie habt ihr euch kennengelernt?« antwortete Otter: »Er ist mir bei einer meiner Reisen über den Weg gelaufen, als ich eines Nachts im Freien lagerte.«

Linden lachte. »Stimmt, Otter – und du hattest keine Lust,

dein Lager mit einem Hinterwäldler aus den Bergen teilen zu müssen. Gib's zu, ich habe es deinem Gesicht angesehen.«

»Die Götter mögen mir beistehen, Jungchen, aber kann man mir das übelnehmen? Mehr als sechshundert Jahre alt, und trotzdem hattest du noch diesen unverständlichen Bergakzent«, verteidigte sich Otter. »Aber wenigstens warst du ein aufmerksamer Zuhörer.«

»Das war ich. Lleld wünscht sich noch heute, daß sie dein Gesicht hätte sehen können, als du es erfuhrst«, sagte Linden.

»Kann ich mir vorstellen«, sagte Otter. »Sie würde sich noch heute schieflachen.«

Maurynna fragte: »Wer ist Lleld?«

»Lleld«, sagte Linden, »ist, wie sie in den Bergen sagen würden, eine ungestüme kleine Hexe von einem Drachenlord.«

Otter fuhr fort: »Sie ist klein – vielleicht so groß wie ein zehnjähriges Kind – und findet ein perverses Vergnügen darin, Linden ›Kleiner‹ zu nennen.«

Maurynna lachte. »Du? Kleiner?«

»Das ist der traditionelle Kosename für den jüngsten Drachenlord«, sagte Linden. »Lleld nennt mich bei jeder Gelegenheit so.« Er wandte sich Maurynna zu und sagte zärtlich: »Dies ist ein wundervoller Abend, aber ich muß jetzt wirklich gehen. Wir haben morgen alle zu tun, und ich bringe deine ganze Familie um den Schlaf.«

Linden legte die in seinem Schoß schlafende Kella in die Arme ihrer Mutter. Dann gingen er und Maurynna in den Flur. Otter blieb – in stillschweigender Übereinkunft mit Elenna und Maylin – im Zimmer sitzen.

Götter, muß das schwer sein. Nach jahrhundertelanger Warterei die andere Hälfte seines Selbst zu finden – und aufstehen und gehen zu müssen, selbst wenn es nur für die Nacht ist, dachte Otter, während im Flur ihre Schritte verklangen. Er lauschte der Stille, die gelegentlich von leisem Flüstern durchbrochen wurde, und wartete auf das Geräusch der Haustür.

184

Als er es vernahm, überlegte er, wie lange Linden für den kurzen Heimweg brauchen würde. Um ihn herum redeten die Frauen des Vanadin-Haushaltes aufgeregt durcheinander. Als er meinte, daß genug Zeit verstrichen sei, stellte Otter eine Geistesverbindung zu Linden her.

Maylin sagte etwas, das mich annehmen läßt, daß du mitten in einer Affäre steckst, Jungchen, begann er, sich vorsichtig dem Thema nähernd.

Stimmt, ich hatte eine Affäre, aber Sherrine hatte zur selben Zeit etwas mit einem anderen Mann, also ist kein ernsthafter Schaden angerichtet worden.

Lindens Antwort klang überrascht, aber nicht verärgert. Otter faßte sich ein Herz und fuhr fort.

Dann hatte Maylin also recht. Oh, Jungchen, das dürfte Ärger geben.

Was meinst du? fragte Linden, nun nicht nur überrascht, sondern auch ein wenig konsterniert. *Kennst du Sherrine?*

Otter ermahnte sich, nicht den Kopf zu schütteln. *Nicht persönlich, aber ich habe von ihr gehört. Sherrine ist eine Colrane, und die sind alle entsetzlich hochnäsig. Gerüchte am Hof besagen, daß sie zahllose Affären hatte und sich damit rühmt, nie von einem Mann verlassen worden zu sein.*

Du meinst, sie war immer diejenige, die Schluß gemacht hat? Sie und ich haben darüber geredet, Otter, und ich habe ihr ausdrücklich gesagt, daß sie eventuell nicht die einzige sein würde. Sie hat es verstanden und akzeptiert. Genaugenommen, an dieser Stelle mischte sich leichte Verärgerung in Lindens Geiststimme, *hat sie mir eindeutig zu verstehen gegeben, daß dasselbe auch für sie gelte. Wie gesagt, sie hatte die ganze Zeit auch etwas mit einem anderen Mann. Deswegen glaube ich nicht, daß es Ärger zwischen uns geben wird. Mache dir keine Sorgen.*

Otter seufzte. *Hoffentlich hast du recht, Jungchen; hoffentlich.*

23. KAPITEL

Der alte Magier saß auf einem Hocker vor der Feuerstelle und rührte in einem Topf, in dem es blubbernd vor sich hin köchelte. Er führte den Holzlöffel an die Lippen und kostete vorsichtig. Eine schwarzweiße Katze strich um seine Fußknöchel.

»Fertig, Merro«, sagte der alte Mann. »Es fehlt etwas Salz, aber es wird schon gehen.«

»Miau«, antwortete die Katze.

Nethuryn stand schwerfällig auf und stöhnte wegen der Steifheit in seinen Gelenken und seinem Rücken. »Ah, Merro, Merro. Ich bin zu alt für dieses Versteckspiel. Ich denke, wir werden hierbleiben, ganz gleich, was kommt. Ist nicht so schlecht hier, nicht wahr?«

Die Katze reckte sich in die Höhe und schlug die schneeweißen Pfoten gegen die Knie des alten Mannes. »Miau!«

»Geduld, du gieriger Kerl.« Mit seinen langen Fingern zupfte Nethuryn gedankenverloren an seinem langen weißen Rauschbart und murmelte: »Wo habe ich die Schüsseln hingestellt? Ah! Da sind sie.«

Er schlurfte durch den Raum, nahm zwei Holzschüsseln vom Wandbrett und kehrte zur Feuerstelle zurück. Er schöpfte etwas Suppe in eine Schüssel – sorgsam darauf achtend, die wenigen Fleischstücke gerecht zu verteilen – und stellte sie auf den Boden. Die Katze rannte herbei, ließ sich vor der Schüssel nieder und machte sich mit ihrer rosafarbenen Zunge über die dampfende Mahlzeit her.

»Vorsicht! Es ist heiß. Aber es geht nichts über eine Suppe mit zartem Kaninchenfleisch, was, Merro?«

Nethuryn ließ die Katze ihr Abendmahl genießen. Unterdessen füllte er die zweite Schüssel und trug sie zum Tisch. Er brach ein Stück von dem dort liegenden braunen Brotlaib ab und tunkte es in die Suppe. Er kaute langsam und betrachtete im Schein der Öllampe den einzigen Raum in der Holzhütte, die nun ihr neues Zuhause war.

»Ist nicht das, was wir gewohnt sind, was, Merro? Aber hier sollten wir sicher sein – wir und *das*.« Mit einem Kopfnicken wies er auf das Kästchen, das zwischen einem zweiten Topf, weiteren Holzschüsseln, einem Steintrog und einem Tonbecher auf dem Wandbrett lag. Auf der Vorderseite des Kästchens stand in ungelenk eingeschnitzten Buchstaben »Gewürze«.

Nethuryn nahm den Blick von dem Kästchen. Vielleicht hätte er es weggeben sollen, als er die Botschaft erhalten hatte, in der es angefordert worden war. Doch er traute dem jungen Kas nicht. Nein, ganz und gar nicht. Die Erinnerung an die kalt blickenden Augen seines ehemaligen Lehrlings ließ Nethuryn heute noch erschaudern.

Deswegen war er geflohen, als er gehört hatte, daß einer von Kas Althumes Dienern nach ihm suchte.

Zu alt und schwerfällig. Meine Zauberkraft ist fast versiegt. Ich hätte Kas nie verraten dürfen, daß ich das unsägliche Ding besitze. Aber es ist nun mal geschehen, und hier sollte es gut versteckt sein, sagte er sich, während er seine Suppe löffelte. Und Merro und ich haben es warm und gemütlich, und wir sind in Sicherheit.

Zum ersten Mal seit Wochen entspannte er sich. Die kleine Hütte *war* gemütlich, die Suppe mit köstlichen frischen Kräutern aus dem Garten abgeschmeckt, und Merro hatte draußen einen Wald, in dem er jagen konnte. Es würde ihnen gutgehen.

Nethuryn trank den letzten Tropfen aus der Schüssel, lehnte sich müde, aber zufrieden zurück und sah der Katze zu, wie sie ihre Schnauzhaare sauberleckte. Er fiel in einen leichten Dämmerschlaf, in den alte Menschen so oft versanken.

Krachender Donner und Merros erschrockenes Miauen weck-

187

ten ihn. Nethuryn kam schwerfällig auf die Beine, verwirrt und ängstlich. Ein Sturm? Nichts hatte am Tage auf einen Sturm hingedeutet.

Ein zweites Krachen. Es kostete Nethuryn wertvolle Augenblicke, bis er merkte, daß das, was er für Donner gehalten hatte, das Geräusch der zerberstenden Tür war. Er hob die Hände für einen Zauberspruch, aber es war zu spät. Die Tür flog auf. Ein Mann stand im Türrahmen. Etwas in seiner Hand blitzte im Lichtschein, dann schoß es durch die Luft.

Nethuryn fiel auf den Stuhl zurück, die Hände um den Dolch geschlossen, der bis zum Griff in seiner Brust steckte. Er erkannte den Mann und keuchte: »Pol – Kas kann doch nicht wollen, daß du mich …« Er wollte das Schlimmste noch immer nicht wahrhaben.

»Sei still, alter Narr. Du hättest mich dich nicht jagen lassen sollen«, raunte der stämmige Mann. Doch der fiebrige Glanz in seinem Blick sagte Nethuryn, daß Kas Althumes Lakai die Jagd genossen hatte – und daß er nach Mord gierte.

Mit dem in seiner Brust brennenden Dolch konnte Nethuryn nur hilflos mitansehen, wie Pol seine wenigen Habseligkeiten durchsuchte. Als erstes wühlte er in Nethuryns Bett, dann riß er mit einem mächtigen Ruck die Tür vom Kleiderschrank auf. Nethuryn versuchte, die Kraft für einen Zauberspruch aufzubringen, doch weder seine Hände noch seine Stimme gehorchten ihm. Tatsächlich war Atmen das einzige, wozu er noch imstande war. Merro drückte sich winselnd an ihn.

Pol arbeitete sich methodisch durch den Raum. Nethuryn nahm an, daß ihm die Zerstörung gefiel, die er verursachte. Ein Geheimversteck vermutend, riß Pol sogar ganze Stämme aus den Holzwänden.

Schließlich brachte Nethuryn hervor: »Nicht hier. Ich habe es vergraben.«

Pol schnaubte. »Den Teufel hast du, alter Mann. Du würdest es niemals irgendwo vergraben. Du hättest es schon vor langer

Zeit hergeben sollen, als deine Zauberkraft anfing nachzulassen. Also, wo ist es?«

Nethuryn wimmerte, ebensosehr wegen der schmerzlichen Wahrheit wie wegen des Dolches in seiner Brust. Er starb; er wußte es. In seinem langen Leben hatte er viele Dinge getan, die ihm leid taten, und daß er erschaffen hatte, was in dem Kästchen lag, war eines dieser Dinge. Er war ein Narr gewesen. Er hätte es zerstören oder der Obhut eines mächtigeren Magiers anvertrauen sollen. Doch wie hätte er etwas fortgeben können, das ihn soviel Schweiß und Tränen gekostet hatte? Wenn er stark blieb und nichts sagte, würde Pol vielleicht – nur vielleicht – mit leeren Händen verschwinden …

Ohne es zu wollen, stöhnte Nethuryn auf, als er Kas Althumes Lakai vor das Wandbrett mit dem Geschirr treten sah.

Pol schaute über die Schulter zu ihm und lächelte. »Wird es ›heiß‹, wie man in dem Kinderspiel sagt?« höhnte er. »Ich denke, ja, Nethuryn. Sieh nur, wie dir fast die Augen übergehen. Oder ist das nur der nahende Tod? Aber es war gerissen von dir, alter Mann, es so offen herumliegen zu lassen. Hättest du nicht wie ein angestochenes Schwein gequiekt, hätte ich wohl stundenlang meine Zeit vergeudet – ah, da ist es ja.«

Große Hände schlossen sich um das unbearbeitete kleine Kästchen. Mit letzter Kraft hob Nethuryn einen Arm. »Nicht – bitte. Kas versteht nicht, wie gefähr…«

Pol fuhr herum und stieß den Arm weg. »Alter Narr. Mein Herr versteht mehr von diesen Dingen, als ihr je verstanden habt. Er weiß, was Macht ist und wie man sie an sich reißt.« Er sah auf das Kästchen in seiner Hand und klappte es auf.

Durch das Rauschen in seinen Ohren hörte Nethuryn ihn murmeln: »Wer hätte gedacht, daß der alte Kerl so gerissen ist«, während Pol die Gewürzbeutel zu Boden warf. Dann kam ein tiefes, zufriedenes »Ah!«, und der gedungene Mörder nahm etwas von der Größe eines Apfels aus dem Kästchen.

Nethuryn starrte auf das Juwel, daß Pol hochhielt. Es sog den flackernden Feuerschein in sich auf und versprühte zugleich eisblaue Lichtblitze. Nethuryn spürte die Wärme aus seinem Körper schwinden, während das Juwel immer heller erstrahlte. Merro rannte winselnd in die Nacht hinaus.

»Natürlich – es lädt sich mit dir auf, nicht wahr, Nethuryn? Du stirbst, deswegen trinkt es deine Seele. Wie nett von dir, alter Mann.«

Bewundernd drehte er den Edelstein in der Hand und betrachtete ihn von allen Seiten. »Mein Herr wird zufrieden sein. Ein Seelenfänger-Juwel, das bereits mit der Seele eines seiner Feinde gefüllt ist.«

Nethuryns leer werdender Blick folgte dem Juwel. Das Strahlen spiegelte sich in seinen Augen. Er sah das letzte, triumphierende Blitzen des Juwels, stöhnte ein letztes Mal auf und starb.

24. KAPITEL

Am frühen Morgen kam Maylin mit verquollenen Augen die Treppe hinunter. Nur weil ihr jede Stufe seit langem vertraut war, stolperte sie nicht.

Tee. Sie brauchte eine Tasse guten starken Tee. Zwei Stunden Schlaf waren einfach zuwenig. Ich frage mich, ob Maurynna zum Schlafen gekommen ist. An ihrer Stelle hätte ich kein Auge zugetan. Als sie gähnend die unterste Stufe erreichte, schwang sie sich mit einer Hand um den Treppenpfosten. Ihre nackten Füße glitten über die Steinfliesen, während sie den Flur zur Küche hinunterschlurfte.

Sie legte den Kopf schräg, als sie am Büro vorbeikam und Stimmen hörte. Gütige Götter! Lehrlinge, die man nicht aus dem Bett scheuchen muß? Wo kommen wir bloß hin? dachte sie mit müder Belustigung.

Ein leises, tieftönendes Lachen ließ sie alle Gedanken an Tee vergessen. Das war kein Lehrling! Die Tür stand einen Spaltbreit offen. Vorsichtig schob sie sie noch etwas weiter auf und spähte ins Zimmer.

Maurynna und Linden Rathan hielten einander eng umschlungen in den Armen. Er sagte: »Dann wäre es also möglich? Du hast nichts gegen einen kleinen Ausflug?«

Maurynna antwortete: »Es ist eine einfache Fahrt. Ich glaube nicht, daß meine Mannschaft etwas einzuwenden hat. Laß mich nachdenken ... Hm, in zwei Tagen geht die Flut zurück ...«

Ohne es zu merken, schob Maylin die Tür weiter auf. O Götter, das hatte sie nicht gewollt. Ganz und gar nicht. Verlegen stand sie im Türrahmen und wäre vor Scham am liebsten im Boden versunken.

Hastig traten Maurynna und Linden Rathan auseinander, entspannten sich aber, als sie sahen, daß es Maylin war. Der

Drachenlord legte einen Arm um Maurynnas Schultern. Maylin sah, daß er ein Lächeln zu verbergen versuchte, was ihr Unbehagen nur noch vergrößerte. Maurynna schien einfach bloß überrascht.

»Euer – Euer Gnaden«, stammelte Maylin. »Verzeiht mir; ich wollte nicht ...« Eine plötzliche Erkenntnis überkam sie. Wie gut die beiden zueinander paßten.

»Nicht so schlimm«, sagte Linden Rathan. »Aber eins möchte ich ein für allemal klarstellen.«

Maylin wappnete sich für eine wohlverdiente Standpauke. »Es besteht kein Grund, so formell zu sein. Ich mag das nicht. Bitte, können wir nicht einfach alle Titel vergessen? Sie stören nur – besonders beim Picknick.«

Verdattert wiederholte Maylin: »Picknick?«

Er besaß, wie sie in ihrer Verwunderung beiläufig registrierte, das freche Grinsen eines kleinen Jungen. »Ja. Wir werden ein Picknick veranstalten: Otter, Maurynna und ich, du, Kella – und Prinz Rann.«

Linden traf eine Weile vor Beginn der für diesen Tag angesetzten Ratssitzung im Palast ein. Eine Bedienstete kam ihm entgegen, als er durch die große Empfangshalle lief.

»Euer Gnaden«, sagte sie. »Ihr seid heute sehr früh hier. Kann ich Euch irgendwie helfen?«

»Ist Herzogin Alinya schon wach?« fragte er.

»Ja, mein Lord. Sie steht immer sehr zeitig auf und nimmt das Frühstück in ihren Gemächern ein. Soll ich Euch hinbringen?«

»Ja.« Linden kam ein Gedanke. »Und schickt bitte jemanden zur Heilerin Tasha und laßt ihr ausrichten, daß sie uns in den Gemächern der Herzogin aufsuchen soll.«

Kurz darauf folgte er der Bediensteten durch das Labyrinth des Königspalastes von Casna.

»Mit dir und deiner Mannschaft von Verrückten an Bord gehen? Was hast du mir neulich noch gesagt – ›ich bin vielleicht verrückt, aber ich bin nicht dumm‹?«

Beim Anblick von Otters Gesichtsausdruck konnte Maurynna nicht anders, als schallend zu lachen. »Otter, es wird ein ganz ruhiger Tag – ich verspreche es dir. Falls nicht, fahren wir nicht los. Ganz einfach.«

Otter verschränkte die Arme vor der Brust. »Nein.«

»Aber du mußt mitkommen. Ohne dich macht es keinen Spaß.«

Dies entlockte dem Barden ein spöttisches Schnauben. »Als ob dir auffallen würde, ob ich da bin oder nicht, solange nur Linden dabei ist.«

Sie hoffte, daß ihr Gesicht nicht so rot war, wie es sich anfühlte. »Prinz Rann wird enttäuscht sein. Linden hat mir erzählt, wie sehr sich der Prinz auf ein paar neue Geschichten von dir freut.«

Sie sah, daß sie ihn bei seiner Berufsehre gepackt hatte. Otters Entschluß geriet ins Wanken. Schließlich sagte der Barde: »Na schön. Aber nur, weil ich den Jungen nicht enttäuschen möchte.«

Linden aß ein Stück cassorisches Hefegebäck und ignorierte höflich Herzogin Alinya und Heilerin Tasha, die die Köpfe zusammengesteckt hatten und seinen Vorschlag diskutierten. Es fiel ihm nicht leicht, denn sein Gehör war exzellent, aber alles in allem schaffte er es, nur wenige Worte aufzuschnappen.

Anfangs schienen beide Frauen unschlüssig. Dann hörte er »Sonnenschein« und »wird ihm guttun«. Das stimmte Alinya nachdenklich, aber sie war noch nicht überzeugt. Als nächstes kam »Seeluft«, doch selbst das reichte nicht, um die Herzogin umzustimmen.

Linden wurde nervös. Was, wenn sich die Herzogin weigerte?

Zwar überstieg sein Rang den ihren, und der konnte ihr Einverständnis erzwingen, aber das wäre politisch unklug.

Dann flüsterte Tasha etwas, das die Unterredung beendete. Alinya sagte: »Na gut, aber nur unter dieser Bedingung. Und laßt es eine Überraschung sein, sonst wird der Junge vor Aufregung noch kränker.«

Die beiden Frauen wandten sich wieder zu ihm um. »Drachenlord«, sagte Heilerin Tasha, »wir haben entschieden, daß der Ausflug dem Wohlbefinden des Prinzen sehr zuträglich sein dürfte. Aber wir stellen eine Bedingung: Ich komme mit.«

Den Göttern sei Dank. »Heilerin Tasha, hättet Ihr es nicht selbst vorgeschlagen, ich hätte darauf bestanden. Willkommen bei unserem Picknick.«

Maylin blieb an der Ecke stehen und überlegte, was sie sonst noch einkaufen sollte. Gleichzeitig fragte sie sich, wann sie aus diesem verrückten Traum erwachen würde. Drachenlords und verwaiste Prinzen! Zum wiederholten Male mußte sie sich daran erinnern, daß das Ganze Wirklichkeit war.

Ihre Einkaufsrunde war fast beendet. Sie sah in den Korb. Der Großteil ihrer Einkäufe würde am Vorabend des Picknicks geliefert werden. Im Korb lagen nur die wenigen speziellen Dinge, deren Auswahl sie niemandem anvertrauen wollte: zwei kleine Töpfe frischen Honig mit Limonenextrakt; einen harten Klumpen des weißesten Zuckers, den sie finden konnte; eine ganze Muskatnuß; kleine, abgepackte Beutel mit Zimt, Gewürznelken, Pfeffer und Safran. Die beiden letztgenannten Gewürze waren unverschämt teuer gewesen. Zwar hatte sie den Gewürzhändler deutlich heruntergehandelt, doch noch immer tat der Preis, den sie gezahlt hatte, ihrer sparsamen Kaufmannsseele weh – auch wenn sie Lindens Geld ausgab und nicht ihr eigenes.

Linden. Es war seltsam, ihn so zu nennen, selbst in Gedanken. Sie richtete ihr Augenmerk wieder auf den Korbinhalt. Sie entschied, daß noch etwas Platz war für eine letzte kleine Sache. Aber wofür?

»Maylin!«

Beim Klang der Stimme ihrer Cousine schaute Maylin zurück. Sie hatte keine Schwierigkeiten, Maurynna zwischen den hauptsächlich cassorischen Passanten zu entdecken. »Hallo – hast du schon mit deiner Mannschaft geredet?« rief sie ihrer Cousine zu, während diese sich einen Weg durch die Menge bahnte.

»Ja«, antwortete Maurynna, als sie Maylin erreicht hatte. »Sie sind neugieriger als junge Katzen. Jeder einzelne hat sich freiwillig gemeldet. Ich habe ihnen nicht viel erzählt, gerade genug, um ihre Neugier zu wecken, ansonsten hätte es sich in allen Tavernen herumgesprochen, und wir hätten halb Casna am Dock. Ich bin froh, dich zu treffen. Wenn du fertig bist, können wir zusammen nach Hause gehen. Aber zuerst muß ich Almered noch von der Familie grüßen.«

Maylin schnippte mit den Fingern. »Das ist es! Kandierter Ingwer.«

Maurynna kratzte sich am Kopf. »Kandierter ...?«

»Schon gut. Ich hatte völlig vergessen, daß das assantikkanische Viertel ganz in der Nähe ist.« Maylin nahm den Korb in die andere Hand. »Bei Almered gibt es kandierten Ingwer. Außerdem will ich mir seine Seidenstoffe ansehen. Sollen wir?«

»Ihr wünscht mich zu sprechen, Anstella?« fragte Lord Duriac und setzte sich zu ihr auf die marmorne Gartenbank.

»So ist es«, sagte Anstella von Colrane. Sie legte ihre Stickarbeit aus der Hand. »Wir müssen etwas Zeit gewinnen. Ich möchte, daß Ihr Chardel heute so sehr reizt, daß er auf Euch losgeht.«

»Während der Sitzung?« fragte Duriac, einigermaßen überrascht.

»Wo sonst? Und sprecht mit den anderen. Seht zu, daß sie mitmachen.«

»Es ist nur noch eine Stunde bis zur Sitzung«, entgegnete Duriac. »Das läßt mir nicht viel Zeit.«

Anstella zuckte mit den Schultern. »Das ist nicht mein Problem. Ich habe Euch gesagt, was man von Euch verlangt, und erwarte, daß Ihr dem nachkommt.« Sie stand auf und strich ihr Kleid glatt. »Geht jetzt. Es ist nicht mehr viel Zeit, und ich habe noch andere Dinge zu erledigen.«

Ich habe sie gefunden! rief Linden den anderen Drachenlords zu, als sie, vor den Ratsmitgliedern herschreitend, den Sitzungssaal betraten.

Den Göttern sei Dank, kam der erleichterte Chorus. *Wie?* fragte Kief. *Wie ist ihr Name?* wollte Tarlna wissen.

Sie ist doch keine Dockarbeiterin. Sie ist Kapitän des Schiffes. Ihr Name ist Maurynna Erdon, und ich traf sie, als Otter mich zum Haus ihrer Angehörigen mitnahm. Wir dachten, wir könnten ihre Hilfe in Anspruch nehmen, wenn sie sich schon am Hafen auskennt.

Oh, welch eine Verwicklung, sagte Tarlna lachend.

Linden nickte. *Ich weiß, schlimmer als ein Bardenmärchen. Ich muß Euch um einen Gefallen bitten, aber bevor ich das tue, möchte ich vorausschicken, daß Herzogin Alinya und Heilerin Tasha bereits zugestimmt haben.* Mit wenigen Worten schilderte er ihnen seinen Plan. *Deswegen möchte ich an dem Tag die Sitzung ausfallen lassen.*

Kief zog die Stirn in Falten. Doch alles, was er sagte, war: *Wir werden sehen, Linden. Wir werden sehen.*

Obwohl er Assantikkaner war und seinen Handel im assantikkanischen Viertel betrieb, war Almered al zef Bakkurans Geschäft – anders als die offenen Stände im Basar – im cassorischen Stil gebaut. Es war ein großes Geschäft, eine wunderbar duftende Schatzkammer mit einer unglaublichen Auswahl verschiedenster Waren.

Maurynna liebte es, das Geschäft zu besuchen, wann immer sie in Casna war. Als sie und Maylin durch die offenstehende Tür traten, rief sie auf Assantikkanisch: »Sei gegrüßt, Cousin.«

Zuerst dachte sie, das Geschäft wäre verlassen. Dann erhob sich hinter dem Verkaufstresen Almereds großgewachsene schlaksige Gestalt. Seine dunklen Züge erstrahlten vor Freude.

»Maurynna! Ich bin so froh, dich zu sehen!«

Er kam um den Tresen herum. Die Amulette und Perlen in seinen langen Zöpfen klapperten. Maurynna nahm seine Hände, und sie küßten sich, nach dem traditionellen assantikkanischen Begrüßungsritus, erst auf die eine Wange, dann auf die andere.

»Du siehst wundervoll aus, meine Liebe. Und was sind das für Spangen? Bist du seit deinem letzten Besuch zum Kapitän aufgestiegen? Meinen Glückwunsch. Du mußt zu Pakkasans *Tisrahn* kommen. Und Maylin! Ich habe dich hinter Maurynna fast übersehen. Du mußt auch kommen, und dein Vater und deine Mutter auch, wenn sie können. Ich gehe Falissa holen. Sie wird euch sehen wollen.«

Bevor sie ein Wort sagen konnten, verschwand Almered hinter einem bestickten Vorhang im rückwärtigen Teil des Geschäfts.

»Puh!« sagte Maylin. »Schnell, bevor er zurückkommt: Was ist ein *Tisrahn*?«

Maurynna sagte leise: »*Tisrahn* heißt die assantikkanische Zeremonie, mit der das Erwachsenwerden eines Halbwüchsigen gefeiert wird. Es ist ein großes Fest, das dem Betreffenden Glück und ein langes Leben bringen soll. Dieses *Tisrahn* findet für seinen Neffen statt. Es ist eine Ehre, dazu eingeladen zu werden.«

Almered kam mit seiner Frau zurück. Als die neuerliche

Begrüßungsrunde vorüber war, sagte Maurynna: »Ich weiß, daß dies nicht der übliche Weg ist, aber – zwei Freunde von mir würden gerne ein *Tisrahn* sehen. Der eine ist ein Barde …«

»Barden sind Glücksbringer«, murmelte Almered. »Natürlich ist er willkommen. Zumal er auch noch ein Freund von dir ist. Und der andere?«

»Der andere.« Maurynna räusperte sich, plötzlich verlegen. »Ähm, nun, der andere …«

Almered und Falissa tauschten wissende Blicke.

»Soooo – dann ist dieser andere also jemand, der dir eine Menge bedeutet, stimmt's, Maurynna?« sagte Almered augenzwinkernd. »Dürfen wir ihn vor dem *Tisrahn* kennenlernen?«

»Hör auf damit«, befahl Falissa. »Du machst das Mädchen ja ganz verlegen.«

Maurynna ignorierte Maylin, die vor einem Regal mit Seidenstoffen stand und hinter vorgehaltener Hand kicherte. Statt dessen revanchierte sie sich für Almereds amüsierte Anspielung, indem sie sagte: »Ich werde dir folgendes über ihn verraten: Vermutlich ist er der größte Glücksbringer, der jemals ein *Tisrahn* besucht hat.«

Als sie sah, daß Almered plötzlich vor Neugier zu platzen schien, hätte sie fast laut aufgelacht. »Und ja, wenn möglich werde ich ihn vorher herbringen, so daß du dich mit eigenen Augen überzeugen kannst. Maylin, möchtest du noch kandierten Ingwer?«

Im Sitzungssaal des Cassorischen Rates ging es an diesem Tag hoch her. Linden rutschte unbehaglich auf seinem Stuhl herum und versuchte, alle Anwesenden gleichzeitig im Auge zu behalten. Ein Dutzend häßlicher Wortgefechte war ausgebrochen, alle zugleich, und jedes drohte zu eskalieren.

Kief sprang brüllend von seinem Platz auf. Die Umsitzenden hielten erschrocken die Luft an. Linden wandte sich zu ihm um und musterte ihn überrascht. Es war ihm neu, daß der zierliche

Drachenlord in aller Öffentlichkeit die Beherrschung verlieren konnte.

Es geschah in dem Moment, als er die Ratsmitglieder kurz aus den Augen ließ. Aus einem der Wortgefechte wurde plötzlich eine Prügelei. Er sah zu Duriac und Chardel hinüber. Die beiden schlugen und traten aufeinander ein, stürzten über andere Ratsmitglieder, offenbar fest entschlossen, einander umzubringen. Linden brüllte: »Genug!«

Das stoppte zwar die andauernde Prügelei nicht, hielt aber zumindest die anderen davon ab, sich den Kampfhähnen anzuschließen. Linden bahnte sich einen Weg durch die wie paralysiert dasitzenden Ratsmitglieder und packte beide Männer im Nacken. Er riß sie so vehement auseinander, daß er ihre Unterkiefer zuklappen hörte, dann hob er die beiden Kontrahenten in die Luft.

»Er hat zuerst zugeschlagen!« rief Duriac.

Das Feuer in Chardels Augen war keineswegs verloschen, nur weil seine Beine einen halben Meter über dem Boden baumelten. »Ihr widerliches Pockengesicht. Seit mehr als zwei Wochen greift Ihr mich ständig an – glaubt bloß nicht, Ihr hättet die Schläge nicht verdient.«

»Das reicht, meine Herren«, sagte Linden und sah von einem zum anderen. »Habt Ihr mich verstanden?«

Beide Männer murmelten etwas, das Linden als Entschuldigung auslegte. Er ließ sie unsanft zu Boden fallen.

In der plötzlich eintretenden Stille ergriff Kief das Wort. Seine Stimme bebte vor Abscheu und unterdrückter Wut. »Eure Lordschaften, Myladies, ich habe in meinem langen Leben mindestens ein halbes Dutzend Male zu Gericht gesessen. Und niemals – *niemals* – wurde ich Zeuge eines derart widerlichen, unzivilisierten Benehmens. Euer Gezänk und Eure Prügelei sind schlimmer als die in einer üblen Hafentaverne.

Die heutige Sitzung ist hiermit geschlossen. Wir werden erst in vier Tagen wieder zusammentreten, so daß sich die Gemüter abkühlen können. Sollte derartiges noch einmal vorkommen, werde ich die Verantwortlichen von den Sitzungen ausschließen – und zwar auf Dauer. Das ist keine leere Drohung. Ich habe das Recht dazu, und ich werde es, wenn nötig, in Anspruch nehmen. Denkt darüber nach.« Mit steinerner Miene starrte er die cassorischen Adligen an, die wie gescholtene Schulkinder an ihm vorbeizogen und den Saal verließen.

Linden stand auf der linken Saalseite, breitbeinig und mit verschränkten Armen, und sah dem Geschehen wortlos zu. Er hatte den freien Tag, den er gewollt hatte – wenn auch nicht auf diese Weise. Er wartete, bis der letzte Echtmensch den Saal verlassen hatte, bevor er zu den anderen Drachenlords hinüberging.

»Ich verstehe das nicht«, sagte Kief zu Tarlna. »So etwas ist mir noch nie passiert. Bei all dem Gezänk und der Prügelei könnte man meinen, daß die Götter nicht möchten, daß wir eine Lösung finden.«

»Oder wenigstens keine schnelle«, sagte Linden ohne nachzudenken. Und fragte sich, woher der Gedanke gekommen war.

25. KAPITEL

Das hereindringende Klappern von Hufen auf Pflastersteinen raubte ihm die Konzentration. Kas Althume schaute von dem Buch auf und lauschte. Obwohl er keine Einzelheiten verstehen konnte, glaubte er, unter den Ankömmlingen Prinz Peridaens Stimme zu erkennen. Er klappte den uralten, ledergebundenen Wälzer zu und wartete.

Wenig später vernahm er lachende Stimmen im Flur. Es schien funktioniert zu haben. Der Magier schob die Finger ineinander, streckte die Arme von sich und ließ die Knöchel knacken.

Peridaen und Anstella platzten ohne anzuklopfen ins Studierzimmer. »Oh, der Ausdruck in Chardels Augen«, sagte Anstella und versuchte, wieder zu Atem zu kommen. »Duriac hatte Glück, daß der alte Kläffer keinen Dolch bei sich hatte.«

Peridaen legte einen Arm um ihre Schultern. »Kas, Ihr habt die Zeit, die Ihr braucht. Genau gesagt, vier Tage, dank Duriacs spitzer Zunge – und Chardels überschäumendem Temperament.«

Kas Althume lächelte grimmig. »Exzellent! Exzellent!«

»Eigentlich hätten sich noch mehr Ratsmitglieder prügeln sollen – Duriac hatte mit den anderen geredet«, moserte Anstella, »aber als Linden Rathan ›Genug!‹ brüllte, verließ die anderen der Mut. Ich habe ihn nie so wütend gesehen. Zum Glück hat die eine Prügelei ausgereicht. Aber ich werde mir die anderen trotzdem noch mal vornehmen.« Das Blitzen in ihren Augen verhieß nichts Gutes für die Betroffenen.

Der Magier raunte etwas Unverständliches. Er konnte Schwächlinge, die sich so leicht einschüchtern ließen, nicht gebrauchen. Sahen diese Narren nicht, daß der Drachenlord mehr Muskeln als Hirn hatte und nichts weiter war als ein großer gutmütiger Kerl, der sich von einem gerissenen Ding wie Sherrine völlig ahnungslos aushorchen ließ? Bah. Kein Wunder, daß die Bruderschaft bisher nichts erreicht hatte.

»Wir können diesen Kniff jedoch nicht noch einmal anwenden«, sagte Peridaen. »Kief Shaeldar hat gedroht, bei einer erneuten Prügelei die Schuldigen von den Sitzungen auszuschließen. Dadurch würden zwar einige von Berens Befürwortern wegfallen, aber eben auch einige von unseren. Wir brauchen aber jeden Mann, um unentschlossene Ratsmitglieder auf unsere Seite zu ziehen. Trotzdem, Ihr habt jetzt vier Tage zusätzliche Zeit.«

»Das ist ein Anfang. Wir werden mehr Zeit bekommen, wenn wir sie benötigen.« Kas Althume strich mit seinen langen Fingern über das Buch vor ihm. »Wenn dieses Werk hält, was es verspricht, werden wir unseren Drachenlord-Gästen in der Tat einen … *interessanten* Aufenthalt bieten können.«

26. KAPITEL

Die ersten Sonnenstrahlen fielen durchs Fenster und warfen helle Lichtbalken auf den Fliesenboden und das Fußende des Betts. Die Tür zum Schlafgemach öffnete sich, und eine zierliche Gestalt schlüpfte in den Raum. Der Wolfshund, der neben dem Bett lag, hob den Kopf, bellte aber nicht. Sein Schwanz wedelte.

Die junge Frau hielt eine kleine Dosierflasche in der Hand. Sie trat ans offenstehende Fenster und goß den Inhalt der Flasche in die Regenrinne. Dann nahm sie gewandt einen Flakon aus dem Versteck im Kleiderschrank und füllte den Inhalt in die Flasche.

Fast leer. Ich muß meinen Herrn um mehr bitten. Ich frage mich, was es ist – aber vermutlich ist es sicherer, nicht zu fragen. Es reicht zu wissen, daß ich damit eine Menge verdiene. Und es reicht zu wissen, daß es kein Gift ist.

Sie ging zum Bett und schob den Hund mit dem Fuß zur Seite. Der Hund kam auf die Beine und trottete in die Ecke.

»Guter Junge, Bramble«, flüsterte die junge Frau. Dann setzte sie sich auf die Bettkante und schüttelte sanft die magere Schulter, die alles war, was sie von dem Schlafenden erkennen konnte. »Rann? Rann – Zeit aufzuwachen und Euren Trank einzunehmen.«

Ein mürrisches, verschlafenes Grummeln war die einzige Antwort. Leise lachend legte sie einen Arm um seine Schultern und setzte den Jungen auf.

Rann blinzelte sie an und rieb sich den Schlaf aus den Augen. »Ich will nicht, Gevvy«, beschwerte er sich. »Es schmeckt eklig.«

»Daran erkennt man eine gute Medizin«, entgegnete Gevianna bestimmt. »Um so schlimmer sie schmeckt, desto wirksamer ist sie. Kommt schon. Werdet noch ein bißchen wacher, und dann runter damit. Ich werde veranlassen, daß Ihr eine extra Portion Honig in Euren Haferbrei bekommt, wenn Ihr …«

Stimmen im Vorzimmer unterbrachen sie. Augenblicklich wurde Rann munter und hockte sich neben ihr im Bett auf die Knie. Gevianna umschloß das Fläschchen mit plötzlich zittrigen Fingern. Sie erkannte die Stimmen.

Rann erkannte sie ebenfalls. »Heilerin Tasha!« rief er.

Die Tür zum Schlafgemach wurde geöffnet, und Tasha spähte herein. »Seid Ihr schon wach, Prinz Rann? Gut. Ah, Gevianna – hat er schon seinen Trank eingenommen?«

Gevianna leckte sich über die trockenen Lippen und schüttelte den Kopf. Sie traute ihrer Stimme nicht.

»Gut – sehr gut. Ich glaube, der Trank würde sich nicht mit dem Mittel vertragen, das ich für ihn mitgebracht habe«, sagte Heilerin Tasha, während sie mit einem dampfenden Becher in den Händen ins Zimmer kam. Ihre beiden ältesten Lehrlinge folgten ihr.

»Was ist das?« fragte Rann argwöhnisch.

Gevianna nahm all ihren Mut zusammen, als die Heilerin auf das Bett zutrat. Sie stand auf, um aus dem Weg zu gehen. Eine Gelassenheit zur Schau tragend, die ihr innerlich völlig fehlte, stellte die junge Pflegerin das Fläschchen auf einen nahe stehenden Tisch, als wäre es nicht weiter wichtig. Zu ihrer Erleichterung beachteten sie weder die Heilerin noch deren Lehrlinge.

Heilerin Tasha sagte: »Das, mein junger Prinz, ist das wirksamste Heilmittel gegen Seekrankheit. Es ist Ingwertee.«

»Seekrankheit?« Rann starrte auf den Becher. »Muß ich heute auf eine unserer Barken?« Er klang schon jetzt ganz krank vor Angst.

Geviannas Magen verkrampfte. Sollte der Junge dem Schicksal seiner Mutter folgen? Es war eine Sache, ihm etwas zu verabreichen, das ihn ruhigstellte, doch dies wäre Mord.

Und man würde von ihr erwarten, daß sie ihn begleitete. Sie, die sich sogar noch mehr vor Wasser fürchtete als der junge Prinz. Sie schlug eine Hand vor den Mund.

Das durfte sie nicht zulassen. Sie wollte nicht sterben. Selbst wenn es bedeutete, daß sie ihre Familie in den Ruin trieb, sie durfte nicht zulassen, daß man sie und den Jungen einfach umbrachte. O Götter, sie würde es ihnen sagen müssen. Ihnen alles sagen müssen ... Der Gedanke machte sie krank.

Heilerin Tasha setzte sich neben Rann aufs Bett. »Nein, Hoheit, niemand erwartet das von Euch. Es ist ein richtiges Schiff mit einem Kapitän und einer Mannschaft. Es ist eine Überraschung, die sich Linden Rathan für Euch ausgedacht hat. Er mußte eine Menge Schwierigkeiten auf sich nehmen, um alles zu arrangieren, daher hoffe ich, daß Ihr mitfahren werdet.«

Ranns Augen wurden groß. »Ein richtiges Schiff? Das übers Meer fährt? Mit Bannern und Segeln?«

In gleichem Maße, wie Ranns Stimmung stieg, sank Geviannas. Der Gedanke an eine Flußfahrt war schon schlimm genug, aber aufs offene Meer? Benommen stützte sie sich am Tisch ab und schloß die Augen.

»Es wird bestimmt Segel haben und bestimmt auch – Gevianna! Was ist los? Du siehst aus, als würdest du gleich ohnmächtig werden.«

Gevianna riß die Augen auf und sah, daß Heilerin Tasha sie besorgt musterte. Sie bewegte die Lippen, doch kein Laut kam aus ihrer Kehle. Sie war kurz davor gewesen, alles zu verraten, für nichts ...

»Du bist aschfahl, Kind«, sagte Heilerin Tasha. »Laß mich raten – du hast Angst vorm Segeln, nicht wahr? Keine Sorge, dann bleibst du eben hier. Ich werde Rann begleiten und ...«

In Gevianna stieg eine noch größere Angst auf als die vor dem schwarzen Meeresgrund. »O nein! Ich muß bei Prinz Rann bleiben!«

Die Götter mochten ihr gnädig sein, falls sie nicht mitfuhr und ausspionierte, was sich der Drachenlord an weiteren Über-

205

raschungen ausgedacht hatte. Sie hatte nicht das geringste Bedürfnis, Baronesse Colrane – oder schlimmer noch, Kas Althume, von dem sie in letzter Zeit immer den Trank für Prinz Rann bekommen hatte – erklären zu müssen, warum sie nicht mitgefahren war.

»Trinkt nun Euren Tee, Rann. Er wird jetzt kühl genug sein«, sagte Tasha über die Schulter. Gevianna sah, wie er erst vorsichtig daran nippte und dann freudig trank. Danach richtete die Heilerin ihr Augenmerk wieder auf sie.

Durch das Rauschen in ihren Ohren hörte Gevianna Heilerin Tasha sagen: »Nein. Du wirst nicht mitkommen. Ich verbiete es. Ich muß mich schon um Rann kümmern. Ich werde keine Zeit für einen zweiten Patienten haben. Rann ist in guten Händen, Gevianna. Du brauchst dir keine Sorgen zu machen. Ich verordne dir einen Ruhetag und einen Limonentrunk für deine Nerven.«

Sich zu ihren Lehrlingen umwendend, fuhr Heilerin Tasha fort: »Quirel, Jeralin – ihr beide werdet mich vertreten, solange ich fort bin. Ich möchte, daß einer von euch später nach Gevianna sieht, verstanden? Sollte es ihr nicht besser gehen, fügt einem zweiten Limonentrunk Hopfen und Scheitelkäppchen hinzu.«

Die Lehrlinge nickten. Dann deutete einer von ihnen – Quirel – auf das Fläschchen, das hinter Gevianna auf dem Tisch stand. »Sollten wir das nicht besser mitnehmen, Heilerin? Es wäre nicht gut, falls jemand es versehentlich tränke.«

Mit letzter Kraft zwang sich Gevianna, ruhig zu bleiben und nicht die Hand der Heilerin fortzustoßen, als die ältere Frau nach dem Fläschchen griff. Was, wenn die Heilerin oder einer ihrer Lehrlinge das Fläschchen öffnete? Der säuerliche Geruch würde ihnen sofort verraten, daß es nicht der ursprüngliche Heiltrank war. Was würde dann mit ihr geschehen? Sie glaubte, vor Angst gleich verrückt zu werden.

Aber Heilerin Tasha gab das Fläschchen bloß an Quirel

weiter, der es seinerseits in den Korb legte, den er bei sich trug. Sie sagte: »Leg es in die Arbeitskammer.«

Gevianna, die plötzlich merkte, daß sie zu atmen vergessen hatte, schnappte nach Luft. Tasha warf ihr einen besorgten Blick zu.

»Gevianna, hilf mir, Rann anzukleiden, dann möchte ich, daß du dich ins Bett legst. Quirel, füge Geviannas Trunk sofort etwas Hopfen bei. Und etwas Mohnsirup.«

Wenig später mußte Gevianna tatenlos zuschauen, wie ein aufgeregter Rann mit Heilerin Tasha aus dem Zimmer stürmte. Als sie versuchte, den beiden zu folgen, hielt Jeralin sie fest, und Quirel drückte ihr einen Becher in die Hand. Ungerührt zwangen die beiden sie, den Limonentrunk bis zum letzten Tropfen hinunterzuwürgen. Resigniert gab sie den leeren Becher zurück und spürte bereits die einschläfernde Wirkung des Hopfens und des Mohns.

Sie widersetzte sich nicht, als Jeralin sie in ihre kleine Kammer führte, die nicht weit von Prinz Ranns Gemächern lag. Sie betete nur dafür, daß Baronesse Colrane Verständnis haben würde. Und daß Heilerin Tasha niemals das Fläschchen öffnen würde.

27. KAPITEL

Linden wartete im großen Garten. Unter ihm tänzelte der Wallach unruhig umher. Ohne ihn zu beachten, zog Linden die Zügel an und hielt nach Rann und Heilerin Tasha Ausschau. Die beiden Wachen neben ihm saßen schweigend auf ihren Pferden. Einer hielt die Zügel eines vierten.

Rann erschien hinter einer Hecke und zog ungeduldig die dunkelhaarige Heilerin hinter sich her. Er riß sich los und stürmte auf Linden zu. »Drachenlord! Hast du wirklich eine Überraschung für mich?«

Linden beugte sich hinunter, nahm den Jungen hoch und setzte ihn hinter sich auf den Wallach. Kleine Finger schoben sich in seinen Gürtel. »In der Tat, Eure Hoheit. Habt Ihr Lust auf ein Picknick?«

Einer der Soldaten half Tasha aufs Pferd.

Rann sagte ein wenig enttäuscht: »Ich dachte, wir würden segeln.«

Linden ritt voraus. Sie verließen den Garten durch das kaum genutzte Westtor, auf das Herzogin Alinya ihn hingewiesen hatte. »Werden wir auch. Das Picknick findet an einem Strand statt, den ich entdeckt habe, als ich in Drachengestalt über ihn hinwegflog. Als ich ihn sah, mußte ich an Euch denken.«

Die dünnen Ärmchen legten sich um ihn. »Du hast an mich gedacht? Wirklich? Und du wirst mit uns segeln?«

Linden lächelte. »Wirklich. Ich werde Euch erst am Strand treffen, aber wir werden zusammen zurücksegeln. Vorher muß ich noch etwas erledigen. Heilerin Tasha wird Euch zum Schiff bringen. Es heißt *Seenebel*, und der Kapitän ist … eine Freundin von mir. Sie heißt Maurynna Erdon. Ihr müßt mir versprechen, daß Ihr ihren Anweisungen oder denen ihrer Mannschaft folgt, wenn Ihr an Bord des Schiffes seid.«

»Aber ich bin doch ein Prinz«, sagte Rann.

»Hier in Cassori seid Ihr ein Prinz«, sagte Linden. »Aber an Bord eines Schiffes ist der Kapitän der Herrscher. Und die Mannschaft kennt sich besser aus als Ihr, deswegen müßt Ihr auf sie hören. Wenn Kapitän Erdon mir etwas befähle, würde ich es sofort tun. Auf See ist ihr Rang höher als meiner.«

Er ließ Rann das Gehörte verdauen, während sie durch die allmählich zum Leben erwachende Stadt ritten. »Versprochen?« fragte Linden.

»Versprochen.«

»Gut. Hier verlasse ich Euch. Cammine kommt mit mir. Ich habe eine Aufgabe für sie. Möchtet Ihr bei Heilerin Tasha oder bei Hauptmann Jerrel mitreiten?«

Selbst Tasha lachte, als Rann zu dem Hauptmann hinüberkletterte und sich hinter ihm in den Sattel setzte.

»Aber Drachenlord – du kommst wirklich zum Picknick, oder?« fragte Rann voller Sorge.

»Ganz bestimmt. Aber vergeßt nicht – Ihr braucht einen Führer.« Linden winkte dem verwirrten Jungen zum Abschied zu. Dann zog er den Wallach herum und galoppierte los, gefolgt von Cammine.

Maurynna lief ungeduldig vor der Laufplanke auf und ab. Immer wieder sah sie aufs Wasser hinaus. Ihre letzten Passagiere sollten sich besser beeilen; die Flut fiel bereits wieder. Master Remon saß auf einem Stützbalken und besserte ein Tau aus, während er auf die Nachzügler wartete.

»Käpt'n«, sagte er, »Ihr sagt, Ihr wißt nicht, wo dieser Strand liegt?«

»Richtig. Ich weiß nur, daß er ein gutes Stück östlich von Casna liegen soll. Aber keine Sorge, Remon, wir werden einen Führer haben.«

»Aber wen?« rief Maylin vom Deck herunter. »Keiner von uns ist je dort gewesen.«

Maurynna zuckte mit den Schultern. Bevor sie antworten mußte, hörte sie Pferde näherkommen. Sie ging ihnen entgegen.

Zwischen den Lagerhäusern kamen zwei Reiter auf den Landungssteg geritten. Der erste war ein Soldat, der zweite eine, wie Maurynna annahm, etwa vierzigjährige Frau. Sie sah mitgenommen aus, als läge ihr seit langem etwas auf der Seele, doch als sie das Schiff sah, lächelte sie. Einen Augenblick fragte sich Maurynna, wo Prinz Rann war, dann sah sie die dünnen Ärmchen, die sich um den Bauch des Soldaten schlangen. Die Frau hielt ihr Pferd an und stieg ab.

»Heilerin Tasha?« fragte Maurynna.

Die Frau nickte und ging zum Pferd des Soldaten, um dem kleinen Jungen hinunterzuhelfen. »In Person. Ihr seid Käpt'n Erdon? Dann möchte ich Euch Seine Hoheit, Prinz Rann, vorstellen, Käpt'n.«

Maurynna kniete sich hin, um den Jungen näher in Augenschein zu nehmen, für den Linden all das arrangiert hatte. Er war kleiner als Kella, obwohl er ungefähr in ihrem Alter war, und wirkte sehr zerbrechlich. Sein feuerrotes Haar hing ihm fast in die Augen, die sie vorsichtig musterten.

»Eure Hoheit«, sagte sie, »es freut mich, Euch kennenzulernen. Linden hat mir eine Menge von Euch erzählt.« Armes Kerlchen; er hat ja kaum Fleisch auf den Knochen. Die Seeluft wird ihm guttun.

Die großen braunen Augen blinzelten, einmal, zweimal. »Du bist der Käpt'n, stimmt's? Linden Rathan hat mir gesagt, daß ich jede deiner Anweisungen befolgen muß. Ich mußte es ihm sogar versprechen.«

Im Geiste dankte sie Linden für seine Weitsicht.

Wieder ein Blinzeln. »Du hast ihn Linden genannt, nicht Drachenlord oder Linden Rathan.«

Maurynna nickte feierlich. »Ich habe seine Erlaubnis, Prinz Rann, genau wie meine Cousinen und der Barde Otter Heronson.«

Prinz Rann sah verlegen zu Boden. »Dann nenn mich bitte Rann.«

Huh, ich glaube, er will wie Linden sein. »Danke, Rann. Wir müssen nun an Bord gehen. Die Flut fällt bereits. Kommt und lernt meine Cousinen kennen – Kella ist in Eurem Alter.«

Rann stürmte die Laufplanke hoch. Maurynna bedeutete Heilerin Tasha vorzugehen und lief hinter ihr aufs Schiff. Sie freute sich darauf, wieder schwankende Planken unter den Füßen zu haben.

Das Abenteuer konnte beginnen. »Ablegen! Bringt sie auf die See hinaus, Master Remon.«

Als sie den Uildodd hinter sich gelassen hatten und die offene See vor ihnen lag, fing die Fragerei an.

»Was tun wir, Käpt'n? Warum halten wir hier an?«

Maurynna drehte sich um und sah Heilerin Tasha und Rann vor sich stehen. Der kleine Junge schaute zu ihr hoch und wartete auf eine Antwort.

Master Remon rief vom Vierteldeck: »Der Junge hat recht, Käpt'n. Warum halten wir hier? Und wo ist der Führer, den Ihr uns versprochen habt?«

»Ihr werdet schon sehen, Remon. Er wird hier zu uns stoßen.« Der Erste Maat sah prüfend zum Horizont. »Keine anderen Schiffe in Sicht, Käpt'n. Seid Ihr sicher, daß dieser Führer kommt?«

»Ganz sicher, Master Remon. Linden Rathan hat uns einen versprochen. Ihr werdet sehen.« Mehr ließ sie sich trotz aller bohrenden Fragen nicht entlocken.

Herzog Beren traute seinen Ohren nicht. »*Wo* ist Rann, Alinya?« explodierte er.

Die alte Herzogin sah von ihrer Stickarbeit auf. Einen Moment starrte sie ihn finster an. »Nicht in diesem Ton, junger Mann. Ihr habt gehört, was ich gesagt habe: Rann ist an Bord eines Schiffes und fährt zu einem Picknick. Es war eine Überraschung, die sich Linden Rathan für ihn ausgedacht hat.«

»Was wißt Ihr über diese Leute, denen Ihr Rann anvertraut habt?« fragte Beren. »Und wo wollen sie hin, wenn dazu ein Schiff nötig ist?«

»Zu einem Strand irgendwo im Osten. Linden Rathan meinte, es sei zu weit für Rann, um hinzureiten. Und was ›diese Leute‹ anbelangt, Linden Rathan kennt sie und vertraut ihnen. Ihr wollt einem Drachenlord doch keine unlauteren Absichten unterstellen, oder?«

Grimmig fragte Beren: »Wer begleitet den Jungen?« Jedenfalls nicht Beryl, soviel steht fest. Sie hätte mich irgendwie davon unterrichtet. Dann muß diese hinterhältige Gevianna bei ihm sein. Verdammt! Ich bin sicher, daß sie auf Peridaens Lohnliste steht. Wenn ich es nur beweisen könnte. Peridaen. O Götter. Ist Peridaen mitgefahren? Falls ja, wird der Junge mit Sicherheit einen ›Unfall‹ haben.

Statt zu antworten, fragte Alinya kalt: »Beren, was sollen all diese unverschämten Fragen?«

Er kannte diesen Tonfall; mehr würde er von ihr nicht erfahren. Mit einer knappen Geste, die an Unhöflichkeit grenzte, verabschiedete sich Beren.

Er traf Tev vor den Gemächern der Herzogin, wo der Hauptmann auf ihn gewartet hatte. Der Mann salutierte und sagte: »Eure Lordschaft?«

»Hol deine Männer, Tev. Wir gehen auf die Jagd.« Und werden am Ende fette Beute haben, hoffe ich.

28. KAPITEL

Die Götter mögen uns beistehen! Seht hoch! Seht hoch!« rief der Seemann im Krähennest und zeigte zum Himmel.

Maurynna sah Otters Blick und grinste. Obwohl sie wußte, was sie sehen würde, schaute sie wie alle anderen zum Himmel hoch, beschattete ihre Augen mit den Händen. Das gewölbte Himmelsblau war leer.

Dann sah sie ihn.

Ein riesiger roter Drache schoß auf die *Seenebel* zu wie ein aus der Sonne schnellender Pfeil. Die über dem Schiff kreisenden Seemöwen stoben auseinander.

An Deck der *Seenebel* erhob sich lautes Geschrei, eine Mischung aus Furcht, Überraschung und Freude. Kella und Rann kreischten vor Aufregung, und die Matrosen johlten, als ihnen aufging, wer der Drache war. Er kam immer näher, die Flügel weit ausgebreitet, seine Schuppen wie Rubine funkelnd.

Einen schrecklichen Moment lang dachte Maurynna, daß Linden sich verschätzt hatte. Doch kurz bevor er auf das Schiff krachte, änderte er die Richtung und schoß über die Spitzen der Segelmasten hinweg. Die Erdon-Banner flatterten im Windstoß seiner Flügel. Diejenigen, die sich aufs Deck geworfen hatten, standen auf und mußten den Spott der anderen über sich ergehen lassen.

»Angeber«, murmelte Otter.

Maurynna juchzte vor Vergnügen. Sollte Linden ruhig ein bißchen angeben; sie würde ihm den ganzen Tag zuschauen, jeden Tag. Nicht einmal in ihren schönsten Träumen hatte sie etwas so Grandioses gesehen. Er wendete und kreiste über dem Schiff. Alle, Passagiere und Mannschaft gleichermaßen, beobachteten ihn fasziniert.

Maurynna beobachtete, wie Linden auf den Winden dahinglitt, anmutiger als jeder Albatros, den sie je gesehen hatte. Dann legte er sich in eine Kurve und flog nach Osten. Maurynna rief: »Segel setzen! Drache ahoi!«

Der Bann war gebrochen. »Drachen ahoi!« rief die johlende Mannschaft zurück.

Maurynna hatte ihre Matrosen nie so begeistert arbeiten gesehen. Selbst die *Seenebel* schien zu wissen, daß etwas Wundervolles geschah. Das kleine Schiff glitt wie ein Delphin durch die Wellen, beschwingt und frei, erfüllt von dem Zauber, einem Drachenlord zu folgen.

Vor Glück beinahe platzend, nahm Maurynna Ranns Hand und sagte zu den anderen: »Sollen wir ihn vom Bug aus beobachten?«

»Gute Idee«, sagte Otter und nahm Ranns andere Hand. Gemeinsam halfen sie dem jungen Prinzen, über das schaukelnde Deck zu laufen. Tasha folgte ihnen mit vorsichtigen Schritten. Maylin und Kella liefen ihr leichtfüßig hinterher.

Sie stellten sich an die Bugreling. Rann starrte nervös auf die überschäumenden Wellen hinunter, als Otter ihn hochhob, damit er über die Reling sehen konnte.

»Keine Sorge, Jung… äh, Eure Hoheit. Ich lasse Euch nicht fallen«, sagte Otter.

Rann runzelte die Stirn.

Maurynna verkniff sich, über Otters Versprecher zu lächeln. Statt dessen schaute sie auf die See hinaus und beobachtete das geschmeidige Auf und Ab von Lindens Flügeln, während er über das türkisfarbene Wasser hinwegflog. Dem Gespräch der anderen lauschte sie nur mit halbem Ohr.

»Du hättest ihn fast ›Jungchen‹ genannt, stimmt's Otter?« sagte Kella. »So wie du Linden nennst.«

Rann fragte: »Du nennst Linden ›Jungchen‹? Er erlaubt dir das?«

»Darüber habe ich mich auch schon gewundert, Otter«, sagte Maylin. »Ist doch komisch, schließlich ist er viel älter als du.«

Otter antwortete: »Ja, Prinz Rann, Linden hat mir erlaubt, ihn ›Jungchen‹ zu nennen. Und was deinen Einwand betrifft, Maylin, ich habe ihn ›Jungchen‹ genannt, als ich ihn zum ersten Mal traf. Damals wußte ich ja nicht, wer er war. Seitdem ist es ein Scherz zwischen uns.«

Nach kurzem Schweigen sagte Rann: »Otter, würdest du mich auch ›Jungchen‹ nennen?«

»Wie Ihr wünscht – Jungchen«, sagte Otter freundlich.

Maurynna drehte sich um und sah, wie der Barde dem Prinzen die Haare zerraufte. Der Junge grinste frech und offenbarte einen fehlenden Schneidezahn. In der Tat, wie Linden. Sie sah weg, um ihr Lächeln zu verbergen, und war sogleich wieder von dem Zauber gefangen, den der Drachenlord auf sie alle ausübte.

»Ich frage mich«, sagte sie mehr zu sich selbst, »wie es ist zu fliegen. Sich einfach in die Lüfte erheben und losfliegen.« Sie wünschte, sie könnte es. Aber diese Kunst beherrschten nur Drachenlords, nicht ihresgleichen.

Trotzdem, dachte sie wehmütig, es muß herrlich sein.

Linden flog die Küste entlang und genoß das Gefühl der Seeluft auf seinen Schuppen. Hin und wieder sah er zurück, um sich zu vergewissern, daß die *Seenebel* nicht zu weit hinten lag. Doch das Schiff folgte ihm tapfer. Es war ein hübsches kleines Ding, fand er, mit seinen blauen Segeln und den silbergrünen Bannern. Die am Bug aufgemalten Augen verliehen dem Schiff einen wissenden »Blick«, wenngleich eine »Augenbraue« – ob absichtlich oder nicht – weiter hochgezogen war als die andere, so daß die *Seenebel* gleichzeitig immer auch ein wenig »überrascht« aussah.

Die brennende Sonne auf seinem Rücken war angenehm. Und bald würde er wieder mit Maurynna zusammen sein, weit entfernt von den glotzenden Blicken, denen er in Casna ausgesetzt war. Schade, daß sie nicht allein hier draußen waren. Aber wahrscheinlich war es besser so. Er hoffte, daß Rann den Tag genießen würde. Er bezweifelte, daß der Prinz jemals etwas so Spontanes unternommen hatte.

Wahrscheinlich bekommt er kaum Gelegenheit, einfach nur ein kleiner Junge zu sein.

Er flog noch etwa eine Dreiviertelstunde, bevor die hügelige Landzunge in Sicht kam. Unter ihm krachten Wellen an eine Felsgruppe, die aus dem Wasser ragte. Die *Seenebel* würde ein Stück vor der Küste ankern müssen. Aber zwischen den Felsen gab es Stellen, wo das Wasser ruhiger war. Er studierte sie und wählte schließlich eine Durchfahrt aus, die breit genug war für das Landungsboot des Schiffes.

Er schwebte im Wind, hielt Position über der Durchfahrt und tastete unterdessen nach Otters Geist.

Sag Maurynna, daß hier eine Stelle ist, wo das Landungsboot sicher durchkommt. Hier, genau unter mir. Das Schiff selbst sollte aber nicht näherkommen.

Dasselbe sagt sie auch, Jungchen. Vergiß nicht, daß sie die Wellen genauso lesen kann, wie du den Wind liest. Die Mannschaft bereitet das Boot vor. Gibt es dort wirklich einen Strand?

Ja. Ich glaube, es wird Rann gefallen. Schade, daß du ihm nicht ein oder zwei Merlinge herbeisingen kannst. Im Geiste spürte er Otters Lachen. Dann löste er die Verbindung und konzentrierte sich wieder darauf, seine Position zu halten.

Aus der Luft beobachtete er das emsige Treiben an Bord der *Seenebel*. Matrosen luden Körbe in das Landungsboot und senkten es an der Längsseite des Schiffsrumpfes ins Wasser. Einige der Männer ließen sich an Tauen in das Boot herunter. Unten angekommen, hielten zwei die Taue straff, so daß das kleine Gefährt dicht am Rumpf der *Seenebel* blieb. Der dritte hielt die Strickleiter fest, die von oben heruntergeworfen worden war, während die restlichen Männer ihre Posten an den Rudern einnahmen.

Dann kletterte ein Ausflügler nach dem anderen hinunter.

Maurynna als erste, ebenso selbstsicher wie jeder der Matrosen. Als nächste war Maylin an der Reihe, etwas langsamer, aber ohne zu zögern. Otter stieg langsam und vorsichtig hinunter; er wirkte ein wenig nervös. Sobald er im Boot saß, schnallte er seinen Harfenkasten vom Rücken und drückte ihn an die Brust, als fürchtete er, die Wellen könnten das Instrument rauben. Kella und Rann klammerten sich an die Rücken von zwei Matrosen, die wieder hochkletterten, nachdem sie ihre kostbare Fracht nach unten gebracht hatten. Als letzte kam Heilerin Tasha. Sie stieg langsam und bedächtig hinunter, doch als sie ihren Platz einnahm, lächelte sie, als wäre sie stolz, daß sie es geschafft hatte, ohne über Bord gefallen zu sein.

Mit einem Mal wurde Linden der Schwachpunkt seines Plans bewußt. Er schimpfte sich einen Narren und tastete nach Otters Geist.

Sag Maurynna, daß sie sich einprägen soll, wo die Durchfahrt ist. Mir ist gerade klar geworden, daß ich nicht viel länger in Drachengestalt bleiben kann. Ich wage es nicht, mich zu verwandeln, solange sie in meiner Nähe ist – nur die Götter wissen, was geschehen könnte. Weil wir Seelengefährten sind, könnte es sogar ihre frühzeitige Erste Verwandlung auslösen.

Er sah, wie Otter mit Maurynna sprach, und fragte sich, welche Erklärung der Barde ihr für seinen plötzlichen Sinneswandel gab. Dann stand Maurynna im Boot auf und studierte die Felsen im Wasser. Kurz darauf setzte sie sich wieder, und das Boot entfernte sich von der *Seenebel.* Er ging davon aus, daß sie sich einen Kurs zurechtgelegt hatte, und flog davon.

Eilig überquerte er die Bucht, bemüht, sich so weit wie möglich von den anderen zu entfernen. Noch bevor seine Klauen den weißen Sand berührten, initiierte er seine Verwandlung. Momente später landete er, wieder in Menschengestalt.

Götter, war das heiß. Er zog seine Tunika aus, dann die Stiefel und Leinensocken. Nur in Kniehosen lief er über den Strand, ungeduldig die Ankunft der anderen erwartend. Um sich abzulenken, sammelte er ein paar Muscheln, die er den Kindern zum Spielen geben würde, wenn sie an Land waren.

Schließlich kam das Boot in Sicht. Nervös beobachtete er, wie die Matrosen zwischen den schroff aus dem Wasser ragenden Felsen durchruderten. Maurynna saß am Bug und rief ihre Kommandos. Mit jedem Ruderstoß kam das kleine Boot näher. Als sie den Strand fast erreicht hatten, holten die Matrosen die Ruder ein, sprangen ins knietiefe Wasser und zogen das Boot an Land. Linden hob Rann hoch, als der übereifrige Prinz ohne Hilfe herauszuklettern versuchte.

»Nicht so stürmisch, Hoheit«, sagte Linden lachend und setzte den Jungen auf seine Schultern. Als nächstes half er Kella, dann Maylin und Tasha. Otter reichte ihm den Harfenkasten und stieg alleine aus dem Boot.

Als er Otter den Harfenkasten zurückgab, setzte um ihn herum emsige Betriebsamkeit ein, und er verlor Maurynna aus den Augen. Matrosen rannten zum Boot und wieder an Land, die Arme beladen mit rätselhaften Holzpfosten, Spanntüchern und Seilen sowie den erwarteten Körben mit Getränken und Speisen.

Das Rätsel war schnell gelöst. Minuten später beschattete ein Sonnenzelt einen Teil des Strandes. Als die Männer die letzten Pfähle in den Sand hämmerten, tauchte plötzlich Maurynna neben ihm auf. »Ich dachte, wir könnten etwas Schatten gebrauchen, deswegen habe ich ein altes Segel mit an Land bringen lassen. Nicht alle von uns sind soviel Sonne gewöhnt wie wir.«

Er nahm ihre Hand und drückte sie. Gut, daß sie daran gedacht hatte. Es wäre unangenehm geworden, wenn sie Rann mit verbrannter, krebsroter Haut und womöglich einem Hitzschlag zurückgebracht hätten. Er selbst mußte sich seit seiner Ersten Verwandlung um derlei Dinge keine Gedanken machen. Er hatte völlig vergessen, daß andere es sehr wohl mußten.

Er ließ ihre Hand los, als er bemerkte, daß einige Matrosen

zu ihnen hinübersahen und verstohlen grinsten. Einen hörte er flüstern: »Erinnerst du dich an den Dockarbeiter, von dem ich dir erzählt habe? Das ist er!«

Lieber nicht noch mehr Gerede provozieren. Ein kurzer Blick zur Seite sagte ihm, daß auch Maurynna die grinsenden Männer bemerkt hatte. Ihre Wangen waren tiefrot unter der braungebrannten Haut.

»Rudert zur *Seenebel* zurück«, befahl sie den Männern barsch. »Wir geben euch ein Signal, wenn ihr uns abholen sollt.«

Die Männer salutierten und wateten zum Boot. Keiner von ihnen machte Anstalten, das Grinsen auf seinem Gesicht zu verbergen. Maurynna starrte ihnen nach, bis sie hinter den Wellen verschwanden.

Linden legte ihr eine Hand auf die Schulter. Augenzwinkernd sagte er: »Laß uns das Essen in den Schatten bringen. Dann machen wir zwei es uns gemütlich.«

Wieder stieg ihr die Röte ins Gesicht, während er ihre Hand nahm und sie zum Sonnenzelt führte.

Die Kinder tobten johlend durch den Schaum, den die heranbrandenden Wellen auf dem Sand hinterließen. Maylin und Tasha standen in der Nähe und sahen ihnen zu.

Linden hielt inne, als er das Treibholz für die Feuerstelle zurechtlegte, über der die von Otter geforderten Süßkartoffeln geröstet werden sollten. »Kella und Rann scheinen sich bestens zu verstehen«, sagte er. »Darauf hatte ich gehofft.«

Otter reichte ihm einen weiteren Zweig. »Ich glaube, Rann vergißt, daß er ein Prinz ist, weil er sieht, daß du dich auch nicht wie der berühmte Drachenlord aufführst, den er aus den Legenden kennt. Ich glaube, er will am liebsten wie du sein.«

Maurynna schaute von den Süßkartoffeln auf, die sie in Seegras wickelte. »Ist dir das auch aufgefallen?«

Als er die Äste zu seiner Zufriedenheit zusammengelegt hatte, setzte sich Linden zurück und fragte: »Wie meint ihr das?«

»Er bat darum, ihn einfach nur ›Rann‹ zu nennen, als er erfuhr, daß du keinen Wert darauf legst, von uns mit deinem Titel angesprochen zu werden.« Maurynna sammelte die schlüpfrigen Süßkartoffeln auf ihren Armen. Linden beeilte sich, ihr zu helfen, und strich dabei mit seinen Fingern über ihre. Gemeinsam legten sie die Kartoffeln neben die Feuerstelle.

»Mich bat er, ihn ›Jungchen‹ zu nennen.« Otter kicherte. »Mit Abstand der schlimmste Fall von Heldenverehrung, der mir je untergekommen ist. Schau nicht so verlegen! Er könnte schlechtere Vorbilder haben – obwohl mir im Augenblick keins einfällt.«

Linden murmelte etwas Unflätiges, doch ihre Worte schmeichelten ihm. »Ich mag Rann. Er erinnert mich an meinen Stiefsohn Ash«, sagte er ohne nachzudenken. Er benutzte seine Zauberkraft, um das Feuer zu entfachen; es flammte unter seinen Händen auf.

Maurynna sog zischend die Luft ein. »Was? Dein – dein ...«

In Gedanken trat Linden sich in den Hintern. Dümmer hätte er es nicht anstellen können, ihr von seiner Vergangenheit zu berichten, selbst wenn er sich angestrengt hätte. »Ich war einmal verheiratet, Maurynna – vor sehr langer Zeit. Nachdem wir Rani zur Königin gemacht hatten, wollte Bram den Kriegerverband nicht ohne sie zusammenhalten. Außerdem brauchte ihn sein Vater; sein Bruder, der Erbe, lag im Sterben. Deswegen gingen wir auseinander. Bram kehrte zu seinem Vater zurück und ich zu meinem. Mein Vater arrangierte meine Heirat mit einer Witwe, die einen Sohn hatte. Ihr Name war Bryon; ihr Sohn hieß Ash.

Anfangs ging alles gut. Bryony und ich waren zufrieden, und mit der Zeit begann ich, Ash wie meinen eigenen Sohn zu lieben. Aber ...«

Er sah an ihr vorbei. Obwohl seitdem Jahrhunderte vergangen waren, tat die Demütigung noch immer weh. Ihr höhnender Spott. *Pantoffelheld.* Er starrte zur Klippenwand. Er sagte, seine

220

Stimme nur mühsam beherrschend: »Aber Drachenlords und Echtmenschen können keine Kinder zeugen. Natürlich wußten damals weder ich noch irgendwer sonst, daß ich ein Drachenlord bin. Alles, was wir wußten, war, daß ich sie nicht schwängern konnte. Deswegen zog sie nach drei Jahren ihren Eheschwur zurück.« Er holte tief Luft. »Es – es war keine leichte Zeit für mich. Sie war nicht behutsam mit mir. Die meisten meiner Angehörigen auch nicht.«

Seinen Worten folgte Schweigen. Otter kannte die Geschichte natürlich schon. Linden fragte sich, was Maurynna davon halten würde.

Sie legte all ihre Gefühle in ein Wort. »Luder.«

Er musterte sie. Zorn lag in ihren zweifarbigen Augen. Meine Seelengefährtin hält nicht weniger von mir – was sollte es mich also kümmern, was eine Frau von mir hielt, die seit sechs Jahrhunderten tot ist? Zu seiner Überraschung vertrieb diese Erkenntnis den Schmerz, den er stets empfunden hatte, wenn er an Bryony dachte. Er seufzte mit lange überfälliger Erleichterung und setzte sich um, so daß er Maurynna einen Arm um die Schultern legen konnte. Er wagte nur ein kurzes, festes Drücken. »Es ist lange vorbei.«

Otter sagte: »Ich glaube, wir können die Süßkartoffeln ins Feuer legen. Linden, warum fängst du nicht an?«

Linden begann, mit einem Finger in den brennenden Holzscheiten herumzustochern. Er sah auf und schaute in Maurynnas entgeistertes Gesicht. Eine Hand lag über ihrem Mund, und ihre Augen schienen jeden Moment aus den Höhlen zu fallen.

O Götter. Schon wieder hatte er sie zu Tode erschreckt. Otter, der hinterhältige Kerl, hielt sich den Bauch vor Lachen. Linden merkte zu spät, daß er hereingelegt worden war. Die Hand noch immer im Feuer, sagte er: »Maurynna – Liebste –, es ist nicht schlimm. Wirklich nicht. Feuer kann mir nichts anhaben.«

Sie schluckte benommen. »Das – das weiß ich. Aus den

221

Geschichten. Aber es mit eigenen Augen zu sehen ...« Sie schauderte.

Verärgert drückte Linden Vertiefungen in die Holzscheite und legte die in Seegras gewickelten Süßkartoffeln hinein. »Ich sollte dich das tun lassen, Schwatzmaul«, raunte er Otter zu.

»Was? Damit ich mir die Finger verbrenne und nach dem Essen nicht für euch spielen kann? Tja, das würde bedeuten, daß ich zu deinem Harfenspiel singen müßte. Und ich würde ein Vermögen darauf setzen, daß du in letzter Zeit nicht viel geübt hast.«

Linden grinste. »Stimmt. Aber ich finde sowieso, daß lieber du die Harfe zupfen solltest, während Maurynna und ich uns aneinanderkuscheln und dir zuschauen. Stimmt's, Liebste?« fragte er augenzwinkernd.

Er fand, daß sie richtig süß aussah, wenn sie rot wurde.

Für Maurynna verging der Tag wie im Traum. Über den Strand schlendern, den Kindern zusehen, wie sie durch die Wellen tobten oder sich zwischen den Felsen versteckten – und fast die ganze Zeit war Linden Rathan an ihrer Seite.

Es war der schönste Tag ihres Lebens, und doch ... Linden schien ein wenig zurückhaltend, schien nicht mit ihr allein sein zu wollen. Und nun hatten sie das Boot kommen lassen. Bald würde dieser Tag nur noch eine Erinnerung sein.

Deswegen spazierte sie am Ende noch einmal allein über den Strand, außer Sichtweite von den anderen. Sie lehnte sich an einen der hohen Felsen, die sich so abrupt aus dem Sand erhoben, und schloß die Augen.

Nun, sie hatte nicht erwartet, daß er dort weitermachen würde, wo er im Frachtraum der *Seenebel* aufgehört hatte. Schließlich hatte er eine Liaison mit der schönsten Frau von Cassori.

Doch, ich habe es erwartet, dachte sie. In Gedanken schalt sie sich: Du Närrin, warum sollte er ...

Ein Schatten fiel über sie. Sie schrak zusammen, plötzlich wachsam.

Vor ihr stand Linden, jetzt voll bekleidet, bereit für die Rückfahrt nach Casna.

Sie wartete ab. Seine Hände kamen hoch, langsam, als geschähe es gegen seinen Willen. Kaum fähig zu atmen, stand sie nur zitternd da, als er ihr Gesicht in die Hände nahm.

Alles, was er sagte, war »Maurynna«. Leise, wie ein Gebet.

Das war genug.

29. KAPITEL

Ein Schrei zerstörte den Zauber des Augenblicks. Maurynna hielt die Luft an, als Linden herumwirbelte und in einer Geschwindigkeit losrannte, die kein Echtmensch erreichen konnte. Sie rannte ihm hinterher, stolperte aber immer wieder im weichen Sand.

Als sie um den Felsen bog, ließ der Anblick, der sich ihr bot, sie abrupt stehenbleiben. An den Klippen hingen Seile, an denen sich Männer hinunterhangelten.

Linden rief: »Maurynna, Otter – räumt den Strand!«

Das riß sie aus ihrer momentanen Lähmung. Sie rannte zu der Stelle, wo Maylin und Heilerin Tasha die Kinder aufklaubten. Otter kam aus der entgegengesetzten Richtung herbeigerannt. »Zum Wasser!« rief sie. »Zum Wasser!«

Sie riskierte einen Blick auf die Männer an den Seilen; sie hatten fast den Strand erreicht. Würde Linden sich rechtzeitig verwandeln können?

Dann war sie bei den anderen und eilte mit ihnen ins Wasser.

Linden sah über die Schulter. Maylin, Maurynna und Otter, der letztere mit Kella auf dem Arm, und Tasha, die Rann trug, standen bis zur Hüfte in den heranbrandenden Wellen. Ihre Gesichter waren von Furcht gezeichnet. Hinter ihnen sah er das näherkommende Landungsboot der *Seenebel*. Es würde nicht rechtzeitig da sein.

Frustriert sah er zu den Angreifern zurück. Er hatte nicht nachgedacht, als er den Strand räumen ließ, um genügend Platz für seine Verwandlung zu schaffen.

Denn genau das kam nicht in Frage. Jedenfalls nicht, solange Maurynna kaum fünfzig Schritte von ihm entfernt war. Doch in Menschengestalt hatte er, unbewaffnet wie er war, kaum eine Chance, wenn genügend Männer über ihn herfielen. Um Rann zu verteidigen – er hatte keinen Zweifel, daß die Männer hinter Rann her waren –, mußte er das Risiko einer sofortigen Verwandlung eingehen.

Ihm blieben nur Augenblicke, um sich zu entscheiden. Falls die Männer ihn mitten in der Verwandlung erreichten und ein Schwert in den Nebel stießen, der er dann war, würde er sich in Nichts auflösen; und das wäre für Maurynna noch weitaus schlimmer.

Gequält von Unentschlossenheit, zögerte er zu lange, und die Entscheidung wurde ihm abgenommen. Am Fuße der Klippen sprangen die ersten Männer in den Sand. Doch zu seiner Überraschung stürmten sie ihm nicht entgegen, sondern strafften bloß die Seile für die nachfolgenden Männer. Einer salutierte ihm sogar.

Jetzt erkannte Linden einige von ihnen. Er hatte sie im Palast gesehen, gewandet in das Königsrot der Palastwachen. Was hatten sie hier verloren?

Seine Frage wurde beantwortet, als sich Herzog Beren von Silbermärz an einem der Seile hinunterließ. Unten angekommen, zerrte der rothaarige Herzog ungeduldig die Lederhandschuhe von seinen Händen, lief über das zwischen ihnen liegende Strandstück und baute sich vor Linden auf. Bis auf einen Dolch am Gürtel war er unbewaffnet. Zwar nach wie vor wachsam, entspannte Linden sich ein wenig.

»Ich bin hier, um meinen Neffen nach Hause zu bringen«, zischte Beren. Er sah an Linden vorbei, und ein perplexer Ausdruck legte sich über sein Gesicht. Sein Blick wanderte von einer Seite des Strands zur anderen, und die Verwunderung in seinem Gesicht wuchs.

»Dort hoch?« fragte Linden spöttisch und deutete mit dem Daumen auf die fast senkrecht aufragenden Klippen. Trotzdem fragte er sich, warum Beren so verwundert aussah.

Ihre Blicke trafen sich. Einen Augenblick glaubte Linden, daß der Mann auf ihn losgehen würde. Doch Beren ließ den Moment tatenlos verstreichen. Das einzige Zeichen seines Zorns war jetzt das Ballen und Öffnen seiner großen Fäuste.

»Ganz gleich auf welchem Weg«, preßte Beren hervor.

Bevor Linden etwas entgegnen konnte, erklang eine weitere Stimme, die ebenso zornig klang wie die des Herzogs.

»Ihr werdet den Jungen nur über meine Leiche mitnehmen, mein Lord.«

Heilerin Tasha ging an Linden vorbei. Zornesröte verfinsterte ihre Züge. »Habt Ihr eine Vorstellung davon, was ein so langer Ritt Rann antun würde, mein Lord?« sagte sie mit bebender Stimme.

Beren antwortete nicht. Statt dessen ließ er – zu Lindens Überraschung – seinen Blick erneut über den Strand wandern und fragte: »Wo ist Gevianna? Sie muß hier sein. Und wo steckt Peridaen?«

»Gevianna«, fauchte Tasha, »schläft in ihrem Bett, nachdem ich ihr einen Limonentrunk mit Hopfen und Mohn verordnet habe.«

»Aber Per…«, begann der Herzog, dann schnappte sein Mund zu.

Tasha fuhr fort: »Der Gedanke an eine Schiffahrt machte Gevianna angst, und da ich sowieso mitzufahren gedachte, wurden ihre Dienste nicht benötigt. Was Prinz Peridaen betrifft, ich habe keine Ahnung, wo er steckt; jedenfalls nicht hier. Und Rann wird *nicht* mit Euch reiten. Als seine Heilerin kann ich das nicht zulassen.«

Sie verschränkte die Arme vor der Brust. *Damit ist die Sache erledigt!* besagte die Geste.

Nachdenklich faßte sich Beren ans Kinn. »Dann sind also weder Peridaen noch Gevianna hier«, sagte er. »Trotzdem, Rann kommt mit mir.«

»Nein«, sagte Tasha.

»Doch«, sagte Beren. Er hob eine Hand, als wollte er seine Männer herbeirufen.

Zeit, ein Machtwort zu sprechen. Linden tat dergleichen nur äußerst ungern. Niemand mochte seine Autorität gern von einem Außenstehenden untergraben lassen. Falls Beren ihn nicht schon vorher gehaßt hatte …

»Nein«, sagte Linden bestimmt. »Rann wird nicht mit Euch nach Hause reiten, Herzog Beren. Er wird mit uns und unter Heilerin Tashas Aufsicht an Bord des Schiffes nach Casna zurücksegeln.«

Beren lief rot an vor Zorn. Der Mann war nicht dumm. Er wußte, was als nächstes kommen würde.

»Drachenlord-Befehl«, sagte Linden.

Berens Lippen zogen sich zurück wie bei einem fauchenden Tier und offenbarten große, perlweiße Zähne. Eine Hand griff sogar nach dem Dolch an seinem Gürtel. Linden wappnete sich gegen einen Angriff.

Dann fuhr Beren herum und lief zu seinen wartenden Männern zurück. Linden wußte, daß er sich einen Feind gemacht hatte.

30. KAPITEL

Am späten Nachmittag war der alte Sonnenpavillon völlig verlassen. Der runde Raum lag ganz oben in einem Turm im ältesten Teil des Palastes. Nur noch wenige Leute nahmen sich die Zeit, hier hinaufzukommen, da nun der neue, größere Sonnenpavillon der Lieblingstreffpunkt der Damen am Hofe war. Das machte diesen Raum perfekt für einen Sommernachmittag in völliger Abgeschiedenheit.

Auf der Westseite fielen die letzten Sonnenstrahlen durch die Fenster. Sherrine räkelte sich in einem der Plüschsessel, die überall im Raum standen, und betrachtete das Muster aus Licht und Schatten auf dem honigfarbenen Holzparkett. Sie war froh, daß bislang niemand auf die Idee gekommen war, die Dielen gegen Steinfliesen auszutauschen. Das Eichenholz strahlte eine Behaglichkeit aus, an der es den Fliesen mangelte.

Sie war angenehm schläfrig, genug, um sich in die weichen Kissen zu schmiegen und entspannt auf Tandavis Rückkehr von ihrem Posten vor dem Sitzungssaal des Rates zu warten. Die viertägige Unterbrechung der Sitzungen war lästig gewesen. Sie war froh, daß es nun weiterging. Linden genoß es, nach ermüdenden Sitzungen den Abend mit ihr zu verbringen.

Sie fragte sich, ob er mit ihrer Dienerin zurückkehren würde. Sicherlich hatte er mittlerweile seine Verpflichtungen gegenüber seinem Yerrin-Freund erfüllt und würde heute mit ihr zu Abend essen. Sie lächelte bei der Vorstellung, was dem Essen folgen würde.

Und natürlich würde sie alles daransetzen, ihm neue Informationen zu entlocken. Schließlich durfte sie nicht vergessen, weshalb sie sich mit ihm eingelassen hatte. Sie streckte sich mit der trägen Geschmeidigkeit einer Katze. Dies war mehr Vergnügen als Geschäft – ganz so, wie sie es mochte.

Plötzlich vernahm Sherrine näherkommendes Gekicher. Sie verdrehte die Augen, ahnend, wer in wenigen Augenblicken ihre Ruhe stören würde: Niathea und deren dümmliche Freundinnen. Sie fragte sich, ob man sie aufgefordert hatte, den anderen Pavillon zu verlassen, weil sie zu laut gewesen waren. Das war mehr als einmal vorgekommen.

Sie platzten durch die breite Schwingtür in den Raum. Niathea sagte gerade: »Meine Lieben, ich sage euch, ich habe gesehen ...«

»Hallo, Niathea«, sagte Sherrine mit honigweicher Stimme. Sie verachtete das Mädchen und scheute nicht davor zurück, es offen zu zeigen.

Niathea blieb überrascht stehen, den Mund offen, die rotbraunen Locken wie immer wirr von ihrem Kopf abstehend. Ein glänzender feiner Schweißfilm überzog ihr Gesicht. Die anderen standen hinter ihr wie eine Handvoll gackernder Hühner, die sich im sicheren Schatten ihrer Henne verbargen.

Sherrine legte sich einen der vielen bissigen Sprüche zurecht, die sie für Leute reservierte, die ihr auf die Nerven gingen. Die Worte blieben ihr auf der Zunge kleben, als sie die bedeutungsvollen Blicke sah, die sich die Mädchen aus den Augenwinkeln zuwarfen. Mehr als eine Hand wurde vor den Mund geschlagen, um ein Lächeln zu verbergen. Einige machten sich nicht mal die Mühe. Ihr höhnisches Grinsen jagte Sherrine einen Schauer über den Rücken. Sie traten hinter Niathea hervor und reihten sich neben ihr auf, als versuchten sie, den bestmöglichen Platz in einer spektakulären Theateraufführung zu ergattern. Am schlimmsten aber war der Ausdruck falschen Mitgefühls auf Niatheas Gesicht.

Sherrines Mund wurde trocken. Etwas in ihr zog sich zusammen, als sie Niatheas Augen schadenfroh aufblitzen sah. Am liebsten hätte sie sich die Ohren zugehalten und wäre aus dem Pavillon gerannt, doch lieber würde sie sterben, als der Ziege diese Genugtuung zu geben.

Also blieb sie sitzen, lächelte sogar. »Ja, Niathea?« fragte sie affektiert. »Wie ich sehe, möchtest du unbedingt etwas loswerden – etwas, das ich zweifellos schon weiß. Aber wenn es dir Freude bereitet ...« Sie stieß ein übertriebenes Seufzen aus.

Niatheas Gesicht lief puterrot an. Für einen Moment verzerrte sich ihr Gesicht, als würde sie an Sherrines Worten ersticken. Dann kehrte ihr Lächeln zurück, jetzt so giftig, daß Sherrine es bereute, sie gereizt zu haben. Niathea trat einige Schritte vor, die Arme vor ihrem ausladenden Busen verschränkt. Die anderen folgten ihr wie Raben, die in Kürze auf einem Schlachtfeld zu landen gedachten.

Niathea gurrte: »Oh, Sherrine – du armes Ding. Unfaßbar! Daß Linden Rathan so was tun würde! Es tut mir so leid.«

Sherrines Blut gefror zu Eis. Sie sagte in schärferem Ton als beabsichtigt: »Was meinst du?« Sie biß sich auf die Lippe. Sie mußte sich besser beherrschen, sonst würde Niathea die Geschichte in ganz Casna verbreiten.

Niathea blinzelte unschuldig. »Wie, du weißt es noch nicht? Oh – dieser Schuft! Dich glauben zu lassen, du hättest ihn ganz für dich allein!« Sie wischte sich eine imaginäre Träne aus dem Auge.

Sherrine fröstelte. Daß die jungen Damen am Hof glaubten, Linden wolle nur sie, lag daran, daß sie genau das überall herumerzählt hatte, um mögliche Konkurrentinnen auszuschalten. Bis zu einem gewissen Grad hatte ihre List funktioniert, doch nun wurde sie von ihrer vermeintlichen Gerissenheit heimgesucht.

Nach einer Ewigkeit sagte Niathea: »Ich war mit meiner Mutter im Händlerviertel. Wir suchten Seidenstoffe – ich bekomme ein neues Kleid aus assantikkanischer Seide.«

Komm endlich zur Sache! dachte Sherrine. Sie hatte vergessen, daß Niathea ewig herumschwafeln konnte, bevor sie auf den Punkt kam. »Wie schön«, murmelte sie.

»Wir versuchten gerade, uns zwischen grüner und violetter Seide zu entscheiden, als aus dem Hinterzimmer der Geschäftsinhaber und ein *Baum* von einer thalnianischen Frau herauskamen – thalnianische Frauen sind riesig. Findest du das nicht auch häßlich? Obwohl sie schlank war, das muß man ihr lassen. Wie auch immer«, Niathea erwärmte sich für ihre Geschichte, »sie war von niederem Stand. Ich sah das auf den ersten Blick. Sie war braungebrannt wie ein Seemann – genau das habe ich gedacht: ›braungebrannt wie ein Seemann‹. Und dann sagte der Angestellte, der uns bediente: ›Auf Wiedersehen, Käpt'n‹ …« Niathea geriet ins Stocken. »Oh, ich kann mich nicht mehr an ihren Namen erinnern, aber wen interessiert schon eine thalnianische Seefahrerin, was?«

Der Blick, den sie Sherrine unter ihren gesenkten Lidern zuwarf, besagte, daß sie annahm, es würde zumindest eine Person interessieren.

Sherrine sagte nichts. Sie hätte es nicht gekonnt, selbst wenn sie es gewollt hätte.

Niatheas Unterlippe sprang hervor. Es schien, als erhielte sie nicht die gewünschte Reaktion. Sie fuhr fort, immer schneller redend: »Die Seefahrerin sprach eine Weile mit dem Inhaber. Worüber, weiß ich nicht, denn sie sprachen Assantikkanisch, und aus dem Hinterzimmer kam lautes Lachen. Sie rief den Leuten dort drin etwas zu. Als sie herauskamen, betrachtete ich sie: ein cassorisches Mädchen und zwei Yerrin-Männer – der eine etwas älter als wir, der andere ein Graubart in einer Bardentracht. Der Händler sprach jetzt Cassorisch und meinte dauernd, was für eine Ehre es sei.

Anfangs dachte ich mir nichts dabei. Wieso auch? Schließlich waren es Gemeine. Ich habe sie nicht weiter beachtet, bis der jüngere Mann sprach – seine Stimme kam mir bekannt vor. Aber er wandte mir die ganze Zeit den Rücken zu, daher hätte ich ihn fast nicht erkannt. Schließlich hatte ich ihn nie in Alltagskleidung gesehen. Er trug nicht mal seine silberne Amtskette mit den Drachenköpfen.

Sie sprachen noch eine Weile mit dem Inhaber; etwas über ein Fest, und sie lachten miteinander.«

Niathea verstummte und atmete tief durch, als wäre sie während ihrer Ausführungen nicht zum Luftholen gekommen. Sie sah zu Boden, schürzte ihre Lippen zu einem spitzen Lächeln und sagte:»Es tut mir so leid, Sherrine.«

Sherrine hätte beinahe laut aufgelacht. *Das war Niatheas Geschichte? Wie kümmerlich.* Sie lächelte Niathea an und dachte, wieviel Spaß es machte, die kleine Gifthexe zu enttäuschen.

Sherrine hob die Augenbrauen. In ihrer Stimme schwang Belustigung mit, als sie sagte:»Meine liebste Niathea, ich wußte bereits von Lindens Bardenfreund und daß er mit ihm etwas Zeit verbringen würde. Das hatte er mir lange vorher erzählt. Wie du siehst, beinhaltet deine Geschichte nichts, worüber du dich ... *aufregen* ... müßtest.«

Aber wer waren die Frauen – besonders die Thalnianerin? Mir gefiel Niatheas Gesichtsausdruck nicht, als sie – Sherrine wischte den Gedanken beiseite. Sie fuhr fort, als würde sie ein kleines Kind belehren:»Der Barde heißt Otter Heronson, wie auch du gewußt hättest, wenn du ...«

Alles vorgegaukelte Mitgefühl war nun verschwunden.

»Sie – die Seefahrerin – nannte ihn ›Linden‹«, sagte Niathea triumphierend. »Alle nannten ihn so, aber man konnte die Zärtlichkeit in ihrer Stimme hören, als *sie* seinen Namen aussprach. Und er hat es ihr nicht verboten – o nein. Als sie vor dem Geschäft waren, blieb er einen Moment mit ihr stehen und küßte sie, bevor sie den anderen folgten. Und er legte einen Arm um ihre Schultern.«

Niatheas Lippen verzogen sich zu einem grausamen Lächeln. Sie strich ihre verschwitzten Locken aus der Stirn und beugte sich herunter, ihr Gesicht nur Zentimeter von Sherrines entfernt.

Sherrine preßte sich in die Kissen.

Niatheas Augen blitzten, und der Giftstrom aus ihrem Mund sprudelte wie ein Fluß, der zu lange eingedämmt worden war. »Die ganze Zeit hast du damit geprahlt, daß Linden Rathan dich erwählt hat, hast es uns immer wieder vorgebetet, hast dich damit gerühmt, daß er nur dir allein gehöre. Nun, die Zeiten sind vorbei. Du wurdest wegen einer thalnianischen Bohnenstange verlassen – einer *Seefahrerin,* die braungebrannt ist und schwielige Hände hat wie jeder gewöhnliche Bauer hinterm Pflug.

Ich habe gesehen, wie er sie angeschaut hat, Sherrine. Du hast ihn verloren – für immer.«

Sie wußte nicht mehr, wie sie den Sonnenpavillon verlassen hatte. Nur das höhnische Gelächter klang ihr noch in den Ohren.

Tandavi fand sie benommen durch die Gänge stolpernd. Die schlanken Arme der Dienerin fingen sie auf und hielten sie auf den Beinen.

»Mylady! Was ist los?« fragte Tandavi.

Sherrine wischte sich über die Augen. Einen Moment starrte sie Tandavi an, ohne sie zu erkennen. Dann faßte sie sich ein wenig und flüsterte: »Was hat Linden Rathan dir geantwortet?«

Nach seiner Antwort würde sie wissen, ob Niathea gelogen hatte – oder ob sie ihn tatsächlich verloren hatte. Als Tandavi nicht sofort antwortete, schüttelte Sherrine sie. »Sag schon!«

»Er – er – er schien verärgert und meinte, er müsse sich mit dem Barden treffen, von dem er Euch – Au! Mylady!« Tandavi riß sich von Sherrine los.

Wie betäubt sah Sherrine das Blut in den tiefen Kratzern, die ihre Fingernägel in Tandavis Arme gegraben hatten. Fasziniert betrachtete sie das Muster aus rotem Blut auf weißer Haut.

»O Götter, Tandavi – verzeih mir. Ich wollte dir nicht …« Plötzlich kam sie wieder zu sich. O Götter, anscheinend nahm die Sache sie stärker mit, als sie dachte, wenn sie sich sogar bei einer Dienerin entschuldigte.

Tandavi schluckte überrascht. »Nicht so schlimm, Mylady«, sagte sie. »Aber was ist los mit Euch …?«

»Nichts. Sei still. Laß mich nachdenken.« Sherrine lehnte sich an die kühle Granitwand des schmalen Ganges, froh, daß nur selten jemand in diesen älteren Teil des Palastes kam. Je weniger Leute sie in diesem Zustand sahen, desto besser. Sie preßte die Handballen gegen ihre Augen und zwang sich zur Ruhe.

Sie würde Linden nicht kampflos aufgeben. Das war undenkbar; das ließ ihr Stolz nicht zu. Selbst wenn ihre Rivalin eine Adlige wäre, würde sie sich nicht tatenlos abservieren lassen. Aber daß sie für eine Frau von niederem Stand verlassen werden sollte!

Außerdem war da noch ihre Mutter. Sie hörte Anstella schon giften: »Dummes Ding – kannst du denn nichts richtig machen? Er hat dich wegen einer Seefahrerin verlassen?«

Im Geiste sah sie das Bild von schwieligen braungebrannten Händen auf Lindens heller Haut. Sie sah die Hände an seinem Rücken hinabgleiten … Sie kniff ihre Augen zu, vertrieb das Bild. Sie mußte die Sache genau durchdenken.

Als erstes mußte sie den Namen ihrer Rivalin herausfinden. Aber wie? Sie konnte kaum den Hafen nach einer thalnianischen Frau absuchen, die ein Schiff befehligte.

Wie, wie, wie?

»Gerd Warbek.« Sherrine nahm die Hände von den Augen. Bestimmt wußte der Kaufmann, wer die Schiffskapitäne waren oder wie man es herausfinden konnte. Er würde einige Tage brauchen, aber Warbek würde es für sie herausfinden. Der Mann würde alles tun, um die Patronage der Colranes zu behalten.

Sie stieß sich von der Wand ab. »Genau. An ihn werde ich mich wenden. Komm, Tandavi. Ich muß etwas mit Gerd Warbek besprechen. Und später etwas mit einer bestimmten thalnianischen Seefahrerin.«

31. KAPITEL

Es ist herrlich hier oben!« sagte Linden. »Man kann meilenweit sehen.«

Maurynna lächelte ihm schief zu. Sie saßen auf der höchsten Rahe, links und rechts neben dem Großmast. Jeder hatte einen Arm darum geschlungen, um sich gegen die sanfte Dünung abzustützen. Es war einer ihrer Lieblingsplätze, zu dem sie oft hinaufkletterte, um ungestört nachzudenken, wenn die *Seenebel* im Hafen lag. »Hör auf, mich zu veralbern. Du weißt genau, daß du viel höher fliegen und viel, viel weiter sehen kannst.«

Er grinste und sah dabei aus wie ein reueloser, frecher kleiner Junge. »Stimmt. Aber dabei habe ich nicht so nette Gesellschaft. Oder so schöne.«

»Linden!« Pures Wohlbehagen durchströmte sie. Aber verflucht, der plötzlichen Hitze in ihrem Gesicht nach zu urteilen, wurde sie schon wieder …

»Besonders wenn du rot wirst.«

»Du bist ein noch schlimmerer Scherzbold als Otter«, stellte sie fest. Dann sagte sie leiser: »Trotzdem, danke.«

Mit den Fingern seiner freien Hand strich er ihr sanft über die Wange. »Maurynna – Liebste –, das habe ich ernst gemeint. Wirklich. Jedes Wort.«

Sie küßte seine Handfläche und dachte: Das ist ein Traum. Es muß ein Traum sein. So was kann es in Wirklichkeit nicht geben.

Aber die Hand, die nun die ihrige ergriff, war groß und warm und kräftig. Er schob seine Finger zwischen ihre. Sie war überglücklich.

Eine Weile saßen sie schweigend da. Es war ein angenehmes Schweigen, mit einer inneren Nähe zwischen ihnen, die sich Maurynna fest einprägte für die Zeit, wenn diese Idylle mit seiner Rückkehr nach Drachenhort oder ihrer Weiterfahrt zum nächsten Hafen endete.

Dann setzte sich Linden ein wenig auf und zog seine Hand weg. »Schau – dort kommt eine der königlichen Barken den Fluß hochgefahren.« Er deutete auf das Boot.

Verdammt. Ihre Finger vermißten schon die seinen. Seufzend legte Maurynna eine Hand über die Augen, um nicht in die Abendsonne zu schauen, und sah den Fluß hinunter.

Mit geübtem Seefahrerblick entdeckte sie sofort die Barke zwischen all den Wasserfahrzeugen, die über den Uildodd schipperten. An Bug und Heck flatterten die königsroten Banner, und wo das Holz der Reling und des Rumpfes nicht rot gestrichen war, war es mit einer goldfarbenen Lackschicht überzogen. Die Bemalung wirkte auf sie grell und billig, wie eine übergewichtige, übertrieben geschminkte Hure.

Trotzdem, die Barke war solide gebaut. Gajji mußte sich getäuscht haben … Dem Gedanken folgend, sagte sie laut: »Muß ein schlimmer Sturm gewesen sein an jenem Tag.«

Linden wußte sofort, wovon sie sprach. Es war, als hätte er ihren Gedanken gelesen. »Du meinst an dem Tag, als Königin Desia ertrunken ist? Der Sturm war nicht besonders schlimm. Zumindest hat man mir das gesagt.«

Maurynna runzelte verwundert die Stirn und sagte: »Dasselbe hat mir ein erfahrener Seemann erzählt. Warum ist die Barke dann gesunken?«

Linden sah sie an und zuckte mit den Schultern. »Anscheinend war selbst das bißchen Sturm zuviel für das Boot. Ich hörte, daß das Wasser hinten hineindrang.«

»Am Heck«, korrigierte Maurynna ihn beiläufig. Sie schüttelte den Kopf. »Nein, Linden. Ich kenne mich mit Schiffen aus. Diese Barken liegen zwar wie trächtige Kühe im Wasser, aber nicht so tief, daß ein leichter Sturm das Heck überspült – und mehr als ein leichter Sturm sei es nicht gewesen, meinte Gajji.«

»Aber warum …?« fragte Linden. Er wandte den Kopf und

schaute wieder auf die Barke hinunter, als würde diese seine Frage beantworten.

»Ich weiß nicht«, sagte Maurynna. »Aber es ist wirklich eigenartig.«

Linden wollte etwas sagen, doch ein Rufen von unten unterbrach ihn.

»Ahoi, ihr da oben! Habt ihr vergessen, daß wir heute abend bei Almered und Falissa eingeladen sind?« Otter schaute zu ihnen hoch, die Hände in die Seiten gestemmt. Trotz der verzerrten Perspektive konnte Maurynna erkennen, daß eine Stiefelspitze des Barden ungeduldig auf und ab wippte.

Sie schlug sich eine Hand vor den Mund; sie *hatte* die Einladung vergessen. »O Götter.«

Sie sah an sich hinunter. Flickenbesetzte Tunika und zerbeulte Kniehosen. Linden trug auch nichts Besseres. Sie hatten ihre ältesten Sachen angezogen, um in der Takelage herumzuklettern, während sie Linden alles erklärte. Obwohl er noch immer »Seil« statt »Tau« sagte, lernte er schnell.

Nein, diese Kleider konnte sie nicht tragen. »Ich muß nach Hause und mich umziehen«, sagte sie.

Einen Moment schaute er sie erschrocken an. Dann blinzelte er und sagte: »Oh! Natürlich. Ich auch. Wir beeilen uns besser.«

Sie schwang sich bereits von der Rahe und kletterte so schnell sie konnte hinunter.

Augenblicke später trafen ihre Füße mit einem Bums aufs Deck. Sie sprang zur Seite, um Linden, der direkt hinter ihr war, Platz zu machen. Wie sie sah, war Otter bereits dem Anlaß entsprechend gekleidet.

Er hatte ihre Pferde auf den Landungssteg gebracht. »Beeilt euch«, trieb er sie an und eilte zu seinem Pferd.

Linden half ihr in den Sattel und sprang in den seinen. Er beugte sich zu ihr hinüber und gab ihr einen Kuß, dann wandte er sich zu dem Barden um. »Otter, warum begleitest du mich

237

nicht? Erzähl mir, wie es Rann heute ging.« Sein häßlich gescheckter Wallach tänzelte unter ihm, erwartete ungeduldig das Signal zum Start. »Ich hole dich ab, Maurynna. Bis dann, Liebste.«

»Bis dann, Linden«, entgegnete sie, glücklich über seinen zärtlichen Tonfall. Er lächelte und ritt los, dicht gefolgt von Otter.

Sie sah ihm einen Augenblick nach, bevor sie ihrerseits losritt. Sie hatte nicht viel Zeit.

Maurynna blieb auf halber Treppe stehen, Maylin und Kella einige Stufen hinter ihr. Sie legte den Kopf schräg und lauschte den Geräuschen vor dem Haus. Pferde – war Linden schon da? Sicher – er hatte gesagt, daß er sich beeilen würde, aber daß es so schnell gehen würde, hatte sie nicht erwartet. Aufgeregt raffte sie ihren langen Rock und eilte mit pochendem Herzen die restlichen Stufen hinunter.

Die Tür sprang auf, und Gavren, einer der Lehrlinge, stürmte herein und vergaß, sie wieder zu schließen. Sein Gesicht war kreidebleich. Er stand am Fuß der Treppe und wedelte erregt mit den Armen. »Geht wieder hoch«, rief er, um sogleich im hinteren Teil des Hauses zu verschwinden.

»Was? War das nicht Linden? Maylin, was …« Maurynna blieb verwirrt stehen.

Maylin schob sich an ihr vorbei. »Warte hier«, sagte sie.

Maylin rannte die Stufen hinunter und spähte durch die offenstehende Tür. Was immer sie dort sah, ließ sie hastig zurückfahren und Ausdrücke benutzen, von denen Maurynna nicht gewußt hatte, daß ihre Cousine sie kannte. Sie kam die Stufen hochgestürmt. »Es ist nicht Linden«, japste sie. Ihre Augen waren vor Furcht geweitet. »Rynna, geh …«

»Wenn du dich hinkniest, kannst du durch die Tür schauen«, flüsterte Kella. »Nicht sehr gut, aber es reicht.«

Maurynna folgte dem Beispiel des kleinen Mädchens und

238

spähte durch das Treppengeländer nach draußen. Maylin zögerte kurz, dann hockte sie sich neben die beiden.

Von ihrem Standort aus konnte Maurynna Tante Elennas Rücken erkennen. Ihre Tante hatte einen Arm gehoben. Maurynna nahm an, daß sie eine Fackel hielt.

Direkt hinter Elenna saß eine Frau auf einem Pferd. Von ihr konnte Maurynna nur den Rock und die Hände erkennen. Eine Hand hielt eine Reitpeitsche, mit der sie unablässig auf den Sattelknauf trommelte.

Der Vorhof war heller erleuchtet, als es mit einer einzigen Fackel möglich war. Maurynna fielen die anderen Pferde ein, die sie gehört und für Lindens Eskorte gehalten hatte. Dem Geschirrklappern nach zu urteilen, waren die Reiter noch immer da. Wenn man den edlen Stoff des Rockes hinzuzählte, den sie erkennen konnte, mußte es sich um eine Adlige und ihre Eskorte handeln.

Maurynna hörte die Frau sagen: »Also, noch einmal – wo ist Maurynna Erdon? Schickt sie heraus, oder ich werde meine Wachen nach ihr suchen lassen.« Ihre tiefe, rauchige Stimme klang bedrohlich.

Maurynna beschlich die leise Ahnung, daß sie erraten konnte, welche Adlige nach ihr suchte. Sie fragte Maylin: »Lady Sherrine?« Auf Maylins Nicken fuhr sie fort: »Und sie möchte … mit mir reden?«

»Ja.« Maylins Stimme war kaum zu hören. »Geh wieder hoch, Rynna. Sie hat dich nicht gesehen. Mutter hält die Fackel so, daß sie nicht ins Haus schauen kann.

Mach schon. Wir werden sie schon irgendwie los – wir werden ihr sagen, du wärst am Hafen. Eine feine Dame wie sie wird sich nicht dort hinbegeben, schon gar nicht abends. Versteck dich, bis Linden kommt. Er hat diese Verwicklung verschuldet, als er sich mit ihr eingelassen hat. Laß ihn die Sache klären.«

Wütend über den Vorschlag, sagte Maurynna: »Ich habe

nichts verbrochen, weswegen ich mich wie eine Diebin verstecken müßte. Und ich werde bestimmt nicht fortrennen vor einer ...«

Maylin, die die verängstigte Kella an sich drückte, zischte flüsternd:»Oh, stell dich nicht so an, Rynna – du weißt nicht, wie sie ist. Den Colranes geht man besser aus dem Weg. Und Lady Sherrine ist besonders schlimm – Mutter haßt es, wenn sie oder ihre Mutter, die Baronesse, ins Geschäft kommen. Sie sagt, der Profit sei es nicht wert.«

Maurynna hob die Augenbrauen. Daß ihre praktisch veranlagte Tante bereitwillig auf Geschäfte mit einer Baronesse verzichtete, sagte eine Menge über die Colranes. Ihre Bestimmtheit bröckelte. Sie wußte nicht, was sie tun sollte: sich verstecken oder dieser Frau gegenübertreten? Wäre ihre Rivalin um Lindens Gunst keine Adlige ... Sie fluchte leise und wünschte, das alles würde in Thalnia geschehen. In Cassori half ihr ihr Status als Angehörige des Hauses Erdon nicht – nicht gegen eine Adlige.

»Geh schon!« Maylin schob sie die Stufen hoch.

»Ihr habt keinen Befehl des Palastes oder der Stadtwache«, hörte sie ihre Tante sagen, während sie ein oder zwei Stufen hinaufging.

»Ich brauche keinen«, lautete die Antwort. »Wachen!«

Maurynna hörte die Wachen von den Pferden steigen und drehte sich ohne zu zögern um. Sanft, aber bestimmt schob sie Maylin zur Seite, trat um Kella herum und schritt hocherhobenen Hauptes die Stufen hinunter. Sie würde sich nicht wie eine gewöhnliche Kriminelle aus dem Haus zerren lassen.

Maylin stapfte hinter ihr die Treppe hinunter und murmelte: »Von allen starrsinnigen, sturköpfigen ...«

Ihren langen Rock mit einer Hand raffend, stieg Maurynna würdevoll die drei Stufen in den Vorhof hinab. Sie trat an ihrer Tante vorbei und ging die wenigen Meter zu Lady Sherrine. »Wie ich hörte, sucht Ihr mich, Mylady«, sagte sie.

Sie wartete im Lichtschein der Fackeln. Die dahinterliegende Dunkelheit war undurchdringlich. In der Stille, die ihren Worten folgte, hatte sie Zeit zu bemerken, wie warm die abendliche Luft war und wie herrlich die Rosen dufteten, die sich an den Mauern des Hauses hinaufrankten. Das Kopfsteinpflaster fühlte sich durch die dünnen Sohlen ihrer Hausschuhe hart und kühl an.

Lady Sherrine sagte eine Zeitlang nichts, dann: »Du bist Maurynna Erdon, Kapitän der *Seenebel?*«

»Das bin ich.« Maurynna sah der Adligen direkt in die Augen. Vergiß nicht, du bist nicht in Thalnia. Für diese Frau hast du keinen Rang.

Schweigend musterten sie einander. Obwohl sie sorgsam darauf bedacht war, sich nichts anmerken zu lassen, war Maurynna vom ersten Anblick ihrer Rivalin regelrecht erschüttert. Selbst im fahlen Licht der Fackeln war Lady Sherrines Schönheit überwältigend.

Wie sie gerade wie ein Mast im Sattel sitzt, dachte Maurynna. Sie sieht aus wie eine Wirklichkeit gewordene Gestalt aus einem Bardenlied, schön wie eine Herbstweise. Sie betrachtete die zierlichen Hände, die Zügel und Reitpeitsche hielten, und dachte an ihre von harter Arbeit schwieligen Finger.

Sie fragte sich, welche Farbe Sherrines große, leicht schrägstehenden Augen hatten. Zweifellos haben sie dieselbe Farbe, nicht zwei unterschiedliche wie bei mir. Sie ist perfekt, schlichtweg perfekt, dachte Maurynna bekümmert. Kein Wunder, daß Linden sich mit ihr eingelassen hat. Wie konnte ich je glauben, ihn ihr wegnehmen zu können? Jetzt weiß ich, warum er mich nie auch nur andeutungsweise bittet, die Nacht mit ihm zu verbringen.

Maurynna kam sich wie eine Närrin vor. Doch sie würde der Frau niemals die Genugtuung geben und sie das wissen lassen. Selbst wenn Linden nur mit mir herumgespielt hat, hat sie nicht das Recht, mich anzustarren, als wäre ich eine Kreatur aus der Gosse. Sie straffte ihren Oberkörper.

»Mylady, Ihr habt nach mir gefragt, und hier bin ich. Ihr sagt nichts. Darf ich daraus schließen, daß Eurem Wunsch damit Genüge getan ist? Sollte dem so sein, würde ich gerne …«

Die Peitsche stieß gegen den Sattelknauf. Das Pferd schnaubte überrascht.

Lady Sherrine spie: »Ich weiß zwar, daß du für ihn nicht mehr als ein kleiner billiger Zeitvertreib bist, trotzdem befehle ich dir, dich von Linden Rathan fernzuhalten, du hinterhältige kleine Krämerseele. Wie kannst du es wagen, mich so hochnäsig anzustarren?«

Weil ich eine Träumerin bin, dachte Maurynna. Dann fiel ihr ein, daß Linden an sie herangetreten war, nicht umgekehrt. Ein winziger Hoffnungsfunke keimte in ihr. Leise sagte sie: »Bei allem Respekt, Mylady, aber liegt eine solche Entscheidung nicht bei Linden? Er …«

Das Pferd machte einen Satz nach vorne. Maurynna sprang gerade rechtzeitig zur Seite, um nicht umgerannt zu werden. Sie hörte Tante Elennas und Maylins Schreie und die überraschten Rufe der Wachen. Hände – sie glaubte, es waren die ihrer Tante – versuchten sie aufzufangen, doch sie torkelte weiter.

Lady Sherrine fauchte: »Du wagst es, seinen Namen in den Mund zu nehmen? Deinesgleichen hat ihn ›Drachenlord‹ zu nennen, du stinkende Kanalratte!« Sie riß ihr Pferd in einer engen Kurve herum.

Die Zeit dehnte sich. Jeder Moment schien ewig zu dauern. Maurynna sah alles in schrecklicher Klarheit. Sie stand wie erstarrt da, wie in ihren schlimmsten Alpträumen. Der Waldlilienduft überwältigte sie beinahe.

Der Peitschenschlag auf ihrem Gesicht riß sie aus ihrer Lähmung. Das spitze Ende schlitzte ihr ein Augenlid auf. Sie schrie. Es schien, als wäre ihr ein glühend heißer Dolch übers Auge gefahren. Sie fiel fast in Ohnmacht.

Jemand fing sie auf, als sie auf das harte Kopfsteinpflaster fiel, und ließ sie langsam auf die Knie hinunter. Sie glaubte, es war Maylin. Sie faßte sich mit beiden Händen ins Gesicht und kämpfte gegen die drohende Ohnmacht an. Warmes Blut quoll zwischen ihren Fingern hervor und lief an ihren Händen hinunter. Irgendwo hinter ihr begann Kella hysterisch zu weinen. Maurynna schluckte schwer. Sie weigerte sich, vor Lady Sherrines Augen ohnmächtig zu werden. Statt dessen konzentrierte sie sich auf die Härte des Kopfsteinpflasters unter ihr und auf Maylins Stimme, die Lady Sherrine mit allen nur erdenklichen Obszönitäten bedachte. Benommen dachte sie: Nur gut, daß ich ihr Thalnianisch beigebracht habe.

Sie hörte Lady Sherrine aufseufzen und eine männliche, ihr nicht bekannte Stimme sagen: »Ihr seid zu weit gegangen, Mylady. Am besten, wir bringen Euch nach Hause.«

Sie sah aus ihrem unversehrten Auge hoch. Lady Sherrine starrte erschrocken auf sie hinunter.

Der Adligen glitt die Peitsche aus den Fingern. Eine der Wachen nahm ihre Zügel. Lady Sherrine nickte. Ihre Lippen bewegten sich stumm, während ihre schrägstehenden Augen ununterbrochen auf Maurynnas blutüberströmtem Gesicht ruhten.

Hinter dem Fackelschein erklang eine tiefe Stimme aus der Dunkelheit, scharf und gefährlich wie ein Schwert.

»Was, zu Gifnus neun Höllen, geht hier vor?« fragte Linden.

32. KAPITEL

Linden ließ seine Eskorte auf der Straße zurück und lenkte seinen Wallach zwischen den braungold gewandeten Wachen hindurch, die den kleinen Vorhof der Vanadins füllten. Otter folgte direkt hinter ihm. Was taten Sherrines Männer hier? Ein Frösteln kroch Linden über den Rücken.

Die Soldaten wichen aus dem flackernden Fackelschein zurück. Einer hielt Sherrines Zügel. Der Mann ließ sie fallen und trat eilig in die Dunkelheit, so daß Sherrine nun allein war.

Sie wendete ihr Pferd und sah Linden an. Ihre Augen waren riesengroß. Sie sah aus, als würde sie jeden Moment ohnmächtig werden. »Das habe ich nicht gewollt«, flüsterte sie. »Wirklich, ich ...«

Linden gefror der Atem in der Brust. Maurynna war etwas zugestoßen. Und Sherrine war dafür verantwortlich. Er sprang aus dem Sattel.

Sherrine war klug. Sie versuchte nicht, ihn aufzuhalten. Er lief an ihrem Pferd vorbei.

Maurynna kniete auf dem Kopfsteinpflaster, blutverschmierte Hände vor eine Gesichtshälfte geschlagen. Noch während er sie betrachtete, sah er Blut über ihre goldenen Armspangen rinnen und zu Boden tropfen.

Er stand da, wie zu Stein erstarrt. Er wagte es nicht, sich zu bewegen. Falls er es täte, würde er die Beherrschung verlieren und in seinem Zorn vermutlich jemanden umbringen. Sherrine hatte es gewagt, seine Seelengefährtin zu verletzen!

Dann, mit einer Geschwindigkeit, die die Umstehenden ungläubig staunen ließ, war er an Maurynnas Seite. Behutsam nahm er sie aus Maylins Armen. Sie schmiegte sich an ihn und legte den Kopf an seine Schulter. Ihr Schluchzen war kaum zu hören.

»O Götter«, sagte Otter von hinten. »Was ist passiert? Wer ...«

Maylin, ihr Gesicht weiß wie Salz, spie es auf thalnianisch aus: »Na, wer wohl? Natürlich die da auf dem Pferd, die Hexe mit dem Engelsgesicht! Sie kam einfach her, ohne Befehl des Palastes, nur mit ihren Soldaten im Schlepptau – und rief Maurynna heraus. Dann schlug sie Rynna mit der Peitsche übers Gesicht.« Sie deutete auf das Kopfsteinpflaster hinter ihm.

Linden sah über die Schulter. Auf dem Kopfsteinpflaster lag eine Reitpeitsche mit einem kunstvoll geschnitzten Knochengriff. Blut klebte am Peitschenende. Angewidert und rasend vor Wut, sagte er: »Wachen, bringt eure Lady nach Hause. Lady Sherrine, Ihr werdet mich morgen in der vierten Stunde nach Sonnenaufgang in meiner Residenz aufsuchen. Geht.«

Elenna kam nach vorne. Sie trug die schluchzende Kella auf dem Arm. Auf thalnianisch sagte sie zu Maylin: »Hüte deine Zunge, dummes Mädchen – was, wenn eine der Wachen Thalnianisch versteht und ihr erzählt, was du gesagt hast? So, nun kümmere dich um Maurynna. Ich muß Kella beruhigen, sonst hat sie die ganze Nacht Alpträume.« Sie reichte ihrer älteren Tochter ein zusammengelegtes Stück Stoff und einen langen schmalen Stoffstreifen, die sie beide, nahm Linden an, von ihrem Unterrock abgerissen hatte.

Maylin senkte grollend den Kopf und nahm ihrer Mutter den behelfsmäßigen Verband aus der Hand. Elenna ging ins Haus. Linden trat zur Seite und sah zu, wie Maylin Maurynnas verletztes Auge mit dem Polster abdeckte und den Stoffstreifen darüber festband.

»Dank dir«, flüsterte Maurynna, ihre Stimme gepreßt vor Schmerz. Ihre Finger krallten sich in seine Robe.

Das Klappern von Hufen auf Pflastersteinen sagte ihm, daß Sherrine davonritt – ungestraft. Sie hatte Maurynna schwer verletzt, und er konnte nichts tun. Er fühlte sich elend und war wütend und frustriert wegen seiner Hilflosigkeit.

Maylin sprang auf, rannte zum Hoftor und sah den Reitern

nach. Dann wirbelte sie herum, die Fäuste geballt, und rief: »Du läßt sie ungeschoren davonkommen! Du bist ein Drachenlord – tu etwas!«

Otter, bitte beruhige sie! Sie regt Maurynna auf.

»Sei still, Maylin«, fuhr Otter sie an. »Du weißt nicht, wovon du sprichst.« Er zog die bei jedem Schritt protestierende Maylin vom Tor weg.

Linden sagte: *Du meine Güte, sie ist verdammt wild für ihr Alter.*

Otter kicherte im Geiste. *Nicht wahr? Ich glaube, es wäre keine gute Idee, jemandem aus ihrer Familie etwas anzutun. Einen Moment dachte ich, sie würde über Sherrine herfallen.*

Dachte ich auch, und das wäre sehr schlimm gewesen. Linden drückte Maurynna an sich und rief: »Hauptmann Jerrel, schickt Lady Sherrine ein paar Soldaten hinterher. Sorgt dafür, daß sie nach Hause geht und nirgendwo sonstwohin. Laßt die Männer das Haus beobachten; sie darf es bis morgen früh nicht verlassen. Und falls sie morgen früh nicht freiwillig rauskommt, bringt sie zu mir.«

Der Hauptmann bellte einen Befehl. Einige Soldaten aus Lindens Eskorte lösten sich aus der Gruppe und ritten Sherrine nach.

Otter und Maylin traten zu ihm; der Barde hielt noch immer das Mädchen fest.

»Was wirst du wegen der Sache unternehmen? Wie wirst du Sherrine bestrafen?« verlangte sie zu wissen.

Seine Antwort war so bitter wie Wurmholz auf seiner Zunge. »Ich kann nichts tun«, sagte er. Als Maylin protestierte, fuhr er fort: »Wenn Maurynna Sherrine bestrafen lassen will, muß sie das im Rahmen der cassorischen Rechtsprechung tun. Und ich glaube nicht, daß ihr das gelingen wird.«

Er ballte die Fäuste und sagte im Geiste zu Otter: *Meine Seelengefährtin wird angegriffen, und ich kann die verantwortliche Person nicht zur Rechenschaft ziehen. Sherrine sollte für* eine Tätlichkeit gegen einen Drachenlord angeklagt werden. *Aber weil ich nichts verraten darf, wird Sherrine von der cassorischen Rechtsprechung einen Klaps auf die Hand bekommen – wenn überhaupt! –, und Maurynna wird im Regen stehen.*

Otter sagte: *Du hast natürlich recht. Du darfst dich nicht mal zu sehr aufregen – jemand könnte argwöhnisch werden. Was willst du nun tun?*

Linden überlegte: *Die Straße zum Palast ist breit genug, daß ich mich auf ihr verwandeln kann. Dann werde ich mein Heilfeuer einsetzen –*

Otter gab einen Würgelaut von sich. *Bist du wahnsinnig? Götter, die Sache nimmt dich stärker mit, als ich dachte! Vergiß nicht, was passieren könnte, falls du dich in Maurynnas Nähe verwandelst – du, ihr Seelengefährte.*

Kalter Schweiß lief Linden über den Rücken. *Götter, habt Gnade – du hast selbstverständlich recht. Ich weiß nicht, ob ich Rathan beherrschen könnte. Er könnte die Drachenseele in ihr anrufen. Und das könnte sie umbringen. Danke, Otter.*

Der Barde nickte.

Maylin sagte: »Hört auf, mich zu ignorieren. Was kümmert uns die cassorische Rechtsprechung?«

Erschüttert darüber, welcher Gefahr er Maurynna um ein Haar ausgesetzt hätte, verlor Linden die Beherrschung. Er brüllte: »Verstehst du nicht? Ich bin einer der Gesetzesbringer. Das heißt es, ein Drachenlord zu sein – nicht, daß ich meine persönliche Rache einfordern kann, wann immer es mir beliebt. Wir sind die Diener der Menschheit, nicht ihre Herrscher. Ich kann nicht die Gesetze eines Landes ändern, bloß weil ich sie nicht mag. Ich kann nicht mal einen Fürsprecher von Sherrine zum Duell herausfordern. Ich darf niemanden herausfordern. Ich darf lediglich als Fürsprecher fungieren.«

Linden biß sich auf die Zunge. War er verrückt, über Herausforderungen in Maurynnas Namen zu reden? Maurynna und Maylin waren nicht dumm. Götter, wenn er nicht aufpaßte,

247

würde ihm noch rausrutschen, weshalb er über derlei Dinge überhaupt nachdachte.

Er sagte: »Hör jetzt mit dem Unsinn auf und sag einem aus meiner Eskorte, daß er mir mein Pferd bringen soll. Maurynna braucht einen Heiler. Ich werde sie zum Palast bringen.«

Er erhob sich mit Maurynna in den Armen. »Liebste«, flüsterte er, »keine Sorge. Alles wird gut.«

»Das – das hoffe ich«, sagte Maurynna. »Und hört bitte auf, euch meinetwegen zu streiten, als wäre ich nicht hier. Ich bekomme Kopfschmerzen davon.«

Doch zwischen ihren Schluchzern lachte sie ein wenig, so daß Linden wußte, daß sie nicht verärgert war. Er drückte sie sanft. »Es tut bald nicht mehr weh«, sagte er und seufzte. Es schmerzte ihn, daß er seiner Seelengefährtin nicht selbst helfen konnte.

Ein Soldat brachte Lindens Pferd. Linden ließ Otter Maurynna halten und stieg auf, dann zog er sie vor sich in den Sattel. »Sitzt du bequem?« fragte er sie.

»Ja«, sagte Maurynna. Ihre Stimme zitterte. Sie fingerte an dem Verband über ihrem Auge herum.

Er wendete sein Pferd und ritt durch das Hoftor, dann hielt er an und wartete, bis sich seine Eskorte um ihn formiert hatte.

Otter kam herbeigerannt. Der Barde fragte: »Soll ich bei der Familie bleiben?«

»Ja«, sagte Linden. »Dann kann ich ihnen über dich Bescheid sagen, wenn Maurynna geheilt ist.« Im Geiste fügte er hinzu: *Ich bin nicht sicher, ob Sherrine nicht versuchen wird, sich irgendwie an der Familie zu rächen, wenn sie den Schock erst mal verdaut hat. Sie würde es sich zweimal überlegen, wenn ein Barde hier ist – besonders einer, der mich mit seiner Geiststimme herrufen kann. Und versuch, Maylin zur Vernunft zu bringen, ja? Sonst wirft sie etwas nach mir, wenn ich mich das nächste Mal hier blicken lasse.*

Otter grinste und warf Maurynna eine Kußhand zu. *Keine Sorge, das kriege ich schon hin.*

Linden ließ seinen Wallach so schnell traben, wie er nur irgend konnte. Maurynna zitterte in seinen Armen. Er zog sie an sich. Ihre Hände klammerten sich an seine Robe. »Es ist nicht mehr weit«, flüsterte er in ihr Haar.

Mit der Eskorte wie dunkle Schatten an ihrer Seite ritten sie eilig durch die Straßen Casnas. Golden schimmernde Kaltfeuerbälle beleuchteten den Weg wie Dutzende kleine Sonnen. Das einzige Geräusch an dem warmen Sommerabend war das Klappern der Hufe auf dem Kopfsteinpflaster.

Endlich tauchte der Palast vor ihnen auf. »Corrise, reite voraus und laß die Tore öffnen«, befahl er. Ein Schatten löste sich von den anderen und galoppierte davon.

Als sie eintrafen, schwangen die Tore auf. Soldaten im Rot der Palastwachen warteten, um ihre Pferde fortzuführen. Linden stieg ab. Er ignorierte die neugierigen Fragen und schritt auf den Palast zu.

Drinnen rief Linden den ersten Diener herbei, den er sah. »Wo ist Heilerin Tasha?«

Der überraschte Mann antwortete: »Sie ist bei Prinz Rann, Euer Gnaden.«

»Bringt mich zu ihr.«

Der Diener verneigte sich und machte sich auf den Weg durch das Labyrinth der Palastgänge. Linden folgte ihm.

Maurynna hob den Kopf. »Linden, wird Heilerin Tasha mich überhaupt behandeln dürfen? Ich weiß doch, was die cassorischen Adligen von Kaufleuten halten. Immerhin ist sie die persönliche Heilerin der Königsfamilie; wahrscheinlich werden sie ihr verbieten, mich zu …«

»Das werden sie nicht«, sagte Linden knapp. »Ansonsten bekommen sie es mit mir zu tun. Keine Sorge, Liebste.«

Sie legte wieder den Kopf an seine Schulter, zitterte aber stärker denn je.

Götter, sie muß sich schrecklich fühlen. Wird sie halb blind segeln können? Es würde sie, glaube ich, umbringen, ans Land gefesselt zu sein. Wenn ich ihr doch nur verraten könnte, daß sie, selbst wenn sie ein Auge verliert, eines Tages die Freiheit des Windes haben wird.

Nach einer scheinbaren Ewigkeit blieb der Diener vor einer breiten Eichentür stehen. Die beiden Wachen starrten neugierig, regten sich aber nicht.

»Kündigt mich an«, sagte Linden.

Der Mann nickte. Er klopfte einmal, dann schob er die Tür auf. »Eure Lordschaft, Mylady, Seine Gnaden Drachenlord Linden Rathan wünscht Heilerin Tasha zu sehen.«

Linden trat ein. Er nickte den überrascht aufblickenden Gesichtern zu. Rann saß mit Heilerin Tasha und seiner Pflegerin Gevianna auf dem Boden, umgeben von Spielzeugsoldaten.

Herzogin Alinya erhob sich aus ihrem Sessel am Kamin. Hinter Rann kam dessen Wolfshund auf die Beine. Durch eine halb offenstehende Tür auf der gegenüberliegenden Seite des Raumes konnte Linden ein Himmelbett sehen, dessen Decken bereits aufgeschlagen waren.

Heilerin Tasha sprang auf. »Was ist passiert? Setzt sie hier hin und laßt mich ihr Auge untersuchen.« Sie deutete auf das Kissen am Boden.

Zu Herzogin Alinya gewandt, sagte er: »Das ist Maurynna Erdon.« Dann zu Tasha: »Ein Peitschenschlag hat sie am Auge getroffen.« Er half Maurynna, sich hinzusetzen, und kniete neben ihr nieder, um ihren Oberkörper zu stützen.

Die Herzogin trat zu ihnen heran. »Käpt'n Erdon, wie ich an den goldenen Spangen erkenne? Ihr seid jung für einen Kapitän. Ihr müßt sehr gut sein.«

»Das ist sie«, sagte Tasha, während sie den Verband abnahm. Ihre Stimme klang gefaßt und fröhlich. »So, nun laßt mich das Auge anschauen. Ja, ja, ich weiß – das Licht schmerzt, nicht wahr? Nicht den Kopf wegziehen – so, das war's. Ich werde mich beeilen, ich verspreche es. Rann, geht bitte aus dem Licht, sonst verabreiche ich Euch morgen einen wirklich bitteren Trank.«

»Ich will aber *zusehen*«, monierte Rann und sah Tasha über die Schulter. »Tut es weh, Maurynna? Du bist ja ganz blutig.«

»Blutrünstiges kleines Monster«, sagte Herzogin Alinya milde lächelnd. »Gevianna?«

Gevianna hob Rann hoch und trug ihn trotz seiner vehementen Proteste fort. Weil ihm nichts Besseres einfiel, um ihn abzulenken, warf Linden dem jungen Prinzen ein scharlachrotes Kaltfeuer zu. Ranns freudiges Juchzen sagte ihm, daß seine List funktioniert hatte.

Trotz ihres Versprechens, sich zu beeilen, kam es Linden vor, als würde Tashas Untersuchung ewig dauern. Die Heilerin murmelte abwesend vor sich hin, während sie Maurynnas Gesicht mal in diese, mal in jene Richtung drehte. Irgendwann merkte Linden, daß Maurynna angstvoll ihre Finger in seine Hand grub.

Schließlich lehnte sich Tasha zurück. Erfreut sagte sie: »Es ist nicht so schlimm, wie ich befürchtet hatte. Das meiste hat das Augenlid abbekommen. Die Pupille wurde nicht getroffen – nur die Hornhaut ist ein wenig angekratzt. Ihr müßt genau im richtigen Moment geblinzelt haben. Das Blut stammt von den Schnitten auf Eurer Stirn, dem Lid und der Wange. Es sieht schlimmer aus, als es ist.«

Erleichtert entspannte sich Linden ein wenig. Maurynna drückte ein letztes Mal seine Hand. Er fragte Tasha: »Könnt Ihr es heilen?«

»Ja, aber zuerst möchte ich die Schnitte säubern. Gevianna, bring mir bitte meine Tasche. Wie es der Zufall wollte, habe ich heute für Lady Corvy eine spezielle Tinktur angerührt. Es ist noch etwas davon übrig.«

Gevianna brachte die große Ledertasche. Tasha durchwühlte

sie und sagte derweil: »Es wird weh tun, Maurynna, aber Ihr müßt versuchen, stillzuhalten.« Sie machte eine Pause und sah zu Linden. »Würdet Ihr bitte helfen, Drachenlord? Ihr müßt sie festhalten. Sie darf sich nicht bewegen.«

»Natürlich«, sagte Linden. Er strich Maurynna über die Wange. »Tut mir leid.«

»Schon gut«, sagte Maurynna und schirmte ihr Gesicht vor dem Licht ab. »Es muß getan werden.«

Er setzte sich hinter sie, schlang einen Arm um ihre Taille, so daß ihre Arme eng am Körper anlagen, und drückte sie fest an sich. Mit der anderen Hand zog er ihren Kopf an seine Schulter, seine Hand fest auf ihrer Stirn. Maurynna schauderte kurz, dann entspannte sie sich.

Tasha hielt ein kleines Fläschchen in der Hand. »Sind wir soweit?« fragte die Heilerin.

Bevor Maurynna antworten konnte, träufelte Tasha ihr die Tinktur auf das verletzte Augenlid. Maurynna schrie auf und rutschte unruhig herum. Linden verstärkte seinen Griff.

Wären wir doch bloß miteinander verbunden, dachte er. Ich könnte ihr den Schmerz nehmen und ihn auf mich überleiten. Dann wurde er verbittert: Wären wir verbunden gewesen, wäre all das nie passiert. Ich hätte sofort gespürt, in welcher Situation sie steckte, und wäre rechtzeitig eingeschritten.

Die Tinktur rann über Maurynnas Gesicht und wusch das getrocknete, rostbraune Blut weg. Lauwarm tropfte es auf seinen Arm.

»So, das reicht. Jetzt kommt der schmerzhafte Teil, fürchte ich«, sagte Tasha. Sie schob die Ärmel hoch und entblößte die Tätowierungen auf ihren Unterarmen. »Hat man Euch je einem Heilritual unterzogen, Maurynna?«

»Ja«, sagte sie. »Ich habe mir mal den Arm gebrochen, als ich von einem Baum fiel.«

Tasha lächelte. »Dann habt Ihr schon Schmerzhafteres erlebt, aber was nun folgt, wird schmerzhaft genug sein.« Sie legte ihre

Hände auf die Schnitte in Maurynnas Gesicht und schloß die Augen. Einige Augenblicke atmete Tasha tief ein, mit jedem Atemzug tiefer in der Heiltrance versinkend. Linden betrachtete ihre Hände. Blaugrüner Dunst umhüllte sie. Maurynna schrie. Erneut verstärkte Linden seine Umklammerung. Der Dunst wurde dunkler, Tashas Atemzüge schwerer. Dann verschwand der Dunst, und Tasha schlug die Augen auf. Sie nahm die Hände von Maurynnas Gesicht.

»Wie fühlt sich das Auge jetzt an?« fragte Tasha.

Linden ließ Maurynna los und hockte sich vor sie. Sie blinzelte, sah in verschiedene Richtungen, den Mund vor Überraschung weit geöffnet. Trotz der Blutspuren auf ihrem Gesicht fand Linden, daß sie niemals schöner ausgesehen hatte.

»Ich kann perfekt sehen!« sagte Maurynna. Sie lächelte. Linden vermochte nicht zu sagen, ob mehr vor Freude oder vor Erleichterung. »Ich hatte solche Angst …«

Er umarmte sie. »Es ist alles vorbei, Liebste. Ich gebe Otter Bescheid.« Die Wange an ihre Haare geschmiegt, rief er im Geiste: *Otter? Hörst du mich?*

Jungchen – hast du noch mehr solche blöden Fragen auf Lager? raunte Otter. *Natürlich höre ich dich. Wie geht es Maurynna?*

Völlig geheilt. Das Auge ist in Ordnung. Hmmm – warte mal …

In Lindens Geist klang Otters erleichtertes Seufzen nach, während Linden sich ein Stück zurückzog, um Maurynnas Gesicht zu studieren. Mit dem Daumen fuhr er die Linie des verheilten Schnittes auf ihrer Wange ab. Sie legte den Kopf schräg und sah ihn fragend an. *Sie wird nicht mal eine Narbe zurückbehalten. Da ist nur eine feine rosafarbene Linie, die in wenigen Tagen verschwunden sein wird.*

Der Barde sagte: *Ich sage ihren Angehörigen Bescheid; die sterben fast vor Sorge. Wirst du sie bald nach Hause bringen?*

Bedauernd antwortete Linden: *Ja. Sie wird bestimmt bald*

todmüde sein. Er beendete die Verbindung, bevor Otter den Gedanken auffangen konnte, daß er Maurynna viel lieber zu sich als zu den Vanadins bringen würde.

Er kam zu sich und sah Tashas und Maurynnas starrende Blicke. Lächelnd sagte er: »Deine Angehörigen machen sich keine Sorgen mehr, Liebste. Ich habe Otter gesagt, daß es dir gutgeht.«

»Danke«, sagte Maurynna. Ihr Blick sagte weitaus mehr.

Und er mußte sie zum Haus ihrer Angehörigen bringen – und sie dort verlassen? Er seufzte.

Gevianna kam mit einer Schüssel dampfenden Wassers und einigen Stofftüchern. »Wir können Euch nicht mit blutverschmiertem Gesicht nach Hause gehen lassen, Mylady. Ich werde Euch helfen.«

Linden rutschte ein Stück zur Seite, um Ranns Pflegerin Platz zu machen. Bevor er eins der Tücher nehmen und helfen konnte, ergriff Herzogin Alinya das Wort.

»Drachenlord, dürfte ich Euch bitte unter vier Augen sprechen?«

Schuldbewußt sprang er auf. Er hatte völlig vergessen, daß sie im Zimmer war. »Ich bin gleich zurück«, flüsterte er Maurynna ins Ohr.

Alinya deutete auf die Tür zu Ranns Schlafgemach. Er folgte ihr, während sie mit bedächtigen Schritten in das angrenzende Zimmer ging. Dort angekommen, sagte sie nichts, sondern schaute lediglich durch die halboffene Tür nach draußen. Linden folgte ihrem Blick.

Gevianna und Tasha waren fertig mit Maurynna. Nun saßen die drei Frauen mit Rann auf dem Boden. Der Junge hielt sein Kaltfeuer in der Hand; mit der anderen führte er seine Spielzeugsoldaten in die Schlacht. Linden lächelte, als er sah, daß Maurynna andächtig einen Krieger über die Steinfliesen galoppieren ließ. Neben ihnen lag der Wolfshund und wedelte mit dem Schwanz.

Die leise Stimme der Herzogin riß ihn aus seinen Gedanken. »Sie ist Eure Seelengefährtin, nicht wahr, Drachenlord?«

Er fuhr zu ihr herum. »Wie meint Ihr ...«

Die alte Frau schnitt ihm mit einer Geste das Wort ab. »Es ist die Art, wie Ihr sie und sie Euch anschaut. Kief Shaeldar und Tarlna Aurianne haben denselben Glanz im Blick, wenn sie sich ansehen. Aber Ihr habt es nicht offiziell verkündet. Warum?«

Linden sagte: »Weil sie es nicht weiß. Und sie darf es nicht erfahren. Wenn sie versucht, eine frühzeitige Verwandlung zu erzwingen, könnte sie sich umbringen.«

Alinya machte das Zeichen gegen Unheil. »Wer hat ihr das angetan?«

»Sherrine. Hätte ich Maurynna bereits gekannt, hätte ich mich nie mit Sherrine eingelassen. Dumm wie ich bin, habe ich überhaupt nicht daran gedacht, daß sie zu so etwas fähig sein könnte. Ich glaubte, ihr klargemacht zu haben, daß sie womöglich nicht die einzige sein würde.«

Alinya sagte: »Sherrine gehört nicht zu denen, die eine Niederlage mit Würde hinnehmen, Drachenlord. Es ist schon schlimm genug, daß nicht *sie* Schluß gemacht hat. Aber einen Drachenlord an eine thalnianische Gemeine zu verlieren war vermutlich zuviel für sie.«

»Sherrine«, fuhr die Herzogin fort, »kann sehr töricht sein. Wie so viele cassorische Adlige. Sie wollen einfach nicht akzeptieren, daß Macht auch in den Händen von Nichtadligen liegen kann.«

Linden zog eine Augenbraue hoch. *»Was?«*

Alinya lächelte. »Als ich ein Mädchen war, lebten meine Eltern und ich eine Zeitlang bei der Stiefschwester meiner Mutter in Thalnia. Ich weiß, wie mächtig die Kaufmannsfamilien dort sind – einige könnten ebensogut Adlige sein, so wie die Erdons. Ja, ich erinnere mich an den Namen. Wäre Sherrine etwas gescheiter, hätte sie erkannt, daß Maurynna kein gewöhnlicher Schiffskapitän sein kann. Um in so jungen Jahren ein eigenes Schiff zu befehligen, bedarf es weitreichender Ressourcen – ebenjener, über die nur reiche Kaufmannsfamilien verfügen. Aber Sherrine sieht nur, was sie sehen will.«

Linden brummte unbehaglich. Genauso, wie er in Sherrine nur das gesehen hatte, was er hatte sehen wollen: eine nette, frohgelaunte Gespielin auf Zeit, ohne daß einem von beiden das Herz brechen würde, wenn der Augenblick der Trennung kam.

Alinya sah wieder in das angrenzende Zimmer hinüber. Sie sagte: »Darf ich Euch einen Rat geben, Drachenlord? Schickt Eure Seelengefährtin fort – und haltet Euch von ihr fern.«

Lindens erste Reaktion war Zorn. Dann gewann sein gesunder Menschenverstand die Oberhand. Alinya mußte einen Grund haben, um so etwas zu sagen.

»Warum?« fragte er, überrascht, daß er so gefaßt klang.

»Weil – es tut mir leid, das sagen zu müssen – weil die Bruderschaft nicht bloß ein altes Ammenmärchen ist, wie die meisten Leute meinen. Es gibt Gerüchte, daß einige fehlgeleitete Narren sie hier in Casna wieder haben aufleben lassen. Ich glaube, daß an den Gerüchten etwas dran ist.«

»Es hat schon immer Nörgler gegeben, die es aufregend fanden, sich ›Bruderschaft‹ zu nennen«, sagte Linden. »Und abgesehen von dem einen oder anderen Verrückten, der einem Drachenlord gelegentlich an die Gurgel springt, ist dies alles was sie tun: herumnörgeln.«

Alinya sah ihm direkt ins Gesicht, ihr Blick klar und besonnen. »Ich habe mein Leben lang versucht, mich aus den Intrigen und Machtränken in Cassori herauszuhalten, Drachenlord, aber ich habe nicht meine Ohren verschlossen. Ich … höre Dinge. Und ich kann sehr wohl eins und eins zusammenzählen, wie man so schön sagt. Ich bin davon überzeugt, daß diese neue Inkarnation der Bruderschaft *gefährlich* ist.

Falls bekannt würde, daß das Mädchen Euch soviel bedeutet, könnte die Bruderschaft versuchen, Euch über sie anzugreifen. Je öfter Ihr mit Maurynna Erdon gesehen werdet, desto wahrscheinlicher wird, daß jemand anderem dasselbe auffällt, was mir heute abend aufgefallen ist. Wollt Ihr Eure Seelengefährtin dieser Gefahr aussetzen, Linden Rathan?«

»Sherrine wurde nicht angegriffen«, entgegnete Linden.

»Richtig«, sagte Alinya. »Aber Sherrine ist eine Adlige, und ihre Mutter ist mit einem Prinzen verbändelt. Vermutlich wagt die Bruderschaft noch nicht, jemanden in so hoher Position anzugreifen. Aber Maurynna ... Sie hat keinen derartigen Schutz und stammt zudem aus einem anderen Land.«

Die alte Frau legte ihm eine faltige Hand auf den Arm. »Es tut mir leid, Drachenlord. Ich weiß, wie lange Ihr warten mußtet. Ich kann mir eine solche Zeitspanne nicht vorstellen, aber ich kann es Euch nachfühlen. Ihr sollt sie ja bloß für die Dauer Eures Aufenthaltes in Cassori fortschicken, danach könnt Ihr sie an einen sicheren Ort mitnehmen.«

»Ich könnte sie unter meinen persönlichen Schutz stellen«, sagte Linden, jedoch mehr aus Sturheit, als daß er wirklich an die Idee glaubte.

»Bah! Warum nicht gleich von allen Dächern verkünden, wie man Euch am besten trifft? Könnt Ihr jede Stunde des Tages bei ihr sein und sie beschützen? Außerdem ist sie nicht dumm – sonst hätte ihre Familie ihr kein Schiff anvertraut. Wie lange wird es dauern, bis sie zwei und zwei zusammenzählt – und auf fünf kommt? Ihr sagt doch selbst, daß sie nicht wissen darf, wer sie wirklich ist.« Alinya wippte ungeduldig mit dem Fuß.

Es war Unsinn, blanker Unsinn, was Alinya sich hier aus den Fingern sog. Die echte Bruderschaft war vor langer Zeit zerschlagen worden.

Dennoch durfte er kein Risiko eingehen.

Maurynna saß hinter ihm auf einem Damensattel, als sie zum Haus zurückkritten. Sie konnte sich kaum wachhalten und nickte immer wieder ein, wurde aber bei jeder Richtungsänderung des Pferdes wieder aus dem Halbschlaf gerissen.

»Steck deine Hände in meinen Gürtel, Liebste, und schlaf ruhig ein«, sagte Linden. »Ich lasse dich nicht fallen.«

Dankbar tat Maurynna, was er vorschlug, und legte den Kopf an seinen breiten Rücken. Sein Clanzopf kitzelte an ihrer Nase, doch selbst das hielt sie nicht länger wach. Sie schlief, als sie vor dem Haus ankamen.

Sie wachte gerade genug auf, um vom Pferd zu steigen. Linden half ihr ins Haus. Benommen nahm sie ihre Tante und ihre Cousine wahr, die sich jedoch auf ein Wort von Linden sofort zurückzogen. Es schien, als könnte sie nur noch gähnen. Sie konnte nicht einmal die Neugier aufbringen und sich fragen, weshalb er sie ins Vorderzimmer führte.

Sie schreckte aus ihrem Dämmerzustand auf, als er sie plötzlich fest umarmte, ja beinahe erdrückte, und sie ebenso plötzlich wieder losließ. Überrascht blinzelte sie zu ihm auf.

»Maurynna«, sagte er und nahm ihre Hände in seine. »Verzeih mir – Götter, ich kann dir gar nicht sagen, wie leid es mir tut, aber – wir können uns nicht wiedersehen.«

33. KAPITEL

Mit einem Mal war Maurynna hellwach. »Was?« war alles, was sie sagen konnte. Dann: »Aber warum nicht?«

»Weil es zu gefährlich ist für dich. Ich darf nicht riskieren, daß du wieder angegriffen wirst. Wir dürfen uns nicht mehr treffen – nicht bis alles vorbei ist, und vermutlich nicht hier in Casna.«

Seine warmen Hände umschlossen die ihren, die plötzlich eiskalt waren. Sie zog sie fort.

»Ich glaube dir nicht«, sagte sie, gleichermaßen verwirrt wie enttäuscht. »Wer sollte mich angreifen? Wieder Lady Sherrine?«

Er setzte an, etwas zu sagen, verstummte aber. Einen Moment später räumte er ein: »Nein, ich glaube nicht, daß Sherrine ...«

»Wer dann? Hat man sie angegriffen, weil sie mit dir zusammen war? Erzähl mir nicht, deine Liaison mit ihr wäre ein wohlgehütetes Geheimnis gewesen.«

Ungeduldig schüttelte er den Kopf. »Natürlich war es das nicht. Bitte, Maurynna – sei doch vernünftig. Sie genießt den Schutz ihres Adelsstandes. Du bist sowohl Fremdstämmige als auch Gemeine. Das cassorische Recht ...« Er verstummte und versuchte, wieder ihre Hände zu nehmen. Sie ließ ihn nicht.

»Das cassorische Recht wäre auf ...«

Sie wandte sich von ihm ab und starrte an die Wand, ihre Gedanken um das Wort »Gemeine« kreisend.

»Es ist, weil ich keine Adlige bin, stimmt's? Anscheinend bist *du* vernünftig geworden und hast beschlossen, lieber mit einer Dame aus besseren Kreisen ...« Ihre Stimme erstarb. Mit Tränen in den Augen sagte sie: »Lady Sherrine meinte, daß ich für dich nur ein billiger kleiner Zeitvertreib sei. Sie hatte recht, nicht wahr? Du hast mich nie gebeten, bei dir zu übernachten. *Sie*

259

hat oft bei dir übernachtet, oder? Was sollte das alles, Linden? War ich für dich wirklich nur ein Zeitvertreib?«

Sie konnte ihn mit den Zähnen knirschen hören, doch sie weigerte sich, ihn anzuschauen.

»Sei nicht töricht – du weißt, daß du für mich viel mehr bist als das.«

Maurynna wandte sich zu ihm um und sah ihm direkt in die Augen, all ihren Stolz vergessend. »Dann nimm mich heute abend mit zu dir«, sagte sie leise.

Er sah weg. »Das – das kann ich nicht«, flüsterte er.

Heiße Tränen liefen über ihre Wangen. »Dann geh. Geh zu deiner Lady Sherrine, Linden. Sie ist wunderschön. Nicht wie ich mit meinen zweifarbigen Augen und meinen schwieligen Händen.«

Wieder drehte sie sich um und preßte die Stirn an die kühle Wandvertäfelung. »Es wird sein, wie Ihr wünscht, Euer Gnaden. Tatsächlich möchte ich Euch nie wiedersehen«, log sie. »Geht.«

Er kam nicht zu ihr, wie sie gehofft hatte. Lange Zeit stand er einfach hinter ihr. Aus dem wenigen Stolz, der ihr noch verblieben war, hielt Maurynna den Weinkrampf zurück, bis sie Linden gehen hörte. Als die Tür zufiel, sank sie zu Boden und ergab sich den Tränen.

Das nächste, was sie mitbekam, war, daß Tante Elenna und Maylin wie zwei aufgeschreckte Hühner um sie herumschwirrten.

»Was ist los?« fragte Maylin immer wieder.

»Sei still, Tochter, quäl sie nicht so«, sagte Tante Elenna. »Sie ist einfach erschöpft von der Heilung und dem Schock wegen dem, was passiert ist. Manchmal ist das mit Menschen so. Komm, Maurynna, versuch aufzustehen. Morgen früh wirst du dich besser fühlen.«

Sie wollte sagen: Nein, ich werde mich morgen früh nicht besser fühlen. Wie auch? Sie wollte ihnen klarmachen, daß ihre Welt eingestürzt war, suchte nach den richtigen Worten, doch

260

es kamen nur weitere Tränen. Irgendwann gab sie nach – denn nun war ihr alles egal – und ließ sich von ihrer Tante und ihrer Cousine die Treppe zur Schlafkammer hinaufführen. Dort angekommen, stand sie wie gelähmt da, während Elenna und Maylin sie auszogen und ihr ein Nachthemd überstülpten, als würden sie eine Puppe anziehen. Sie hatte aufgehört zu schluchzen, aber noch immer fielen Tränen aus ihren Augen.

Sie erinnerte sich an Maylins sorgenvolles Gesicht über ihrem, als sie sie ins Bett legten und ihr die Decke bis ans Kinn hochzogen. Dann schloß Maurynna die Augen und sperrte die Welt aus. Sie versuchten, sie zum Reden zu bringen. Sie weigerte sich. Als sie sich schließlich umdrehte und zu einem Ball zusammenrollte, bliesen sie das Binsenlicht aus und ließen sie in dem dunklen Zimmer allein.

Wie konnte er nur? dachte Maurynna. Ich dachte – ich dachte, vielleicht … Verdammt, ich hatte recht – manchmal ist es besser, einen Traum einen Traum bleiben zu lassen. Ich wünschte, ich hätte ihn nie kennengelernt.

Sie weinte sich in den Schlaf, noch immer sich selbst belügend.

»War es schlimm, Jungchen?« fragte Otter.

Sie saßen im Speisezimmer von Lindens Stadthaus. Auf dem Tisch standen ein Weinkrug und zwei Trinkkelche. Eine einzelne Kerze erhellte den Raum. Bis auf ihre leise Unterhaltung war es still im Haus. Die Dienerschaft hatte für den Rest des Abends frei.

Linden stützte die Ellbogen auf die Tischplatte und vergrub das Gesicht in den Händen. »Schlimmer, als du dir vorstellen kannst, Otter. Ich fühle mich, als hätte ich mich eigenhändig entzweigerissen. Sie wird nicht verstehen, warum die Trennung ihr so weh tun wird. O Götter, helft mir – der Schmerz in ihren Augen …« Er drückte die Augen zu, als würde dies die Erinnerung auslöschen.

»Hast du ihr erzählt, was du befürchtest? Was Herzogin Alinya über die Bruderschaft sagt?« fragte der Barde, während er von neuem Lindens Kelch füllte. »Verdammt, Jungchen, ich wünschte, du könntest dich betrinken.«

Linden trank den Kelch in einem Zug leer. »Ich auch. Richtig besaufen, dann könnte ich alles für eine Weile vergessen. Und nein, Otter, das habe ich ihr nicht erzählt. Die meisten Leute halten die Bruderschaft für nichts weiter als ein Hirngespinst, etwas, aus dem Barden ihre Geschichten spinnen. Es hätte zu sehr nach einer billigen Erklärung geklungen.«

»Statt dessen hast du ihr also gar keine Erklärung gegeben.« Der Barde seufzte. »Na ja, ich glaube, es hätte sowieso nichts geholfen. Sie hat Piraten und Räuber in die Flucht geschlagen; eine obskure Bruderschaft könnte sie kaum einschüchtern. Sie wäre fest entschlossen, es dir zu beweisen. Falls du es noch nicht bemerkt haben solltest, unsere Rynna ist ein Sturkopf.«

»Sie hat gesagt, sie will mich nie mehr wiedersehen«, sagte Linden.

Otter blinzelte überrascht. »Was – kann sie das wirklich ernst meinen? Bedeutet dieses Seelengefährtentum nicht, daß ihr beiden ohne den anderen nicht auskommt oder etwas in der Art?«

»Nein.« Linden trank den restlichen Wein und ließ sich von Otter sofort wieder nachschenken. »Nein, es ist nicht mit allen Seelengefährten so. Es gibt verschiedene Stufen. Die meisten stehen sich nicht näher als ein normales, sehr vertrautes Ehepaar. Und es gibt einige wenige – sehr wenige, den Göttern sei Dank –, die einander nicht ausstehen können.«

»Wie geht das denn, Jungchen? Die andere Hälfte seiner selbst nicht ausstehen können?« fragte der Barde überrascht.

»Hast du denn niemals jemanden kennengelernt, der sich selbst haßt, Otter?« fragte Linden. »Überleg mal.«

»Ah«, sagte der Barde und nickte. »Sicher. Du hast recht.«

Linden fuhr fort: »Einige stehen sich sehr nahe, wie Kief und

Tarlna. Für sie ist es unerträglich, längere Zeit voneinander getrennt zu sein.« Schmerz durchflutete ihn. Einen Moment konnte er nicht sprechen, dann sagte er bitter: »Ich hatte geglaubt, daß es mit Maurynna und mir ebenso sein würde.«

Er fiel in tiefes Schweigen und durchlebte in Gedanken noch einmal die glücklichen Augenblicke, die ihm mit Maurynna vergönnt gewesen waren. Die Kerze brannte einen Fingerbreit herunter, bevor Otter die bedrückende Stille durchbrach.

»Ich glaube, es wird zwischen euch beiden genauso sein wie zwischen Kief und Tarlna, warte es ab. Vorhin hast du doch gesagt, daß Maurynna nicht verstehen wird, warum die Trennung sie so schmerzt. Überleg mal, Jungchen, es tut ihr weh, und sie läßt den Schmerz raus. Und du bist das natürliche Ziel, ob du es willst oder nicht.«

»Hoffentlich hast du recht, Otter«, sagte Linden.

Der Barde schnaubte. »Natürlich habe ich recht. Habe ich mich jemals geirrt?«

Linden konnte sich ein Lächeln nicht verkneifen, obwohl es ein bitteres, halbherziges Lächeln war. »Als wir uns kennengelernt haben, hast du mich für einen Hinterwäldler aus den Bergen gehalten.«

Wie eine gewöhnliche Kriminelle unter Bewachung nach Hause geschickt. Und wofür?

Sherrine lief im Zimmer auf und ab. »Wofür?« fragte sie laut. »Weil ich einer kleinen Kanalratte Manieren beigebracht habe? Wie kann sie es *wagen*, ihn ›Linden‹ zu nennen? Es war ihre Schuld – *ihre* Schuld –, nicht meine!«

Aber du mußtest sie nicht schlagen. Das war zuviel des Guten.

»War es nicht! Sie hat es verdient. Und überhaupt, es war ein Unfall.«

Ihr Nachthemd wallte ihr nach, während sie in dem nur von einer brennenden Kerze erhellten Halbdunkel auf und ab ging.

Auf und ab, auf und ab, auf und ab. Ihre nackten Füße glitten über die kühlen Bodenfliesen, und mit jedem Schritt redete sie sich von neuem ein, daß sie nichts Falsches getan hatte.

Sie blieb stehen und nahm den Lavendelbeutel vom Nachttisch. Sie inhalierte tief, doch dieses Mal konnte der Wohlgeruch ihre Kopfschmerzen nicht vertreiben. Die Erinnerung kam zurück, wie die Wachen es vermieden hatten, sie anzuschauen, als wäre sie ihrer Blicke nicht wert.

»Es war ihre Schuld, nicht meine. Ich wollte sie nicht verletzen, aber sie hat mich provoziert.« Sie blieb vor dem Spiegel stehen und fragte ihr Spiegelbild: »Sie hat mich provoziert, stimmt's? Diese gewöhnliche Dirne, mich so hochnäsig anzustarren. Wer glaubt sie zu sein, daß sie es wagt, mir Linden ausspannen zu wollen?«

Als käme der Gedanke von ihrem Spiegelbild, dachte sie: Trifft Linden keine Schuld? Immerhin hat er sich auf ihre Seite geschlagen – ›Sucht mich in meiner Residenz auf‹! Wie kann er es wagen, dich wie eine gewöhnliche Diebin zu behandeln?

Sherrine schüttelte den Kopf. »Er wird schon sehen, welch einen Fehler er begangen hat. Er wird sehen, daß ich recht habe. Ich weiß, daß ich ihn überzeugen kann.«

Kannst du? Oder hatte Niathea recht – du hast ihn verloren. Zu schade, daß Kas Althume keinen Liebestrank für einen Drachenlord hat.

»Kas Althume«, sagte Sherrine. »Natürlich. Wenn Linden nicht zur Vernunft kommt, werde ich mit Kas Althume sprechen. Selbst ein Drachenlord darf mich nicht so behandeln, nur weil er meint, einer gewöhnlichen Dirne beistehen zu müssen.«

Sie zerdrückte den Lavendelbeutel zwischen ihren Fingern. Winzige getrocknete Purpurblüten rieselten zu Boden. Sie zermalmte sie unter ihren Fußballen. Scharfer Lavendelduft stieg auf.

»Wie kann er es wagen, mich so zu behandeln ...«

34. KAPITEL

Gevianna horchte an der Tür zu Ranns Schlafgemach. Es hatte ewig gedauert, bis der Junge eingeschlafen war. Die Aufregung wegen Maurynna Erdons Augenverletzung und seine unbändige Freude über das scharlachrote Kaltfeuer hatten den Jungen länger als gewöhnlich wach gehalten.

Doch nun war es still in Ranns Schlafgemach. Leise öffnete sie die Tür. Noch immer kein Geräusch.

Gut. Jetzt werden wir sehen, ob meine Idee funktioniert. Sie ging in den Raum.

Der Junge lag ausgestreckt auf dem Bett und schnarchte leise. Lächelnd legte sie die Decke, die er im Schlaf beiseite geschoben hatte, wieder über ihn. Der Junge war ein niedlicher kleiner Kerl. Würden die Dinge doch bloß anders liegen …

Aber sie war nicht hier, um den jungen Prinzen zu betrachten. Was sie wollte, schwebte einen halben Meter über dem Fußende des Betts und erhellte den Raum mit einem schwachen scharlachroten Glühen.

Sie öffnete die Bänder, an denen der kleine Nähkorb an ihrem Gürtel hing. Sie hob den Deckel und schlich auf das Kaltfeuer zu, als wollte sie einen furchtsamen Hasen einfangen. Aber das Kaltfeuer wich nicht zurück. Behutsam streckte sie den Arm aus …

Einen Moment später hatte sie es. Wenn sie den Korb dicht vor die Augen hielt, konnte sie durch die engmaschige Flechtarbeit das rötliche Glühen erkennen. Doch davon abgesehen sah das Behältnis wie der gewöhnliche runde Korb aus, den so viele Frauen am Hofe benutzten, um darin Nadel und Faden zu verstauen. Sie verschnürte die Bänder wieder am Gürtel. Sie würde sich beeilen müssen. Herzogin Alinya hatte sie angewiesen, Rann nicht unbeaufsichtigt zu lassen.

Mal sehen, ob sich die Baronesse damit besänftigen läßt, dachte sie, als sie Ranns Schlafgemach verließ und sich auf den Weg zu Prinz Peridaens Stadtresidenz machte. Beklommen biß sie sich auf die Lippe, als ihr einfiel, welche Schimpftirade sie über sich hatte ergehen lassen müssen, weil sie nicht am Picknick teilgenommen hatte.

Je weiter sie sich von Rann entfernte, desto nervöser wurde sie. Falls jemand herausfand, daß sie unerlaubt verschwunden war … Hoffentlich muß ich nicht ewig nach Prinz Peridaens Großhofmeister suchen.

Sie bog um eine Hecke und sah einen von Peridaens Dienern, dem sie – so war ihr aufgetragen worden – vertrauen konnte. Sie rief: »Ormery, tu mir bitte einen Gefallen.«

Ormery war sofort hellwach. Er hatte sich sofort an den verabredeten Satz erinnert. Ohne lange Erklärungen gab Gevianna ihm den Korb. »Bring ihn Prinz Peridaens Großhofmeister. Ich muß zurück.«

Nach diesem Botengang rannte Gevianna zu den Gemächern des jungen Prinzen zurück.

»Rann?« rief sie leise durch die angelehnte Tür. Keine Antwort. Dankbar sandte sie den Göttern ein Stoßgebet und machte es sich anschließend in einem Sessel bequem. Niemand hatte ihre Abwesenheit bemerkt.

»Gevvy? Wo ist mein Kaltfeuer?«

Die schläfrige Frage führte Gevianna am nächsten Morgen in Ranns Schlafgemach. »Ist es weg? Ich schätze, es ist in der Nacht ausgebrannt, Eure Hoheit. Aber kommt, Rann, es ist Zeit für Euren Trank.«

35. KAPITEL

Sherrine hielt sich kerzengerade im Sattel, als sie auf den Hof von Lindens Stadthaus ritt. Sie sah weder nach links noch nach rechts und ignorierte die neugierigen Blicke des Stallburschen und des Hausdieners, die erschienen, um ihr Pferd zu halten und ihr beim Absteigen zu helfen.

Aha, zweifellos war die Geschichte ihres Zerwürfnisses mit Linden bereits in ganz Casna bekannt. Ihr Unterkiefer mahlte bei der Vorstellung, wie die Bediensteten untereinander tratschten und die Neuigkeit ihren Herren und Geliebten weitererzählten. Sie würde wetten, daß Niathea sich vor Lachen noch immer den Bauch hielt.

Sie atmete tief durch und ging gemessenen Schrittes auf das Eingangsportal zu. Ein Diener öffnete ihr, und sie trat ein.

»Guten Tag, Mylady«, sagte er. Wie die anderen sah auch er sie nicht direkt an. »Wenn Ihr mir bitte folgen würdet. Seine Gnaden wird Euch in Kürze empfangen.«

Er führte sie in einen kleinen, nur mit einigen Stühlen und einem Tisch möblierten Raum, den sie noch nie gesehen hatte. Er war ungemütlich und – abgesehen von der Größe – alles andere als intim. Er hatte die unpersönliche Atmosphäre eines Raumes, in dem man nichtige Arbeiten verrichtete – beispielsweise Haushaltsbücher führen –, um sich anschließend in gemütlichere Räumlichkeiten zu begeben.

Sie stand in der Mitte des Raumes und ballte die Fäuste. Es war eine Beleidigung, sie in eine solche Besenkammer führen zu lassen. Drachenlord oder nicht, wie konnte er es wagen. Und alles nur wegen einer gewöhnlichen Dirne, die die Nase zu hoch trug! Vielleicht konnte sie Linden ja doch noch überzeugen, daß er einen Fehler begangen hatte. Irgendwie mußte er ihr Verhalten doch verstehen können. Ihrerseits konnte sie ihm die

267

harschen Worte des Vorabends verzeihen, den demütigenden Tonfall, in dem er sie herzitiert hatte – ja, sie würde ihm verzeihen, auch wenn es ihr schwerfiel.

Hinter ihr öffnete sich die Tür, und Linden trat in den Raum. Über die Schulter warf sie ihm einen Blick zu, der ihn eigentlich hätte dahinschmelzen lassen sollen. Aber als sie sich umdrehte, sah sie, daß sie das Spiel wahrscheinlich längst verloren hatte.

Der Linden, der sich vor ihr aufbaute, hatte nichts gemein mit dem zuvorkommenden, stets zu einem Spaß aufgelegten Mann, den sie kannte. Dieser neue Linden war kühl und distanziert, herrischer als jeder König – der Drachenlord, den zu hassen man sie gelehrt hatte.

Doch es ging in diesem Spiel noch immer um eine Mission – und um ihr Herz. Sie würden bis zum Ende spielen.

»Linden«, sagte sie. Das Beben in ihrer Stimme war echt, ebenso die Träne, die über eine Wange rann.

Dennoch schmolz das Eis in seinen grauen Augen nicht. »Lady Sherrine«, sagte er. »Erklärt mir bitte Euer gestriges Handeln. Ich dachte, wir hätten uns darauf verständigt, daß keiner von uns beiden dem anderen verpflichtet ist. Ich habe mich nicht in Eure Privatangelegenheiten eingemischt – und trotzdem habt Ihr es gewagt, Euch in die meinen einzumischen.«

Sie war erschrocken von der unbändigen Wut, die sie in ihm spürte, obwohl Linden nichts weiter tat, als vor ihr zu stehen, die großen Hände in die Seiten gestemmt, und auf sie herabzustarren.

»Sie ist nur eine Gemeine«, begann Sherrine unbeholfen, unter seinem funkelnden Blick allen Mut verlierend. Sie vergaß ihre schön zurechtgelegten Worte. »Sie hat keinen Rang. Sicher …«

»Rang? Glaubt Ihr wirklich, daß das Eure Tat entschuldigt, Lady Sherrine? Der andere Mann, mit dem Ihr Euch getroffen habt …«

Sherrine biß sich auf die Zunge, um nicht damit herauszuplatzen, daß es keinen anderen Mann gegeben hatte, daß es nur ein Täuschungsmanöver gewesen war, um Linden fernzuhalten, falls sie zu einem Treffen der Bruderschaft gehen mußte. Wenn sie sich die leiseste Hoffnung erhalten wollte, ihn vielleicht doch noch zurückzugewinnen, mußte sie den Mund halten.

Linden fuhr fort: »Ist sein Rang so hoch wie meiner? Nein. Trotzdem habe ich ihn nicht angegriffen, wie Ihr Maurynna angegriffen habt.

Und glaubt Ihr wirklich, daß einem Drachenlord ein Rang soviel bedeutet? Fast alle von uns wurden ohne jeden Rang geboren ...«

Erschrocken fragte Sherrine: »Was meint Ihr? Ihr stammt doch bestimmt aus einer Königsfamilie oder wart zumindest adlig, bevor Ihr ...«

Sein barsches Lachen unterbrach sie. »Königsfamilie? Adlig? Welchen Narrengeschichten habt Ihr gelauscht, Sherrine? Es gibt nur zwei lebende Drachenlords, die adlig geboren worden sind – ich bin einer davon. Und doch hättet Ihr mich verächtlich abgewiesen, wenn ich Euch mit diesem Rang unter die Augen getreten wäre. Mein Vater war Grundbesitzer, richtig – weil er ein heruntergekommenes Anwesen besetzte, das niemand anders wollte. Außerdem heiratete er die Schwester des Dorfvorstehers. In den Augen der Einheimischen gab ihm das ein gewisses Ansehen. Für Euch und den Rest der rangbesessenen cassorischen Adligen, die ich bisher kennengelernt habe, wäre er nichts weiter gewesen als ein Bauer, der es zu bescheidenem Wohlstand gebracht hat.

Drachenlords werden als Bauern und Händler geboren, als Sklaven und fahrende Gaukler, als Bäcker und Bergarbeiter. Wir sind die Kinder von Fischern und Schneidern. Wir führen solch einfache Leben, bis wir uns verwandeln. Vielleicht haben uns die Götter deshalb als Vermittler zwischen den Nationen auserkoren – wir denken zuerst an das einfache Volk, nicht an eitle Könige und Königinnen.«

Sherrine war entsetzt. Sie hatte immer angenommen, daß Drachenlords aus Familien stammten, denen die Götter das natürliche Recht zum Herrschen verliehen hatten. Ganze Nationen nahmen Richtersprüche von Bauernkindern hin, ein König fügte sich dem Befehl eines »Sklaven«?

Linden nickte grimmig lächelnd. »Tarlna war Sklavin. Und Kief war der Sohn eines Töpfers. Eines sehr guten Töpfers. Kief ist noch heute stolz auf die Kunstfertigkeit seines Vaters.«

Er wandte sich um. »Ich hatte geglaubt, Euch würde der Rang eines Menschen nicht interessieren, Sherrine. Das war mein Fehler – aber Ihr habt jemand anderen dafür büßen lassen.

Und ich kann in der Sache nichts unternehmen. Ein Cassorier hätte sich Euch niemals entgegengestellt. Aber Maurynna ist Thalnianerin. Nach cassorischer Gesetzgebung war es Euer gutes Recht, sie zu schlagen. Sie ist, wie Ihr sagt, nur eine Gemeine – mir hingegen ist das völlig gleich. Aber als Drachenlord muß ich das cassorische Recht akzeptieren, ob es mir gefällt oder nicht. Als Mann kann ich Euch nur sagen, daß es aus ist zwischen uns beiden. Wir hätten als Freunde auseinandergehen können, doch Ihr habt anders entschieden.«

Sherrine verzweifelte und war gewillt, alles zu versuchen. Um der Bruderschaft willen durfte ihre Beziehung zu Linden nicht enden. Sie wollte nicht wissen, was ihre Mutter zu alledem sagen würde. Außerdem war es auch eine Angelegenheit des Herzens.

Sie hielt ihn am Ärmel fest. Er zog den Arm weg. »Linden, bitte. Vergebt mir. Ich kann es nicht ertragen, Euch zu verlieren.«

Die Götter konnten es bezeugen; es war die Wahrheit. Sie hatte noch nie ihr Herz verloren. Wie hatte er sie soweit bringen können? Sie fuhr fort, die Worte sprudelten aus ihr heraus wie Wasser aus einer Gebirgsquelle: »Ich werde dem Mädchen eine Entschädigung zukommen lassen – soviel wie einem Mitglied der Königsfamilie! Ich – ich werde mich sogar bei ihr entschuldigen. Sagt einfach, daß Ihr mir …«

»Nein, Sherrine. Es ist aus zwischen uns, ein für allemal. Ich wiederhole meine Fehler nicht.«

Die kalte Endgültigkeit seiner Worte traf sie wie eine Ohrfeige. Sherrine spürte, wie alles Blut aus ihrem Gesicht wich. Ihr Herz war ein Eisklumpen in ihrer Brust. So – er würde sie also tatsächlich für dieses hinterhältige Miststück fallenlassen! Für eine gemeine Hafendirne! Wie konnte er nur!

Sie starrte ihn fassungslos an. Ihr Zorn ließ die Worte auf ihrer Zunge ersterben. Sie drehte sich um und stürmte aus dem Raum, von eisiger Wut umhüllt wie von einem Umhang.

Der Spion hatte beunruhigende Nachrichten.

Kas Althume saß am Schreibtisch im Arbeitszimmer von Prinz Peridaens Stadtresidenz und spielte seine Rolle als Großhofmeister. Er nickte dem vor ihm sitzenden Mann zu, einem Mann, der zwar nicht reich, aber dennoch gut gekleidet war, einem Mann, der sich, ohne Verdacht zu erregen, in den verschiedenen Kreisen von Casnas Gesellschaft bewegte. »Sprich weiter«, sagte der Magier.

»Wie gesagt, Eure Lordschaft, ein Bekannter von mir war gestern abend in der Eskorte der jungen Dame. Sie suchten das Haus eines Kaufmanns auf, um ein Mädchen herauszurufen, das dem großen Drachenlord schöne Augen machte. Lady Sherrine peitschte das Mädchen quer übers Gesicht. Narin meinte, sie habe das Mädchen vielleicht geblendet. Das ist es, was ihn so aufregte, versteht Ihr. Es ist eine Sache, das Mädchen zu schlagen, aber ihr das Augenlicht zu nehmen, ist etwas anderes, und alles bloß, weil der Drachenlord ein Schürzenjäger ist. Narin fand das nicht gerecht.«

Der Spion verstummte einen Augenblick und betrachtete den Nähkorb, als wäre er überrascht, einen solchen Gegenstand auf dem Schreibtisch des Großhofmeisters zu entdecken. Er fuhr fort: »Wie auch immer, just in dem Moment kam Linden Rathan auf den Hof geritten. Narin meinte, er hätte noch nie jemanden so wütend gesehen. Nicht daß der Drachenlord herumgeschrien hätte oder dergleichen. Er behandelte Lady Sherrine mit eisiger Herablassung und sah aus wie der Herr der Stürme. Er befahl ihr, ihn am nächsten Morgen zur vierten Stunde nach Sonnenaufgang aufzusuchen, und schickte sie fort wie eine gescholtene Küchenmagd.«

»Es ist nun schon weit nach der dritten Stunde«, sagte Kas Althume kühl. »Warum bist du mit deiner Geschichte nicht früher zu mir gekommen?«

Der Mann rutschte unbehaglich auf seinem Stuhl herum. »Habt Nachsehen, Eure Lordschaft«, entschuldigte er sich. »Ich traf Narin erst lange nach Mitternacht in der *Gefleckten Kuh,* und er war betrunkener als ein ersoffenes Schwein in einem Bierbottich. Es dauerte eine Ewigkeit, die Geschichte aus ihm herauszubekommen. Er schimpfte wie ein Rohrspatz, so sauer war er wegen des verletzten Mädchens. Und dann konnte ich Euch heute morgen nicht finden, bis Ihr hier erschienen seid.«

Kas Althume sah nicht auf das unscheinbare Kästchen, das neben ihm auf dem Schreibtisch lag – das Kästchen, das heute morgen aus Pelnar eingetroffen war. »Ich mußte etwas erledigen«, erklärte er. Es juckte ihn in den Fingern, das Kästchen wieder zu öffnen und sich an seinem Inhalt zu weiden. Er zwang sich, ganz gelassen zu bleiben.

»Das hat man mir gesagt, als ich vorhin hier war. Deswegen ging ich wieder und beobachtete eine Weile Lady Sherrines Haus, um zu sehen, ob etwas Ungewöhnliches vorging. Ich war gespannt, ob sie dem Befehl des Drachenlords folgen oder ob er kommen und den Streit mit ihr beilegen würde. Ich glaube nicht, daß er noch kommt, denn ich sah die Stallburschen die Pferde bereitmachen, und sie und die anderen Diener, die draußen herumstanden, sahen besorgt aus. Wahrscheinlich haben sie Angst, daß ihre Herrin ihren Ärger an ihnen auslassen wird, wenn sie zurückkommt.«

»Dann beabsichtigt sie also, dem Befehl des Drachenlords zu gehorchen«, murmelte Kas Althume. Er legte die Fingerspitzen aneinander und dachte nach. Dies war eine Gelegenheit, die nicht ungenutzt bleiben durfte. Zwar war der Ausgang ungewiß, doch es schien, als stünden die Götter in dieser Runde auf seiner Seite. Schon das unerwartete Geschenk von Ranns Pflegerin hatte ihn entzückt. Daß Sherrine sich mit Linden Rathan überwarf, während gleichzeitig eine bestimmte Kostbarkeit aus Pelnar eingetroffen war, verschaffte ihm nun den zeitlichen Spielraum, den er brauchte. Erneut widerstand der Magier dem Impuls, nach dem unscheinbaren Kästchen zu greifen.

Es geschehen immer drei Dinge zugleich, behaupteten alte Ehefrauen. Ein Seelenfänger-Juwel, das Kaltfeuer eines Drachenlords, um das Juwel aufzuladen – und nun das.

Er zog die Schublade auf, nahm einen kleinen Sack mit Silbermünzen heraus und warf ihn dem Spion zu. Der Mann fing ihn mit gierigem Blick auf.

»Geh«, sagte der Magier. »Du hast der Bruderschaft einen wertvollen Dienst erwiesen.«

»Der Bruderschaft«, wiederholte der Mann, dann verneigte er sich huldvoll und verließ das Zimmer.

Kas Althume lauschte den verklingenden Schritten seines Besuchers und entschied, was zu tun war. Das Mädchen mochte alle glauben gemacht haben, sie hätte sich nur zum Wohle der Bruderschaft mit dem Drachenlord eingelassen, doch Kas Althume wußte es besser. Er hatte gesehen, wie sie Linden Rathan in einem scheinbar unbeobachteten Moment angeschaut hatte. Das Mädchen war bis über beide Ohren in den großen Drachenlord verliebt.

Kas Althume kannte Sherrine nicht sehr gut, doch im Laufe seines unnatürlich langen Lebens hatte er viele Menschen wie sie kennengelernt – Männer und Frauen, deren Liebe durch ein

273

böses Wort in glühenden Haß umschlagen konnte. Sie würde bitterste Rachegelüste hegen, falls sie sich nicht wieder in Linden Rathans Bett schwatzen konnte. Wie ironisch, daß sie nicht wußte, daß sie eigentlich nur ihre Erste Verwandlung abzuwarten brauchte.

Er ging zu dem Schrank im hinteren Teil des Zimmers, nahm den Schlüssel, der an einer Silberkette um seinen Hals hing, schloß die kunstvoll verzierten Holztüren auf und holte die in dem Schrank versteckte Kristallkugel und die Flasche mit schwarzer Tinte heraus. Er stellte die Kristallkugel auf einen Tisch und füllte sie. Einen Moment später, nachdem er die nötigen Zaubersprüche gemurmelt hatte, beugte er sich über die Kugel und versuchte, die verzerrten Bilder zu deuten, die sich formten und wieder auflösten.

Doch der Zauber, der die Drachenlords umgab, war stärker als der seine. Nur ein Bild konnte er klar und deutlich erkennen – Linden Rathans von kalter Wut gezeichnetes Gesicht. Kas Althume zuckte unfreiwillig zusammen, als er den Zorn in den grauen Augen sah, die ihn direkt anzuschauen schienen.

»Gut, gut, gut«, sagte der Magier leise. »Scheinbar habe ich Euch unterschätzt, mein guter Drachenlord. Ihr seid nicht so weich, wie ich gedacht hatte. Tatsächlich erkenne ich Stahl unter Eurer gutmütigen Fassade – doch selbst der härteste Stahl kann zerbrochen werden. Wie aber überzeuge ich Lady Sherrine, daß sie uns hilft, Euch zu zerstören?«

36. KAPITEL

Der Weg zum Palast war ihm nie so lang vorgekommen. Kief und Tarlna ritten neben ihm. Während die beiden sich angeregt unterhielten, überlegte Linden, wie er ihnen erzählen sollte, was geschehen war. Und dort vorn kam der Baum, wo Maylin und Kella ihm immer zuwinkten. Er fragte sich, ob sie auch heute dasein würden, bezweifelte es aber. Dennoch straffte er den Rücken und suchte die Menschenmenge nach ihnen ab.

Zu seiner Überraschung waren die beiden an ihrem gewohnten Platz. Seine Stimmung hob sich. Vielleicht hatte Maurynna eingesehen, daß er nur um ihre Sicherheit besorgt war, und hatte Maylin zur Vernunft gebracht. Lächelnd hob er eine Hand, doch er sah, daß Kella ihm nicht wie üblich zuwinkte. Das Kind saß bei seiner Schwester auf dem Arm und schaute ihn mit großen traurigen Augen an, dann drehte es den Kopf weg. Das tat ihm mehr weh als Maylins funkelnder Blick, der ihm beinahe die Haut vom Rücken geschält hätte. Im nächsten Moment waren die beiden im Pulk der Schaulustigen verschwunden.

Linden nahm die Zügel auf und preßte die Lippen zusammen.

Was war denn das, Linden? Eure neuen Angehörigen scheinen wütend auf Euch zu sein, sagte Kief erstaunt. *Das Mädchen hatte genug Gift im Blick, um einen Echtdrachen zu erlegen.*

Das war, um mich wissen zu lassen, was sie seit gestern abend von mir halten – wahrscheinlich Maylins Idee. Für ein so nettes kleines Mädchen ist sie aufbrausend wie eine Schneekatze.

Stimmt etwas nicht zwischen Euch und Eurer Seelengefährtin?

Er seufzte. Der Augenblick, den er so sehr gefürchtet hatte, war gekommen. *Äh, nun – ja. Obwohl Sherrine und ich eine*

Abmachung hatten, hat sie mir mein Interesse an Maurynna übelgenommen. Plötzlich überkam ihn wieder die kalte Furcht, die der Anblick von Maurynnas blutüberströmtem Gesicht ausgelöst hatte. Ihm war nicht klar, wie stark die Gefühlsanwandlung und mit ihr das Bild von seinem inneren Auge war, bis in seinem Geist Kiefs schockierter Ausruf erschallte.

Götter helft uns – hat sie das Auge verloren?

Linden sagte: *Nein, zum Glück nicht. Es sah schlimmer aus, als es tatsächlich war.* Rasch erzählte er Kief und Tarlna, die die Unruhe ihres Seelengefährten gespürt hatte und eine umfassende Erklärung verlangte, alles, was am Vorabend geschehen war.

Und heute morgen habe ich mit Sherrine gesprochen. Es war nicht ... angenehm. Ich glaube, ich habe mir einen Feind gemacht. Sie war aufgebracht, weil ich zugunsten einer ›Gemeinen‹ gegen sie Partei ergriffen habe.

Eine ›Gemeine‹, die zufällig ein heranreifender Drachenlord ist, sagte Tarlna verärgert. *Diese Cassorier und ihre Titel-Obsession. Das cassorische Recht sollte Sherrine bestrafen.*

Kief bemerkte: *Diese ›Obsession‹ ist ein zweischneidiges Schwert. Sie ermöglicht es uns, unsere Pflicht zu tun.*

Trotzdem ist es eine Beleidigung für jeden Drachenlord, beharrte Tarlna.

Ohne jede Aussicht auf Genugtuung, sagte Linden verbittert. *Und Herzogin Alinya hatte recht. Es wäre töricht, mich weiterhin mit Maurynna zu treffen und damit noch mehr Aufmerksamkeit auf sie zu lenken – zumindest im Moment.*

Besonders, falls die Herzogin sich nicht täuscht und tatsächlich einige Unruhestifter die Bruderschaft wieder aufleben lassen wollen, sagte Kief. *Ich frage mich, ob sie vielleicht recht hat.*

Selbst wenn, bräuchten sie einen mächtigen Magier, um wirklich gefährlich zu sein. Hast du irgend etwas rumoren hören über einen solchen Mann? gab Tarlna zu bedenken.

Nein, gab Kief zu.

Zum Glück, ergänzte Linden.

Die Straße führte über einen sanft ansteigenden Hügel zum Palast. Mürrisch starrte Linden auf die sich vor ihm erhebenden Granitwände. Das letzte, wonach ihm der Sinn stand, war eine weitere endlose Sitzung mit dem Cassorischen Rat. Dem ersten, der ihn ärgerte, würde er den Kopf abschlagen.

Kief sagte im Geiste zu ihm: *Ich kann Eure Gefühle zwar verstehen, trotzdem muß ich gestehen, daß ich es von Beginn an für das beste hielt, daß Ihr Euch von Eurer Seelengefährtin fernhaltet, bis sie die Erste Verwandlung erlebt hat. Gehe ich richtig in der Annahme, daß Ihr sie nach dieser Verwicklung nicht zu dem assantikkanischen Fest begleitet?*

Linden stöhnte auf. Die neben ihm reitenden Wachen warfen ihm neugierige und sorgenvolle Blicke zu. Er ignorierte sie.

Die Götter mochten es ihm nachsehen – er hatte das *Tisrahn* völlig vergessen. Er sollte nicht hingehen. Am besten wäre, einen klaren Schlußstrich zu ziehen, bis er Cassori verlassen konnte und Maurynna an einem anderen Ort wiedertraf. Er dachte: Ich habe es jetzt sechshundert Jahre ohne meine Seelengefährtin ausgehalten. Einsam, ja, aber ich habe es ausgehalten. Warum ist die Aussicht auf ein paar weitere Wochen so eine Qual?

Es mußte eine Möglichkeit geben.

Ihm kam eine Idee. Darauf bedacht, seine Geiststimme nicht zu euphorisch klingen zu lassen, sagte Linden: *Aber wenn ich nicht hingehe, beleidige ich den Gastgeber, Almered. Und das würde das Haus Erdon – also meine neue Familie – beleidigen, denn Almereds Familie ist mit den Erdons verwandt. Ich bin ein Yerrin, Kief; ich kann meine Verwandtschaft nicht in solcher Weise brüskieren. Ihr wißt das.*

Eure Erste Verwandlung machte Euch zum Drachenlord. Yerrin seid Ihr erst an zweiter Stelle, wies Kief ihn zurecht.

Ein weiterer Grund, sich ehrenhaft zu benehmen, sagte

Linden. *Ich werde das* Tisrahn *besuchen.* Er sah zu dem älteren Drachenlord hinüber.

Kiefs funkelnder Blick stand Maylins in nichts nach. *Eines Tages, Kleiner, wird Euch Eure Sturheit noch in Schwierigkeiten bringen.*

Linden grinste, während sie auf den Innenhof des Palastes ritten. *Das hat sie bereits, mein Freund, und sie wird es zweifellos wieder tun. Aber dieses Mal nicht, glaube ich.*

»Eure Hoheit, hier sind die Unterlagen, die Ihr sehen wolltet«, sagte Kas Althume, als er, beladen mit einem Stapel Grundbücher, in Prinz Peridaens Speisezimmer kam.

Peridaen sah von dem Abendessen auf, das er und Anstella gerade beendeten. »Ah, gut, Kas. Wir sind fertig. Yulla, du kannst den Tisch abräumen lassen. Wir brauchen jede Menge Platz für all die Bücher.«

Peridaen lehnte sich in seinen Stuhl zurück und beobachtete milde lächelnd die eilfertig herbeieilenden Diener. Kas Althume wartete geduldig am ungenutzten Kamin. Anstella schien amüsiert.

Als der letzte Diener das Zimmer verlassen hatte, ließ Prinz Peridaen die Maske leutseliger Königlichkeit fallen. »Was jetzt, Kas? Ihr habt bestimmt gehört, was Sherrine angerichtet hat. Der Rat konnte es heute morgen kaum erwarten, uns die Geschichte aufzutischen.«

»Ich wußte, daß das dumme Ding alles verderben würde«, sagte Anstella geringschätzig.

Kas Althume legte die Bücher mit einem dumpfen Knall auf den Tisch. »Sherrine hat nichts verdorben, ganz im Gegenteil. Die neue Situation ist zu unserem Vorteil – denn Ihr müßt wissen, daß es eine kleine Änderung in unseren Plänen gibt. Ich habe mir in den letzten Stunden ein Manuskript angesehen, das Pol zusammen mit dem Seelenfänger-Juwel zurückgebracht hat. Es enthält gewisse Aufzeichnungen, die Nethuryn vor langer Zeit verfaßt hat. Mit ihrer Hilfe sollte die Übersetzung von Ankarlyns Abhandlung wesentlich schneller vonstatten gehen.

Außerdem habe ich in den Aufzeichnungen ein Rezept für eine Droge gefunden, die – so steht es geschrieben – Ankarlyn entwickelt hat. Ich würde sie nur zu gern an einem der Drachenlords ausprobieren. Unter ihrem Einfluß würde mir ein Drachenlord jede Frage beantworten, die ich ihm oder ihr stelle. Und die Krönung ist, daß sich der befragte Drachenlord hinterher an nichts erinnert.«

Anstella lachte. »Köstlich.«

Peridaen grinste wie ein Schuljunge mit einem Korb gestohlener Äpfel. »Das gefällt mir. Werdet Ihr die Droge einsetzen?«

»Nur zu gern, aber es gibt ein entscheidendes Problem«, gab Kas Althume zu und verzog verächtlich die Lippen. »Den Inhaltsstoffen nach zu urteilen, schmeckt die Droge ziemlich bitter. Ich fürchte, man würde sie in einer Mahlzeit herausschmecken.«

Peridaen strich sich über den Bart. »Sie einer Speise beizumischen, ist also nicht möglich. Hm. Das ist ein Problem. Könnte man einen der Drachenlords überwältigen und ihn zwingen, die Droge einzunehmen?«

»Möglicherweise. Daran habe ich auch schon gedacht«, sagte Kas Althume.

Ein amüsiertes Lachen ließ die Männer die Köpfe zu Anstella wenden.

»Männer«, sagte die Baronesse belustigt, als spräche sie von einem amüsanten – aber dennoch etwas begriffsstutzigen – Rudel junger Hunde. »Immer denken sie, rohe Gewalt wäre die Antwort auf alles. Denkt nach, meine Herren. Es gibt etwas, dem man die Droge beimischen kann.«

Kas Althume sah den Prinzen an. Peridaen zuckte ratlos mit den Schultern.

»Was?« fragte der Magier gereizt, weil Anstella das Problem so schnell gelöst zu haben schien.

Anstella lächelte. »Was schmeckt bitter? Ein Abschiedstrunk.«

Verärgert platzte Kas Althume der Kragen. »Um Himmels willen, Anstella, Ihr denkt dabei doch nicht etwa an Sherrine und Linden Rathan? Ihr glaubt doch nicht ernsthaft, daß er von ihr einen Abschiedstrunk annehmen würde, nach allem, was sie dem Mädchen angetan hat, mit dem er sich amüsiert hat?«

»*Ich* würde es nicht«, sagte Peridaen. »Und ebensowenig würde Linden Rathan einen Abschiedstrunk von ihr annehmen. Der Mann ist nicht dumm.«

Nun lag die Verärgerung bei Anstella. »Natürlich würde er – in Anwesenheit von Zuschauern. Denkt nach! Er ist ein Drachenlord. Er kann es sich nicht leisten, gehässig und nachtragend zu erscheinen. Und genau das würde er, sollte er einen in ernstgemeinter Reue dargebotenen Abschiedstrunk ablehnen.

Meine Herren, ihr habt mein Wort darauf: Sollte Sherrine ihm in Anwesenheit einer guten Zahl cassorischer Adliger einen Abschiedstrunk anbieten, würde Linden Rathan ihn bis zum letzten Tropfen austrinken, selbst wenn er daran erstickte.«

Bei allen Göttern, sie hatte recht. Eine so simple Lösung … Er lächelte wölfisch.

»Anstella, das ist brillant«, sagte Peridaen. Er nahm ihre Hand und küßte sie. »Absolut brillant. Aber wo würde sich eine solche Zahl von Zuschauern zusammenfinden? Sherrine kann ja wohl kaum in eine Ratssitzung platzen.«

»Nicht in eine Sitzung, Peridaen«, sagte Kas Althume. »Aber es könnte eine passende Gelegenheit geben …« Er sah Anstellas Blick.

Die Baronesse nickte und lächelte geheimnisvoll. »Ich glaube, wir haben denselben Gedanken, Kas. Könnt Ihr Euch kurzfristig bereit halten? Vermutlich kann ich Euch nicht lange vorher Bescheid geben.«

»Ja. Ist die Droge einmal zusammengebraut, muß sie lediglich einem Glas Wein beigemischt werden. Das Schöne daran ist, daß sie an sich nicht magisch ist. Es besteht also kein Risiko, daß Linden Rathan vorher etwas merkt. Die Droge bereitet nur den Nährboden für die anschließenden Zaubersprüche.«

»Gut«, sagte Peridaen. »Dann müssen wir nur noch Sherrine instruieren. Ich werde ihr befehlen, daß sie ...«

»Nein«, unterbrach Kas Althume ihn. »Tut das nicht. Noch nicht. Ich möchte, daß sie es möglichst freiwillig tut. Wenn sie nicht mit vollem Herzen bei der Sache ist, könnte sie ihn dadurch warnen. Ich möchte, daß sie Euch um Hilfe ersucht.«

»Aber wie wollen wir sie dazu bringen, daß sie es tun will?« widersprach Peridaen.

Anstellas geheimnisvolles Lächeln wurde unbarmherzig. »Überlaß das mir.« Anstella erhob sich. »Wenn Ihr mich bitte entschuldigen würdet, Eure Hoheit, Großhofmeister, ich denke, ich werde meiner Tochter heute abend einen Besuch abstatten. Ich bin sicher, sie braucht heute ... ein wenig mütterlichen Beistand.«

Peridaen stand auf und brachte die Baronesse zur Tür, wo er ihr einen flüchtigen Kuß gab.

Nachdem sie gegangen war, ging Peridaen zu seinem Stuhl zurück und füllte zwei Trinkkelche mit Wein. »Glaubt Ihr, daß es funktionieren wird?« Er schob einen der Kelche über den Tisch.

»Eher, als wenn wir versuchten, einen Mann von Linden Rathans Statur gewaltsam zu überwältigen«, sagte der Magier und setzte sich zu Peridaen an den Tisch. Er trank einen Schluck Wein.

»Das wäre also das – welche sonstigen Änderungen in unseren Plänen habt Ihr im Sinn?« fragte der Prinz.

»Ich beabsichtige nach wie vor, das Seelenfänger-Juwel einzusetzen, aber nicht so wie geplant. Kennt Ihr die Legende, nach der Ankarlyn einen heranreifenden Drachenlord versklavte?«

»Natürlich. Aber das ist bloß ein Ammenmärchen, Kas.«

»Das glaube ich nicht – nicht mehr. Und ich werde es genau wissen, falls ich Linden Rathan ausfragen kann.«

Peridaen runzelte die Stirn. »Und wenn das über den versklavten Drachenlord wahr ist? Wollt Ihr etwa …«

»Sherrine versklaven. Ganz richtig. Als Mitglied der Bruderschaft muß sie bereit sein, ihr Leben zu opfern. Aber soweit muß es nicht kommen.«

»Das ist aber nichts, was man sofort tun muß, oder?« fragte Peridaen mit einem seltsamen Klang in der Stimme. »Ich meine, Ihr habt doch nicht vor, es heute nacht zu tun?«

»Nein. Erst muß das Seelenfänger-Juwel genügend aufgeladen werden«, erwiderte der Magier. »Das dauert eine Weile.« Er wunderte sich über den erleichterten Ausdruck, der dem Prinzen übers Gesicht huschte.

»Ist das nicht gefährlich – wieder Eure Rituale aufzunehmen?« fragte Peridaen. »Könnten die Drachenlords sie spüren?«

»Dieses Risiko muß ich eingehen. Aber ich denke, ich werde so weit weg sein, daß sie nichts merken werden.«

Peridaen schauderte. »Ihr werdet wieder diesen Ort aufsuchen?«

»Ja. Er ist durch Magie geschützt und wie geschaffen für derlei Aktivitäten. Es gibt dort beträchtliche natürliche Energien, die dabei helfen, das Juwel aufzuladen. Und sobald es aufgeladen ist …«

Kas Althume zuckte mit den Schultern und beobachtete Peridaen, während dieser überlegte.

»Ah, Götter. Ich wünschte, es gäbe einen anderen Weg.« Peridaen vergrub das Gesicht in den Händen. »Mir gefällt das nicht.«

»Jeder von uns muß der Bruderschaft Opfer bringen. Und seid Ihr sicher, daß Anstella dagegen sein wird? Mir scheint nicht, daß sie eine besonders innige Beziehung zu ihrer Tochter hat«, sagte Kas Althume.

Die letzte Bemerkung ließ Peridaens Kopf hochfahren. »Seid kein Narr«, explodierte er. »Ganz gleich, wie es scheint, und ganz gleich, wie herablassend sie das Mädchen behandelt, sie ist trotzdem ihre Mutter. Ich habe nie ganz verstanden, was zwischen den beiden vorgeht oder warum das so ist, aber ich weiß: falls jemand Sherrine beleidigt, verteidigt Anstella ihre Tochter wie eine Löwin ihr Junges. Ihre Beziehung mag zwar kompliziert sein, trotzdem ist es die einer Mutter und ihrer Tochter, und das ist etwas, wovor sich selbst ein Magier in acht nehmen sollte. Wenn Ihr so sehr von Eurem Plan überzeugt seid, sagt Ihr besser nicht, was Ihr vorhabt.«

Die Verärgerung seines königlichen Schutzherrn erschreckte Kas Althume. Peridaen hatte noch nie in einem solchen Ton mit ihm gesprochen. Gut, dann mußte er sich bei dem Thema also vorsehen. Er verlieh seiner Stimme ein Mitgefühl, das er nicht empfand. »Verzeiht, Hoheit. Das war mir nicht klar. Und es tut mir weh, daran zu denken, welchen Schmerz ich Anstella zufügen werde. Aber Ihr müßt einsehen, daß dies ein Geschenk der Götter ist, Peridaen. Eine solche Gelegenheit wird sich uns nie wieder bieten.«

»Ich weiß.« Peridaen starrte auf den Tisch. Er sah plötzlich mitgenommen aus. »Ich weiß. Aber hat Ankarlyn den versklavten Drachenlord nicht umgebracht?«

»Indirekt. Ankarlyn hat seinen Drachenlord nach dessen Erster Verwandlung auf unkluge Weise mißbraucht – ein Fehler, den wir nicht wiederholen werden. Der Seelengefährte des versklavten Drachenlords tötete ihn und beging danach Selbstmord. Wenn wir dieses Spiel geschickt spielen, werden weder Linden Rathan noch ein anderer Drachenlord mitbekommen, was vorgeht.«

»Mögen die Götter uns beistehen«, sagte Peridaen schwermütig. »*Falls* wir das Spiel spielen.«

283

Sherrine saß allein am langen Tisch im Speisezimmer des Stadthauses der Colranes und stocherte in ihrem Essen herum. Der bloße Gedanke an Essen verursachte ihr Übelkeit. Sie schob den Teller beiseite.

»Räume es ab«, herrschte sie das Dienstmädchen an.

Einen Augenblick später war die Mahlzeit vom Tisch verschwunden. Das Dienstmädchen eilte aus dem Zimmer. Sherrine hörte Stimmengemurmel. Zweifellos tratschten die Diener wieder über ihre üble Laune.

Was nun? Sie starrte auf ihre Hände und drehte gedankenverloren die Ringe an ihren Fingern. Vor ihr lag ein langer, einsamer Abend – und eine noch einsamere Nacht.

Völlig in Trübsal versunken, hörte sie zunächst nicht das plötzliche Stimmengewirr vor dem Haus. Dann ...

»O Götter – *nein!*«

Sherrine stand auf und packte mit beiden Händen die Tischkante. Nicht ihre Mutter. Nicht heute.

Ihre Mutter schritt mit der herrischen Blasiertheit einer Königin ins Zimmer. Sherrine stieß sich vom Tisch ab und zwang sich, gerade zu stehen.

Eine schöne Augenbraue wölbte sich in höhnischer Verachtung. »Ich wußte, daß du versagen würdest. Aber nicht, daß es auf so spektakuläre Weise geschehen würde, das muß ich zugeben. Fallengelassen wegen einer *Seefahrerin*. Unfaßbar!«

Sherrine erstarrte. Hinter ihrer Mutter stand die Tür noch immer offen, und obgleich ihre Mutter nicht die Stimme gehoben hatte, wußte Sherrine aus Erfahrung, daß Anstellas Sticheleien nicht ungehört blieben. Der plötzlichen Stille im ganzen Haus nach zu urteilen, lauschte die gesamte Dienerschaft. Und Sherrine machte sich keine Illusionen darüber, daß die Diener aus Verbundenheit zu ihr Stillschweigen bewahren würden. Morgen abend würde die Geschichte in allen Adelshäusern Casnas kursieren.

»Fallengelassen wegen einer Seefahrerin«, wiederholte ihre

284

Mutter. »Und nach Hause geschickt wie eine diebische Küchen-magd – wegen einer gewöhnlichen Dirne. Und bestimmt hast du alles demütig über dich ergehen lassen, stimmt's?«

Die Worte waren schlimm genug, doch am schlimmsten war die höhnische Verachtung, die in der Stimme ihrer Mutter mitschwang. Und sie fand nicht die richtigen Worte, um sich zu verteidigen. Sie verachtete sich wegen ihrer Schwäche.

»Diesmal hast du dich übernommen. Du hieltest dich für so gerissen und hast nicht gemerkt, daß Linden Rathan sich nur amüsierte, bis er etwas Besseres fand.« Ihre Mutter schüttelte höhnisch lächelnd den Kopf. »Und du kannst nichts dagegen tun, nicht wahr?« stichelte sie.

Sherrine senkte den Blick vor der verhaßten Wahrheit. Es gab nichts, was sie tun konnte. Sie war machtlos.

»Ich wußte von Anfang an, daß deine Dummheit dir im Weg stehen würde. Deinesgleichen kommt nur mit Zauberkräften an einen Drachenlord heran«, sagte ihre Mutter mit einem ab-schließenden Hohnlächeln. »Du bist eine einzige Enttäuschung für mich, Mädchen; das bist du schon immer gewesen. Pah, ich werde mit dir nicht länger meine Zeit verschwenden.«

Bei den letzten verletzenden Worten raffte ihre Mutter ihren Rock und verschwand. Sherrine stand nur zitternd da, unfähig sich zu bewegen, und fühlte sich, als wäre ihre Seele entzwei-gerissen worden.

Dann rebellierte etwas in ihr. Sie hatte keine Zauberkräfte gebraucht, um an Linden heranzukommen! Nicht beim ersten Mal!

Doch sie würde sie brauchen, wenn sie ihn ein zweites Mal für sich gewinnen wollte. Und sie glaubte zu wissen, wer über derartige Zauberkräfte verfügte. Sie mochte machtlos sein, doch sie kannte jemanden, der es nicht war.

Sie würde Linden eine letzte Chance geben. Und dann …

Dann würde er sehen, daß er nicht so mit ihr umspringen konnte und damit ungeschoren davonkam.

37. KAPITEL

Das erste Licht der Morgendämmerung fiel durch das Fenster. Fluchend saß Kas Althume über dem uralten Manuskript. Die Sprache war archaisch, an vielen Stellen sogar völlig unverständlich, und die meisten Seiten waren so stark mit Tintenklecksen verschmutzt, daß er vieles nicht entziffern konnte. Frustriert warf er seine Schreibfeder zu Boden.

Zeit. Er benötigte mehr Zeit. Das wenige, das er bislang übersetzt hatte, reichte kaum aus für seinen Plan. Er mußte die gesamte Zeremonie und alle nötigen Zaubersprüche kennen, nicht nur das wenige Gekritzel, das er bislang zu Papier gebracht hatte.

Am frustrierendsten war, daß er wußte, wie er die nötige Zeit gewinnen konnte, doch dafür brauchte er eine bestimmte Komplizin. Er fragte sich, wie lange es noch dauern würde, bis sie entweder ihre Mutter oder Peridaen um Hilfe ersuchte. Die würden sie natürlich zu ihm schicken. Ihm schmeckte der Gedanke nicht, daß sie erfahren würde, daß er ein Magier war, doch das ließ sich nicht vermeiden.

Er hoffte einfach, daß es bald geschehen würde – und daß Peridaen nicht gezwungen sein würde, ihre Unterstützung gewaltsam einzufordern.

Er war noch immer in Gedanken versunken, als der Hausdiener die Tür zum Arbeitszimmer öffnete. »Großhofmeister, Lady Sherrine wünscht Euch zu sprechen.«

Bevor er etwas entgegnen konnte, trat Sherrine hocherhobenen Hauptes ins Zimmer, die Augen funkelnd vor Wut. Einen Moment lang starrte Kas Althume sie nur an, zu überrascht, um aufzustehen oder etwas zu sagen. Bei allen Göttern, was mochte Anstella dem Mädchen letzten Abend erzählt haben. Und warum kam sie ausgerechnet hierher? Er wußte, daß Anstella sein Geheimnis nicht ausplaudern würde. Nicht ohne seine Erlaubnis.

Es bedurfte eines Räusperns des Hausdieners, um ihn wieder zu sich zu bringen. Er stand auf und kam mit ausgestreckten Armen um den Schreibtisch herum. »Mylady, welch eine Ehre. Herrel, bring uns Tee«, trug er dem Hausdiener auf, während er Sherrine zu einem Stuhl führte, »danach möchten wir nicht gestört werden.«

Als Herrel die Tür schloß, sagte Kas Althume für dessen Ohren bestimmt: »Was kann ich für Euch tun, Mylady?«

Die Tür fiel ins Schloß. Kas Althume lauschte einen Moment, um sicherzugehen, daß der Hausdiener nicht am Schlüsselloch mithörte, dann ließ er die Maske des beflissenen Großhofmeisters fallen. »So, Ihr habt versagt.«

Wütend fauchte Sherrine: »Nur weil Linden Partei für eine gemeine Dirne ergriffen hat. Ich habe sogar angeboten, ihr eine Entschädigung zukommen zu lassen.«

Kas Althume winkte ab. »Erspart mir die Einzelheiten; die kenne ich bereits.«

Tiefes Rot kroch über Sherrines Wangen.

»Dennoch möchte ich Euch wissen lassen, daß ich auf Eurer Seite stehe. Wer hätte gedacht, daß sich ein Drachenlord wegen einer solchen Nichtigkeit dermaßen aufregt? Schließlich ist das Mädchen keine Adlige. Dennoch ist es eine Tatsache, daß Ihr Linden Rathan nur wenige brauchbare Informationen entlocken konntet, wenn man bedenkt, wieviel Zeit Ihr mit ihm verbracht habt.«

»Hätte ich ihm eine Liste geben und sagen sollen, ›Die Bruderschaft würde gerne diese Fragen beantwortet haben, Euer Gnaden‹?« entgegnete Sherrine. »Der Mann ist nicht dumm. Ich tat alles mir Mögliche. Hätte ich mehr Zeit, könnte ich weiter sein Vertrauen gewinnen.« Sie legte den Kopf schräg. »Verschafft mir diese Zeit, Kas Althume.«

Der Magier lehnte sich in seinen Stuhl zurück und faltete die Hände vor dem Gesicht. Ganz schön dreist – das mußte er ihr lassen. Ihm war klar, daß sie die Affäre mit Linden Rathan einzig zu ihrem persönlichen Vergnügen vorgeschlagen hatte. Sie besaß nicht die innere Stärke, um sich zum Nutzen der Bruderschaft zu opfern. Und nun forderte sie ihn ungeniert auf, ihr zu helfen, sich mit Linden Rathan zu versöhnen, als hätte er nichts Besseres zu tun.

Aber was glaubte sie, konnte ein einfacher Großhofmeister bewirken? Oder wußte sie mehr, als sie bislang hatte durchblicken lassen?

Mit einem Anflug von Ironie sagte er: »Zeit ist etwas, das wir alle benötigen, Lady Sherrine. Wie sollte es mir, dem Verwalter von Prinz Peridaens Besitztümern, möglich sein, Euch mehr Zeit mit Linden Rathan zu verschaffen?«

»Laßt uns diese Farce beenden – *Großhofmeister*. Ihr seid ebensowenig ein Bediensteter wie ich. Ihr seid ein Magier – und ich nehme an, ein äußerst mächtiger.«

Kas Althume ließ ein flüchtiges Lächeln über seine Lippen huschen. »Sehr gut, meine Liebe. Wie seid Ihr darauf gekommen?«

Sherrines Mundwinkel hoben sich, doch es war kein Lächeln. »Ich bin nicht dumm, werter Magier. Ganz und gar nicht. Ich kann sehr wohl *sehen* – nicht bloß *schauen*.«

Nun amüsiert, fragte Kas Althume: »Und was wollt Ihr von mir?«

Ohne weitere Umschweife nannte sie ihm den Grund ihres Besuches. Kas Althume nahm es wohlwollend zur Kenntnis. Er hatte nichts übrig für leeres Geschwätz oder falsche Bescheidenheit.

»Prinz Peridaen scherzte einmal über einen Liebestrank für Linden Rathan. Ich möchte einen solchen Trank. Wenn Linden sich mit mir versöhnt, kann ich neue Informationen sammeln. Und falls er aufgrund des Trankes völlig berauscht sein sollte von mir, könnte ich dementsprechend wagemutigere Fragen stellen.«

»O weh«, bedauerte der Magier. »So ungern ich es zugebe, aber das ist nicht möglich. Glaubt nicht, ich hätte nicht darüber nachgedacht. Peridaen traf mich in meinem Stolz, als er sagte, daß es unmöglich sei. Leider hatte er recht. Ihr werdet Euch schon selbst etwas ausdenken müssen, das Euch zurück in Linden Rathans Bett führt.«

Ihre Nasenflügel bebten, doch ansonsten verriet nichts an Sherrine ihren Zorn. »Ich – seine Diener haben mich vor einer knappen Stunde fortgeschickt«, gestand sie.

Götter, dachte Kas Althume. Wie zu sich selbst sprach er laut: »Wie seltsam, daß Ihr vorhin über Zeit geredet habt. Zeit, Zeit, Zeit; genau das, was wir – Prinz Peridaen und ich – benötigen.«

»Warum?«

Die Frage war eine Überraschung. »Hat Euch Eure Mutter nichts von den jüngsten Entwicklungen im Rat erzählt?«

Sherrines Lachen klang trocken und gänzlich unamüsiert. »Wir hielten es für das beste, uns so wenig wie möglich zu sehen, solange ich mit Linden Rathan zusammen war und sie ihm am Konferenztisch gegenübersaß. So konnten Berens Befürworter nicht behaupten, der Drachenlord werde von unserer Seite beeinflußt. Und ich muß gestehen, daß mir die Regelung recht gut gefiel.«

Trotzdem hätte sie Euch über die Vorgänge im Rat auf dem laufenden halten müssen. Ah, Anstella – so gerissen Ihr sein könnt, in vielen Dingen seid Ihr einfach eine Närrin. Schade, daß Peridaen Euch und nicht Eure Tochter erwählt hat.

Er sagte: »Die Drachenlords scheinen Herzog Berens Thronanspruch zu favorisieren. Zweifellos würde es die Dinge vereinfachen, wenn sie Peridaen die Krone gäben, doch selbst wenn nicht, gibt es eine Möglichkeit, diesen Kampf noch zu gewinnen. Aber dafür brauche ich Zeit, um ein bestimmtes uraltes Manuskript zu studieren. Und auf Grundlage dessen, was ich dem Manuskript bisher entnommen habe, kann ich Euch zwar keinen Liebestrank anrühren, Lady Sherrine, aber ich kann Euch versichern, daß Ihr für die erlittene Demütigung ein gewisses Maß an Genugtuung erhalten werdet.«

Sie sah auf ihre im Schoß liegenden Hände hinunter und betrachtete die kostbaren Ringe an ihren Fingern. Lange Wimpern verdeckten ihre Augen, und der Magier fragte sich, was hinter ihnen vorgehen mochte.

Dann traf ihr Blick wieder den seinen. Während Sherrine eine kastanienbraune Haarlocke um den Finger zwirbelte, fragte sie: »Werdet Ihr mich in Euren Plan einweihen?«

Er schüttelte den Kopf. »Ihr werdet nur das erfahren, was für Eure Rolle in dem Ganzen wichtig ist. Einiges wird Euch nicht gefallen, aber es ist notwendig.«

Sie dachte darüber nach. Schließlich verzogen sich ihre Lippen zu einem grausamen Lächeln. »Wird es schmerzvoll für ihn werden?«

»Sehr schmerzvoll.«

Der Gedanke an Vergeltung ließ die schönen haselnußbraunen Augen aufblitzen. »Das hat er verdient. Ich werde alles tun, was Ihr von mir verlangt, Magier.«

»Gut. Als erstes müssen wir ein paar Dinge vorbereiten ...«

38. KAPITEL

Maurynna starrte mit leerem Blick auf die vor ihr liegende Seekarte und lauschte dem Treiben im Haus der Vanadins: Tante Elenna rief Lehrlingen Anweisungen zu; Maylin ermahnte Kella, sich mit dem Frühstück zu beeilen; Diener und Dienerinnen eilten in Erfüllung verschiedenster Pflichten durch den Flur. Eine Dienerin schaute ins Vorzimmer, in dem Maurynna saß. Das Mädchen murmelte eine Entschuldigung und verschwand mit einem mißbilligenden Blick auf die noch brennende Öllampe.

Maurynna verstand den Wink. Es war Verschwendung, die Lampe länger brennen zu lassen, wo es jetzt hell war. Sie blies sie aus und wandte sich verdrossen wieder ihrer Arbeit zu. Es war etwas, das unbedingt erledigt werden mußte, redete sie sich ein.

In Wahrheit war sie lange vor Sonnenaufgang heruntergekommen, um mit ihrem Schmerz allein zu sein. Ihre Augen waren rotgerändert. Seit sie aufgestanden war, hatte sie fast ununterbrochen geweint, bekümmert und zugleich wütend auf sich selbst.

Vergiß ihn einfach, sagte ihr ihre Vernunft immer wieder.

Aber ganz gleich, was sie sich einzureden versuchte, in Gedanken sah sie immer wieder Lindens Gesicht.

Er ist all das nicht wert, selbst wenn er einer wirklichen Legende entstammt. Vergiß ihn.

»Ich kann ihn nicht vergessen«, flüsterte sie, sich ihre Niederlage eingestehend. Zumindest, dachte sie, wird es lange, lange dauern. »Zum Henker mit dir, Linden Rathan.«

Hufklappern im Hof riß sie aus den Gedanken. Ihr Herz setzte einen Schlag aus. Das letzte Mal, als sie dieses Geräusch gehört hatte, hätte sie beinahe ein Auge verloren.

Und Maurynna wußte, daß Linden ihr dieses Mal nicht zu Hilfe kommen würde.

Mit zitternden Beinen ging sie zur Eingangstür, dann verweigerten ihre Beine den Dienst. Sie konnte nicht nach draußen gehen. Sie lehnte am Türrahmen und lauschte, während immer neue Reiter auf den Hof ritten.

Tante Elenna schob sich hocherhobenen Hauptes an ihr vorbei, gefolgt von Maylin und mehreren Lehrlingen. Sie öffnete die Tür und baute sich mit vor der Brust verschränkten Armen im Eingang auf.

»Lady Sherrine«, rief sie, und Maurynna ballte vor Furcht und Zorn die Fäuste. Wie konnte das adlige Miststück es wagen, hier aufzukreuzen und sie und ihre Angehörigen von neuem zu belästigen und zu bedrohen? Sicherlich hatte Linden ihr das untersagt – oder war es ihm egal?

Elenna sprach weiter, ihre Stimme war kälter, als Maurynna es je bei ihr gehört hatte. »Was soll *dieser* Besuch bedeuten?«

»Ist Kapitän Erdon zu Hause? Ich würde gerne mit ihr reden«, sagte eine tiefe, rauchige Stimme, die ihr nur allzu vertraut war.

Maurynnas Hand umschloß den Griff des Dolchs an ihrem Gürtel. Dieses Mal würde sie sich der schönen Lady Sherrine nicht kampflos ergeben, schwor sie sich. Maylin drängte sich an den im Eingang stehenden Lehrlingen vorbei und kam zu ihr ins Haus.

»Rynna, es ist nicht so, wie du denkst. Sie hat Packpferde dabei, und an ihren Zügeln hängen blaue Bänder«, sagte Maylin und packte mit überraschender Kraft Maurynnas Hand, die noch immer den Dolchgriff umschloß.

Es dauerte einen Moment, bis sie dies verarbeitet hatte. Erstaunen verdrängte alle anderen Gefühlsregungen. »Was? Was soll das bedeuten?« Ihre Hand ließ den Dolch los.

Maylins Blick begegnete ihrem. »Entschädigung. Ich wette, daß Lady Sherrine dir eine Entschädigung bringen will.«

»Mir? Eine Entschädigung? Hier in Cassori?«

Zu Hause in Thalnia, ja. Der dortigen Rechtsprechung zufolge würde ihr in jedem Falle eine Entschädigung zustehen. Aber hier in Cassori?

Sie wollte nichts von Lady Sherrine – außer in Ruhe gelassen werden. Oder glaubte die Lady etwa, daß sie, Maurynna, Linden beim Anblick von ein paar nett eingepackten Präsenten vergessen würde? Zur Hölle mit Lady Sherrine.

Trotzdem ... Beinahe wünschte ich mir, daß es so wäre. Es wäre leichter, als sich so sehr nach ihm zu verzehren.

Oder hatte Linden dies befohlen? Der Gedanke versetzte Maurynna in rasende Wut, riß sie mit der Wucht eines wild im Wind wehenden Leesegels aus ihrer Lähmung. Sie ging zur Tür. Tante Elenna drehte sich zu ihr um und überließ ihr nach einem kurzen Blick das Schlachtfeld.

»Hol den Barden, schnell!« hörte sie ihre Tante zu einem der Diener sagen.

Maurynna trat ins heiße, gleißende Sonnenlicht hinaus und stand stolz wie der Großmast der *Seenebel* auf der obersten Stufe der Vortreppe, die Hände in die Seiten gestemmt. Ohne zu blinzeln, traf sie Lady Sherrines Blick.

Als wäre Maurynnas Erscheinen ein Signal, legte Lady Sherrine eine Hand in die eines Soldaten, der neben ihrem Pferd stand, und stieg ab. Maurynna glaubte, daß es dasselbe Pferd war, das Sherrine an besagtem Abend geritten hatte. Wenn Raven hier wäre, könnte er es mit Gewißheit sagen – er kannte sich mit Pferden so gut aus wie sie mit Schiffen. Sofort bedauerte sie, daß ihr langjähriger Freund nicht da war, um ihr den Rücken zu stärken.

Geziert schritt die cassorische Adlige über das Kopfsteinpflaster. Maurynna ging ihr entgegen.

Sie blieben wenige Schritte voneinander entfernt stehen. Zu Fuß mußte die deutlich kleinere Sherrine zu Maurynna aufschauen. Maurynna sagte nichts, sondern starrte nur so kühl sie konnte auf die wunderschöne Frau hinunter.

Otter erschien. Auch er sagte nichts, aber aus dem Augenwinkel sah Maurynna, daß er seine Bardenkette nicht wie üblich unter dem Kragen verborgen trug, sondern für alle deutlich sichtbar über der Tunika. Nun gut, er würde in dieser Sache ihr Zeuge sein. Immer noch abwartend, sah sie wieder zu Lady Sherrine. Sollte doch ihre Feindin den ersten Schritt tun.

Als sie ihn tat, hätte Maurynna beinahe laut aufgelacht. Denn Lady Sherrine bedachte sie mit einer so tiefen Verbeugung, daß selbst die assantikkanischen Höflinge, die für ihre kunstfertigen Tanzschritte bekannt waren, vor Neid erblaßt wären. Maurynna vernahm ein erstauntes Raunen unter den Umstehenden.

Fast hätte sie die ersten Worte der Adligen überhört. »Barde Otter Heronson, seid bitte Zeuge meines heutigen Tuns. Danke.«

Nun trat ein im Livree der Colranes gekleideter Mann vor. Er hielt eine Pergamentrolle in Händen, die mit einer blauen Friedensschleife zusammengebunden war.

Ihr Hausdiener, nahm Maurynna an, mit einer Auflistung der Entschädigung. Als Zeuge trat Otter zu ihm vor. Der Mann reichte dem Barden die Pergamentrolle und ging wieder zurück.

»Kapitän«, fuhr Lady Sherrine fort, »ich möchte mich aus tiefstem Herzen entschuldigen für das, was ich Euch an jenem Abend angetan habe. Mein Jähzorn hätte Euch beinahe ein Auge gekostet. Glücklicherweise fand Linden Rathan jemanden, der Euch half. Nochmals – bitte vergebt mir.«

Die tiefe Stimme war geschwängert mit … Scham? Bedauern? Maurynna war sich nicht sicher. Doch die einzelne Träne, die der Adligen über die Wange rann, sagte ihr, daß Lady Sherrine tatsächlich aufgewühlt war. Liebte sie Linden wirklich? Falls ja, tat sie Maurynna fast leid.

Fast. Sie hatte Lady Sherrine noch nicht vergeben.

»Bitte, nehmt diese bescheidenen Präsente als Zeichen meiner Reue. Ich habe einen Fehler begangen, und dies ist die einzige Möglichkeit, ihn wiedergutzumachen.«

Anmutig winkte eine schlanke Hand die wartenden Pack-

pferde heran. Maurynna fragte sich, ob die Frau überhaupt zu
einer Geste imstande war, die nicht anmutig war. Sie wünschte,
die elegante Lady Sherrine würde verschwinden. In Gegenwart
dieser Frau kam sie sich selbst wie ein Packpferd vor.

Als hätte sie Maurynnas Gedanken gelesen, sagte die Adlige:
»Mir ist klar, daß meine Anwesenheit nicht … besonders er-
wünscht ist, daher werde ich mich mit Eurer Erlaubnis zurückziehen, Kapitän.«

Maurynna sah zu Otter hinüber, der die Schleife von der
Pergamentrolle streifte, sie aufzog und rasch überflog. Der
Barde war geübt darin, seine Gefühle zu verbergen, doch
Maurynna sah, wie seine Augen immer größer wurden. Auch
einen kurzen fragenden Blick auf die Packpferde konnte er
sich nicht verkneifen. Erstaunt blinzelnd nickte er Maurynna
zu.

So, hier und jetzt endete der Krieg zwischen ihr und Lady
Sherrine. Maurynna holte tief Luft und gab sich alle Mühe, ihre
Stimme aufrichtig klingen zu lassen. »Ich nehme Eure Entschul-
digung an, Lady Sherrine, und versichere, daß von diesem Tag
an jegliche Animositäten zwischen Euch und mir und meinen
Angehörigen ein Ende haben.« Die Worte schmeckten wie fauler
Fisch.

Und das Schlimmste stand ihr noch bevor. Sie zwang sich,
Lady Sherrine die Hand entgegenzustrecken, die Handfläche
nach oben. Nach einem Moment des Zögerns legte Lady Sherrine ihre Hand auf Maurynnas. Maurynna sah auf die makello-
sen weißen Finger hinunter, die so elegant und zierlich aussahen auf ihren braungebrannten Schwielen. Der Kontrast war so
scharf wie eine Schwertklinge.

Otter schob die blaue Schleife locker über die beiden aufein-
anderliegenden Hände. Mit der freien Hand nahm Maurynna
das Pergament von ihm entgegen, womit sie offiziell bestätigte,
daß sie die Entschädigung annahm.

Die letzten Worte waren bitter wie Aloe. »Laßt diese Gaben

alle Feindschaft zwischen uns und unseren Familien fortspülen.«

Sie zog die Hand so schnell weg, wie es ihr mit Anstand möglich war. Lady Sherrine tat dasselbe. Die Schleife flatterte zu Boden.

»Vielen Dank, Kapitän«, sagte Lady Sherrine. Sie hob die Hand in einer gebieterischen Geste. Ein Soldat führte ihr Pferd heran, und sie stieg auf.

Die neben den Packpferden stehenden Soldaten begannen, die Pakete abzuladen. Maurynna sah ein wenig erschrocken zu. Irgendwie hatte es nicht nach soviel ausgesehen, solange die Pakete auf die einzelnen Pferde verteilt gewesen waren, doch als sie in dem kleinen Innenhof aufgestapelt waren, wurde rasch klar, welche Unmengen an Präsenten es sein mußten.

Um Himmels willen, was dachte diese Frau? Hatte sie tatsächlich ein so schlechtes Gewissen? Oder glaubte sie, auf diese Weise Lindens Zuneigung zurückgewinnen zu können? Maurynna sah zu Lady Sherrine hinüber.

Einen Moment glaubte Maurynna, ein flüchtiges verstohlenes Lächeln über Lady Sherrines Lippen huschen zu sehen. Aber nein, es mußte das Licht gewesen sein, denn die Adlige sagte mit demütig gesenktem Blick: »Nochmals vielen Dank, Kapitän Erdon. Lebt wohl.« Das Pferd wendete und trabte über das Kopfsteinpflaster auf die Straße hinaus. Die Soldaten mit den Packpferden im Schlepptau folgten ihrer Herrin. Einen Moment später waren sie verschwunden, nur der Geruch der Pferde und des Sattelleders hing noch in der Luft. Dann, beinahe wie ein Geist, wehte ein betörender Waldlilienduft heran, der verschwand, sobald er über die Sinne der Umstehenden hinweggetanzt war.

Ohne zu wissen, was sie tat, ging Maurynna zu den aufgestapelten Paketen. Benommen starrte sie sie an. Otter trat an ihre Seite.

»Du mußt zugeben, daß ihre Entschädigung äußerst großzügig ausgefallen ist. Schau dir mal die Auflistung an.« Er deutete auf das Pergament in ihrer Hand.

»Ich will nicht«, sagte sie dumpf.

Eine Hand langte an ihm vorbei und zog die Auflistung aus Maurynnas Hand. »O Rynna, sei nicht dumm. Die Hexe schuldet dir viel mehr als das«, sagte die aus dem Nichts aufgetauchte Maylin.

»Maylin!« ermahnte Tante Elenna sie.

»Tut mir leid, Mutter, aber das ist nun mal die Wahrheit, und du weißt – o Götter! Mutter, sieh dir das an!«

Maylin und Tante Elenna steckten die Köpfe zusammen und studierten die Auflistung der einzelnen Gegenstände, machten einander auf verschiedene Stücke aufmerksam und wurden mit jedem Stück aufgeregter. Maurynna ließ sie gewähren.

Ich will nichts von alledem, dachte sie mit einem Gefühl der Leere. Gar nichts. Nur –

Sie drehte sich um und ging gleichgültig ins Haus.

»Na schön, wenn du keine Vernunft annehmen möchtest und nichts davon behalten willst, dann verkauf doch die verfluchten Sachen! Sie gehören dir und nicht der Familie. Du könntest einen riesigen Gewinn machen!«

Sie standen im Vorzimmer, wo auf dem Tisch, dem Schreibtisch, auf Stühlen und auf dem Boden die geöffneten Pakete von Lady Sherrines Entschädigung lagen. Während sie sprach, deutete Maylin mit einer Hand auf verschiedene Haufen von Gegenständen. In der anderen hielt sie eine kunstvoll verzierte Schatulle.

Sie fuhr fort: »Einige der Sachen sind wirklich exquisit, diese Schatulle zum Beispiel.« Ehrfürchtig strich sie mit den Fingern über die Oberfläche.

Maurynna zuckte mit den Schultern und sagte: »Dann behalte sie und was immer in ihr sein mag. Sie gehört dir.«

Maylins Kinnlade klappte herunter. Dann sagte sie: »Das

kann ich nicht, Rynna! Schau sie dir an! Ich glaube, sie ist aus Jade …« Sie drückte die Schatulle an sich. »Meinst du das wirklich ernst?« fragte sie leise. »Das ist das Schönste, was ich je gesehen habe.«

»Ich meine es ernst. Du kannst sie haben.«

Maylin betrachtete den Schatz in ihren Händen. »Sieh dir nur die Einlegearbeit in Perlmutt und Elfenbein an; ein Vogel, der aus dem Feuer aufsteigt.«

»Was?« fragte Tante Elenna scharf. »Zeig mal her.«

Maylin reichte ihrer Mutter die Schatulle. Während die ältere Frau sie von allen Seiten betrachtete und mit den Fingern über die Einlegearbeit strich, tauschten die beiden Cousinen fragende Blicke. Maurynna wußte ebensowenig wie Maylin, worum es sich bei der Schatulle handelte, auch wenn ihr ein Gedanke kam.

Ein aus dem Feuer aufsteigender Vogel …

Alle Fragen ignorierend, klappte Tante Elenna die Schatulle auf. Ihre Augenbrauen schossen fast bis zum Haaransatz hoch. Sie nahm etwas aus der Schatulle und knabberte vorsichtig an dem winzigen Ding. Dann schüttelte sie entgeistert den Kopf. »Ich glaube das nicht«, flüsterte sie. »Aber es kann nur das sein. Maurynna, das ist ein königliches Geschenk.« Sie betrachtete die Schatulle erneut und schüttelte wieder fassungslos den Kopf.

Die Götter mögen mir beistehen, dachte Maurynna, die zu perplex war, um etwas zu sagen. Was könnte es sein?

Schließlich seufzte Tante Elenna. »Ich glaube es noch immer nicht«, sagte sie. »Dies allein hätte als Entschädigung gereicht – mehr als gereicht, Rynna. Zumindest von der Tochter einer Baronesse an unsergleichen.« In ihren Worten klang ein leiser Anflug von Verbitterung mit.

»Um Himmels willen, sag endlich, was es ist«, rief Otter aus einer Zimmerecke, wo er und Kella in einigen Seidentüchern herumwühlten.

»Was? Habe ich es euch noch nicht gesagt? Braune Pfeffer-körner aus Jehanglan. Ungefähr ein halbes Pfund, schätze ich.«

»Was!« rief Otter. »Gütige Götter!«

Maurynna spürte, wie ihre Knie weich wurden. Jehanglan – das tief im Süden liegende Königreich des Phoenix! Das myste-riöse Sagenland der Fabeln und Legenden.

Eine Jade-Schatulle aus jehanglanischer Fertigung wäre ge-nug gewesen. Zählte man dann noch die vielgepriesenen brau-nen Pfefferkörner hinzu, die – anders als der gewöhnliche scharfe Pfeffer aus Assantik – so köstlich und vollmundig auf der Zunge zergingen und so rar waren, daß man ihr Gewicht in Gold aufwog, hatte man in der Tat ein königliches Geschenk.

Sie war froh, daß sie es weggegeben hatte.

Plötzlich mußte sie sich hinsetzen. Dies alles war zuviel, zu unerwartet.

Und sie wollte nichts von alledem. Sie traute dieser Lady Sherrine nicht über den Weg.

»Tja, Jungchen – das war es«, sagte Otter, während sie im Garten hinter dem Stadthaus zwischen den Zierbüschen, die wie Tiere aussahen, entlangspazierten. »Hast du Sherrine befohlen, dies zu tun?«

In stummer Verwunderung schüttelte Linden den Kopf, wie schon während Otters gesamter Geschichte. »Nein. Hier in Cassori hätte Sherrine mit Sicherheit keine Entschädigung an eine Gemeine leisten müssen, selbst wenn Maurynna vollstän-dig erblindet wäre. Daher habe ich nicht darauf bestanden, sonst hätten sich die Leute gefragt, wieso. Und Maurynna hat sie angenommen?«

»Ja. Sie hat sogar den Schwur geleistet, nach dem die Entschädigung alle Feindschaft zwischen den beiden und ihren Familien beendet.« Otter machte eine kurze Pause und zupfte an seinem Bart. »Gütige Götter – das heißt, daß du in den Schwur miteinbezogen bist, oder?«

Noch immer stutzig wegen des immensen Werts der Entschädigung an seine Seelengefährtin, brauchte Linden einen Moment, um die volle Bedeutung von Otters Worten zu verstehen.
»Du meine Güte. Ja, das stimmt.«

Otter fuhr fort: »Maurynna fragt sich, warum Sherrine das
getan hat. Sie traut ihr natürlich nicht.« Er grinste.

Gute Frage. Warum hatte Sherrine das getan, wunderte sich
Linden. »Ich nehme an, damit will sie mir beweisen, daß es ihr
wirklich leid tut. Aber das ändert nichts für mich.«

Ihm fiel etwas aus ihrer letzten, unschönen Unterredung ein.
»Sie hat angeboten, Maurynna eine königliche Entschädigung
zukommen zu lassen«, sagte er.

Otter lachte leise. »Tatsächlich? Einer Angehörigen einer
Kaufmannsfamilie? Interessant. Sie versucht verzweifelt, dich
von ihrer Aufrichtigkeit zu überzeugen, um dich vielleicht doch
noch zurückzugewinnen. Sie muß wirklich verzweifelt sein,
denn die Colranes sind nicht gerade für ihre Großzügigkeit
bekannt.

Nun ja, man muß zugeben, daß sie wirklich eine königliche
Entschädigung geleistet hat«, fuhr Otter fort. »Und zwar aus
freien Stücken. Eine Entschädigung, die einen König oder eine
Königin zufriedenstellen würde …«

Er machte eine Pause, dann beendete er den Satz mit einem
ironischen Unterton: »Oder einen Drachenlord.«

39. KAPITEL

Die fünf Tage, seit sie Linden das letzte Mal gesehen hatte, kamen ihr wie eine Ewigkeit vor. Maurynna fuhr mit den Fingern über die verblassende Linie auf ihrer Wange. »Ich hasse ihn«, flüsterte sie.

Danaet sah von der Liste der Entschädigungsgegenstände auf. »Was? Habt Ihr etwas gesagt, Maurynna?«

Mit einem Satz schwang sich Maurynna von der Kiste herunter, auf der sie gesessen hatte. »Nichts. Seid Ihr endlich fertig?« Sie lief zwischen den Säcken und Kartons umher, deren Inhalt Danaet seit geraumer Zeit mit der Liste verglich.

»Nein, bin ich nicht. Und ich habe nicht vor, mich zu beeilen. Es dauert eben eine Weile, bis ich den Gesamtwert Eurer Entschädigung errechnet habe. Und würdet Ihr bitte stillsitzen? Ihr rennt die ganze Zeit herum wie eine kampflustige Hündin. Das macht mich nervös und müde.«

Maurynna murmelte eine Entschuldigung und dann wieder: »Ich hasse ihn.«

»Wen? Ah, schon gut. Ich glaube, ich kann es mir denken.« Danaet seufzte. »Ich weiß nicht, ob man von einer Verbesserung sprechen kann, nur weil er ein Drachenlord ist und kein Dockarbeiter. So oder so bedeutet er Ärger. Und wenn Ihr nicht aufhört, so übelgelaunt hier herumzugeistern, werdet Ihr meine Angestellten noch in den Wahnsinn treiben. Sie wissen nie, wann Ihr aufkreuzt und sie anherrscht. Gestern hat Leela wegen Euch geweint.«

Schockiert und betreten blieb Maurynna stehen. »Wirklich? O Götter. Das tut mir leid, Danaet. Ich war nicht wütend auf sie – wirklich nicht. Es liegt einfach an – sagt ihr, daß es mir leid tut.«

»Ich lasse sie heute einige Botengänge erledigen. Ich wollte sie nicht wieder Euren Launen aussetzen. Maurynna, ich sage das nur ungern, aber würdet Ihr bitte woanders hingehen, bis man wieder vernünftig mit Euch reden kann?«

Das saß. Maurynna atmete tief durch, dann sagte sie: »In Ordnung. Ich entschuldige mich für mein Verhalten. Ich wollte niemandem zu nahe treten.« Sie drehte sich um und eilte aus dem Lagerhaus.

Das helle Sonnenlicht tat ihren Augen weh. Wohin gehen? Ihr fiel nichts ein. Durch die malerischen Straßen und Gassen zu schlendern und all die verschiedenen Menschen zu beobachten, die nach Casna kamen, war normalerweise eine ihrer Lieblingsbeschäftigungen, doch nicht heute. Alles was sie im Haus ihrer Tante tun konnte, war, aus dem Fenster zu starren und in Tränen auszubrechen. Und sie hatte keine Lust mehr, um Linden zu weinen.

Vor ihr lag ihr letzter Rückzugsort. Maurynna betrachtete die sanft in der Dünung schaukelnde *Seenebel* und tat sich selbst leid.

Einen Augenblick später traf sie eine Entscheidung. Sie würde sich an Bord ihres Schiffes verstecken, sich so lange wie nötig in ihrem Schmerz suhlen und ihn schließlich ein für allemal überwinden. Sich auf verquere Weise ein wenig besser fühlend, ging Maurynna die Laufplanke hinauf. Ihre Mannschaft begrüßte sie zögerlich. Die Männer schienen erleichtert, als sie sofort in ihre Kajüte ging.

Sie ließ sich aufs Bett fallen. *Wahrscheinlich habe ich mich wie eine meckernde Ziege aufgeführt.* Bei der Vorstellung mußte sie kichern, und das Kichern löste sich in Tränen auf. Sie grub ihr Gesicht ins Kissen und weinte.

Es dauerte lange, bis sie endlich zur Ruhe kam. Sie hatte ihren Traummann kennengelernt, und es hatte nicht funktioniert. Dann war es eben so. Sie umschlang ihr Kissen und schlief erschöpft ein.

Einige Zeit später wurde sie von einer leisen Stimme geweckt.

Maurynna lag zusammengerollt auf dem Bett, die Augen rotgerändert, und versuchte zu erkennen, wer sie gerufen hatte. Benommen rieb sie sich den Schlaf aus den Augen.

»Nun sind wir also *Käpt'n* Erdon, was? Bist wohl noch nicht ganz wach, was? Kennst du noch deinen alten Freund Eel?«

»Lord Sevrynel!«

Als sein Name gerufen wurde, drehte sich Graf von Rockfall im Sattel um. Er blinzelte überrascht, als er sah, wer ihn gerufen hatte. Er und die elegante Baronesse Anstella von Colrane verkehrten in verschiedenen Kreisen. »Mylady?« fragte er unsicher.

Doch anscheinend meinte sie tatsächlich ihn. Denn sie lenkte ihr Pferd – ein wunderbares Tier, dachte Sevrynel mit Stolz; die Stute stammte aus seinen Ställen – neben seines und lächelte ihn an.

Für einen Moment vergaß Sevrynel zu atmen.

»Verehrtester«, sagte sie, »darf ich Euch gratulieren? Lord Duriac berichtete mir gerade von Euren neuen Zuchtstuten. Er sagte, es seien die schönsten Tiere, die er je gesehen hat.«

Stolz straffte Sevrynel seine hängenden Schultern, zu geschmeichelt von dem Kompliment, um sich zu fragen, warum Lord Duriac mit Anstella von Colrane über Pferde sprach. »Das sind sie«, sagte er freudestrahlend. »Königliches Geblüt der Mhari-Linie, direkte Abkömmlinge von Königin Ranis persönlicher Stute.«

Anstella sah ihn verblüfft an. »Wirklich? Bestimmt werdet Ihr das Eintreffen der Tiere mit einem Eurer berühmten Feste feiern, nicht wahr?«

»Was für ein wunderbarer Einfall, Mylady! Ich glaube, das sollte ich tun. Ein großes Fest, um meine königlichen Mädchen gebührend zu empfangen.« Je mehr er darüber nachdachte, desto besser gefiel ihm die Idee.

»Es wäre natürlich besonders feierlich, wenn die Drachenlords anwesend wären. Ich bin sicher, daß sie sich für Eure neuen Zuchtstuten interessieren – vor allem Linden Rathan.« Ein Anflug von Traurigkeit überschattete ihr schönes Gesicht.

Wieso sah sie auf einmal so – O Götter. Plötzlich fiel Sevrynel ein, was ihm zu Ohren gekommen war … O *Götter*. Verwirrt fragte er: »Glaubt Ihr wirklich, daß …«

»O ja. Den Legenden nach müßte er Königin Ranis Stute noch mit eigenen Augen gesehen haben.«

Damit stand sein Entschluß fest. Er mußte Linden Rathans Meinung über seine neuen Schönheiten hören. Und die Drachenlords hatten bereits ein oder zwei seiner kleineren Feste besucht und schienen sich gut unterhalten zu haben – besonders Linden Rathan, als man ihm die Stallungen gezeigt hatte.

Er würde es tun. »Baronesse, vielen Dank für den wunderbaren Einfall. Ich werde sofort alles Nötige in die Wege leiten. Und ich hoffe, daß Ihr und Prinz Peridaen mich mit Eurer Anwesenheit beehrt.«

»Verehrtester, ein solches Fest lassen wir uns selbstverständlich nicht entgehen. Wann soll es stattfinden?« fragte Anstella mit einschmeichelnder Begeisterung.

Sevrynel überlegte einen Moment. »Morgen«, sagte er. »Das Fest wird morgen stattfinden.«

»Ausgezeichnet«, sagte Anstella.

Maurynna starrte auf die Gestalt in der Tür. »Eel? Bist das wirklich du?«

Ein unnatürlich kleiner Mann in einem mit zahllosen bunten Flicken ausgebesserten Wams polterte in die Kajüte. Normalerweise hätte das grelle Kunterbunt Maurynnas Augen weh getan, doch die Flicken waren zu einem etwas dezenteren Gelbbraun verwaschen. Trotz der Hitze trug Eel wie immer seine scheußliche Kappe. Er lüftete sie, offenbarte seinen glänzenden, von grauen Haarbüscheln umkränzten Kahlkopf und verneigte sich elegant wie ein höfischer Charmeur. »Ja, ich bin es.«

Sie setzte sich auf die Bettkante und lachte. »Wo hast du gesteckt? Ich hatte dich viel früher erwartet.«

»Ich war in Balyaranna auf der großen Pferdeschau, aber meine Ausbeute war mager. Jeder, der kann, ist hier in Casna, um die Drachenlords zu sehen.« Er legte den Kopf schräg wie ein buntes helläugiges Rotkehlchen. »Deshalb bin ich zurückgekommen. Die Stadtwache hat im Moment Besseres zu tun, als mich im Auge zu behalten. Außerdem sind die hiesigen Menschenpulks einfach unwiderstehlich. Leichte Beute, wenn du verstehst, was ich meine.« Er setzte sich an den Tisch.

Maurynna setzte sich zu ihm. Mit einer blitzschnellen Handbewegung, die sie von dem alten Taschendieb nur zu gut kannte, griff Eel in seine ausgebeulte Gürteltasche und hielt plötzlich zwei reife Pfirsiche in der Hand. Einen Augenblick später lag in der anderen Hand ein winziges Messer. Er begann, die Pfirsiche zu schälen.

Sie sah ihm zu, das Kinn auf eine Hand gestützt. Sie mochte den gewitzten cassorischen Taschendieb. Sie hatte ihm einst den Hals gerettet. Wahrscheinlich ist er damals das einzige Mal in seinem Leben unschuldig gewesen, dachte sie. Seitdem hatte er ihr viele kleine Dienste erwiesen. Doch am meisten mochte sie ihn, weil er sie zum Lachen brachte.

Und die Götter wußten, daß sie das im Moment mehr denn je brauchen konnte. Als sie ihren Pfirsich aufgegessen hatte, lachte Maurynna herzhaft über eine von Eels vielen Geschichten.

»Er wieherte wie ein Pferd, als er merkte, daß sein Ring verschwunden war. ›Wo-o-o-o-o ist mein Ring?‹ jammerte er immer wieder. ›Wo-o-o-o-o? Wo-o-o-o-o?‹ Es ging mir auf die Nerven, deshalb …«

Maurynna hob eine Hand. Sie hörte Stiefel übers Deck schreiten.

Eine Stimme rief: »Rynna?«

»Hier drin, Otter«, antwortete sie.

Eel erhob sich, als wollte er fliehen. Maurynna bedeutete ihm, sich wieder zu setzen.

Otter steckte blinzelnd den Kopf in die Tür, während sich seine Augen an das Halbdunkel gewöhnten. »Ich hoffe, ich störe nicht.«

Sie winkte Otter heran. Anscheinend würde sie ein Fest geben, ob sie es wollte oder nicht. »Nein. Otter, das ist Eel, ein Freund von mir. Eel, das ist der Barde Otter Heronson. Er ist«, sagte sie und fixierte Eel mit strengem Blick, »ein *sehr* guter Freund von mir.«

»Verstehe, Käpt'n.« Grinsend sprang Eel auf und bedachte Otter mit einer seiner kunstfertigen Verbeugungen. »Es freut mich, Euch kennenzulernen, Barde Otter, und es grämt mich, daß ich keinen dritten Pfirsich dabeihabe – welch Unglück! Ich wußte nicht, daß ich die Ehre Eurer Gesellschaft haben würde.«

Maurynna fand, daß Otter sein Lächeln geschickt verbarg. »Die Ehre ist ganz auf meiner Seite, werter Herr. Ich bin bloß hier, um Rynna eine Nachricht zu überbringen.«

Sie erstarrte. Es gab nur eine Person, für die Otter eine Nachricht überbringen würde – zumindest hoffte sie das. Atemlos wartete sie auf die nächsten Worte des Barden.

»Ich habe heute Linden gesehen. Er sagte, daß er nach wie vor gerne auf das *Tisrahn* gehen würde. Er ist der Meinung, es würde Almered und seinen Neffen beleidigen, wenn er nicht hinginge, und fürchtet, du könntest deswegen vor ihnen das Gesicht verlieren.«

Mit einem Mal war der Schmerz wieder da und knurrte ihr wie ein schwarzer Hund ins Ohr. Sie schnaubte. »Als ob das jemandem mit seinem Rang kümmern würde.« Trotzdem war ihr Schmerz gemischt mit der freudigen Aussicht, Linden wiederzusehen.

Eels Blick wanderte vom einen zum anderen.

Otter preßte die Lippen zusammen. »Rynna, sei nicht dumm. Es dient nur deiner Sicherheit, daß Linden …«

Eel fiel ihm ins Wort. »Linden? Meint Ihr den Drachenlord Linden Rathan?«

»Ja«, sagte Maurynna. »Leider. Er und Otter sind alte Freunde.«

Otter ignorierte sie und sagte an Eel gewandt: »Maurynna kennt ihn auch ziemlich gut. Sie lernten sich kennen, als sie ihn mit einem Dockarbeiter verwechselte und ihm befahl, beim Löschen der Schiffsladung zu helfen.«

Eels Kinnlade klappte herunter. Maurynna sagte: »Ich kenne ihn nicht gut. Und ganz so war es auch nicht, Otter.«

»Nein? Ich glaube, deine Worte waren: ›Beweg deinen Hintern hierher und tu was für deinen Lohn‹, oder? Wie ich hörte, hat er gute Arbeit geleistet. Hat sich jede Kupfermünze schwer verdient, die du ihm nicht gezahlt hast.«

Eels Augen drohten herauszufallen und wie Murmeln über die Bodenplanken zu kullern. »Was hat er? Was hast du? Was hast du nicht? O Götter, *unglaublich!*« juchzte der kleine Dieb und brach in schallendes Gelächter aus.

Maurynna bedachte den Dieb und den Barden mit grollenden Blicken. Wie lange wollte man sie noch an die unsägliche Verwechslung erinnern?

Endlich hörte Eel auf zu lachen. Er sagte: »Bald wird sich in den Straßen die abendliche Meute versammeln, um die Drachenlords auf ihrem Heimweg zu begaffen. Ich muß mich unter sie mischen. Also dann, auf ein baldiges Wiedersehen, du wunderschöner Käpt'n, verehrter Barde. Ich werde deinem Drachenlord für dich zuwinken, liebste Rynna.« Und mit einem weiteren Lüften seiner scheußlichen Kappe war Eel aus der Kajüte verschwunden.

Anstandshalber ließ Otter einige Augenblicke verstreichen, bevor er seinerseits in schallendes Gelächter ausbrach. »Was für ein seltsamer kleiner Kerl. Was treibt er?«

»Er ist ein Taschendieb«, antwortete Maurynna. »Und zwar ein sehr guter. Deswegen habe ich zu ihm gesagt, du seist ein

sehr guter Freund, denn Freunde und Familienangehörige be-
helligt er nicht. Ich habe ihm einmal einen riesigen Gefallen
getan und der Stadtwache den wirklichen Dieb gezeigt, als man
ihn fälschlicherweise beschuldigte, einem Mann den Münzbeutel gestohlen zu haben.«

Sie nahm die Pfirsichschalen und spielte gedankenverloren
mit ihnen herum. »Wird Linden wirklich zu dem *Tisrahn*
gehen?«

»Ja. Er hat es versprochen. Es ist für ihn eine Sache der Ehre.
Aber das ist nicht der einzige Grund, weshalb er hingehen
möchte ...«

Das glaubte sie nicht. Ganz und gar nicht. Doch das hinderte
sie nicht daran, sich auf ihn zu freuen. Trotzdem sagte sie nur:
»Richte ihm meinen Dank aus. Ich hätte mich tatsächlich vor
Almered geschämt, und auch das Haus Erdon hätte schlecht
dagestanden.«

»Ist das alles, was ich ihm sagen soll?« fragte er, während er
aufstand, um zu gehen.

Sie konnte ihn nicht ansehen. Falls sie es täte, würde sie zu
viel von sich preisgeben.

»Ja, das ist alles.«

Drei Tage, bis sie Linden wiedersehen würde ...

Otter ging hinaus und steckte dann noch einmal den Kopf in
die Kajüte. »Du bist nicht die einzige, die leidet, Rynna. Er
vermißt dich genauso«, sagte der Barde und war verschwunden.

Die Worte verschlugen ihr die Sprache. Das konnte nicht
wahr sein – aber Otter würde sie niemals belügen; nicht in einer
so ernsten Angelegenheit. In ihrem Herzen keimte Hoffnung.

»Bitte«, flüsterte sie, »bitte, laß es wahr sein.«

40. KAPITEL

Eine weitere frustrierende Ratssitzung lag hinter ihm. Götter, warum mußte Lleld auch hiermit recht behalten, dachte Linden, als er nach Hause ritt und ihm ihre Warnung einfiel, daß Regentschaftsdebatten langweilig seien.

*Tod*langweilig, das waren sie. Nichts würde ihn glücklicher machen, als nie wieder einem Gericht beisitzen zu müssen. Natürlich half es nicht, daß er jeden Augenblick des Tages den Moment herbeisehnte, in dem er Maurynna wiedersehen würde. Wäre das *Tisrahn* doch schon heute und nicht erst übermorgen.

Wenigstens hatte er jetzt den Rest des Tages für sich. Aber was sollte er mit sich anfangen ohne Maurynna? Er seufzte verdrossen und sah, daß die Männer seiner Eskorte mitfühlende – und amüsierte – Blicke wechselten.

Blöde Kerle. Ihm fiel ein, wie gerne Soldaten tratschten, schließlich war er früher selbst Soldat gewesen. Wie auch immer – sie waren fast zu Hause, und er würde sich eben allein in den Garten setzen.

Doch als sie vor dem Stadthaus eintrafen, sah Linden, daß im Hof ein im Braun-Gold der Colranes gewandeter Bote auf ihn wartete. Was ist denn nun wieder, dachte Linden und stieg verärgert vom Pferd. Der sichtlich nervöse Mann kam auf ihn zu und hielt ihm eine Nachricht entgegen. »Drachenlord, ich überbringe eine Botschaft von Lady Sherrine und soll auf Eure Antwort warten.« Als Linden ihm einen grollenden Blick zuwarf, fügte er eilig an: »Natürlich nur, falls Euer Gnaden nichts dagegen hat.«

Linden nahm dem Mann die Nachricht aus der Hand und überlegte, ob er sie sofort lesen sollte oder erst später. Dann wurde ihm bewußt, daß letzteres bedeutete, daß der Kerl hier den Rest des Tages herumstehen würde. Linden brach das Siegel und las die Nachricht.

Genau, was er erwartet hatte. Eine weitere Entschuldigung von Sherrine und die inständige Bitte um Versöhnung. Zum Henker, hatte er sich denn nicht deutlich genug ausgedrückt? Und glaubte sie wirklich, daß die Entschädigung, so großzügig sie auch sein mochte, das Geschehene ungeschehen machte?

In einem seltenen Anfall von Jähzorn zerknüllte er die Nachricht und warf sie zu Boden. »Sag deiner Herrin, daß die Antwort ›nein‹ lautet. Und sag ihr, daß sich daran nichts ändern wird. Nein, der bleibt hier!«

Die letzten Worte hatte er dem Stallburschen zugebellt, der gekommen war, um den Wallach wegzuführen.

»Eure Lordschaft?« fragte der Stallbursche überrascht.

»Ich werde ausreiten. Die Eskorte bleibt hier, Jerrel. Ich möchte allein sein.«

Weise wie er war, widersprach Hauptmann Jerrel nicht. Linden schwang sich wieder in den Sattel und riß den Wallach herum. Er stieß ihm die Stiefelabsätze in die Flanken; das Pferd schnaubte und stürmte los. Als er durch das Tor jagte, wäre Linden beinahe mit einem im Blau-Orange der Rockfalls gewandeten Reiter zusammengestoßen. Doch der Wallach wich geschickt aus, und schon lag das Stadthaus hinter ihm.

Während er durch Casna ritt, überlegte Linden, wo er hin wollte. Dann fielen ihm die Steinsäulen ein, und wie friedvoll er sich dort gefühlt hatte. Das war es. Die Götter wußten, wie gut er ein wenig inneren Frieden gebrauchen konnte. Erneut machte sich Linden auf den Weg zu den Felsklippen.

Linden lag im Schatten der Steinsäulen und kaute auf einem Grashalm. Es war richtig gewesen, hierherzukommen. Wieder spürte er, wie der Zauber, der von dem Trilith und den Säulen ausging, sich auf ihn übertrug und seinen Ärger fortspülte.

Etwas schläfrig geworden, ließ er seine Gedanken in die Ferne schweifen.

Und dachte zwangsläufig an – Maurynna. Natürlich, sagte er sich mit einem Lächeln, an wen sonst? Er weigerte sich, an den Augenblick zu denken, als sie ihn fortgeschickt hatte. Statt dessen dachte er daran, wie sie gemeinsam in der Takelage herumgeklettert waren, als sie ihm ihr Schiff gezeigt hatte. Er begann, all die Bezeichnungen aufzuzählen, die sie ihm beigebracht hatte: Rahe, Wanten, Besan, Spiere – wie hatte sie die Seile genannt? Verflucht, es fiel ihm nicht ein – Backbord, Steuerbord, Bug und Heck.

Heck … Da war etwas über ein Heck … aber sein schläfriger Geist bekam den Gedanken nicht zu fassen. Während er überlegte, erwachte er vollends aus seinem Halbschlummer. Er setzte sich auf und streckte sich.

Wahrscheinlich sollte er sich bald auf den Rückweg machen, sonst würde Jerrel noch einen Suchtrupp losschicken. Linden schickte sich an aufzustehen, hielt aber inne.

Jerrel. Gut, ihm mochte nicht die richtige Bezeichnung für Schiffsseile einfallen, aber plötzlich erinnerte er sich klar und deutlich an etwas, das Hauptmann Jerrel ihm gesagt hatte.

Etwas über ein zweites magisches Monument.

Angeblich liegt es von den Steinsäulen aus irgendwo landeinwärts entlang der Krähenroute. Und ganz gleich, ob es existiert oder nicht, niemand betritt diesen Teil des Waldes, wenn er nicht unbedingt muß. Menschen fühlen sich dort unbehaglich.

Selbst wenn es den Ort nicht gab, hätte er etwas zu tun – und einen Vorwand, noch nicht nach Casna zurückzukehren.

Es war ein anstrengender Ritt, denn je weiter er sich von der Küste entfernte, desto heißer wurde es. Aber vor sich sah er schon die hohen Pinien, aus denen dieser Teil des Waldes bestand. Linden trieb den Wallach in einen scharfen Galopp. Je eher sie im Schatten waren, desto besser.

Er seufzte erleichtert, als er in die angenehme Kühle des Waldes hineinritt. Um ihn herum erhoben sich mächtige Pinienstämme zum wolkenlosen blauen Himmel, drei oder mehr Speerlängen kahl, bis das Geäst begann. Auf dem Boden dämpften jahrzehntealte Schichten abgefallener Nadeln das Geräusch der Pferdehufe. Gelegentlich knackte unter ihnen ein zertretener Pinienzapfen.

Als er tiefer in den Wald hineinritt, wurden die Bäume kleiner und standen dichter beieinander. Von einem magischen Ort war weit und breit nichts zu entdecken. Aus reiner Neugier ritt er weiter, bis das Unterholz so dicht wurde, daß er beschloß, kehrtzumachen. Dabei sah er etwas aus dem Augenwinkel.

Linden lenkte den Wallach zu dem Baum, der seine Aufmerksamkeit erregt hatte. Er pfiff überrascht, als er die tiefen parallelen Kratzspuren im Stamm sah. Harz tropfte aus den Wunden. Er berührte einen der goldenen Tropfen. Der Tropfen war noch flüssig; er zerplatzte, und aromatischer Pinienduft stieg auf.

»Ein Bär? So nah an der Stadt?« wunderte er sich laut. Und zwar ein riesiger; den Kratzspuren nach überragt er mich fast um das Doppelte.

Ihm fiel der Bär ein, der Ranns Vater getötet hatte. Anscheinend gab es in den Wäldern um Casna tatsächlich gehörig große Tiere. Er beschloß, seine Suche fortzusetzen.

Wenig später waren der Hals und die Schultern des Wallachs mit glänzenden Schweißflecken überzogen – trotz der angenehmen Kühle im Wald. Das Tier begann, nervös auf der Stelle zu tänzeln. Um keinen Ärger zu riskieren – und besorgt wegen des weißen Schaums, den er jetzt an der Schnauze des Tieres sah –, wendete Linden und ritt ein Stück zurück. Als sich das Pferd wieder beruhigt hatte, stieg Linden ab, band die Zügel an einen Baum und lief, sich mit vorsichtigen Schritten einen Weg durchs Unterholz bahnend, zu Fuß zurück.

Je tiefer er ins Unterholz eindrang, desto unbehaglicher fühlte er sich. Und jetzt stellten sich sogar seine Nackenhaare auf, so stark war das Gefühl. Nun verstand er, warum niemand hierherkommen wollte. Das Gefühl des Unbehagens war überwältigend.

Dennoch schwang in dem Gefühl auch ein seltsam verführerischer Reiz mit, etwas, das ihn lockte. Er lief weiter.

Der Wald endete plötzlich. Linden blieb wie angewurzelt zwischen zwei Bäumen stehen, eine Hand an jedem Stamm, und studierte, was er entdeckt hatte. Er bezweifelte nicht, daß es das war, was er gesucht hatte. An diesem Ort wirkte Magie – alte, dunkle Magie. Während er den Zauber der Steinsäulen als angenehmes inneres Summen empfunden hatte, ließ dieser hier seine Knochen schmerzen. Er biß auf die Zähne.

Und es konnte nur auf Magie zurückzuführen sein, daß der Wald hier wie an einer unsichtbaren Mauer endete. Nicht einmal das wuchernde Unterholz reichte in die Lichtung vor ihm. Der Rand war sauber geschnitten wie mit einem Schwert.

In der Lichtung erhob sich ein steil ansteigender Hügel. Auf der Hügelkuppe schien etwas zu liegen. Alles wirkte völlig unnatürlich, vom abrupten Ende des Waldes bis zur präzisen Kegelform des Hügels. Es roch förmlich nach Magie. Daß jemand solche Mühen auf sich genommen hatte, ließ darauf schließen, daß der Ort jemandem sehr wichtig war.

Aber wem? fragte Linden sich, als er aus dem Schutz der Bäume heraustrat.

Sofort wurde der Schmerz in seinen Knochen stärker. Linden ballte die Fäuste und begann, seine Entdeckung in Augenschein zu nehmen.

Das Gras auf dem Hügel war kurzgeschnitten. Es erinnerte ihn an die Rasenflächen in den Palastgärten. Anscheinend mißfiel es jemandem, durch hohes, taunasses Gras auf den Hügel zu steigen.

Das kann kein dahergelaufener Jahrmarktzauberer vollbracht haben. Das ist das Werk eines gut ausgebildeten – und verflucht mächtigen – Magiers. Aber ein Magier solchen Kalibers bindet sich normalerweise an einen königlichen Schutzherrn, und ich habe in Casna niemanden über einen solchen Magier reden hören.

Daß ein solcher Magier existierte – und sich im verborgenen hielt –, verhieß nichts Gutes. Verdammt, verdammt, verdammt. Behielt Lleld etwa immer recht? Am besten, ich sehe mir den verfluchten Hügel genauer an. Irgend etwas scheint dort oben zu liegen.

Linden stieg auf den Hügel. Je höher er kam, desto stärker wurde der Schmerz, der sich nun bis in sein Knochenmark zu bohren schien. Er mußte stehenbleiben und mit aller Kraft gegen den Schmerz ankämpfen. Und trotzdem spürte er noch immer den seltsam lockenden Reiz, den er schon zuvor empfunden hatte. Linden preßte die Lippen zusammen und stieg höher.

Die Hügelkuppe war flach, als hätte ein gigantisches Schwert sie abgetrennt. Nicht ein Grashalm wuchs hier oben. Der Boden war nur festgetretener grober Sand. Es gab nichts, außer einer großen rechteckigen Felsplatte, die auf mehreren kleineren, quadratisch zurechtgeschlagenen Steinen lag. Linden ging um die Felsplatte herum und studierte sie, darauf achtend, mit der Sonne zu gehen. Er schätzte, daß sie etwa zwei Meter lang und einen Meter breit war. Die Oberkante lag in Höhe seiner Hüfte. Die Oberfläche der Felsplatte war glatt; zu glatt, als daß sie nicht bearbeitet worden war, aber Linden konnte keine Werkzeugspuren erkennen.

Das ist ein Altar, sagte eine Stimme in ihm. Ein sehr, sehr alter Altar.

Linden wußte genau, wozu ein solcher Altar in der Vergan-

314

genheit verwendet worden war. Die Vorstellung widerte ihn an, und er mußte sich zwingen, näher heranzugehen.

Die dem Altar innewohnende magische Kraft versuchte, von ihm Besitz zu ergreifen. Wie er angenommen hatte, lag hier oben das Zentrum der dunklen Magie, die die Lichtung verseuchte. Die Finsternis rief nach ihm, betörend wie lieblicher Gesang, süß wie wilder Honig. Obwohl alles in ihm rebellierte, streckte Linden dem Altar die Hände entgegen.

Tief in seinem Innern rief Rathan: *Nein!*

Er zog die Hände zurück, desorientiert vom plötzlichen Aufbegehren seiner Drachenseele. Einen Moment stand er wie betäubt da, dann faßte er sich wieder. Rathan hatte recht. Er war kein ausgebildeter Magier. Er lief zum Rand des Hügels, ging in die Hocke und rutschte auf dem Hosenboden den Abhang hinunter.

Der Altar rief ihn zurück, versuchte, die Fäden seiner Magie mit Lindens zu verweben, versuchte, seine dunklen Fesseln um ihn zu legen, doch Linden verschloß seinen Geist vor den Lockrufen der Felsplatte.

Er hatte fast den Waldrand erreicht, als ihm der Gestank verwesten Fleisches in die Nase stieg. Kalter Schweiß brach ihm aus. Er blieb wie angewurzelt stehen und fuhr herum, alles gleichzeitig beobachtend. Er kannte den Geruch. Plötzlich war er wieder sechzehn und zu Tode erschrocken.

Linden beruhigte sich und schüttelte den Kopf. Du Narr! Es ist nicht Satha – er kann es nicht sein! Du hast mit eigenen Augen gesehen, wie er vor mehr als sechshundert Jahren zu Staub zerfiel. Entweder du bildest dir den Geruch ein, oder hier liegt irgendwo ein Tierkadaver.

Trotzdem, er wünschte, er hätte Tsan Rhilin, sein Großschwert, dabei. *Wenn* es Satha war, würde der untote Harfner die Klinge erkennen, wenn nicht gar den Schwertführer. Schließlich hatte Tsan Rhilin eine halbe Ewigkeit mit Satha in derselben Gruft gelegen, bevor Rani ihn erweckt hatte.

Er schnupperte in der Luft, aber der Gestank war verschwunden. Dann konnte es kein Tierkadaver sein, sonst würde er ihn noch riechen. Hatte er es sich eingebildet? Er mußte es sich eingebildet haben. Sein Verstand weigerte sich, etwas anderes zu glauben.

Aber er war nur ein Drachenlord – keine Gottheit. Und selbst ein Drachenlord konnte sich vor den Dämonen der Vergangenheit fürchten. Linden drehte sich um und rannte.

Als er den an einem Busch knabbernden Wallach erreichte, hatte Linden sich eingeredet, daß der Gestank – wenn er ihn sich nicht eingebildet hatte – nur ein totes Tier gewesen sein konnte, vielleicht sogar eine Beute des Bären, dessen Kratzspuren er entdeckt hatte. Die sorglose Teilnahmslosigkeit des Wallachs beruhigte ihn zusätzlich. Bestimmt hätte sich der blöde Gaul losgerissen und wäre nach Hause gerannt, wenn er irgend etwas Unheilvolles gewittert hätte. »Nur ein stinkender Tierkadaver«, murmelte er, als er wieder im Sattel saß.

Er entdeckte einen Pfad, der in die gewünschte Richtung führte, und gab dem Wallach die Sporen.

Es war wichtig, daß er so schnell wie möglich in die Stadt zurückkehrte und den beiden anderen Drachenlords von seiner Entdeckung berichtete.

Es dämmerte, als er Casna erreichte. Sobald er in seinem Stadthaus war, zog Linden sich mit der Order, daß er nicht gestört werden wollte, in sein Schlafgemach zurück. Noch immer mitgenommen von dem, was er im Wald gesehen und gespürt hatte, warf er sich in einen Sessel und tastete mit seiner Geiststimme nach den anderen Drachenlords.

Es dauerte nur einen Augenblick, bis Kief und Tarlna sich meldeten; ihm kam es wie eine Ewigkeit vor.

Linden? Was ist los? Wo steckt Ihr? fragte Kief.

Warum seid Ihr noch nicht hier? mischte Tarlna sich ein.

Verwirrt fragte Linden: *Was bedeutet ›hier‹? Wo seid Ihr?*

Auf Lord Sevrynels Anwesen, antworteten beide zugleich. Tarlna sagte: *Ein weiteres seiner spontanen Feste. Er gibt es, um seine neuen Zuchtstuten aus Kelneth zu präsentieren. Seid Ihr nicht benachrichtigt worden?*

Ihm fiel der blau-orange gewandete Reiter ein, mit dem er fast zusammengeprallt wäre. *Nein, ich war reiten. Und zum Henker mit Sevrynel und seinen Festen! Ich muß Euch etwas Wichtiges berichten. Könnt Ihr irgendwo ungestört reden?*

Er spürte, wie sie sich ein wenig zurückzogen, während sie das Problem erörterten. *Gebt uns ein paar Augenblicke Zeit.*

Er wartete voll schmerzender Ungeduld, bis er wieder ihre Geiststimmen vernahm. Er sagte: *Was ich Euch zu berichten habe, wird Euch nicht gefallen.*

Dann erzählte er ihnen von seiner Entdeckung.

Als er fertig war, folgte ein Moment des erstaunten Schweigens. Dann, so leise, daß er es kaum verstand, sagte Tarlna: *O Götter, nein.*

Seid Ihr sicher? fragte Kief. Die Nüchternheit in dessen Geiststimme sagte Linden, daß sich der ältere Drachenlord eher an einen Strohhalm klammerte, als tatsächlich seine Geschichte anzweifelte.

Völlig sicher. Aber ich bin kein ausgebildeter Magier. Keiner von uns ist es. Ich konnte nur Eindrücke und Gefühle wahrnehmen.

Das müssen wir näher untersuchen, sagte Tarlna.

Richtig, und ich glaube, ich weiß, wie, sagte Linden. Irgendwo in seinem Hinterkopf war ihm eine Idee gekommen. Er verbarg sie vor den anderen. Sie gefiel ihm nicht, doch er sah keine andere Möglichkeit.

Doch Kief mußte etwas an seinem Tonfall bemerkt haben. *Ihr habt doch nichts Unbesonnenes vor, oder?*

Nein, sagte Linden und versuchte, seine Emotionen zu zügeln. *Ich möchte nur in Drachengestalt über die Lichtung fliegen. Ich glaube, ich werde mehr ›sehen‹ können.*

317

Könnte funktionieren. Wann wollt Ihr es tun?

Wenn es ganz dunkel ist. Ich möchte nicht gesehen werden. Schließlich wollen wir den oder die Verantwortlichen nicht wissen lassen, daß wir den Altar entdeckt haben.

Kief fragte: *Sollen wir Euch begleiten?*

Nein, sagte Linden. *Es könnte Verdacht erregen, wenn Ihr plötzlich geht. Die Leute würden sich fragen, warum. Besser, ich fliege alleine.*

Dann tut das, sagte Kief.

Doch Tarlna versuchte, ihm die Idee auszureden. Sie willigte erst ein, als er sie entnervt anfuhr: *Habt Ihr eine bessere Idee?*

Nein, mußte sie zugeben.

Ich auch nicht, sagte Linden. *So, ich werde jetzt etwas essen und mich eine Weile ausruhen; dann mache ich mich auf den Weg.*

Widerwillig zogen sich die anderen zurück.

Linden griff sich erleichtert an die Schläfen. Endlich war die Unterredung beendet. Er wußte nicht, wie lange er das volle Ausmaß seines Plans vor ihnen hätte verbergen können.

Er hoffte, daß er keinen Selbstmord begehen würde.

»Wo bleibt er bloß?« flüsterte Peridaen Anstella zu, während sie die Gäste beobachteten, die in Graf von Rockfalls großem Festsaal herumstanden.

»Woher soll ich das wissen«, raunte Anstella zurück. »Er sollte längst hier sein. Schau – Sevrynel redet mit den anderen Drachenlords. Vielleicht wissen sie, wo er steckt.«

»Sevrynel sieht nicht glücklich aus«, sagte Peridaen und trank einen Schluck Wein. »Und ich bin es auch nicht. Ich will, daß die Sache endlich vorüber ist.«

»Still. Er kommt.«

Als ihr Gastgeber nahe an ihnen vorbeiging, winkte Anstella ihn heran.

»Eure Lordschaft«, fragte sie, als er zu ihnen trat, »kommt Linden Rathan nicht?«

Falls das überhaupt möglich war, sackten Sevrynels hängende Schultern noch ein Stück tiefer. »Nein, verehrte Baronesse. Die anderen Drachenlords haben ihn gerade im Geiste gesprochen. Er hatte etwas zu erledigen und hat meine Einladung nicht erhalten. Schade, ich wollte doch so gerne hören, wie er meine neuen Mädchen findet …« Er wandte sich um und trottete kopfschüttelnd weiter.

»Verflucht, wieso muß er gerade heute …«, begann Peridaen.

»Sag Ormery Bescheid«, fiel ihm Anstella ins Wort, »und überlaß den Rest mir.«

Mit dem Wissen, daß er dem Diener auftragen würde, Sherrine und Kas Althume zu unterrichten, ließ Anstella Peridaen stehen. Sie würde sich um Sevrynel kümmern.

Sie holte ihn ein und hakte sich bei ihm unter. Er blinzelte sie überrascht an. Bevor er etwas sagen konnte, schenkte sie ihm ein strahlendes Lächeln, wohl um die Wirkung desselbigen wissend.

Es wirkte. Der Mann sah aus, als hätte ihn der Blitz getroffen.

»Armer Sevrynel«, sagte sie, ihre tiefe rauchige Stimme voller Mitgefühl. »Es tut mir ja so leid. Aber vielleicht könnt Ihr das Fest wiederholen. Ich weiß, daß Linden Rathan sich ärgert, daß er es verpaßt hat. Sherrine sagte mir, daß er von Euren Pferden sehr beeindruckt war.« Sie tätschelte seinen Arm.

Ein dümmliches Grinsen legte sich über Sevrynels Züge. »Wirklich?«

»Wirklich.«

»Hm. Laßt mich nachdenken.« Er zwirbelte ein Ende seines Schnurrbarts um einen Finger. »Morgen?« murmelte er.

Anstella verkniff sich ein triumphierendes Grinsen.

»Nein, morgen nicht.« Er schüttelte den Kopf. »Lady Velia gibt morgen einen Empfang, und ich bin eingeladen. Nein, nicht morgen abend.«

Sevrynel setzte eine nachdenkliche Miene auf und murmelte leise vor sich hin. Anstella hätte ihn am liebsten gewürgt. Wären sie auf diesen Narren nicht angewiesen ...

Glücklich sagte Sevrynel: »Aber übermorgen würde gehen.«

»Verehrter Sevrynel«, sagte Anstella, »Ihr könnt Euch nicht vorstellen, wie sehr ich mich freue. Wundervoll.«

Sie zog ihren Arm weg. »Dann also bis übermorgen, Eure Lordschaft.«

41. KAPITEL

Spät in der Nacht schlüpfte Linden aus dem Haus, sattelte den Wallach und ritt allein aus der Stadt.

Es dauerte mehr als eine Stunde, bis er fand, wonach er suchte: eine große Wiese mit einem Bach, so daß der Wallach grasen und trinken konnte, und auf der anderen Seite des Baches eine zweite Wiese, die ihm genug Platz für die Verwandlung bot – und weit genug entfernt war, um den dummen Gaul nicht in Panik zu versetzen.

Mit wenigen geübten Handgriffen nahm er dem Wallach den Sattel ab. Sofort begann das Tier, sich über das saftige Gras herzumachen. Linden überließ es sich selbst und watete durch den Bach. Er weigerte sich, an das vor ihm Liegende zu denken.

Während er durch das hohe Gras trottete, kehrten uralte Erinnerungen zurück. Vor vielen Jahrhunderten hatte er als Mitglied von Brams und Ranis Kriegerverband in einer lauen Sommernacht dasselbe getan, was er nun vorhatte. Und genau wie damals spürte er Erregung und Nervosität in sich aufsteigen. Er machte immer größere Schritte, bis er schließlich zu rennen begann und dankbar jeden Gedanken an das Kommende verdrängen konnte.

Schließlich blieb er stehen und schaute zurück, um zu prüfen, ob er weit genug entfernt war. Linden lachte beinahe, als er sah, welche Strecke er zurückgelegt hatte. Er legte den Kopf in den Nacken, hob die Arme und zerschmolz, bevor er es sich anders überlegen konnte.

Einen Moment schwelgte er in der Kraft seines Drachenkörpers, dann hob er sich mit einem Satz in die Luft und stieg mit mächtigen Flügelschlägen zum sternengesprenkelten Nachthimmel auf. Als er glaubte, hoch genug zu sein, spreizte Linden die Flügel und hing einen Moment wie ein riesiger Falke in der Luft. Er orientierte sich kurz und flog dann in östliche Richtung.

Die Luft strich über ihn hinweg wie warme Seide. Nur Schwester Mond sah ihn über die Wiesen und Felder hinweggleiten, die hinter Casna lagen.

Sein scharfer Drachenblick durchbohrte die Nacht und hielt permanent nach etwas Ungewöhnlichem Ausschau. Er reckte den langen Hals vor und ließ seinen Kopf von einer Seite zur anderen wandern.

Er sah nichts, das ihn als Mensch interessierte – aber etwas, das den Drachen in ihm ansprach: Schafe. Sie standen nahe bei einer Holzhütte in einem Gehege am Rande eines Feldes, das ein gutes Stück vom Wald entfernt war. Der Schäfer ging kein Risiko mit den hiesigen Wölfen ein. An Drachen hatte er offenbar nie gedacht.

Linden sank tiefer. Der plötzlich aufsteigende Duft von saftigem Hammelfleisch ließ ihm das Wasser in der Schnauze zusammenlaufen – doch die Vorstellung, ein lebendes Schaf samt Fell zu verschlingen, verursachte ihm Übelkeit. Rathan hielt es für eine wunderbare Idee. *Auf keinen Fall,* sagte Linden entrüstet. Zu seiner Erleichterung gab Rathan nach. Er hoffte nur, daß er Rathan auch nachher noch würde im Zaum halten können.

Die Schafe blökten erschrocken, als er über sie hinwegflog. Zweifellos würde der Schäfer nachschauen, was seine Herde beunruhigte, und Linden wollte in Drachengestalt von niemandem gesehen werden. Mit einigen Flügelschlägen zog er das Tempo an.

Wenig später kreiste er in großer Höhe über der unheimlichen Waldlichtung. Mit seinen Drachenaugen sah er, daß an dem Ort ein schwaches, aber dafür um so beunruhigenderes Licht glühte.

Also hatte er recht gehabt mit der Annahme, daß seine Drachenaugen mehr sehen würden. Trotzdem war er sicher, daß es dort unten noch andere Dinge zu entdecken gab. Er hoffte nur, daß er nicht den schlimmsten Fehler seines Lebens beging.

Er konnte sich lebhaft vorstellen, was Kief sagen würde. »Idiot« und »Narr« wären vermutlich noch die freundlichsten Bezeichnungen. Tarlna ... Lieber nicht daran denken, was Tarlna sagen würde. Selbst Lleld, die ja für ihre ungestüme Art bekannt war, wäre entsetzt.

Linden überließ Rathan die Kontrolle.

Die Drachenhälfte seiner Seele erwachte zu vollem Bewußtsein. Linden begrüßte sie aus seiner neuen Position als »Beobachter«.

Erwartungsvoll fragte Rathan: *Ist der Augenblick gekommen, Menschenseele Linden? Wünschst du, auf die andere Seite überzutreten?*

Nein, Rathan, ich bin dieses Daseins noch nicht müde. Aber es gibt etwas, das ich dir zeigen möchte. Ich verstehe es nicht und glaube, daß du über solche Dinge mehr weißt als ich.

Hätte er ihren gemeinsamen Körper kontrolliert, Linden hätte den Atem angehalten. So harrte er nur in schmerzender Spannung aus. Mit seltenen Ausnahmen wartete die Drachenhälfte einer Drachenlord-Seele, bis ihr menschliches Gegenstück des Lebens überdrüssig war. Doch falls Rathan beschloß, daß nun *seine* Zeit gekommen war, gab es nichts, was Linden dagegen tun konnte; Rathan war um ein vielfaches stärker. An das gelegentliche Aufflackern von Rathans Persönlichkeit war er gewöhnt – zum Beispiel in der Frage, das frische Hammelfleisch betreffend –, doch der jetzige Zustand war überwältigend. Er betete zu den Göttern, daß er nicht die größte Torheit seines Lebens begangen hatte.

Dann ist es entweder sehr dumm oder sehr mutig von dir, mich einfach aufzuwecken.

Doch in Rathans Worten schwang unterschwellige Belustigung mit, so daß Linden sich seiner Sache recht sicher war. Es schien seinen seit langem gehegten Verdacht zu bestätigen, daß die Drachen ihren menschlichen Gegenstücken nur deswegen so lange die Kontrolle überließen, weil sie sie amüsant fanden.

Rathan fuhr fort: *Keine Sorge, Menschenseele Linden. Ich verspreche dir, daß ich warten werde, bis meine Zeit gekommen ist. So – was wolltest du mir zeigen?*

Dort unten. Siehst du es?

Er spürte, wie Rathan auf die magische Lichtung hinabschaute.

Pfui! Ist das widerlich, sagte Rathan angeekelt. *Es stinkt nach dunkler Magie.*

Ungeduldig fragte Linden: *Welcher Art?*

Obwohl er murrte, sank Rathan tiefer und richtete seine Sinne auf die magische Resonanz unter ihnen. Anfangs spürte er nur Dunkelheit, dann –

Eine alles verzehrende Furcht brannte sich in Lindens Bewußtsein, das Todesentsetzen einer aus dem Leben gerissenen Seele, die hilflos schreiend in die Finsternis stürzte.

Die Seele war die seine. Er war derjenige, der gefesselt und geknebelt auf der kalten Felsplatte lag und den hinabschnellenden Dolch sah. Die Klinge fuhr über seine Kehle –

Mit einem Ruck riß Linden seinen Geist aus der Vision, während Rathan wieder hochflog und seinen drakonischen Zorn herausschrie und Linden darunter begrub. Linden fand sich eingeschlossen in Rathans Bewußtsein, all seiner Sinne beraubt, als hätte man ihn in eine Decke gewickelt und in eine Kiste geworfen. Er spürte nichts von der Außenwelt. Seine Welt beschränkte sich auf seinen gestaltlosen Körper, und er erstickte.

Rathan! Rathan, bitte! flehte Linden, während er verzweifelt versuchte, in Rathans rasendem Zorn zu überleben. *Du bringst mich um!*

Er spürte, wie der Drache tief Luft holte, und er wußte, daß Rathan diese Stätte dunkler Magie vom Antlitz der Erde tilgen wollte. Eine leise, kaum hörbare Stimme in Lindens Geist sagte:

Nein – der Wald ist zu trocken. Die Flammen würden sich in alle Richtungen ausbreiten und sogar die Felder erfassen. Die Erkenntnis erschreckte Linden so sehr, daß er mit doppelter Anstrengung versuchte, wieder in Rathans Bewußtsein vorzudringen. Doch es war so, als würde er mit zusammengebundenen Händen und Füßen gegen ein Eisentor schlagen.

Die riesige Schnauze öffnete sich. Linden spürte das Knistern der Flammen durch den langen Drachenhals aufsteigen.

Mit einem Kraftaufwand, der ihn beinahe entzweiriß, rang Linden mit Rathan um die Kontrolle ihres Drachenkörpers. Er konnte die Flammen nicht mehr aufhalten, dafür war es zu spät, aber vielleicht –

Als der große Kopf hochruckte, schoß ein gigantischer Feuerball harmlos in den Nachthimmel und verglühte wie eine Sternschnuppe. Rathan schrie auf und richtete seinen Zorn auf Linden.

Vergiß nicht deinen Schwur! rief Linden, während der Zorn des Drachens ihn auseinanderzureißen begann. Die Götter mochten ihm beistehen, er hatte nie gedacht, auf diese Weise zu sterben.

Dann plötzlich Frieden. Einen Moment glaubte Linden, er wäre tot. Ganz allmählich dämmerte ihm, daß er am Leben war. Gerade noch.

Mit nur mühsam unterdrückter Wut sagte Rathan: *Ich erinnere mich an meinen Schwur, Menschenseele. Aber ich werde mich auch daran erinnern, daß du mich daran gehindert hast, diesen Schandfleck auf Mutter Erdes Körper zu zerstören. Ich verstehe, warum du das getan hast. Trotzdem fordere ich jetzt von dir, daß du diesen Ort vernichtest. Hast du mich verstanden, Menschenseele Linden?*

Ja, ich habe verstanden, Rathan, sagte Linden schwach.

Gerade noch war er all seiner Sinne beraubt, gefangen in Rathans unbändiger Kraft. Dann war Rathan verschwunden. Linden schoß kopfüber vom Himmel, bevor er merkte, daß er

325

wieder ihren Körper kontrollierte. Nur sein rasendes Flügel-
schlagen bewahrte ihn davor, auf den Boden zu krachen.
Zitternd und unter Schock schwang er sich zum Himmel empor
und glitt auf dem Wind durch die Nacht.

Es dauerte eine Weile, bis er sich wieder gefaßt hatte. Anfangs
irritierte ihn das unbekannte Terrain unter ihm. Dann wurde
ihm klar, daß er in südöstliche Richtung geflogen war, weiter
als je zuvor. Unter ihm lag die Küste.

Nahe am Ufer ragten schroffe Felsen aus dem Wasser. Aber
zwischen ihnen und den Klippen lag ein breiter Strand, der ihm
genügend Platz für die Verwandlung bot. Er flog auf ihn zu und
begann, sich noch in der Luft zu verwandeln. Augenblicke
später landete er auf gestiefelten Füßen und ging, als der Sand
unter ihm nachgab, in die Knie, um die Wucht des Aufpralls
abzudämpfen. Dann zog er, so schnell er konnte, seine Kleider
aus.

Linden rannte den Strand hinunter und warf sich in die
Fluten. Das saubere Salzwasser sollte die Verderbtheit des
Opferaltars von ihm spülen, den Geschmack seiner eigenen
Sterblichkeit, die Erinnerung an die Angst und den Schmerz;
von all dem wollte er sich befreien. Er kämpfte mit den Wellen,
ließ sich von ihnen so lange umherwirbeln, bis er sich gereinigt
fühlte.

Götter, welch ein Narr er gewesen war. Er war sich nicht
sicher, ob er es verdient hatte, das Ganze ungeschoren überstanden zu haben. Aber er war dankbar dafür. Er schleppte sich
aus dem Wasser, erschöpft wie noch nie in seinem langen Leben,
und zog sich an.

Er verwandelte sich von neuem. Doch dieses Mal geschah es
mit einer leichten Verzögerung; das war ihm bislang nur
wenige Male passiert, als er entweder krank oder verletzt gewesen war. Es war ein Hinweis seines Körpers, daß er eigentlich
nicht kräftig genug war, um seine Energie so freizügig zu
vergeuden. Er würde die Warnung beherzigen und sich, sobald

er wieder in Menschengestalt war, ein paar Tage lang nicht verwandeln.

Als er in der Luft war, beschloß er, die Küste entlang zu fliegen, bis er wieder über vertrautem Terrain war. Der Aufwind über den Klippen würde ihm eine Menge Kraft sparen.

Mit ausgebreiteten Flügeln glitt er über die Küste hinweg nach Westen. Nach einer Weile sah er den Strand, wo sie das Picknick veranstaltet hatten. Die Erinnerung hob seine Laune ein wenig.

Kurz darauf erblickte er auf der Landzunge die kreisförmig angeordneten magischen Steinsäulen mit dem Trilith in der Mitte. Erschöpft, aber neugierig sank er ein Stück tiefer.

Seine Drachenaugen sahen, daß von dem Areal ein schwaches silbernes Glühen ausging. Die Steine selbst leuchteten heller, wie silberne und goldene Säulen. Wieder spürte er das Summen in seinen Knochen. Dieses Mal war es stärker, und es schwoll an, während er sank. Der Zauber war wie Balsam auf seiner geschundenen Seele. Er glitt über die Säulen hinweg und streifte sie beinahe mit den Flügelspitzen, dankbar für die Linderung seiner Schmerzen.

Er ließ den Ort in einer langgezogenen Kurve hinter sich und landete schließlich auf der Wiese in der Nähe des grasenden Wallachs. Dieses Mal fiel ihm die Verwandlung noch schwerer.

Während er – vor Erschöpfung zusammengekrümmt im Sattel hängend – nach Casna zurückritt, vergegenwärtigte Linden sich, was er herausbekommen hatte. Nicht allzuviel, und das Wenige gefällt mir nicht. Wer ist für die dunkle Magie verantwortlich? Hat es tatsächlich mit der Bruderschaft zu tun? Und was sollen drei Drachenlords dagegen ausrichten? Schließlich sind wir keine Magier, sondern deren Geschöpfe!

Als Linden das Stadthaus erreichte, zitterte er am ganzen Leib. Er ritt den Wallach zu den Ställen und blieb einen Moment im Sattel sitzen, um Kraft zum Absteigen zu sammeln.

Er sagte sich, daß sein Zustand eine normale Reaktion sei, daß er wieder wohlauf sein würde, nachdem er sich ausgeruht, etwas gegessen und ein wenig Wein getrunken hatte. Dazu mußte er allerdings erst einmal absteigen ... Er überlegte, ob er einen Stallburschen herbeirufen sollte. Aber falls die Stallburschen Tiefschläfer waren, würde er so laut rufen müssen, daß das halbe Haus aufwachte. Je weniger Leute ihn in seinem gegenwärtigen Zustand sahen, desto besser.

Eine Gestalt löste sich aus dem Schatten. Die Überraschung verlieh Linden kurzzeitig neue Kraft. Er straffte den Oberkörper.

»Jungchen«, sagte eine vertraute Stimme auf Yerrinisch, »wo hast du gesteckt? Und was hast du gemacht? Du siehst aus, als hätte ein Pferd auf dir herumgetrampelt.«

Um die Wahrheit zu sagen, fühlte er sich, als wäre eine ganze Herde über ihn hinweggetrampelt. »Ein Glück, daß du es bist, Otter. Aber was tust du hier? Warte – laß mich absteigen.«

Mit Otters Hilfe stieg Linden ab, ohne hinzufallen. Gemeinsam führten sie den Wallach in den Stall. Linden widersprach nicht, als Otter darauf bestand, daß er sich setzen und ihm das Pferd überlassen solle.

»Was ich hier tue? Kief hat mich gerufen. Anscheinend machte er sich Sorgen wegen etwas, das du vorhattest – er wollte mir aber nicht sagen, was. Er tat sehr geheimnisvoll. Er und Tarlna wollten nicht herkommen, weil es für Aufsehen sorgen könnte, wenn sie hier so spät aufkreuzen. Aber jeder weiß, daß wir Freunde sind und daß Barden sowieso undurchsichtige Kreaturen sind, deswegen bat er mich, auf dich zu warten. Also – was in aller Welt hast du angestellt, daß du jetzt in diesem Zustand bist? Und warum will Kief hier nicht gesehen werden?«

Linden rieb sich die Augen. Götter, er mußte sich schlafen legen. Aber zuerst mußte er Kief und Tarlna unterrichten, und er hatte keine Lust, die Geschichte zweimal zu erzählen. »Ich brauche etwas zu essen und ein bißchen Wein, sonst falle ich um. Dann werde ich mit den anderen reden. Du kannst mithören.«

Otter, der gerade dabei war, den Wallach abzubürsten, hob die Augenbrauen und fragte: »Werden die anderen das erlauben?«

»Ihnen bleibt keine andere Wahl«, antwortete Linden.

Wieder einigermaßen bei Kräften durch kaltes Hühnerfleisch, Brot, Käse und etwas Wein, zog Linden Stiefel und Tunika aus und legte sich auf sein Bett. Otter zog einen Stuhl heran.

»Bereit?« fragte Linden.

»Ja«, antwortete Otter und nahm den Umhang von den Schultern. Der Barde schloß die Augen und streckte die Beine aus.

»Na dann.« Linden schloß seinerseits die Augen und tastete mit seinem Geist nach Kief und Tarlna.

Aufgrund der Geschwindigkeit, mit der sie sich meldeten, wußte er, daß sie händeringend auf ihn gewartet hatten. Bevor sie ihn mit Fragen löchern konnten, begann Linden, seine Geschichte vorzutragen. Er ließ nichts aus, obwohl er versuchte, das Entsetzen des Opfers auf dem Altar und seinen eigenen, durch Rathans Zorn hervorgerufenen Schmerz in etwas abgeschwächter Form zu schildern.

Als er fertig war, warfen ihm die beiden Drachenlords wüste Beschimpfungen an den Kopf. Er hatte es vorausgesehen und ließ es einige Momente über sich ergehen, dann rief er: *Genug!*

In dem folgenden schockierten Schweigen fuhr er fort: *Ja, ich war ein Narr. Darin stimme ich Euch zu. Und nein, ich werde es nicht wieder tun. Aber es ist nun mal geschehen, und anstatt Zeit und meine letzten Kräfte zu vergeuden, laßt uns lieber überlegen, was wir bislang wissen.*

Ein Moment betretenen Schweigens folgte. Dann sagte Kief: *Gut, Linden. Also, was wissen wir bislang? Zunächst einmal, daß ein mächtiger Magier in der Gegend ist.*

Und daß er – oder sie – Blutmagie ausübt, ergänzte Tarlna. *Linden, konntet Ihr spüren, vor wie langer Zeit ...* Ihre Geiststimme geriet ins Stocken.

Ich bin kein Magier, deswegen kann ich es nicht mit Sicherheit sagen, aber ich glaube, daß dort jemand vor nicht allzu langer Zeit getötet wurde. Es kann höchstens einige Monate her sein. Immerhin war die Vision noch stark genug, um beinahe einen Drachenlord zu fangen.

Tarlna sagte: *Das scheint tatsächlich dafür zu sprechen, daß es erst kürzlich geschehen ist, ansonsten wäre die Kraft längst verebbt. Dunkle Magie ist zu unbeständig, als daß man sie über einen längeren Zeitraum in solcher Stärke speichern könnte; es sei denn, in einem Seelenfänger-Juwel – oder es gibt einen Magier, der Ankarlyn ebenbürtig ist.*

Die Götter mögen uns beistehen, sagten Linden und Kief gleichzeitig.

Linden fing an zu zittern, als versuchte er, aus einem Alptraum zu erwachen. Daran hatte er noch nicht gedacht – hatte nicht daran denken wollen. Der Magier Ankarlyn war der gefährlichste Gegner gewesen, dem die Drachenlords je gegenübergestanden hatten. Obwohl es lange vor seiner Zeit geschehen war, berührte die Geschichte, wie Ankarlyn beinahe ihre gesamte Gattung ausgelöscht hatte, noch heute einen jeden Drachenlord. Nachdem sie ihn und seine Anhänger – die Bruderschaft – vernichtet hatten, hatten die Drachenlords jede noch so kurze und scheinbar unbedeutende Zauberformel, die Ankarlyn je zu Pergament gebracht hatte, aufgestöbert und verbrannt. Der Gedanke, daß ihnen möglicherweise eines seiner Werke entgangen war – oder daß ein anderer Magier imstande sein könnte, Ankarlyns Magie wieder aufleben zu lassen –, machte ihn beinahe krank vor Angst.

Und der Gedanke, daß ein solcher Magier in Diensten der wiedergeborenen Bruderschaft stehen könnte, ließ seine Seele erzittern.

Aber wir wissen nicht, ob dieser Magier tatsächlich in Diensten der angeblich neu entstandenen Bruderschaft steht, sagte er.

Das ist richtig, sagte Kief. *Man hat uns bislang nicht angegriffen. Dieser Magier könnte eigenen Motiven folgen und nichts mit den Ereignissen in Cassori zu tun haben.*

Richtig, sagte Tarlna. *Schließlich wurde der Untergang der Königsbarke nicht durch Magie verursacht.*

Als Tarlna Königin Desias Barke erwähnte, fiel Linden aus irgendeinem Grund Maurynnas Beschreibung der Boote ein. *Diese Barken liegen wie trächtige Kühe im Wasser, aber ...*

Gütige Götter! rief er aus. *Möglicherweise haben wir die ganze Zeit etwas Entscheidendes übersehen.*

Was meint Ihr? wollten die anderen wissen. Diesmal hatte sich sogar der bisher diskret schweigende Otter zu Wort gemeldet.

Wir haben immer angenommen, der Sturm sei die Ursache für den Untergang gewesen, und wir haben uns gefragt, ob er durch Magie hervorgerufen wurde. Aber der Sturm war ganz natürlich, und man sagte mir, er sei nicht einmal besonders schlimm gewesen. Es war nicht das Wetter, das die Barke zum Kentern brachte. Die Ursache war das zu tief liegende Heck. Und es hätte niemals so tief liegen dürfen. Ein Seemann meinte zu Maurynna, der Seegang sei nicht sehr hoch gewesen – er hat es mit eigenen Augen gesehen. Und Maurynna sagte, daß Barken zwar schwerfällig seien, daß ihre Hecks jedoch nie so tief lägen, daß bei solchem Seegang Wasser an Bord schwappen könnte.

Ihm fiel eine weitere Unterhaltung ein. *Götter, sogar Heilerin Tasha sagte, die Barke hätte schon schlimmeres Wetter überstanden.*

Seinen Worten folgte nachdenkliches Schweigen. Dann ...

Einen Sturm zu entfachen dürfte für unseren Magier zuviel sein, begann Kief.

Aber ein Bootsheck so weit hinunterzudrücken, daß die Wellen an Bord schwappen ..., fuhr Tarlna fort.

... müßte machbar sein für den Magier, den ich heute gespürt habe, sprach Linden den Gedanken zu Ende.

Und wer zog den größten Nutzen aus Königin Desias Tod? Wessen Weg zum Thron war damit frei? Herzog Berens. Derselbe Herzog Beren, der aus seiner Antipathie gegen die Drachenlords keinen Hehl machte. In Gedanken sah Linden das wütende Gesicht des Herzogs vor sich, als er und Linden einander am Strand gegenübergestanden hatten.

Er teilte den anderen seine Überlegungen mit und spürte ihre wortlose Zustimmung, dann lauschte er Kiefs und Tarlnas Diskussion darüber, was sie unternehmen konnten, da sie keinen Beweis hatten, daß der Magier, der den Altar benutzt hatte, mit dem Tod der Königin in Verbindung stand.

Plötzlich übermannte ihn die Müdigkeit. *Bitte, ich muß jetzt schlafen.*

Verstehe. Erholt Euch gut, Linden, sagte Kief.

Die anderen zogen sich aus seinem Geist zurück. Seufzend ergab er sich seiner Erschöpfung.

Und war schon eingeschlafen, als Otter leise die Tür hinter sich schloß.

42. KAPITEL

Als sich die Ratsmitglieder zur mittäglichen Pause zurückzogen, beschloß Linden, in den Garten zu gehen, in dem Prinz Rann herumzutollen pflegte, wenn er wohlauf war. Hoffentlich würde ihn das ein bißchen munterer machen. Er war noch immer müde von seinem Abenteuer, obwohl er fast den gesamten gestrigen Tag im Bett verbracht hatte. Kief und Tarlna hatten es aufgegeben, ihr weiteres Vorgehen mit ihm zu besprechen, als er das dritte Mal eingeschlafen war.

Es würde lange, lange dauern, bis er sich mit Rathan wieder auf ein solches Wagnis einließ.

Aber in wenigen Stunden würde er Maurynna wiedersehen. Der Gedanke hob seine Laune, wie es sonst nichts anderes vermocht hätte.

In einem der zahllosen Palastgänge bog er um eine Ecke und sah Graf von Rockfall auf sich zukommen. Er hob eine Hand zum Gruß, einen Anflug von schlechtem Gewissen verspürend, weil er nicht zu Sevrynels Fest gegangen war.

Als Sevrynel ihn erreichte, sagte er: »Drachenlord! Einen Moment bitte!« und blieb stehen.

»Ja, verehrter Graf?« sagte Linden. »Verzeiht mir, daß ich Euer Fest versäumt habe. Kief und Tarlna haben mir von Euren neuen Zuchtstuten vorgeschwärmt.«

»Wirklich schade, daß Ihr nicht da wart, Euer Gnaden«, sagte der Graf und klang wirklich enttäuscht. »Ich hätte zu gern Eure Meinung über die Tiere gehört. Haben Euch die anderen Drachenlords erzählt, daß die Stuten von der Mhari-Linie abstammen?«

Dies weckte Lindens Interesse. »Tatsächlich? Dann tut es mir doppelt leid, daß ich nicht da war. Vielleicht ein anderes Mal.« Immer noch von schlechtem Gewissen geplagt – und zu müde, um sorgfältig abzuwägen, was er versprach –, sagte Linden: »Ich verspreche Euch, daß ich zu Eurem nächsten Fest kommen werde, mein Lord. Wann immer es sein mag.«

Sevrynel strahlte. »Wunderbar, Euer Gnaden! Das nächste Fest findet nämlich heute abend statt!«

Linden konnte ihn nur verdutzt anstarren. Heute abend? Aber –

Der Graf mußte sein Zögern bemerkt haben, denn er hob einen warnenden Finger und sagte schelmisch grinsend: »Vergeßt nicht, Ihr habt es versprochen, Drachenlord! Bis heute abend!«

Der Graf verneigte sich und ging freudestrahlend weiter. Linden starrte verdutzt ins Leere und verfluchte sich im Geiste für sein loses Mundwerk.

Jetzt mußte er zu dem verdammten Fest gehen; er hatte sein Wort gegeben. Und er würde sich zum *Tisrahn* verspäten. Maurynna würde seinen Kopf wollen.

»Verdammter Mist«, sagte er, plötzlich mit sich und der ganzen Welt im unreinen.

Na schön, er würde es schon hinbekommen. Wenigstens mußte er nicht vor Mondaufgang beim *Tisrahn* erscheinen.

Unruhig lief Maurynna im Zimmer auf und ab, gefolgt von ihrem Schatten an der Wand. »Wo bleibt er nur? Die Sitzung muß doch schon seit Stunden vorbei sein. Ich glaube kaum, daß die fetten Adligen freiwillig auf ihr Abendessen verzichten.«

»Hör schon auf«, sagte Maylin. »Du machst mich nervös. Wir können eh nicht länger warten, Schwester Mond geht bald auf. Du bist eine der Patinnen – du mußt pünktlich da sein. Wenn wir jetzt nicht losgehen – da kommt jemand!«

Die beiden jungen Frauen rafften ihre Röcke und rannten zum Treppenabsatz. Maurynna blieb auf der obersten Stufe stehen.

Bitte laß es Linden sein!

Maylin stellte sich neben sie. Gemeinsam beobachteten sie, wie Merissa, eine der Hausangestellten, die Tür öffnete.

Aber der Mann, der am Hauseingang stand, war nicht Linden. Zum einen war er viel zu alt. Zum anderen trug er die Uniform der königlichen Garde. Er und Merissa sprachen kurz miteinander, dann verschwand die Hausangestellte im Flur. Die Cousinen sahen sich fragend an.

»Glaubst du, er läßt dich durch einen Boten wissen, daß du schon vorgehen sollst?« flüsterte Maylin.

»Das werden wir gleich erfahren«, sagte Maurynna und ging die Treppe hinunter.

Der Mann sah zu ihr hoch, doch abgesehen von einem höflichen Nicken beachtete er sie nicht weiter.

»Sir«, sagte sie mit zitternder Stimme. »Darf ich fragen, was Euch hierher führt?«

Er wog seine Antwort einen Moment ab. Dann sagte er: »Prinz Rann möchte, daß der Barde Otter Heronson ihm vorsingt, Mylady. Er fühlt sich heute abend nicht wohl, und Heilerin Tasha glaubt, daß es ihm helfen könnte.«

»Oh. Habt Ihr noch eine *andere* Nachricht?«

»Nein.« Das sonnengegerbte Gesicht wirkte gelangweilt.

Sie kam sich wie eine Närrin vor, mußte ihn aber fragen. »Nichts von Drachenlord Linden Rathan?«

Erstaunen trat an die Stelle der Langeweile. »Nein. Alle drei Drachenlords haben den Palast am frühen Nachmittag verlassen, um ein zu ihren Ehren veranstaltetes Fest auf Lord Sevrynels Anwesen am Fluß zu besuchen.« Er musterte sie argwöhnisch. Zweifellos fragte er sich, wie sie darauf kam, daß ihr ein Drachenlord eine persönliche Botschaft schicken würde.

Verwirrt ging Maurynna zu Maylin zurück, die am Fuß der Treppe stand. Otter kam den Flur hinunter, den Harfenkasten um die Schulter geschnallt, und zupfte seinen Umhang zurecht.

»Tut mir leid, daß ich nicht mitkommen kann, Rynna. Ich hoffe, Almered hat Verständnis für eine königliche Anordnung.« Er sah durch die offenstehende Haustür zum Abendhimmel hinauf. »Ihr macht euch besser auf den Weg. Es sieht nach Regen aus«, sagte er fröhlich. »Wartet nicht länger auf Linden. Er würde es nicht wollen, daß ihr euch verspätet. Wahrscheinlich ist er noch in der Sitzung.«

»Aber ...«, begann Maurynna, doch der Barde war schon aus dem Haus gegangen, dicht gefolgt von dem Boten. »Er ist doch gar nicht in der Sitzung«, sagte sie zu der Eichentür, die sie plötzlich vor der Nase hatte.

Maurynna drehte sich zu Maylin um. »Ein Fest? Warum hat er nicht Bescheid gesagt?«

»Vielleicht war es eine Überraschung«, sagte Maylin. »Nur die Götter kennen die Antwort auf diese Frage, aber eines weiß ich ganz genau: Wenn wir warten, bis er von der anderen Seite des Flusses zurück ist, werden wir das *Tisrahn* verpassen. Wir müssen los, Maurynna.«

»Habt Ihr getan, was ich Euch aufgetragen habe?« fragte Kas Althume.

»Ja«, antwortete Sherrine. »Ich glaube, ich habe in meinem Leben noch nie soviel gegessen wie in den letzten Tagen.« Sie legte eine Hand auf ihren Bauch. Sie hatte jeden Bissen ihrer Mahlzeit hinunterwürgen müssen. Linden wiederzusehen machte sie so nervös, daß ihr Magen rebellierte. »Wieso mußte ich überhaupt soviel essen? Davon war anfangs keine Rede.«

»Um die Wirkung des Pulvers zu verlangsamen«, sagte Kas Althume und hielt ein kleines, in Pergament gewickeltes Paket hoch. »Also, noch einmal – auf Lord Sevrynels Anwesen arbeitet ein Diener namens Joslin. Er ist derjenige, der den Abschiedstrunk zubereitet. Vorher gebt Ihr ihm dieses Paket. Schade, daß man das Pulver nicht den Speisen beimischen kann.«

»Stimmt«, sagte Sherrine und nahm das Paket. Sie verstaute es in ihrer bestickten Gürteltasche. »Wo sind die Ampullen?«

»Hier.«

Der Magier reichte ihr zwei tönerne Ampullen. Beide waren mit Wachssiegeln verschlossen, einem braunen und einem weißen. »Wiederholt noch einmal, was Ihr damit tun werdet.«

Nur mühsam ihre Ungeduld zügelnd, sagte Sherrine: »Das braune ist ein Brechmittel. Sobald ich den Abschiedstrunk hinuntergespült habe, ziehe ich mich so schnell wie möglich zurück und trinke es. Danach trinke ich die Ampulle mit dem weißen Siegel aus; die Flüssigkeit ist das Gegenmittel gegen das Pulver.« Sie sah auf die zweite Ampulle hinunter und stellte die Frage, die sie bisher nicht zu stellen gewagt hatte. »Gegenmittel? Ist das Pulver etwa giftig?« Die Götter waren ihre Zeugen, sie wollte Linden nicht *umbringen*. Ihn leiden lassen, ja, aber ihn umzubringen gehörte nicht zu ihrem Plan.

»Nein.« Der Magier lächelte mitleidig. »Ich möchte Linden Rathan ebensowenig umbringen wie Ihr, Mylady. Durch das Gegenmittel bleibt Euch lediglich die … unangenehme Wirkung erspart, unter der er leiden wird.«

»Geschieht ihm ganz recht«, murmelte Sherrine.

Draußen erklangen Pferdehufe. Kas Althume ging ans Fenster. Sherrine hörte ihn zufrieden grunzen, als er die Hand hob und dem Reiter vor dem Haus kurz zuwinkte. »Das ist das Zeichen. Alles ist vorbereitet.«

Der Magier trat vom Fenster weg und nahm seinen Umhang vom Stuhl. »Seid Ihr bereit, Mylady? Es ist an der Zeit.«

Das war es tatsächlich. Zeit für ihre Vergeltung.

Linden entschuldigte sich von der Gruppe, mit der er geredet hatte. Er sah Kief am anderen Ende des Saales stehen und ging zu dem älteren Drachenlord hinüber.

»Ihr wollt doch nicht schon gehen, oder?« fragte Kief mit vorwurfsvollem Unterton.

»Doch«, sagte Linden. »Wegen dieses idiotischen Festes bin ich schon spät genug dran. Ich werde Maurynna vor ihrer Familie nicht entehren. Oder mich vor *ihr*.«

»Ich wünschte, Ihr würdet es Euch – oh, da kommt Sevrynel. Er sieht aus, als sei ihm etwas über die Leber gelaufen. Ich frage mich, was los ist.«

Linden schaute über die Schulter. Lord Sevrynel kam direkt auf sie zu. Linden hatte selten einen so fahrigen und besorgt dreinblickenden Mann gesehen. Er hatte beinahe Mitleid mit ihrem Gastgeber. »Er zieht ein Gesicht, als wären ihm seine Stuten gestohlen worden«, flüsterte er.

Kief lachte hinter vorgehaltener Hand.

Lord Sevrynel blieb vor ihnen stehen. »Euer Gnaden, ich weiß nicht, wie ich es Euch sagen soll …«

Plötzliches Gedränge am Eingang ließ Linden – und, der plötzlichen Stille nach zu urteilen, auch alle anderen Gäste – dort hinblicken. Beinahe hätte er laut geflucht.

Denn Sherrine kam auf ihn zu, ihr Gesicht kreidebleich und tränenüberströmt. Erstauntes Stimmengemurmel erhob sich. Ihr Blick war auf ihn fixiert, als wäre sie ein verlorener Wanderer und er ein Leuchtturm.

Und in ihren Händen hielt sie einen großen silbernen Trinkbecher.

Er wußte sofort, was es war: ein Abschiedstrunk. Den er mit ihr trinken mußte, wenn er vor den anwesenden Gästen nicht wie ein kaltherziger Schuft dastehen wollte – denn natürlich kannten sie nicht das wahre Ausmaß von Sherrines Verbrechen. Er hatte sogar mitbekommen, daß sich einige der Adligen fragten, wieso er sich wegen einer Gemeinen so aufgeregt hatte.

Er würde den Trunk mit ihr teilen und Sherrine öffentlich vergeben müssen. Erneut hatte das Mädchen ihm eine Falle gestellt. Und dieses Mal fand er es alles andere als amüsant.

Er wartete auf sie, seine Hände so fest um den Gürtel geschlossen, daß es ein Wunder war, daß sich die massiven Silberplatten unter dem Druck nicht verbogen.

Bleibt ruhig, Linden, warnte Kief. *Tut nichts Unüberlegtes.*

Als sie ihn erreichte, kniete Sherrine mit einem Bein nieder. »Linden«, begann sie mit tränenerstickter Stimme. »Linden, ich – ich wollte Euch sagen, daß es mir leid tut. Ich hatte kein Recht dazu. Ihr habt mir klargemacht, daß …« Sie sah einen Moment an ihm vorbei, dann fuhr sie fort. »Ich weiß, daß es aus ist mit uns. Ich wollte Euch nur unterrichten, daß ich mich für die Dauer der Regentschaftsdebatte auf den Landsitz meiner Familie zurückziehen werde. Ich weiß, daß meine Gegenwart in Casna … schmerzvoll für Euch ist. Morgen früh reise ich ab. Doch vorher wollte ich diesen Abschiedstrunk mit Euch teilen. In Gedenken an die Zeit, als wir miteinander glücklich waren.«

Linden musterte das zu ihm aufschauende Gesicht. Sherrines schöne Augen blickten traurig, aber hoffnungsvoll. Das Stimmengemurmel der gebannt starrenden Menge klang jetzt mitfühlend. Er würde in der Tat wie ein kaltherziger Schuft dastehen, wenn er den ihm dargebotenen Abschiedstrunk ablehnte.

Dennoch gedachte er genau das zu tun. Dann fiel ihm die Entschädigung ein. Maurynnas Worte, mit denen sie ihr Zerwürfnis mit Sherrine beigelegt hatte, galten auch für ihn. Am liebsten hätte er seinen Unmut laut hinausgeschrien.

»Ich werde den Abschiedstrunk mit Euch teilen, Mylady«, zwang er sich statt dessen zu sagen.

Daraufhin schenkte Sherrine ihm das wohl schönste Lächeln, das er je gesehen hatte, und stand auf. Sie hob den Becher, so daß alle Anwesenden ihn sahen, und sagte: »Lebt wohl, Linden. Ich hoffe, Ihr behaltet mich in besserer Erinnerung, als ich es verdiene.« Sie nahm einen tiefen Schluck.

Als sie ihm den Becher reichte, stieg ihm ein Hauch ihres Parfüms in die Nase. Der Duft erinnerte ihn an glücklichere Momente. Schade, daß es so enden mußte.

Linden hob den Becher und sagte: »Lebt wohl, Lady Sherrine. Ich werde mich der guten Zeiten entsinnen. Auf daß die Götter Euch beistehen.«

Seinen Worten folgten Geflüster und beifälliges Kopfnicken. Die Cassorier bekamen das Ende, das sie wollten.

Er trank.

Der Wein war vollmundig und stark. Wie bei einem Abschiedstrunk üblich, waren ihm sowohl süßliche als auch bittere Kräuter beigemischt, diesem anscheinend hauptsächlich bittere. Oder schmeckte es so bitter, weil es ihm von Anfang an widerstrebt hatte, den Wein zu trinken?

Linden fuhr sich mit der Zunge über die Lippen und sinnierte darüber, daß er noch nie eine solche Kräutermischung geschmeckt hatte; andererseits hatte er auch noch nie einen cassorischen Abschiedstrunk probiert. Er hatte einen metallischen Geschmack, der ihm scharf auf der Zunge haften blieb.

Er gab Sherrine den Becher zurück. Wie es die Tradition vorsah, hielt sie ihn kopfüber hoch. Die letzten Weintropfen fielen auf die weißen Bodenfliesen. Es sah wie Blut aus, fand er und dachte an Maurynnas Verletzungen.

Sherrine verneigte sich. Ein Diener brachte ihren Umhang. »Lebt wohl, Linden. Mögen die Götter Euch beistehen.«

Mit diesen Worten legte sich Sherrine den Umhang um die Schultern und zog die Kapuze über den Kopf, um ihr Gesicht den glotzenden Blicken der Umstehenden zu entziehen. Mit gesenktem Haupt verließ sie den Raum.

Gut gemacht, Linden, sagte Kief. *Ich weiß, wie schwer es Euch gefallen ist.*

Wißt Ihr das wirklich, Kief? So, und nun gehe ich.

Er ließ Sherrine etwas Zeit, um ihr auf dem Rückweg nicht zu begegnen, und verabschiedete sich von ihrem Gastgeber. Dieses Mal würde ihn nichts und niemand aufhalten.

Sherrine lenkte ihr Pferd von der Straße und hielt im Schutz der Bäume an. Hastig durchstöberte sie ihre Tasche nach den Ampullen. Sie nahm die mit dem braunen Wachssiegel, brach es auf und stürzte den Inhalt hinunter. Dann stieg sie ab, band die Zügel an einem niedrig hängenden Ast fest und lief ein Stück in den Wald hinein. Gespannt wartete sie ab.

Kas Althume behielt recht. Ihr Magen rumorte. Sherrine sank auf die Knie und erbrach den Wein, den sie soeben mit Linden getrunken hatte. Dann wurde sie vom nächsten Übelkeitsanfall geschüttelt, und dem Wein folgte das reichliche Abendessen, das einzunehmen ihr Kas Althume geraten hatte. Selbst als Tränen über ihr Gesicht strömten, genoß sie die Übelkeit – ansonsten hätte sie weitaus Schlimmeres erlitten.

Linden würde nicht so leicht davonkommen. Geschieht ihm ganz recht, dachte sie.

Nachdem sie sich scheinbar eine Ewigkeit lang übergeben hatte, lief Sherrine zu ihrem Pferd zurück. Sie nahm einen Wasserschlauch aus der Satteltasche und wusch sich das Gesicht. Dann spülte sie sich immer wieder den Mund aus, um den Geschmack des Weines und der Kräuter fortzuspülen, der ihr immer noch auf der Zunge lag. Als letztes brach sie das weiße Siegel der zweiten Ampulle auf und trank sie aus.

Einen Moment legte sie den Kopf an den Sattel, dann stieg sie auf ihr Pferd. Heute nacht würde sie herrlich schlafen. Sie hatte ihre Vergeltung. Sherrine fragte sich, wie es Linden ging. Und lächelte, das Gesicht zum gerade einsetzenden Regen hochgereckt.

Mißmutig brummend schwang sich Linden in den Sattel. Erst dieses überflüssige Fest, und jetzt braute sich auch noch ein verfluchtes Unwetter zusammen. Er hätte Glück, wenn er es auf die andere Seite des Flusses schaffte, bevor sich alle Himmelstore öffneten.

Er riß den Wallach herum und ritt los. Er fragte sich, ob er das Haus, in dem das *Tisrahn* stattfand, überhaupt finden würde. Zweifellos war Maurynna längst dort. Außerdem würde er vermutlich bis auf die Knochen durchnäßt ankommen. Denn ihm blieb keine Zeit, um erst nach Hause zu reiten und trockene

Kleider anzuziehen und einen Umhang zu holen. Er wollte ihr nicht noch mehr Anlaß zur Verärgerung geben.

Es war ein langer Ritt bis zur Fähre, und Linden wagte es nicht, über den bereits schlammigen Untergrund durch die Dunkelheit zu galoppieren. Schon jetzt scheute der Wallach und schnaubte wegen des strömenden Regens und des peitschenden Windes. Linden glaubte, in der Ferne Donnergrollen zu hören. Er trieb den Wallach so schnell voran, wie er es verantworten konnte, dennoch dauerte der Ritt wesentlich länger, als er angenommen hatte.

Endlich war er auf dem letzten Abschnitt des Weges, der durch eine kleine Lichtung zur Anlegestelle der Fähre führte. In der Ferne sah er bereits das dunkle Band des Uildodd.

Verdammt! Sieht aus, als wäre die Fähre am anderen Ufer. Da das letzte Wegstück offen vor ihm lag, stieß er dem Wallach die Absätze in die Flanken und ließ das Tier galoppieren.

Wenig später trampelten die Pferdehufe über die Holzplanken der Anlegestelle. Die Fähre war weg. Linden ließ über seinem Kopf ein Kaltfeuer aufflammen. Ein weit entferntes »Halloooo!« signalisierte ihm, daß der Fährmann bemerkt hatte, daß Kundschaft auf ihn wartete. Er schlang die Arme um den Leib, die Schultern angezogen gegen den Regen, und beschwor einen Wärmezauber. Wieder donnerte es, und Linden begann zu warten.

Er fuhr sich mit der Zunge über die Lippen und verzog angewidert das Gesicht. Noch immer schmeckte er die Kräuter im Mund. Je schneller er bei dem *Tisrahn* war, desto eher konnte er den widerwärtigen Geschmack mit einem Becher Wein hinunterspülen.

Er lächelte. Je schneller er da war, desto eher würde er Maurynna wiedersehen.

Er hoffte, daß die Fähre bald eintraf.

43. KAPITEL

Die heiße, feuchtschwüle, parfüm- und weihrauchgeschwängerte Luft schien förmlich an Maurynna zu kleben. Die würzigen Aromen von geröstetem Hammel- und Schweinefleisch vermischten sich mit exotischeren Düften zu einem Kaleidoskop der Wohlgerüche, das Maurynna an ihre Reisen nach Assantik erinnerte. Um sie herum liefen lachende und singende Gäste durch die Dunkelheit. Immer wieder erhoben sich melodische Heulgesänge über den gleichförmigen Rhythmus der Trommeln. Plötzlich sehnte sie sich nach dem Gefühl der unter ihr hin und her schwankenden *Seenebel*, nach dem scharfen, nach Salz riechenden Wind in ihrem Gesicht.

Sie wischte sich den Schweiß aus den Augenbrauen. Maylin trat zu ihr. Sie sagte etwas, das Maurynna wegen des Lärms nicht verstand. Maurynna beugte sich hinunter und hörte ihre Cousine sagen: »Laß uns näher an die Tänzer herangehen! Ich kann kaum etwas sehen.«

Obwohl ihr nicht danach zumute war, tiefer in die Menge einzutauchen, hatte Maurynna nicht die Kraft, nein zu sagen. Noch immer konnte sie nicht fassen, daß Linden sie versetzt hatte. Gefolgt von Maylin, schob sie sich durch die dichtgedrängte Menge der Feiernden zum Mittelpunkt des Innenhofes, wo die Tänzer ekstatisch um ein Freudenfeuer herumsprangen.

Hätte ich doch nur Otter gebeten, bei Linden nachzufragen, als der sich verspätete. Aber ich hätte es mich wahrscheinlich nicht getraut.

Sie hoffte nur, daß Linden nicht bei Lady Sherrine war.

Das tiefe, gleichförmige Donnern der Trommeln fuhr ihr in die Knochen. Obwohl sie es nicht wollte, begannen ihre Füße, dem Rhythmus zu folgen.

»Sieh nur, wie sie tanzen! Sind sie nicht toll?« rief Maylin ihr zu.

Maurynna antwortete mit einem Grinsen und erinnerte sich, wie lustig der Abend gewesen war, als sie zum ersten Mal assantikkanische Tänzer gesehen hatte.

Sie ließ ihre Trübsal von der Musik vertreiben und sah den um das Freudenfeuer tanzenden Assantikkanern gebannt zu. Dann, wie aus dem Nichts, zerstörte die Erkenntnis, daß Linden immer noch nicht da war, ihre Stimmung wieder. Ihr Schwung war wie weggeblasen, und sie schaute sich suchend um.

Nein, kein hellblonder Kopf ragte aus der Menge heraus. Nervös zupfte sie an einer Haarsträhne. Wo steckte Linden bloß? Er hätte schon lange hier sein müssen; Tante Elenna hatte ihm sicher den Weg beschrieben. Er würde Almered doch nie in solch schroffer Form beleidigen.

Es ist nicht gerade weit von Tante Elennas Haus. Und auch nicht schwer zu finden. Ein plötzlicher Gedanke erschütterte sie. Hat er es vergessen? Bitte, laß ihn nicht bei Lady Sherrine sein.

Sie grub beide Hände in ihre Haare und zog an ihnen, bis es schmerzte. Am liebsten würde sie das *Tisrahn* verlassen und Linden suchen gehen. Was natürlich töricht wäre. Sie hatte nicht die leiseste Ahnung, wo sie nach ihm suchen sollte.

Etwas Kühles fiel ihr ins Gesicht. Sie schaute auf. Ein zweiter, dicker kühler Regentropfen fiel auf ihre Wange. »Oh«, sagte sie, und aus den vereinzelten Tropfen wurde ein gewaltiger Wolkenbruch.

Mit einem Mal wurde es hektisch im Hof. Leute eilten unter die Arkaden, die den Hof umsäumten, Diener rannten umher und zogen die mit Speisen und Getränken beladenen Tische ins Trockene. Die Musik erstarb mit einem atonalen Quietschen, als die Musiker sich den Flüchtenden anschlossen.

Augenblicke später stand Maurynna allein im Hof und starrte

trotz des niederprasselnden Regens zum Himmel hinauf. Ein Gefühl von Dringlichkeit durchfuhr sie.

Vielleicht hat er zu Hause eine Nachricht hinterlassen.

Sie wirbelte herum, eilte zu der Menschentraube unter den Arkaden und rief nach ihrer Cousine.

»Hier! Hier drüben!«

Maurynna versuchte, Maylin zwischen den hochgewachsenen Assantikkanern zu entdecken und sah schließlich eine blasse Hand, die ihr zuwinkte. Sie drängte sich durch die Menge.

Maylin hatte sich einen Platz an einem der Tische ergattert und knabberte an einer Honigpastete mit getrockneten Früchten. »Willst du abbeißen?« bot sie Maurynna an.

Beim Anblick der klebrigen Süßigkeit rebellierte Maurynnas Magen. »Nein! Maylin, ich ... Ich muß gehen. Ich kann nicht länger ...« Jemand schob sich zwischen sie. Maurynna drängte sich wieder neben ihre Cousine.

Maylin verschlang die Pastete mit drei hastigen Bissen. »Es ist wegen Linden, stimmt's? Rynna, vielleicht mußte er länger auf diesem Fest bleiben. Vielleicht mußte er mit den anderen Drachenlords reden. Wird Almered es dir nicht übelnehmen, wenn du jetzt gehst?«

»Wahrscheinlich ja«, gab sie zu. Ein Ellbogen grub sich in ihren Rücken; sie wich zur Seite aus. »Aber das muß ich in Kauf nehmen. Ich möchte nach Hause, für den Fall, daß – was auch immer, die Leute hier machen mich verrückt. Wenn du bleiben willst, bleib ruhig. Ich sage Gavren, daß er dich nach Hause bringen soll.«

Maylin seufzte. »Sei nicht gemein, Rynna. Mutter wird stinksauer auf mich sein, wenn ich dich ohne Begleitung gehen lasse. Sag mir nicht, daß du glaubst, zu Hause wartet eine Nachricht von Linden auf dich.

Komm, sieh mich nicht so an, Rynna. Du führst dich schon seit Tagen auf wie ein liebeskrankes Kalb. Wir sorgen uns um dich, seit Lady Sherrine dich attackiert hat und er hinterher ohne ersichtlichen Grund gesagt hat, er könne dich nicht wiedersehen.«

Maylin stemmte ihre Hände in die Seiten. »Ich weiß, daß du schon immer die Geschichten über ihn geliebt hast, und glaub mir, ich kann nachvollziehen, wie aufregend es für dich war, ihn kennenzulernen. Ich fürchte nur, daß du dir zuviel darauf einbildest. Hat er dich gebeten, bei ihm zu übernachten? Nein. Bei Lady Sherrine war er offenbar nicht so schüchtern. Sieh es ein, Rynna – was immer er von dir wollte, das war es nicht. Du bist eine Freundin von Otter, nichts weiter.«

Maylins Stimme wurde sanft. »Und ich sehe es nicht gern, daß du wegen ihm so leidest. Du frißt dich förmlich auf, Rynna. Du bist … nicht mehr du selbst«, endete sie mit einer unbestimmten frustrierten Geste.

Maurynna verkniff sich eine aufgebrachte Erwiderung und unterdrückte die aufsteigenden Tränen. Als sie ihrer Stimme wieder trauen konnte, sagte sie: »Glaub nicht, daß ich mir all das nicht auch gesagt habe, Maylin. Immer wieder sage ich mir das. Aber ich …« In Gedanken sah sie den Moment, als er sie im Frachtraum der *Seenebel* geküßt hatte. »Ich kann es einfach nicht glauben.«

»Du machst dir etwas vor, Rynna.«

Maurynna sagte leise: »Ich weiß. Aber ich kann nicht anders. Ich kann es mir auch nicht erklären. Ich frage mich, ob man sich so fühlt, wenn man unter einem Liebeszauber steht.«

Maylin warf die Hände in die Luft. »Wie wundervoll«, sagte sie. Sie steckte den Kopf hinaus in den Regen und sah zum Himmel hoch, als machte sie die Götter für die Verrücktheit ihrer Cousine verantwortlich. »Jetzt redet meine Cousine schon wie jemand in einer Bardengeschichte!« Sich geschlagen gebend, ließ sie die Schultern sinken. »Du wirst wohl kaum warten wollen, bis es aufhört zu regnen, oder? Na schön, laß uns gehen. Ich habe sowieso vergessen, den Brotteig für morgen vorzubereiten.«

Maurynna schluckte. »Maylin – dank dir.«

Linden warf den beiden Fährmännern eine Münze zu. »Wollen wir hoffen, daß ich für heute der letzte war, wegen dem ihr bei dem Hundewetter raus mußtet.«

Der jüngere Fährmann fing die Münze auf. Der ältere lächelte und entblößte zwei geschwärzte lückenhafte Zahnreihen.

»Danke, Eure Lordschaft. Wir ham 'n nettes Feuerchen in der Hütte brennen. Wollt Ihr reinkommen und Euch 'n bißchen aufwärmen?«

Linden schwang sich in den Sattel. »Nein, danke. Meine Frau wartet schon seit Stunden auf mich.«

Die Fährmänner lachten verständnisvoll und rannten zur Hütte. Linden ritt den widerwilligen Wallach von der Anlegestelle auf die schlammige Straße.

Wieder trieb er das Pferd so schnell voran, wie er es verantworten konnte. Wenn das Tier stürzte und sich ein Bein brach, würde er es nie zum *Tisrahn* schaffen. Es war schon schlimm genug, daß der Wallach bei jedem Donnergrollen und bei jedem Blitz, der vom Himmel zuckte, scheute und sich aufbäumen wollte. Er mußte sich voll konzentrieren, um das Tier unter Kontrolle zu behalten.

»Ah, Shan, Shan«, murmelte Linden. »Wenn du nur hier wärst.«

Er hielt den Kopf gesenkt, um den niederprasselnden Regen nicht ins Gesicht zu bekommen, und schaute nur dann und wann auf, um zu sehen, wie er vorankam.

Rechts von ihm sah er die große Wiese, was bedeutete, daß die Stadt nur noch eine Viertelmeile entfernt war. Gut, bald würde er am Haus der Vanadins sein. Vielleicht wartete Maurynna dort auf ihn …

Aus dem Augenwinkel sah er eine Bewegung. Er riß den Kopf herum und starrte in die Dunkelheit.

Am Rand der Wiese kamen zwei Reiter aus dem Wald, als hätten sie nur auf ihn gewartet. Linden griff nach Tsan Rhilin.

Seit seinem Erlebnis in der Lichtung trug er das Großschwert immer bei sich, wenn er die Stadt verließ.

Doch bevor seine Hand den Schwertgriff erreichte, riß einer der Männer etwas hoch. Ein stechender Schmerz explodierte im Körper des Drachenlords. Er schrie auf und fiel halb vom Pferd. Bevor er sich wieder hochziehen konnte, scheute der verschreckte Wallach, warf ihn aus dem Sattel und preschte in die Dunkelheit.

Von Schmerzen gepeinigt, krümmte sich Linden im Schlamm, jede neue Schmerzwelle schlimmer als die vorherige.

Zu hoffen, er hätte ihr zu Hause eine Nachricht hinterlassen, war töricht gewesen. Sollte Gifnu ihn holen und ihn in den neun Yerrin-Höllen schmoren lassen. Ob Drachenlord oder nicht, er hatte kein Recht, sie so zu behandeln und Almereds Einladung zu ignorieren.

Und Otter hatte gesagt, Linden sei ein netter Kerl.

Ein Anflug von Panik durchfuhr Maurynna. Er verebbte sogleich wieder, doch ein unbehagliches Gefühl blieb zurück, und ohne weiter nachzudenken, streifte sie das Nachthemd ab und zog Hosen, Tunika und Stiefel an. Sie nahm den Gürtel mit dem Dolch daran und ging so leise wie möglich nach unten.

Maurynna steckte den Kopf in die Küche. Maylin knetete Teig.

»Ich brauche noch eine Weile; ich komme hoch, wenn ich fertig bin«, sagte Maylin.

»Ähm – ich kann nicht schlafen. Ich glaube, ich gehe noch mal ins Lagerhaus und arbeite ein paar Lieferlisten durch.« Sie räusperte sich. »Warte nicht auf mich.«

Maylin pustete sich eine Haarsträhne aus dem Gesicht. »Meinetwegen«, sagte sie und wandte sich wieder dem Teig zu.

Maurynna warf sich den Umhang über die Schultern und schlich durch den Flur. Dann öffnete sie die Tür und schlüpfte in den Regen hinaus. Sie mußte Linden suchen. Aber wo?

44. KAPITEL

Feuer loderte in Lindens Körper, während sich seine Muskeln krampfartig zusammenzogen und wieder sekundenlang entspannten. Er wand sich hilflos im Schlamm. Es schien, als würde Säure durch seine Adern fließen. Wäre er dazu fähig gewesen, hätte er geschrien. Doch selbst diese Erleichterung blieb ihm verwehrt. Er konnte nur wie ein Tier grunzen.

Ein Krampf nach dem anderen schüttelte ihn durch. Was geschah mit ihm? Er hatte noch nie von einer Krankheit wie dieser gehört.

Ihm kam ein panischer Gedanke. Was, wenn er über den Boden rollte und mit dem Gesicht nach unten im Schlamm liegenblieb? Er hatte nicht die Kraft, um aufzustehen; er würde ertrinken.

Als wäre der Anflug von Panik ein Signal, begannen sich seine Gedanken zu überschlagen. Bilder purzelten an seinem inneren Auge vorbei, während er allmählich das Bewußtsein verlor. In Gedanken sah er eine letzte Erinnerung, angestrahlt wie von einem Blitz: die trinkende Sherrine, die ihm anschließend den Silberbecher reichte.

Gift? Das Wort hallte in seinem Geist wider, während er in Dunkelheit versank. *Aber wie – wie – wie ...*

»Rynna, wo willst du hin?«

Maurynna ballte frustriert die Fäuste und blieb stehen. Sie hätte wissen müssen, daß Maylin ihr nicht glauben würde. »Ich gehe spazieren.«

Vielleicht – nur vielleicht – würde ihre Cousine den Wink verstehen und sie in Ruhe lassen.

Maylin schloß zu ihr auf und schnaubte spöttisch, die mehlbedeckten Fäuste in die Hüften gestemmt. »Um diese Zeit? Im Regen? Verkauf mich nicht für dumm, Rynna. Was hast du wirklich vor?«

Maurynna biß sich auf die Lippe und fragte sich, welche Geschichte sie dem jüngeren Mädchen auftischen sollte. Wenn sie ihrer Cousine erzählte, was sie vorhatte, würde Maylin sie nach Hause schleifen und ihre Mutter aus dem Schlaf brüllen. Dennoch platzten die Worte aus ihr heraus. »Linden suchen. Irgend etwas stimmt nicht. Ich weiß es.«

Sie hätte sich am liebsten geohrfeigt. Und der lange, finstere Blick, mit dem Maylin sie bedachte, war auch nicht dazu angetan, ihre sowieso schon angegriffenen Nerven zu beruhigen. Gerade als sie den Blick nicht länger ertragen konnte, sagte das andere Mädchen: »Maurynna, sei nicht dumm. Und wenn du herausfindest, daß er bei einer anderen ist? Aber egal, ob dumm oder nicht, du wirst nicht nach Mitternacht allein durch Casna laufen. Wenn du auf deiner idiotischen Idee bestehst, werde ich mitkommen. Bist du bewaffnet?«

Maurynna seufzte und hob ihren Umhang so weit, daß Maylin den langen Dolch am Gürtel sehen konnte.

»Gut. Warte einen Moment. Ich will mir eine Hose anziehen, für den Fall, daß wir rennen müssen.« Maylin rannte zurück, öffnete leise die Tür und schlüpfte lautlos ins Haus.

Maurynna wartete, krank vor Angst, und lauschte dem prasselnden Regen. In der Ferne hörte sie Donnergrollen; ein weiterer Sturm braute sich zusammen. Sie biß sich auf die Knöchel. Etwas stimmte nicht. Sie wußte es. Sie *wußte* es.

Aber sie wußte nicht, was.

Wieder wurde die Tür geöffnet. Ein Schatten schlüpfte hinaus. Maylin kam auf sie zu und schnallte sich etwas um die Hüfte. Zu Maurynnas Überraschung war es ein Schwertgürtel, an dem in einer abgewetzten Scheide ein Kurzschwert hing.

Sie mußte etwas ausgerufen haben, denn Maylin sagte: »Es ist Vaters altes Schwert. Und ja, ich weiß, wie man damit umgeht. Ich habe zwar noch nie Piraten in die Flucht geschlagen, so wie du, aber manchmal begleite ich eine unserer Karawanen, und es ist ja bekannt, daß Banditen selbst gut bewachte Handelskarawanen überfallen. Also – wohin gehen wir?«

Einen Moment lang glaubte Maurynna, Maylin würde sich über sie lustig machen. Doch ihre Cousine meinte es ernst.

»Ich – ich weiß nicht genau. Aber irgendwie fühle ich mich in diese Richtung … *gezogen.*« Sie zeigte nach Norden. Wieder ließ ein Donnerschlag die Nacht erbeben, dieses Mal deutlich näher.

Maylin rieb ihre Stupsnase. »Nicht sehr konkret, aber besser als nichts. Ihr übernehmt die Führung, Käpt'n.«

45. KAPITEL

Er erwachte genug, um zu merken, daß er die Straßenbö-schung hinaufgezogen wurde, obwohl er die Augen nicht aufbekam. Ebensowenig konnte Linden auch nur einen Muskel bewegen, um seine Häscher in die Flucht zu schlagen. Sie gingen nicht sanft mit ihm um, doch er hatte zumindest eine kleine Genugtuung. Dem Stöhnen und Schnauben nach zu urteilen, kostete es sie alle Kraft, ihn die Böschung hochzu-zerren.

Sie zogen ihn durchs nasse Gras, bis sie ein gutes Stück von der Straße entfernt waren.

»Das reicht«, sagte einer der Männer. »Bei dem Wetter kommt sowieso niemand vorbei.«

»Ich würde ihn lieber zu den Bäumen ziehen«, keuchte der andere. »Aber du hast recht. Götter, ist der Kerl schwer.«

Sie ließen ihn mit dem Gesicht nach oben im Regen lie-gen. Ihm war so übel, daß er es nicht mehr lange zurückhal-ten konnte. Er spürte, daß einer der Männer neben ihm nieder-kniete.

»Schön, Euch zu sehen, Drachenlord«, sagte eine kalte, amü-siert klingende Stimme. »Ich werde Euch gleich eine Reihe von Fragen stellen, die Ihr wahrheitsgemäß beantworten werdet. Ihr habt keine andere Wahl. Und wenn alles vorbei ist, werdet Ihr Euch an nichts erinnern. Nur daß Euch plötzlich übel wurde, als Ihr von der Fähre gekommen seid.«

Linden versuchte, sich zu bewegen, doch die Lähmung war allumfassend. Nicht mal seine Augenlider wollten zucken. Er war in Dunkelheit gefangen, diesen Männern hilflos ausge-liefert. Und er hatte so große Angst wie nie zuvor in seinem Leben.

Nach langem Schweigen sprach die Stimme von neuem. »So,

Drachenlord, ich glaube, wir können anfangen.« Dann triumphierend: »Ihr wißt gar nicht, wie lange ich auf diesen Moment
gewartet habe.«

Sie standen in triefnasser Dunkelheit, ihre Umhänge eng um die
Körper geschlungen.

»Wohin jetzt?« fragte Maylin müde und resigniert.

Maurynna wischte sich die Tränen aus den Augen. »Ich bin
mir nicht sicher – ach, verflucht noch mal. Ich weiß es nicht.
Ich weiß, daß etwas nicht stimmt, aber nicht mehr, in welche
Richtung wir weitergehen sollen.« Erste Anzeichen von Hysterie
schwangen in ihrer Stimme mit.

»Hör auf!« rief Maylin. »Das bringt uns nicht weiter! Denk
nach, Rynna, denk nach!«

Maurynna unterdrückte ein Schluchzen. Maylin hatte recht;
jetzt zusammenzubrechen half weder ihnen noch Linden.
Außerdem hatte sie schon immer Frauen verachtet, die im
entscheidenden Augenblick hysterisch wurden.

Sie konzentrierte sich auf den Geruch der feuchten Erde und
auf das gleichmäßige Regenprasseln auf ihrem Umhang. Allmählich gewann sie die Beherrschung zurück.

Trotzdem wußte sie noch immer nicht, in welche Richtung
sie weitergehen sollten.

»Na schön«, sagte Maylin mit gespieltem Enthusiasmus.
»Dann gehen wir eben in die Richtung weiter, die wir bisher
eingeschlagen haben.«

Betäubt vor Verzweiflung, fragte Maurynna: »Was liegt in
dieser Richtung?«

Maylin lief los. Maurynna schloß mit wenigen Schritten zu
ihr auf.

»Alles mögliche. Das Viertel der Goldschmiede, der Gewürzhändler und so fort. Wenn wir lange genug weitergehen, fallen
wir schließlich in den Uildodd.«

Der Uildodd … Maurynna stolperte beinahe über ihre eigenen Beine. Natürlich, wie konnte sie nur so dumm gewesen sein. »Maylin, es gibt dort eine Fähre, nicht wahr? Wo ist die Anlegestelle?«

»Ein Stück nordwestlich von hier. Warum – oh!«

»Genau. Die meisten Adligen besitzen auf der anderen Seite des Flusses ein Anwesen. Was, wenn das Fest dort stattfindet? Dann müßte er auf dem Rückweg die Fähre nehmen.«

Sie rannten gleichzeitig los. Maylin übernahm die Führung. Mürrisch paßte sich Maurynna den kürzeren Schritten ihrer Cousine an. Ihr blieb nichts anderes übrig, trotz der drängenden Stimme in ihrem Kopf, die sie anstachelte, sich zu beeilen.

Er durchbricht die magischen Fesseln!

Kas Althume traute seinen Augen nicht. Der große Drachenlord sollte nicht mal fähig sein, mit der Wimper zu zucken, und doch hob Linden Rathan eine Hand. Nur ein wenig, sicher, trotzdem sollte dies eigentlich nicht möglich sein. »Verdammt!« rief der Magier. Es gab noch viele Fragen, die er ihm stellen wollte. Eilig überlegte er. »Pol, ich werde die Magie verstärken. Nimm du ihm derweil das Schwert ab. Ich glaube, wir haben Verwendung dafür.«

Während Pol sich daranmachte, die Schnalle des Wehrgehänges freizuzerren, an dem Lindens Großschwert hing, verfiel Kas Althume in den beschwörenden Singsang, der den Drachenlord wieder unter seine Kontrolle bringen würde. Er ignorierte den strömenden Regen und den wie Kriegstrommeln klingenden Donner, während er Worte und Gesten zu einem magischen Muster verwob.

Ein Blitz riß den Himmel auf. Pol hob den Kopf und rief: »Herr, schaut!«

Kas Althume sah zur Straße hinüber. Zwei in Umhänge gehüllte Gestalten kletterten die Böschung hoch. Eine hielt ein Schwert in der Hand. Der Magier fluchte. Bis auf das Großschwert, mit dem weder er noch Pol umzugehen wußten, waren

354

sie unbewaffnet. Im Bruchteil eines Augenblicks traf er eine Entscheidung. »Nimm das Schwert. Wir rennen zu den Pferden. Es ist zu gefährlich, uns mit den beiden anzulegen.« Er sprang auf.

»Aber das Gegenmittel …«

»Linden Rathan wird das Risiko eingehen müssen.« Kas Althume beugte sich hinunter und zerrte Pol auf die Beine. »Komm schon!«

46. KAPITEL

Maurynna konnte kaum noch atmen. Das Gefühl der Furcht verschnürte ihre Brust, so daß jeder Atemzug zur Tortur wurde. Linden war ganz in der Nähe; sie wußte es. Und sie wußte, daß etwas Entsetzliches im Gange war.

Ohne weiter zu überlegen, verschärfte sie das Tempo und hielt sich auf der grasbewachsenen rechten Seite der Straße, um dem immer tiefer werdenden Schlamm auszuweichen. Maylin rief ihr etwas zu, aber sie achtete nicht darauf.

Weiter vorne hörte sie links von sich einen gedämpften, monotonen Gesang. Sie rannte auf die andere Straßenseite. Der knöcheltiefe Schlamm machte jeden ihrer Schritte zu einem Kampf. Sie stürmte die Böschung hoch und sah auf der angrenzenden Wiese einen schwachen Lichtschein. Sie glaubte, zwei Männer zu erkennen, die sich über etwas beugten, das im hohen Gras lag.

Nein, nicht über etwas. Über jemanden. Über Linden.

Sie zückte ihren Dolch. Gerade als ein greller Blitz die Welt erhellte, blickte einer der Männer auf. Seine Kapuze rutschte runter. Er hatte ein kantiges, beinahe rechteckiges Gesicht. Seine Lippen waren haßerfüllt zurückgezogen.

Maurynna rannte auf die beiden zu, dicht gefolgt von Maylin, die das Kurzschwert ihres Vaters gezückt hatte. Der andere Mann sprang auf und zerrte den mit dem kantigen Gesicht auf die Beine, während Maurynna ihnen mit einem gellenden Schlachtruf entgegenstürmte. Mordlust wütete in ihren Adern. Einen Moment dachte Maurynna, die beiden würden auf sie warten. Rasend vor Wut, freute sie sich auf den Kampf. Doch statt dessen rannten sie los und flüchteten in den Wald. Augenblicke später hörte sie das verklingende Hufklappern lospreschender Pferde.

Beinahe wäre sie an der reglos im Gras liegenden Gestalt vorbeigerannt. Dann hockte sie sich neben Linden und hob sanft seinen Kopf. Ein Kaltfeuer – das Licht, das sie gesehen hatte – schwebte schwach glimmend über dem Körper des Drachenlords. In dem gräulichen Lichtschein sah sein Gesicht wie Wachs aus.

Sie nahm ihn in die Arme. Er sackte schlaff gegen sie. Maurynna wurde fast wahnsinnig vor Entsetzen, fest davon überzeugt, daß er tot war. Doch dann, offenbar mit so großer Anstrengung, daß er ihr fast aus den Armen rutschte, begann er zu atmen. Erleichtert drückte sie ihn wieder an sich und flüsterte: »Linden! Linden, was ist geschehen? Was haben sie dir angetan?«

Sie glaubte, daß er zu sprechen versuchte, doch kein Laut war zu hören. Keuchend erreichte Maylin die beiden und sank auf der anderen Seite von Linden auf die Knie.

»Was fehlt ihm? Wurde er erstochen?« fragte Maylin atemlos.

»Keine Ahnung. Vielleicht können wir es rausfinden.«

Während Maylin ihn stützte, schob Maurynna eine Hand unter Lindens Tunika: Sie konnte keine Wunden entdecken, nichts, das seinen Zustand erklärte. Seine Haut war feucht, aber das war nicht ungewöhnlich bei diesem Wetter. Oder etwa doch? Maurynna legte eine Hand über Lindens Herz. Es schlug unregelmäßig. War er krank? Sie roch Wein, doch betrunken konnte er nicht sein. Dann stieg ihr der kaum wahrnehmbare Waldlilienduft in die Nase.

Sie versuchte nachzudenken. Unterdessen nahm sie ihren Umhang ab und legte ihn dem noch immer reglosen Drachenlord um die Schultern. Dann schob sie Maylin zur Seite und nahm Linden wieder in die Arme.

»Rynna, was …«

Frustration und Furcht überwältigten sie. »Sei still, Maylin! Laß mich überlegen, was wir tun sollen!« schluchzte sie. Sie kniff die Augen zu.

Denk nach! Denk nach! Denk nach!

Ihre Gedanken rasten. Plötzlich fiel ihr Heilerin Tasha ein, und ihre Panik ließ etwas nach.

Aber wenn es eine Krankheit war, die nur Drachenlords befiel? Dann konnte Tasha nichts ausrichten. Aber das Heilfeuer eines Drachenlords ...

»Maylin, du mußt die anderen Drachenlords holen. Sie werden wissen, was zu tun ist. Ich bleibe bei Linden.«

Einen Augenblick glaubte Maurynna, Maylin würde protestieren. Doch Maylin stand auf und sagte: »In Ordnung. Ich komme so schnell wie möglich zurück. Hier – für den Fall, daß die Männer noch mal auftauchen.«

Das Kurzschwert fiel neben Maurynna ins Gras. Dann nahm Maylin ihren Umhang von den Schultern und legte ihn über Lindens Beine.

Bevor sie darauf bestehen konnte, daß Maylin ihren Umhang anbehielt, war das Mädchen in der Dunkelheit verschwunden. Maurynna betete, daß die Fähre noch fuhr; wegen des Wolkenbruchs mußte der Wasserstand rasend schnell steigen.

Sie zog Linden näher an sich und versuchte, ihn mit ihrem Körper zu wärmen. Sie legte seinen Kopf an ihre Schulter, strich ihm über die nassen Haare und flüsterte ihm aufmunternde Worte ins Ohr, während er um jeden rasselnden Atemzug rang.

»Halte durch, Linden, bitte. Maylin ist bald zurück und bringt Hilfe. Bitte, bitte«, flehte sie verzweifelt.

Das Kaltfeuer sank tiefer zu Boden. Sie nahm an, daß es erst verlöschen würde, wenn Linden es auflöste – oder wenn er starb. Angstvoll beobachtete Maurynna das schwache Pulsieren und starb jedes Mal tausend Tode, wenn das Licht flackerte und auszugehen drohte. Jedes Mal leuchtete es wieder auf. Aber wie oft noch?

Maylin rannte neben der Straßenböschung, die Lippen zusammengekniffen wegen des schmerzhaften Stechens in ihrer Seite.

Mittlerweile konnte sie den Fluß hören, das Murmeln von Stimmen, das Stapfen von Stiefeln auf Holzplanken. Am Himmel flammte ein Blitz auf, und sie sah, daß sich die beiden Fährmänner zum Ablegen bereitmachten.

Donner grollte über den Fluß hinweg und übertönte ihre Rufe. Sie verstummte, um nicht noch mehr Atem zu vergeuden und rannte schneller. Als der Donner verklungen war, rief sie: »Wartet! Wartet!«

Aber die Männer hörten sie nicht. Der erste stieg auf die Fähre und nahm seinen Platz an einem der Langruder ein. Maylin biß sich auf die Lippe und fand irgendwo noch die Kraft, um ein letztes Mal das Tempo anzuziehen.

Der zweite Mann warf das Tau an Deck, stieß die Fähre von der Anlegestelle ab und sprang an Deck. Als er Schritte über die Holzplanken poltern hörte, schaute er über die Schulter. Der erste Fährmann erhob sich halb von seinem Platz am Ruder.

»Was zum Henker …«, rief er, als Maylin von der Anlegestelle sprang und bäuchlings auf dem Deck aufschlug. Im nächsten Moment wurde die Fähre von der Strömung erfaßt, und die Männer mußten an die Ruder, um nicht abgetrieben zu werden.

Maylin preßte das Gesicht an die Holzplanken, die aufgebrachten Flüche ignorierend, und konzentrierte sich nur darauf, wieder zu Atem zu kommen.

Ein Tritt traf sie. Sie setzte sich auf und wischte sich die triefnassen Locken aus dem Gesicht, ihre Unterlippe wütend vorgeschoben.

»Dumme Kuh! Hättest in 'n Fluß fallen und absaufen können!« brüllte der ältere der beiden Männer, während er gleichzeitig das Ruder durchzog. »Eigentlich müßtest du das Doppelte zahlen …«

»Ich habe kein Geld«, sagte sie.

Der andere Mann fluchte. »Yattil, glaubt dieses verfluchte

Ding etwa, wir würden sie umsonst ans andere Ufer bringen? Wir sollten dich ins Wasser schmeißen, du diebische Elster! Ehrliche Männer um ihren Lohn zu bringen!«

Maylin wich einem zweiten Tritt aus und hockte sich auf die Knie. Rasender Zorn funkelte in ihren Augen. Die beiden Männer traten erschrocken zurück und vergaßen fast zu rudern, als Maylin losbrüllte.

»Wie könnt ihr es wagen! Wie könnt ihr es *wagen!* Laßt mich zufrieden, ihr Narren, und hört mir zu. Wenn ihr mich nicht sofort auf die andere Seite bringt, werdet ihr demnächst einen Kopf kürzer sein, versteht ihr? Es geht um das Leben von Linden Rathan.«

Die Fährmänner sahen einander an. »Was meinst du?« fragte Yattil scharf. »Wir haben den Drachenlord doch vorhin erst übergesetzt.«

»Stimmt«, sagte Maylin. »Danach ist er überfallen worden. Meine Cousine ist bei ihm. Ich hole die anderen Drachenlords zu Hilfe.«

Yattil starrte sie irritiert an, während er ruderte. Offensichtlich glaubte er ihr nicht, wagte aber auch nicht, ihre Geschichte als blanken Unsinn abzutun. Dann schien er beschlossen zu haben, besser auf Nummer Sicher zu gehen, und fragte: »Was ist passiert?«

Maylin überlegte kurz, wieviel sie ihnen erzählen sollte, dann sagte sie: »Wir – meine Cousine und ich – sind mit dem Yerrin-Barden Otter Heronson befreundet, der wiederum ein Freund von Linden Rathan ist. Otter wohnt bei meiner Familie, den Vanadins. Wir sind Kaufleute.«

Die Männer nickten und sahen erleichtert aus. Offenbar hatten sie entweder von Otter oder von ihrer Familie gehört. Maylin war froh, daß sie nicht fragten, weshalb Otter bei ihnen statt bei dem Drachenlord wohnte. Sie wußte es selbst nicht.

Bevor die Männer etwas entgegnen konnten, fuhr Maylin

fort: »Linden Rathan wollte uns treffen … Als er nicht kam, machten wir uns auf die Suche nach ihm. Rynna und ich fanden ihn unweit der Fähre. Zwei Männer beugten sich über ihn. Rynna schlug sie in die Flucht.« Maylin machte eine Pause und dachte schaudernd an Maurynnas martialische Schreie, als sie auf die beiden zugestürmt war.

Sie hat auch mir Angst eingejagt! Ich dachte, nur Drachen können so grimmig werden.

»Und jetzt muß ich die anderen Drachenlords zu Hilfe holen. Linden Rathan ist verwundet oder schwerkrank. Sie können ihm helfen.«

Die Männer sahen einander fragend an. Dann nickte Yattil, und sie legten sich mit aller Kraft in die Ruder. Maylin bezweifelte, daß die Fähre jemals schneller gefahren war.

Sie kroch an den beiden vorbei und kauerte sich am Bug zusammen. Elend vor Angst sehnte sie das weit entfernte Ufer herbei. Durch den dünnen Stoff ihrer Tunika stach der Regen auf sie ein.

Die Götter mögen uns beistehen, dachte sie. Hoffentlich ist er noch am Leben. Tief aus ihrem Innern kam die Frage: Woher wußte Rynna, daß etwas nicht stimmte?

Sie kauerte sich noch mehr zusammen und wog alle Hinweise und Möglichkeiten mit ihrem »kühl kalkulierenden Kaufmannsverstand« ab, wie ihre Mutter es oft spaßeshalber ausdrückte. Und diesen kühl kalkulierenden Verstand würde sie auch brauchen – hauptsächlich, um sich den unglaublichen Gedanken auszureden, der ihr im Kopf herumspukte.

Während der Sturm näherrückte, betete Maurynna wie nie zuvor in ihrem Leben, mehr noch als am Totenbett ihrer Mutter. Damals war sie erst zehn gewesen, zu jung, um zu verstehen, was der Tod bedeutete. Nun wußte sie es. Und die Vorstellung, Linden zu verlieren, raubte ihr fast den Verstand.

Sie legte eine Wange an seine Stirn. Sein Atem schien

gleichmäßiger geworden zu sein, und er fühlte sich wärmer an. Sie schöpfte etwas Hoffnung.

Er bewegte sich in ihren Armen. Sie drehte seinen Kopf, so daß sie sein Gesicht sehen konnte. Seine Augen öffneten sich wie bei jemandem, der nur widerwillig aus dem Schlaf erwachte: Sie verzogen sich zu schmalen Schlitzen, die Lider hoben sich, blinzelten, dann fielen sie wieder zu. Endlich schaffte er es, die Augen offenzuhalten, und starrte sie an.

»Linden?« flüsterte sie. »Ich bin's, Maurynna.«

Sein leerer Blick brach ihr fast das Herz. Dann schien er sie zu erkennen und flüsterte etwas, das sie nicht verstand.

»Was? Was hast du gesagt?« fragte Maurynna.

Wieder flüsterte er. Sie beugte sich über ihn, um ihn besser verstehen zu können, doch alles, was sie vernahm, war: »Fragen. Fragen … gestellt.« Dann sackte er gegen ihre Schulter. Die Vertrautheit der Geste ließ sie vergessen, wie kalt ihr war und wie schrecklich sie sich fühlte.

Im nächsten Augenblick riß ihn ein Krampf beinahe aus ihren Armen, und sein Atem wurde wieder flach und unregelmäßig. Zu Maurynnas Erleichterung ebbte der Anfall jedoch ebenso schnell ab, wie er gekommen war.

Sie zog die runtergerutschten Umhänge zurecht, besorgt, weil er plötzlich wieder kälter zu werden schien. Dann nahm sie ihn wieder in die Arme und fragte sich, ob Maylin schon den Fluß überquert hatte.

Danach muß sie noch immer das Anwesen finden, wo sich die anderen Drachenlords aufhalten. Hoffentlich verläuft sie sich nicht.

Der Gedanke, daß Maylin nicht zurückkommen könnte, war so beängstigend, daß sie sich ermahnte, sich nicht unnötig verrückt zu machen. Maylin würde sie nicht im Stich lassen. Sie mußte einfach nur Geduld haben. Ein plötzlicher Blitz am Himmel und der nachfolgende Donnerschlag schienen sie zu verhöhnen.

Nach dem dritten Schüttelkrampf kannte Maurynna die vorausgehenden Anzeichen: ein kurzes Luftschnappen, gefolgt vom Versteifen der Muskeln. Dann das markerschütternde Zittern und das verzweifelte Ringen nach Luft.

Ihre Arme wurden immer schwerer; viel länger konnte sie Linden nicht stützen. Und die Krämpfe kamen in immer kürzeren Abständen. Maurynna schob wieder eine Hand unter Lindens Tunika. Sie war keine Heilerin, doch der holpernde, immer wieder aussetzende Herzschlag versetzte sie in Angst und Schrecken.

Und Maylin mußte noch die Drachenlords finden.

Götter – bitte helft uns!

Ein riesiger Blitz zerriß die Dunkelheit. Maylin schrie überrascht auf. Im plötzlich taghellen Licht sah sie, daß das gegenüberliegende Ufer nicht mehr weit entfernt war. Und daß ein Reiter an der Anlegestelle wartete.

Sie kniff die Lippen zusammen. Wer immer der Diener sein mochte – es mußte ein Diener sein; kein Adliger würde bei diesem Wetter sein trockenes Heim verlassen –, seine ursprünglichen Pläne konnte er vergessen. Sie hatte Wichtigeres für ihn zu tun. Sie hoffte nur, daß sie nicht wertvolle Zeit verlieren würde, falls sie erst mit ihm herumstreiten mußte.

Die Anlegestelle war nur noch wenige Meter entfernt. Sie stand auf. Als der Bug an den Steg stieß, sprang sie von der Fähre.

»Du!« rief sie. »Nimm mich auf dein Pferd! Ich muß die Drachenlords finden!«

Die in einen Umhang gehüllte Gestalt rührte sich nicht.

Wütend stieß Maylin einen Fuß auf den Boden. »Bist du taub oder was? Beeil dich!« Sie sah zu der Gestalt hoch und fragte sich, ob sie sie aus dem Sattel stoßen und das Pferd nehmen sollte. Unmöglich; sie war zu klein. Sie würde die Gestalt überreden müssen. »Hör mir zu, du Narr!«

»Ich höre«, sagte der Reiter gelassen. »Und wenn du tatsächlich die Drachenlords suchst …«

Er zog die Kapuze zurück und ließ mit derselben sechsfingrigen Hand ein Kaltfeuer in der Luft aufleuchten. Er beugte sich zu ihr hinunter.

»… dann hast du einen gefunden«, sagte Kief Shaeldar. »So, nun erzähle. Was ist passiert?«

47. KAPITEL

Maylin starrte mit offenem Mund zu Kief Shaeldar hoch. Bevor sie die Fassung zurückgewann, nahm er das Kaltfeuer hinunter und leuchtete ihr damit ins Gesicht.

»Ich kenne dich«, sagte er. »Du bist die mit dem kleinen Mädchen, das Linden jeden Morgen zuwinkt.« Dann fragte er schärfer: »Also, was ist passiert? Beeil dich, Kind, ich muß über den Fluß.«

Stirnrunzelnd sah er zum Uildodd. Es war ihm deutlich anzumerken, daß er die Verzögerung mißbilligte.

Ein weiterer Blitz und das anschließende Donnergrollen gaben Maylin einige Augenblicke, um die richtigen Worte zu finden. Sie sagte: »Meine Cousine kennt Linden Rathan. Sie wußte, daß etwas nicht stimmte. Ich weiß nicht wie, aber ...«

Er fiel ihr ins Wort. »Deine Cousine? *Maurynna?*«

Maylin nickte. Plötzlich war sein gesamtes Wesen auf sie konzentriert, in einer Intensität, die sie beängstigte. Sie fragte sich kurz, wieso Maurynnas Name eine solche Veränderung in dem Drachenlord bewirkt hatte, dann sprudelte die Geschichte aus ihr heraus.

Sie hatte kaum zu Ende gesprochen, als Kief Shaeldar vom Pferd sprang. Er drehte sich um, als wollte er in die Lichtung hinter der Anlegestelle rennen, dann hielt er inne.

»Verflucht, verflucht, *verflucht!*« schimpfte er. »Nicht genug Platz für eine Verwandlung. Fährmänner, bringt mich auf die andere Seite!«

»Wie Ihr wünscht, Drachenlord. Aber wir müssen uns beeilen. Das Wasser steigt schnell. Euer Pferd müßt Ihr hierlassen; es ist zu schwer.«

Mit der Geschwindigkeit einer zuschnappenden Schlange packte er Maylin und setzte sie auf das Pferd. Zu überrascht, um zu protestieren, fing Maylin die Zügel auf, die er ihr zuwarf. Bevor sie etwas sagen konnte, sprang er auf die Fähre. Sie legte sofort ab. Aus der Dunkelheit erklang Kief Shaeldars Stimme: »Ich hoffe, du kannst reiten, Mädchen! Folge einfach dem Kaltfeuer.«

Verblüfft nickte Maylin und vergaß für einen Moment, daß er sie unmöglich sehen konnte. Oder konnte er doch? In den Legenden hieß es, Drachenlord-Augen seien schärfer als die eines Echtmenschen.

Sie schaute zu dem langsam in der Luft rotierenden Kaltfeuer und schluckte. »Dann übernimm die Führung, Lichtball«, sagte sie.

Gehorsam schwebte das Kaltfeuer zur Straße. Maylin wendete das Pferd und ritt hinterher. Es schien ein gutmütiges, wohlerzogenes Tier zu sein. Sie hoffte, daß es sich nicht von den Steigbügeln, die gegen seinen Bauch schlugen, stören ließ. Verglichen mit Linden Rathan, war Kief Shaeldar zwar deutlich kleiner, hatte aber trotzdem längere Beine als sie.

Doch das Pferd schien die Steigbügel nicht zu bemerken. Ihrer Mission und dem damit verbundenen Gefühl der Dringlichkeit entledigt, merkte Maylin plötzlich, daß sie bis auf die Knochen durchnäßt war und vor Kälte zitterte. Regen lief ihren Nacken hinunter. Bibbernd zog sie die Schultern hoch. Die Dunkelheit um sie herum war undurchdringlich. Einzig das Kaltfeuer schien frohgelaunt zu sein, während es wenige Meter vor ihr durch die Nacht schwebte.

Am liebsten hätte sie dem Kaltfeuer einen Tritt versetzt. In einer Nacht wie dieser mit all den schrecklichen Ereignissen sollte nichts und niemand frohgelaunt sein.

Maylin war halb eingeschlafen und schwankte im Sattel hin und her, als ihr klar wurde, daß das, was sie für Donner gehalten hatte, in Wirklichkeit klappernde Pferdehufe auf der Straße waren. Anfangs glaubte sie, daß die näherkommenden Reiter Fackeln trugen, und sie fragte sich, wieso sie bei dem Regen nicht erloschen. Dann erkannte sie, daß die »Fackeln« weitere Kaltfeuer waren. Ihr eigenes schwebte voraus und eilte den Ankömmlingen entgegen.

Einer der Reiter hielt vor ihr an. Die anderen bildeten einen Kreis um sie.

Sie schaute in die schimmernden blauen Augen von Tarlna Aurianne. Auf einen Wink des Drachenlords legte einer der anderen Reiter Maylin einen Umhang um die Schultern. Dankbar schmiegte sie sich in den pelzgefütterten Stoff. Ein anderer Reiter reichte ihr einen Weinschlauch. Sie trank einen Schluck, gleichermaßen vom heißen würzigen Wein wie vom Umhang erwärmt.

Als Maylin den Weinschlauch zurückgab, beugte sich Tarlna Aurianne vor und musterte sie. Maylin rutschte unbehaglich auf dem Sattel herum. Zu oft schon war sie wegen ihrer zweifarbigen Augen, die sie mit Maurynna gemein hatte, gehänselt worden.

Aber Tarlna Aurianne lächelte nur und murmelte: »Ja, du bist eine Angehörige. Du hast das … gewisse Aussehen.«

Verwirrt sagte Maylin: »Ähm – bis auf die Augen sehe ich Maurynna eigentlich nicht ähnlich.«

Tarlnas Mund verzog sich zu einem Lächeln. »Die, die sehen können, sehen es.« Sie klang amüsiert. »Du hast heute abend eine Menge für uns getan. Das mindeste, was wir dir anbieten können, ist ein warmes Bett und trockene Kleider. Folge uns.«

Das Kaltfeuer glomm nur noch schwach. Ohne auf die Tränen und Regentropfen zu achten, die über ihre Wangen liefen, wischte Maurynna das Blut aus Lindens Gesicht. Während des letzten Krampfes – dem schlimmsten bisher – hatte er sich in die Lippe gebissen. Weil sie befürchtete, daß er sich beim nächsten Mal die Zunge abbeißen würde, riß sie einen breiten Streifen von ihrem Umhang und schob ihm den Stoffetzen zwischen die Zähne.

Das Klappern von Pferdehufen schreckte sie auf. Die Männer, die Linden überfallen hatten, kehrten zurück! Sie ließ ihn behutsam ins Gras sinken und nahm Maylins Kurzschwert. Doch ihre Beine waren eingeschlafen. Als sie aufstehen wollte, fiel sie hin. Sich verfluchend, hockte sie vor Linden, die Zähne gefletscht, fest entschlossen, wenigstens einen der Angreifer mit in den Tod zu nehmen.

Erst als sie in dem weichsten und bequemsten Bett lag, das sie sich vorstellen konnte – am Fußende lag ein in Flanell gewickelter heißer Ziegelstein, der für kuschelige Wärme sorgte –, fiel Maylin ein, daß Maurynna niemals davon gesprochen hatte, daß sie die anderen Drachenlords kannte – sie kannte nur Linden.

Also weiß Tarlna Aurianne nicht, wie Maurynna aussieht – woher will sie dann wissen, ob ich wie eine »Angehörige« aussehe oder nicht?

Erneut brauten sich in ihrem Kopf die wildesten Spekulationen zusammen, um Aufmerksamkeit heischend wie ein Rudel junger Hunde.

Ist doch alles Unsinn, sagte sie sich. Blanker Unsinn.

Sie drehte sich auf die Seite und schlief ein.

»Hallooooooo! Rynna! Rynna – bist du da irgendwo?«

Sie traute ihren Ohren nicht. »Otter?« rief sie erleichtert. »Bist das wirklich du?« Sie sprang auf, trotz des unangenehmen Stechens und Kribbelns in ihren Beinen.

Sie hörte ihn die Böschung hochreiten. »Hier! Wir sind hier drüben!«

Das Pferd hielt schlitternd vor ihr an. Otter schwang sich aus dem Sattel wie ein vierzig Jahre jüngerer Mann. Sie fiel ihm weinend in die Arme.

»Woher – woher weißt du, daß wir hier sind?« schluchzte sie, während sie den Barden zu der Stelle führte, wo Linden lag.

»Kief Shaeldar hat es mir übermittelt«, sagte Otter grimmig. »Er traf Maylin auf der anderen Flußseite. Ich war auf dem Weg nach Hause, als er mir berichtete, was er wußte. Er ist noch auf der Fähre. Rynna, was ist geschehen? Wer waren die beiden Männer?«

Sie schüttelte den Kopf und kniete sich wieder neben Linden ins Gras. »Ich weiß es nicht«, sagte sie schluchzend. »Otter, hilf mir, ihn wieder aufzusetzen. Es scheint, als bekäme er dann besser Luft.«

Gemeinsam setzten sie Linden auf, so daß er wieder an Maurynnas Schulter lehnte. Als Otter ihr seinen Umhang geben wollte, schüttelte sie den Kopf. »Ich bin sowieso naß. Bist du sicher, daß Kief Shaeldar unterwegs ist?«

»Ja. Er hat noch beim Fest versucht, Linden zu erreichen, spürte aber nur Schmerz und Finsternis. Das alarmierte ihn, und er machte sich auf die Suche nach Linden. Unterwegs traf er dann Maylin.«

Der Barde strich Linden eine nasse Strähne aus dem Gesicht. »Alles, was wir tun können, ist warten, Rynna. Und beten.«

Der Umstand, daß Otter nun bei ihr war, beruhigte Maurynna etwas, obwohl sie wußte, daß er nicht mehr tun konnte als sie.

Ihr fiel etwas ein. »Linden versuchte, mir etwas mitzuteilen. Er sagte: ›Fragen gestellt‹. Macht das für dich einen Sinn?«

Otter schüttelte den Kopf. »Überhaupt nicht. Bist du sicher, daß du ihn richtig verstanden hast? Hm – was könnte es bedeuten?«

Plötzlich sprang der Barde auf. Seine kräftige, geübte Stimme schallte über die Wiese. »Kief! Hier drüben!«

Maurynna schaute über die Schulter. Eine Gestalt rannte durch das nasse Gras – in einem Tempo, das – wenn überhaupt – nur wenige Echtmenschen erreichen konnten. Ein silbern leuchtendes Kaltfeuer erhellte Kief Shaeldar den Weg.

Rutschend kam er vor ihnen zum Stehen. »Macht Platz, ich muß ihn mir ansehen«, befahl der Drachenlord.

Otter trat zur Seite. Maurynna klammerte sich an Linden, nicht gewillt loszulassen. Sie war bereit, sich mit Kief Shaeldar anzulegen, falls er sie fortschicken wollte, doch zu ihrer Überraschung sagte er nichts, sondern hob nur Lindens Kinn und sah ihm prüfend ins Gesicht.

Nach einer Weile richtete sich Kief Shaeldar auf. »Schwarze Magie!« spie er aus. »Tretet zurück, beide. Ich brauche Platz.«

Bevor sie sich weigern konnte, packte Otter sie am Arm und zog sie fort. »Sei nicht dumm, Rynna«, sagte er, als sie sich wehrte. »Er braucht Platz, um sich zu verwandeln.«

Widerwillig folgte sie ihm. Aber es war Otter, der nach wenigen Schritten stehenblieb.

»Ähm – Kief? Glaubt Ihr, dies ist eine gute ...«

»Fort mit euch, verdammt noch mal!« brüllte der Drachenlord und warf seinen Umhang ins Gras.

»Wie Ihr meint.« Der Barde packte wieder ihren Arm und zog sie mit, bis sie den Rand der Wiese erreichten.

Maurynna warf sich in Otters Arme, als ein Blitz aufflammte und roter Nebel Kief Shaeldar umhüllte. Es blitzte ein zweites Mal, und ein Drache stand da. Plötzlich schien sich alles in ihrem Kopf zu drehen. Der nun folgende Donnerschlag machte sie beinahe taub. Sie schrie auf und kniff die Augen zu. Aus weiter Ferne hörte sie das Wiehern eines erschrockenen Pferds, dann donnernde Hufe und anschließend Otters mißmutige Stimme, die sagte: »Das war's. Der Gaul bleibt frühestens in einer Woche stehen.«

Jetzt stürzte sie durch eine unendliche Nacht. Und in der Dunkelheit erklangen Stimmen, herrliche Stimmen, schöner als alles, was sie bisher gehört hatte. Aber sie verstand nicht, was sie sangen, und wenn sie nicht verstand, würde sie sterben. Sie wollte nicht sterben – noch nicht. Sie mußte herausfinden, was die Stimmen ihr mitzuteilen versuchten ...

48. KAPITEL

Herr? Was wird aus Linden Rathan?«
Kas Althume sah zu seinem neben ihm reitenden Helfer
hinüber. »Ich bin mir nicht sicher, Pol. Es war ein wirklich
unglücklicher Zufall, daß diese Leute auftauchten.«

Pol brummte zustimmend. Dann fragte er: »Weiß Prinz
Peridaen davon?«

»Daß das Pulver, das ich Sherrine gab, Linden Rathan töten
könnte? Nein. Traurig, daß wir ihm nicht das Gegenmittel geben
konnten, aber so ist es nunmal. Falls er stirbt, wird es unangenehm für uns, aber wenn die Götter es so wollen …« Er zuckte
mit den Schultern. »Es mag kommen, wie es will. Ich werde den
Prinzen nicht mit Spekulationen behelligen.«

Seine einzig wahre Sorge war, was es für seine Pläne mit
Sherrine bedeutete, falls Linden Rathan starb.

Schmerz zerriß die Dunkelheit. Keuchend schlug Maurynna die
Augen auf.

Wieso lag sie am Boden, wieso beugte sich Otter über sie?
Verwirrt griff sie sich an die schmerzende Wange und wußte,
daß er sie geohrfeigt hatte. Er sah erleichtert und wütend
zugleich aus.

Ich habe versucht, es Euch zu sagen, sprach er im Geiste zu
dem braunen Drachen, der sich über Linden beugte.

O Götter, ist sie wohlauf?

Die Worte waren leise, als würde jemand in der Takelage
flüstern. Aber sie waren in ihrem Kopf. Und irgendwie wußte
sie, daß es ihr nicht bestimmt war, sie zu hören. Gut, sie würde
sich nicht anmerken lassen, daß sie es konnte.

*Und das nach allem, was ich Linden gesagt habe. Er wird
meinen Kopf verlangen.*

Der Gedanke an Linden brachte Maurynna wieder zu sich, obwohl sich in ihrem Kopf noch immer alles zu drehen schien. »Könnt Ihr Linden heilen?« fragte sie flehend. »Ihr könnt es doch, oder? Mit Eurem Heilfeuer …«

»Ich bin nur ein Drachenlord, keine Gottheit! Ich tue mein Bestes, aber …«

Der große geschuppte Kopf fuhr zurück. Die Schnauze öffnete sich, lange, teuflisch scharfe Fänge entblößend. Kief Shaeldar hob die Flügel und holte tief Luft. Dann richtete er den Kopf nach unten. Aus den tödlichen Fängen schossen blaugrüne Flammen und strichen über Linden hinweg. Einmal, zweimal, dreimal sprühten die Flammen auf den angeschlagenen Drachenlord nieder. Nach dem dritten Mal trat Kief Shaeldar zurück. Seine Flügel und sein langer Hals senkten sich.

Maurynna sprang auf und taumelte zu Linden. Ohne nachzudenken, nahm sie Lindens Kaltfeuer in die Hände. Es brannte jetzt etwas heller – nicht viel, aber das Licht flackerte nicht mehr. Und Lindens Farbe und seine Atmung waren besser. Zum ersten Mal schöpfte sie wirkliche Hoffnung.

»Ich muß Lindens Kaltfeuer löschen«, entschuldigte sich Kief. »Es kostet ihn Kraft, die er momentan nicht erübrigen kann. Es tut mir leid. Ich weiß, er hätte gewollt, daß Ihr es wenn möglich behaltet.«

Der große Kopf senkte sich zu ihr hinunter und drehte sich ein wenig, so daß ein großes Auge sie betrachtete. Einem Teil ihres Verstandes fiel auf, daß die Iris vertikal war wie bei einer Katze. Sie fragte sich, weshalb ihn ihre Gefühle kümmerten. Das Kaltfeuer verschwand aus ihren Händen.

»Helft mir, ihn hochzuheben. Ich werde ihn mitnehmen. Maurynna – nehmt meinen Umhang. Ihr habt einen langen, feuchten Heimweg vor euch.«

Maurynna und Otter hoben Linden auf Kief Shaeldars Vorderbeine, die er wie eine Wiege aneinandergelegt hatte. Behutsam schloß der braune Drache einen sechsklauigen Vorderfuß

372

um Linden und hob den jüngeren Drachenlord an seine geschuppte Brust. Dann stellte sich Kief Shaeldar auf die Hinterbeine, zog den langen Hals ein und breitete die Flügel aus.

»Komm schon!« rief Otter, packte sie am Arm und rannte los. Zu überrascht, um zu protestieren, folgte ihm Maurynna. Sie sah rechtzeitig zurück, um Kief Shaeldar mit einem Satz in die Luft springen und mit kurzen, kräftigen Flügelschlägen zum Himmel aufsteigen zu sehen.

Sie riß sich von Otter los und blieb stehen, ohne auf den in ihr Gesicht peitschenden Regen zu achten. Einen Moment später zerrte der Luftzug der Flügelschläge an ihrem Körper. Nun verstand sie, warum Otter sie fortgezogen hatte. Wären sie näher dran gewesen, hätte der Luftzug sie umgestoßen.

Dann begann sich wieder alles in ihrem Kopf zu drehen, und sie stürzte in die Ewigkeit. Aus weiter Ferne hörte sie Otter ihren Namen rufen, aber sie war in ihrem hinabtrudelnden Geist gefangen und konnte nicht antworten. Einen wunderbaren Moment lang flog sie an Kief Shaeldars Seite am sturmgepeitschten Himmel; im nächsten versank sie in Dunkelheit.

49. KAPITEL

Kas Althume wartete so geduldig wie möglich, während der Diener ihm den durchnäßten Umhang abnahm. Das längliche, triefnasse Bündel in seinen Armen erschien ihm gleichzeitig wie eine Trophäe und eine Warnung. Aber er ließ seiner Miene nichts anmerken, so wie er es im Laufe vieler Jahrzehnte seines langen Lebens gelernt hatte, und er wirkte weder zufrieden noch beunruhigt.

»Nein – das trage ich«, sagte er zu dem Diener, als der Mann sich erbot, ihm das Bündel abzunehmen.

Der Diener verneigte sich und sagte: »Prinz Peridaen ist in seinem Arbeitszimmer.«

Kas Althume schritt den Gang hinunter, das schwere, in Pols Umhang gewickelte Schwert in den Armen wiegend. An der Tür zum Arbeitszimmer drückte er die Klinke hinunter und schob die Eichentür mit dem Ellbogen auf. Zu seiner Erleichterung saß Peridaen allein am Kamin.

»Wo ist Anstella?« fragte Kas Althume. Er schloß die Tür hinter sich.

Peridaen schaute von dem Schachspiel auf, über dem er brütete. »Bei Sherrine. Das Mädchen sah aus wie – was ist das?«

Lächelnd lüftete Kas Althume den Umhang. »Tsan Rhilin«, sagte der Magier. Er sah auf das Großschwert in seinen Armen hinunter, stolz wie ein Adler auf sein Junges.

»Allmächtige Götter!« Peridaen sprang auf und warf dabei seinen Stuhl um. »Zeigt her!« Mit zwei langen Schritten hatte er Kas Althume erreicht.

Der Magier legte dem Prinzen das Schwert in die wartenden Hände.

Peridaen betrachtete die schlichte Lederscheide. »Paßt irgendwie nicht zu einem so legendären Schwert«, sagte er und

strich über die einfachen Ledergurte. »Und das Schwert selbst –
man sieht ihm nicht an, daß es magisch ist.« Er zog es halb aus
der Scheide. »Es sieht einfach wie ein hervorragend geschmie-
detes Schwert aus«, sagte er und schob es wieder in die Scheide
zurück.

»Es ist nicht magisch – jedenfalls nicht von allein.« Kas
Althume ging zum Tisch und schenkte sich Wein ein. »Es gibt
eine Yerrin-Legende über Schwester Mond und das Schwert –
sein Name bedeutet ›Mondtänzer‹ auf Alt-Yerrin.« Er trank
einen Schluck und fuhr dann fort. »Angeblich nahm es
Rani eo'Tsan einem untoten kelnethischen Harfner ab – obwohl mir nie klar wurde, wo *der* es herhatte – und gab es Bram
Wolfson.«

»Und Wolfson gab es Linden Rathan.« Peridaen strich über
den Griff, der mit feinem gewundenen Draht umwickelt war,
damit er besser in der Hand lag. »Die beiden waren irgendwie
miteinander verwandt, nicht wahr?«

Er schien den Blick nicht von dem Schwert lösen zu können,
schlicht wie es sein mochte. Kas Althume beobachtete ihn voller
Verachtung. So sehr Peridaen die Drachenlords auch hassen
mochte, der von ihnen ausgehenden Faszination konnte er sich
dennoch nicht entziehen. Es ärgerte Kas Althume, daß selbst
ein so mächtiger Magier wie er auf den Schutz des Hochadels
angewiesen war.

Könnte doch nur ein einzelner Magier die Macht an sich
reißen, so wie in den Legenden. Schade, daß dazu mehr Magie
vonnöten war, als ein einziger Magier entfachen konnte.

Und wer hatte je von Magiern gehört, die sich lange genug
vertrugen, um ein Bündnis einzugehen?

»Wir haben Wichtigeres zu besprechen als die Geschichte
dieses Schwerts«, raunte der Magier.

Das riß Peridaen aus den Gedanken. Er legte das Schwert auf
den Tisch. »Götter, ja! Natürlich. Anscheinend muß ich Euch
nicht fragen, ob Eure Mission zumindest teilweise erfolgreich

war. Daß Ihr Tsan Rhilin habt, beweist, daß Eure Magie funktioniert hat. Aber warum in aller Welt habt Ihr es genommen, Kas? Das war sehr gefährlich. Und was ist mit dem Rest? Habt Ihr herausgefunden, was wir wissen müssen?«

»Einiges.« Kas Althume zog einen Stuhl zum Kamin und setzte sich. Er streckte die Beine von sich, so daß seine Stiefel auf dem Kaminvorsprung lagen. Augenblicke später stieg Dampf von ihnen auf. »Eines muß ich ihm lassen: Drachenlord Linden Rathan ist ein willensstarker, sturköpfiger Bastard. Unter dem Einfluß des Pulvers hätte er weder fähig sein dürfen, sich zu bewegen, noch sich mir zu widersetzen. Und doch tat er am Ende beides. Aber ich habe trotzdem einige interessante Dinge aus ihm herausbekommen.«

Peridaen stellte seinen umgekippten Stuhl auf. »Zum Beispiel?«

»Drachenlords können keine Gedanken lesen …«

»Den Göttern sei Dank«, murmelte Peridaen mit einem schiefen Lächeln. »Ansonsten würde man uns alle hängen.«

»*Mich* würde man hängen. *Euch* würde man enthaupten, dank Eurer königlichen Herkunft. Doch zurück zu den Drachenlords: Sie können zwar keine Gedanken lesen, aber sie können im Geiste miteinander reden.

Und zwei der Fragen, über die die Bruderschaft endlos gestritten hat, sind nun ein für allemal geklärt: der Magier Ankarlyn hat tatsächlich eine Möglichkeit gefunden, die Bande zwischen den Seelen eines Drachenlords zu lockern. Leider hatte Linden Rathan keine Ahnung, wie man das bewerkstelligt, daher konnte er nicht bestätigen, was ich durch meine Studien herausgefunden habe. Was dies betrifft, sind wir auf uns selbst gestellt.

Aber fest steht, daß Ankarlyns Magie funktioniert. Dies haben das Pulver und die magischen Sprüche bewiesen, die ich bei Linden Rathan eingesetzt habe. Außerdem hat er es mit seinen eigenen Worten bestätigt«, sagte Kas Althume.

»Dies ist eine geklärte Frage«, bemerkte der Prinz. »Welches ist die andere?«

Der Magier lächelte kurz. »Die Geschichte, die Ihr vor kurzem noch als Ammenmärchen abtun wolltet – daß Ankarlyn einen heranreifenden Drachenlord versklavte. Es ist wahr, und dieses Mal wußte Linden Rathan, wie man es macht: indem man das Blut eines Drachenlords benutzt – oder jemanden, der Drachenlord-Blut in sich hat.«

Peridaen sagte langsam: »Eine meiner Vorfahren war die Echtmensch-Tochter zweier Drachenlords. Das bedeutet, daß – verdammt, Kas, muß es unbedingt der Junge sein? Im Grunde mag ich ihn.«

Der Magier sagte schulterzuckend: »Rann ist sicherlich ein liebes Kerlchen, aber stellt Ihr sein Leben über den Erfolg der Bruderschaft? Denn im Erfolgsfall werden viele unter unser Banner strömen, die jetzt noch zögern, mein Prinz. Vergeßt das nicht.«

»O Götter.« Peridaen kniff die Augen zusammen und massierte seine Schläfen, als hätte er plötzlich Kopfschmerzen bekommen. »Nein, natürlich nicht. Es ist bloß ... Sherrine *und* Rann?«

»Man muß den Göttern schon etwas bieten, wenn wir sie auf unsere Seite ziehen wollen, mein Prinz«, sagte Kas Althume.

»Ich weiß. Aber dies ... Ich muß darüber nachdenken, Kas«, sagte Peridaen.

Peridaens Tonfall ließ im Kopf des Magiers ein Warnsignal aufleuchten, aber Kas Althume beschloß, das Thema vorerst ruhen zu lassen. Statt dessen sagte er: »Möglicherweise lassen sich weitere magische Formeln gegen die Drachenlords entwickeln. Aber ich bin nicht gewillt, die nötige Zeit zu investieren. Wir können die Regentschaftsdebatte nicht ewig in die Länge ziehen, obwohl ich glaube, daß sich uns momentan die Möglichkeit für eine Verzögerung bietet.« Kas Althume lehnte sich zurück und faltete die Hände über dem Bauch. »Denn es gibt tatsächlich einen heranreifenden Drachenlord. Ich habe Linden Rathan danach gefragt, um mich zu vergewissern. Er schien über die Frage zu erschrecken, denn erst danach begann er, gegen meine Magie anzukämpfen.«

Höhnend hob der Magier seinen Kelch, um auf den abwesenden Drachenlord zu trinken. »Wie gesagt, er ist ein willensstarker, sturköpfiger Bastard. Ich war völlig überrascht. So etwas hatte ich nicht für möglich gehalten. Die Anstrengung muß ihn eine Menge Kraft gekostet haben.« Er trank seinen Kelch leer und wischte sich über die Lippen.

»Ich bekam ihn zwar wieder unter Kontrolle, aber wie der unglückliche Zufall es wollte, tauchten plötzlich zwei nächtliche Reisende auf.«

»Was! Wer?« wollte Peridaen wissen. »Haben sie Euch erkannt?«

»Ich weiß es nicht. Alles, was ich im strömenden Regen sehen konnte, waren zwei in Umhänge gehüllte Gestalten. Ich gehe davon aus, daß sie von uns auch nicht mehr erkennen konnten. Einer stürmte mit einem Schwert auf uns zu. Wer immer es war – er wußte, wie man damit umgeht. Um eine Verletzung und unangenehme Fragen zu vermeiden, hielt ich es für das beste zu flüchten.« Er hob eine Hand, den Einwand vorwegnehmend, den Peridaen sogleich erheben wollte. »Vergeßt nicht – weder Pol noch ich waren bewaffnet. Das Beschwören eines so mächtigen Zaubers verbietet die Gegenwart von kaltem Eisen. Zu dem Zeitpunkt, als uns die beiden Reisenden entdeckten, hatten wir das meiste von dem, was wir wissen wollten, bereits erfahren – und wir hatten das«, sagte der Magier und deutete mit einem Kopfnicken auf das Großschwert auf dem Tisch.

»Ja, *das*. Und was wollen wir damit anfangen? Wir können es nicht hierlassen. Sollte einer der Diener es entdecken … Verflucht, Kas, Ihr geht zu große Risiken ein! Das war nicht Teil unseres Plans.«

Kas Althume bedachte ihn mit einem kühlen Lächeln. »Pläne

existieren, um sie zu ändern, verehrter Prinz. Macht Euch keine Sorgen. Dieser Schatz wird bis zum richtigen Zeitpunkt an einem sicheren Ort versteckt.«

Aufgeregte Stimmen und das Geräusch von den Flur entlangeilenden Leuten weckten Maylin. Sie setzte sich auf, erschrocken vom dicken flauschigen Federbett auf ihren Beinen und dem Gefühl von feinstem Leinen auf der Haut. Wo war sie? Dann stürzte die Erinnerung auf sie ein, und sie sprang hastig aus dem Bett.

Ihr geliehenes Nachthemd raffend, um nicht zu stolpern, eilte Maylin zur Tür und rannte in den Flur hinaus. Sie kam gerade rechtzeitig, um Kief Shaeldar, von dessen Kleidern Wasser tropfte, die Treppe hochstürmen und nach links in den Flur laufen zu sehen. Er trug Linden Rathan, als wäre der große Drachenlord nicht schwerer als ein Kind. Eine Traube von Dienern eilte ihm hinterher wie ein Schwarm aufgeschreckter Hühner. Einer von ihnen kam ihr bekannt vor; ein Mann mit kantigen, harten Zügen.

Habe ich den heute nacht nicht irgendwo gesehen? Nein, kann nicht sein. Er war nicht draußen im Regen. Dann dachte sie: Götter – sind Drachenlords stark. Niemand, der so klein wie Kief Shaeldar ist, sollte eigentlich jemanden von Lindens Größe tragen können.

Bei jeder anderen Gelegenheit wäre der Anblick von Lindens langen Beinen, die über Kief Shaeldars Arme baumelten, lustig gewesen. Aber nicht heute nacht. Maylin rannte den Flur hinunter, als eine Tür zu einem der Schlafzimmer geöffnet wurde.

»Hier rein«, rief Tarlna Aurianne aus dem Zimmer. »Beeil dich.«

Maylin erhaschte nur einen flüchtigen Blick auf Lindens Gesicht, als Kief Shaeldar mit ihm in das Zimmer eilte. Als sie ihrerseits das Zimmer erreichte, wurde ihr die Tür vor der Nase zugeschlagen. Sie überlegte kurz, ob sie klopfen sollte. Aber welche Befugnisse es ihr auch einbringen mochte, Maurynnas Cousine zu sein, sie glaubte nicht, daß diese Befugnisse so weit reichen würden. Deswegen drehte sie sich um und ging in ihr Zimmer zurück.

Dieses Mal fühlte sie sich einsam in dem großen Bett. Sie wünschte, Maurynna, ihre Mutter oder sogar Kella wäre bei ihr. Immer wieder warf sie sich herum, grub den Kopf ins Kissen, zählte Schafe – aber nichts vertrieb die Erinnerung an Lindens Gesicht: schlaff, reglos, grau, die Lippen blutverkrustet.

50. KAPITEL

Die Drachenlords Kief Shaeldar und Tarlna Aurianne und Lindens Freund Otter Heronson sahen Tasha verzweifelt an und erhofften sich Antworten, die sie ihnen nicht geben konnte.

»Könnt Ihr ihm helfen, Heilerin?« fragte Kief Shaeldar.

Tasha schüttelte den Kopf. »Euer Gnaden, Ihr sagt, daß Ihr Euer Heilfeuer bei ihm eingesetzt hättet und daß es kaum geholfen habe. Was kann eine Echtmensch-Heilerin dann noch ausrichten? Besonders nach all der Zeit. Wäre ich doch nur bei dem Fest gewesen. Alles, was ich sagen kann, ist, daß es nach Vergiftung aussieht. Und wenn Ihr damit recht habt, daß Magie im Spiel ist ...«

Hilflos spreizte sie die Hände. Es war ein Gefühl, das ihr seit einiger Zeit nur zu vertraut war, und sie hatte es allmählich satt. »Das Beste, was ich tun kann, ist zu versuchen, den Symptomen mit Heilkräutern entgegenzuwirken.«

Zum ersten Mal, seit Tasha in der Residenz der Drachenlords eingetroffen war, sprach Tarlna Aurianne.

»Wird er überleben?«

Tasha holte zischend Luft. »Ich weiß es nicht. Ich kann es wirklich nicht sagen – aber es sieht nicht gut aus. Immerhin ist schon ein ganzer Tag vergangen, seit Ihr ihn hergebracht habt, und es ist nicht die geringste Besserung eingetreten. Ich kann Euch nur sagen, daß ich mein Bestes versuche.«

Kief Shaeldar nickte. »Wir verstehen, Heilerin. Und wir danken Euch. Manchmal kann er einem fürchterlich auf die Nerven gehen, aber wir haben ihn sehr gern«, sagte der Drachenlord mit einem schwachen Lächeln. »Die Götter mögen Euch helfen, ihn zu retten.«

Die Hilfe könnte ich gut gebrauchen, dachte sie, als sie die drei im Flur zurückließ und wieder in Linden Rathans Krankenzimmer ging.

Von den beiden anderen Drachenlords zurückgelassene Kaltfeuer hielten an den vier Bettpfosten Wache. Noch immer von dem Gedanken entnervt, etwas anzufassen, von dem sie instinktiv glaubte, daß sie sich daran verbrennen würde, nahm Tasha einen der Lichtbälle und hielt ihn so, daß er Linden Rathan ins Gesicht schien.

Seine wächserne Haut sah aus wie die einer Leiche. Nur das leichte Heben und Senken seiner Brust signalisierte, daß er noch am Leben war. Sie ließ das Kaltfeuer los. Es schwebte an seinen Platz zurück.

Sie setzte sich an sein Bett und zerbrach sich erneut den Kopf darüber, was mit Linden Rathan los war. Wenn er ihr doch nur sagen könnte, was man ihm angetan hatte. Fest stand nur, daß zwei Männer in die Sache verwickelt waren – und dies wußte man nur, weil Maurynna Erdon und ihre Cousine die beiden gesehen hatten.

Wer waren die Männer? Und was haben sie mit Linden Rathan gemacht? Haben sie ihn vergiftet? Seine Symptome deuten darauf hin. Und wenn ja, wie haben sie einen Drachenlord überwältigt? Und welches Gift haben sie verwendet?

Sie kannte die Antworten nicht. Sie konnte nur warten. Und hoffen.

»Bei allen Göttern, Kas, was habt Ihr mit ihm angestellt?« verlangte Peridaen zu wissen. »Man munkelt, Linden Rathan liege im Sterben! Was war das für ein verfluchtes Pulver?«

Bevor er antwortete, sah Kas Althume einen Moment zu, wie der aufgebrachte Prinz von einer Seite des Raumes zur anderen stapfte und an seinem Bart zerrte, als wollte er ihn vor Wut ausreißen. »Das Pulver dürfte sich nicht als giftig erweisen, denke ich, selbst ohne Gegenmittel.«

Dies brachte Peridaen abrupt zum Stehen. »Gegenmittel? Das

Pulver war so gefährlich, daß es ein Gegenmittel erforderte, und Ihr habt es ihm nicht gegeben? Und wenn er nun stirbt? Die Drachenlords würden das Land auf den Kopf stellen, um seinen Tod aufzuklären. Wieso habt Ihr es ihm nicht gegeben? Und wieso habt Ihr mir nicht gesagt, daß …«

Der Fragen überdrüssig, unterbrach ihn Kas Althume: »Weil Ihr in der Regel nicht gewillt seid, die nötigen Risiken einzugehen. Und warum ich ihm nicht das Gegenmittel gegeben habe? Wißt Ihr noch, die beiden Reisenden? Es ging nur darum, ihn entweder liegenzulassen oder erwischt zu werden. Ich muß Euch wohl kaum erklären, was *das* bedeutet hätte. Der Mann ist stark und gesund wie der sprichwörtliche Ochse. Er wird schon durchkommen. Sorgen mache ich mir eher wegen der Nachwirkungen. Wahrscheinlich wird er unter schweren Depressionen leiden, vielleicht sogar selbstmordgefährdet sein. Schade, daß wir die anderen Drachenlords nicht warnen können, aber man kann schließlich nicht alles haben.

Und falls er sterben sollte – entweder durch eigene Hand oder wegen des Pulvers –, würden wir vermutlich Sherrine verlieren«, fuhr der Magier fort. »Ich habe keine Ahnung, was der Verlust eines Seelengefährten einem heranreifenden Drachenlord antut.« Er zuckte mit den Schultern. »Sollte dieser Fall eintreten, werden wir zu unserem ursprünglichen Plan zurückkehren.«

Peridaen warf ihm einen grollenden Blick zu. »Ach ja? Wer hat denn beschlossen, dem ursprünglichen Plan nicht mehr zu folgen? Paßt auf, daß Ihr Eure Befugnisse nicht überschreitet, Kas. Ich habe noch nicht entschieden, daß wir Sherrine versklaven werden. Unternehmt *nichts,* was das Mädchen auch nur ansatzweise in Gefahr bringen könnte, habt Ihr verstanden?«

Kas Althume verstand nur zu gut. »Jawohl, mein Lord.«

Maurynna erwachte mit pochenden Kopfschmerzen. Sie setzte sich vorsichtig auf und griff sich an die Stirn. Es schien, als würde hinter ihren Augen ein verrückter Schmied auf sie einhämmern, und auch ihr Magen fühlte sich alles andere als normal an.

»Wie fühlst du dich?« fragte ihre Tante.

Maurynna ging das Wagnis ein und hob die Augenlider. »Schrecklich. Als wäre mein Schädel ein Amboß.«

»Ein süßer Kräutertee wird dir helfen«, sagte Tante Elenna. »Ich bringe dir einen. Möchtest du auch etwas essen?«

»Nein!« sagte Maurynna und schluckte schwer.

Elenna erhob sich aus dem Stuhl. »Vielleicht später. Aber der Tee wird dir guttun.« Auf dem Weg nach draußen blieb sie im Türrahmen stehen. »Bist du sicher, daß man dich wieder guten Gewissens allein lassen kann?«

Maurynna massierte ihre Schläfen und fragte überrascht: »Natürlich. Wieso nicht?«

»Erinnerst du dich, wie du nach Hause gekommen bist?«

Sie mußte überlegen. »Nein«, gestand sie. »Auch nicht wie ich ins Bett gekommen bin.« Sie schaute zum Fenster. Die Vorhänge waren geschlossen, aber hinter ihnen sah sie schwaches Licht. »Es ist Morgengrauen, oder?«

Tante Elenna schüttelte den Kopf. »Nein, Rynna, es wird Abend. Das *Tisrahn* war gestern. Du warst halb bewußtlos, als Otter dich hergebracht hat. Dann bist du eingeschlafen und den ganzen Tag nicht aufgewacht.«

Maurynna starrte sie fassungslos an. Zum ersten Mal fiel ihr die Anspannung in Elennas Stimme auf, die Erschöpfung im Gesicht ihrer Tante. »Ich – ich verstehe nicht.«

»Ich auch nicht. Du hast im Schlaf ständig von ›goldenen Stimmen‹ geredet. Anfangs dachte ich, du hättest dieselbe Krankheit wie Linden, aber Otter versicherte mir, das sei nicht der Fall. Was mit dir los war, oder was er glaubt, was mit dir los war, wollte er nicht sagen.«

»Wie bin ich nach Hause gekommen? Otter hat mich wohl kaum getragen. Wo ist er überhaupt? Und Maylin?« fragte

384

Maurynna und versuchte, trotz des Pochens in ihrem Schädel nachzudenken. »Hast du etwas von Linden gehört?« Sie ballte die Fäuste und drückte sie an die Schläfen, als würde dies den Schmiedehammer zum Stillstand bringen.

»O Götter, Rynna, verzeih. Ich habe deine Kopfschmerzen vergessen. Ich kann kaum noch richtig denken, bei allem, was passiert. Wenn du und Maylin mir je wieder solche Angst einjagt, werde ich – ich hole deinen Tee«, sagte ihre Tante und eilte nach unten.

Maurynna lehnte sich an die Wand. Ihr fiel auf, daß sie in Maylins Bett lag, nicht auf der Matratze auf dem Boden. Ob Maylin inzwischen von der anderen Flußseite zurück war?

Ihre Frage wurde wenig später beantwortet. Maylin kam herein, einen Teebecher in den Händen, und schloß die Tür.

»Bevor ich irgendwelche Fragen beantworte, trinkst du das aus«, sagte Maylin. »Befehl von Mutter.«

Maurynna wußte, daß Widerspruch zwecklos war. Sie schlürfte den heißen Tee, so schnell sie konnte. Als sie fertig war, hatten sich ihre Kopfschmerzen von qualvoll auf unangenehm gebessert. »Maylin, erzähl, sonst werde ich noch verrückt. Wo hast du letzte Nacht geschlafen? Hast du Linden gesehen?«

»Ich habe in der Residenz der Drachenlords übernachtet. Und ja, ich habe Linden gesehen, als Kief Shaeldar ihn ins Haus gebracht hat. Als ich heute morgen fragte, durfte ich ihn nicht sehen. Alle wirkten sehr mitgenommen. Einmal sah ich Heilerin Tasha aus seinem Zimmer kommen, und sie schien völlig abwesend. Ich glaube, sie hat mich nicht mal bemerkt. Sie rief nach einer Schüssel heißen Wassers und ging wieder rein.«

Maurynna schloß die Augen und versuchte, nicht zu weinen, aber die Tränen kamen trotzdem. Sie suchte in ihrem Innern. Schließlich hatte sie auch vergangene Nacht irgendwie gespürt, daß Linden in Schwierigkeiten steckte. Aber sie fand keine Antworten. Es war, als stieße sie an eine verschlossene Tür. »Und wie paßt Otter in das Ganze? Und was ist mit mir los?«

»Ich sah Otter, als mich die Drachenlord-Eskorte nach Hause gebracht hat. Er hat nicht angehalten, sondern ritt geradewegs zu Kief Shaeldars und Tarlna Auriannes Residenz. Er sah müde aus. Und wir wissen nicht, was mit dir los ist. Otter zufolge wurdest du plötzlich krank, als ihr zu Fuß nach Hause gegangen seid. Erinnerst du dich nicht?«

»Nein.« Maurynna wischte sich die Tränen vom Gesicht. »Erzähl es mir.«

»Er sagte, er hätte dich, solange er konnte, getragen. Dann, durch die Gnade der Götter, fand er sein und Lindens Pferd. Irgendwie hat er dich auf Lindens Pferd geschnallt und dich so nach Hause gebracht. Er sagte, du hättest die ganze Zeit von seltsamen Sachen wie ›durch den Sturm fliegen‹ gefaselt.«

Maylin wurde still und studierte Maurynna, als gehörte diese einer neuen, nie zuvor gesehenen Vogelgattung an. Maurynna blinzelte unter dem durchdringenden Blick ihrer Cousine.

»Woher wußtest du, daß Linden in Schwierigkeiten war?«

Beklommen zuckte Maurynna mit den Schultern. »Ich wußte es eben. Woher, weiß ich nicht.«

Maylins Antwort war eine Überraschung. »Gut.« Mehr sagte sie nicht.

51. KAPITEL

Nachdem sie die Geschichte, warum Linden nicht zum *Tisrahn* gekommen war, beendet hatte, sank Maurynna im Hinterzimmer von Almereds Geschäft erschöpft im Stuhl zusammen. Es war der erste Tag, an dem sie sich kräftig genug fühlte, um das Haus der Vanadins zu verlassen.

Es war auch an der Zeit. Sie konnte nicht länger so weitermachen, sich einerseits um Linden sorgen und andererseits wütend auf ihn sein. Hatte er überhaupt beabsichtigt, das *Tisrahn* zu besuchen? Die Erinnerung, daß er schwach nach Waldlilien gerochen hatte, als er in ihren Armen lag, brachte sie fast um den Verstand. Erneut drohte die finstere Stimmung der letzten Tage sie zu überwältigen, doch sie schüttelte sie ab.

»Tut mir leid, daß ich nicht eher gekommen bin, aber ich habe ständig auf Otters Rückkehr gewartet. Die anderen Drachenlords haben angeordnet, daß ich Linden nicht sehen darf. Otter hält mich zwar schriftlich auf dem laufenden, aber das ist nicht dasselbe, wie persönlich mit ihm zu reden. Seine verfluchten Berichte sind so kurz und allgemein gehalten, daß im Grunde genommen nichts drin steht. Deswegen bin ich seit fast einer Woche krank vor Sorge.

Heute morgen kam Otter für eine Weile zurück, und wir haben uns gestritten. Ich wollte ihm etwas klarmachen, und er wollte es nicht einsehen. Als ich ihn fragte, ob die Gerüchte stimmen, daß Linden im Sterben liegt, stritt er es ab, aber ich glaube, er weiß es selbst nicht genau.« Sie hieb die Fäuste auf ihre Oberschenkel. »Ich weiß nichts, und ich muß endlich erfahren, was los ist, verdammt noch mal!«

Almered nahm ihre Hände. »Ich verstehe. Das alles muß sehr schwer für dich sein. Dich und diesen Drachenlord scheint etwas

Besonderes zu verbinden. Ich wünschte, ich könnte dir helfen und dich ein wenig beruhigen, aber ich weiß nicht wie«, sagte Almered. Traurig fügte er an: »Alles, was ich tun kann, ist zuzuhören.«

Sie lächelte. »Danke.«

»Das ist das mindeste, was ich für dich tun kann. Aber ich habe auch Fragen.«

Almereds Lehrling kam mit einem Tablett. Als Maurynna sah, was darauf stand, straffte sie den Oberkörper. Es waren eine Teekanne und zwei Tassen im assantikkanischen Stil, flach und ohne Griff. Man mußte sie mit den Händen umschließen, so daß die Hitze des Tees den Trinkenden sowohl von innen als auch von außen erwärmte. Alle drei Stücke waren aus dem feinen, hellblauen Porzellan, das in Almereds Heimat so kostbar war. Kunstvoll vergoldete Ziermuster unterstrichen die elegante Form. Sie war keine Expertin, aber sie glaubte, den Stil des Künstlers zu erkennen, dessen Werke den Speisentisch des assantikkanischen Kaisers schmückten. Almered hatte sein bestes Teeservice hervorgeholt, eine subtile Versicherung, daß er ihr wegen des *Tisrahn* tatsächlich nicht böse war.

Sie nahm die ihr dargebotene, dampfende Tasse und sog lächelnd den Duft ein. Ihr zu Ehren das beste Teeservice und lieblicher Kamillentee, um sie zu beruhigen. Sie wartete, bis der Lehrling gegangen war, bevor sie von Almered wissen wollte: »Welche Fragen?«

»Ich habe abweichende Geschichten darüber gehört, was in der Nacht des *Tisrahn* geschehen ist, doch alle stimmen darin überein, daß die Kerle, die Linden Rathan überfallen haben, von zwei, drei oder vier Männern in die Flucht geschlagen wurden. Von Männern – nicht von jungen Frauen. Warum hört man so etwas? Man sollte annehmen, daß der Palast und die anderen Drachenlords dich auszeichnen würden, weil du ihm das Leben gerettet hast.«

»Unter anderen Umständen würden sie das vermutlich auch.«

Sie seufzte. »Aber weil sie nicht wissen, wer Linden überfallen hat, glauben die Drachenlords, daß es für Maylin und mich gefährlich werden könnte, wenn bekannt würde, daß wir beide in die Sache verwickelt sind. Zumindest stand das in einer von Otters Nachrichten. Und deswegen darf ich ihn nicht sehen. Sie glauben, jemand könnte zwei und zwei zusammenzählen.«

Nachdenklich zwirbelte Almered einen seiner langen Zöpfe um einen Finger und nickte. »Ah ja. Nun, dann bleibt die Wahrheit in diesen vier Wänden. Und ich bin froh, daß sie so vorsichtig sind. Aber es muß schwer für dich sein, was?«

»Ja«, sagte Maurynna mit bebender Stimme. »Ich möchte ihn sehen, Almered. Ich muß ihn sehen. Wieso können sie das nicht verstehen?«

Plötzlich kehrten ihre Zweifel zurück; sie sank wieder im Stuhl zusammen. War Linden – trotz Otters gegenteiliger Versicherungen – mit Lady Sherrine zusammengewesen? Wenn nicht, woher stammte dann der Hauch des Waldlilienparfüms, den sie in besagter Nacht bei Linden gerochen hatte? Etwa von einer anderen?

Ihr fiel ein, was Maylin ihr an ihrem ersten Tag in Casna erzählt hatte, und bezweifelte es. Niemand sonst am Hof benutzte diesen Duft. Außer Sherrine kauften nur Gattinnen reicher Kaufleute dieses Parfüm.

Aber Kaufleute besaßen keine Anwesen auf der anderen Flußseite, ganz gleich, wie reich sie waren. Deswegen mußte Linden mit Lady Sherrine zusammengewesen sein.

Vielleicht sollte sie endlich aufhören, sich um Linden zu sorgen, und ihn statt dessen hassen.

Heilerin Tasha kam in das Zimmer, in dem Otter leise mit Kief und Tarlna sprach.

»Ich glaube, er ist jetzt imstande, einige Fragen zu beantworten«, sagte sie. »Er konnte mich zum ersten Mal richtig verstehen und vernünftig antworten. Aber Ihr dürft nicht lange bei ihm bleiben. Sagt ihm auch noch nichts von Tsan Rhilin. Der Schock wäre sehr schlecht für ihn. Er ist noch immer sehr krank.«

Eilig standen Kief und Tarlna auf. Otter erhob sich etwas langsamer. »Darf ich ihn auch sehen?« fragte er.

Er hielt den Atem an, während die Drachenlords Blicke – und im Geiste zweifellos auch Argumente – austauschten. Schließlich nickte Kief.

Tarlna sagte: »Ja. Ihr wißt am besten, was das Mädchen gesagt hat.«

Zusammen mit Heilerin Tasha gingen sie durch die Flure, bis sie zu Lindens Zimmer gelangten. Der in Königsrot gewandete Soldat – eine Leihgabe der Palastwache – öffnete ihnen die Tür und trat zur Seite.

»Heilerin«, sagte Kief.

»Ich warte hier draußen, Drachenlord. Ich gehe davon aus, daß Ihr meinen Patienten nicht überfordern werdet, aber wenn doch, werde ich Euch auffordern müssen zu gehen. Bleibt bitte nicht zu lange bei ihm. Er ist sehr schwach.«

Die Worte erschreckten Otter. Er folgte den Drachenlords in Lindens Zimmer. Jungchen – wie kann jemand von deiner Größe ›schwach‹ sein? Selbst vor deiner Verwandlung mußt du stark wie ein Bulle gewesen sein. Ich kann nicht glauben, daß – o Götter.

Linden saß mit den Kissen im Rücken auf dem Bett. An der Art, wie er in sie hineinsank, sah Otter, daß er ohne sie nie im Leben hätte aufrecht sitzen können. Sein Gesicht hatte noch immer die Farbe von Wachs, und er hatte eine Menge Gewicht verloren. Wangenknochen, Nase und Unterkiefer standen beängstigend hervor. Irgendwie hatte sein Zustand nicht so schlimm gewirkt, als er geschlafen hatte.

Doch am schlimmsten war die Mattigkeit in seinen tiefliegenden Augen. All die sprühende Lebensfreude, die ihn zu Linden machte, war aus ihnen verschwunden. Er war bloß ein Schatten seiner selbst.

Kief und Tarlna blieben wie angewurzelt stehen und fluchten bei dem traurigen Anblick, der sich ihnen bot. Otter nahm allen Mut zusammen, ging an ihnen vorbei und setzte sich auf die Bettkante. Linden betrachtete ihn ohne eine Spur von Interesse. Otter spürte, wie hinter ihm das Bett niedergedrückt wurde, als sich die beiden Seelengefährten aufs Fußende setzten.

»Jungchen«, sagte der Barde. »Kannst du uns sagen, was mit dir passiert ist?«

Linden zögerte so lange, bevor er antwortete, daß Otter schon glaubte, er hätte ihn nicht verstanden. Dann: »Nein.«

Einfach nur »nein«, als wäre Linden völlig egal, was mit ihm passiert war.

Als nächster versuchte es Kief. »Erinnert Ihr Euch an die beiden Männer? Haben sie Euch angegriffen?«

Linden blinzelte einige Male. »Zwei Männer? Keine Ahnung«, sagte er mit brüchiger Stimme.

Otter beugte sich vor. »Maurynna sagte, als sie und Maylin dich fanden, hätten zwei Männer über dir gestanden. Anscheinend warst du bewußtlos.«

Beim Klang von Maurynnas Namen leuchtete in den grauen Augen ein winziger Funke auf. Otter nickte ermutigend, um sich sogleich fast den Bart auszureißen, als der Funke im nächsten Moment wieder verschwand. Linden seufzte und begann teilnahmslos an der Bettdecke herumzuzupfen.

»Ich erinnere mich an nichts, und es ist mir auch egal. Ich möchte nur … schlafen.«

Otter gefiel Lindens Tonfall nicht. Ganz und gar nicht. Er drehte sich um und sah die anderen Drachenlords ratlos an.

Redet weiter, sagte Kief.

Tarlna sagte: *Erwähnt so oft wie möglich Maurynnas Namen. Es scheint das einzige zu sein, was seine Aufmerksamkeit weckt.*

Otter fuhr sich mit der Zunge über die Lippen und begann:

»Du warst bei Lord Sevrynel, weißt du noch? Und du mußtest gehen, weil du dich mit Maurynna treffen wolltest.«

Linden hörte auf, an der Bettdecke zu zupfen, und runzelte die Stirn. »Ich bin gegangen«, sagte er langsam. »Ja. Daran erinnere ich mich. Ich war wütend, weil, weil ...«

Der kurze Moment der Anteilnahme war beinahe wieder vorüber. Hastig sagte Otter: »Das *Tisrahn*. Du wolltest zum *Tisrahn* und warst schon ziemlich spät dran. Erinnerst du dich nicht mehr? Maurynna hatte dich eingeladen. Es wurde für den Neffen von Maurynnas Cousin Almered gegeben.« Er fragte sich, wie oft er noch Maurynnas Namen nennen konnte, ohne daß Linden seine List durchschaute und eine Reaktion verweigerte.

Der Funke des Interesses war wieder da. »Stimmt, das *Tisrahn*. Ich wollte nicht, daß Maurynna noch wütender wurde, als sie sowieso schon war, deswegen habe ich mich so beeilt.«

Die Worte purzelten nun eines nach dem anderen aus ihm heraus. Linden schob sich hoch, um aufrecht zu sitzen. Erschrocken sah Otter, daß die kräftigen Arme des Drachenlords zitterten, als er sich kurz aufstützte.

»Die Fähre war auf der anderen Seite. Das weiß ich noch. Ich mußte auf sie warten.«

Es war an der Zeit, ihm von Maurynnas verrückter Idee zu berichten. Otter schüttelte ein wenig den Kopf, als er sich an ihr Gespräch – oder vielmehr an ihren Streit – erinnerte.

»Was meinst du damit, er sei vergiftet worden?« hatte Maurynna gefragt.

»Wir wissen es nicht genau. Aber Heilerin Tasha sagt, seine Symptome würden darauf hindeuten«, hatte er ihr zu erklären versucht.

»Dann war sie es, dieses Miststück.«

Zuerst hatte er geglaubt, sie meinte die Heilerin. »Tasha?«

»Natürlich nicht! Ich meine Lady Sherrine. Irgendwann im

Laufe des Abends muß sie mit Linden zusammengewesen sein. Ich habe ihr Parfüm gerochen.«

»Das habe ich doch gerade gesagt. Sie kam an dem Abend zu Lord Sevrynels Fest.«

»Dann hat sie es dort getan. Irgendwie hat sie etwas in den verfluchten Abschiedstrunk gemischt«, hatte Maurynna gesagt.

»Vor mehr als fünfzig Leuten? Und anschließend trinkt sie aus demselben Becher? Hör auf, Rynna«, hatte er aufgebracht entgegnet. »Das Mädchen ist viel zu hochnäsig, um auch nur im Traum an Selbstmord zu denken.«

»Dann hat sie sich irgendwo anders mit ihm getroffen und ihm irgendwie das Gift untergejubelt«, hatte Maurynna auf ihrem Standpunkt beharrt.

Er hatte den Gedanken als lächerlich abgetan. Es hatte nicht lange gedauert, bis sie einander angeschrien hatten und beinahe von Tante Elenna aus dem Haus geworfen worden wären. Da er sowieso hatte gehen müssen, war er wütend hinuntergegangen. Maurynna war bis zuletzt der Meinung gewesen, daß sie recht hatte, und hatte ihm vom Treppenabsatz nachgerufen: »Merke dir meine Worte, du sturer Trottel – sie war es!«

Das Mädchen hat eine verdammt kräftige Lunge, dachte er jetzt bei sich. Schade, daß sie nicht singen kann. Laut fragte Otter: »Bist du Sherrine noch einmal begegnet, nachdem du das Fest verlassen hattest?«

»Nein. Nein, ich habe allein auf die Fähre gewartet.« Linden sank wieder in die Kissen. »O Götter, ich bin so müde. Bitte …«

Kief sagte: »Wenn Ihr schlafen möchtet …«

»Wartet.« Otter, dem etwas eingefallen war, hob eine Hand. »Eines noch. Linden, als wir bei dir auf der Wiese waren, sagte Maurynna mir, du hättest einmal gesprochen, aber sie konnte nicht verstehen, was du gemeint hast. Es war etwas über ›Fragen stellen‹. Könnte es sein, daß die Männer dich ausgefragt haben?«

»Götter helft uns«, stammelte Kief. »Daran habe ich noch gar nicht gedacht. Ich dachte, sie wären nur …« Er verstummte mitten im Satz.

Mühsam setzte sich Linden wieder auf, nicht mehr lethargisch, sondern bestürzt. »Ich weiß es nicht! Was, wenn sie es getan haben? Und wenn ja, *was habe ich ihnen gesagt?*« brüllte er und versuchte, aus dem Bett zu steigen.

Otter packte Linden an den Schultern und drückte ihn in die Kissen zurück. Daß es ihm gelang, zeigte dem Barden, wie schwach Linden war.

Die Tür flog auf. Tasha eilte in den Raum, gefolgt von einem ihrer Lehrlinge. Die Heilerin hielt ein Fläschchen in der Hand. »Ich wußte, daß dies passieren würde«, sagte sie grimmig. »Hinaus mit euch, sofort!«

Sie verließen das Zimmer. Otter blieb in der Tür stehen und sah Heilerin Tasha und ihrem Lehrling zu, wie sie den Drachenlord beruhigten und ihm mit geübten Handgriffen einen wie auch immer gearteten Trank einflößten.

Tasha sah über die Schulter und rief: »Ich sagte ›hinaus‹, und das habe ich auch gemeint, verflucht noch mal. Wollt ihr ihn umbringen?«

Beinahe verloren hinter ihrem Wortschwall, flüsterte Linden immer wieder: »O Götter – was habe ich bloß gesagt? Was habe ich den Kerlen über uns verraten?«

Otter schloß die Tür, nicht fähig, noch mehr zu ertragen.

52. KAPITEL

Sherrine schlenderte durch den Garten des Landsitzes ihrer Familie. Hin und wieder wählte sie eine unglückselige Blume aus und pflückte sie, nur um sie zwischen den Fingern zu zermalmen und die Blüten auf den Boden rieseln zu lassen.

Ihr war noch nie im Leben so langweilig gewesen.

»Und alles nur wegen diesen blöden kleinen Miststücks«, sagte sie ihrem jüngsten Opfer, einem langen Fingerhut, während sie die Blüten vom Stengel riß. »Wie konnte er sich nur auf ihre Seite stellen.«

Und es ist mir egal, ob es klüger ist, mich eine Weile auf unseren Landsitz zurückzuziehen. Ich werde verrückt, wenn ich noch länger hierbleibe.

Selbst als Kind hatte sie es gehaßt, hierherzukommen. Sie bevorzugte das pulsierende Leben in Casna. Sie warf den Fingerhut ins Gras.

»Mylady! Wo seid Ihr?« rief eine Stimme vom anderen Ende des Gartens.

»Hier, Tandavi«, rief sie zurück. »Hinter den Fliederbüschen. Was ist es diesmal?«

»Eure Frau Mutter ist gerade eingetroffen«, rief Tandavi, während sie durch den Garten eilte. Sie blieb vor ihrer Herrin stehen und sprach atemlos zu Ende: »Sie wünscht Euch umgehend zu sehen!«

Sherrine ballte die Fäuste. Was gab ihrer Mutter das Recht, sie ständig zu verhöhnen? Sie hatte getan, was erforderlich war – und sie hatte es gut gemacht. Genaugenommen war sie die einzige Person, die für den Part in Frage gekommen war.

Sie wollte Tandavi gerade mit einer schnippischen Botschaft für ihre Mutter zurückschicken, als ihr ein Gedanke kam und sie sich eines Besseren besann.

Ihre Mutter fand den Landsitz genauso langweilig wie sie. Nicht einmal für das Vergnügen, sie niederzumachen, würde ihre Mutter den ganzen Weg von Casna bis hier herausreiten.

Also, weshalb …?

Sherrine raffte ihren Rock und rannte los. Ihre Mutter erwartete sie im Arbeitszimmer des Hauses. Sherrine ging hinein und – nach einer kurzen Pause, um wieder zu Atem zu kommen – verneigte sich absichtlich hastig und unelegant. »Mutter?« sagte sie und wartete.

Ihre Mutter rügte ihre Staksigkeit mit keinem Ton. Das alarmierte Sherrine mehr, als alles andere es vermocht hätte.

Das und der eigenartige Ausdruck in ihrem Blick.

»Geht es dir gut?« fragte ihre Mutter mit seltsam klingender Stimme.

»Ja, Mutter, ich fühle mich bestens – aber mir ist todlangweilig«, antwortete Sherrine vorsichtig.

»Du hast keine Nachwirkungen von …«

Ihre Mutter sprach den Satz nicht zu Ende, aber Sherrine wußte, was sie meinte.

Irritiert sagte sie: »Nein. Keine.« Zum ersten Mal fiel ihr auf, daß ihre Mutter noch ihre Reitkleidung trug und daß diese schmutzig war. Ihre Mutter hatte sich nicht einmal gebadet und umgezogen, bevor sie mit ihr hatte sprechen wollen. Zählte man noch ihr erschöpft wirkendes Gesicht hinzu, das aussah, als wäre sie in einem Teufelstempo hergeritten, ergab dies ein wirkliches Geheimnis.

Die nächsten Worte fielen ihr schwer. Sherrine hatte vor langer Zeit geschworen, ihre Mutter niemals um etwas zu bitten, und sie hatte den Schwur gehalten. Aber sie mußte wissen, warum …

»Mutter – was ist los. Wieso bist du hier?«

Schweigen. Als die Baronesse schließlich antwortete, klangen ihre Worte monoton. »Es ist gut möglich, daß Linden Rathan stirbt. Und ich … fürchtete, daß …«

Der Raum begann sich zu drehen. Sherrine riß einen Arm hoch; ihre Mutter ergriff ihn und führte sie zu einem Stuhl. Benommen sank sie darauf nieder.

»Götter«, flüsterte sie. Das hatte sie nicht gewollt. Linden leiden lassen, ja. Aber ihn umbringen? Nein. Nein und nochmals nein.

Aufwallende Wut brachte sie wieder zu sich. Hatte dieser Dreckskerl von einem Magier gewußt, was geschehen würde? Sie nagte an ihrer Unterlippe. Wenn Linden starb, würde Kas Althume dafür büßen.

53. KAPITEL

Der Prinz und sein Großhofmeister ritten durch die Stadt, dicht gefolgt von ihrer Eskorte. Die Straßen schienen stiller als gewöhnlich, trotz der Menschenmassen, die wegen der nahenden Sonnwendfeiern und der Aussicht, leibhaftige Drachenlords zu sehen, nach Casna geströmt waren. Es schien, als würden Linden Rathans drohender Tod und die neuerliche Gefahr eines Bürgerkriegs die ganze Stadt lähmen.

»Unheimlich, was?« sagte Peridaen, während er kopfnickend die Verneigung dreier Männer zur Kenntnis nahm, ihren Kleidern nach zu urteilen Angestellte. »Mit all diesen Leuten auf der Straße sollte es eigentlich viel lauter sein.«

Kas Althume nickte und sah sich um. »Interessant, daß selbst die Rinder zu spüren scheinen, daß etwas in der Luft liegt. Ah – ich habe es beinahe vergessen. Heute morgen kam ein Bote mit einem Schreiben für Euch. Ich nehme an, es ist von Anstella.« Er zog einen zusammengefalteten, versiegelten Pergamentbogen aus der Tasche.

Peridaen nahm das Schreiben und ließ die Zügel auf den Pferdehals fallen. Er las und nickte dabei. »Gut«, sagte er. »Anstella schreibt, daß Sherrine wohlauf ist.« Er nahm wieder die Zügel in die Hand.

»Selbstverständlich ist sie das«, sagte Kas Althume. »Ich gab ihr ein Brechmittel, um den Magen zu reinigen, und das Gegenmittel, um ganz sicher zu sein, daß das Pulver bei ihr nicht wirkt. Und da sie auf der anderen Flußseite war, als ich den zweiten Teil des Zaubers heraufbeschwor, war sie in Sicherheit. Das Pulver selbst war ja nur der Anfang.«

»Verstehe«, sagte der Prinz. Dann, nach einer langen Pause, fragte er: »Kas, was war in dem Zeug, das Linden Rathan so krank gemacht hat?«

Kas Althume lächelte. Er wußte, daß die Frage Peridaen seit Tagen auf der Zunge lag. Die Reaktion des Prinzen würde zweifellos amüsant sein. »Neben anderen interessanten Zutaten vor allem *Keftih*«, sagte er.

Ekel. Entsetzen. Schließlich Panik. »Verdammt«, brachte Peridaen schließlich hervor. »Und wenn man Euch damit erwischt? Ihr wißt, welche Strafe auf den Besitz dieses Zeugs steht – man verwendet es ausschließlich für Schwarze Magie.« Sein Gesicht war kreidebleich.

Kas Althume tat etwas, das er nur selten tat: Er brach in schallendes Gelächter aus. »Und was, glaubt Ihr, ist ein Seelenfänger-Juwel, Peridaen? Weiße Magie? Ihr regt Euch über *Keftih* auf und billigt gleichzeitig die Verwendung des Seelenfängers? Wir befinden uns im Krieg. Und im Krieg setzt man jede nur erdenkliche Waffe ein.

Aber Ihr braucht Euch keine Sorgen zu machen. Ich habe Vorsichtsmaßnahmen ergriffen. Das ›Zeug‹, wie Ihr es nennt, lagert fernab von Euren Gemächern. Ich lasse mir immer nur so viel bringen, wie ich gerade brauche.« *Und Ihr habt nicht die leiseste Ahnung, wozu ich es brauche. Ich frage mich, wann Euch endlich ein Licht aufgehen wird, mein übersensibler Prinz.*

54. KAPITEL

Tasha schrak aus dem Halbschlaf, als eine Hand sanft ihre Schulter drückte. Sie blinzelte zu Quirel auf.

»Holt Euch etwas zu essen und zu trinken«, drängte ihr Lehrling sie. »Ich setze mich eine Weile zu ihm.«

Die Heilerin gähnte. »Wie spät ist es?«

»Fast Mitternacht. Aber man hat uns in der Küche Brot, Käse, kaltes Fleisch und Schwarzbier hingestellt. Ich habe nichts hergebracht, weil …« Er rümpfte die Nase.

Sie nickte. Der Gedanke, in diesem eigenartig riechenden Krankenzimmer zu essen, behagte ihr nicht. Sie rappelte sich auf. »Eigentlich habe ich keinen Hunger, aber mir ein bißchen die Beine zu vertreten wird mir guttun, danke. Es geht ihm unverändert.«

Er nickte und setzte sich an Linden Rathans Bett.

Als sie das Zimmer verlassen hatte, lehnte sich Tasha im Flur an die Wand und versuchte zu entscheiden, was sie als nächstes tun wollte. Sie sollte etwas essen. Aber herumzulaufen half ihr beim Nachdenken. Und nachdenken mußte sie unbedingt, denn allmählich wußte sie nicht mehr, was sie für Linden Rathan tun konnte. Sie nahm an, daß er nur noch am Leben war, weil er sich so hartnäckig daran klammerte. Doch selbst sein ausgeprägter Überlebenswille würde bald nicht mehr genügen, wenn sie nicht bald herausfand, was ihn so krank machte, und ihn entsprechend behandelte. Deswegen würde sie spazierengehen und nachdenken. Vielleicht würde ihr ja etwas einfallen.

Leise singend und das Kästchen mit dem Seelenfänger-Juwel in Brusthöhe vor sich haltend, stieg Kas Althume den gewundenen Pfad hoch, der auf den Hügel in der Lichtung führte. Pol folgte direkt hinter ihm, eine Fackel in einer Hand, einen schlaffen Sack um die andere Schulter geschlungen. In entgegengesetzter Richtung zum Lauf der Sonne schlängelte sich die kleine Prozession zu dem Steinaltar hoch, der die abgetrennte Hügelkuppe krönte.

Der Magier legte das Kästchen auf das Kopfende des Altars und klappte es auf. Pol ließ den Sack weniger feierlich zu Boden fallen. Ein dumpfer Schrei ertönte.

»Vorsichtig, Pol«, wies Kas Althume ihn zurecht. »Du willst dem Jungen doch nicht das Genick brechen.«

Er bückte sich, öffnete den Sack und prüfte die Fesseln ihres Opfers. Gut, sie saßen fest. Dieses würde sich nicht befreien, wie das letzte, das ihnen fast entkommen wäre. Genaugenommen war ihr letztes Opfer entkommen, war aber beim Anblick des *Dragauth* schreiend zu ihnen zurückgerannt.

»Du knüpfst bessere Knoten als dein Bruder«, sagte Kas Althume und riß ihrem Opfer die Kapuze vom Kopf. Zufrieden sah er, daß der Junge geknebelt war.

Pol kicherte.

Kas Althume hob das Kinn des Jungen und drehte sein Gesicht von einer Seite zur anderen. Er sah wie zwölf oder dreizehn aus, recht hübsch für einen Jungen. Der Magier glaubte zu wissen, wo Pol ihn herhatte – nicht daß es ihn kümmerte. »Bist du sicher, daß ihn niemand vermissen wird?«

»Ja, Herr. Er ist nichts weiter als ein gemeiner Lustknabe, der seinen Hintern an den Docks feilbietet. Jungen wie er verschwinden ständig.«

Welche Droge Pol dem Jungen auch gegeben haben mochte, ihre Wirkung ließ nach. Große, schreckgeweitete Augen starrten Kas Althume an, als der Junge trotz des Stoffknebels in seinem Mund zu schreien versuchte.

Der Magier lächelte. »Hast geglaubt, du wärst endlich mal an einen netten Herrn geraten, was? Wie traurig. Aber du bist drauf und dran, das Bestmögliche aus deinem elenden Dasein zu machen. Du wirst uns helfen, die Drachenlords zu vernichten«, sagte er, während er das Seelenfänger-Juwel aus dem Kästchen nahm und mit der anderen Hand seinen Dolch zückte.

Der Junge warf sich gegen seine Häscher. Pol stieß ihn wieder zu Boden und hielt ihn fest.

Kas Althume stimmte den Opfergesang an.

Nach dem Wolkenbruch hätte es eigentlich kühler werden müssen, dachte Tasha, während sie über die große Wiese spazierte, die das Haus von der Straße trennte. Es ist heiß wie –

»O Götter«, rief sie aus. »Das ist es!« Sie rannte zum Haus zurück.

Maurynna schlich leise ins Haus, um nicht ihre Tante oder ihre Cousinen aufzuwecken. Sie hatte nicht so lange im Lagerhaus bleiben wollen, aber erst hatte sie mit Danaet gesprochen und anschließend verschiedene Lieferlisten durchgearbeitet, und plötzlich war es Nacht geworden. Außerdem hatte die Arbeit sie abgelenkt, und sie hatte nicht ständig an Linden oder an ihr neuestes Problem gedacht – zumindest nicht ununterbrochen.

Jemand war im Vorderzimmer. »Rynna?« fragte eine schläfrige Stimme.

Sie blieb erstaunt stehen. »Otter? Was tust du hier? Ich dachte, du wärst bei den anderen Drachenlords«, flüsterte sie. Eine mögliche, schreckliche Erklärung kam ihr in den Sinn. »Otter – bitte. Linden ist doch nicht …« Ihre Stimme versagte.

»Es ging ihm unverändert, als ich aufbrach.« Der schläfrige Barde kam zur Tür und rieb sich die Augen. »Ich denke, Kief oder Tarlna würden mir Bescheid sagen, wenn etwas geschehen sein sollte, also bleib ganz ruhig.«

Sie sackte gegen die Wand, schwach vor Erleichterung. »Den Göttern sei Dank.«

»Herzogin Alinya berichtete uns, daß Rann ganz krank sei vor Sorge, deswegen hat man mich zu ihm geschickt, um ihn ein wenig aufzuheitern.« Otter rieb sich ein letztes Mal die

Augen und schüttelte den Kopf. »Zu dumm. Ich wollte gar nicht einschlafen, während ich auf dich wartete.«

»Oh.« Plötzlich erinnerte sich Maurynna an das letzte Mal, als sie Otter gesehen hatte. Sie fühlte sich schrecklich. »Schon gut.«

Nach der Art, wie er sie ansah, erinnerte auch er sich an ihren Streit. »Wie geht es dir so? Ich mache mir Sorgen um dich.«

Maurynna schob den Gedanken beiseite, der sie befiel, wenn sie nicht gerade an Linden dachte, und sagte nur: »Eigentlich ganz gut. Danke.« Sie fragte sich, wie sie sich für das, was sie ihm an den Kopf geworfen hatte, entschuldigen sollte. Aber würde er ihre Entschuldigung überhaupt annehmen?

Doch bevor sie das Wort ergreifen konnte, sagte Otter: »Rynna, sag nichts. Es ist vorbei.« Seine Augen blitzten schelmisch. »Außerdem könnte ich dir dann nicht mein ›Ich hab's dir ja gesagt‹ unter die Nase reiben.«

Maurynna starrte ihn entgeistert an.

»Linden hat sich an jenem Abend *nicht* noch einmal mit Sherrine getroffen. Er ritt allein zur Fähre. Und hätte sie das eingenommen, was Linden so krank macht, wäre sie vermutlich längst tot. Aber man hört nichts dergleichen.

Es müssen die beiden Männer gewesen sein, die du und Maylin gesehen habt. Sie haben Linden irgendwie überwältigt und ihm anschließend das Zeug eingeflößt. Du sagtest, sie hätten sich über ihn gebeugt, als du sie gesehen hast. Vielleicht haben sie es ihm just in diesem Moment gegeben.«

Maurynna schüttelte den Kopf. »Du irrst dich. Es war Sherrine. Ich weiß nicht, wie sie es gemacht hat, aber sie war es.«

»Rynna, bist du sicher, daß du sie nicht nur deswegen beschuldigst, weil du wegen ihr beinahe ein Auge verloren hättest?« fragte Otter und nahm ihre Hände in die seinen. »Bitte, laß uns nicht wieder streiten. Wir sind zu lange miteinander befreundet.«

»Meinetwegen«, willigte sie ein. Aber ich habe trotzdem

recht, verflucht noch mal. Otter fuhr fort: »Linden ist zwar wütend auf sie, weil sie ihn gezwungen hat, ihr in aller Öffentlichkeit zu vergeben, aber selbst er glaubt nicht, daß sie etwas mit dieser Sache zu tun hat.«

Dann irrt er sich eben auch. O Götter, warum denken Männer immer, eine schöne Frau könnte nichts Böses tun? dachte Maurynna verärgert. Die Wahrheit würde nie herauskommen. Lady Sherrine würde niemals freiwillig gestehen. Und nach cassorischem Recht war Landesverrat das einzige Verbrechen, für das ein Adliger gefoltert werden konnte. Sie nahm an, daß man den Angriff auf Linden dahingehend interpretieren konnte. Schließlich war er auf Wunsch des Cassorischen Rates hier, um dem Gericht beizusitzen und einen Bürgerkrieg zu verhindern. Aber genauso sicher, wie sie wußte, daß morgen die Sonne aufgehen würde, wußte sie, daß Linden Sherrine niemals foltern lassen würde; dafür war er nicht der Typ.

Würden doch nur die anderen Drachenlords darauf bestehen. Könnte doch nur *sie* darauf bestehen …

Und dann geschah es wieder, wie schon am späten Nachmittag. Die Stimmen, die sie bisher nur im Traum gehört hatte, riefen ihren wachen Geist, zogen sie in sich hinein. Eine war lauter als alle anderen, eine wohlklingende, liebliche Stimme, die zu ihr sang, sie lockte, ihr die Freiheit des Himmels und die Lieder der Winde versprach.

Sie hörte Otter ihren Namen rufen, konnte aber nicht antworten. Und nun kam seine Stimme aus immer weiterer Ferne, während sie tiefer und tiefer in ihrem Geist versank. Gleich würde sie in den Stimmen verloren sein und ihn überhaupt nicht mehr hören. Und es gab nichts, was sie dagegen tun konnte.

Kas Althume strich mit blutbeschmierten Fingern über das Seelenfänger-Juwel. Unter der Berührung glomm ein schwaches, pulsierendes Licht auf. Liebevoll sah der Magier auf den Edelstein hinunter wie ein Vater auf sein Lieblingskind.

»Wunderschön, der Stein, was, Pol? Und ein so nützliches Werkzeug für einen Magier. In ihm lassen sich nicht nur Seelen aufbewahren – die Magie des Lebens –, sondern jede Art von magischer Energie, die ein fähiger Magier zu jedem beliebigen Zeitpunkt nutzen kann. Und das Schönste an all dem ist, daß man mit ihm, wenn er genügend aufgeladen ist, Seelen aus großer Entfernung einfangen kann, ohne das Opfer zu töten – zumindest nicht augenblicklich.«

Pol fuhr fort, dem Leichnam auf dem Altar die Kleider auszuziehen. »Und, ist der Stein schon genügend aufgeladen, Herr?«

»Fast, Pol, fast. Nethuryns Seele darin einzufangen war ein Meisterstreich. Noch ein paar solcher Fänge, dann können wir uns an den nächsten Schritt meines Plans wagen.«

Er sah von dem blutverschmierten Juwel auf und schaute zu Pol hinüber. »Fertig? Gut. Wir werden die Kleider gleich verbrennen. Aber zuerst bekommt mein Haustier etwas zu naschen.«

Der Magier zog eine kleine Knochenflöte aus der Tasche und trällerte darauf eine Note. Pol hob den Leichnam vom Altar und stellte sich neben seinen Herrn. Kas Althume rieb seinen leicht schmerzenden Oberschenkel.

Sie warteten.

Raschelnde Büsche waren der erste Hinweis, daß der *Dragauth* erschien. Der zweite war der faulige Gestank verwesten Fleisches, den die nächtliche Brise herantrug.

Gerade noch lag der Rand der Lichtung verlassen da, dann erschien eine Gestalt, eine Menschengestalt, die allerdings fast drei Meter hoch aufragte. Zufrieden betrachtete Kas Althume diese finstere Ausgeburt seiner Magie. Nicht jeder Magier besaß das Können, einen *Dragauth* zu erschaffen, selbst wenn er den Mut besaß, das nötige Menschenfleisch zu opfern. Kas Althume besaß beides.

Der *Dragauth* hob die Hände. Im Fackelschein sahen sie

messerscharfe Klauen, die den Körper eines Menschen mit einem Ruck auseinanderreißen konnten.

»Gib sie ihm«, befahl Kas Althume.

Pol trat vor und schleuderte die Leiche des Jungen vom Hügel. Sie flog durch die Luft wie das grausige Zerrbild eines Vogels. Der *Dragauth* fing sie, bevor sie auf dem Boden aufschlug.

Während er seinem Haustier beim Fressen zusah, kam Kas Althume ein Gedanke, über den er unweigerlich schmunzeln mußte: Was würde der arme Peridaen dazu sagen?

Er rief sie, aber die andere Stimme war lieblicher und verlockender – und erschreckender. Sie wollte Otters Stimme folgen, dem Wahnsinn entfliehen, doch der Sänger in ihrem Kopf war weitaus mächtiger. Sie war sich nicht einmal mehr sicher, wer sie war. Maurynna oder … Ein anderer Name tänzelte über den Rand ihres Bewußtseins und löste sich auf wie ein Nebelfetzen im Sonnenschein. Dann …

Schmerz. Sie hieß ihn willkommen, sogar als sie laut aufschrie. Sie konzentrierte sich auf ihn, heftete sich an ihn, benutzte ihn wie ein Leuchtsignal, um sicher in den Hafen zu gelangen. Die goldenen Stimmen verklangen, die lauteste als letzte.

Ihr Blick wurde klar. Vor ihr kniete Otter und schüttelte sie.

»Rynna! Rynna, hörst du mich? Bitte!«

Zitternd richtete Maurynna den Blick auf den Barden. »Otter?« fragte sie unsicher.

Er lehnte sich zurück. »Den Göttern sei Dank. Rynna – was ist mit dir geschehen? Gerade redest du noch mit mir, dann …«

»Da waren Stimmen – wunderschöne Stimmen –, die nach mir riefen. Ich habe sie schon einige Male im Traum gehört, und jetzt wieder … Werde ich verrückt?« schluchzte sie fassungslos.

»Nein. Nein, du wirst nicht verrückt. Du machst dir bloß zu viele Sorgen um Linden, das ist alles. Schließlich seid ihr

beiden ... Ihr steht euch eben sehr nahe, und du machst dir
Sorgen«, sprudelte es aus Otter heraus. »Das ist alles, Maurynna.
Die Dinge kommen bald wieder in Ordnung. Wirklich.«

»Aber was, wenn es wieder passiert?«

Diener trugen stapelweise Decken und Brennholz herein, stellten ihre Last ab und gingen, um mehr zu holen. Tasha dirigierte
andere, die die Decken auf dem Boden vor dem Kamin ausbrei-
teten.

»Gut so. Ja, legt mehrere übereinander. Ich will nicht, daß er
etwas von den kühlen Fliesen spürt. Das sollte reichen. Du – leg
die Decken hierhin. Und sieh nach, ob die Fenster fest verschlossen sind.«

Die anderen Drachenlords kamen herein und stießen beinahe
mit den umhereilenden Dienern zusammen. Die beiden sahen
aus, als hätten sie sich hastig angezogen. Kief Shaeldar trug nur
eine Kniehose. Tasha hatte keine Zeit, um sich für den Krach zu
entschuldigen, der die beiden geweckt hatte.

»Was in aller Welt geht hier vor?« fragte Kief.

»Hier ist es heiß wie ...«, begann Tarlna sich zu beschweren.

»In einem Dampfbad«, beendete Tasha den Satz triumphierend. »Und es wird noch viel heißer. Da ich Linden Rathan nicht
von seiner Vergiftung kurieren kann, werde ich ihn das verfluchte Zeug einfach ausschwitzen lassen.«

Kief Shaeldar und Tarlna Aurianne sahen einander an. Tasha
wappnete sich für einen Streit. Ob Drachenlords oder nicht, dies
war *ihr* Patient, und sie würde sich von den beiden unter keinen
Umständen von ihrem Plan abbringen lassen.

»Ihr braucht all das nicht«, sagte Kief Shaeldar und deutete
auf das vor dem Kamin aufgestapelte Brennholz. »Wir können
helfen. Wir stehen Euch zu Diensten, Heilerin.«

»Gut«, sagte Tasha erleichtert. »Quirel, schick die Diener fort.
Wir sind soweit.«

Sobald sich die Tür hinter dem letzten Diener geschlossen

hatte, sagte Tasha: »Ich möchte ein loderndes Feuer, Quirel. Es muß hier drin so heiß wie möglich werden. Drachenlord, würdet Ihr bitte auf mein Zeichen Linden Rathan hier herübertragen?« Sie schüttelte ein Laken aus und legte es über die am Boden ausgebreiteten Decken. »Ich werde ihn darin einwickeln und es wechseln, sobald es sich mit dem Gift vollgesogen hat, das er hoffentlich ausschwitzen wird. Falls auch das nicht funktioniert …« Sie wollte gar nicht daran denken.

Die anderen nickten und machten sich an die Arbeit. Tarlna Aurianne und Quirel legten Brennholz in den Kamin. Der Drachenlord setzte es mit einem Wort in Flammen. Die plötzlich aufwallende Hitze trieb Tasha den Schweiß auf die Stirn. Entgeistert sah sie, wie Tarlna Aurianne die Hände in die Flammen hielt und eine Beschwörung flüsterte. In Gedanken schrie Tasha, daß sich der Drachenlord verbrennen würde, doch als Tarlna Aurianne die Hände aus dem Feuer zog, waren sie völlig unversehrt. Das Feuer war jetzt doppelt so heiß wie vorher, ohne daß es das Holz schneller verzehrt hätte.

»Ich denke, das sollte reichen«, sagte Tarlna Aurianne.

»Denke ich auch«, sagte Tasha. Am liebsten hätte sie es Quirel nachgetan und ihre Tunika ausgezogen, doch ihre Sittsamkeit hielt sie davon ab. Statt dessen sagte sie zu Kief: »Euer Gnaden, Ihr könnt ihn jetzt herbringen.«

Er schlug die Decke beiseite und hob den großen Drachenlord behutsam aus dem Bett. Tasha bewunderte seine Kraft. Linden Rathan wog nicht gerade wenig, und Kief Shaeldar war ein kleiner Mann.

Sie half ihm, Linden auf dem behelfsmäßigen Lager abzulegen. Mit Quirels Hilfe wickelte sie den kranken Drachenlord in das erste Laken ein. Zufrieden registrierte Tasha bereits die ersten Schweißrinnsale auf Linden Rathans Stirn. Sie wischte sie mit einem Tuch fort und roch daran, einer plötzlichen Eingebung folgend.

Der eigenartige Geruch, der seit Tagen im Krankenzimmer

hing, war auch in dem Tuch wahrzunehmen, stärker und konzentrierter sogar. Es war ein säuerlicher, moschusartiger Geruch, der ihr irgendwie bekannt vorkam. Wo hatte sie das schon mal gerochen? Es wollte ihr nicht einfallen. Laut sagte sie: »Ich glaube, es funktioniert, obwohl es noch zu früh ist, um sicher zu sein. Quirel, koch ihm einen Schlaftee. Wenn er den trinkt, wird er noch stärker schwitzen.«

Für den Augenblick gab es nichts weiter zu tun, als abzuwarten, ob ihre Idee funktionierte. Im Zimmer wurde es immer heißer. Tasha spürte, wie der Schweiß über ihren Rücken rann und zwischen ihren Brüsten prickelte. Tarlna Aurianne wickelte ihre langen blonden Haare zu einem Knoten zusammen und fächerte sich mit einer Hand Luft zu. Den Männern ging es kaum besser. Ihre schweißüberströmten Oberkörper glänzten im Feuerschein.

Hin und wieder erhob sich einer der Anwesenden und eilte in die relative Kühle des Flurs hinaus, kam aber schnell wieder ins Zimmer zurück, als könnte seine Abwesenheit Linden Rathans Heilung verhindern. Nur Tasha blieb ununterbrochen an seiner Seite, fühlte seinen Puls und prüfte das Laken, in das die reglose Gestalt gewickelt war. Es war noch so gut wie trocken.

»Mehr Holz ins Feuer«, befahl sie.

Quirel verzog das Gesicht, gehorchte aber.

Es wurde unerträglich im Zimmer. Tasha bekam vor Hitze kaum Luft, doch ihrem Patienten ging es unverändert. Sie begann zu verzweifeln.

Noch ein bißchen länger. Es ist den Versuch wert.

Doch nichts änderte sich.

Sie war kurz davor aufzugeben, als es geschah. Gerade war das Laken noch trocken, jetzt war es plötzlich triefnaß, und der säuerliche Gestank überwältigend. Obwohl es das Zimmer abkühlen würde, hielt sie Kief Shaeldar nicht davon ab, als er zum Fenster wankte und es aufriß.

»Was ist das?« keuchte er.

409

»Ich weiß nicht«, erwiderte Tasha. »Aber ich glaube, es ist das, was ihn so krank macht. Nehmt das Laken. Er braucht ein frisches.«

Es schien, als wäre Linden Rathans Körper plötzlich wild entschlossen, das ihn in Knechtschaft haltende Gift förmlich aus sich herauszuschütteln. Er warf sich hin und her, wand sich unter ihren Händen, versuchte die Laken fortzustoßen, während sie sie wechselten, und stammelte Dinge in einer Sprache, die Tasha nicht kannte, die den anderen Drachenlords jedoch vertraut zu sein schien, und schwitzte unterdessen wie ein in der Sommerglut galoppierendes Pferd. Hin und wieder kam er nach einem solchen Schüttelanfall zu Bewußtsein, und Tasha flößte ihm so viel Tee ein, wie er irgend möglich hinunterbekam.

Es war nach Einbruch der Dunkelheit, als Tasha auffiel, daß der Gestank abnahm. Das Laken, das Quirel in die Ecke warf, roch nur noch nach Schweiß, nicht mehr nach schädlichen Substanzen. Sie wagte, ein wenig zu hoffen.

Die Hoffnung erfüllte sich, als Linden nach einer Weile die Augen aufschlug und mit klarer Stimme fragte: »Wo ist Maurynna?«, um im nächsten Moment in einen natürlichen Schlaf zu versinken.

Tasha grinste. »Er muß sich auf dem Weg der Besserung befinden, sonst würde er in solch einem Moment nicht nach seiner Angebeteten fragen.«

Die anderen Drachenlords antworteten mit einem erleichterten Lächeln.

»Soll ich ihn ins Bett zurücklegen?« fragte Kief Shaeldar.

»Ja, bitte. Und Ihr, Euer Gnaden«, sagte Tasha zu Tarlna Aurianne gewandt, »könnt Ihr ein Feuer auch *ausgehen* lassen?«

Tarlna Aurianne nickte und fuhr mit einer Hand durch die Flammen. Sofort verlosch das Feuer. Zurück blieben nur glimmende Holzreste. Danach faßte sie sich an die Stirn und schien förmlich in sich zusammenzusinken, als würde sie plötzlich von

Erschöpfung übermannt. Einen Augenblick später schüttelte sie ein wenig überrascht den Kopf.

Tasha konnte es ihr nachfühlen. Auch sie war erschöpft, hauptsächlich wegen der inneren Anspannung. Sie kannte ihn zwar erst seit kurzem, aber sie mochte Linden Rathan. Tarlna Aurianne kannte ihn wie lange? Vermutlich seit Jahrhunderten. Der Gedanke an seinen möglichen Tod mußte die anderen Drachenlords fürchterlich mitgenommen haben.

Nicht zu vergessen, was Linden Rathans Tod für Prinz Rann bedeutet hätte. Bei dem Gedanken ballte Tasha die Fäuste. Sollte sie jemals herausfinden, wer den großen Drachenlord vergiftet hatte – und damit ebenso Rann gefährdet hatte –, würde sie alles in ihrer Macht Stehende tun, um dem Täter die gerechte Strafe zukommen zu lassen.

55. KAPITEL

Es geht ihm besser, berichtete Kief. *Aber Heilerin Tasha sagt, daß er immer noch extrem deprimiert ist.*

Glaubt Ihr, er zerbricht sich noch immer den Kopf darüber, welche Geheimnisse er den Kerlen verraten haben könnte? fragte Otter, einerseits erleichtert, daß die Krise überstanden war, andererseits besorgt wegen Lindens anhaltenden Depressionen.

Anzunehmen. Wie geht es dem Mädchen?

Otter verzog das Gesicht, während er fortfuhr, seine Füße in seine alten Lederstiefel zu zwängen. Kiefs Ruf hatte ihn mitten beim Anziehen erreicht. *Ihr werdet es nicht gerne hören,* sagte er und beschrieb ihm Maurynnas »Anfälle«. *Es passiert jetzt jeden Tag, manchmal auch mehrmals. Und seit kurzem ist etwas Neues hinzugekommen: Ihre Sinne werden unnatürlich scharf. Gerüche, Klänge, Farben, Geschmäcker – all das droht sie zu überwältigen. Wenig später ist alles wieder vorbei.*

O Götter. Vermutlich liegt es daran, weil ich mich so nahe bei ihr verwandelt habe. Linden wird mir den Kopf abreißen, wenn dem Mädchen deswegen etwas zustoßen sollte.

Hmm – stimmt, es könnte damit zusammenhängen, aber vielleicht ... Könnten dies nicht erste Anzeichen ihrer nahenden Ersten Verwandlung sein? fragte Otter.

Er spürte, wie Kief sich aus seinem Geist zurückzog, und nahm an, daß der Drachenlord darüber nachdachte, was er ihm soeben gesagt hatte. Er nutzte die Zeit, um seine Tunika anzuziehen und seinen Gürtel unterm Bett hervorzuholen. Dann war Kief zurück.

Möglicherweise. Bei manchen kündigt sich die Erste Verwandlung so an. Die meisten heranreifenden Drachenlords merken allerdings nicht, daß etwas mit ihnen geschieht. Sie empfinden einfach einen plötzlichen, alles überwältigenden Drang, eine freie Fläche zu finden, und dann passiert es. Andere haben jedoch Träume und Visionen, die sie so sehr ängstigen, daß sie glauben, verrückt zu werden. Sie war bei ihm, als er sich zum ersten Mal verwandelte. Das heißt zwar nicht, daß Maurynna sein Verhaltensmuster übernimmt, aber es könnte durchaus sein.

Besonders, sagte Otter, *weil die Bande zwischen ihnen so stark sind.* Schaudernd fragte er sich, wie es wohl wäre, in einem lebenden Alptraum gefangen zu sein. *Ich glaube, es ist ihre nahende Erste Verwandlung, Kief. Daß Ihr in ihrer Nähe Eure Drachengestalt angenommen habt, hat nichts damit zu tun.*

Vermutlich habt Ihr recht, sagte Kief.

Otter lächelte. Der Drachenlord klang wie ein Schuljunge, der knapp einer drohenden Tracht Prügel entronnen war – was, sollte Kief Maurynna irgendwie verletzt haben, vermutlich das mindeste war, was Linden ihm verabreichen würde. *Will er mich inzwischen empfangen?*

Nein. Er will niemanden sehen. Ich mache mir Sorgen ... Danke, daß Ihr Euch um das Mädchen kümmert. Ich lasse von mir hören, sobald sich etwas tut.

Wieder allein in seinem Geist starrte Otter mit leerem Blick an die weißen Wände seiner winzigen Dachschlafkammer im Hause der Vanadins. Die Geschichte gefiel ihm nicht. Ganz und gar nicht. Erst wurde Linden überfallen und wäre beinahe gestorben, und nun glaubte Maurynna, langsam, aber sicher verrückt zu werden.

Was würde als nächstes geschehen?

56. KAPITEL

Es war ein brütendheißer, schwüler Tag. Maurynna zupfte an ihrer verschwitzt auf der Haut klebenden Tunika. Trotz der Hitze hielt sie mit Otter Schritt, während sie sich einen Weg durch die Menschenmassen bahnten, die den Marktplatz und die angrenzenden Gassen bevölkerten.

»Hast du – hast du etwas Neues über Linden gehört?« fragte sie so beiläufig wie möglich.

Otter schüttelte den Kopf. »Das letzte Mal vor zwei Tagen. Kief sagte, es gehe Linden unverändert. Depressiv, wolle niemanden sehen, esse kaum. Er ist nicht er selbst, Rynna. Sie haben ihm noch nicht mal gesagt, daß Tsan Rhilin verschwunden ist. Sie haben wahrscheinlich Angst davor, wie er es aufnehmen würde.«

Sie kamen an einer Gruppe von Straßenjongleuren vorbei. Maurynna nahm eine Kupfermünze aus ihrer Gürteltasche und warf das Geldstück dem Artistenjungen zu, der mit einer Holzschale herumging. Wieder zupfte sie an ihrer verschwitzten Tunika.

»Am liebsten würde ich mit der *Seenebel* rausfahren und der verfluchten Hitze für ein paar Stunden entrinnen«, grummelte sie. Und eine Weile ihre Sorgen hinter sich lassen. Doch die würden sie selbst auf See einholen.

Otter sagte: »Ich würde sofort mitkommen.«

Bevor Maurynna etwas entgegnen konnte, sah sie, daß ein Stück weiter die Straße hoch ein Tumult ausgebrochen war. Da sie größer als die meisten Cassorier war, hatte sie gute Sicht.

Soweit sie im Getümmel erkennen konnte, war ein Pferd durchgegangen, das nun wild bockend durch die Gegend sprang. Sie sah, daß sich ein zweites Pferd mit einem Reiter im Sattel aufbäumte und den Reiter abwarf. Soldaten der Stadt-

414

wache erschienen, als hätten sie sich aus dem Holz und Stein der Gebäude an der Straße materialisiert. Sie vernahm ein schallendes Wiehern und verstand.

»Armer Besitzer«, sagte Maurynna. »Wird teuer für ihn, falls die Wache ihn schnappt.« Sie warf Otter einen amüsierten Blick zu.

Doch statt ihr mit einem Schmunzeln zu antworten, blieb der Barde nur wie vom Donner gerührt stehen.

»Das Wiehern kommt mir bekannt – o nein. Das kann ich nicht glauben. Das kann nicht sein!«

Der Hengst wieherte von neuem.

Otter griff sich mit beiden Händen in den Bart. »Götter, helft uns – er ist es!« rief er und rannte los.

Maurynna starrte ihm verwirrt nach. Dann schob sie sich hinter Otter durch die lachende Menge. Er eilte zu den Soldaten der Stadtwache, die den durchgegangenen Hengst mittlerweile umstellt hatten. »Shan! Shan!« übertönte seine geübte Stimme das Getuschel der Umstehenden.

Maurynna folgte ihm dicht auf den Fersen, noch immer verwirrt. Die schwüle Luft klebte förmlich an ihrer Lunge. Es kam ihr vor, als würde sie Wasser atmen.

Woher kannte Otter das Pferd? Ihre Verwirrung wuchs, als der Hengst zu Otter hinübersah und etwas wieherte, das nur eine Begrüßung sein konnte. Weshalb sie sich dessen so sicher war, wußte sie nicht.

Sie sah, daß die Soldaten nervös waren, und fragte sich, warum die Männer sich vor einem Pferd fürchteten. Dann fiel ihr ein, daß Raven ihr einmal erzählt hatte, daß sich nur ein Narr zwischen einen ihm unbekannten durchgegangenen Hengst und der von ihm erwählten Stute stellte. »Es gibt nettere Arten, in den Freitod zu gehen«, hatte er gesagt.

Warum hatte der Hengst die Soldaten dann nicht über den Haufen gerannt?

Zwei Soldaten der Stadtwache halfen dem Reiter der Stute

auf die Beine. Sie wieherte dem Hengst zu. Offenbar gefielen ihr seine Annäherungsversuche. Einer der Soldaten reichte dem Reiter die Zügel. Der Mann brüllte und fluchte mit einer für seine Fettleibigkeit überraschend schrillen Stimme.

»Mir ist schnurz, wem dieser verwahrloste Gaul gehört! Ich werde Schadenersatz fordern! Dies ist eine reinrassige Wüstenstute! Ein so edles Tier lasse ich doch nicht von jedem dahergelaufenen Klepper besteigen!« Die Locken seines kunstvoll zurechtgestutzten Bartes bebten vor Entrüstung.

Der »dahergelaufene Klepper« tänzelte vor den Soldaten herum und erwiderte das Wiehern der Stute. Geschickt wich er den Händen aus, die seine Mähne zu packen versuchten. Er ließ sie jedesmal dicht herankommen und sprang im letzten Moment zurück, als würde er mit den Männern spielen. Selbst Maurynna, die sich mit Schiffen besser auskannte als mit Pferden, bewunderte die Geschmeidigkeit und Eleganz seiner Bewegungen und den schelmischen Glanz in seinen Augen. Sie wünschte, Raven könnte dieses wunderschöne Tier sehen. Sein Besitzer mußte wegen des Verlusts untröstlich sein.

Trotzdem sah man dem Pferd an, daß es in letzter Zeit vernachlässigt worden war. Blätter und zahllose kleine Zweige hingen in seiner verfilzten Mähne und seinem buschigen Schwanz. Und sein Fell, das zwar immer noch glänzte, hatte schon lange keine Bürste mehr gesehen. Die kräftigen Beine, dick wie Eichenschößlinge, waren bis zu den Knien mit getrocknetem Schlamm bedeckt.

Einer der Soldaten hielt ein Fangseil in den Händen und versuchte vergebens, den großen Hengst dazu zu bringen, den Kopf zu senken, um ihm die Schlaufe überzuwerfen. Der Mann streckte eine Hand aus, als hielte er eine Karotte oder einen Apfel, und gab unterdessen die Zischlaute von sich, die, wie Maurynna wußte, Stallburschen bei der Arbeit ausstießen.

»So werdet ihr ihn nie einfangen«, rief Otter. Keuchend blieb er vor den Soldaten stehen. Er beugte den Oberkörper vor, die

Hände auf den Knien, und versuchte, wieder zu Atem zu kommen.

Maurynna erreichte ihn, auch sie nach Luft schnappend.

»Gehört das verfluchte Pferd Euch?« wollte der Hauptmann der Stadtwache von dem Barden wissen.

Otter schüttelte den Kopf. »Nein, aber ich kenne es«, brachte er atemlos hervor und richtete sich auf. »Götter, ich bin zu alt, um so durch die Gegend zu rennen! Legt um Himmels willen das Seil weg. Ich sage Euch, so funktioniert es nicht.« Er wischte sich den Schweiß von der Stirn.

Der Besitzer der Stute schob sich zu Otter durch. An den zerrissenen, verschmutzten Überresten seiner edlen Kleider sah man, daß er ein Adliger war. Der Besitzer des Hengstes tat ihr leid. Der Adlige sah aus wie jemand, der einem auch nur die geringste Verletzung seiner Würde todübel nahm.

Der Mann baute sich in voller Größe vor Otter auf – er reichte dem Barden gerade an die Schulter – und schrie: »Wem gehört dieser flohverseuchte Klepper dann? Raus damit, oder ich lasse dich auspeitschen!«

Maurynna ballte die Fäuste. Am liebsten hätte sie dem Mann ins Gesicht geschlagen, ganz gleich, ob Adliger oder nicht. Wie konnte er es wagen, einem Barden zu drohen – und dann auch noch ihrem Freund Otter!

Das wütende Wiehern des Hengstes trommelte gegen ihrer aller Ohren. Er stand nun mit gefletschten Zähnen da, ein Auge auf den Adligen fixiert, und der Ausdruck in diesem Auge verhieß nichts Gutes. Dann sank er auf seine Hinterbeine und hob die Vorderhufe ungefähr eine Handbreit über den Boden. Er sah aus wie eine aus Onyx gemeißelte Statue; formvollendet – und tödlich.

Atemloses Schweigen befiel die umstehenden Zuschauer. Selbst die Stute wurde still.

Maurynnas Mund wurde trocken. Sie kannte sich mit Pferden zwar kaum aus, glaubte aber zu wissen, was die Stellung

417

bedeutete. Der Hengst würde jeden Moment vorschnellen und angreifen. Mit einem Tritt seiner Hufe konnte er einen Menschenkopf zermalmen wie eine Walnuß. Und sie glaubte zu wissen, wer das Opfer sein würde.

Die Soldaten strömten auseinander wie fortgewehtes Laub. Der Adlige eilte auf wackligen Beinen zu seiner Stute.

Nur Otter blieb stehen. Er sagte: »Das glaube ich kaum, Eure Lordschaft.« Dann sprach er zu dem Hengst: »Ganz ruhig, Shan. Er wird mich nicht auspeitschen lassen – ich verspreche es dir.«

Zu Maurynnas Erstaunen erhob sich der Hengst und stand nun wieder mit allen vier Hufen auf dem Kopfsteinpflaster. Er schnaubte.

»Menschenskind!« hörte sie jemanden flüstern. »Man könnte meinen, das Tier hätte ihn verstanden.«

»Hat es auch«, sagte Otter. »Versucht nicht noch mal, es einzufangen. Es bleibt dort stehen, bis ich ihm etwas anderes sage. Und *Ihr*«, sagte Otter mit Blick auf den Adligen, »Ihr würdet sogar einen Barden auspeitschen lassen, was?« Er zog den Kragen seiner Tunika zur Seite und zeigte seine Bardenkette.

»Wahrscheinlich gestohlen, die Kette! Du bist kein …«, rief der Mann.

»Ah, Lord Duriac«, unterbrach ihn der Hauptmann.

Unfähig, sich länger rauszuhalten, sagte Maurynna: »Er *ist* ein Barde – und ebenso ein Freund von Linden Rathan!« So. Das sollte der adlige Fettsack erst mal verdauen. Es kümmerte sie nicht länger, ob sie den Zorn der cassorischen Adelsgesellschaft auf sich zog oder nicht.

Lord Duriac wäre beinahe erstickt. Der Hauptmann und seine Untergebenen traten geschlossen von ihm zurück, als wollten sie nichts zu tun haben mit jemandem, der dumm genug war, den Freund eines Drachenlords zu bedrohen.

Der Barde sagte: »Das ist Shan, Linden Rathans llysanyanischer Hengst. Wie er von Drachenhort hierher gelangt ist, weiß ich nicht. Wißt Ihr, was llysanyanisch bedeutet, mein Lord?«

Otters Stimme stieg und fiel, als würde er im Saal des Yerrin-Hohepriesters eine uralte Weise vortragen. »Mehr Kraft und Schnelligkeit, als Ihr Euch in Euren kühnsten Träumen vorstellen könnt, denn Llysanyaner sind Geschöpfe des West-windes aus dem Land der Sterne, dem Land hinter der Sonne. Nach Osten kamen sie, um den Drachenlords zu dienen, in einer Epoche, die längst im Dunste der Vergangenheit verloren ist.

Und so ein Pferd hätte beinahe Eure ... ›reinrassige Wüsten-stute‹ gedeckt«, endete der Barde sarkastisch.

Der Adlige starrte entgeistert. Dann legte sich ein gieriger Glanz über seine Augen. Er ließ die Zügel fallen. »Ich, ähm – falls es der junge Drachenlord wünscht, könnte der Hengst ...« Er deutete auf seine Stute.

Das hättest du wohl gern, du selbstsüchtiges Schwein, dachte Maurynna.

Shan trat hervor, den Kopf stolz in die Höhe gereckt. Die Stute hob einladend den Schwanz und sah kokett über die Schulter zu ihm hinüber.

Otter legte eine Hand an Shans Hals, als der Hengst an ihm vorbeilief. »Nicht, Shan.«

Maurynna stockte der Atem, als der große Kopf herumfuhr. Der Hengst hatte seine Ohren zurückgelegt und schnappte mit den Zähnen nach Otters Handgelenk.

Otter rührte sich nicht. »Linden war krank, sehr krank. Es geht ihm immer noch nicht gut. Dich zu sehen würde ihm helfen.«

Das große Pferd wandte sich von der Stute ab, sein ganzes Wesen nun auf den Barden konzentriert. Es brach Maurynna fast das Herz, den stolzen Hengst wie ein junges Fohlen zittern zu sehen. Er glitt mit den Lippen über Otters Tunika. Ohne zu überlegen, ging sie zu ihm und klopfte ihm sanft auf die Schulter. »Es geht ihm aber wieder besser, Shan, wirklich.«

419

Shan drehte ihr ein Auge zu und betrachtete sie. Seine Ohren wedelten vor und zurück. Zu ihrer Freude schenkte er ihr seine volle Aufmerksamkeit. Er schnüffelte an ihr und schnaubte leise. Er klang überrascht, sogar ein wenig verwirrt.

Otter lachte. Dann griff er dem Hengst in die Vorderlocke und zog seinen Kopf wieder zu sich. »Ich würde gerne einen Moment allein mit dir reden, wenn du nichts dagegen hast. Du wirst von ihr noch genug zu sehen bekommen.«

Die Soldaten traten aus dem Weg, als er Shan an den Straßenrand führte. Lord Duriac stammelte: »Aber – aber – aber!« Die Stute sah beleidigt aus.

Maurynna seufzte. Sie bedauerte, daß Otter Shan fortgeführt hatte. Zweifellos würde er ihn jetzt zu Linden bringen. Irgendwie fühlte sie sich zu dem großen Pferd hingezogen. Und er war sogar ein echter Llysanyaner! Es juckte sie in den Fingern, seinen verfilzten Schwanz und seine dichte schwarze Mähne zu entwirren.

Sie wartete zusammen mit den Soldaten und beobachtete den Barden und das Pferd. Shan hatte den Kopf gesenkt. Otter flüsterte ihm ins Ohr. Ab und zu nickte Shan, als würde er gebannt lauschen. Einmal fuhr der Kopf des Hengstes hoch. Er sah zu ihr hinüber, dann wieder zu Otter. Jetzt nickte der Barde. Der Hengst hoppelte aufgeregt auf der Stelle. Der Barde lachte. Nach einigen weiteren Minuten des angeregten Flüsterns kamen die beiden zurück.

Otter sagte zu dem Adligen: »Besteht Ihr noch immer auf einer Entschädigung, mein Lord? Falls Ihr Euch verletzt haben solltet, wird Linden Rathan dies sicherlich gerne wiedergutmachen.«

Angesichts der aufgebrachten Rufe einiger Zuschauer beeilte sich der Adlige zu sagen: »Nein, ganz und gar nicht, verehrter Barde. Aber wenn Ihr den Drachenlord fragen könntet, ob …« Der Mann zuckte mit den Schultern und bedachte Otter mit einem schmierigen Grinsen. Nervös fuhr er sich mit der Zunge über die Lippen, als weitere verärgerte Zwischenrufe der Zuschauer erklangen.

Otter hüstelte und verbarg hinter vorgehaltener Hand ein Lächeln. »Natürlich. Sobald es ihm besser geht.« Zum Hauptmann gewandt, sagte er: »Und Ihr, Hauptmann, seid Ihr zufrieden? Ich kann Euch versichern, daß so etwas nicht wieder vorkommen wird. Shan möchte nur so schnell wie möglich zu seinem Herrn.«

Shan nickte, seine Mähne flog durch die Luft.

Der Hauptmann überlegte einen Moment.

»Wenn Ihr für ihn die Verantwortung übernehmt und ihn umgehend dem Drachenlord bringt, werter Barde, habe ich nichts dagegen einzuwenden.«

Otter lächelte. »Vielen Dank, Hauptmann. Aber ich kann Shan nicht persönlich zu Linden Rathan bringen. Ich – ähm – ich habe etwas anderes zu erledigen.« Er zwinkerte Maurynna zu.

Sie sah ihn erstaunt an. Er hatte nichts davon gesagt, daß er ...

»Aber diese junge Dame kann es für mich tun. Das ist Maurynna Erdon, Kapitän der *Seenebel* aus Thalnia. Sie ist ebenfalls eine gute Freundin von Linden Rathan.«

Der Hauptmann nickte. »Wie Ihr wünscht, werter Barde.«

Maurynna versuchte etwas zu sagen, aber nur ein Krächzen kam aus ihrer Kehle. Dann fand sie ihre Stimme wieder und sagte: »Otter, bist du verrückt? Ich kann nicht gut genug reiten für ein Pferd wie Shan! Außerdem hat er keinen Sattel. Er wird mich sofort abwerfen!«

Beipflichtend schüttelte Shan den Kopf, als Otter sagte: »Er wird dich nicht abwerfen, Rynna. Du mußt ihm einfach nur sagen, wo es langgeht. Bring ihn zu Linden, Rynna. Linden wünscht sich nichts sehnlicher, als Shan zu sehen – außer vielleicht ...«

Maurynna wunderte sich über Otters eigenartigen Tonfall,

421

aber Shan schnüffelte wieder an ihr und lenkte sie ab. Unbewußt griff sie in die Vorderlocke des Hengstes. Während sie behutsam einen Zweig herauszog, fragte sie das Tier: »Du hast alles verstanden, was wir gesagt haben, stimmt's?« Auf Shans Nicken fuhr sie fort: »Du mußt wissen, daß ich Seefahrerin bin, keine Reiterin – und ich habe noch nie auf einem so großen Pferd gesessen, wie du es bist.«

Beklommen sah sie, wie hoch Shans Rücken über dem Kopfsteinpflaster aufragte. Falls sie herunterfiel, war es ein weiter Weg nach unten.

Sie würde sich weigern. Dies war verrückt. Aber Shan rieb seine weiche Schnauze an ihrer Wange, als wollte er ihr sagen, daß sie sich keine Sorgen machen solle. Und die Vorstellung, Linden wiederzusehen, ließ ihr Herz schneller schlagen. Hatte sie sich nicht genau das die ganze Zeit gewünscht?

Shan entschied die Sache, indem er sie mit einem Blick ansah, der eindeutig besagte: »Steig auf!« Otter und ein Soldat der Stadtwache halfen ihr, den breiten Rücken des Hengstes zu erklimmen. Nervös hielt sie sich an seiner Mähne fest, während Shan langsam und vorsichtig wendete.

»O Götter«, flüsterte sie, als sie nach unten schaute. Das Kopfsteinpflaster sah noch weiter entfernt aus, als sie geglaubt hatte. Und ohne Sattel fühlte sie sich schrecklich unsicher. »Lauf bitte ganz langsam, Shan«, stammelte sie.

Der Hengst wieherte eine Antwort und lief gemessenen Schrittes los. Vor ihm teilte sich die Menge. Nervös, wie sie war, fielen Maurynna dennoch die neidvollen Blicke der Leute auf. Da wurde ihr mit einem Mal richtig bewußt, was sie gerade tat. Sie ritt das Pferd eines Drachenlords!

»Dort, Shan«, sagte Maurynna. »Da hinten wohnt er.«

Shan wieherte und bog so scharf von der schattigen Straße ab, daß sie beinahe runtergefallen wäre; doch bevor es geschah, hatte er sich schon wieder unter sie geschoben. Sie spürte, daß er vor freudiger Erwartung zitterte. Sie ließ ihn quer über die weitläufige Wiese, die zwischen der Straße und der herrschaftlichen Residenz lag, direkt auf die Stallungen zulaufen.

Auch sie zitterte vor Aufregung. Sie seufzte. Könnte sie sich doch nur von ihrer Sehnsucht nach Linden befreien. Dann plötzlich konnte sie es kaum erwarten, ihn wiederzusehen.

»Lauf, Shan!« rief sie, bevor sie es bereuen konnte, es ohne Sattel zu versuchen.

Shan legte die Ohren zurück. Dann schoß er so geschmeidig nach vorne, daß Maurynna nicht den geringsten Ruck verspürte. Zu ihrer Überraschung ähnelte die Bewegung dem Steigen und Fallen eines Bootes auf See. Maurynna streckte die Beine aus, wie Raven es ihr beigebracht hatte, die Fußspitzen nach innen gerichtet, die Hacken nach unten, und saß so aufrecht, wie sie konnte. Sie lachte und fragte sich, wovor sie Angst gehabt hatte. Sie brauchte keinen Sattel, um auf diesem wundersamen Pferd zu reiten.

Sie preschten über das saftige Gras, das weich genug aussah, um darin zu schlafen. So nahe am Fluß war die Luft frisch und kühl, durchzogen mit leichtem Veilchenduft. Bäume sprenkelten das weite Grün. Jedesmal, wenn sie unter einem hindurchritten und wieder in den Sonnenschein hinauskamen, mußte Maurynna wegen der gleißenden Helligkeit blinzeln.

Shan lief so leichtfüßig, daß sie kaum das Schlagen seiner Hufe auf dem Untergrund hörte. Der Wind blies ihre Haare nach hinten. Alles glich so sehr einem ihrer Träume, daß sie am liebsten bis in alle Ewigkeit weitergeritten wäre.

Doch sie sah bereits die Stallungen. Leute hatten sich davor versammelt und beobachteten die Reiterin, die statt über die Straße des Anwesens über die Wiese auf sie zugeritten kam. Sie zupfte an Shans Mähne, und der Hengst bog in eine Kurve.

Dies wurde ihr zum Verhängnis. Gerade noch ritt sie in einem wahr gewordenen Traum, im nächsten Moment lag sie auf dem Rücken im dichten Gras. Sie blinzelte zu Shan hoch, sich nicht einmal sicher, was geschehen war. Reumütig schnüffelte er an ihr.

Sie glaubte, daß sie sich nichts gebrochen hatte. Eins nach dem anderen streckte sie ihre Glieder aus. Nein, alles schien heil. Und ins Gras zu fallen, hatte auch nicht wirklich weh getan. Sie pries die Götter, daß es nicht auf dem Kopfsteinpflaster im Hof vor den Stallungen passiert war.

Sie rollte sich auf den Bauch und stand auf. Während sie sich die Grashalme von den Kleidern klopfte, traf der erste der herbeieilenden Stallburschen bei ihr ein.

»Verflucht, Mädchen – hast du dir weh getan? Und überhaupt, wieso bist du über die Wiese geritten, statt ...«

Sie unterbrach ihn: »Ich bin Kapitän Maurynna Erdon. Das ist Linden Rathans llysanyanischer Hengst, Shan. Der Yerrin-Barde Otter Heronson ist ein guter Freund von mir. Du kennst doch Otter, nicht wahr?«

In dem Moment, als sie »Llysanyaner« sagte, sah sie, daß der Ärger aus seinem Gesicht wich und Ehrfurcht an seine Stelle trat. Obwohl er nickte, während sie sprach, nahm der Stallbursche danach nicht mehr den Blick von Shan.

Maurynna fuhr fort: »Shan ist ganz alleine von Drachenhort hierhergekommen. Otter und ich haben ihn in der Stadt entdeckt. Otter bat mich, ihn zu Linden Rathan zu bringen. Wie du siehst, ist er ziemlich schmutzig.«

Shan schnaubte und schnappte nach ihren Haaren.

»Aua! Hör auf! Du bist nun mal schmutzig, Shan. Das ist eine Tatsache. Möchtest du, daß Linden dich so sieht?« Sie stupste ihn auf die Nase.

Shan überlegte. Dann ließ er von ihren Haaren ab und schüttelte den Kopf.

»Donnerwetter!« sagte der Stallbursche mit großen Augen.

»Also, geh bitte mit dem Stallburschen. Ich werde Linden sagen, daß du hier bist.« Sie klopfte Shan auf den Rücken. Zu dem Stallburschen und zu seinen Kollegen, die in respektvollem

424

Abstand hinter ihm standen, sagte sie: »Vergeßt nicht – das ist kein normaler Hengst. Versucht nicht, ihn einzufangen oder festzubinden – ich glaube nicht, daß Linden Rathan das gefallen würde. Wenn ihr möchtet, daß Shan etwas Bestimmtes tut, sagt es ihm einfach. Er versteht alles, was ihr sagt.«

»Donnerwetter!« sagte der Stallbursche wieder. Erregtes Tuscheln erhob sich aus der hinter ihm stehenden Gruppe.

Shan senkte den Kopf und leckte ihr über die Wangen. Dann trat er zurück und schritt leichtfüßig auf die Stallungen zu. Die Stallburschen liefen an seiner Seite wie eine Ehrenwache.

Maurynna sah ihnen nach, bis sie hinter den breiten Toren, die zu den Ställen führten, verschwunden waren. Dann wanderte ihr Blick über das Herrschaftshaus. Reihen leerer Fenster starrten zu ihr hinab. Sie fragte sich, ob sich Lindens Zimmer auf dieser Seite des Hauses befand. Hatte er Shans Ankunft gesehen? War er vielleicht schon auf dem Weg nach draußen?

Bestimmt nicht. Sieh den Tatsachen ins Auge; du wirst hineingehen und es ihm selbst sagen müssen. Und du möchtest ihn wiedersehen, sagte sie sich. Ganz gleich, wie gemein er zu dir war, du möchtest ihn wiedersehen.

Das Klopfen riß Linden aus einem unruhigen Halbschlaf. Er setzte sich auf und versuchte, den Nebel aus seinem Kopf zu vertreiben.

Es klopfte erneut. »Laßt mich in Ruhe«, rief er und sank in die Kissen zurück.

Dieses Mal war das Klopfen lauter und drängender. Er hörte gedämpfte Stimmen im Flur.

»Ich sagte, ihr sollt mich in Ruhe lassen«, brüllte er. Ein Anflug von Zorn mischte sich in seine Schläfrigkeit. Vielleicht sollte er den aufdringlichen Diener reinlassen und ihm …

Ein dumpfer Knall ertönte, als die Tür unter dem Tritt erzitterte. Eine wütende Stimme rief: »Einen Teufel werde ich tun. Mach verdammt noch mal die Tür auf, Linden!« Dann hörte er Geräusche, die nach einem Handgemenge klangen.

Linden fuhr hoch. »Maurynna?« O Götter, was tat sie hier? Mit einem Mal war er hellwach, sprang aus dem Bett und nahm die am Boden liegende Kniehose. Während er sie anzog, hörte er draußen Maurynna aufschreien. Er brüllte: »Finger weg von ihr!«, während er zur Tür rannte und sie aufriß.

Zwei Diener versuchten, eine um sich schlagende Maurynna festzuhalten. Ihr Anblick ließ sein Herz einen Freudensprung vollführen. Seine depressive Stimmung hob sich. »Laßt sie los«, rief er.

Die Männer sprangen von ihr zurück, als würde sie brennen. Auf seinen Befehl »Fort mit euch!« verneigten sie sich hastig und eilten geschwind den Flur hinunter.

Maurynna rieb ihre Handgelenke. Er sah die Druckstellen, die die goldenen Spangen in ihre Haut gegraben hatten. Ihre Lippen waren zu einer schmalen Linie verkniffen, und ihre Augen funkelten düster. Sie musterte ihn kurz, dann sah sie an ihm vorbei.

Nervös rieb er sein Kinn. Seine Finger berührten einen kratzigen Bart. Die Länge überraschte ihn. Wann hatte er sich zum letzten Mal rasiert? Es fiel ihm nicht ein. Seine tastenden Finger trafen auf Unmengen von Barthaaren. Sie fühlten sich fettig an. Er mußte schrecklich aussehen.

Plötzlich übermannte Linden wieder die altvertraute Mattheit, und die eben noch aufflackernde Energie versiegte unter dem Gewicht von Maurynnas mißbilligendem Blick. Er lehnte sich an den Türrahmen und zwang sich zu fragen: »Was tust du hier?«

Den Kopf stolz erhoben, antwortete sie: »Ich habe dir eine Überraschung mitgebracht. Ich glaube, sie wird dir sehr gefallen.«

Verwirrt starrte er auf ihre leeren Hände. »Was meinst du?«

»Laß mich rein, dann sage ich es dir.«

Bevor er protestieren konnte, schob sie sich an ihm vorbei ins Zimmer. Er schloß die Tür und folgte ihr.

Zum ersten Mal fiel ihm auf, wie muffig die Luft im Zimmer war. Seit seiner Erkrankung hatte er den Dienern verboten, die Fenster zu öffnen. Selbst die Vorhänge waren geschlossen. Daß die Sonne schien, als wäre nichts gewesen, erschien ihm wie ein Hohn.

Das Zimmer stank nach Krankheit. Noch immer hing der säuerliche Geruch dessen, was er ausgeschwitzt hatte, in der Luft. Auch aufzuräumen hatte er den Dienern untersagt. Das Zimmer sah wie ein Schweinestall aus. Überall lagen Kleider herum. Verschwommen erinnerte er sich, daß er einige Male aufgestanden war, um sich anzuziehen, und daß er die Kleider dann auf den Boden geworfen hatte, als es ihm zu anstrengend wurde. Teller mit halb verzehrten Speisen standen auf dem Boden, auf Stühlen und Tischen.

Es war ein Wunder, daß das Zimmer nicht schlimmer roch.

Linden setzte sich aufs Bett, während Maurynna den Raum in Augenschein nahm. Die Aufregung über ihren Besuch ließ nach. Er verkroch sich wieder in sein Elend und starrte zu Boden.

Ihre Stimme klang scharf wie ein Dolch und traf ihn ebenso tief. »Hast du dich nicht lange genug in Selbstmitleid gesuhlt?« fragte sie ihn. »Wird es nicht allmählich langweilig, dich ständig selbst zu bedauern? Schau dich an! Man würde dich nicht mal einen fünftklassigen Rindermarkt betreten lassen.«

Er blickte auf und starrte sie ungläubig an. Er hatte nicht gedacht, daß sie einem am Boden liegenden Mann noch einen Tritt versetzen würde.

Sie stand mit verschränkten Armen da und funkelte ihn an. Dann drehte sie sich um und ging ans nächste Fenster. Sie zog den Vorhang auf. Die Helligkeit trieb Linden das Wasser in die Augen. Nach einem kurzen Kampf mit dem Riegel öffnete sie das Fenster.

Maurynna kam zurück. »Linden, wird es nicht langsam Zeit, daß du aufhörst, den Feigling zu spielen?«

Für einen Moment flammte glühender Zorn in ihm auf, dann erstarb er wieder. »Du verstehst es nicht«, sagte er resigniert.

»Was verstehe ich nicht?« rief sie verärgert. »Warum du dich wie ein Kind aufführst?«

Verdrossen sagte er: »Das kann ich dir nicht sagen …«

»Bah! Was kannst du mir nicht sagen? So wie ich die Sache sehe, bist du einfach nur deprimiert, weil ein Echtmensch dich übertölpelt hat – dich, einen Drachenlord!« sagte sie. »Wer immer die Kerle waren, sie haben dich nach allen Regeln der Kunst aufs Kreuz gelegt. Und jetzt kommst du dir wie ein Tölpel vor. So ist es doch, stimmt's?«

Linden sprang auf. Der Zorn war zurück, stärker als zuvor. Dennoch wagte eine leise Stimme in ihm anzumerken, daß sie vielleicht recht hatte. Er ignorierte sie.

Er ballte die Fäuste und brüllte: »Wie kannst du es wagen? Du verstehst überhaupt nichts! Ich bin ein Drachenlord! Ich mache keine Fehler wie …«

»Ach wirklich? Drachenlords begehen also keine Fehler?« Maurynna legte ihm die Hände auf die Brust und stieß ihn zurück.

Er fiel aufs Bett und blinzelte überrascht zu ihr auf.

Maurynna schnitt mit einer Hand durch die Luft. »Und seit wann buchstabiert man Drachenlord G-o-t-t? Sag schon, Linden! Sieh den Tatsachen ins Auge – sogar ein Drachenlord kann hereingelegt werden. Sogar ein Drachenlord macht Fehler. Das hätte ebensogut Kief Shaeldar oder Tarlna Aurianne passieren können – oder jedem anderen Drachenlord. Vielleicht nicht auf dieselbe Art, aber man hätte auch sie reinlegen können. Und ja, man hat dich zum Narren gehalten – aber das läßt sich nicht mehr ändern. Akzeptiere das, und lebe dein Leben weiter, verflucht noch mal, oder bist du ein so großer Feigling, daß du nicht mit deinen Fehlern leben kannst?«

Zu seinem Entsetzen spürte Linden, daß ihm heiße Tränen über die Wangen liefen. »Du verachtest mich, nicht wahr?«

Sie setzte sich neben ihn und nahm seine Hand in ihre. »Nein«, sagte sie. »Ich empfinde auch kein Mitleid mit dir. Ich hasse es einfach, dich in einem solchen Zustand zu sehen.« Ihre Lippen bebten.

Die Schale seines alles betäubenden Elends platzte auf. Linden zog Maurynna an sich. Sie schlang die Arme um ihn und vergrub ihr Gesicht an seinem Hals. Ihre Finger bohrten sich in seinen Rücken.

Mit belegter Stimme sagte Maurynna: »Bitte, Linden, gib es zu. Otter streitet es zwar ab, aber … du wärst beinahe gestorben, oder?«

Linden nickte, seine Wange an ihren Kopf gepreßt. Er spürte, daß sie zu schluchzen begann, und strich ihr zärtlich über die Haare. Und ihr Trost zu spenden, gab ihm die Kraft, sich endgültig aus seinem Elend zu erheben. Mit all seinem Wesen sehnte er den Tag herbei, an dem er sie zu seiner Seelengefährtin machen würde.

Maurynna fuhr fort: »Ich weiß, daß du krank warst, aber du mußt dich wieder aufraffen, Linden. Bitte, es tut so weh.«

Der Schmerz in ihren Worten zerriß ihn. »Das werde ich, Liebste«, flüsterte er, erschüttert, daß sie sich schon jetzt so nah zu ihm fühlte. »Für dich werde ich es tun.«

Er hob ihr Kinn und küßte sie.

Das war ein Fehler. Er wußte es in dem Augenblick, in dem er sich dem Kuß hingab. Maurynna preßte sich an ihn, erwiderte seine Umarmung mit wachsender Leidenschaft. Ihre Hände strichen über seinen nackten Rücken. Die Berührung ließ glühende Flammen in ihm auflodern. Zu spät fiel ihm Kiefs Warnung ein: *Sie wird Euch ebensosehr brauchen wie Ihr sie.*

O Götter, und wie sehr er sie brauchte. Noch einen Moment länger, sagte er sich, nur einen Moment, dann …

Rathan nutzte diesen Moment der Schwäche mit der blitzartigen Geschwindigkeit eines Falken, der seine Klauen in seine Beute schlägt. Die Flammen wurden zu einem lodernden Inferno, während seine Drachenseele immer stärker nach der anderen Hälfte ihrer selbst gierte.

Nein! schrie Linden im Geiste auf. *Nein! Du wirst uns beide vernichten!*

Doch Rathan ließ sich nicht länger verleugnen. Gegen seinen menschlichen Willen schob Linden seine Hände unter Maurynnas Tunika. Ihre Haut war weich und warm. Sie stöhnte lustvoll auf.

Das hätte sie nicht tun dürfen. Hätte sie protestiert, hätte er möglicherweise die Kraft gefunden, sich Rathan zu widersetzen. Aber Maurynna wußte nichts von der Gefahr, und Linden, noch geschwächt von seiner Krankheit, hatte nicht genug Kraft für sie beide.

Gefangen in Rathans Begehren, zog Linden Maurynna die Tunika aus. Sie half ihm dabei. Dann glitten ihre Hände an seinem Oberkörper hinunter und öffneten seine Hose.

Er versuchte, »nein« zu sagen, doch ihre Lippen bedeckten die seinen. Statt dessen zerrte er seine Hose von den Beinen und half Maurynna, sich der ihren zu entledigen.

Er rollte sie auf den Rücken. Sie empfing ihn mit einem leisen, dankbaren Aufstöhnen. Anfangs war es pures Vergnügen, sich mit der anderen Hälfte seiner selbst zu vereinigen. In ihm stimmte Rathan ein triumphierendes Siegesheulen an.

Dann kamen Schmerz und Entsetzen. Er fiel in einen Strudel aus seltsamen Bildern, Gefühlen und Wahrnehmungen. Sie zogen ihn hinab und rissen ihn auseinander. Schwindel überkam ihn, während er wie ein Blatt über eine sturmgepeitschte See aus glühenden Farben gewirbelt wurde. Sein Geist schrie, daß er für immer verloren sein würde, während fremdartige Visionen ihn übermannten.

Fürchterliche Schmerzen marterten ihn. Sein Fleisch schmolz von den Knochen. Er hörte Maurynna aufschreien. Das Entsetzen in ihrer Stimme war schlimmer als alle Pein in seinem Körper.

Er versuchte, sich loszureißen, doch Rathan trieb ihn dazu, die Vereinigung mit seiner Seelengefährtin zu vollenden, ungeachtet der Konsequenzen.

Eine verschwommene Erinnerung an das, was er Otter gesagt hatte, schoß ihm durch den Kopf: »Manchmal passiert es sogar, daß zwei Drachenlords – zwei reife Drachenlords – einander umbringen, wenn sie sich vereinen.«

Und Maurynna war noch längst nicht reif. Sie würden sterben – sie *starben*. Nur so konnte diese Tortur enden. Die Kräfte, die sie entfesselt hatten, würden sie vernichten ...

Etwas in ihm riß, schien zu platzen, schien sich mit einem letzten schmerzhaften Aufbäumen loszureißen. Dann, im Moment der tiefsten Vereinigung, durchfuhr ihn eine Welle rauschhafter Lust, so heftig, daß er für einen Moment aller Sinne beraubt war.

Er hatte gerade noch die Kraft, um neben Maurynna aufs Laken zu sinken. Keuchend lag er da und kämpfte gegen die Dunkelheit an, die ihn zu verschlingen drohte.

Ein Gedanke kam ihm: Er war am Leben. Vor Erleichterung fing er fast an zu weinen.

Aber was war mit Maurynna? Linden stützte sich auf einen Ellbogen und beugte sich über sie.

Sie lag reglos da – zu reglos. Ihr Gesicht war grau. Aus einem Mundwinkel rann ein dünner Blutfaden.

»Maurynna?« flüsterte er. »Maurynna, Liebste, hörst du mich?« Erschrocken tätschelte er ihre Wange.

Ihr Kopf fiel schlaff zur Seite.

57. KAPITEL

Maurynna?« flüsterte Linden wieder. Er setzte sie auf und drückte sie an sich. Sie hing schlaff in seinen Armen. Er geriet in Panik. Dann sah er, daß sich ihre Brust hob.

Erleichterung stieg in ihm auf – Maurynna war am Leben. Aber wenn sie nun erriet, was sie war? Und wie sollte er sie aus ihrer Ohnmacht erwecken? Ihm kam eine Idee.

Er trug sie in die Badekammer. Wie an jedem Tag hatten ihm die Diener das Becken mit Wasser gefüllt. Er stieg hinein.

Er sank auf die Knie und stöhnte auf, als das Wasser über seinen Bauch stieg. Er hätte nicht gedacht, daß es so kalt war. Zähneknirschend tauchte er Maurynna hinein.

Ihre Augen sprangen auf. Sie stieß einen aufgebrachten Schrei aus und schlug nach ihm.

Ihre Faust traf ihn voll aufs Ohr. Erschrocken fiel er zurück und ließ sie fallen. Sie verschwand unter Wasser. Schneller, als er es für möglich gehalten hätte, tauchte Maurynna wieder auf und sprang auf die Beine, naß und zitternd, die Arme um ihre Brüste geschlungen. Linden löste den Blick von ihren langen schlanken Beinen und sah zu ihr hoch.

»Willst du mich ertränken?« rief sie. »Oder soll ich erfrieren? Das Wasser ist *kalt*, verdammt noch mal! Und hör auf, mich so anzustarren.«

Er grinste. »Warum? Du bist wunderschön.«

Sie errötete und sah für einen Moment weg. Dann fauchte sie: »Und wie bekommen Drachenlords jemanden ein zweites Mal ins Bett, wenn es immer so ist wie vorhin?«

Linden lehnte sich zurück, beinahe hysterisch vor Erleichterung. Er befürchtete nicht mehr, daß sie sich absichtlich frühzeitig verwandeln würde. Sie hatte keine Ahnung, was gerade geschehen war.

»Hör auf zu lachen!« Sie bespritzte ihn mit Wasser.

Er wich aus und erhob sich. »O Liebste – beim nächsten Mal wird es nicht so sein«, sagte er und schlang die Arme um sie. Einen Augenblick später entspannte sie sich. Er hielt sie, genoß das Gefühl ihres Körpers an seinem und fuhr mit den Fingern durch die langen schwarzen Haare, die naß und schwer an ihrem Rücken klebten.

»Linden«, sagte sie. »Das Wasser ist wirklich kalt.«

»Mmmm.« Er bückte sich, tauchte eine Hand ins Wasser und murmelte einen kurzen Zauberspruch. Sekunden später dampfte das Wasser, als wäre es gerade aus dem Heizkessel geflossen.

Maurynna schrie leise auf.

»Ist es zu heiß?« fragte er.

»Nein«, sagte sie. Dann flüsterte sie mit einem leichten Beben in der Stimme: »Du hast es heißgezaubert, oder?«

»Ja, das kann jeder Drachenlord. Sobald du …«, begann er, dann brach er erschrocken ab. Götter, wenn er nicht aufpaßte, würde er alles verraten! Er suchte nach einer Möglichkeit, um sie abzulenken, bevor sie die Frage stellen konnte, die er in ihren Augen sah.

Sein Blick fiel auf die Seife. Er nahm sie.

»Soll ich dir den Rücken waschen?« fragte er.

Maurynna lächelte und nahm ihm die Seife aus der Hand. »Ich wasche lieber deinen«, sagte sie. Sie rutschte hinter ihn.

Linden schnurrte behaglich, als Maurynna wenig später mit kräftigen Fingern seinen eingeseiften Rücken durchknetete.

Endlich war er eins geworden mit seiner Seelengefährtin. Zum ersten Mal in seinem Leben fühlte er sich vollständig.

Als Linden über sein frisch rasiertes Kinn strich, fiel ihm ein, was Maurynna bei ihrer Ankunft gesagt hatte. »Was ist mit der Überraschung, von der du vorhin gesprochen hast?« fragte er. Er setzte sich aufs Bett und zog frische Leinenstrümpfe an.

Maurynna schlug eine Hand vor den Mund, ihre Augen

geweitet vor Schreck. Dann suchte sie eilig ihre Kleider zusammen. »O Götter – ich habe ihn völlig vergessen!« Sie zog ihre Tunika über. »Beeil dich, Linden! Zieh dich an. Er ist wahrscheinlich wütend, weil er so lange warten muß.«

Linden warf ihr ihre Kniehose zu und schlüpfte in seine. »Wer?«

Maurynna fluchte kurz, weil die Hosenbeine verdreht waren. Sie strich sie glatt und sagte: »Shan!«

Linden starrte sie ungläubig an, nicht sicher, ob er richtig gehört hatte. »Was? Das kann nicht sein. Wie?« Er schüttelte den Kopf. »Ich kann nicht glauben, daß ich das gesagt habe. Das ist typisch für Shan. Chailen wird mich umbringen.« Er stieß seine Füße in die Stiefel. »Komm, wir gehen zum Stall.«

»Wer ist Chailen?« fragte Maurynna.

»Erzähl ich dir später«, sagte Linden. Er nahm eine Tunika und zog sie sich über den Kopf, während er schon aus dem Zimmer rannte.

Als er den Flur hinunterstürmte, wußte er, daß er wie ein Idiot grinste. Es war ihm gleich. Maurynna hatte recht; man hatte ihn hereingelegt – der Gedanke, die anderen Drachenlords verraten zu haben, nagte noch immer an ihm –, aber es war an der Zeit, nach vorne zu schauen.

Und nun waren sie auf immer miteinander verbunden. Am liebsten hätte er sich verwandelt und sein Glück in die Welt hinausposaunt. Doch im Moment blieb ihm nur übrig, so zu tun, als wäre seine Hochstimmung einzig auf Shans Eintreffen zurückzuführen.

Nicht, daß er sich nicht traute, Shan wiederzusehen. Aufgeregt sprang Linden die letzten Stufen hinunter. Lachend eilte Maurynna ihm hinterher. Er riß die Haustür auf, bevor einer der Diener sie ihm öffnen konnte. Draußen wartete er, bis Maurynna zu ihm aufschloß, dann griff er ihre Hand, und sie rannten Seite an Seite zu den Ställen.

»Hey, alter Packesel!« rief Linden. »Wo steckst du?«

Ohrenbetäubendes Wiehern, donnernde Hufe, dann preschte Shan durch die offenstehenden Stalltore.

Linden blieb stehen und wartete. Maurynna duckte sich hinter ihm, während Shan in vollem Galopp auf sie zustürmte. Wäre der Hengst einen Schritt später stehengeblieben, hätte er sie über den Haufen gerannt.

Einen Moment starrte Linden den Hengst einfach nur an und merkte, wie sehr er Shan vermißt hatte. Dann warf er dem Llysanyaner die Arme um den Hals. Der große Hengst senkte den Kopf über Lindens Schulter.

Einen Augenblick später fielen Linden die eigenartigen Laute auf, die Shan von sich gab, kurze Schnauf- und Zischtöne. Sie klangen seltsam besorgt, fast erschrocken.

Er trat einen Schritt zurück, um dem Hengst ins Auge zu schauen. »Dann weißt du also, daß ich krank war?«

Shan nickte. Er gab einen weiteren, für ein Pferd äußerst untypischen Zischlaut von sich.

»Otter hat es ihm gesagt«, erklärte Maurynna, »als wir ihn in der Stadt fanden. Er nahm Shan zur Seite und hat mit ihm gesprochen. Dann habe ich ihn hergeritten.«

Ihre Stimme hatte plötzlich einen eigenartigen Klang angenommen. Als Linden sich zu ihr umdrehte, schaute sie zu den Bäumen in der Ferne.

»Ah«, sagte Linden leise. Er kraulte Shans Backen. Dann wußte Shan also, wer Maurynna war. Schließlich ließ der Hengst nicht jeden auf sich reiten.

Nachdenklich rieb Linden Shans Nase.

Maurynna kämpfte gegen die aufsteigenden Tränen an. Die Hingabe des Hengstes rührte sie. Ganz gleich, was künftig zwischen ihr und Linden geschehen sollte, sie war froh, daß sie die beiden wieder zusammengebracht hatte. Aus dem Augenwinkel beobachtete sie den Drachenlord und sein Pferd.

Linden schien völlig verändert. Obwohl noch von der Krankheit geschwächt, war er entspannter, als Maurynna ihn je gesehen hatte – als wäre eine Last von ihm abgefallen, die sie bislang nie bemerkt hatte.

Sie atmete tief durch und wurde sich bewußt, daß sie sich seit dem Tag, als sie Linden kennengelernt hatte, nicht mehr so gut gefühlt hatte.

Als ob, als ob …

Bevor sie den Gedanken zu Ende denken konnte, sagte Linden: »Hast du Lust, mit mir zu reiten? Shan kann uns locker beide tragen.«

Sie nickte. »Aber bist du schon wieder soweit auf dem Posten?«

»Für einen behutsamen Ausritt, ja.«

Sie sah, wie er prüfend zu den Fenstern des Herrschaftshauses hochschaute. Dann holte er tief Luft und sprang mit einem Satz auf Shans Rücken. Als er ihr die Hand hinunterhielt, fiel ihr auf, daß sie zitterte. Besorgt sah sie zu ihm auf. Er lächelte sie reumütig an, und sie verstand – zweifellos hatte die gesamte Dienerschaft den Sprung beobachtet. Bald würde sich überall herumsprechen, welch bemerkenswerte Selbstheilungskräfte Drachenlords besaßen.

Sie ergriff seine Hand und ließ sich von ihm auf Shans Rücken hochziehen.

»Halt dich an mir fest.«

Sie schlang die Arme um Lindens Hüften, dann ritten sie los. Seine offenen feuchten Haare waren angenehm kühl auf ihrer Haut, als sie ihre Wange an seinen breiten Rücken schmiegte.

Lange Zeit sprach keiner von ihnen ein Wort, während sie durch den Wald und über kleine, sonnenbeschienene Lichtungen galoppierten. Sie spürte förmlich, wie der Sonnenschein und die saubere, liebliche Waldluft neue Kraft in seinen Körper strömen ließen.

Maurynna hatte sich in ihrem Leben nie so zufrieden gefühlt. Dies war alle Qualen und alle schlaflosen Nächte wert gewesen.

Sie wunderte sich über sich selbst, dann fragte sie sich, ob er die Wahrheit gesagt hatte, als er meinte, das nächste Mal würde anders sein.

Das nächste Mal. Es klang nicht, als hätte er vor, sie wieder fallenzulassen – zumindest nicht sofort. Sicherlich würde es mit dieser Idylle vorbei sein, wenn sie – oder er – Cassori verließ, aber eigentlich sollte genügend Zeit bleiben für ein »nächstes Mal«. Der Gedanke ließ ihre Wangen erglühen. Sie wünschte, sie könnten in einer der Lichtungen halten; das Gras sah weich genug aus …

Hör auf damit, sonst zerrst du ihn gleich vom Pferd – kannst du dir Shans Gesicht vorstellen, wenn er uns zusähe, wie wir …? Sie kicherte bei der Vorstellung.

Er schaute über die Schulter zu ihr zurück, eine Braue hochgezogen. »Worüber kicherst du?«

»Ach, nichts«, sagte sie und hoffte, daß sie nicht wieder rot wurde. »Linden, warum nennt man dich den ›Letzten Drachenlord‹? Hat es nie eine so lange Pause zwischen der Geburt von Drachenlords gegeben?«

Zu ihrer Überraschung antwortete Linden: »Doch – manchmal hat es sogar viel länger gedauert, bis ein Drachenlord mit seiner Ersten Verwandlung zur Reife gelangte. Aber in der Zwischenzeit haben Echtdrachen und einige der ältesten Drachenlords immer die Geburt neuer potentieller Drachenlords gespürt. Manchmal waren es fünf oder sechs pro Jahr, obwohl das noch nichts heißt. Ich aber war der letzte, dessen Geburt sie gespürt haben.« Er schien plötzlich abwesend, als lastete ihm etwas auf der Seele.

»Potentiell?« fragte Maurynna überrascht. »Ich dachte, die Vereinigung von Drachen- und Menschenseele geschähe vor der Geburt.«

»Geschieht sie auch. Aber nicht jeder künftige Drachenlord lebt bis zu seiner Ersten Verwandlung«, sagte er. Seine Stimme klang traurig. »Unfälle im Kindesalter, Kriege, Seuchen – selbst gewöhnliche Kinderkrankheiten können uns niederstrecken. Wir sind als Kinder äußerst anfällig. Dieser Abschnitt endet für männliche Drachenlords mit dem Einsetzen des Bartwuchses, für weibliche mit dem ersten Monatsfluß.«

Maurynna schloß die Augen. So viele Drachenlords, die gestorben waren, bevor ihr Leben richtig begonnen hatte. Und kein neuer seit Lindens Geburt. Er würde nie eine Seelengefährtin haben. Der Gedanke machte sie betroffen.

Er sprach weiter: »Du warst bestimmt ... kerngesund als kleines Mädchen, oder?«

»Woher weißt du das? Ich war nur ganz selten krank«, sagte Maurynna.

»Was? *Wirklich?*« Nach einer Pause vernahm sie ein verwirrt klingendes »Oh«, mit dem sie nichts anzufangen wußte. Vielleicht würde sie es eines Tages verstehen.

Dann glomm in ihrem Herzen ein winziger Hoffnungsschimmer auf. Sie wußte, daß es töricht war. Sie sollte besser den Mund halten.

Aber sie mußte es wissen, sofort. »Könntest ...« Sie zögerte, dann versuchte sie es von neuem, ihre Stimme ein kaum hörbares Flüstern. »Könntest du dich jemals in einen Echtmenschen verlieben?«

Er schwieg so lange, daß sie bereits befürchtete, ihn beleidigt zu haben. Während sie auf eine Antwort wartete, fiel ihr zum ersten Mal der schwache Duft auf seiner Haut auf, eine Mischung aus Sandelholz und Myrrhe.

Zu guter Letzt antwortete er: »Nein. Ich werde mich niemals in einen Echtmenschen verlieben.« Er sagte es behutsam, dennoch klang es endgültig.

Trotzdem glaubte sie, in seiner Stimme noch etwas anderes gehört zu haben – einen leisen Ton des Triumphes? Nein, so grausam würde er nicht sein.

Und sie würde ihn ewig lieben. Sie sagte: »Ich sollte nach Hause gehen.«

Er nickte. Erneut ritten sie schweigend durch den Wald, dieses Mal auf den Fluß zuhaltend.

Nur zu bald endeten die Bäume. Dahinter lag eine kleine Lichtung, in der ein Weg zur Anlegestelle führte. Links von ihnen glitzerte das Wasser im Sonnenschein. Die Fähre befand sich in der Mitte des Flusses, ihrer Uferseite mit jedem Ruderstoß näher kommend.

Linden ließ Shan am Rande der Lichtung stehenbleiben. Ohne sich zu ihr umzudrehen, sagte er: »Dir ist doch klar, daß wir weitermachen müssen wie bisher, oder? Du wärst in großer Gefahr ...«

»Ich verstehe nicht.« Sie schluckte. »Ich ...«

»Es wäre das beste für dich, wenn du Cassori umgehend verließest – lauf einfach den nächsten Hafen deiner üblichen Route an.«

Sie haßte ihn dafür, für die kühle Art, wie er sie fortschickte und vor allem dafür, daß er sie nicht einmal ansah.

Sie haßte ihn aus tiefstem Herzen, bis er mit bebender Stimme sagte: »Wenn dir etwas zustöße, ich – ich ... o Götter. Falls du Cassori verläßt – was am sichersten wäre –, sag Otter, welchen Hafen du anläufst. Ich werde dich dort finden, sobald hier alles vorbei ist.«

Nun völlig verwirrt, fragte sie: »Wovor hast du Angst? Diese Räuber sind doch längst über alle Berge.«

»Das waren keine Räuber«, sagte er mit harter, tonloser Stimme. »Räuber besitzen keine so mächtige Magie.«

»Wer waren sie dann?« fragte sie.

»Mitglieder der Bruderschaft. Der Überfall traf nicht zufällig irgendeinen Reiter, der gerade vorbeikam; er galt einem Drachenlord. Und da nun ein direkter Angriff fehlgeschlagen ist, würde es mich nicht wundern, wenn sie für ihren nächsten Schlag einen Freund eines Drachenlords auswählten. Otter droht keine Gefahr, glaube ich. Sein Rang sollte ihn schützen. Dasselbe galt für Sherrine, als wir befreundet waren.

Aber du – du bist angreifbar. Du bist weder Adlige noch Cassorierin.«

Sie rutschte von Shan herunter und wunderte sich über den frustrierten Zorn in seiner Stimme. Sie war sich nicht sicher, ob sie ihren Ohren traute.

Die Bruderschaft? Die gab es doch nur in den Legenden …

Er sah zu ihr hinunter. »Wirst du Casna verlassen?«

»Ich kann nicht«, sagte sie. »Der Frachtraum der *Seenebel* ist halb leer. Ich kann meiner Familie nicht zumuten, einen solchen Verlust hinzunehmen. Ich muß eine Ladung haben, die ich am nächsten Zielhafen verkaufen oder tauschen kann.« Sie streckte eine Hand nach ihm aus. Er nahm sie und hielt sie fest umschlossen. »Aber ich verspreche dir, daß ich aufpassen werde – ich werde mich so oft wie möglich von einem Mitglied meiner Mannschaft begleiten lassen. Die meisten von ihnen können gut mit dem Schwert umgehen. Und ich werde so bald wie möglich in See stechen. Daß wir uns nicht sehen, gilt nur, bis deine Aufgabe in Casna erledigt ist?«

»Bis meine Aufgabe in Casna erledigt ist«, sagte Linden, als würde er einen Schwur leisten. Er schwenkte Shan herum und ritt los. Sie verschmolzen mit dem Schatten der Bäume.

Die Fähre legte an. Maurynna lief über die kleine, sonnenbeschienene Lichtung zum Landungssteg. Sie sah nicht zurück.

Linden ritt durch den Wald und versuchte, sich über seine Gefühle klarzuwerden. Noch immer klang in ihm das Entsetzen nach, das er während ihrer Vereinigung verspürt hatte, doch die Freude, endlich eins geworden zu sein mit seiner Seelengefährtin, war stärker, eine stille Euphorie, die ihn wie ein gleichmäßig fließender Strom durchdrang. Hin und wieder schwoll der Strom an, drohte überzuschwappen, nur um sich einen Herzschlag später wieder in tiefe Zufriedenheit zu verwandeln.

»Ich kann kaum glauben, daß es endlich passiert ist«, sagte er sich fassungslos.

So ist es also, wenn man sich als Ganzes fühlt. In gewisser Weise fühle ich mich wie immer, andererseits ... Götter, wie konnte ich jemals glauben, wirklich am Leben zu sein?

Er und Shan erkundeten den Wald, bis Linden seine zunehmende Müdigkeit nicht länger ignorieren konnte. Die Kräfte, die Maurynnas überraschender Besuch freigesetzt hatte, versiegten allmählich. Seine Krankheit hatte ihn stärker ausgelaugt, als er anfangs gedacht hatte.

»Shan, ich bin erschöpft. Laß uns zum Haus zurückkehren, mein Junge.«

Shan wieherte seine Zustimmung.

Linden! Wo zum Henker steckt Ihr? polterte Kiefs Geiststimme in seinem Kopf.

Linden zuckte zusammen und antwortete: *Ihr braucht nicht zu brüllen, Kief. Der Lautstärke in meinem Schädel nach zu urteilen, seid Ihr ganz in meiner Nähe.*

Verflucht noch mal, was habt Ihr getrieben – wir kommen nach Hause und müssen von den Dienern hören, daß Ihr Euer Krankenbett verlassen habt und mit einer jungen Frau aus dem Haus gerannt seid.

Tarlna sagte: *Die Diener meinten, sie hätte an den Handgelenken breite goldene Spangen getragen. Maurynna?*

Bevor Linden antworten konnte, schnaubte Kief: *Und die Stallburschen versuchten mir weiszumachen, Shan wäre den ganzen Weg von Drachenhort nach Casna gekommen.*

Ähm – es stimmt. Und ja, es war Maurynna, sagte Linden. *Können wir die Sache nicht später bereden? Ich bin fast zurück.*

Es folgte eine lange Pause. Dann sagte Kief: *Meinetwegen.* Tarlna sagte: *Wir freuen uns schon, die Sache mit Euch zu ... bereden.* Die Verbindung wurde abrupt beendet.

»Wie schön«, sagte Linden zu Shan. »Kief und Tarlna sind wieder mal wütend auf mich.« Er fragte sich, worüber sie so verärgert waren.

Wenig später ritt er über die weitläufige Wiese auf die Stallungen zu, wo er Kief und Tarlna warten sah. Sie saßen noch auf ihren Pferden, von ihrer Eskorte umgeben.

Als sie ihn erblickten, ritten Kief und Tarlna los und trafen ihn auf halbem Weg. Einen Moment starrten die drei einander nur an.

Kief brach das Schweigen. »Verflucht noch mal! Müßt Ihr unbedingt die Götter herausfordern, Linden? Seid Ihr wahnsinnig, nach Eurer Krankheit gleich wie ein Irrer in der Gegend herumzureiten? Wer weiß, was hätte passieren können!«

Bevor Linden etwas entgegnen konnte, wollte Tarlna wissen: »Wie ist Shan hergelangt? Hat Chailen oder einer der Stallburschen ihn hergebracht?«

»Äh, nein. Soweit ich sagen kann, ist er allein hergekommen.« Linden lächelte dümmlich. Vielleicht vergaßen sie ja, ihn nach der »jungen Frau« zu fragen.

»Ihr und das Pferd habt einander verdient«, sagte Tarlna. »Und da es nicht wissen konnte, daß Ihr hier seid, muß es jemand hergebracht haben. Liege ich richtig mit der Annahme, daß es Maurynna war?«

Verdammt, jetzt hatten sie ihn. »Ja.« Er holte tief Luft. »Wir haben uns miteinander vereint. Es … ist einfach passiert. Rathan war zu stark.«

»Ihr seid ein verfluchter Narr!« explodierte Kief. Linden war auf das Schlimmste gefaßt, doch Kiefs Zorn verebbte sogleich wieder. Statt dessen huschte ein schuldbewußter Ausdruck über seine Miene. »Aber Ihr wart nicht der einzige, der zu sorglos war«, bemerkte Kief kryptisch.

Tarlna sagte: »Was geschehen ist, ist geschehen, Kief. Und vielleicht hatte es ja auch etwas Gutes.« Dann fügte sie zu Linden gewandt hinzu: »Da Ihr frohgelaunt in der Gegend herumreitet, nehme ich an, daß es ihr gutgeht.«

Er nickte und versuchte, die Bedeutung ihrer Worte zu enträtseln.

»Kief, es ist an der Zeit«, sagte Tarlna. »Erzähl ihm von Tsan Rhilin.«

Linden griff sich über die Schulter an den Rücken und suchte den breiten Ledergurt seines Wehrgehänges, an dem die Scheide seines Großschwerts hing. Natürlich war der Gurt nicht da. Das Schwert lag in seinem Zimmer. Ein Anflug von schlechtem Gewissen überkam ihn, weil er nicht früher an Tsan Rhilin gedacht hatte. Dann beschlich ihn ein unbehagliches Gefühl. Er kramte in seinem Gedächtnis, versuchte sich zu erinnern, ob er das Großschwert in seinem Zimmer gesehen hatte.

Nein. Er hatte es nicht gesehen. Er war sich ganz sicher. Plötzlich öffnete sich ein tiefes Loch in seiner Magengrube. Er fuhr sich mit der Zunge über die trockenen Lippen. »Wo …«, begann er.

»Gestohlen.« Kief sah ihn nicht an. »Und mir ist erst einige Tage nach dem Überfall eingefallen, daß Ihr es an jenem Abend bei Euch hattet. Als ich Euch nach Hause brachte, war es nicht mehr da.«

Linden war fassungslos. »Dann befindet sich Tsan Rhilin also …«

»… im Besitz der Männer, die Euch überfallen haben«, sprach Kief den Satz zu Ende. »Das scheint die einzig logische Erklärung zu sein. Wenn wir das Schwert finden, haben wir auch die Täter.«

»O Götter«, war alles, was Linden herausbrachte. Ihm war plötzlich eiskalt. Das Schwert verloren zu haben, das ihn zeit seines Lebens begleitet hatte – das Bram ihm geschenkt hatte –, traf ihn zutiefst. Was würde er Bram sagen – oder schlimmer noch, Rani –, wenn er irgendwann auf die andere Seite übertrat? Das Großschwert war nahezu alles, was er von den beiden Menschen besaß, die er zeit seines Lebens am meisten geliebt hatte.

Ihm war danach, Casna Stein für Stein auseinanderzunehmen. »Was habt Ihr in die Wege geleitet, um es wiederzufinden?«

Kief gestikulierte hilflos. »Wir hielten es für das beste, keine öffentliche Erklärung abzugeben. Herzogin Alinya läßt Agenten des Palastes danach fahnden. Bisher allerdings ohne Erfolg.«

Linden bekam kaum Luft. Der Verlust eines der Stützpfeiler seines Lebens drohte ihn wieder in die Depression zu stürzen, der er gerade so mühsam entronnen war. Er kämpfte dagegen an und fand tief in seinem Innern eine letzte Kraftreserve.

»Kief, ich glaube, es wäre am besten, wenn ich in mein Stadthaus zurückkehre. Die Leute sollen sehen, daß ich wieder gesund bin.« Für sich dachte er: Vielleicht wird das die Diebe aus ihren Löchern locken. Shan setzte sich in Bewegung.

Kief nickte. »Ich denke, Ihr habt recht. Man munkelt bereits, daß Ihr tot seid. Und, Linden …«

Linden hielt den Hengst an. »Ja?«

Kief deutete auf die Eskorte, die vor den Stallungen wartete. »Dieses Mal begleiten Euch die Soldaten.«

58. KAPITEL

Kas Althume wartete auf dem Wehrgang des Palastes. Hier oben war es kühler, eine willkommene Erholung von der feuchtschwülen Hitze. Von Süden wehte eine leichte Brise den Geruch des Meeres heran. Wenn er die Augen zusammenkniff, konnte er am Horizont das glitzernde Wasser erkennen.

Er war müde. Die Beschwörungen, an denen er seit kurzem arbeitete, raubten all seine Kraft, laugten ihn regelrecht aus. Sicher, er könnte die im Seelenfänger-Juwel aufgestaute Energie nutzen, um sich wieder zu stärken, doch er zog es vor, sie für Wichtigeres aufzusparen. Er gähnte. Es war zwar ärgerlich, aber er würde sein magisches Schaffen für einige Tage unterbrechen müssen. Casnas käufliche Lustknaben würden einige Tage sicher sein.

Er hörte Stiefelschritte. Mit einem kurzen Blick vergewisserte er sich, daß niemand sonst in der Nähe war. Gut, er würde nicht den unterwürfigen Großhofmeister spielen müssen. Mit jedem verstreichenden Tag kostete es ihn mehr Überwindung, die Fassade aufrechtzuerhalten.

»Angenehm hier oben«, sagte Peridaen, als er zu dem Magier herantrat.

»In der Tat. Kühler und privater als an den meisten Orten«, antwortete Kas Althume. »Und ein herrlicher Blick auf Euer künftiges Königreich.«

Peridaen machte das Zeichen gegen drohendes Unheil. »Fordert nicht die Götter heraus, Kas. Es ist noch nicht vorbei, und sie mögen es nicht, wenn man sich vorschnell zum Sieger erklärt.«

Kas Althume zuckte mit den Schultern. Solcher Aberglaube interessierte ihn nicht. »Ich nehme an, Ihr habt die Neuigkeit schon gehört?«

»Daß Linden Rathan gestern nachmittag in sein Stadthaus zurückgekehrt ist? Ja. Und was nun?«

»Nun geht es in die entscheidende Phase. Als erstes müssen die Sitzungen wieder aufgenommen werden – so bald wie möglich.«

Peridaen strich über seinen Bart. »Nach all unseren Bemühungen, sie zu verzögern, wollt Ihr, daß die Sitzungen so bald wie möglich wieder aufgenommen werden? Kas, vergeßt nicht – ich bin sicher, daß sie Beren die Regentschaft zusprechen werden. Wir müssen uns etwas anderes einfallen lassen, sonst …«

»Die Regentschaft ist nicht mehr wichtig, Peridaen. Wir haben die einzigartige Gelegenheit, einen …«

»Nein. Ihr wißt, wie ich darüber denke. Ich *will* die Regentschaft«, sagte Peridaen. »Wir werden nach unserem ursprünglichen Plan vorgehen.«

»Vergeßt den ursprünglichen Plan! Ich weiß, daß der neue Plan funktioniert – ich habe Sherrine mit Hilfe des Seelenfänger-Juwels schon einmal berührt. Das kann man jederzeit wiederholen.« Kas Althume schnaubte frustriert. »Peridaen, denkt darüber nach. Es wäre der größte Coup, der der Bruderschaft je gelungen ist. Ein König, der der Bruderschaft dient, wäre nützlich, ja – aber ein *zahmer* Drachenlord? Verflucht, *überlegt doch mal!*«

»Das habe ich bereits. Ihr könntet Sherrine umbringen – und Rann würde mit Sicherheit sterben«, sagte Peridaen.

»Mein Prinz, darf ich Euch daran erinnern, daß es Eure Befehle waren, die Eure Schwester und zuvor ihren Gatten in den Tod getrieben haben? Ihr habt bereits das Blut Eurer Familie …«

Empört fuhr Peridaen ihm ins Wort: »Dax wußte zuviel, und meine Schwester hatte sich gegen mich gewandt! Sie waren Erwachsene. Ich töte keine Kinder.«

Kas Althume versuchte es weiter. »Und was ist mit dem Trank?«

»Der stellt den Jungen nur wenig ruhig. Ihr habt selbst gesagt, daß das Mittel den Jungen nicht umbringt.« Peridaen trat von der Mauer zurück, an der er gelehnt hatte. »Ich verbiete Euch, diesen Plan weiter zu verfolgen. Habt Ihr mich verstanden?«

Der Magier musterte den Prinzen und beschloß, daß es für den Augenblick klüger war, klein beizugeben. »Jawohl, Eure Lordschaft.«

»Gut. Ich *will* die Regentschaft. Kümmert Euch darum.« Peridaen stapfte davon.

Kas Althume sah ihm nach, vor Wut zitternd. Zur Hölle mit Peridaen. Er verriet die Bruderschaft – und wofür? Für seinen persönlichen Vorteil und weil er ein Weichling ist, dachte der Magier voller Verachtung.

Welch ein Narr. In diesem Krieg war kein Platz für Weichlinge. Ob mit oder ohne Peridaens Hilfe, Kas Althume würde Sherrine zur Sklavin der Bruderschaft machen.

Er mußte schnell handeln. Peridaen war zwar weder besonders gerissen noch besonders blutrünstig, doch selbst ihm würde über kurz oder lang klarwerden, daß er ohne einen bestimmten Magier sicherer war. Und falls es ihm nicht klar wurde, würde mit Sicherheit Anstella darauf kommen, wenn Peridaen ihr berichtete, was er, Kas Althume, mit ihrer Tochter plante. Kas Althume hatte noch nicht vor zu sterben.

Es war an der Zeit, alle irdischen und magischen Kräfte zu bündeln. Er mußte gewisse Vorkehrungen treffen und eine Baronesse überlisten.

Linden saß in der Bibliothek und blätterte in einem Buch. Es ärgerte ihn, daß er sich bislang nicht die Zeit genommen hatte, Lady Gallianas Bücher näher in Augenschein zu nehmen. Offensichtlich war sie äußerst belesen und interessierte sich für eine breite Palette von Themen. Er machte es sich bequem und begann, in dem ausgewählten Buch zu lesen, die Geschichte von Kelneth.

»Euer Gnaden? Entschuldigt die Störung, aber die Baronesse von Colrane läßt fragen, ob Ihr sie empfangen würdet«, sagte der in der Tür stehende Diener.

Anstella? dachte Linden. Was will sie?

Es gab nur eine Möglichkeit, es herauszufinden. »Meinetwegen, Aran. Führ sie herein.«

Aran nickte und verschwand. Kurz darauf kehrte er mit Anstella von Colrane in die Bibliothek zurück.

Linden stand auf. »Was kann ich für Euch tun, Mylady?« fragte er höflich, aber wachsam.

Anstella verneigte sich. »Ich bin gekommen, Euch um einen Gefallen zu bitten, Drachenlord. Die Sonnenwende naht, und Sherrine – Euer Gnaden, es ist schwierig, einer jungen Frau zu verbieten, an den Festlichkeiten teilzunehmen. Meine Tochter freut sich seit Monaten darauf. Euer Gnaden, wärt Ihr bereit, sie aus ihrem Exil zurückkommen zu lassen?«

Das war es also. Aber wenigstens hatte die Mutter ihn nicht in aller Öffentlichkeit dazu bedrängt, wie es die Tochter getan hatte. Und es wäre ungerecht, die Baronesse der Gesellschaft ihres einzigen Kindes zu berauben. Anstella traf an all dem keine Schuld. »Ich bin nicht derjenige, der Eure Tochter ins Exil geschickt hat, Baronesse; das war ihre eigene Entscheidung. Wenn sie zurückkommen möchte, habe ich dagegen nichts einzuwenden. Es wäre schade, wenn sie die Festlichkeiten verpassen würde.«

Anstella verneigte sich von neuem. »Vielen Dank für Euer Verständnis, Drachenlord. Ich werde meiner Tochter sofort Bescheid geben«, sagte sie und ging.

59. KAPITEL

Linden lag auf dem Rücken im Gras und beobachtete die Wolken, die über den tiefblauen Himmel hinwegzogen. Seine Gedanken glitten auf den seidigen Melodien von Otters Harfe dahin, während Shan dicht an seiner Schulter Grashalme auszupfte. Gelegentlich hielt der Hengst inne und schnüffelte an Linden, als wollte er sich vergewissern, daß der Drachenlord tatsächlich da war. Linden hob eine Hand und tätschelte Shans Nase, als der große schwarze Kopf wieder einmal über ihm schwebte. Neben ihm stand ein vergessener Weinkelch.

Otter spielte leise; ein Schlaflied, das bereits uralt war, als Linden es als Kind zum ersten Mal gehört hatte. Schläfrig schloß er die Augen und überdachte die Neuigkeiten, die Otter ihm berichtet hatte.

Daß es Maurynna so schlecht ging, beunruhigte ihn. Linden erinnerte sich noch lebhaft daran, wie schrecklich er sich vor seiner Ersten Verwandlung gefühlt hatte. Er war fest davon überzeugt gewesen, daß er verrückt wurde, hatte Stimmen in seinem Kopf gehört, war von der Schärfe seiner Sinne überwältigt worden. Otters Bericht zufolge durchlebte Maurynna genau dieselben Symptome.

Und es gab nichts, womit er ihr helfen konnte, außer zu hoffen, daß ihre Erste Verwandlung nicht mehr allzulange auf sich warten ließ. Otters Bericht war nur in einem Punkt unklar gewesen. »Du meinst, es hätte begonnen, bevor wir uns miteinander vereint haben?«

»Ähm – ja. Ich wollte es dir nicht sagen, aber … Nachdem man dich überfallen hatte, war Kief so durcheinander, daß er sich ohne lange zu überlegen in Maurynnas Nähe verwandelte. Nun befürchtet er, daß dies ihre Anfälle ausgelöst hat. Er hat dir nichts davon erzählt, was?«

»Nein«, sagte Linden trocken. »Hat er nicht. Aber es erklärt etwas, das er gesagt hat. Wenn dies alles vorüber ist, werde ich ein ernstes Wort mit ihm reden.«

Otter lachte und stimmte wieder das Schlaflied an.

»Ich möchte, daß du so oft wie möglich an Maurynnas Seite bist, Otter. Ich will nicht, daß sie allein ist, wenn die Anfälle kommen.« Die nächsten Worte fielen ihm schwer. »Manchmal … nein, ziemlich oft sogar hatten heranreifende Drachenlords so große Angst davor, verrückt zu werden, daß sie Selbstmord begangen haben. Ich hätte es fast getan. Lleld und meine Schwester hielten mich davon ab. Und natürlich habe ich jetzt Angst um Maurynna. Bleib also bitte bei ihr.«

Das Lied verklang. »Götter, steht uns bei. Das wußte ich nicht. Natürlich bleibe ich bei ihr, Jungchen. Und ich werde mir eine Erklärung zurechtlegen, damit sie keinen Verdacht schöpft.« Die Finger des Barden flogen kunstfertig über die Harfensaiten und setzten das Lied fort. »Das könnte aber ein Problem werden. Eigentlich sollten sich Maurynnas und meine Wege hier in Casna trennen. Wenn ich sie statt dessen begleite, weiß sie, daß etwas im Busch ist.«

»Verdammt«, sagte Linden. »Du hast recht. Was sollen wir tun?«

Gedankenverloren knabberte Otter an seinem Bart. »Hm – wir sollten sie allein fahren lassen. Vielleicht könnte ich ihr sagen, daß Menschen, die einem Drachenlord sehr nahestehen, manchmal solche Anfälle bekommen. Etwas in der Art habe ich ihr schon mal angedeutet.«

Linden wußte, daß das blanker Unsinn war, dennoch klang es nicht unplausibel. Und wenn jemand überzeugend lügen konnte, dann Otter. »Meinetwegen. Aber mach ihr klar, daß dieser Zustand nur vorübergehend ist und daß sie nicht verrückt wird.«

»Mach ich. Schon was Neues von Tsan Rhilin gehört?« fragte Otter, als das Schlaflied endete.

»Nichts. Als wäre es vom Erdboden verschwunden. Ich kann es noch immer nicht glauben.«

»Kann ich mir vorstellen«, sagte Otter. »Tut mir aufrichtig leid. Ich weiß, wieviel dir das Schwert bedeutet.«

Linden nickte und sagte: »Aber es gibt auch gute Nachrichten. Kief, Tarlna und ich sind kurz davor, über die Regentschaft zu entscheiden. Wir möchten noch einige Leute anhören und noch einmal die Dokumente durchsehen, aber ich glaube, daß zur Sonnenwende oder spätestens kurz danach alles vorbei ist.«

»Den Göttern sei Dank«, sagte Otter. »Wann nehmt ihr die Sitzungen wieder auf?«

»Morgen.«

»Ist das nicht ein bißchen früh für dich?«

»Nein, ich fühle mich gut. Ich werde zwar noch relativ schnell müde, und manchmal wird mir schwindlig, aber es ist nichts Dramatisches.« Linden setzte sich gähnend auf und massierte seinen Nacken. Shan schnüffelte an seinem Ohr. Er zwickte dem Hengst in die Lippe.

Kräftige weiße Zähne schlossen sich um seinen Clan-Zopf. »Zieh daran, alter Packesel, und du bekommst von mir nie wieder einen Apfel.«

Shan überlegte kurz und ließ den Zopf fallen.

»Kluges Pferd«, sagte Linden und sprang mit einer einzigen geschmeidigen Bewegung auf. »Irgendwie ist Shan heute viel zu gehorsam. Er heckt etwas aus. Ich spüre es in den Knochen.«

60. KAPITEL

Morgen fanden die Sonnwendfeiern statt. Es war höchste Zeit, alles Nötige vorzubereiten. Tasha durchsuchte ihre Arbeitskammer und sammelte jedes Dosierfläschchen ein, das sie finden konnte. Auf dem Ofen dampften zwei Kessel. Einer enthielt den Sud, den sie vor jedem Feiertag kochte. In dem anderen war heißes Wasser. Sie legte den Satz kleiner Tonfläschchen hinein und schätzte mit geübtem Auge, wie viele nun im Kessel schwammen.

Das dürfte kaum reichen. Ihr Gefühl sagte ihr, daß nach den Feiern mehr Leute als üblich über Kopfschmerzen klagen würden.

Sie rief Jeralin zu, die den Lagerraum auf der anderen Seite des Flurs durchsuchte: »Was gefunden?«

»Ein paar. Hinter der runden Truhe habe ich zwei Körbe entdeckt. In einem liegen sechs Fläschchen. Im anderen … Moment, ich bekomme den Deckel nicht auf. Ah, gut! Hier ist ein weiteres Fläschchen – aber es ist voll. Mal sehen, was drin …« Würgend brach Jeralin mitten im Satz ab.

Tasha rannte über den Flur. Sie fand Jeralin auf der Truhe sitzend. Das Mädchen hustete. Sie hielt ein offenes Dosierfläschchen in der Hand.

»Das Zeug ist schlecht«, sagte sie. Sie reichte Tasha das Fläschchen. »Was war das mal?«

Vorsichtig roch Tasha daran. Selbst das reichte, um sich beinahe zu übergeben. »Ich weiß nicht. Aber was immer es war, es gärt schön vor sich hin. Was könnte es nur gewesen sein?« Sie roch noch einmal an dem Fläschchen und bemerkte unter dem Gestank der Gärung einen eigenartigen Geruch, den sie nicht bestimmen konnte. »Das Zeug riecht irgendwie seltsam. Ich glaube, ich werde es mir noch mal genauer anschauen.«

Jeralin sagte fröhlich: »Die nächste geheimnisvolle Tinktur, die ich entdecke, kann Quirel untersuchen, wenn er aus dem Kräutergarten zurück ist.«

Tasha nickte abwesend und musterte das Fläschchen in ihrer Hand. Dann drangen die Worte des Mädchens in ihr Bewußtsein, und Tasha kam ein verschwommener Gedanke, doch so sehr sie sich auch bemühte, sie bekam ihn nicht zu fassen. Na schön, dann würde sie sich erst mal mit etwas anderem beschäftigen. Es war schon oft vorgekommen, daß ihr etwas Bestimmtes einfiel, wenn sie aufhörte, krampfhaft darüber nachzugrübeln. Deswegen nahm sie den Korb mit den leeren Fläschchen sowie jenes mit der geheimnisvollen Substanz und ging in ihre Arbeitskammer zurück, wo auf dem Ofen der Sud vor sich hin blubberte.

So kurz vor der Sonnenwende waren Casnas Straßen selbst nach Einbruch der Dunkelheit noch von dichten Menschenmassen bevölkert. Maurynna und Otter bogen in eine weniger belebte Gasse. Sie seufzte erleichtert. »Zu viele Leute.«

Otter lächelte. »Auf einem Schiff geht es ruhiger zu, was?«

»Stimmt! Und kühler ist es auch.« Maurynna wischte sich den Schweiß von der Stirn und überlegte, was sie als nächstes sagen sollte, nur um nicht wieder von der trübsinnigen Stimmung überwältigt zu werden, die ihr seit zehn Tagen – seit sie Linden zum letzten Mal gesehen hatte zu schaffen machte. »Auf meiner Schulter sitzt ein schwarzer Hund.«

»Hmmm?« fragte Otter. Dann sagte er, ohne eine Antwort abzuwarten: »Er meinte, er würde im Garten warten.«

Sie nickte. Der schwarze Hund grub seine Klauen tiefer in ihr Fleisch.

»Warst du je in dem Haus? Nein? Ich bin mir immer noch nicht sicher, ob das eine gute Idee ist, Rynna. Bis zu deiner Abreise morgen kann die Bruderschaft jederzeit zuschlagen.

Hoffentlich erkennt dich niemand im Dunkeln. Linden war klug genug, darauf zu bestehen.«

Der schwarze Hund knurrte ihr ins Ohr. »Ich hasse es, so herumzuschleichen, als würde Linden sich meinetwegen schämen.«

»Sei kein Narr, Rynna. Du weißt genau, daß das nicht stimmt. Und hör auf, herumzustänkern. Wir sind fast da.«

Der Barde trieb sein Pferd voran. Seufzend folgte Maurynna ihm. Sie stänkerte nicht herum – nicht wirklich –, aber seitdem sie sich zur Abreise entschlossen hatte, war eine tiefe Melancholie über sie gekommen. Trotz seines Versprechens fürchtete sie, Linden nie wiederzusehen.

Deswegen hatte sie darauf bestanden, ihn heute abend noch einmal zu treffen. Wenn sie dem schwarzen Hund diesen Knochen hinwarf, würde er sie vielleicht in Ruhe lassen.

Verdammt unwahrscheinlich.

In ihren Augen schwammen Tränen, doch sie weigerte sich, sie zu vergießen. Blinzelnd folgte sie Otter in den großen Hof vor Lindens Stadthaus. Diener erschienen, hielten die Pferde, während sie abstiegen, und führten die Tiere fort, alles ohne ein einziges Wort zu sagen. Ihr fiel auf, daß ihr niemand direkt ins Gesicht sah.

Zu ihrem Schutz, oder weil sich Linden ihretwegen schämte?

Otter führte sie am Haus vorbei durch einen gewölbten, rosenumrankten Torbogen. Sie betraten den Garten. Verblüfft hielt Maurynna die Luft an.

Der Garten war voller Tiere. Für einen Moment hielt sie die Tiere für echt. Dann sah sie, daß die Zierbüsche so zurechtgestutzt waren. Sie erkannte zwei miteinander herumtollende Frettchen, einen Hasen und einen Hirsch, der Nase an Nase mit einem Wolf dastand. Es gab sogar eine Gans, die einem Fuchs nachjagte. Noch ein Schritt, und die Gans hatte den Fuchsschwanz geschnappt.

454

»Das ist mein Lieblingstier«, sagte eine tiefe Stimme hinter ihr. »Armer kleiner Fuchs.«

Sie drehte sich um und fiel Linden in die Arme. Er hielt sie umschlungen, zerdrückte sie beinahe, bevor er sie einen Herzschlag später wieder losließ.

Er gestikulierte, und das über seiner Schulter hängende Kaltfeuer schwebte zu einem Tisch, der zwischen zwei weißen Marmorbänken stand. Darauf standen ein Silberkrug und drei Kelche. »Sollen wir uns setzen?« fragte Linden. Sie folgten ihm an den Tisch.

»Ich habe eine bessere Idee«, sagte Otter, während er für sie alle Wein einschenkte. »Warum zeigst du ihr nicht den Garten, Linden? Ich bleibe hier und spiele ein bißchen für euch.«

Sie hätte ihm beinahe einen Kuß aufgedrückt. Ihre Trübsal verflog. Sie hatte mit Linden unbedingt allein sein wollen – und nun machte Otter ihr dieses Geschenk.

Linden zeigte ihr die Rosenbeete und viele weitere, aus Zierbüschen geschnittene »Tiere«, als er sie immer tiefer in den Garten führte. Plötzlich, als aus der Ferne die ersten Töne von Otters Harfe erklangen, blieb er mit einem entrückten Ausdruck auf dem Gesicht stehen.

»Was ist los?« fragte sie.

»Nichts.« Er zögerte und sagte dann: »Das Lied habe ich Otter vor fast vierzig Jahren beigebracht. Es war schon uralt, als ich noch jung war. Rani hat es im Traum von … Satha gelernt.«

Seine Stimme stockte, und Maurynna fiel Otters Warnung ein, Linden niemals nach dem untoten kelnethischen Harfner zu fragen. Doch Linden sprach weiter, als wäre nichts gewesen. »Bram hat den Text für sie geschrieben, als ihnen klar wurde, daß sie sich trennen mußten.«

Er wurde still. Maurynna schauderte – trotz der abendlichen Wärme. Sollte das Lied eine Warnung sein? Bevor sie etwas sagen konnte, legte er einen Arm um ihre Schultern und ging engumschlungen mit ihr weiter.

»Für uns ist es zum Glück nur ein trauriges, aber schönes Lied. Ich habe Bram bei dem Text geholfen«, gestand er schüchtern. »Nicht viel, nur ein bißchen.«

»Aber du hast ihm geholfen«, sagte Maurynna. Ihr Arm schlang sich um seine Taille. Beruhigt legte sie den Kopf an seine Schulter. Der Gedanke, ihn zu verlassen, erfüllte sie noch immer mit Trauer, aber sie befürchtete nicht mehr, ihn nie wiederzusehen.

Sie gingen weiter, und für Maurynna hörte die Zeit auf zu existieren. Sie fühlte sich wie in einem Traum.

Nachdem sie eine Weile schweigend durch den mondbeschienenen Garten spaziert waren, sagte Linden: »Komm, wir legen uns hin«, und ließ sich im Gras nieder.

Sie legte sich zu ihm. Eine Weile lauschten sie Otters Harfenspiel. Wieder schmiegte sie den Kopf an Lindens Schulter, während er ihr zärtlich über die Haare strich. Dann zog er sie an sich und küßte sie, bis er sie Minuten später wieder losließ.

Sie setzte sich auf und musterte ihn. »Linden, ich – ich möchte nicht abreisen.«

»Ich möchte auch nicht, daß du abreist, Maurynna, aber es ist am sichersten. Otter sagte, dein Frachtraum sei seit drei Tagen voll. Du hättest sofort aufbrechen sollen. Warum hast du gewartet?« fragte er.

Sie lächelte. »Meine Tante bat mich zu bleiben. Der Tag der Sonnenwende ist mein Geburtstag, und ich habe ihn nie mit meinen Verwandten in Casna gefeiert. Deswegen veranstalten wir am Nachmittag ein kleines Fest, und abends werde ich mit Einsetzen der Ebbe in See stechen.«

»Dein Geburtstag – dieser hinterhältige Barde! Er hat es mir verschwiegen!« Linden setzte sich auf und brummte etwas in einer Sprache, die sie nicht kannte, dann legte er sich wieder ins Gras. »Verflucht, ich wünschte, ich würde es nicht wissen.«

Lachend schmiegte sie sich an seine Seite. »Wenigstens hat

er nicht wahr gemacht, was er mir an Bord der *Seenebel* angedroht hat.«

»Und was war das?«

»Mich bis zu meinem Geburtstag warten zu lassen, bis er mich dir vorstellt.«

Linden rollte auf die Seite und sah auf sie hinunter. »Ich hätte ihm dafür den Kopf abgerissen.«

Sie streichelte sein Gesicht. Er lächelte ein wenig traurig. »Wir haben kaum noch Zeit, geliebte Maurynna.«

»Dann laß sie uns nicht vergeuden«, sagte sie und zog ihn zu sich hinunter.

Es war eine ruhige Nacht, die Luft schwer vom nahenden Regen, als Kas Althume durch die Flure von Prinz Peridaens Residenz schritt. Er fürchtete nicht, daß das jemand eigenartig finden könnte. Kümmerte sich Peridaens ergebener Großhofmeister nicht oft bis spät in die Nacht um die Angelegenheiten seines Herrn? Und genau das tat er – gewissermaßen. Kas Althume hob eine Hand und ließ das Amethyst-Amulett an seiner Goldkette hin und her baumeln. Zeit, das schöne Stück an seinen angestammten Platz auf Peridaens Ankleidekommode zurückzulegen, nachdem er mit dem Amulett nun fertig war. Danach warteten weitere Angelegenheiten, die er in dieser Nacht zu erledigen hatte.

In einem weniger begüterten Viertel Casnas hielt sich Eel im Schatten versteckt und beobachtete sein Opfer – einen gutgekleideten Mann mit eckigem Gesicht –, doch nun sprach der Mann mit Nobbie, einem der vielen Jungen, die sich zur Sonnenwende den zahllosen Gästen der Stadt anboten.

Eel überlegte. Er könnte den Mann anrempeln und blitzschnell seine Gürteltasche abschneiden, während der Kerl durch Nobbie abgelenkt war, doch das würde bedeuten, daß der kleine Prostituierte einen Anteil verlangen würde. Schlimmer noch, der Mann könnte den Jungen grün und blau prügeln, wenn er glaubte, daß Nobbie zu dem Dieb gehörte.

Nein, er würde den Mann Nobbie überlassen. Der Junge war ein Freund, und Eel wollte nicht, daß ihm etwas zustieß. Der Dieb beobachtete den Lustknaben und seinen Kunden beim Aushandeln des Preises und sah sie wenig später gemeinsam in der Dunkelheit verschwinden.

Ich frage mich, in welcher Taverne der Mann ein Zimmer hat? überlegte Eel kurz, dann machte er sich auf die Suche nach einem anderen Opfer.

Unsichtbarkeit war eine Kunst, aber im Grunde war es kinderleicht, wenn man mit Bedacht vorging. Man brauchte keine magischen Umhänge oder Helme oder dergleichen. Ebensowenig brauchte man mystische Gesänge oder verwunschene Zauberruten – all das waren Werkzeuge, die einen schlecht ausgebildeten – und schwachen – Magier kennzeichneten.

Unsichtbarkeit war in der Tat ein Kinderspiel. Natürlich wurde man nicht wirklich unsichtbar. Das hieße, magische Kräfte zu vergeuden. Unsichtbarkeit war lediglich die Kunst, die Gedanken der Leute auf etwas anderes zu lenken.

Und genau das tat Kas Althume, als er in dieser Nacht durch den Palast ging. Zu dieser Stunde waren die meisten der Adligen im Großen Saal. Die wenigen, die sich in diesem Palastflügel aufhielten, waren müde dreinblickende Diener. Es war für Kas Althume tatsächlich ein Kinderspiel, ihre Gedanken von ihm fortzulenken. Sie mochten ihn direkt anschauen, wenn er an ihnen vorbeikam, doch in ihrem Bewußtsein war er nichts weiter als das leichte Kräuseln, das ein durch die nächtliche See gleitender Hai auf der Wasseroberfläche hinterließ.

Es half, daß er sich seit seiner Ankunft in Casna äußerst unauffällig verhielt. »Peridaens Schatten« hatte ihn jemand genannt. Stets der ergebene Großhofmeister, der still auf die Befehle seines Herrn wartete.

Bah. Bald schon würde er als der größte Magier aller Zeiten gelten, wenngleich nur wenige die volle Wahrheit kennen würden. Er verlagerte das Gewicht des länglichen Dings, das mit einem großen Tuch bedeckt war, von einer Armbeuge in die andere.

Wenig später erblickte er am Ende des Ganges die Gemächer, die er aufzusuchen gedachte. Zwei Soldaten standen an der Tür. Kas Althume blieb im Schatten stehen.

Für die Dienerschaft unsichtbar zu sein war eine Sache; bei gut ausgebildeten Soldaten war es deutlich schwieriger. Sie zu veranlassen, ihn *und* das Öffnen der Tür zu ignorieren, die sie bewachten, war – gelinde gesagt – äußerst riskant. Er konnte es schaffen, aber es würde ihn mehr magische Energie kosten, als er einzusetzen gewillt war.

Er hatte Wichtigeres damit vor. Mal sehen, ob der Diener, den er in der Kristallkugel gesehen hatte, noch da war.

Kas Althume schickte einen Hauch seiner Magie los. Er berührte die Seele des Dieners: ein alter Mann, geistig und körperlich nicht mehr auf der Höhe. Man ließ ihn nur aus Sentimentalität weiter im Palast arbeiten. Kas Althume verzog verächtlich die Lippen ob solcher Schwäche. Den Mann unter seine Kontrolle zu bringen war leichter als Murmelspielen. Der Magier trat aus dem Schatten und lief auf die Tür zu.

Die Soldaten ignorierten ihn. Statt dessen drehten sie sich um, als die Tür geöffnet wurde. Der alte Diener schlurfte heraus und ließ hinter sich die schwere Tür offenstehen. Kas Althume schlüpfte hinein.

Einer der Soldaten fragte: »Wo willst du hin, Ulric?« und zog die Tür zu, während Ulric eine unverständliche Antwort murmelte.

Mir ist egal, wo du hingehst, alter Mann. Komm nicht zurück, bevor ich dich rufe, befahl der Magier ihm im Geiste. Er hörte einen der Soldaten sagen: »Armer alter Ulric. Langsam verliert er den Verstand. Hoffentlich fällt er nicht die Treppe runter.«

Kas Althume war allein und unbewacht. Er spürte, wie sich Ulric immer weiter entfernte. Gut, er würde genug Zeit haben für das, was er zu tun gedachte.

»Ich hatte das überhaupt nicht vorgehabt«, sagte Linden. Sein zufriedener, erschöpfter Tonfall nahm jeden Stachel aus seinen Worten.

Jedesmal wenn sich seine Brust hob, kitzelte seine Narbe an ihrer Wange. Maurynna stützte sich auf einen Ellbogen, so daß sie ihn anschauen konnte. »Ich bin froh, daß es passiert ist. Und du hattest recht.«

Er hatte einen Arm unter den Kopf geschoben. Seine freie Hand spielte mit ihren Haaren. »Ich auch, obwohl es nicht gerade klug war.«

Sie fragte sich, was er meinte. Befürchtete er, daß er sie geschwängert hatte? Sie wollte ihn fragen, doch sein träges Lächeln ließ darauf schließen, daß sie ewig auf eine Antwort warten müßte – und sie wollte ihn nicht drängen. Statt dessen schmiegte sie sich an ihn und sagte ironisch: »Ach wirklich? Mir hat es jedenfalls Spaß gemacht.«

Er lachte. »Mir auch – und nichts Schlimmes ist passiert.«

Was sollte *das* nun wieder bedeuten? Woher wollte er wissen, ob er sie nicht geschwängert hatte? Sie sagte: »Ich würde es nicht als *schlimm* bezeichnen, von dir ein – oh, ich vergaß!«

Sie rollte sich von ihm fort. Das Gras war angenehm kühl auf ihrer nackten Haut. Sie durfte also nicht einmal hoffen, von Linden ein Kind zu bekommen. Nichts außer Erinnerungen würden ihr bleiben, wenn er sie schließlich verließ. Na ja, allein konnte sie ein Kind sowieso nicht aufziehen. Ein Schiff war kein Ort für ein Baby. Vielleicht war es besser so.

Er hob ihr Kinn und drehte ihr Gesicht zu sich. »Selbst zwischen uns Drachenlords sind Kinder sehr, sehr selten – sogar wenn der weibliche Drachenlord *Daishya-Tee* trinkt; und das tun die meisten. Trotzdem hat man keine Garantie, daß ein solches Kind ein Drachenlord wird. Und sein eigenes Kind alt werden und sterben zu sehen – nein.«

»O Götter, was für ein schrecklicher Gedanke«, sagte sie.

Linden setzte sich auf und griff nach seinen Kleidern im Gras. Leise sagte er: »Ich wollte immer Kinder. Das ist das einzige, was mir am Drachenlord-Dasein mißfällt.« Er machte eine Pause und zog seine Tunika über. »Wir gehen besser zurück.«

Maurynna, an ihrer Unterlippe nagend, nickte und hockte sich auf die Knie. »Ich wünschte …« Sie ließ die Worte im Raum stehen. Falls sie versuchte, den Satz zu Ende zu sprechen, würde sie in Tränen ausbrechen.

»Ich auch, Liebste. Aber bald ist alles vorbei, und danach treffen wir uns im nächsten Hafen, den du anläufst.«

»Wirklich?«

Sein Blick traf den ihren. »Ja«, sagte er mit tiefer, fester Stimme. »Ja. Aber um meines Seelenfriedens willen mußt du mir versprechen, daß du Casna morgen verlassen wirst.«

Sie haßte den Gedanken, doch was blieb ihr anderes übrig? »Ich verspreche es dir.«

Kas Althume nahm die Räume in Augenschein. Er suchte ein Versteck. Es durfte nicht zu offensichtlich sein. Er wollte nicht, daß man seinen Schatz zu früh entdeckte. Aber es mußte irgendwo sein, wo ausreichend Platz war für das Ding. Wieder verlagerte er das Gewicht des schweren Großschwerts in seinen Armen, während er durch den Raum zum Schlafgemach ging.

Nicht im Kleiderschrank, sonst würde jemand darauf kommen, daß man es schon früher hätte finden müssen. Auch unter der Matratze kam nicht in Frage.

Er runzelte die Stirn. Irgendwo mußte es doch ein geeignetes Versteck geben …

Am Fenster fiel ihm ein großes Plüschsofa auf. Es war lang genug für das Großschwert. Eilig lief er darauf zu. Jemand könnte den im Palast herumirrenden Ulric entdecken und ihn zurückbringen. Es wäre fatal, hier ertappt zu werden.

Seine langen geschickten Finger tasteten unter der Sitzfläche und fanden einen Griff. »Gut, es hat einen Sofakasten«, murmelte er. Er zog am Griff und klappte die Sitzfläche hoch. Die Kissen fielen durcheinander.

Ihm schlug ein schwerer, aus verschiedenen Kräuterbeuteln strömender Duft entgegen: Wermut und Gänserich, Lavendel und Limonen. Er musterte die dicken Wolldecken und die schweren Vorhänge, die im Winter am Himmelbett angebracht wurden. Kas Althume schlug die oberste Decke zur Seite, legte das Großschwert hinein und deckte es zu. »Bis deine Zeit kommt, ruhe sanft, Tsan Rhilin.«

Er ordnete die Kissen und verließ das Schlafgemach. Wieder tastete sein Geist nach Ulric und befahl dem alten Mann zurückzukommen, so daß er, Kas Althume, sein Kunststück wiederholen und unbemerkt verschwinden konnte.

Der Magier war hochzufrieden mit sich. Peridaen würde seine lächerliche Regentschaft bekommen und die Bruderschaft ihren persönlichen Drachenlord-Sklaven haben. Aber jetzt war es Zeit, zur Lichtung zu reiten und Pol zu treffen.

Ein letzter Wein noch, dann würde Maurynna nach Hause gehen müssen. Linden nahm sie wieder in die Arme. Sie schmiegte sich so eng und geschmeidig an ihn, daß es schien, als wären ihre Körper eigens füreinander modelliert worden, während sie zusahen, wie Otter ihnen Wein einschenkte.

Als jeder einen Kelch in der Hand hielt, hob Linden den seinen und sagte: »Auf ein baldiges Wiedersehen.«

Sie tranken.

Otter hob seinen Kelch zu einem weiteren Trinkspruch, ein schelmisches Blitzen im Blick. »Auf euer gemeinsames Glück: Linden, Maurynna, Rathan …« Er lächelte, während seine Stimme verklang und er einen Schluck trank.

Lachend folgte Linden Otters Beispiel, ebenso die verwirrt dreinschauende Maurynna. Linden fragte sich, welchen Namen wohl die vierte im Bunde tragen würde. Er würde es erst nach Maurynnas Erster Verwandlung wissen.

Maurynna sah ihn an und fragte: »Wieso habt du und Rathan verschiedene Namen? Seid ihr nicht ein und derselbe?«

Linden schüttelte den Kopf. »Nein. Wir sind zwei verschiedene Wesen, die denselben Körper teilen, und dieser Körper kann zwischen zwei äußeren Gestalten hin und her wechseln. Ich habe meine eigene Theorie, warum die Drachenhälfte meist schlummert und sich nur gelegentlich bemerkbar macht; aber so ist es, bis die menschliche Hälfte ihres Daseins müde wird. Bei einigen Drachenlords geschieht das schon in jungen Jahren. Es ist nicht leicht, wenn jeder gestorben ist, den man als Echtmensch gekannt und geliebt hat. Andere Drachenlords sind weniger sentimental oder einfach sturer. Wie auch immer, wenn ich meines Daseins überdrüssig bin, werde ich aufhören zu existieren, und aus Rathan wird ein voll entwickelter Echtdrache.«

Maurynna sagte: »Du meinst, du wirst …« Sie nahm seine Hand, die er auf ihre gelegt hatte. Im Schein des Kaltfeuers war ihr Gesicht kreidebleich.

»… sterben wie jeder gewöhnliche Echtmensch. Ich werde einfach Hunderte von Jahren länger gelebt haben. Aber das alles liegt noch in weiter, weiter Ferne, Liebste.« *Wie könnte ich meines Daseins jemals überdrüssig werden, solange ich dich an meiner Seite habe?*

Ihre Finger umschlossen seine. »Versprochen?«

»Versprochen«, sagte er.

Müde, aber zufrieden eilte Eel durch Casnas verwinkelte Gassen, erpicht darauf, schnellstmöglich zu der kleinen Hütte an den Docks zu gelangen, die sein Zuhause war. Er hatte heute abend so fette Beute gemacht, daß er erwog, sich am nächsten Tag freizunehmen. Immerhin war morgen Sonnenwende. Ah, er

463

würde es sich nach dem Aufstehen überlegen. Die Nacht verging schnell; im Osten wurde es schon hell. Höchste Zeit, sich schlafen zu legen.

Als er um eine Ecke bog, kam ihm Mutter Sossie entgegen, eine Zuhälterin, die ihre Prostituierten zu dem verlassenen Gebäude brachte, das ihnen Unterschlupf bot. Die Jungen und Mädchen – die meisten waren um die zwölf oder dreizehn, einige jünger, niemand älter als zweiundzwanzig, wie Eel wußte – folgten ihr wie verschlafene Küken ihrer Henne.

»Hallo, Eel«, rief Mutter Sossie. »Warte mal.«

Eel kniff die Lippen zusammen. Mutter Sossie bediente eine bestimmte Klientel, die ihm nicht sonderlich gefiel. Selbst ihre ältesten Huren waren fast noch Kinder. Sie schickte sie fort, sobald sie zu »alt« aussahen.

Trotzdem, es wäre dumm, sich einen Feind zu machen. Sossie konnte eine giftspeiende Hexe sein. Er blieb stehen. »Hallo, Mutter Sossie. Was gibt's?«

»Hast du Nobbie gesehen? Der faule Hund ist nirgends zu finden. Wenn er sich aus'm Staub gemacht hat, werde ich ihm den Hintern aufreißen – falls ich ihn jemals wiedersehe. Ist schon der dritte diesen Monat.« Mutter Sossie spuckte auf den Boden, beleidigt ob solcher Undankbarkeit.

Eel kratzte sich am Kopf. »Ich habe ihn gesehen, ist aber schon 'ne Weile her – es war noch stockduster. Inzwischen müßte er längst fertig sein. Du sagst, er sei nicht der erste?«

»Nein. Seit ungefähr einem Monat verschwinden immer wieder welche – ab und zu ein Mädchen, aber hauptsächlich Jungs; meine und auch die von anderen. Bah, Nobbie hat mir sowieso immer nur Ärger gemacht. Kleiner Dreckskerl.« Sie ging weiter, ihre Herde vor sich hertreibend.

Nachdenklich setzte Eel seinen Heimweg fort und ließ sich Mutter Sossies Geschichte durch den Kopf gehen. Wenn er es sich genau überlegte, hatte er in den vergangenen Wochen tatsächlich von ein oder zwei Huren gehört, die ihren Zuhältern

464

weggelaufen waren, hatte den Geschichten aber keine große Bedeutung beigemessen.

Normalerweise verschwanden nur wenige im ganzen Jahr. Und nun dieselbe Anzahl innerhalb eines Monats. Von einer einzigen Zuhälterin. Und anderen passierte es auch, hatte Sossie gesagt. Eigenartig.

Und beunruhigend. Es gab immer ein paar Huren, die glaubten, auf eigene Faust mehr zu verdienen. Manchmal hatten sie recht. Meistens jedoch lagen sie sehr, sehr falsch. Er hoffte, daß Nobbie nicht zur letzteren Kategorie gehörte. Der kleine Nobs hatte ihm ein-, zweimal ausgeholfen, als seine Einkünfte mager gewesen waren.

Eel seufzte. Er würde sich eine Weile aufs Ohr legen und später nach dem kleinen Kerl suchen und ein ernstes Wort mit ihm reden. Lieber für Mutter Sossie anschaffen, als ohne jeden Schutz auf der Straße zu stehen.

Überhaupt, was in aller Welt hatte Nobbie dazu veranlaßt wegzulaufen? Und all die anderen – und was war aus ihnen geworden?

61. KAPITEL

Maurynna leckte ihre Finger ab, als Tante Elenna das nächste Tablett hereintrug. Sie stöhnte lachend auf und sagte: »Nicht noch mehr, sonst bringt mein Gewicht die *Seenebel* noch zum Kentern! Das war auch so schon das größte und beste Frühstück, das ich je hatte. Hmm – was ist das?«

Maylin lachte. »Süßfleischbällchen. Probier eins und sag mir, wie es schmeckt. Die sind für die Gäste, die heute abend nach dem Fest der Parfümierergilde herkommen.«

Maurynna nahm eins der Fleischbällchen vom Tablett und schob es in den Mund. »Mmmmm lecker. Jetzt bereue ich es noch mehr, daß ich nicht bleiben kann. Wo findet euer Fest dieses Jahr statt?«

»Im neuen Gildesaal«, antwortete Tante Elenna. »Bist du sicher, daß du deine Abreise nicht noch einen Tag hinausschieben kannst? Du weißt, daß du herzlich eingeladen bist.«

»Ich weiß. Aber ich habe Linden versprochen, daß ich heute aufbreche – und die Mannschaft wartet auf mich.«

Resigniert hob ihre Tante die Hände. »Wenn ein Drachenlord es wünscht … Ah, Rynna, am liebsten würde *ich* noch bleiben, aber ich muß rüber zu Shaina und ihr beim Backen helfen. Also, lebe wohl und noch mal alles Gute zum Geburtstag.«

Maurynna erhob sich von ihrem Stuhl, dann beugte sie sich zu ihrer winzigen Tante hinunter und umarmte sie. »Danke für alles. Ich weiß, daß ich dieses Mal kein pflegeleichter Gast war, aber …«

»Wie auch, bei allem, was passiert ist«, sagte Tante Elenna trocken.

»Stimmt«, sagte Maylin. »War wahrscheinlich fast zuviel für einen … Echtmenschen.«

Es war Feiertag. Selbst ein Dieb mußte sich mal freinehmen. Eel schlenderte durch die Straßen und bewunderte die Waren der zahllosen Händler. Er ging sogar soweit, am Stand eines älteren Paares eine Fleischpastete zu *kaufen,* anstatt sie – wie gewöhnlich – zu stehlen. Zufrieden schmatzend schlenderte er weiter und genoß den Trubel um sich herum.

Er stand am Eingang der *Gaukelnden Kuh* und überlegte, ob er jetzt zu trinken beginnen oder lieber noch ein bißchen warten sollte, als der Mann mit dem eckigen Gesicht herauskam, den er vergangenen Abend mit Nobbie gesehen hatte. An der Art, wie seine Hand auf der Gürteltasche lag, glaubte Eel ablesen zu können, daß der Mann etwas Wertvolles darin trug. Gold? Blitzschnell zückte Eel sein winziges scharfes Messer. Dann überlegte er es sich anders. Konnte es sein, daß Nobbie sich dem Kerl angeschlossen hatte?

Eel tauchte in die Menge ein und folgte dem Mann.

Am späten Nachmittag war es noch drückender als am Morgen. Die Hitze verschlimmerte den üblichen Hafengestank noch: Flußschlamm, toter Fisch und andere stechende Gerüche, deren Ursprung Maurynna lieber nicht wissen wollte. Doch allem Gestank zum Trotz konnte sie den frischen salzigen Duft des Meeres riechen. Sie sehnte sich danach, obgleich der größere Teil ihres Selbst in Casna bleiben wollte. Das wäre von allen Geburtstagsgeschenken das schönste gewesen.

»Wir sind fast soweit, Käpt'n«, rief Master Remon ihr von der *Seenebel* zu.

Sie winkte und sagte zu Otter, der sie zum Hafen gebracht hatte: »Ich werde dich an Bord der *Seenebel* vermissen, obwohl du einem manchmal ziemlich auf die Nerven gehen kannst.«

»Und ich werde dich vermissen, obwohl du sturer bist als ein gewisser Drachenlord, den ich kenne«, erwiderte er.

Sie lächelte verdrossen. Götter, wie sehr sie am liebsten umkehren und zu Linden eilen wollte. Aber sie hatte ihm versprochen, heute in See zu stechen. »Ich wünschte, er könnte vorbeikommen und sich von mir verabschieden.«

Wieder tastete Otters Hand nach seiner Gürteltasche, wie schon des öfteren während des gesamten Tages. Sie fragte sich, was er darin verbarg.

»Das wünscht er sich auch«, sagte der Barde. »Aber Kief hat vor Beginn der Feiern eine Ratssitzung angesetzt. Ich glaube sowieso, daß du Linden früher wiedersehen wirst, als du glaubst.« Er grinste. »Er hat mir ein Geburtstagsgeschenk für dich mitgegeben. Er meinte, ich solle es dir geben, wenn wir allein sind und erst kurz, bevor du aufbrichst. Nun, ich denke, der Zeitpunkt ist gekommen, und ich sage dir eins, Mädchen, ich habe nicht den blassesten Schimmer, was es ist, und das macht mich ganz verrückt! Wo ...«

»In meiner Kajüte«, unterbrach ihn Maurynna, lachend und vor Neugierde platzend. »Schnell, wir müssen bald ablegen; wenn wir die Tide nutzen wollen, ist nicht mehr viel Zeit.«

Sie rannte die Laufplanke hinauf, dicht gefolgt von Otter. »Master Remon! Wartet noch ein paar Minuten. Otter geht gleich wieder von Bord.«

In ihrer Kajüte war es heiß und stickig. Maurynna zog die Vorhänge auf und öffnete die Heckfenster. Als sie fertig war, hatte Otter eine kleine Holzschatulle auf den am Boden festgeschraubten Tisch gestellt. Sie nahm sie und studierte sie.

Die Schatulle bestand aus kostbarem Rosenholz und war mit einer exquisiten Einlegearbeit verziert: ein Muster aus feinen, ineinander verschlungenen Goldfäden im Yerrin-Stil und in der Mitte ein emaillierter fliegender Drache. Sie kippte die Schatulle auf die Seite; etwas darin verrutschte mit einem leisen *Plop.*

Sie konnte nicht anders, als das wunderschöne Ding in ihren Händen anzustarren, überwältigt von dem Wissen, daß dies ein von Linden über alles geliebter Schatz sein mußte. Eine solche Schatulle konnte man nicht einfach auf einem Markt erstehen.

Und er hatte sie ihr geschenkt.

Otter riß sie aus ihrer Träumerei. »Rynna, wenn du das Ding nicht sofort aufmachst, werde ich vor Neugier sterben, also mach schon!«

Sie lachte nervös und legte den Verschlußriegel um. Mit angehaltenem Atem klappte sie den Deckel auf und erblickte ein schwarzes Seidentuch, das einen Gegenstand bedeckte. Als würde sie die Blüten einer Rose öffnen, legte Maurynna Stoffalte um Stoffalte zur Seite.

Ein Silberfuchs schaute zu ihr auf, seine Amethyst-Augen im vergehenden Sonnenlicht funkelnd, sein struppiger Schwanz um die Pfoten geschlungen. Fasziniert vom lächelnden Gesicht der Füchsin, dauerte es einige Augenblicke, bis Maurynna die Figur mit zitternden Fingern aus der Schatulle nahm.

Sie hörte Otter »Götter, habt Gnade!« ausrufen, schenkte ihm aber keine Aufmerksamkeit. Die Schönheit des Geschenks verschlug ihr die Sprache. Es war eine runde Brosche. Die Fuchsgestalt saß auf einem dünnen granulierten Plättchen, alles eingefaßt in einem Rahmen aus feinem Silberdraht. Als sie mit dem Daumen über die unzähligen silbernen Granulatkörner rieb, bemerkte sie mit den anderen Fingern, wie solide die Anstecknadel auf der Rückseite des Plättchens war. Diese Brosche war für einen Umhang aus fest gesponnener Bergwolle gedacht. Sie hatte dergleichen noch nie gesehen.

»Sie ist sehr alt, nicht wahr?« flüsterte sie ehrfürchtig.

»Ja«, sagte Otter. Seine Stimme klang belegt.

Als sie den Blick von dem Schatz in ihren Händen löste, sah sie, daß Otter nur entgeistert den Kopf schüttelte, als glaubte er nicht, was seine Augen ihm sagten. Ein Gefühl des Unbehagens durchfuhr sie. »Otter?«

»Es hat Rani gehört«, sagte der Barde und klang ebenso verblüfft, wie sie sich jetzt fühlte. »Bram hat es ihr geschenkt. Linden sagte, er habe sie immer *Shaijha* – ›kleine Füchsin‹ – genannt. Sie schenkte es Linden kurz vor ihrem Tod. Bis auf seine Erinnerungen ist die Brosche und Tsan Rhilin alles, was ihm von den beiden geblieben ist. Ich – ich habe ihm einmal erzählt, wie sehr du die Geschichten über die beiden magst. Er muß sich daran erinnert haben.«

Sie schaffte es zum Stuhl, bevor ihre Knie nachgaben. »Gütige Götter, will er wirklich, daß ich sie behalte?« fragte Maurynna. Die Amethyst-Augen funkelten sie an.

»Ho! Käpt'n!« tönte draußen Remons bellende Stimme. »Wir müssen ablegen, sonst verpassen wir die Tide. Zeit, an Land zu gehen, Barde, es sei denn, Ihr segelt wieder mit uns.«

Plötzlich bemerkte Maurynna die am Schiffsrumpf zerrende Strömung. »Otter, Remon hat recht. Wir müssen ablegen, ich habe es Linden versprochen.« Obwohl die Götter genau wissen, daß ich jetzt mehr denn je bleiben möchte. Warum? Warum schenkt er mir einen solch kostbaren Teil seines Lebens? »Du mußt jetzt von Bord.«

Irgendwie kam sie vom Stuhl hoch. Ihre Beine zitterten wie bei einer Landratte, die gerade ihren ersten Sturm erlebt. Sie legte die Brosche in die Schatulle zurück und schob Otter aufs Deck hinaus. Er blieb stehen, einen Fuß auf der Laufplanke.

»Rynna – vergiß nicht, was ich dir gesagt habe: Was momentan mit dir geschieht, geschieht nur, weil du und Linden euch so nahesteht. Er meinte, es müßte bald aufhören«, sagte Otter. »*Bitte,* vergiß das nicht.«

»In Ordnung, ich verspreche es dir«, meinte sie abwesend. Sie war noch immer fassungslos über ihr Geschenk. Sie fühlte sich wie ein im Sturm hin und her geworfenes Schiff, dessen Ankertaue gerissen waren. »Geh schon.«

Gehorsam trottete der Barde die Laufplanke hinunter. Er sah aus wie ein Schlafwandler. Als er sich umdrehte, um zum Abschied zu winken, war sein Gesicht kreidebleich. Sie nahm an, daß sie nicht anders aussah.

Während die Strömung des Uildodd das Schiff zum offenen Meer hinaustrug, trat Remon zu ihr heran.

»Käpt'n, ich möchte nicht respektlos sein, aber Ihr solltet Euch hinlegen. Ihr seht genauso schlimm aus wie der Barde nach dem Sturm damals. Es hat doch kein Unglück in Eurer Familie gegeben, oder?« fragte der Erste Maat besorgt.

Maurynna sagte: »Nein, kein Unglück, Remon, im Gegenteil. Aber ich denke, ich werde für eine Weile in meine Kajüte gehen. Übernehmt bitte das Kommando.«

Als sie zu ihrer Kajüte ging, spürte sie die Blicke ihrer Mannschaft im Rücken. Drinnen hielt sie die Brosche in das Sonnenlicht, das durch die Heckfenster hereinfiel. Die Füchsin lachte sie an.

Ich verstehe es nicht. Wieso schenkt er mir das? Was hat das zu bedeuten? Er sagte, er könne niemals einen Echtmenschen lieben, das kann es also nicht sein.

Eel folgte dem Mann mit dem eckigen Gesicht. Einige Male verlor er ihn aus den Augen, entdeckte ihn aber jedesmal wieder. Als der Mann in einen der öffentlichen Ställe ging, verzweifelte der Dieb beinahe. Aber als der Mann herausritt, merkte Eel, daß seine Aufgabe tatsächlich leichter geworden war. Wegen der vielen Leute kam das Pferd nur langsam voran, und nun, wo der Mann alle anderen weit überragte, hatte Eel keine Schwierigkeiten, ihn im Blick zu behalten.

Als der Mann an der Grenze zum Händlerviertel einen anderen Reiter traf, duckte Eel sich hastig in einen Hauseingang. Er musterte den zweiten Mann; hager, mit einem asketischen, beinahe eingefallenen Gesicht. Er trug irgendeinen Anhänger, dessen auffälliges Rot und Purpur in scharfem Kontrast zu seinen nüchternen graugrünen Kleidern stand.

Er beobachtete, wie die beiden Männer in Richtung des Adligenviertels der Stadt ritten. Damit endete seine Verfolgungsjagd. Eel wußte, daß er im Viertel der Reichen auffallen würde wie eine Gans im Hühnerstall. Nachdenklich kaute er auf seiner Unterlippe.

Zu seinem Bedauern war Otter nicht imstande, Lindens Geist zu erreichen. Da Linden nicht weit entfernt war, mußte irgend etwas seine ganze Aufmerksamkeit beanspruchen.

Verdammt, Jungchen, dachte der Barde verärgert, während er zum Haus der Vanadins zurückritt, ich weiß ja, daß sie heute Geburtstag hat, aber hättest du mit dem Geschenk nicht bis zu ihrer Ersten Verwandlung warten können? Was, wenn sie es errät?

Einer der Lehrlinge ließ ihn ins Haus und verschwand sogleich im Arbeitszimmer. Otter ging durch den Flur in den hinteren Teil des Hauses und betrat die Küche.

Maylin saß am Tisch und hielt einen dampfenden Becher in den Händen. »Tee, Otter?« fragte sie. »Du siehst aus, als könntest du einen gebrauchen. Stimmt etwas nicht? Maurynna ist doch in See gestochen, oder?«

Otter schüttelte den Kopf. »Nein, alles in Ordnung. Glaube ich zumindest. Maurynna ist jedenfalls unterwegs nach Pelnar. Es ist bloß … Ich glaube, ich genehmige mir lieber einen Krug vom selbstgebrauten Schwarzbier deiner Mutter, wenn ich darf.«

Maylin zog die Augenbrauen hoch, stellte aber ihren Tee ab und ging in die Speisekammer. Sie kam mit einem randvoll gefüllten Bierkrug zurück und stellte ihn wortlos vor ihm ab.

Er trank den Krug in einem Zug leer, bevor sie anfing, ihn auszufragen. Er versuchte sie mit unwichtigen Einzelheiten abzulenken, wußte aber, daß es vergebliche Mühe war. »Wolltest du nicht auf ein Fest?«

Maylin lächelte bloß und sagte: »Ich wollte sowieso ein bißchen später hingehen. Du kannst es mir ruhig sagen, Otter. Ansonsten lasse ich dir keine Ruhe, glaub mir.«

»Tue ich. Du bist genau wie deine Cousine, weißt du das?«

»Ja.« Ihr Lächeln wurde breiter.

»Oh, Gifnus Höllen, meinetwegen. Du würdest es sowieso aus ihrem ersten Brief erfahren. Linden gab mir heute morgen ein

Geschenk für sie, das ich ihr kurz vor der Abreise überreichen sollte. Es lag in einer Schatulle, und ich mußte Linden versprechen, sie nicht zu öffnen, daher hatte ich keine Ahnung, was drin war.«

Er machte eine Pause und hoffte, daß sie damit zufrieden war. Es war die Hoffnung eines Narren. Maylin trank einen Schluck Tee und sah ihn mit großen fragenden Augen an.

Otter seufzte resigniert. »Wirklich, wie deine Cousine. Na ja, wie gesagt, ich wußte nicht, was drin war. Hätte ich es gewußt, ich hätte versucht, es Linden auszureden. Es war eine Brosche, eine silberne Fuchsbrosche.«

»Na und? Als Geschenk eines Drachenlords scheint mir das nicht besonders extravagant.«

Ungeduldig sagte Otter: »Du verstehst nicht, Maylin. Linden hat die Brosche von Rani eo'Tsan bekommen. Und nun hat er sie Maurynna geschenkt.«

Maylin fiel gegen die Stuhllehne zurück, als hätte man sie geohrfeigt. Aber alles, was sie mit eigenartig klingender Stimme hervorbrachte, war: »Er hat es getan?«

Kein weiteres Wort kam über ihre Lippen, während sie seinen Bierkrug und ihren Becher nahm und beides in dem Wasser aus der Zisterne ausspülte. Doch auf dem Weg aus der Küche blieb sie stehen und wiederholte im selben eigenartigen Tonfall: »Er hat es getan?« Dann ging sie. Otter starrte ihr gedankenvoll nach.

Was sagt man dazu. Künftige Drachenlords mögen vielleicht nicht wissen, was sie sind – aber andere können es anscheinend sehr wohl ahnen. Nur gut, daß Maurynna nicht mehr in Casna ist.

62. KAPITEL

Kas Althume saß am Arbeitstisch seines Zimmers in der Stadtresidenz des Prinzen. Vor ihm lag das funkelnde, eisblaues Licht verströmende Seelenfänger-Juwel.

Endlich war die Sonnenwende gekommen. Nun war es Zeit, die Fäden zu verknüpfen, die er gesponnen hatte. Der Augenblick seines Triumphes war nahe.

Er hätte es vorgezogen, diese Magie draußen am Steinaltar heraufzubeschwören. Aber die Entfernung war einfach zu groß; er mußte es hier in der Stadt tun. Pol saß mit dem Rücken an der Tür, um sie vor Unterbrechungen zu schützen. Kas Althume hatte alles ihm Mögliche getan, um sich auf diesen Augenblick vorzubereiten. Und nun war es soweit.

Der Magier ließ seinen Geist in die Ferne schweifen, tastete durch die Seelen, die unbeholfen gegen ihn stießen; schwache, ungeübte Dinger, die im Vergleich zu seinem messerscharfen Begehren nichts weiter waren als lose Blätter im Wind.

Dort. Dort war die, die er suchte. Kas Althume langte nach ihr, hielt die Seele fest und ließ seine Magie in sie hineinströmen. Die erste Phase seines Plans konnte beginnen.

»Eure Lordschaften, Myladies, Ich möchte Euch danken, daß Ihr am heutigen Abend der Sonnenwende die Zeit gefunden habt, hier zu erscheinen«, sagte Kief Shaeldar.

Linden ließ den Blick zum – wie er inständig hoffte – letzten Mal durch den Sitzungssaal schweifen. Er war dankbar für Tashas Ratschlag, sich möglichst zu schonen, da er somit zu keiner der Neujahrsfeiern gehen mußte. Er war müde und fühlte sich ab und zu schwindlig. *Bitte Götter,* sprach er im Geiste zu Tarlna, *laßt dies das letzte Mal sein.*

Das hoffe ich auch, erwiderte Tarlna. *Ich vermisse ...*

Ein plötzlicher Tumult vor dem Sitzungssaal ließ ihre Geiststimme verstummen. Sie und Linden sahen einander besorgt
und verwirrt an. Der Lärm war noch nicht laut genug, um die
Aufmerksamkeit der Echtmenschen zu erregen, aber das war
nur eine Frage von Augenblicken.

Kief geriet ins Stocken. Überrascht begannen die Ratsmit-
glieder, miteinander zu tuscheln. Dann hörten auch sie den
Tumult im Gang. Einige erhoben sich vom Tisch, unter ihnen
Prinz Peridaen. Das Amulett, das er stets trug, funkelte im
Schein der unzähligen Kerzen.

Dann hörte Linden einen Namen, der ihn von seinem Stuhl
aufspringen ließ. Hauptmann Tev, Chef der Palastwache, kam
herein, gefolgt von einem alten Mann, der etwas Schweres,
Längliches auf den Armen trug. Als der alte Mann Linden
erblickte, hielt er es ihm entgegen.

Tsan Rhilin.

»Der alte Ulric hat es gefunden, Drachenlord«, brabbelte der
alte Mann. »War im Sofakasten versteckt, aber ich habe es
trotzdem gefunden.«

Aufgeregtes Stimmengemurmel erhob sich, als Linden dem
alten Mann das Großschwert aus den zitternden Händen nahm.

Kas Althume spürte Peridaens Überraschung und Konsterniert-
heit durch das Amulett strömen. Also entwickelten sich die
Dinge so, wie sie sollten. Er begann, das Seelenfänger-Juwel zu
beschwören. Er spürte, wie sich in ihm die magischen Kräfte
aufbauten, und formte sie zu einem Speer, den er im Geiste
bereithielt. Er hatte sein auserkorenes Opfer schon einmal kurz
berührt. Dieses Mal würde er es voller Wucht treffen.

Linden packte Tsan Rhilins Griff mit beiden Händen. Es bedurfte
seiner ganzen Selbstbeherrschung, es nicht aus der Scheide zu
ziehen. Mit zornbelegter Stimme sagte er: »Ulric, erkläre mir
noch einmal, wo du das Schwert gefunden hast.«

Aber das Gerede und das allgemeine Durcheinander hatten den alten Mann zu sehr aufgeregt. Er hob die Schultern und begann vor sich hin zu wimmern. »Ich verstehe das nicht. Ich wollte mich doch nur vergewissern, daß keine Motten in den Vorhängen waren. Ist mir plötzlich eingefallen. Ich konnte mich nicht mehr erinnern, ob ich die Kräuterbeutel reingelegt hatte. Ich vergesse soviel dieser Tage.« Er geriet ins Stocken und weinte nun beinahe. Zu Beren gewandt, sagte der alte Mann: »Herzog, *Ihr* versteht mich doch, nicht wahr? Ich habe niemandem etwas Böses gewollt. Warum regen sich alle so auf?«

Beren ging zu dem Mann und klopfte ihm freundschaftlich auf die Schulter. »Ich weiß nicht, was hier vorgeht, Ulric, aber natürlich hast du niemandem etwas Böses gewollt. Du hast nur deine Pflicht getan, alter Freund.«

»O Götter. Kief, ich möchte, daß der arme alte Mann hinausgebracht wird. Ich kann es nicht ertragen, ihn so leiden zu sehen«, sagte Tarlna. »Bitte.«

Kief bedeutete einer der Wachen, die mit Ulric hereingekommen waren, den alten Mann wieder hinauszuführen. Als Ulric den Saal verließ, stammelte er immer wieder: »Ich mußte es tun. Ich wollte keinem was Böses. Aber ich mußte es tun. Ich mußte dort hineinschauen.«

Linden schauderte, als sich die Tür hinter dem weinenden Mann schloß. »Da Ulric nicht dazu in der Lage ist, bitte ich Euch, mir alles zu berichten, was Ihr wißt, Hauptmann Tev.«

»Wie Ihr wünscht, Drachenlord.« Tev leckte sich nervös über die Lippen. »Ich drehte meine Runde und betrat gerade den Flur, der zu den königlichen Gemächern führt, als ich Ulric aus einer Tür kommen sah. Er trug Euer Großschwert, Drachenlord.«

Lord Duriac fragte: »Aus welcher Tür, Hauptmann?«

Tev sah zu Boden, an die Wände, an die Decke, überallhin, um keinem in die Augen schauen zu müssen. Dann faßte er sich ein Herz und sagte leise, aber deutlich: »Es war die Tür zu Herzog Berens Gemächern.«

Linden fuhr zu Beren herum. Der Herzog starrte ihn mit offenem Mund an. Nur seine fassungslose Miene bewahrte ihn davor, von Linden gepackt und an die Wand geschleudert zu werden. Die übrigen Cassorier wichen vor Beren zurück, als hätte der Hauptmann ihn als Seuchenträger entlarvt.

Schließlich gewann Beren die Fassung so weit zurück, daß er hervorbrachte: »Das ist eine verdammte Lüge!«

Hauptmann Tev sagte: »Es tut mir leid, mein Lord, aufrichtig leid, aber so war es. Der arme Ulric war völlig durcheinander, hat die ganze Zeit von dem Sofa gebrabbelt. Dann sagte er, er müsse dem Drachenlord das Schwert zurückbringen und daß es ihm das Herz breche, daß sein Herr …«

Mich fast umgebracht hätte, dachte Linden grimmig.

Beren sprang auf und schüttelte schockiert den Kopf.

»Beren«, sagte Herzogin Alinya. »Habt Ihr eine Erklärung dafür?«

»Ist doch eindeutig, oder?« sagte Lord Duriac. »Er fürchtete, daß die Entscheidung über die Thronfolge zu seinen Ungunsten ausfallen würde, und hat versucht, die Dinge zu verzögern. Oder vielleicht gehört Ihr sogar der Bruderschaft an, Beren. Wolltet Ihr Linden Rathans Tod?«

Duriacs Worten folgte aufgebrachtes Gebrüll.

»Ruhe! Ruhe!« rief Herzogin Alinya. Sie sah zu Herzog von Silbermärz hinüber. »Beren, Ihr habt die Anschuldigungen und die gegen Euch vorliegenden Indizien gehört. Es tut mir weh, aber bis wir die Wahrheit kennen, muß ich Euch in Haft nehmen. Wachen!«

Sie kamen nur widerwillig, aber sie kamen. Sie packten Beren an den Armen und führten ihn zur Tür. Als sie den Saal verließen, brüllte Beren: »Ich habe nichts damit zu tun! Nichts – versteht Ihr? Ich habe keine Ahnung, wie das verdammte Schwert in meine Gemächer gekommen ist oder warum Ulric plötzlich einfiel, unter dem Sofa nachzuschauen! Fragt Peridaen!«

Peridaens Panik strömte durch das Amethyst-Amulett. Es war an der Zeit zuzuschlagen. Kas Althume konzentrierte sich noch einen Moment, im Geiste den Speer aus magischer Energie hebend, dann schleuderte er ihn seinem Ziel entgegen. Das Seelenfänger-Juwel erstrahlte heller denn je, ein kristallines Feuer unter seinen Fingern, glühend wie der Morgenstern. Kas Althume bewunderte es lächelnd. So schön – und so tödlich. Wahrlich ein wundersamer Stein. Und bald würde er erreicht haben, was selbst der große Ankarlyn nicht geschafft hatte.

Er würde das Band zerstören, das die beiden Seelen eines Drachenlords zusammenhielt.

63. KAPITEL

Maurynna beugte sich über die Seekarte und fuhr mit dem Finger die Route nach Pelnar ab, als in ihrem Geist die Hölle losbrach.

Zuerst kam Überraschung und dann ein so mächtiger Wutanfall, daß beinahe ihre Knie wegknickten. Sie packte die Tischkante und hielt sich daran fest. Die Wut wurde zu glühender, alles verzehrender Raserei, die ihren Körper regelrecht zu verbrennen schien. Sie stürzte zu Boden und rollte sich, entsetzt von dem Anfall, zu einem Ball zusammen.

Sie spannte jeden Muskel an und versuchte so, gegen die in ihr wütende Raserei anzukämpfen. Otters letzte Worte fielen ihr ein. Mit aller Kraft versuchte sie, das Gefühl niederzuringen.

Maurynna atmete in kurzen, harten Stößen. Im Geiste sah sie ein Bild vor Augen: eine kleine, weißhaarige Frau, von hinten betrachtet. Die Frau drehte sich zu ihr um. Zu Maurynnas Überraschung (irgendwie war sie doch nicht überrascht; sie wußte, was sie zu erwarten hatte; woher?) war die Frau trotz ihrer weißen Haare jung, mit einem hageren, scharf geschnittenen Gesicht und stechenden, violettfarbenen Augen – den Augen eines Kriegers.

In ihren Armen lag ein Großschwert. Der Blick der Frau traf für einen Moment Maurynnas. Dann sah sie an Maurynna vorbei und betrachtete jemanden, der direkt hinter ihr stand. Eine runde Silberbrosche an ihrer Schulter funkelte im Fackelschein, als die weißhaarige Frau der hinter Maurynna stehenden Person das Schwert reichte.

Dann verblaßte das Bild; zurück blieb nur der rasende Zorn. Mit all ihrer Willenskraft kämpfte Maurynna gegen ihn an, bis er sich widerwillig Stück für Stück zurückzog und sie wieder die Kontrolle über sich gewann. Sie setzte sich zitternd auf und fragte sich, was geschehen war. Dann wurde sie plötzlich von einer entsetzlichen Furcht überwältigt. Sie schrie auf: »Nein! *Nein!*«

Maurynna wurde ohnmächtig, nicht imstande, noch mehr zu ertragen.

Linden hielt Tsan Rhilin, als wollte er es nie wieder loslassen, und folgte Kief und Tarlna in den hinteren Teil des Sitzungssaals, um von dort aus die Mienen der Anwesenden zu beobachten und zu sehen, was sie verrieten, um zuzuhören, was gesagt wurde – und was nicht.

Einen Moment standen die drei beieinander. Dann stöhnte Tarlna auf und sackte zu Boden, bevor Kief sie auffangen konnte. Er sank auf die Knie, die Finger am Hals seiner Seelengefährtin, und suchte verzweifelt den Puls.

Linden erstarrte schockiert. »Tarlna? O Götter – nein! Nein! Sie kann nicht tot sein!« rief er und kniete sich auf der anderen Seite des am Boden liegenden Drachenlords hin.

»Zurück mit Euch!« brüllte Linden, als die Ratsmitglieder herbeigerannt kamen und sich im Kreis um sie aufbauten. »Jemand soll Heilerin Tasha holen!«

Im Geiste fragte er Kief: *Was ist los mit ihr?*

Ich weiß es nicht! Aber ich spüre, daß sie im Sterben liegt, als würde etwas ihre Lebenskraft aussagen, sagte Kief. Er schlug Tarlna mit der flachen Hand ins Gesicht, um sie aus der Ohnmacht zu wecken, doch sie reagierte nicht.

Linden sagte: *Von einer solchen Krankheit hab ich nie gehört.*

Ich glaube nicht, daß sie krank ist. Es fühlt sich genauso an wie in jener Nacht, als ich Euch auf der Wiese untersucht habe. Kief nahm Tarlna in die Arme und drückte sie an sich, seine Wange an ihre Stirn gepreßt.

Linden vermutete, daß Kief die Verbindung zwischen ihnen nutzen wollte, um die Spur des magischen Angriffs zurückzuverfolgen. Der zunehmenden Blässe im Gesicht des älteren Drachenlords nach zu urteilen, ließ er zudem seine Lebenskraft in seine Seelengefährtin strömen, um sie am Leben zu halten.

Linden wußte, daß er Kief nicht helfen konnte, und stand auf. Er stellte sich zwischen die beiden Drachenlords und die gaffenden Cassorier und zückte Tsan Rhilin. Er mußte die beiden wenigstens schützen – nicht daß er vor so vielen Zeugen einen Angriff erwartet hätte, aber seine Kriegerausbildung verlangte, daß er etwas tat.

Ich ... kann ... der Spur ... nicht folgen, sagte Kiefs schmerzverzerrte Geisterstimme. *Sie ist nicht stark genug.*

Bevor Linden etwas entgegnen konnte, ertönte in seinem Geist eine tiefe donnernde Stimme.

Ich werde dir helfen, Menschenseele Kief.

Linden starrte überrascht. Die Geiststimme konnte nur Shaeldar gehören, Kiefs drakonischer Hälfte. Daß sich eine Drachenseele ungefragt zu Wort meldete, kam nur äußerst selten vor. Daß er, Linden, sie hören konnte, war noch seltener. Er fragte sich, ob Shaeldar sich später wieder zurückziehen würde, wie Rathan es getan hatte.

Linden richtete seine Aufmerksamkeit wieder auf die vor ihm stehenden Echtmenschen. Sie starrten auf den bewegungslosen Kampf, der hinter ihm ausgefochten wurde. Es war so still im Saal, daß Linden nur Kiefs rasselnden Atem hörte.

Die Stille schien sich ewig hinzuziehen, doch in Wahrheit hielt sie nur wenige Augenblicke an. Dann vernahm Linden ein schwaches, leises Röcheln: Tarlna. Er riskierte einen schnellen Blick über die Schulter.

Ihre Augen waren noch immer geschlossen, und sie sah fürchterlich aus, doch ihre Brust hob und senkte sich regelmäßig.

Linden seufzte erleichtert. *Was ist geschehen?* fragte er.

Wir – Shaeldar und ich – haben die Spur der Magie zurück-

verfolgt, als sie plötzlich endete. Ich glaube, der Magier hat uns gespürt und seinen Angriff abgebrochen. Shaeldar meinte, diese Magie sei mit Blut und Tod durchsetzt.

Blut und Tod. Die Worte brachten ihn auf einen Gedanken, den er jedoch sogleich wieder vergaß, als Heilerin Tasha in den Saal gestürmt kam.

Verdammt, verdammt, verdammt! Kas Althume schlug mit der Faust auf den Tisch. Er war so dicht davor gewesen! Verdammter Drachenlord. Er hatte nicht geglaubt, daß der Mann riskieren würde, seine Drachenseele zu wecken. Aber genau das hatte der Dreckskerl getan.

Kas Althume zügelte seinen Zorn und überdachte die Ereignisse der letzten Minuten. Das Seelenfänger-Juwel glühte heller als je zuvor, aber es war noch nicht genug aufgeladen für das, was er beabsichtigte. Also mußte er doch das Risiko eingehen und den Jungen benutzen. Wenigstens hatte er rechtzeitig gespürt, daß sie versuchten, seine Spur zurückzuverfolgen. Und sie hatten ihn nicht entdeckt. Darüber mußte er sich also nicht den Kopf zerbrechen. Und nach der Farce im Sitzungssaal war Peridaen die idiotische Regentschaft sicher – als ob dies auch nur die geringste Rolle spielte.

Er legte das Seelenfänger-Juwel in das Kästchen zurück und schloß es weg. Dann erhob sich Kas Althume.

»Herr, hat es funktioniert?« fragte Pol.

»Nein. Kief Shaeldar – *beide* Hälften von ihm – kamen dazwischen. Wir müssen schnell handeln. Du weißt, was du zu tun hast. Danach treffen wir uns im Wald. Und, Pol – das Mädchen weiß zuviel.«

64. KAPITEL

Sherrine sah zu, wie Tandavi das neue Kleid aus dem Schrank nahm und es aufs Bett legte. Es war wunderschön, aus dunkelgrüner Seide, mit einem Brokatmuster aus stilisierten Farnblättern. Das Muster war so prächtig, daß das Kleid keine weiteren Schnörkel brauchte. Bewundernd strich sie über den Stoff. »Das, zusammen mit dem goldfarbenen Unterrock, meiner goldenen Halskette und den Smaragdohrringen. Wer will mir da widerstehen?«

Sie war zufrieden mit sich. Bestimmt war Linden inzwischen zur Vernunft gekommen – wieso hätte er ihr sonst erlauben sollen, nach Casna zurückzukehren –, und vielleicht erinnerte ihn das Kleid an ihr erstes Treffen im Wald. Wer wußte schon, wozu solche Erinnerungen führen konnten. Sherrine dachte kurz an die Seefahrerin und fragte sich, ob das Miststück endlich in See gestochen war.

Welche Rolle spielte das schon? Schließlich war *sie* diejenige, die Linden heute abend im Palast treffen würde, nicht diese Dirne. Lächelnd malte sich Sherrine aus, wie der Abend mit Linden verlaufen würde.

Sie ließ sich in ihrer Schwelgerei kaum von dem Klopfen an der Tür stören. Sollte Tandavi sich darum kümmern. Doch Momente später riß die Dienerin sie aus ihren Träumen.

»Mylady? Hier ist eine Nachricht für Euch – und der Bote sagt, Ihr müßtet sie umgehend beantworten.«

Sherrine seufzte verärgert und riß Tandavi den gefalteten Pergamentbogen aus der Hand. Plötzlich hob sich ihre Laune. Vielleicht war die Nachricht von Linden! Voller Vorfreude brach sie das Wachssiegel auf.

Die Nachricht stammte nicht von Linden, sondern von jemandem, den sie ebensowenig zu ignorieren wagte wie den

483

Drachenlord. »Du sollst in den finstersten Höllen verrotten!« flüsterte sie. Dann sagte sie: »Sag dem Boten ›ja‹ und leg mir dann einen Satz Reitkleider heraus. Ich gehe erst später in den Palast.«

Sie las die Nachricht noch einmal. Der verfluchte Dreckskerl!

Tarlna lag in Decken gehüllt auf einem Bett in den Gemächern der verstorbenen Königin. Tasha beugte sich über sie, während Kief der Heilerin nervös über die Schulter schaute. Tarlna sah zu Tode erschöpft aus, richtig bemitleidenswert – ganz und gar nicht die Tarlna, die Linden kannte.

Er stand etwas entfernt vom Bett zwischen den Drachenlords und der Tür. Tsan Rhilin steckte in der Scheide auf seinem Rücken. Das vertraute Gefühl seines Wehrgehänges am Körper beruhigte ihn.

Neben ihm stand Herzogin Alinya. »Das ist das Werk der Bruderschaft«, sagte sie leise.

»Das sehe ich auch so. Kief sagt, er habe dasselbe Gefühl wie in der Nacht, als ich überfallen wurde«, erwiderte Linden.

»Und wir wissen noch immer nicht, was ihr Ziel ist«, sagte Alinya. »Drachenlord, entschuldigt die Neugier einer alten Frau, aber was ist mit Eurer Seelengefährtin?«

»Sie ist heute in See gestochen. Ganz gleich, wie mächtig der Magier der Bruderschaft ist, über so große Wassermassen hinweg kann er ihr unmöglich etwas anhaben – selbst wenn er von ihr wüßte.« Linden stieß ein stilles Dankgebet aus.

»Und sie weiß noch nicht, wer sie wirklich ist?«

»Nein – obwohl ich glaube, daß sie sich irgendwann in den nächsten Wochen zum ersten Mal verwandeln wird. Aber ohne äußere Einflüsse wird es wohl noch eine Weile dauern«, sagte Linden und kreuzte die Finger, ohne daß Alinya es bemerkte. Er hoffte inständig, bei Maurynnas Erster Verwandlung dabeizusein.

Maurynna taumelte ans offene Heckfenster. Es war Nacht geworden, während sie ohnmächtig auf dem Boden gelegen hatte. Sie war jetzt so durcheinander, daß es sie nicht kümmerte, ob ihr Plan gefährlich war. Sie wußte nur eines.

Sie mußte zu Linden. Das war der einzige Gedanke in ihrem Kopf. Sie mußte zu Linden – um alles in der Welt. Sie stieg aufs Fensterbrett, ging in die Knie, holte tief Luft und sprang in die Dunkelheit hinaus. Es dauerte ewig.

Dann war sie im Wasser. Es schoß ihr in die Nase. Sie sank tiefer und tiefer. Anfangs war das Wasser warm, doch mit zunehmender Tiefe kroch ihr die beißende Kälte bis in die Knochen. Sie ruderte verzweifelt mit den Armen und schwamm zur Oberfläche, ihre Lunge nach Luft ächzend.

Und wenn es hier Haie gibt? dachte sie, als sie endlich die Oberfläche erreichte. Keuchend verdrängte sie den Gedanken an das, was womöglich unter ihr durch die Tiefe glitt, und begann zur Küste zu schwimmen.

Nur der Gedanke an Linden gab ihr die Kraft für die längste Strecke, die sie je in ihrem Leben geschwommen war. Jedesmal trieb er sie gnadenlos weiter, wenn sie, der totalen Erschöpfung nahe, beinahe untergegangen wäre. Mehr als einmal spülte eine Welle über sie hinweg, und statt Luft atmete sie Salzwasser ein, das schmerzhaft in Mund, Nase und Lunge brannte. Dann trat Maurynna hustend und keuchend einen Moment lang Wasser, bevor sie ihre müden Arme und Beine zum Weiterschwimmen zwang.

Hinter den Wolken kam Schwester Mond hervor. Mit einem Mal glänzte das sie umgebende Wasser silbern. Sie schwamm durch einen Lichtkegel auf den Strand zu. Irgendwo in den hintersten Winkeln ihres Verstands fiel ihr die Yerrin-Legende ein, an die sie an dem Abend gedacht hatte, als sie die Münze in den Brunnen geworfen hatte und Linden erschienen war. Etwas darüber, daß Schwester Monds Haare vom Horizont bis zur Küste reichten, wenn sie sie zum Waschen ins Meer tauchte.

Ja, das war es. Und Schwester Mond hatte ihr schon einmal geholfen. Bitte, hilf mir wieder. Es wäre doch ein Jammer, gerade an meinem Geburtstag zu ertrinken! bemerkte eine leise Stimme in ihrem Hinterkopf.

Die Wellen wurden höher. Maurynna hob den Kopf, um nach dem Strand zu schauen, und ließ einen Schwimmstoß aus. Eine Welle erfaßte sie und schleuderte sie wie einen Ballen Seegras umher. Sie geriet in Panik und schlug unter Wasser um sich. Ein Arm schubberte über Myriaden winziger Messer.

Krustentiere, dachte sie.

Maurynna drehte sich im Wasser um und sah einen Felsen. Bevor die nächste Welle sie dagegen schleuderte, klammerte sie sich an ihm fest, ohne die Schnitte zu beachten, die Tausende winziger Schnecken und Muscheln verursachten.

Sie ließ sich von der Welle am Felsen emporheben, so daß ihr Kopf nun ein gutes Stück aus dem Wasser ragte. Dankbar legte sie eine Atempause ein und studierte ihre Umgebung.

Sie konnte die Küste erkennen: ein schmaler, steiniger Strand am Fuße einer Klippe. Bevor sie an dem Gedanken verzweifelte, wie sie die Klippe erklimmen sollte, änderte sich ihre Sicht. Einen Augenblick war die mondbeschienene Welt schmerzhaft scharf, als würde sie mit den Augen eines Adlers sehen.

Ein Weg führte die Klippen hoch. Maurynna weigerte sich, zu erwägen, daß es nichts weiter als eine Halluzination gewesen sein könnte, daß der Weg bloßes Wunschdenken war. Statt dessen stieß sie sich vom Felsen ab und schwamm direkt auf die Klippe zu. Eine letzte Welle warf sie an den steinigen Strand. Nach Luft japsend, fiel sie auf die Seite. Jeder Muskel in ihrem Körper schmerzte – sogar die, von deren Existenz sie bisher nichts gewußt hatte.

Götter, helft mir.

Langsam – zu langsam – kehrten ihre Kräfte zurück. Und mit ihnen auch die unnatürliche Schärfung ihrer Sinne. Die lärmende Brandung toste in ihren Ohren, drohte ihren Kopf zu zersprengen. Und der Salzgeruch in der Luft war so stark, daß sie glaubte, darin ertrinken zu müssen. Jeder einzelne Stein unter ihr verursachte unsägliche Schmerzen. Sie fühlte sich, als hätte man sie gehäutet und auf einen Dornbusch geworfen. Sie kniff die Augen zu. Noch ein solcher Anfall, und sie würde sich in die Wellen schmeißen, um der Tortur ein für allemal ein Ende zu machen.

Gerade noch wurde sie von unendlicher Pein gemartert, dann war es auf einmal, als wäre nichts gewesen. Aller Schmerz war verflogen. Ich werde nicht verrückt! Nein, ich werde nicht verrückt! versuchte sie sich einzureden. Sie schlug die Augen auf.

Irgendwie schaffte sie es, sich auf Hände und Knie zu stützen. Wieder bohrten sich die Steine in ihre Haut, aber dieses Mal war es nicht schmerzhafter, als es sein sollte. Sie begrüßte den Schmerz als Zeichen ihrer geistigen Gesundheit. Vorsichtig kroch sie zum Fuß der Klippe und sah nach oben.

Im Mondschein war der Weg deutlich zu erkennen. Er war höllisch steil für jemanden, der so erschöpft war wie sie. Tränen rannen ihr übers Gesicht. Sie bezweifelte, daß ihre Kräfte ausreichten, um dort hinaufzukommen, und doch mußte sie es versuchen.

Sie mußte zu Linden. Etwas in ihr trieb sie weiter, schlug mit flammenden Flügeln gegen ihre Seele. Stöhnend rappelte Maurynna sich auf und zog sich Stück für Stück an der Klippenwand hoch. Ihre Beine waren weich wie Brotteig, doch nun stand sie. Sich nur mit ihrer ganzen Willenskraft auf den Beinen haltend, begann Maurynna den Aufstieg.

Der Weg war schmal und wand sich in engen Kurven steil nach oben. Es schien schwieriger, als zum Mond zu fliegen.

Selbst wenn ich ausgeruht wäre, wäre es höllisch anstrengend, dachte sie. Sie zwang ihre Beine weiter. Der scharfkantige Felsboden tat ihren nackten Fußsohlen weh, während sie Schritt um Schritt weiterlief.

Noch ein Schritt; nur noch ein Schritt. Immer wieder sprach sie im Geiste diese Worte. *Noch ein Schritt.*

Sie belog ihre zitternden Beine, brachte sie dazu, immer höher zu steigen. Fast oben …

Nur. Noch. Ein. Schritt.

Sie fiel hin. Instinktiv riß sie die Arme hoch, um nicht in die Tiefe zu stürzen. Ihre linke Hand stieß gegen den Felsen. Die rechte – griff ins Leere.

Ihr Körper wollte der Hand in die Dunkelheit unter ihr folgen. Maurynna schrie auf. Trotzdem verhinderte ein eigenartiger Lähmungszustand, daß sie versuchte, sich zu retten. Im letzten Moment, kurz bevor sie in den sicheren Tod gestürzt wäre, fanden ihre abrutschenden Finger einen Felsvorsprung. Die Lähmung verflog. Mit letzter Kraft klammerte sich Maurynna an den Vorsprung und kroch auf den Weg zurück.

Sie lag keuchend auf dem Bauch. Vor ihr wand sich der Weg in eine letzte, scharfe Biegung, dann führte das letzte Stück – vielleicht zweihundert Schritte – geradeaus nach oben.

Und wenn sie wieder hinfiel?

Noch nie in ihrem Leben hatte sie solche Angst gehabt. Selbst nicht, als sie einmal beinahe vom Hauptmast der *Seenebel* gefallen wäre. Denn damals hatte sie nicht den Drang verspürt, sich – wie eben – einfach in die Tiefe zu stürzen. Während sie gerade verzweifelt um ihr Gleichgewicht gerungen hatte, hatte eine grimmige Stimme sie gedrängt, von der Klippe zu springen.

O Götter, habt Gnade – ich werde doch verrückt.

Sie wollte weinen. Aber sie mußte noch immer nach oben – und zu Linden. Da sie fürchtete, daß sie beim nächsten Ausrutscher der drängenden Stimme in ihrem Kopf nachgab, kroch Maurynna den Rest des Weges auf dem Bauch. Es dauerte länger, aber sie würde zumindest oben ankommen. Schließlich zog sie sich über den Klippenrand und eilte so schnell sie konnte von der Klippe fort.

Etwas Riesiges ragte vor ihr in der Dunkelheit auf. Sie schrie auf und fiel vor dem Ding auf die Knie, die Hände schützend über den Kopf geschlagen.

Quirel füllte ein weiteres Dosierfläschchen mit Tashas kopfschmerzlinderndem Sud. Er drückte einen Korken in den Hals und gab das Fläschchen Jeralin, die es zu den anderen in den Korb legte.

»Wir haben erst halb soviel, wie Tasha möchte«, sagte Jeralin. »Wir brauchen noch mindestens drei.«

»Das war es«, sagte Quirel, »ich habe keine Flaschen mehr.« Er strich sich über den struppigen Bart. »Glaubst du wirklich, daß wir so viele brauchen werden? Ich denke nicht, daß heute abend viel gefeiert wird, wo Tarlna Aurianne so krank ist.«

»Kann schon sein, daß nicht viel gefeiert wird, aber ich wette, daß sich viele Leute gerade deswegen betrinken werden, weil sie es vergessen wollen. Und selbst wenn ich falsch läge – willst du derjenige sein, der Tasha sagt, daß wir ihre Anweisungen nicht befolgt haben?«

»Äh – nein. Sollen wir nachsehen, ob wir noch ein paar Fläschchen finden?«

Jeralin schob den Korb beiseite und stand auf. »Ich frage mich, ob sie dieses mysteriöse Zeug schon weggekippt hat.« Sie begann, im Regal hinter Tashas Arbeitstisch zu suchen.

Quirel ging zu ihr. »Welches mysteriöse Zeug? Willst du mir weismachen, daß Tasha nicht mehr ihr eigenes Gebräu erkennt?«

»Wo hat sie es … Da haben wir's – unterm Tisch.« Jeralin richtete sich auf und hielt triumphierend einen Korb hoch. »Hier. Den habe ich hinter der runden Truhe entdeckt.« Sie hob den Deckel und deutete auf ein Tonfläschchen, das in einem der Fächer lag. »Riech lieber nicht dran, falls dir etwas an deinem Abendessen liegt.«

Quirel betrachtete den Korb, dann verzog er das Gesicht. »Sehr lustig, Jer.«

»Was meinst du?«

Quirel nahm den Schultergurt in die Hand. »Siehst du den Knoten hier? Den habe ich reingemacht. Das ist der Korb, in dem ich jeden Morgen Prinz Ranns Medizin trug. Ich habe mich schon gefragt, wo er ist. Hinter der runden Truhe, sagst du? Wie ist er dort hingekommen? Aber egal, laß mal das Zeug sehen.« Er nahm das Fläschchen aus dem Korb. »Was soll denn das nun wieder? Das ist Ranns Medizin, der Trunk, den ich ihm jeden Morgen braue. Ich erkenne die Flasche – wir haben nur zwei aus schwarzem Ton. Hör auf, mir angst zu machen, du dumme Kuh.«

Jeralin sagte: »Quirel – was immer das ist, es ist auf keinen Fall Ranns Medizin. Ich glaube, wir sollten es sofort Tasha sagen.«

65. KAPITEL

Stein. Ihre tastenden Hände berührten Stein. Maurynna fuhr mit den Fingern über den kühlen Granit, dann richtete sie sich auf, strich sich die Haare aus dem Gesicht und wischte sich die Tränen aus den Augen. Der verrückte Drang, zu Linden zu gelangen, war ebenso plötzlich verschwunden, wie er gekommen war.

Sie kniete vor einem hohen, säulenartigen Stein. Einen Moment starrte sie ihn verständnislos an, vor Erschöpfung am ganzen Leib zitternd, dann erinnerte sie sich an frühere Fahrten entlang der cassorischen Küste: an eine weit ins Meer ragende Landzunge, auf der ein steinernes Monument stand.

Könnte es derselbe Ort sein?

Maurynna zog sich an der Steinsäule hoch und begann, ihre Umgebung zu erkunden. Links und rechts von ihr standen Säulen, mehr als die drei, die sie vom Schiff aus hatte sehen können. Die Säulen bildeten einen Kreis; in der Mitte stand ein Trilith. Es war der Trilith, der sie anzog. Mit unsicheren Schritten lief sie darauf zu, anfangs vorsichtig, dann, je näher sie kam, immer schneller.

Schließlich stand sie innerhalb des Kreises. Sie breitete die Arme aus und versuchte, den Abstand zwischen den drei riesigen, ein Dreieck bildenden Steinquadern abzumessen, doch ihre Arme hätten mindestens um die Hälfte länger sein müssen. Von Erschöpfung übermannt, lehnte Maurynna sich an den Steinquader hinter ihr. Im nächsten Moment rutschte sie an ihm hinunter, rollte sich zusammen und schmiegte ihre Wange an den Granit. Irgendwie fühlte sie sich geborgen, umsorgt. Sie bildete sich sogar ein, daß der Steinquader ihr vorsang.

Hier war sie sicher. Ohne sich darüber zu wundern, wie eigenartig alles war, schloß Maurynna die Augen und gab sich

491

dem lieblichen Gesang des Steinquaders hin. Es fiel ihr kaum auf, als die goldene Stimme in ihrem Kopf in den Gesang einstimmte.

Eine Stunde war vergangen, als Heilerin Tasha die Augen aufschlug. Sie sah sich erschöpft um.

»Es gibt nichts, was ich noch tun könnte, Drachenlord«, sagte sie. Sie stand auf und überließ Kief ihren Platz an Tarlnas Bett.

Kief wischte sich über die Stirn. Sein Gesicht war grau vor Erschöpfung. »Ich verstehe, Heilerin. Vielen Dank für Eure Hilfe.«

Linden sagte zu ihm im Geiste: *Ich habe nachgedacht – was, wenn es noch einen Angriff auf Tarlna gibt? Wird Shaeldar schnell genug reagieren können?*

Ihr wißt Bescheid? fragte Kief überrascht.

Ich habe ihn deutlich gehört, entgegnete Linden trocken. *Es war, als würde ich direkt neben einer Kriegstrommel stehen.* Er machte eine Pause. *Ich dachte, daß Ihr einen neuerlichen Angriff besser abwehren könntet, wenn Ihr …*

… in Drachengestalt wärt. Ihr habt vermutlich recht. Es wäre jedenfalls leichter, Shaeldar zu wecken. Laut sagte Kief: »Heilerin – würde es meiner Seelengefährtin schaden, wenn sie die Nacht im Freien verbrächte? Ich möchte in Drachengestalt über sie wachen.«

Tasha wirkte nachdenklich. »Nein, Euer Gnaden. Es ist trocken. Vielleicht ist es im Garten sogar kühler und angenehmer für sie. Ich lasse die Soldaten eine Trage herbringen.«

Kief nickte. »Gut. Die Einzelheiten überlasse ich Euch. Wählt eine Stelle aus, die groß genug ist, um mich zu verwandeln.«

Die Heilerin schien unsicher. »Äh, Drachenlord …«

Linden hatte Mitleid mit ihr. »Heilerin Tasha, ich werde Euch begleiten. Ich weiß, wieviel Platz er brauchen wird.«

Sie verließen gemeinsam das Zimmer. Linden wartete, während die Heilerin den Soldaten vor der Tür Anweisungen bezüglich der Trage gab. Ein Teil von ihm fand, daß er seine Pflicht vernachlässigte. Der andere, logisch denkende Teil hielt dagegen, daß alles, was so viele Soldaten und einen wütenden, seine Seelengefährtin verteidigenden Drachenlord überwinden konnte, kaum von einem Linden Rathan Notiz nehmen würde.

Trotzdem fühlte er sich unbehaglich, als er Tasha durch den Gang folgte.

Lichtbälle aus Kaltfeuer schwebten wie gigantische Glühwürmchen durch den Garten. Linden beobachtete, wie die Soldaten behutsam die Trage absetzten. Kief und Tasha trugen Tarlna zu einem Bett, das nach draußen gebracht worden war.

Kief beugte sich kurz über seine Seelengefährtin. Dann entfernte er sich vom Bett. Linden bedeutete den Soldaten und den wenigen Adligen, mit ihm und Tasha ein Stück nach hinten zu gehen. Er fand sich neben Prinz Peridaen wieder, der ihm nur knapp zunickte.

Kief stand allein im Mondschein, völlig unbewegt, seine Miene ernst und entrückt. Dann löste sich sein Körper in eine rote Nebelwolke auf. Hinter Linden stieß jemand einen Schrei aus, und nicht wenige Soldaten fluchten oder beteten.

Einen Wimpernschlag später stand ein brauner Drache im Gras. Kief streckte kurz seine Flügel, dann stakste er zu Tarlnas Bett und ließ sich daneben im Gras nieder. Zärtlich schlang er seinen langen Schwanz um ihren Körper, so daß die Schwanzspitze ihre Wange berührte. Sie umschloß sie mit einem Finger.

»Bequem?« fragte Linden ihn.

»Es reicht«, sagte Kief. Er hob den Kopf, als aus der Dunkelheit jemand auf die kleine Gruppe zukam. Tasha, die zu ihrer Patientin ging, hörte es schließlich auch. Sie blieb auf halbem Weg zwischen Tarlna und den sich neugierig umblickenden Zuschauern stehen.

Die Unruhe legte sich, als sich herausstellte, daß die beiden Neuankömmlinge Tashas Lehrlinge waren. Sie gingen direkt auf

Tasha zu, als hätten sie ihr etwas Dringendes zu berichten. Linden nahm an, daß es den Korb betraf, den der besorgt dreinblickende Quirel in den Armen hielt.

Linden zog überrascht die Augenbrauen hoch, als Tasha einen Fluch ausstieß, der einem Hafenarbeiter die Schamröte ins Gesicht getrieben hätte, und ihrem Lehrling den Korb aus den Händen riß. Sie nahm den Deckel ab und warf ihn ins Gras. Irritiert folgte Linden den anderen Neugierigen, die sich von dem Schauspiel anziehen ließen.

»Bist du sicher?« wollte Tasha von Quirel wissen. »Bist du vollkommen sicher?«

Kief reckte seinen Hals in die Höhe, so daß sein Kopf nun über der Gruppe schwebte. »Worum geht es eigentlich?« Alle waren so auf das kleine schwarze Tonfläschchen fixiert, daß niemand die langen, messerscharfen Fänge über ihren Köpfen beachtete.

»Quirel sagt, dies sei eine der beiden Flaschen, in die er jeden Morgen Prinz Ranns Medizin füllt«, erklärte Tasha.

Sie hielt das Fläschchen hoch, so daß es jeder sehen konnte. »Aber hier drin ist nicht Ranns Medizin. Keiner von uns hat diese Arznei hergestellt, und wir können nicht bestimmen, woraus sie besteht. Und das macht mir angst. *Wer* hat sie hergestellt? *Warum? Was* soll sie bewirken?«

Als spräche er mehr zu sich selbst, sagte Quirel leise: »Ich gebe Gevianna jeden Morgen diese Flasche. Sie verabreicht Rann die Medizin, sobald er wach ist, und später am selben Tag bekomme ich die Flasche zurück.« Er machte eine Pause und fuhr sich mit der Zunge über die Lippen. »Sie ist immer ausgewaschen, wenn ich sie zurückbekomme. Soweit ich mich erinnere, war sie es nur einmal nicht, und zwar an dem Tag, als Ihr mit Prinz Rann zum Picknick rausgefahren seid, Heilerin.«

»Kein Wunder, daß Gevianna vor Angst krank wurde«, sagte Tasha grimmig, »falls sie tatsächlich diejenige ist, die die

Arzneien ausgetauscht hat. Und ich dachte, sie hätte bloß Angst vor tiefem Wasser.«

Ein Raunen ging durch die Menge.

»Wer immer es war«, sagte Linden, »Gifnu soll sie in den finstersten Höllen verrotten lassen. Sie vergiften ein Kind.« Er kämpfte gegen die aufsteigende Wut an. Ein Kind anzugreifen ... »Ich stelle den Jungen unter Drachenlord-Schutz – unter *meinen* Schutz. Hauptmann Tev – geht und bringt Rann her.«

»Und bringt auch diese Gevianna«, sagte Kief laut, so daß alle ihn hören konnten.

Hauptmann Tev salutierte eifrig. »Drachenlords!« Er und einige seiner Männer eilten los. Prinz Peridaen ging mit ihnen.

Die Zurückgebliebenen warteten. Und warteten. Nach einer Weile tauschten die Adligen fragende Blicke, dann besorgte und begannen schließlich zu tuscheln. Selbst Tarlna erhob sich weit genug, um zu sehen, daß etwas nicht stimmte.

»Es dauert viel zu lange«, sagte sie mit schwacher Stimme.

»Ihr habt recht«, sagte Linden. »Ranns Gemächer sind ganz in der Nähe.« Er beschloß, ihnen noch etwas Zeit zu geben.

Diese Zeit – und mehr – verstrich. Gerade als Linden sich selbst auf die Suche nach Rann machen wollte, kehrten Hauptmann Tev und seine Männer zurück.

Ohne Rann.

Otter saß in seiner kleinen Schlafkammer und zupfte auf seiner Harfe herum. Ihm war die Idee für eine Melodie gekommen, aber bis auf wenige Töne hatte sich das Lied nicht offenbart. Das Klopfen an der Tür war eine willkommene Ablenkung.

»Komm rein.« Gavren spähte hinter der Tür hervor. »Barde, hier ist jemand, der Euch sprechen möchte. Er ist ein, ähm, ein ...«

Neugierig geworden, fragte Otter. »Wie heißt er?«

»Eel, Sir. Er wollte Maurynna sprechen, und als ich ihm sagte, daß sie in See gestochen sei, fragte er nach Euch.«

Nun war Otter beunruhigt. Was wollte der kleine cassorische Taschendieb von ihm? »Schick ihn rauf.«

Wenig später hörte Otter schnelle, leichtfüßige Schritte auf der Treppe, gefolgt von den schweren, langsameren Schritten des Lehrlings. Gavren sagte: »Dort hinein«, und der Dieb schlüpfte in den Raum.

Eel zog die Kappe vom Kopf und drehte sie in den Händen, dann platzte aus ihm heraus: »Es gefällt mir nicht, Barde! Ich sag Euch, es gefällt mir nicht! Irgendwas is' am Dampfen, und wenn es was Gutes is' für Euer'n Freund, den Drachenlord, dann bin ich Hauptmann der verfluchten Stadtwache.«

Erschrocken sagte Otter: »Was sagst du da? Setz dich, Eel, und erzähl mir alles.«

Leise schloß Maylin die Tür zu ihrer Schlafkammer. Nur mit einem Unterrock bekleidet, lehnte sie sich mit dem Rücken an die Tür und überdachte, was sie soeben mitgehört hatte. Dann ging sie durch den Raum, kroch unter ihr Bett und suchte das alte Schwert ihres Vaters. Sie zog es aus dem Versteck und legte es neben das Kleid, das sie heute abend beim Gildefest tragen wollte. Verdrossen strich Maylin über die Seide. Schade, aber sie hatte sich entschieden. Sie zog den Unterrock aus.

Als sie fertig war, ging sie den Flur hinunter.

»Wo ist der Junge?« wollte Linden wissen.

Der Hauptmann schaute beklommen. »Euer Gnaden – wir konnten Prinz Rann weder in seinen Gemächern noch sonst irgendwo im Palast finden. Auch seine Pflegerin nicht. Es ist, als wären sie ... verschwunden.«

Aufgebracht bellte Kief: »Findet den Jungen! Weckt alle auf, sucht überall – ich möchte, daß Rann gefunden wird!«

Linden befahl den meisten Soldaten, sich Tev anzuschließen. Nur eine Handvoll blieb zurück, um Tarlna zu bewachen. Selbst die Adligen schlossen sich dem Suchtrupp an.

Tasha, die beschloß, bei ihrer Patientin zu bleiben, schickte ihre beiden Lehrlinge mit. Linden überlegte, ob auch er mitgehen sollte, wußte aber, daß er kaum helfen konnte. Sie kannten sich im Palast aus, er nicht. Aber nichts zu tun war unerträglich. Er marschierte im Garten umher, die Muskeln vor Anspannung verkrampft, während die Suche sich immer länger hinzog.

Etwas konnte er doch tun. Er winkte zwei der dagebliebenen Soldaten heran und sagte: »Bringt Herzog Beren her.«

Es dauerte nicht lange. Tatsächlich kam Beren herbeigerannt, gefolgt von den Soldaten. Mit aschfahlem Gesicht blieb er vor Linden stehen.

»Was höre ich, Prinz Rann ist verschwunden?« fragte er.

»Die Soldaten suchen nach ihm«, sagte Linden. »Herzog Beren, was wißt Ihr über seine Pflegerin Gevianna?«

Beren ballte die Fäuste. »Ich *wußte* es. Ich wußte, daß mit ihr etwas nicht stimmt. Euer Gnaden, alles, was ich über sie weiß, ist, daß sie früher für Lord Duriac gearbeitet hat.«

»Und Duriac ist einer von Peridaens Befürwortern«, ergänzte Linden.

Das Kitzeln in den hintersten Winkeln seines Geistes kam im denkbar ungünstigsten Augenblick. Verärgert zischte er: *Verflucht, Otter! Was ist los? Ich habe keine Zeit!*

Hierfür wirst du Zeit haben, Jungchen. Ein Freund von Rynna ist bei mir, und er hat mir ein paar interessante Dinge berichtet, sagte Otter.

Dann laß hören, sagte Linden grimmig. *Jemand hätte beinahe Tarlna umgebracht, und Prinz Rann ist verschwunden.*

Überraschung und Entsetzen schlugen ihm entgegen. *Was? Was ist passiert?*

Eilig berichtete Linden ihm, was seit der Ratssitzung geschehen war. *Und nun warten wir hier, während die anderen nach dem Jungen suchen,* sagte er. *Otter – ich muß es wissen: Maurynna ist in See gestochen, oder?*

Ich stand auf dem Landungssteg und sah dem Schiff nach. Maurynna ist in Sicherheit.

Linden seufzte erleichtert. *In Ordnung. So, nun erzähl. Wer ist dieser Freund von Rynna, und was hat er dir berichtet? Warte, ich möchte, daß Kief und Tarlna es auch hören.*

Er sah zu den beiden anderen Drachenlords hinüber und tippte sich mit zwei Fingern seiner rechten Hand an die Stirn. Kief nickte, einen Moment später auch Tarlna. Zufrieden sagte Linden: *Also, Otter, schieß los.*

Otter begann: *Rynnas Freund heißt Eel. Er ist ein cassorischer Dieb und kennt Casna wie seine Westentasche. Er sagt, daß seit einiger Zeit immer wieder Prostituierte verschwänden. Vor kurzem sah er einen Mann mit einem Lustknaben sprechen, den er kannte – einem Jungen namens Nobbie –, und am nächsten Morgen erfuhr Eel von Nobbies Zuhälterin, daß der Junge verschwunden sei. Heute sah Eel denselben Mann aus einem Lokal kommen und folgte ihm. Eel beobachtete, wie der Mann jemanden traf, der wie ein hochrangiger Bediensteter eines Adligen aussah. Eel glaubte, die Amtskette eines Hofmeisters zu erkennen. Danach wagte er nicht, die beiden weiter zu verfolgen. Statt dessen ging er zu dem Lokal zurück. Ich möchte euch nicht mit Einzelheiten langweilen, deswegen in Kürze: Es gibt dort einen Lagerraum, und Eel schaffte es, sich dort unbemerkt hineinzuschleichen. Neben anderen interessanten Dingen entdeckte er eine Truhe, die offenbar mittels Magie verschlossen ist. Daneben fand er ein Büschel getrocknete Kräuter. Er ist sich sicher, daß es aus der Truhe stammt.*

Otter machte ein Pause. Als der Barde fortfuhr, klang seine Geiststimme beschämt. *Ich habe etwas sehr Dummes getan. Ich habe ein wenig von den Kräutern zerrieben und die Krümel gekostet. Ich wurde sofort ohnmächtig. Nur gut, daß Eel und Maylin da waren. Ich hätte mir den Schädel aufschlagen können, als ich umfiel. Aber jetzt geht es mir wieder gut.*

Warum zur Hölle verschwanden Prostituierte – und warum

niemand sonst? Kurz darauf kannte Linden die Antwort: weil niemand sie vermissen würde, außer ihre Zuhälter. Und kein Zuhälter würde sich wegen eines vermißten Lustknaben an die Stadtwache wenden. Wenn es eine Gruppe von Leuten gab, aus der man sich gefahrlos bedienen konnte, dann waren es Casnas Huren.

Aber warum? Einen Moment später glaubte Linden, die Antwort zu kennen: *Kief Shaeldar sagte, er hätte in der Magie Blut und Tod gespürt, richtig?*

Richtig.

Und? fragten Tarlna und Otter gleichzeitig.

Eine Erinnerung überkam Linden. Plötzlich fühlte er sich unrein. *Der Altar. Wißt Ihr noch, ich sagte, er sei eine Opferstätte gewesen. Ich glaube, die vermißten Huren wurden dort geopfert.*

Laut sagte er: »Tasha, welche Art von Kräutern bewahren Heiler in einer Truhe auf, die man mittels Magie verschließt?«

Die Heilerin schien von der Frage überrascht, antwortete aber sofort. »Wir verschließen unsere Arzneitruhen mit Schlössern, Euer Gnaden, nicht mittels Magie. Soweit ich weiß, werden so nur Kräuter gelagert, die man für dunkle Magie verwendet.«

»Welche Kräuter zum Beispiel?« fragte Linden.

»Hmm – die bekanntesten sind – o Götter – danach riecht die Arznei! Der Geruch war so schwach, daß ich ihn anfangs nicht erkannt habe, aber es ist dieselbe Substanz, die Ihr ausgeschwitzt habt, Drachenlord.«

Zuerst verstand Linden nicht, was sie meinte. Dann fragte er: »Was kommt in einen cassorischen Abschiedstrunk?«

»Honig, Wermut und Ingwer.«

Angeekelt schloß er die Augen. Er wußte, wie diese Zutaten schmeckten. Keine hatte den metallischen Nachgeschmack, an den er sich erinnerte. »Was war in dem Trunk, den ich an jenem Abend zu mir nahm?«

»*Keftih*«, flüsterte Heilerin Tasha. »Ich bin ganz sicher. Wenn

499

man es mit anderen Sachen mischt, dauert es eine Weile, bis die Wirkung eintritt. Wenn man weiß, daß man es eingenommen hat und sich schnell genug übergibt ... Es tut mir leid, Euer Gnaden.«

»Mir auch«, sagte Linden leise. Dann richtete er seine Aufmerksamkeit wieder auf den wartenden Barden. *Otter, frag Eel, wie dieser hochrangige Bedienstete aussah.* Er wartete, während Otter mit dem Dieb sprach. Er glaubte zu ahnen, wie die Antwort lauten würde.

Ihm fiel Sherrines tränenüberströmtes Gesicht an jenem Abend ein. Er dachte: War alles von Anfang an ein abgekartetes Spiel?

Otters Beschreibung bestätigte seinen Verdacht. Linden wandte sich zu den Soldaten neben ihm um. »Geht und nehmt Prinz Peridaen fest. Das ist ein Drachenlord-Befehl.« Er holte tief Luft. »Und nehmt auch Lady Sherrine von Colrane fest.«

Er lief durch den Garten. Kief fragte: *Was habt Ihr vor?*

Linden antwortete: *Kas Althume finden, Peridaens sogenannten Großhofmeister. Er wird beim Opferaltar sein – und vermutlich ist Rann bei ihm. Ich kann nicht auf die Soldaten warten. Es würde zu lange dauern, bis sie hier sind. Schickt sie mir nach.* Er begann zu rennen.

66. KAPITEL

Gütige Götter!« rief Otter. Er versuchte aufzustehen, doch in seinem Kopf begann sich alles zu drehen, und er fiel wieder aufs Bett zurück.

»Bleib liegen, oder ich setze mich auf dich drauf!« fauchte Maylin wie eine wildgewordene Schneekatze. »Was ist passiert?«

»Linden vermutet, daß Rann entführt worden ist und geopfert werden soll«, sagte Otter. Bei der Vorstellung drehte sich sein Magen um. »Er sagte etwas über einen Altar in den Wäldern, und …«

Maylin sprang auf. »Ich wußte es! Ich wußte, daß heute nacht etwas geschehen würde!« Sie rannte zur Tür, wo sie gerade lange genug stehenblieb, um zu sagen: »Eel, wage ja nicht, ihn aus dem Zimmer zu lassen, verstanden? Er ist noch zu schwach dazu. Und Otter – Rynna ist Linden Rathans Seelengefährtin, stimmt's?«

Otter überlegte, ob er lügen sollte. »Ja«, sagte er, ohne Eels verblüfften Blick zu beachten.

»Wußte ich's doch!« Maylin stürmte aus dem Zimmer.

Otter rief ihr nach: »Wo willst du hin?«

»Wohin wohl?« glaubte er sie rufen zu hören. Dann wurde die Haustür zugeschlagen.

Erschrocken sprangen vereinzelte Nachtschwärmer aus dem Weg, als Linden in vollem Galopp durch Casnas Straßen ritt. Er dankte den Göttern, daß er Shan hatte und nicht länger auf den Wallach angewiesen war. Der Wallach könnte es niemals rechtzeitig zum Opferplatz schaffen. Shan hingegen schon.

Er fluchte. Wenn er doch nur hin*fliegen* könnte, aber die Lichtung war zu klein, um sich darauf in Drachengestalt zu

501

bewegen. Ebensowenig konnte er in der Luft bleiben und seine Flammen versprühen – das Risiko, versehentlich Rann zu töten, war zu groß.

Sie waren fast am Stadttor. »Weg da!« brüllte er einigen Herumstehenden zu, die im Weg standen. »Weg da!«

Die Leute sprangen aufgeregt zur Seite, als der Hengst in vollem Galopp an ihnen vorbeipreschte. Linden ignorierte die wüsten Flüche, die die Leute ihm nachriefen.

Endlich hatten sie die Stadtmauern hinter sich gelassen. Linden ließ Shan querfeldein über die Wiesen und Felder preschen. Für einen gemütlichen Ritt auf der Straße war keine Zeit. Plötzlich wurde ihm ein wenig schwindlig, was ihn daran erinnerte, daß er noch nicht völlig gesund war. Der Anfall verging ebenso schnell, wie er gekommen war, und Linden stieß Shan die Stiefelabsätze in die Flanken und ritt so schnell wie nie zuvor in seinem Leben.

»Ist er schon aufgewacht?« fragte Kas Althume.

»Nein, er schläft noch«, sagte Pol. »Das Schlafmittel scheint ihn richtig umgehauen zu haben. Ist es denn nötig, daß er bei vollem Bewußtsein ist?«

Kas Althume unterbrach für einen Moment seine Vorbereitungen. »Ja. Je größer seine Angst ist, desto stärker lädt sich das Juwel auf, wenn er stirbt. Und für das, was ich vorhabe, benötigen wir soviel magische Energie, wie wir kriegen können. Aber wir haben Zeit. Erst muß unser Ehrengast eintreffen. Und sie hat es sicher nicht eilig.« Erneut fuhr er mit dem Schleifstein über den Dolch, den er für Opferrituale verwendete. »Noch ein wenig Geduld, und der Sieg wird unser sein.«

Hauptmann Tev hat uns gerade mitgeteilt, daß sie die Pflegerin gefunden haben, sagte Kief. *Sie lag mit gebrochenem Genick hinter einem Busch im Garten. Von Prinz Peridaen fehlt bislang jede Spur.*

Linden überdachte die Nachricht. *Er ist bestimmt den Solda-ten gefolgt, als sie sich zum ersten Mal auf die Suche nach Rann machten. Wenn er ein schnelles Pferd hat, könnte er bald am Altar eintreffen.*

Und was ist mit Euch?

Wieder ein leichter Schwindelanfall. *Ich glaube, ich liege nicht weit hinter ihm.* Benommen schüttelte er den Kopf. Die Anfälle kamen in immer kürzeren Abständen. Aber am schlimmsten war die Müdigkeit, die sich plötzlich wie ein bleiernes Tuch über ihn legte. Was immer ihm Sherrine gegeben hatte, er hatte es noch immer im Blut.

Linden, geht es Euch gut?

Sorgt Euch um Tarlna, Kief, sagte er und biß auf die Zähne. *Nicht um mich.*

Endlich erwachte der Junge. Kalt lächelnd beugte sich Kas Althume über ihn. »Hallo, kleiner Prinz«, sagte er zu den braunen Augen, die erschrocken zu ihm aufblickten. »Ich bin froh, daß du endlich wach bist. O nein – bleib liegen, Junge.« Er trällerte einen Ton auf der Knochenpfeife.

Der *Dragauth* kam auf den Altar zu. Kas Althume trat zur Seite, so daß nichts zwischen dem Wesen und dem verschreck-ten Kind auf der kühlen Steinplatte stand. Der Magier hob eine Hand; der *Dragauth* blieb stehen. Sein fauliger Gestank hing in der warmen Nachtluft.

Kas Althume lachte leise. »Nein, schön ist er wirklich nicht, was, mein Prinz? Und du weißt, was er ist, nicht wahr?«

Rann nickte. »*Ein Dragauth*«, flüsterte er.

»Schlaues Kerlchen. Und er hört auf meine Befehle.« Mit einer Hand packte Kas Althume Ranns Gesicht und zwang ihn, ihm in die Augen zu schauen. »Du wirst schön liegen bleiben und alles tun, was ich sage. Wenn du versuchst wegzulaufen, wird der *Dragauth* dich fangen und auffressen. Hast du verstanden?«

»Ja«, flüsterte Rann mit schwacher Stimme.

Pol sagte: »Herr, da kommt jemand«, und ging den Hügel hinunter.

Einen Moment lauschte Kas Althume dem Rascheln und Knacken im Unterholz. Ein Pferd näherte sich. »Zurück in den Wald«, befahl er dem *Dragauth*. »Und du«, sagte er und stieß Rann auf die Steinplatte zurück, »du bleibst liegen und hältst den Mund. Vergiß den *Dragauth* nicht.« Er legte einen Umhang über den zitternden Jungen, dann trat er vom Altar weg, um den Ankömmling zu empfangen.

Das Pferd kam zwischen den Bäumen hervor. Kastanienbraune Haare glänzten im Fackelschein. Die Reiterin stieg ab. Pol führte das Pferd fort.

»Verehrte Sherrine«, rief Kas Althume, als sie den Hügel hochkam. »Ihr glaubt nicht, wie sehr ich mich freue, Euch zu sehen.«

Maylin hing wie ein Schleifstein auf dem Pferd, während es in vollem Galopp über die Wiesen und Felder preschte. Sie fragte sich, ob sie das Richtige tat. Schließlich wußte sie nicht einmal, wo der Opferaltar war.

Welche Rolle spielte das schon – wenn die Götter wollten, daß sie ihn fand, würde sie ihn finden. Die Götter kannten ihr Geschäft. Sie mußte einfach so schnell wie möglich in den Wald.

»Was hat das zu bedeuten?« fragte Sherrine und deutete auf die mit einem Umhang bedeckte Gestalt auf dem Altar.

Kas Althume sagte: »Nichts, was Euch kümmern müßte.«

Zu seiner Verärgerung blieb die junge Frau stehen. »Wieso habt Ihr mich herkommen lassen? Was habt Ihr vor?«

Er fluchte und sagte mit zornbelegter Stimme: »Tut einfach, was man Euch sagt.«

»Nein, das tue ich nicht. Linden wäre beinahe an dem Mittel gestorben, das *Ihr* mir für ihn gegeben habt. Ihr habt mir nicht gesagt, was passieren könnte«, sagte Sherrine.

504

»Das war ein unglücklicher Zufall. Er hätte ein Gegenmittel bekommen, wenn ich nicht unterbrochen worden wäre. So, und jetzt geht zum Fußende des Altars – nach heute nacht werdet Ihr so mächtig sein, wie Ihr es in Euren kühnsten Träumen nicht zu hoffen gewagt habt – und Linden Rathan wird Euch auf ewig gehören.«

Er wußte, daß sie sich damit überzeugen lassen würde. Dennoch lag ein rebellischer Glanz in ihren Augen, und ihr Blick wanderte immer wieder zu der Gestalt auf dem Altar.

»Ihr wollt doch Linden, oder? Einige Dinge muß man sich eben mit Blut erkaufen, Sherrine. Dies ist eines davon. Entscheidet Euch jetzt.« Er wartete. Er glaubte zu wissen, wie sie sich entscheiden würde. Sollte er sich täuschen, stand Pol zwischen ihr und ihrem Pferd. Ob sie wollte oder nicht, Lady Sherrine würde heute nacht die ihr zugedachte Rolle spielen.

Ihre Lippen bebten. Dann straffte sie den Oberkörper und ging an ihm vorbei, um ihren Platz am Altar einzunehmen.

Endlich war es soweit. Nur eine letzte Sache mußte noch erledigt werden, dann konnte die Zeremonie beginnen. Kas Althume nickte Pol zu. Sofort eilte der Diener zu den Satteltaschen, die vor dem Altar lagen, und zog das Kästchen mit dem Seelenfänger-Juwel heraus. Er wollte es öffnen.

»Nicht, Pol!« sagte der Magier scharf. »Du darfst es nicht mehr berühren. Es ist jetzt zu mächtig für dich, denn dich umgibt kein magisches Schutzfeld. Wenn du es berührst, wirst du das Juwel und dich selbst zerstören. Gib mir das Kästchen.«

Mit spitzen Fingern reichte Pol es ihm. Kas Althume klappte es auf und zog das schwarze Seidentuch fort. Licht sprudelte aus dem Kästchen und strömte auf den Sandboden wie Wasser aus einer Zisterne. Sherrine hielt den Atem an, als er das Seelenfänger-Juwel herausnahm und es zum sternenbesprenkelten Nachthimmel hochhielt. Dann legte er es dem zitternden, noch immer unter dem Umhang versteckten Jungen auf den

Kopf. »Braves Kerlchen«, murmelte er amüsiert. Dann sagte er laut: »Es geht los.«

Er stimmte einen beschwörenden Singsang an, bat die dunklen Mächte um Kraft und Beistand. Im Gegenzug versprach er ihnen Blut und Tod. Die Worte, gesprochen in einer Sprache, die so alt war, daß man sie schon zu Ankarlyns Zeiten fast vergessen hatte, rollten wie Donner über seine Zunge.

Die Kraft wuchs. Endlich würden seine Träume wahr werden. Die Ära der Drachenlords näherte sich ihrem Ende.

Dann ließ ihn ein Rascheln im Wald innehalten. Mit letzter Kraft schleppte sich ein Pferd auf die Lichtung. Als der Reiter aus dem Sattel sprang, erkannte Kas Althume, daß es Prinz Peridaen war.

»Rann! Rann!« schrie Peridaen, während er den Hügel hochstürmte.

»Onkel Peridaen?« fragte Rann unter dem Umhang. Er versuchte sich aufzusetzen, doch Kas Althume drückte ihn hinunter. Der Junge wehrte sich, und der Umhang verrutschte.

Entsetzt wich Sherrine einen Schritt zurück, als sie das hochrote Gesicht erkannte. »Rann?«

Peridaen hatte fast den Hügel erklommen. »Sherrine, lauf weg! Er will dich zu seiner Sklavin machen!«

Sherrine flüchtete wie ein aufgeschrecktes Rehkitz. Kas Althume rief: »Pol!« und hielt unterdessen Rann fest. Pol holte Sherrine mit wenigen Schritten ein und versetzte ihr einen Schlag gegen die Schläfe. Benommen fiel sie ihm in die Arme.

Kas Althume hob den Dolch, doch bevor der Magier zustoßen konnte, hatte Peridaen ihn erreicht und stürzte sich auf ihn. Während sie um das Messer rangen, rief der ältere Prinz: »Lauf weg, Rann! Los! Lauf weg!«

Der Junge sprang vom Altar und lief in den Wald. Wütend rammte Kas Althume dem Prinzen eine Faust in den Bauch. Peridaen fiel auf den Altar. Kas Althume stürzte sich auf ihn und hielt den Prinzen fest.

»Wieso müßt Ihr dazwischenkommen, Ihr Narr?« rief der Magier. »Aber es funktioniert auch mit Euch, Peridaen. Denn dasselbe Drachenlord-Blut, das in Ranns Adern fließt, fließt auch in Euren!« Er fuhr mit der Klinge über Peridaens Kehle.

Blut spritzte auf, Peridaen gab einen letzten gurgelnden Laut von sich, dann erlosch das Licht in seinen entsetzt starrenden Augen. Kas Althume nahm das Seelenfänger-Juwel und badete es im Blut des Menschenopfers, während er von neuem den beschwörenden Singsang anstimmte. Das Juwel glühte jetzt wie eine winzige Sonne. Kas Althume hielt es hoch, so daß sein Licht auf die am Boden liegende Sherrine fiel. Benommen blinzelnd sah sie zu ihm hoch; und schrie vor Schmerz auf, als das Licht sie berührte.

67. KAPITEL

Linden hörte einen Schrei, während er Shan durch den Wald dirigierte. Er trieb den erschöpften Hengst unbarmherzig voran. »Da lang!«

Das Licht seiner Kaltfeuer beleuchtete ihren Weg durch das dichter werdende Unterholz. Während sie immer langsamer wurden, sammelte Linden seine letzten Kraftreserven und betete, daß sie nicht zu spät kamen.

Wenig später erreichten sie die Lichtung. Shan stürmte auf den Hügel. Doch der Llysanyaner wollte sich nicht dem Altar nähern, sondern blieb abrupt stehen, als seine Hufe die Erde auf dem Hügelplateau berührten. Linden sprang aus dem Sattel. Shan wirbelte herum und flüchtete.

Der Drachenlord blieb stehen, entsetzt von dem Anblick, der sich ihm bot. Peridaen lag mit aufgeschlitzter Kehle auf dem Altar. Sherrine krümmte sich vor Schmerz am Boden, gebadet im kalten Licht eines Gegenstands, den der singende Kas Althume in seiner erhobenen Hand hielt. Von Rann keine Spur. Hoffentlich ist das ein gutes Zeichen, dachte Linden.

Dann erkannte Linden, was Kas Althume in der Hand hielt, und verstand, was mit Tarlna geschehen war und warum die Lustknaben hatten sterben müssen. Aber zu welchem Zweck?

»Ihr kommt zu spät, Drachenlord«, sagte Kas Althume lachend. »Sie gehört mir.« Das Juwel pulsierte. Sherrine schrie. »Ihr könnt Eure Seelengefährtin nicht mehr retten.«

Einen Moment starrte Linden ihn verblüfft an. Genau in dem Augenblick schlug etwas Schweres gegen seinen Hinterkopf.

Gefahr!

Mit einem Schrei schreckte Maurynna aus ihrem Traum über singende Steine hoch. Benommen rappelte sie sich auf und sah sich um.

Nichts. Hier drohte keine Gefahr. Es war Nacht, über ihr die Sterne, neben ihr die im Mondschein glühenden Steinsäulen.

Glühend? Sie rieb sich die Augen. Selbst im hellsten Mondlicht dürften die Säulen nicht glühen. Und doch taten sie es; ein schwaches silbergoldenes Glühen, das pulsierte wie ein schlagendes Herz. Dann wurde ihr klar, daß sie durch die Granitoberfläche das *Innere* der Steinsäulen sah, ihre Magie, die zugleich ihr Herzschlag war. Das friedvolle Gefühl in ihr war verflogen. Das Lied, das der Steinkreis ihr vorgesungen hatte, hatte sich in einen Schlachtgesang verwandelt, der in ihren Knochen pulsierte und davon sprach, aus den Tiefen der Erde eine Armee emporsteigen zu lassen. Zugleich stimmte die goldene Stimme in ihrem Kopf ein jubilierendes Siegeslied an.

Mir ist egal, was Otter sagt – ich werde wirklich verrückt!

Maurynna rannte. Sie wußte nicht wohin, und es war ihr egal. Sie mußte fliehen – vor den Steinsäulen und deren Geheimnissen und vor sich selbst.

Erst als die Kraft, die ihr ihre Panik verliehen hatte, versiegt war, hörte Maurynna, daß jemand nach ihr rief. Sie blieb keuchend stehen, die Beine gespreizt, um nicht zusammenzubrechen, und sah über die Schulter. Sie konnte die Steinsäulen noch erkennen. Ihr Glühen erschien jetzt schwächer, war aber noch zu sehen. Vor sich machte sie am Horizont eine dunkle Linie aus: Bäume. Es war der Wald – oder etwas in ihm –, das nach ihr rief. Die Rufe klangen lieblich und lockend – und jagten ihr einen kalten Schauer über den Rücken. Was immer nach ihr rief, es wollte nichts Geringeres als ihre Seele. Sie kämpfte dagegen an.

Und merkte, daß sie den Kampf verlor, als ihre Beine gegen

ihren Willen auf den dunklen Wald zurannten. »Nein! Helft mir!« rief sie den Steinsäulen zu.

Das Glühen der Säulen wurde heller, doch gleichzeitig wurde die lockende Kraft aus dem Wald stärker. Die beiden Mächte kämpften um sie, zerrten an ihr, schleuderten sie herum wie Treibgut im Meer. Der Wald obsiegte. Maurynna spürte, wie sich seine dunklen Finger in ihre Seele bohrten. Verzweifelt wandte sie sich an die goldene Stimme in ihr, die sie mehr fürchtete als alles andere. *Komm,* sagte sie zu ihr. *Komm zu mir.*

Und bereute es augenblicklich. Vielleicht wäre sie imstande gewesen, gegen das anzukämpfen, was im Wald lauerte. Doch nun löste sie sich in Schmerz auf, unfähig zu schreien, sich zu wehren oder sonst *irgend etwas* zu tun, während die Stimme in ihr triumphierend losbrüllte.

Rann lief durch den Wald, so schnell ihn seine Beine trugen. Hinter ihm krachte der *Dragauth* durchs Unterholz. Rann fand, daß er im Vorteil war. Er konnte zwischen oder unter den Büschen und Ästen durchkriechen, während der riesige *Dragauth* sich mühsam vorankämpfen mußte. Erschrocken wie er war, fiel Rann ein, was seine Mutter ihm einmal gesagt hatte: Gib niemals auf.

Er kam in ein Dickicht aus Brombeersträuchern und warf sich auf den Bauch. Er hatte keine Ahnung, wohin er kroch. Darüber würde er nachdenken, wenn er entkommen war.

Falls er entkommen würde.

Wenig später kam er auf der anderen Seite des Dickichts heraus. Er wagte es, sich kurz auszuruhen und zu lauschen. Es hörte sich an, als hätte der *Dragauth* Schwierigkeiten mit dem dornigen Gestrüpp. Gut, jeder Augenblick zählte. Er tauchte ins nächste Gebüsch.

Er kroch eine Böschung hinunter, als etwas seinen Gürtel packte. Rann schrie auf und biß in die Hand, die sich sogleich über seinen Mund legte.

Er schlug um sich, dann erkannte er den Angreifer. »Maylin?«

»Ja, Eure Hoheit. Wo ist …«

»Leise!« Er drückte sich an sie. »Ein *Dragauth* verfolgt mich«, flüsterte er. »Wir müssen wegrennen!« Er wollte aufstehen.

Maylin hielt ihn davon ab. »Der Wald endet nicht weit von hier. In offenem Gelände würde er uns sofort fangen. Es ist sicherer, wenn wir uns hier verstecken.« Sie zückte ihr Schwert.

Sie hielten einander an den Händen, während das Büsche niederwalzende Getrampel näher kam. Rann betete wie nie zuvor in seinem Leben.

Ein schriller Pfiff schnitt durch die Nacht. Es wurde still, und dann – zu Ranns beinahe hysterischer Erleichterung – entfernten sich die krachenden Schritte. Als sie nicht mehr zu hören waren, zupfte Rann an Maylins Ärmel. »Wir müssen weg hier und Linden berichten, was passiert ist«, sagte er. »Er wird die Sache in die Hand nehmen.«

»Er weiß Bescheid. Am besten, wir sehen zu, daß Ihr nach Casna zurückgelangt, Hoheit. Mein Pferd steht am Waldrand.«

Als sie es wenige Minuten später fanden und Maylin ihn in den Sattel heben wollte, protestierte Rann. »Und was wird aus dir? Du kannst doch nicht den ganzen Weg zurücklaufen.«

»Ich tue, was ich tun muß, Hoheit.« Sie klopfte dem Pferd auf die Schulter. »Acorn ist zu erschöpft, um uns beide zu tragen. Ich habe es nur so schnell hierher geschafft, ohne ihn umzubringen, weil ich viel leichter bin als die meisten Leute.«

Kaum waren sie aus dem Schutz der Bäume herausgetreten, als etwas über sie hinwegflog und für einen Moment den Mond und die Sterne verdunkelte.

Rann sah hoch. »Das war ein Drache, oder?«

»Ja«, sagte Maylin. »Fragt sich nur, welcher?«

Linden rollte zur Seite und trat zu, aber die Vergiftung hatte einen hohen Preis gekostet. Er war zu langsam. Der Angreifer wich aus. Dann krachte ein Stiefel auf Lindens Kopf, und Linden sackte zusammen.

Kas Althume blies in seine Knochenpfeife.

Linden hatte den Tritt verdaut. Als der Angreifer denselben Trick zum zweiten Mal versuchte, packte er den Stiefel des Mannes, riß ihn mit einem Ruck herum und schickte den Angreifer damit zu Boden. Linden sprang auf. Sein Gesicht war blutverschmiert. Er zückte Tsan Rhilin.

Der Mann stand wieder und stürmte auf ihn zu. Linden hob das Großschwert, dann zögerte er. Der Angreifer war unbewaffnet. Fluchend wartete Linden, bis der Mann ihn fast erreicht hatte, dann sprang er zur Seite und drehte das Großschwert um. Er stieß dem Mann das Griffende an den Hinterkopf. Der Angreifer kippte um wie ein gefällter Baum.

Nun hatte Linden die Hände frei, um sich um Kas Althume zu kümmern. Vorsichtig ging er auf den Magier zu, Tsan Rhilin vor sich haltend.

»Legt Euer Schwert weg, Drachenlord«, sagte der Magier. »Ihr wißt doch, daß seine Gegenwart eine Beschwörung verderben kann – und das wäre sehr gefährlich. Wollt Ihr uns wirklich alle vernichten?«

Lindens Unterkiefer mahlte. Verflucht, der Magier hatte recht. Linden rammte Tsan Rhilin in den Boden und entfernte sich einige Schritte von dem Schwert.

»Schade für Euch, daß Ihr unbedingt herkommen mußtet, Drachenlord. Denn nun werde ich Euch töten müssen, um die Kontrolle über Eure Seelengefährtin zu behalten, nachdem ich ihre Erste Verwandlung herbeigeführt habe.«

Sherrines Kopf fuhr hoch. »Was hat das zu bedeuten?«

»Ihr seid Linden Rathans Seelengefährtin, meine Liebe. Und dank Ankarlyn werdet Ihr bald die gefährlichste Waffe sein, die die Bruderschaft jemals besessen hat.«

Das war es also. Linden sagte: »Ihr täuscht Euch. Sherrine ist nicht meine Seelengefährtin.«

Die dünnen Nasenflügel des Magiers bebten. »Ich glaube Euch nicht. Ihr lügt.« Er nahm wieder den Singsang auf.

Die Götter mochten ihm beistehen. Er wagte es nicht, den Magier direkt anzugreifen. Es gab nur eines, das Linden zu Sherrines Rettung tun konnte – und das konnte seinen Tod bedeuten. Er langte mit seiner eigenen Zauberkraft nach der magischen Energie, die Kas Althume aus dem Seelenfänger-Juwel in Sherrine strömen ließ, und lenkte sie auf sich.

Schmerz brannte sich in ihn. Was er zuvor erlitten hatte, war nichts dagegen. Dennoch machte er weiter. Es war Sherrines einzige Hoffnung.

Doch die dunkle Magie des Juwels zerrieb allmählich das Band, das seine beiden Seelen zusammenhielt. »Kas Althume – hört auf! Versteht Ihr nicht? Sherrine ist kein heranreifender Drachenlord!«

»Was sagt – oh, ich verstehe. Es wird nicht funktionieren, Drachenlord. Aber es erspart mir, Euch später töten zu müssen.«

Linden glaubte ihm. Der Schmerz war unerträglich. Er konnte sich kaum auf den Beinen halten. Trotzdem lenkte er den magischen Energiestrom weiter von Sherrine auf sich.

»Die Seefahrerin«, stöhnte Sherrine. »Es ist die Seefahrerin, nicht wahr?«

»Ja«, flüsterte Linden. »Sherrine – lauf weg, solange du noch kannst. Ich halte es nicht viel länger aus.«

Mit letzter Kraft kam sie auf die Beine. Ihr Blick traf seinen. »Lebe wohl, Linden«, sagte sie – und stürzte sich auf Kas Althume.

Ihre Finger schlossen sich wie Klauen um das Seelenfänger-Juwel. Es blitzte auf. Der Magier ließ es los und sprang zurück. Einen Moment hielt Sherrine das Juwel in der Hand. Dann explodierte es, und Sherrine verbrannte in einem magischen Feuer, schrie herzzerreißend, während die Flammen sie verzehr-

513

ten und das Fleisch von ihren Knochen schmolzen. Augenblicke später hing eine feine Aschewolke in der Luft, die langsam zu Boden rieselte.

»O Götter, nein«, rief Linden, unfähig zu glauben, was er soeben gesehen hatte. Tränen rannen ihm übers Gesicht. Er versuchte aufzustehen, aber seine Beine wollten ihn nicht tragen.

Der Magier hatte keine solchen Schwierigkeiten. »Zur Hölle mit Euch«, sagte er, während er aufstand. Blanker Haß lag in seinem Blick und in seiner Stimme. »Zur Hölle mit Euch, Linden Rathan. Ihr habt mich um meine Sklavin betrogen, aber um Euren Tod werdet Ihr mich nicht betrügen.« Er sah an Linden vorbei. »Hierher, mein Haustier!« rief er. »Hier ist Fleisch für dich.«

Linden stieg der Gestank verrotteten Fleisches in die Nase. Augenblicklich glitten die Jahrhunderte von ihm ab, während ein altvertrautes Entsetzen ihn verschlang. »Satha?« Er schwenkte herum, so gut es auf Knien ging.

Es war nicht der untote Harfner. Er wünschte, er wäre es gewesen. Statt dessen stapfte ein lebendig gewordener Alptraum auf ihn zu. Er war zu weit von Tsan Rhilin entfernt, um es zu erreichen, bevor das Ding bei ihm war – selbst wenn er die Kraft besessen hätte, um das schwere Großschwert zu heben.

Er hoffte, daß Maurynna über seinen Tod hinwegkommen würde.

68. KAPITEL

Knurrend stapfte der *Dragauth* auf ihn zu. Irgendwie rappelte sich Linden auf und wich zurück, doch das Monstrum kam Schritt für Schritt näher.

»Töte ihn«, befahl der Magier.

Der *Dragauth* brüllte und stürmte los. Linden drehte sich um und versuchte davonzulaufen, doch nach wenigen Schritten gaben seine Beine nach. Er stürzte.

Ein wütendes Kreischen kam vom Nachthimmel. Linden rollte auf die Seite und sah hoch.

Ein Drache, fast ebenso groß wie der, in den er sich sonst verwandelte, schwebte über der Lichtung und schlug wild mit den Flügeln, um seine Position zu halten. Er kreischte erneut, seinen zornfunkelnden Blick auf den *Dragauth* gerichtet. Seine Schnauze öffnete sich; lange Fänge glänzten im Mondschein. Linden vernahm das verräterische Prasseln und warf sich über den Hügelrand, um der einzigen Art von Feuer zu entgehen, das ihm etwas anhaben konnte.

Blutrote Flammen schossen vom Himmel und leckten über die Erde. Der *Dragauth* verbrannte mit dem Übelkeit erregenden Gestank zerkochten Fleisches. Der Drache landete auf dem versengten Hügelplateau. Eine Klaue streifte den Altar. Wieder kreischte der Drache, diesmal vor Schmerz. Er wirbelte herum und trat mit voller Wucht gegen die steinerne Opferstätte, die in hohem Bogen durch die Luft segelte und auseinanderbrach, als sie mehrere Dutzend Meter entfernt auf der Erde aufschlug.

Linden kroch auf den Hügel zurück, als der Drache plötzlich wieder herumfuhr. Er sah, daß der schwer verbrannte Kas Althume zu fliehen versuchte. Der Vorderfuß des Drachen glitt durch die Luft und drückte den Magier zu Boden.

Im Mondlicht schillerten seine Schuppen blaugrün, wie bei

einer Libelle. Nein, diesen Drachen hatte Linden noch nie gesehen.

Blaugrün? »Götter, das kann nicht sein! Maurynna!« rief er.

Der Drache drehte den Kopf zu ihm herum. *Ich bin Kyrissaean,* verkündete sie. *Der da ist böse. Er hat viele Male getötet. Ich kann es spüren.*

»Du bist auch Maurynna und meine Seelengefährtin«, sagte Linden.

Kyrissaean – ich muß sie mir als Maurynna vorstellen, sagte Linden sich – zögerte. Sie legte den Kopf schräg, was Linden sofort an Maurynna erinnerte. Er glaubte, sie würde den Magier gehen lassen. Doch dann besiegelte Kas Althume sein Schicksal.

Linden sah die Hand des Magiers hochschnellen. In seiner geballten Faust glänzte etwas. Bevor Linden seine Seelengefährtin warnen konnte, fuhr die Hand hinab und stieß die Dolchklinge tief in die zarte Haut zwischen Maurynnas Zehen.

Maurynna verschwand hinter Kyrissaeans Zorn. Der Vorderfuß zog sich zusammen. Seine Klauen durchbohrten den Magier wie eine Handvoll Schwerter. Kyrissaean schleuderte die zerfetzte, blutüberströmte Leiche fort und hob sich mit einem Satz in die Luft, ihre Wut und ihren Schmerz herausbrüllend.

»Maurynna, komm zurück! Du weißt nicht, in welcher Gefahr du dich befindest!« rief Linden ihr nach, aber der Drache war schon außer Sichtweite. Er versuchte, ihren Geist zu erreichen, doch sie hatte ihn verschlossen. Er hatte nur eine Hoffnung, falls er nicht rechtzeitig zu Maurynna gelangte. *Kief!*

Der gellende Hilferuf hätte Kief beinahe umgeworfen. Er sah zu seiner Seelengefährtin hinunter.

Sie nickte. *Du weißt, was du tun mußt.*

Linden zog Tsan Rhilin aus dem Boden, rannte zum Hügelrand und rutschte den Abhang hinunter. Er mußte ein größeres Gelände finden. »Shan! Shan!«

Der große Hengst stürmte aus dem Wald. Linden schob das Großschwert in die Scheide und zwang seinen ausgelaugten Körper in den Sattel. »Sie ist weg, du Feigling. Hattest du Angst, daß sie dich fressen würde?«

Shan nickte, dann preschte er in den Wald, wo er in vollem Galopp die Bäume umkurvte. Linden vergaß seinen Stolz und hielt sich mit letzter Kraft am Sattelknauf fest.

Nach einer Weile – Linden erschien es wie eine Ewigkeit – erreichten sie offenes Gelände. In der Ferne konnte er zwei Gestalten und ein Pferd ausmachen. Eine der Personen führte das Pferd, die andere saß darauf.

Er brachte Shan zum Stehen und sprang aus dem Sattel. »Lauf ein Stück nach hinten«, sagte er. Als der Hengst in sicherer Entfernung war, initiierte Linden seine Verwandlung – und betete.

Zum Glück, es fing an. Linden spürte, wie sein Körper zu kribbeln begann, dann – nichts. Er war in Menschengestalt, wie immer. Das kann doch nicht sein. Ich muß zu Maurynna, bevor es zu spät ist. Als wollten ihn die Götter verhöhnen, kam am Himmel plötzlich Maurynna in Sicht. Sie kreiste über ihm, als fühlte sie sich zu ihm hingezogen, aber sie landete nicht.

Es war gefährlich, sich im Zustand äußerster Erschöpfung zu verwandeln. Daß es nicht funktioniert hatte, war ein Warnsignal seines Körpers. Trotzdem, er mußte das Risiko eingehen. Er versuchte es von neuem.

Nach dem zweiten Versuch lag er im Gras, am ganzen Leib zitternd. Ein Gesicht schob sich in sein Blickfeld.

»Du *bist* es«, sagte Maylin.

Rann stürmte herbei. »Linden – was ist los mit dir?«

Linden blinzelte ungläubig. »Maylin? Wie zum – Rann! Euch geht es gut, den Göttern sei Dank! Helft mir, mich aufzusetzen, ihr beiden.«

Gemeinsam zogen sie seinen Oberkörper hoch, bis Linden

517

aufrecht saß und sich an Maylin lehnen konnte. Rann kroch unter seinen stützenden Arm. Über ihnen kreiste Maurynna.

Maylin fragte: »Wer ist der Drache? Und wieso kreist er über uns?«

»Das ist Maurynna«, sagte Linden leise. »Sie ist wegen mir hier. Aber ich muß mich verwandeln und sie herunterholen.«

Maylin hielt den Atem an. »Ich dachte mir, daß sie deine Seelengefährtin ist, aber … Wieso muß sie auf die Erde zurück? Sie sieht so schön aus dort oben.«

»Kyrissaean – ihre Drachenhälfte – hat die Kontrolle über ihren Körper, und sie ist halb wahnsinnig vor Angst und Schmerz. Kyrissaeans natürliche Umgebung ist der Himmel, aber sie hat sich gerade zum ersten Mal verwandelt. Sie hat nicht die Kraft, um so lange zu fliegen. Wenn sie nicht bald landet, wird sie vom Himmel fallen und sterben.« Er schob die beiden fort. »Ich muß zu ihr!«

Als hätte sie ihn gehört, kreischte Kyrissaean plötzlich alarmiert. Zu Lindens Verwunderung wurde ihr von weiter oben am Himmel geantwortet. Ein zweiter, kleinerer Drache schoß auf Kyrissaean zu. Sie schrie wütend auf und fauchte den Eindringling an. Doch der zweite Drache ließ sich nicht verjagen. Aus Lindens Perspektive sah es aus, als würde der kleinere Drache immer wieder auf ihrem Rücken landen und sie zwingen herunterzugehen.

In seinem Kopf donnerte Kiefs Geiststimme: *Du wirst dich zurückziehen, Kyrissaean, und warten, bis deine Zeit gekommen ist.*

Kyrissaean fauchte, aber jetzt klang es erschöpft. Sie war zu müde, um sich noch länger zu wehren.

»O Götter«, flüsterte Linden. »Laßt sie landen, bevor es zu spät ist.« Er sah, wo Kief sie hintrieb. Maylin und Rann halfen ihm aufzustehen. Shan kam herbeigelaufen. Linden stützte sich am Sattel des Hengstes ab, dann eilten die vier, so schnell es ihnen möglich war, zu der Stelle.

518

Er geriet fast in Panik, als er die beiden aus dem Blick verlor. Dann wurde ihm klar, daß sie in einer Bodensenke heruntergekommen waren. Als er endlich den Rand der Senke erreichte, vergaß er mit einem Schlag, wie müde er war.

Denn am Boden der schüsselförmigen Vertiefung kniete Maurynna – Maurynna, nicht Kyrissaean. Kief, noch in Drachengestalt, hatte seinen Leib um sie geschlungen. Linden rannte zu den beiden hinunter.

Maurynna blickte zu ihm auf und strich sich die langen schwarzen Haare aus dem Gesicht, eine Geste, die ihm nur zu vertraut war. Er nahm sie in die Arme und drückte sie so fest an sich, als wollte er sie nie wieder loslassen. »Willkommen, Kleine. Schön, daß wir dich endlich bei uns haben.«

Maurynna fragte: »Ist es wirklich wahr, Linden?«

Lächelnd strich er ihr über die Wange. »Ja, es ist wahr, Kleine.«

Sie vergrub ihr Gesicht an seiner Schulter, lachend und weinend zugleich.

69. KAPITEL

Linden und Maurynna standen vor dem Kamin im Schlafgemach seines Stadthauses. Über ihren Köpfen schwebte ein Kaltfeuer. Die anderen Mitwirkenden des nächtlichen Dramas waren noch im Palast. Er und Maurynna hatten vorgegeben, zu erschöpft zu sein, um mit ihnen die letzten losen Enden der Geschichte zu entwirren. Ihre Entschuldigung war von allen mit allzu unschuldigen Blicken bedacht worden – und mit Otters kaum verhohlenem Grinsen; dieser Halunke. Eines Tages würde er sich bei dem Barden revanchieren. Aber nicht heute nacht …

Er strich seine Wange über Maurynnas Haar.

Endlich vereint.

Die Worte erklangen immer wieder in seinem Kopf, während er sie liebevoll in den Armen hielt. Sie drückte ihn ihrerseits so fest an sich, als wollte sie ihn nie wieder loslassen.

Götter, solche Glücksgefühle hatte er bisher nicht gekannt. Er lächelte und wünschte, daß der Moment ewig währte.

Sie fragte: »Ich träume, nicht wahr?«

Er lachte. »Nein, den Göttern sei Dank. Dies ist die Wirklichkeit.«

Sie strich mit der Hand über seinen Rücken. »Ich glaube dir nicht.«

»Vielleicht überzeugt dich das«, sagte er und hob ihr Kinn.

Er küßte sie, ein langer, sinnlicher Kuß, der beide atemlos zurückließ, als er endlich endete.

»Und?« fragte er lächelnd.

Einen Augenblick schaute sie nachdenklich. Dann fragte sie verschmitzt grinsend: »Könnte es vielleicht noch ein bißchen … *überzeugender* sein?«

Er lachte laut auf und machte sich freudig an die erquickliche Aufgabe.

70. KAPITEL

Alle waren im großen Palastgarten zusammengekommen. Rann und Kella tollten mit Bramble, dem Wolfshund. Otter spielte seine Harfe. Neben ihm saß Eel, in neuem Wams und mit neuer Kappe auf dem Kopf, und nickte im Rhythmus der Musik. Im Schatten des Pavillons unterhielten sich die älteren Drachenlords mit Herzogin Alinya. Tarlna sah schon viel besser aus. Maylin, Quirel und Jeralin probierten die verschiedenen Köstlichkeiten auf den reich gedeckten Tischen. Elenna und Tasha diskutierten über verschiedene Methoden des Destillierens. Linden nahm an, daß die Herstellung von Parfümen und Kräutertinkturen denselben Arbeitsprozessen folgte, doch er war zu faul, um sich wirklich dafür zu interessieren. Statt dessen zog er Maurynna näher, so daß ihr Kopf an seiner Schulter lag. Sie lächelte zu ihm auf.

Er schloß halb die Augen und fragte sich, ob er, wenn er es nur lange genug versuchte, am Rande des Gartens den Schatten kastanienbrauner Haare sehen würde. Trotz ihrer Rolle in der Geschichte, die sie alle an den Rand einer Katastrophe geführt hatte, verdankten sie Sherrine dieses glückliche Ende. *Ich hoffe, du findest dein Glück auf der anderen Seite,* dachte er traurig. *Du hast es verdient. Lebe wohl, Sherrine.*

Maurynna hob lächelnd den Kopf. »Ich kann es noch immer nicht glauben«, sagte sie.

»Ich auch nicht, und ich bin so glücklich wie noch nie«, erwiderte er.

»Warte, bis ich dich verrückt mache. Ich kann sehr stur sein«, warnte sie ihn.

»Ich auch. Ich glaube, wir haben ein paar interessante Jahrhunderte vor uns.« Er küßte sie; dann legte sie wieder glücklich den Kopf an seine Schulter.

Nach einer Weile fragte sie: »Wann gehen wir nach Drachen-hort?«

»Sobald wir erfahren, daß deine Mannschaft dich in Sicherheit weiß. Sie werden deiner Familie in Thalnia alles berichten. Beren hat heute morgen ein schnelles Schiff losgeschickt, um sie einzuholen. Sei also unbesorgt, Liebste. Deine Mannschaft wird sich nicht mehr lange grämen müssen.«

»Remon ist wahrscheinlich ganz krank vor Kummer«, sagte Maurynna. »Ich habe ein schlechtes Gewissen.«

»Wir werden es bei ihnen wiedergutmachen. Ah – da kommt Beren. Ich fragte mich schon, wo er bleibt.« Linden winkte dem neuen Regenten von Cassori zu, als der Mann mit seiner frisch angetrauten Gemahlin am Arm in den Garten kam. Jetzt, wo der Ärger der Ratssitzungen ausgestanden war, hatten sich Beren und Beryl enorm verändert. Linden mochte die beiden. Beren kam auf sie zu, als wäre Lindens Wink ein Befehl gewesen.

Der Regent begrüßte sie mit einem leichten Kopfnicken, während Beryl sich verneigte. »Drachenlords.«

Linden spürte, daß sich Maurynna ein wenig verkrampfte. Sie hatte sich noch nicht an ihren neuen Rang gewöhnt. »Herzog Beren, Lady Beryl«, sagte er seinerseits nickend. »Möchtet Ihr Euch zu uns setzen?« fragte er, insgeheim hoffend, daß sie ablehnen würden.

»Danke, aber – dürfte ich einen Moment mit Euch sprechen, Linden Rathan? Allein? Verzeiht, Maurynna Kyrissaean.«

Linden runzelte die Stirn. Etwas in Berens Tonfall … »Warte hier, Liebste. Es wird nicht lange dauern.«

Beryl nahm seinen Platz auf der Bank ein und begann, sich mit Maurynna zu unterhalten.

Beren führte ihn in den hinteren Teil des Gartens, ein Stück abseits von den anderen. »Euer Gnaden«, begann der Regent. »Ich muß Euch zwei Dinge beichten.«

O Götter – was war jetzt wieder los? »Tatsächlich, Herzog?«

»Beryl hat mir gestanden, daß sie diejenige war, die das Ermächtigungsschreiben versteckt hat, Drachenlord. Sie wollte mir die Schande ersparen, weil sie fürchtete, daß Ihr es herausfinden könntet …«

»Was hätte ich herausfinden können?« fragte Linden.

Berens Gesicht wurde so rot wie sein Haar. »Das Schreiben ist eine Fälschung.«

Das hatte Linden als letztes erwartet. »Aber Ihr habt geschworen …«

»Daß ich es nicht gefälscht habe. Das war kein Meineid, Drachenlord. Nicht ich habe es gefälscht, sondern mein Bruder Dax.«

»Der Gemahl der Königin«, sagte Linden, verwirrt von dieser neuen Wendung. »Warum?«

»Dax hat Peridaen nie getraut. Desia war eine gute Königin, aber was ihren Bruder anging, war sie zu vertrauensselig. Dax hatte einen Beweis, daß Peridaen mit dunkler Magie herumhantierte; welchen, weiß ich nicht. Aber ich glaube, er sagte die Wahrheit. Als Dax mir berichtete, was er getan hatte, hielt ich also den Mund. Ich glaubte nicht, daß Peridaen tatsächlich etwas unternehmen würde, aber ich wollte meinen Bruder nicht kompromittieren.« Beren zuckte mit den Schultern. »Ich weiß noch immer nicht, ob Peridaen und sein Magier schuld an allem haben, was geschehen ist, oder ob einiges schlichtweg ein Zufall war. Ich denke, die ganze Wahrheit werden wir nie erfahren.

Jedenfalls versuchen wir, so viele Mitglieder der Bruderschaft wie möglich aufzugreifen, Drachenlord. Ich weiß nicht, ob Alinya es Euch berichtet hat, aber Anstella wird zeitlebens aus Cassori verbannt. Weder Alinya noch ich brachten es übers Herz, sie foltern zu lassen, Euer Gnaden. Wir sind der Meinung, daß sie mit dem Tod ihrer Tochter und ihres Liebhabers genug gestraft ist. Ihr würdet es verstehen, wenn Ihr ihren leeren Blick gesehen hättet.«

Der Herzog sah ihn direkt an. »Was werdet Ihr nun tun, Drachenlord, wo Ihr jetzt die Wahrheit kennt?«

Linden sagte: »Nichts. Ranns Vater hielt Euch für den geeignetsten Regenten, und ich stimme ihm darin zu. Außerdem, wen außer Alinya gäbe es noch? Und ich«, fügte Linden mit leichter Erregung an, »werde meine Finger bestimmt nicht noch einmal in ein solches Wespennest stecken.«

Beren lachte. »Drachenlord, das kann Euch niemand verübeln. Und ich möchte Euch sagen, wie sehr es mich freut, daß Ihr endlich Eure Seelengefährtin gefunden habt.«

Linden sah zu Maurynna hinüber, die jetzt mit Beryl fröhlich lachte. Als hätte sie seinen Blick gespürt, wandte sie den Kopf und lächelte ihm freudestrahlend zu.

Er erwiderte ihr Lächeln. »Danke, Beren«, sagte er, den Blick noch immer auf seine Seelengefährtin gerichtet. Aus dem Lächeln wurde ein breites Grinsen. Ich frage mich, ob sie wirklich so stur ist wie ich?

EXCALIBUR – fremde Welten voller Magie und ungekannter Gefahren, grandiose Epen von Mythen und Wundern, übermenschlichen Schicksalen und der erlösenden Kraft der Liebe.

(70109) (70108) (70100)

(70105) (70110) (70121)